Dongting
Chashi

洞庭茶师

时代出版传媒股份有限公司
安 徽 文 艺 出 版 社

童敏敏◎著

童敏敏，中国作家协会会员。2005年起从事文学创作，累计出版简、繁体小说40余册，影视改编八部，总阅读点击量过百亿。出版有《一朝为后》《天王女助理》《月球之子》《进击吧，盛樱明星学院》《冬有暖阳夏有糖》《荣耀乒乓》等。部分作品被翻译成英语、法语、意大利语、西班牙语、葡萄牙语、阿拉伯语等输出到海外。创作的现实题材网络文学作品多次获奖，小说《大茶商》入选国家新闻出版署2020年优秀现实题材和历史题材网络文学出版工程；《洞庭茶师》入选国家新闻出版署2022—2023年优秀现实题材网络文学出版工程，并荣登2022度中国网络文学影响力榜。

《洞庭茶师》国家新闻出版署2022—2023年“优秀现实题材网络文学出版工程”入选作品

Dongting Chashi

洞庭茶师

童敏敏◎著

时代出版传媒股份有限公司
安徽文艺出版社

图书在版编目（CIP）数据

洞庭茶师/童敏敏著. --合肥：安徽文艺出版社，2024.5
ISBN 978-7-5396-7957-0

Ⅰ. ①洞… Ⅱ. ①童… Ⅲ. ①长篇小说－中国－当代
Ⅳ. ①I247.5

中国国家版本馆 CIP 数据核字(2024)第 026371 号

出 版 人：姚 巍
策　　划：宋晓津　　　　统　　筹：宋晓津
责任编辑：宋晓津　柯　谐　　装帧设计：张诚鑫

出版发行：安徽文艺出版社　www.awpub.com
地　　址：合肥市翡翠路 1118 号　邮政编码：230071
营 销 部：(0551)63533889
印　　制：安徽新华印刷股份有限公司 (0551)65859551

开本：700×1000　1/16　印张：31.75　字数：520 千字
版次：2024 年 5 月第 1 版
印次：2024 年 5 月第 1 次印刷
定价：79.00 元

目　　录

第一章　太湖风雨

夜来湖上骤雨，风将一切搅成混沌，分不清天地与上下。只有闪电掠过黑暗，湖面便爆发万千绚烂的银蛇，刹那又如火蛇。细长的桥在这奇幻场景中通向深沉的远处。

那是名为故乡的岛。

金果果开着车缓慢行驶在太湖大桥上，如一只小小的蜘蛛从悬挂于空中的银丝中穿行。

天气预报说晚上台风“绣球”登陆，一早就发布了黄色暴雨预警，路上车辆稀少，在桥上开了半天没见对面来车。她后面有辆黄绿相间的出租车在缓缓跟随，规规矩矩遵守限速规定。

在这恶劣的天气里，哪怕是出租车司机也不想冒险加速超车。

金果果心绪不宁，像雨刮器刮不掉的水珠，湿漉漉的模糊不清的情感缠绕着她。

傍晚金果果从电话里得到噩耗，悲伤中夹杂着荒谬感与不可置信的情绪，有那么一瞬间的茫然。

人在年轻时，总觉得一切都不会改变。即使离去许久，归来时一切依旧，老屋子依然带着温暖的气息，旧家具带着令人安心的时光痕迹，父母做的饭菜仍是儿时的味道，好像随时可以从这里重新出发，人生永远是崭新的。

直到生离死别在人最不提防、最脆弱的那一刻发生。

家里的母亲更在意她的安全，在电话里细细叮嘱：“雨太大，开车不安全，明朝再回来吧。要停一天的，总能见到。”

“我马上出发，两个小时就能到。”

金果果还是和以往一样倔强，决定了的事，再大的风雨也挡不住。

挂断电话的那一刻，金果果紧握手机的那只手，手背暴出青筋。

她身后是宽大的露台与繁华的浦江夜景，这里的天空只有几丝白云，看不出一点暴风雨来临的迹象，只是人间的霓虹抢走了漫天的月光，剩下尘世的喧嚣热闹。

客厅的射灯通明，家具简洁干净到让人怀疑这是一间供人参观的样板房，所见之处没有一件私人物品。沙发边那盆克莱恩花烛刚被浇过水，舒展着爬满脉络的爱心形状的绿叶。

仔细看去，只有墙上残留两个丑陋的钉子，像突兀的苍蝇一样扎眼。原本悬挂的美与快乐都已被细细收纳起来，仅剩被抛弃的白色纱帘在夜风中徒劳卷动，仿佛想要挽留什么。

而她穿着一条精致优雅的白色礼裙——今天下午同事们为她举办了告别派对，她特意穿上的，像是冥冥之中预料到了今晚的送别。

金果果努力回忆最近一次看到他的情景，可惜那张到了中年的脸面目模糊，只记得当年高中时青涩的脸庞。

这几年背井离乡，工作繁忙，常规的小伙伴聚会她已经有好些年没参加了。当年无忧无虑的小伙伴们，在太湖边，在茶山上，在枇杷树下，在大桥上，眺望金色的夕阳，聊着人生和梦想，仿佛能看到比晚霞还绚丽的未来。之后，眉目中的青春和光亮渐渐被疲惫的眼神代替，再见面，就像是在镜子里照见自己的沧桑，相见争如不见。

两年，还是三年？

金果果在微信群里倒是经常和他们聊聊家里的琐碎，但不会特意去走动，更不会私聊，逢年过节回家时碰到也只是笑着点点头。尤其是他婚后，金果果几乎只和周舟单独联系了。对了，他和周舟结婚时，金果果在国外考察，没来得及回来参加婚礼。

记忆中的他中年后有些发福，遇到了也总说些生疏的客套话。平庸抹去了少年的所有特质，让他像是一滴水融于凡俗的海洋，最终泯然消失踪影。他不再是那个年少时怀抱梦想、神情飞扬的特殊个体，就像是在他死去之前就已经不存在了一样。

雨大，车速如蜗牛爬，原本不到两小时的车程拖长到了三个多小时，一路上金果果都在回想。

她与他是正经的青梅竹马，他是邻居家的小哥哥，小时候两个人几乎天天黏在一起玩，长大后却日渐疏离，最终变成了难找话题的点头之交。反倒是她和周舟因为工作上的事联系越来越多。

人的社会化便是如此吧。

当开始安心扮演某个特定的生活角色，交谈变得琐碎而充满烟火气，少年时的朋友变得陌生时，人们总会在某个早晨醒来，惊讶于平庸的自己。

于是渐渐沉沦于无趣与刻板的日常，把没有惊喜的岁月当成了习惯，任凭思想的尘灰堆积，因为懒惰与恐惧而向成年人的普通妥协，被现实桎梏，变得麻木不仁。直到意外撕裂岁月静好，才会在茫然中回头，发现自己两手空空。

后座上堆着两个用黄色胶带紧密封好的硕大纸箱，金果果继承了母亲的细心谨慎，本该狼狈的时刻，她反而更清楚自己内心的选择。

这不是临时起意的归乡，而是收拾行装后的撤离。

这也不是败退，没有痛彻心扉的告别，只有同事们的不舍。如果没有这个噩耗，今晚只不过是一次体面的转身，源于她内心理智的选择，可这个无法预料的意外，戳破了她如同肥皂泡一般的心境。

细节堆积在一起，成了让人难以承载的重量。

一道闪电撕开了湖面上空的乌云，仿佛是从湖底直冲而上的日光，那么刺眼，在金果果湿漉漉的眼里一闪而过。

这段风雨兼程的路，不只是哀悼友人的逝去，更像是总结那一段过往的人生。

青春告终，人生步入了另一个开端。

车过大桥，缓缓下坡，雨势忽然小了，风也静了，西山岛以一种温柔的母亲的姿态拥抱归来的游子。

熟悉的风景让金果果一阵晕眩，炸雷声中，她才想起从早上到现在忙得没吃过什么东西。

金果果很爱惜自己的身体，越是工作忙，越是注意保养革命的本钱。现在感觉有些低血糖，她立刻靠边停车，熄火，从车里找到瓶装咖啡，就着吃了两口全麦面包，但随后就如鲠在喉，咽不下去了。

喝咖啡是她毕业后养成的习惯。她不抽烟，不喝酒，最多喝些清茶，回乡总是低调乖柔，无论是性格还是外表都规规整整到接近完美，她自小就是邻居口中“别人家的孩子”。

工作这些年，她还延续着本地人清淡饮食的传统，但茶喝得越来越少。每年家里给她留的碧螺春，她几乎都送别人了，她习惯了每天上班时顺手买杯咖啡喝。

眺望着狭长的引桥，一个正派优秀的年轻人，生活却乏味平淡，想要宣泄的时候反而找不到什么出口。

小时候可以选择淋雨。

不开心，就在江南的雨巷里走一走，在淅淅沥沥的小雨中，会想到戴望舒诗里丁香一样的姑娘，心情也像是泡在水里的茶叶，渐渐舒展开。而他会穿着胶鞋故意踩水坑，精准地把积水溅到她的裙子上，总是惹她生气，也免不了挨一顿家长的打骂。

长大了才明白，这是小男孩示好的一种方式，只是当时已惘然，之后两个人更是渐行渐远渐无言。

金果果推开车门，风雨中寒意细细密密地包裹着她。

三月初的江南雨夜感受不到一点春天的暖意，她穿着单薄的长裙，打了个寒噤，沿着桥边的步行道往湖边走去。

脸庞上湿湿的，分不清是雨是泪。

昏暗的天穹下烟波浩渺，与少年时所见几乎没有变化，就连那几株柳树挥舞枝条的方式都是相似的节奏。对岸的高楼在闪电里若隐若现，背后的小镇宁静而安逸，路灯都过于昏黄与暧昧，泛着迷离的光晕。

在这里，湖水几乎凝固了时间。但那个会从背后帮她撑伞的少年，却再也不会出现了。

白色裙摆在风中凌乱飘摇，像飘零的白蝴蝶。金果果眺望着远方，深深吸了口清新潮湿的空气，努力让心情平静下来。

嘀嘀嘀！旁边突然响起的急促鸣笛声惊醒了她。

金果果惊讶地回头，发现刚才一直跟在她后面的出租车开进了湖边狭道，横着停在路边。司机打着一把黑伞，小碎步跑过来，边跑边扯着嗓子喊："小姐，有什么需要帮助吗？"

这是个穿着单薄夹克的中年大叔，脸上的神情有些惶恐和担忧，在夜雨中格外萧瑟。

"不用，谢谢。"金果果礼貌地拒绝。

一个人静默的仪式被打断了，陌生人的关心让她感到温暖，同时也有点防备。

“桥上只有我们两辆车，我车上的客人看你突然靠边停车，不打伞就往湖边跑，担心有什么意外，所以叫我来问问。要是车子有什么问题，我们也可以帮忙叫拖车或者报警……”司机絮絮叨叨地靠近了她，在迷蒙的光线下看清楚她的容貌、衣着与冷静的神情，松了口气。

“谢谢关心，我只是开累了，出来透透气。”金果果看到司机关切的眼神，卸下了防备，原来人家是担心她想不开寻短见。

想想刚才自己开车的状态确实不好，又突然大半夜地往湖边走，难得后车乘客是个有心人。

遇到这种事，大多数人会选择事不关己高高挂起，看这位司机大叔的表情，显然也是被乘客要求才勉为其难多管闲事。

金果果往出租车里看了一眼，绵绵雨幕中看不清车里的人，远处闪电乍现，依稀见到后排坐着的剪影高瘦挺拔。他端坐着不动，只叫司机来打招呼，大约是担心，又害怕惹上麻烦。

乘客透过车窗默默打量那个女人，隔着一段距离也能注意到她身穿的白色长裙剪裁合体，她的姿态挺拔优雅，即使淋着雨也没有窘迫狼狈，从衣着、举止上能感觉到一股精英气质。这样的人是不会轻易被人生中的不如意打倒的吧？

“那就好，那就好。”司机看着她也不像是糊涂幼稚的小姑娘，搓着手憨笑着说道，“要是没什么事，我就先走了。”

萍水相逢，当面表示关切就算是尽到义务，过于热情反而像别有所图，尤其面对的还是这么一个年轻漂亮的女孩子。

“我没什么事，谢谢关心。只是一个朋友去世，心情有些低落，走几步就好了。”后一句本没必要说，但金果果为了感谢陌生人的关心，免得他生出不必要的懊恼和担心，补充了一句。

司机木讷地应了声，也不知怎么安慰，回到车上开始倒车退走，没几秒钟忽然又开门下来：“客人让我对你道一声节哀。”

这乘客什么都通过司机师傅来转达，让人感觉他很“社恐”，同时也是个细心而有礼貌的人。

“谢谢。”金果果认真地道谢，向那车里模糊的身影鞠了一躬，在细雨中，心里忽地松快了些。

在游子归乡、朋友逝去的寂寥冷夜，前方路灯照着云层，寒雨虽未止，却多了几分温暖的迹象。

家就在前方。

陆亚东家的隔壁。

火光依稀能见，白色的花圈摆在巷子尽头屋檐下，在风中瑟瑟。旁边空地一侧木园堂已搭了小半，师傅们冒雨赶工，乒乒乓乓的敲打声与电动螺丝刀的轰鸣声不时会响起，夹杂着从堂屋传来的间或高亢的哭声与乐声，融成一段平凡人生中少有的热闹场景。

本该是曲终人散的荒凉，却喧哗得沸腾。

金果果驻足良久，鼻子发酸，悄无声息地绕到另一边，推开了自家的大门。

她家与陆亚东家从祖辈开始就是邻居，两家的老屋就靠在一处，还曾共用过一堵墙，后来各自在宅基地翻修新房，这才分开。金果果卧室的窗口就对着陆亚东的房间，小时候晚上他们还隔着窗聊过天、扔过枇杷。

如今对面的窗户一团漆黑，房间主人停灵在楼下，亲戚朋友大约也都聚集在一处。

金果果用吹风机吹干头发，王桂芳在一旁低声埋怨："早叫你明天再回来，怎么弄得跟落汤鸡似的？你的车漏水吗？"

"哪有车会漏水？"

"那你从前门走到家里，也不至于湿成这样。"

很难向长辈解释微妙情绪导致的反常举动，金果果选择了沉默。

她抿着嘴唇，眼皮微肿，书桌上镜子里的人熟悉而陌生，皮肤仍然光洁而紧致，鼻翼精致，尤其那双黑白分明的眼睛——小时候总被人说马兰头吃多了才有这么亮的眼睛——如今似乎仍然保留着一丝少女的明亮。但她看到悲伤与疲倦在皮囊之下涌动，留下了被岁月催熟的印记。

好在自己的闺房令人稍稍精神放松。

上大学之前，金果果在这里不间断地住了十八年，小时候最喜欢的玩具，少女时第一次的春心萌动，成年时在职场的压力与欢喜，每一段时光都烙印在这里，像是永恒的归属与本体。

接近死亡的悲伤情绪稍稍纾解，仿佛能够从这里汲取生命力与勇气，金果果想到了明天。

如果不是为了见陆亚东最后一面,她更愿意四仰八叉地躺在自己的小床上开始香甜的一梦,明天早晨醒来,是她回乡创业的第一天,一个崭新的、充满挑战的希望旅程。

"你刚才进来,有没有先去那边打个招呼?"

王桂芳也不是真生气,在这种时候,她还是很注意关照女儿的情绪。

虽说这几年亚东与果果来往少了,但到底是从小一起长大的朋友,尤其是年轻人少见同伴的死亡,肯定受到了不小的冲击。

"我换件衣服再去。"金果果点了点头。她已经不是小姑娘了,总得有礼数。

在台风天驱车三个小时归来,本来就是为了能够送儿时的伙伴最后一程。

活蹦乱跳的鲜活生命,现在成了咫尺之遥躺在那儿再也不会动的一具冰凉尸体,只要想一想,还是难免会被牵动情绪。

"今天天气这么差,他出门骑什么电动车啊!"金果果换下那身昂贵的裙子,拿了件半旧的白衬衣穿上,语气中带着一丝遗憾。

岛上从下午开始下雨,能见度很差。陆亚东骑行于环岛路上,被一辆大货车挂倒并碾压,当场去世。据说现场惨不忍睹——金果果想到这里就觉得胸口堵得慌。

"嘘!"王桂芳赶紧阻止了她,帮女儿整理了一下领口,"你过去了可千万别提这事,他姆妈听到了又要大呼小叫,晚上已经唱了一出。周舟作孽啊!"

金果果瞬间明白过来:"他是去给周舟送饭?"

六个人从小一起长大,住在一条街上,彼此相隔顶多几十米,又出生于同一年,在一个学校一个年级,是标准的同龄人。尽管家境、性格、境遇有巨大的不同,但时间沉淀,铸就友谊。

他们一起学习,一起玩闹,一起闯祸,一起挨骂。那时候总觉得友谊地久天长,即使几十年后垂垂老矣,也仍然是热络的好朋友,依然能一起去洞庭采茶,到太湖摘莲。

然而高中毕业后,六个人天各一方,金果果和江明川考上了一南一北最好的学府,各奔前程。

只有周舟在陆亚东的猛烈追求下松口答应交往,两人成功牵手。经过一段恋爱长跑,克服了家庭与生活中的种种矛盾,在三年前举办了婚礼。金果果本以为哪怕其他四人各自天涯，至少他们俩能够百年好合。

只是没想到，这段婚姻也不过持续了三年。

想到周舟，母女俩交换难过的眼神。周舟是个苦命的孩子，正是从小的不幸，磨砺了她坚韧又倔强的性格。她认定的事，一定会义无反顾；她认定的人，也会不离不弃。

周舟大学毕业后入选了大学生村干部计划，考上了公务员，这七八年兢兢业业为家乡服务，经常顾不上家里。陆亚东作为从小玩到大直到结婚的丈夫，倒是清楚周舟内心的坚守，因此一心支持她的工作，是众人口中的“模范老公”。

但是家里因为周舟工作繁忙有许多意见，尤其是到现在两人都没孩子，更成了婆婆诟病儿媳妇的主要武器。

前段时间周舟还和金果果聊过天，吐槽家里吵得不可开交，影响她工作，有时候甚至气得想搬出去住，还是陆亚东一边安抚老婆，一边和家里抗争，才努力将婚姻维持到现在。

大家都没看出当年调皮的小子现在脾气这么好，顶着他那个凶姆妈的压力，天天变着法儿给周舟送吃的。人人艳羡这份真爱，谁知道会出这样的意外?!

原本随着时间流逝，日常的矛盾与摩擦或许会渐渐抹平，成为老去后不值一哂的回忆。但这个变故之后，一切就变成了尖锐的刺。

金果果可以想象现在周舟的处境，她婆婆黄玉霞嘴上从不饶人，又最宠独生儿子，一定会把所有的责任都归咎于这个不如她意的儿媳妇。而周舟这个人，只会服务别人，反思自己，现在一定无比内疚和痛苦。

“我马上过去。”

金果果穿上洗得泛白的牛仔裤——这是她高中时的衣服，裤脚处有不明显的缝补痕迹，是他们当年爬洞庭山时刮破的，被珍惜衣物的妈妈给重新缝了起来。

鲜活的青春回忆现在变成了离别的痛苦，金果果又拿起一件旧棒球服套上，克制着情绪，平静下来才能为朋友分担压力。

“带上伞，别又淋湿了。你爸在那边帮忙，你看见了让他早点回来吧，也不早了，明天还得忙一天。”王桂芳想着又叮咛了一句。

金果果点了点头，冲了出去。

远亲不如近邻，金果果的爸爸金大群是个热心肠的人，这些年陆家但凡有什么事，总会习惯性地叫他帮忙，仿佛理所当然。

陆亚东的妈妈黄玉霞泼辣、嘴碎、挑剔，远近闻名，父亲陆光是个闷葫芦，当初两家婚事的细节还都是金大群拍板定下来的，另外平白垫了一笔婚庆公司的费用，弄得他回家暗地里吐槽说亚东到底是谁的儿子，被王桂芳扯着耳朵念叨了两三年。

婚事是金大群忙，没料到丧事也是他忙。

金果果从家出来，绕过木园堂工地，果然见到父亲在给师傅们派烟，拜托他们抓紧。

雨这会儿不大，不过凄风苦雨的，干起活来总是不舒服。包工头模样的大叔一边接烟点着，一边不耐烦地回应："老金，不用担心，明天中午前肯定能搭好，误不了你家的豆腐饭。"

木园堂是吴地婚丧仪式的传统，临时搭建，用于办流水席，只要有空地就能办，方便实惠。要办酒席，一般人家地方肯定不够，去酒店又破费且繁杂，木园堂就成了一个不错的选择。直到现在，除了城市中心场地等条件有限，这一业务在郊区的许多新建小区仍然保持着旺盛的生命力，尤其是在丧事上。

苏州的丧事酒席称为"豆腐饭"，别的菜不论，必有一道白豆腐以表哀思。所以早年间苏州人说"吃豆腐饭"算是恶毒的诅咒，近年因为外来文化的冲击，渐渐不再那么忌讳。

金大群叹了口气，闷闷地回应："那也不是我们家的……"

陆家的人都不出面，他这个邻居在忙前忙后，知道的明白他热心，不知道的还以为是他家的丧事，人人向他道节哀。金大群觉得晦气，但想想白发人送黑发人的悲痛，想想从小一起长大的孩子们，只能尽点力帮忙。

"爸，"金果果打着伞走过去，"妈让你早点回家休息。"

明天丧事上的许多事肯定还要金大群来忙活，要是不休息好了，那得多累。

金大群回头看见女儿，露出疲惫的笑容："果果，你回来啦。差不多了，我再钉一遍，不会出错就好了。"

他终究是负责任的性子，搭上了手就不会半途撒手。

这一点，金果果像他。

"终归是亚东的最后一程，我能帮就帮一会儿。放心，过一会儿我就会回去睡。”

见女儿神情有些哀戚、疲惫，金大群叹了气，回头望着陆家，眼里也满是哀思。

陆亚东当然不是他的儿子，但三十年来看着陆亚东从一个小不点长大，最后成家立业，整天金叔金叔地喊着，要说没感情，那怎么可能？

金果果被他说得心里更酸，她吸了吸鼻子强忍着，越是靠近，越是难以置信。

“你也别太难过。”看到女儿眼圈红了，金大群慌了手脚，赶紧劝慰，“这都是命，周舟才是可怜呢。她在里面，你去安慰安慰。哦，对了，小川也回来了，你们都好多年没见了吧？”

死者已矣，生者可哀。作为未亡人的周舟，确实是最凄惨的一个。与之对比，金果果也顾不上自己悲伤。

几个朋友中，最早赶来的竟然是江明川。原以为他总会有些芥蒂与隔阂，不过在生死面前，那些龃龉与过往，确实都不值一提。

金果果进了陆家的院子，才推开门，就听见震天的哭声。黄玉霞的情绪最激动，毕竟这是她唯一的儿子，也是她心尖尖上记挂的人儿，平时她就是大嗓门，在情绪崩溃的时候，无论做出什么事来，都不会让人觉得奇怪。

“果果！你终于来了呀！”

她瘫坐在停灵的下首，捶地号哭，嗓音嘶哑，却眼尖地发现了金果果的到来，像兔子一样一蹦三尺高，又像是老鹰一样朝着金果果扑过来，不由分说地将她抱在怀里哀号。

“果果啊！我们家亚东怎么这么命苦，他当初要是娶了你就好了！非要娶这个命硬克父克母克夫的丧门星，年纪轻轻就……就走了，让我白发人送黑发人！”她一把鼻涕一把眼泪，像是神志错乱，说出来的话却叫人尴尬。

金果果在沪上打拼了七八年，见过不少大场面，但这种尴尬还是第一次遇到，不知道该怎么安慰突遭丧子之痛的阿姨。

陆光微张着嘴，半秃的前额跳动着香火的红光，神情呆滞。他本就木讷，一向遵循有黄玉霞在的场合就不说话的原则，久而久之，可能都丧失了正常表达的能力，现在更像半朽的槁木，再也发不出春芽来。

对面，周舟低着头藏在阴影中，一身素白，看不出表情，但心情一定复杂难言。

金果果与陆亚东没有轧过朋友。

少男少女时期，陆亚东对她有青梅竹马朦朦胧胧的好感，但那只是无意识的性别投射而已。小时候也总有亲邻开玩笑，说他们长大了是一对儿，要果果给亚东做媳妇。每逢这种时候，黄玉霞的脸是绷紧的。

虽然金果果成绩好，性格乖，年年拿奖状，但她从来都不认为邻家的女儿能配得上自己的宝贝儿子，或者说，她觉得自己儿子生来就该娶天上的仙女，那些凡俗的女子怎么配得上他？

直到金果果考上了名牌大学，工作又一帆风顺，黄玉霞才偶尔主动提起孩子们小时候的玩笑话。但她作为一个挑剔的婆婆，心里又嫌在上海忙于工作的金果果不够贤惠居家，如果辞职在家带孩子，倒勉强看得上。

现在之所以这么闹，无非就是发泄对儿媳妇的滔天恨意。金果果看着黄玉霞红肿的眼睛，知道在她眼里，周舟不但夺走了她儿子，甚至还害了他的命，这与谋杀亲夫的潘金莲都没什么区别了。

平时积累的社交经验在这种场合下毫无作用，金果果只能拍拍黄阿姨的后背，从齿缝里挤出几个字安慰："黄阿姨，节哀，保重身体……"

总算有人上来，把哭闹不休的黄玉霞拉开了。

金果果松了口气，绕到灵前上香。她在路上就做好了心理建设，看了眼棺材里，陆亚东的脸是被遮盖住的，终究还是见不到最后一面。

有亲戚在小声议论："好像说亚东被撞得很惨，所以不让人看。明天殡仪馆的人来了收拾过后，才好见人。"

"作孽呀，也怨不得玉霞发疯，独养儿子成这个样子，谁能受得了？她是怨透恨透了。"

听着众人悄声议论车祸现场的惨烈，金果果伸手摸了摸脸庞，默默整理着情绪，想着怎么安慰周舟，却发现自己在这样的场合也很难控制住心情，怕是只会和周舟抱头痛哭。

有人过来拉着她的胳膊，带着她到旁边的休息区坐下，递给她面巾纸。

"人生无常，旦夕祸福，谁能预料到呢？"

对面的人感慨，声音低沉，很熟悉。

金果果接过面巾纸，有些惊讶地抬头，看到一张戴着金丝边眼镜的白皙文秀的脸。

江明川穿着黑色西装,脸上是复杂的悲悯。

爸爸刚才说过江明川已经到了,不过因为黄玉霞的哭闹,金果果没来得及注意。

“明川,你什么时候到的?”

江明川可能是他们这群小伙伴里最爱流浪的人,上大学的时候就时常跑去外地写生散心,有一次还休学了半年。等到独立工作之后,他更是像断了线的风筝,看他发在朋友圈的照片和画,一会儿在托斯卡纳,一会儿在大溪地,一会儿又在九寨沟,前几天好像还在敦煌,他能这么早回来,实在出人意料。

“我刚好回老家处理点事,傍晚就接到了电话……”

或许是巧合,也或许是命运。

江明川的语气很沉痛:“亚东对我说过:‘你没来参加我的婚礼,以后一定不能错过我的葬礼。’没想到一语成谶。”

陆亚东与周舟结婚的时候,连在深圳的柳萍都赶回来参加婚礼,与陆亚东关系最好的江明川却没出现。他说是因为签证过期在日本耽搁了,金果果却觉得他是故意的。

别人不知道,金果果却清楚他对周舟的暗恋,只是碍于陆亚东先下手为强,江明川只能选择退让与默默祝福。在那对恋人确定关系之后,他曾午夜买醉,给金果果打电话倾诉过痛苦。

金果果始终是这个小圈子里最值得信赖的人。她是六个人里读书最好的,品学兼优,性格沉稳安静。她的身上,藏着大家青春年少时的各种小秘密,她总是能妥帖地安置好那些秘密,即使大家各自有了新生活,有些人也不再联系了,但和她的纽带还在。

俱往矣。在死亡面前,年少时候的那点纠缠与痴怨显得微不足道。

“我和柳萍通过电话,她订了明天一早的飞机回来。杨海在大桥上,马上到了。”见金果果有点恍惚的样子,江明川能理解她的心情,他刚过来看到灵堂时,也久久无法平静。

杨海现在住在园区,离家不算远。柳萍从深圳飞过来,两个多小时就能到上海。明天下午,六个人就又能聚齐了,只是再也不是以前那种单纯的关系。

五生,一死。

“你有没有和周舟说话?”金果果点了点头,好像缓过来了。

她最担心周舟,明明几天前周舟还精神抖擞,在视频通话中谈笑风生,调侃着欢迎金果果回故乡来投资创业,她俩一起绘制美好的蓝图,期待着明天。突然间周舟变成了寡妇,在公婆的眼里,或许还带着原罪。

“嗯,说了两句。”江明川折了几个锡箔元宝,放在沙发旁的纸箱里,目光投向不远处沉默的周舟,“你放心,她很坚强,不会那么容易垮的。这是意外,谁也不想的,过一阵一切都会好的。”

即使是最亲密的丈夫,死去了就不可挽回,生者并不能无限制地悲哀下去,只能带着伤痛向前走,最终走出悲伤,寻回自己的人生。

时光疗愈一切,说起来却是这么残忍。

“她会好的。”金果果知道周舟很坚强,打小就知道。

周舟的父母去世很早,她是吃百家饭长大的孤儿。她从小就懂事聪明,从来不给人添麻烦,一个人坚强勇敢地长大,走出了自己的路。只是这场车祸对她而言又是当头一棒,黄玉霞的言语更是如尖锐的刀锋,不知道会将她伤成什么样。

“你们在这儿呢?”杨海不知何时从后面过来,声音哽咽,用力抓住了江明川的肩膀。他在江南人中是条魁梧的汉子,高中时就超过了一米八,这会儿还留了点胡子,头发乱蓬蓬的,更显得粗犷,只是泪流满面的样子实在与这外表违和。

金果果见他衬衫的下摆有一半耷拉在外面,和以前一样不拘小节也不修边幅。

“我还以为是做梦,接到你爸电话的时候我还在睡觉,真当是恶作剧。”杨海攥着拳头,眼里泪光闪动,“这怎么可能? 我到了这儿还不敢相信! 亚东怎么就出事了?”

杨海没有第一时间去安慰周舟,而是先和熟悉的老友说上几句话,估计也在平复内心的悲痛。

陆亚东出事是在傍晚,大约五点,金大群帮忙通知亲友是在七八点。杨海这么早就睡了? 金果果觉得实在不像他的作风。

这种时候,想点和死者无关的事,才能转移一点令人窒息的难过。

“你这作息得改了。”江明川对杨海的生活更了解些,“你也是三十岁的人了，不工作就算了，至少饮食要规律，否则伤身体怎么办？总得多活几年。”

“我平时下午两点就起了，今天玩游戏上头，当时就觉得不对。”杨海觉得自己每天下午两点起床也算是一种规律，“每天作息规律又能怎么样？谁知道明天会发生什么？你看亚东……”

他说着又捂着脸哭了起来。

杨海是最不爱学习的那个，他小时候在六个人里面家境最好，整天琢磨着打游戏和玩，就不想上大学。高考考砸了之后，他爸给他找了个花钱的学校，混了两年，最后也没读下去，一心想搞电竞，可惜大概是天赋问题，训练了几年也没啥名堂。等年纪大了就更没什么出息，好在家里拆迁弄了好几套房，吃喝不愁，他也乐得逍遥自在。

江明川也沉默了。

网上流行一句话：“你永远不知道明天与意外哪一个先到。”到了他们这个年纪，开始被迫接受人生的无常。

金果果终于站起身，往周舟那边走去。

周舟凄然地抬起头看着她。虽然一切都变了，但穿着高中时衣服的金果果，瞬间将她拉回了过去。

“我回来了。”金果果对着她低低地说道，“我们都回来了。”

周舟一头埋在年少时的闺密的肩膀上，热泪一点点浸湿那带着熟悉味道的旧外套，最终淹没所有的回忆。

外面的雨又大了起来，轰隆隆的春雷从众人的心尖上碾过，压不住灵堂中凄厉的哭骂声。岛被大雨浸湿，白墙黛瓦的村落人家，灯光渐次熄灭，而半坡上，一处实验基地却灯火通明。山雨太大，看不清门口的牌子，只见和民居建筑风格迥异的基地朝南面全是落地玻璃，里面人影晃动，似乎还没下班。

几个年轻的科研人员众星捧月般围着一个三十出头的男人请教问题。

那男人戴着金丝眼镜，锐利的眼神透着智慧，如果不是发际线稍稍后移，露出饱含知识的大额头，完全看不出这是个资深科研专家。

“张老师，您看这儿，因子的配平似乎有点问题。”

“获取的结晶纯度高于标准值，马上要做多品种对比分析，请确认一下实验流程。”

众人的语气中流露出发自内心的崇拜与认可。这是他们的主心骨，也是项目的主导者——长江青年学者、国家杰出青年、中国科学院硕士生导师张炜。张炜很享受这种追捧，他矜持又认真地予以指点，每一句点拨都让学生们露出茅塞顿开的神情。

风雨中一辆出租车驶过，安静地停在门口，车灯耀眼。

这么晚还有人来这里，大家都觉得不可思议。

张炜眼尖，扫到出租车中那瘦削的身影，忽然变了表情，顺手夺过身边学生的伞，猫着腰冲进雨里。

“学弟，这么大的雨，你怎么真过来了？试验园有大家照看，不用担心。”张炜殷勤地在车门外撑着伞，不停地叮嘱，“小心地上滑，小心头上……别淋湿了。”

几个刚来不久的年轻人看到透明雨伞下一张年轻的脸，鼻梁高挺，嘴唇紧抿，面色似乎有点紧绷。和张炜发亮的额头相比，那一头乌黑浓密的头发使他尤显年轻。这个人看上去很矜持，不好接近。

叶茗抿着唇没说话，只是向基地后面指了指。

张炜挠头：“现在？要不要穿着雨衣和雨鞋？山上泥泞……”

叶茗摇头的幅度极小，如果没有敏锐的观察力，会觉得他像个标致的石膏像，在风雨中矗立着，一动也不动。

张炜立刻对站在门口的那群人喊道：“你们先回去休息，我陪叶总去看看试验园。”

两人根本没在意风雨，踩着泥泞沿着小路穿行，留下后面一堆年轻研究人员面面相觑。

有新来的好奇地问道：“这人什么来头？张老师见到咱们校长也没这么客气啊。”

以张炜在圈里的地位和他的前途，硬气起来谁都可以不搭理，学生们也了解他清高、骄傲甚至有点儿虚荣的脾气，什么时候见他巴结过别人？

资深前辈神秘一笑：“你们可千万记好，咱们实验基地，张老师第二，这人才是大人物。”

“是老板？”新人恍然大悟。

“不仅仅是老板。”前辈谆谆教诲，“张老师是为五斗米折腰的人吗？他尊敬的，是这人的另一层身份。”

“还有什么身份？”

前辈远眺两人打着手电筒在黑夜中的方向，感慨地说道：“他是张老师的学弟。”

学弟？学弟有这么值得尊重吗？

众人丈二和尚摸不着头脑。

叶铭步伐稳健，价值不菲的锃亮的皮鞋毫不顾惜地踩在烂泥污水中。前方精致的玻璃暖房中栽着几十排脆弱的茶苗，风疾雨狂，雨珠砸在玻璃窗上，奏出风铃般的连续音符。

“台风天就是这样，我们的七步防灾措施保证没有问题，你拨的资金不会白费的。”张炜趁机表功，表示自己没有浪费老板的钱。

叶铭微微颔首，表情似乎放松了一些。以他的性格，不亲自来看，终究不放心。雨小了，但山风很大，那把伞形同虚设，任凭张炜怎么挡雨，他的西装还是湿了。叶茗毫不在意，绕着暖房转了一圈，张炜跟在他后面，亦步亦趋。

风声渐息，从山脚下遥遥传来哭声与哀乐。

叶铭蹙眉，向山下望去。

公路两旁的灯带如同一条昏黄的河流，将山上山下隔绝成两个世界，声音来处有火光与灯光，是晦暗中亮眼的所在。

“好像是有一家办丧事，听说是车祸，死了个年轻人。唉，命运无常！”张炜在这位学弟面前摆不起一点架子，感慨了一句，表示自己消息灵通，“你放心，这些音乐影响不到咱们的茶苗，咱们的茶苗长得好着呢！”

叶铭用一种看白痴的目光看着这位年轻的生物科学领头人。

他只是想到了今晚那位站在太湖边的白裙女子，听闻她友人去世，她是回来参加这场葬礼吗？

第二章　离别后的重聚

金果果这晚关了手机，陪着周舟度过一个煎熬的夜。

天色微亮时，她被妈妈带回去，强制休息，但乱梦纷纷，没多时就被惊醒。

她打开手机，看到才凌晨五点，工作台上一堆没有及时处理的消息。

隔壁已经很喧闹了，哭声一阵阵地传过来，刺着她的心。

陆家父母的人缘不怎么样，但陆亚东是一个让人惋惜的好青年。他的同事、朋友一早就来哀悼，有些女同事还哀戚地哭了几场，可见人缘不错。

金果果和朋友们只能在旁边搭把手，帮不上什么大忙。

陆光仍然是三拳打不出一个闷屁的模样，表情更加麻木，呆呆地看着众人进进出出，布满皱纹的沧桑的脸仿佛已经老得失去了人类的情感本能。

黄玉霞嗓子更哑了，见人进来就一阵哭骂，犯了癔症一样痛骂周舟。她认为家里的一切灾难都是这个儿媳妇引起的，她恨不得现在就把儿媳妇扫地出门。

周舟一直沉默着，眼睛红肿，也不反驳。最初的沉痛与悲哀过后，她似乎恢复了一点冷静，尤其是小伙伴们陆陆续续回来，他们的眼里没有苛责，无言的友情给了她一丝力量。

幸好现场有金大群调度，总算没有让葬礼演变成一场混乱的闹剧。

“多亏了有你爸，”江明川趁着倒茶的工夫，在黄阿姨的哭闹声中叹了口气，“不然亚东走得都不安心。”

“你当时没来，亚东婚礼上都是金伯伯在上下指挥。结果司仪还以为他是新郎的爸爸，让他上台和黄阿姨一起接受新人敬茶。黄阿姨气得脸都青了，也就是陆叔叔蔫蔫的，不然肯定得揍那司仪。对了，后来黄阿姨为这事还想赖婚庆公司的钱，是金伯伯垫的吧？”杨海记得当时的情景，向江明川吐槽。

“你爸对人也太好了。”江明川很佩服金叔的热心肠，那不是油滑的老好人，是真好人。

“我爸老说，远亲不如近邻，做了几十年邻居，就像是一家人一样，很多事就不用太计较。”金果果小时候也讨厌陆家老占便宜，比方暗戳戳地搭些棚子占院子的空间，随随便便拿金家的东西，借了钱不还，尤其是黄阿姨那让人窒息的性格。所以，她根本没考虑过与陆亚东谈朋友。

不过在葬礼上，什么都不值一提了。

三人的聊天被黄玉霞如同母兽一般的咆哮打断。

“你接什么电话？接什么电话？你这像是死了老公的样子吗？”她疯狂地挥舞双手，将周舟的手机远远地拍了出去，要不是有人拉着，她就要扑上去撕扯周舟的头发。

金果果看到黄玉霞愤怒、扭曲的脸，像是野兽派的抽象画，她急忙跑向周舟，挡在了周舟身前。

亲戚朋友努力将她们分开，却根本扯不住力大如牛的黄玉霞。

江明川、杨海也拽着黄玉霞，不停地劝慰发疯的黄阿姨。

“我只是接一个工作电话，妈。”

这是金果果这次回来第一次听到周舟开口说话，她声音沙哑，略微颤抖，在努力克制地保持平静。

“你把你老公害死了！你还接什么工作电话！我打死你这个坏女人！”黄玉霞又试图冲上去撕打，被杨海紧紧拽着。

“阿姨，你这么说就不对了。”杨海听了一上午黄玉霞的咒骂，早就看不下去了，“出车祸谁也不想，怎么能怪到周舟头上？！”

“杨家的小瘪三你给我滚！”黄玉霞气头上口不择言，逮住就骂，“就是她命硬，是她克死了亚东！要不是她矫情，非要亚东给她送饭，亚东怎么会出事？一天天的，就在外面不回家，也不知道是真的工作，还是找野男人！”

周舟的同事看不下去了，沉着脸耐着性子说道：“黄阿姨，亚东去世非常遗憾，我们能体谅您心情不好，但也不能污蔑人。这几天汛情紧急，周书记忙得脚不沾地，一天才睡三小时，连吃饭都没时间。亚东是心疼她才来送饭，你为了他这一番心意，也不该乱说话。”

“什么狗屁书记！”黄玉霞歇斯底里大爆发，头发散乱地指着周舟，眼里全是怨毒的恨意，“我要举报，让纪委好好查查她，她屁股肯定不干净！我要举报她男女作风问题！她跟我儿子结婚三年，连个蛋都没生，谁知道身体有什么毛病？现在我儿子一死，她想要拍屁股走人，想得美！”

周舟脸色苍白，紧紧咬着嘴唇。她预料到会有这样的风雨，也接受黄玉霞的宣泄，她更不会走，她会将这两个丧子老人赡养到最后。只是现在她也很悲痛，难以去做婆婆的思想工作。

宣泄吧，辱骂吧，如果能让老人心里舒坦点，言语上的羞辱又算什么？

金果果从小就见过黄玉霞的撒泼劲，没想到现在变本加厉了。她默默攥紧周舟的手，低声说道：“我们去外面休息一下。”

在场的亲戚朋友们忍不住摇头叹气，他们也都清楚黄玉霞的疯劲，只是没想到在儿子的葬礼上还能演出这么一场大戏。

金果果拉着周舟到木园堂里面坐下。江明川也跟着出来了，给她倒了杯热水，金果果陪她坐在一旁，只觉得她掌心湿润冰凉。

“谢谢。”周舟的掌心湿漉漉的，冰冷得像淋漓不尽的寒雨，她喝了口水，这会儿才像是缓过气来，“不要担心我。”

“会过去的，你还有我们。”听着她沙哑而疲惫的嗓音，金果果只觉得心疼，用力握了握她的手，像是要将自己的温暖和力量传给她。

“嗯，你们去忙吧，一会儿我去守灵。”周舟低着头，作为妻子，她一直守在陆亚东的灵前，从昨晚到现在，粒米未进。

“先吃点东西。”江明川已经让人给她拿了碗小馄饨，硬塞到她面前。

周舟只浅浅喝了口汤，吃了两个皮子就停了：“我得过去了，不然妈又不知道会闹什么。”

“你管那老太婆干什么?!”杨海这会儿才走出来，气得发抖，“她这么对你，你还管她闹不闹?”

陆家的婆媳矛盾大家都知道，作为朋友，他们更清楚。

黄玉霞对儿媳妇横挑鼻子竖挑眼，反正儿媳妇就没有任何对的地方——要知道，周舟和陆亚东谈恋爱前，黄玉霞偶尔还夸几句，炫耀儿子身边的小伙伴都是优等生，只是关系一变，评价立刻跟着变。

周舟成了儿媳妇，黄玉霞嫌弃她父母早逝，没有娘家照应，又怪她专心工作不做家务，不能照顾儿子亚东的生活，反而让亚东来照顾她，最关键的是没有给陆家生下一儿半女。

陆亚东居中斡旋了三年，现在他走了，矛盾立刻爆发了。

“她是亚东的妈妈，这是亚东的葬礼，我不能让亚东不好过。他这个人最爱面子，最怕丢脸。是我的错，让他送饭……”周舟声音发抖，眼泪又无声砸落，强忍着悲痛说道。

死者为大，就算是为了亚东，她也不能在灵堂撕破脸。

这话一说，小伙伴们都沉默了。黄阿姨是陆亚东的亲妈，这是她发疯的底气，他们可以不管黄阿姨，但不能不顾及朋友的情感。

周舟不想让家事牵扯到金果果，何况昨晚金果果已经遭受了难堪。她拒绝了金果果的陪伴，强撑着一个人走了。

不一会儿里面又传来黄玉霞的叫骂，仿佛永无止歇。

金果果深吸了口气，拿出振动个不停的手机，她今天原本有一堆工作计划，现在全耽误了，得及时处理。

她在一边回工作上的消息，江明川的电话也响了。

江明川皱着眉头说了两句挂了电话：“是柳萍，她到了硕放机场，让我去接她一下。”

苏州没有机场，飞苏州的话可以选择无锡硕放机场或者上海虹桥机场，到苏州市区的距离差不多。柳萍在群里留言说哪一班航班最快，就坐哪一班。

西山岛离无锡更近，大约一个小时即可抵达。柳萍从深圳飞过来，最后挑了飞硕放。

杨海更不高兴了：“她怎么还是和以前一样？这什么时候了，还是这么娇气，自己打个车不行吗？还要你去接，这一来一回不是瞎耽误工夫吗？”

“她好久没回来了，而且之前都是飞虹桥，硕放机场可能不熟悉。”江明川想替她解释，但想到柳萍的性格，不由得苦笑，“这不都是这些年你们宠出来的？明明果果在我们中间最小，柳萍比周舟还要大两个月，倒像是小妹妹一样。”

柳萍娇娇弱弱的，最喜欢撒娇。相比之下，吃百家饭的周舟自小就懂事隐忍；金果果小时候沉迷于学习，长大后沉迷于工作，冷静理智，清楚自己要什么，更像个自立自强的姐姐。团队里小妹妹这个角色，自然就由柳萍来担当了。

“以前要是她回来，肯定是找亚东去接吧？可这会儿……”杨海说不下去了，不经意间又触动了伤心的点。

陆亚东虽然很普通，但很会斡旋，尤其对女孩子各种温柔，曾经是他们这个小圈子最爱组织活动的，可以说是中心人物。

“我去接她吧，我路线熟。你看着点周舟和果果，要是有什么事，给我打电话。”杨海说完，立刻就走。

他们在这儿也帮不上什么忙，现在的丧葬事务有一条龙服务，只要付钱，就能安排得妥妥帖帖。

金果果处理完一个电话，见父亲在与主持人说话，面色不太好看，悄悄走过去听，果然是在掰扯钱的事儿。

“老金，老陆是个闷葫芦，到现在没有一句准话。从昨晚请道士念经，到灵堂布置，还有木园堂豆腐饭，哪个不要花钱？昨天他老婆答应得好好的，到现在一分钱还没给，叫我们很难做啊！”

陆光一向就是这个性子，面团一般，被老婆揉来捏去。更别说这种时候，也不知道是不是故意装聋作哑，反正和他说什么都没反应，他像是个木偶人，内心唯一的那点希望似乎都破灭了，彻底失去了魂。

金大群心里清楚，陆家顶大梁的是黄玉霞，平时陆光抽一根香烟都得来他这儿蹭，哪里能做得了钱的主，便说：“这付钱找老陆没用，得找陆家阿嫂。”

“谁敢找她呀？”主持人气鼓鼓的，大倒苦水，“你看看她装疯卖傻，儿媳妇给她磋磨成什么样了？我刚才跟她提了一嘴钱的事儿，她就给我装晕，差点就滚地上了。钱不给，事儿还多，净是稀奇古怪的念头，刚才还跟我说要道士跪着念经，她这脑子在想什么呢？不过在这种场合，我能说啥？实在不行，我找周书记去。”

“算了算了。”金大群赶忙拉住主持人，他心疼周舟这个从小苦到大的孩子，“小舟这会儿太累了，你还是别拿这事儿烦她。要不你看一下，总共多少钱，我先给垫上。”

主持人摆了摆手：“也就说说气话，哪能让你先垫呢？只是我这一班伙计都得吃饭，那些道士都是得给现钱的，到晚上再说吧。”他唉声叹气地走了，这生意实在让他糟心。

金果果走到父亲背后，也是只能苦笑：“爸，别担心钱的事了。”

金大群曾发誓不再给老陆家垫任何钱。陆亚东、周舟办婚礼时金大群垫的那几千块，还是过了好久周舟知道这事以后，悄悄把钱给还上了。金大群还不好意思拿周舟的钱。要照着陆光、黄玉霞的德行，这钱指定是要不回来。现在亚东不在了,他心疼周舟那闺女,已经盘算着垫上算了,哪怕肉包子打狗有去无回。

金大群叹口气说道:“总不能让亚东的葬礼搞得不好看吧。我心里也堵得慌,亚东我是从小看着长大的,就像是自家孩子一样,小舟也是……拿点钱尽点心意,也不算什么。”

金果果叹了口气,抚了抚爸爸的后背:“你去歇歇,我一会儿去和主持人说几句。”

想起刚才黄玉霞的几场好戏,以及她对周舟毫无掩饰的恶意,金果果就觉得不可思议。自从上大学后,她所接触的世界和自己记忆中的小岛渐渐断层,工作后接触到的层面更加不一样,虽然偶尔也会遇到一些奇葩,但从没有黄阿姨这样的人。

陆光是个没担当的面人,黄玉霞是个母夜叉,这样的父母又是怎么生出来温柔体贴的陆亚东的?周舟应该也是真正被亚东的心意感动,所以才会义无反顾,知道他的家庭情况还愿意委身下嫁,算是掉进火坑。

金果果在昨晚黄阿姨发疯时就想过一个问题——周舟没有孩子,也许是幸运的。等她走出悲痛,和陆家的关系也会断掉,这何尝不是一个新的开始?

金果果不是冷血,她只是作为局外人冷静地分析利益得失。无论怎样的痛苦,都该有结束的时候;无论怎样糟糕的人生,也都拥有重新起航的机会。

金大群左右看了两眼,拽住女儿,压低了声音:“有个事……你别多说,昨天你还没回来时,你黄阿姨找周舟,让她写一个承诺书,说以后永远是陆家的人,绝不改嫁,要给亚东守寡,奉养他们二老……”

金果果愣住了:“什么时代了,哪有这种事?”

她在哀乐和悲号声中越发有种断层的眩晕感。现在女性有婚姻的自由,在丈夫去世之后,无论要不要改嫁,都没人会说三道四。

“我也说这根本不合理。但黄阿姨说得一套一套的,说要让小舟当新时代的道德榜样,要赔亚东的命,替他尽孝,否则的话,就是没有廉耻,说话要多难听有多难听,脑子瓦特(坏掉)了。”金大群说起来都嫌弃,这要是自己女儿的婆家,他这么好脾气的人也会上门理论。

“周舟不可能答应。”如果周舟答应,金果果就要把她给骂醒。

周舟对陆亚东有感情和愧疚,当然不可能那么快移情别恋,但她总要走出去过自己的生活，不可能一辈子被束缚在陆家。

“周舟是没答应。”金大群长吁短叹，“不过她也说了，不管怎样，亚东的爹妈也是她的爹妈，她会给他们养老送终。”

以金果果的性格，哪怕是和丈夫感情再好，也很难把这样可怕的公婆当成亲人。她一向爱憎分明，绝不会委屈自己接受没有道理的事。

周舟能说到这份儿上，已经是仁至义尽。而且金果果了解周舟，她说到就会做到，真的叫人佩服。

“这小姑娘多不容易啊！要是我都感动死了，你黄阿姨却气得撒泼打滚，骂得难听极了，说她就是不安于室，老公尸骨未寒就想着改嫁。周舟多坚强的性子，都被气得直哭。”

金果果感觉到了自己和家乡的脱节，飞过全世界的她，很难想象这样扭曲的灵魂。

今天灵堂上的冲突，昨晚就有前奏，也就是周舟识大体能忍，至少在葬礼上不愿让死去的丈夫太难看。

“你妈说，等亚东火化下葬了，让周舟收拾东西就走，不要跟他们家有什么牵连，省得以后纠缠不清。”金大群说到这里，顿了顿，“但毕竟亚东那孩子……他要是地下有灵，一定也不好过。”

“亚东是亚东，他爸妈是他爸妈，这是两回事。”金果果逻辑很清晰，“每个人都有选择的权利，付出也是相互的，人生有限，怎么可能把自己的下半辈子给搭进去？周舟大不了三不五时给点钱，就算是替亚东尽孝了。”

“你这孩子！”金大群皱了皱眉，“你哪有周舟懂事？这就是人情世故，真要不管不顾，周舟也要被乡里人戳脊梁骨的。她还是镇里的书记，亚东也是为她……走的，怎么也不能做得太过分。再说，周舟那倔脾气，你又不是不知道，她现在就觉得这是自己的责任，哪怕不是，她也要留下来做老人的思想工作。”

金果果揉了揉发疼的脑壳。手机又响了起来，她看了一眼，决定不和爸爸理论：“主持人那边我去解决，你别和陆家说了。”

金果果明白周舟承受的压力，但她不接受这样的人情世故，也无法理解这样的荒唐。

中午的时候，杨海带着柳萍回来了。

柳萍看着还像是二十出头的青春少女，穿一条黑裙，绑了个发带，两只眼睛肿得像水蜜桃，一见金果果就往她怀里钻，哭得梨花带雨："亚东哥哥怎么会出事？我都要哭死了。"

金果果闻到一阵浓郁的香气，她对香水有点过敏，只能努力屏住呼吸，轻轻拍着柳萍的背："我们也没想到。"

好在柳萍很快就直起腰来，抽泣着说："刚才在车上我哭了一路。以前我回来都是亚东哥哥接我，这一次换了杨海，想着就忍不住掉眼泪。"

"你是嫌我的车没他的好吧？"杨海没好气，跑去无锡接人，还被数落，他很不高兴。他开一辆国产的长城，车子有几年历史了，旧了点，也脏了点，确实比不上陆亚东的奥迪。

"杨海！"江明川瞪了他一眼，这话平时说说无所谓，在这个场合可不合适。

杨海也知道失言，闭嘴不再说话。

柳萍就当没听到，红着眼睛往里面看："周舟姐在哪儿？她一定是最伤心的一个，我得去安慰她一下。"

以柳萍那煽情又娇嗲的性格，指不定又惹得黄阿姨发狂。周舟这会儿肯定也没心思去应人，柳萍这小祖宗就别添乱了。金果果拽住了柳萍："晚点再去吧，周舟这会儿太累了，没力气说话。你去给亚东上炷香，准备先吃饭吧。"

木园堂上午就搭好了，厨房的大师傅早就准备好了冷热餐盘，到点就能安排吊唁的客人入席吃饭。

柳萍去亚东灵前上了炷香，与黄玉霞抱头痛哭一阵，哀哀戚戚地跟着金果果他们三个进了木园堂，找空桌坐下来吃饭。

旁边有不熟悉的亲戚在评价豆腐饭："这次老陆舍得花钱，请的是胡师傅做菜。胡师傅原来是松鹤楼的大厨，退休了之后再就业发挥余热，一手素菜做得极好。不过现在丧事也不吃素了，龙虾、乳猪也都是有的，只是上一道豆腐意思意思罢了。"

"我就说这冷盘做得精致，到底是独养儿子，这时候不花钱，就再也没有花钱的机会了。"

人的悲喜并不相通，大部分吊唁的人只是过客，他们的悲痛只需要在灵前展现一下即可。只有真正失去了人生一部分的人才会痛彻心扉，根本没有心情在意菜肴的种类和味道。

木园堂里闹哄哄的，还有小孩尖叫着欢乐地跑来跑去。除了人人戴孝，挂着黑布或者白纱，除了几个人哀痛流泪，对懵懂的孩童来说，这里与寻常的婚宴没什么区别，甚至里面吵闹的声音更热闹好玩。

“我们有几年没在一起聚了吧？”江明川没有胃口，放下了筷子，突然开口。

“三年了。”杨海记着日子，“我和亚东还算常见面，你一天到晚不知道在哪里浪，果果在上海工作忙，柳萍又在深圳，凑不齐人。”

只有留在故乡的闲人，才有机会保持联络。

“没想到，我们几个聚齐，居然是在这种场合。”江明川说完，看向主桌那边的周舟。

周舟脸色苍白如纸，什么都没吃，离他们有十几米远，加上灵堂的陆亚东，他们六个天南海北的人总算又聚在了一起。

柳萍又开始抽噎，拿着纸巾搌着眼角的泪花：“去年过年回来，我们四个一起吃过饭，就缺果果和明川哥哥。”

金果果没说话。她知道江明川是有意回避这种场合，而她早已进入了另一种生活状态，对于旧日的聚会，她其实也想过回来，但工作忙碌，有更多重要的事要处理。而且，这些年过去，即使友情还在，但因为各自的人生不同，所接触的圈子不同，也生疏了。她能想象到柳萍他们会在聚会上嘀咕自己现在混得好，看不上和小人物玩耍之类的话。

金果果只是对目标努力而执着的人，她在“魔都”积累得更多的是资源，而不是财富。论起有钱，江明川和拆迁户杨海才是真的衣食无忧。

“一个个都跑这么远，现在好了，亚东走了，我们想再聚也不可能了，下一次不知道什么时候才能再见到你们。”杨海很低落。

“其实我打算回岛上住一段日子。”江明川沉默了一会儿，忽然说道。

金果果注意到他表情认真，不是临时起意。

“你要回来？”杨海诧异地问，“你不是世界浪子吗？待得住？”

江明川微笑着摇头：“我应聘了西山小学的美术老师，通过了。如果他们不开除我，至少我也得待上一个学年吧。”

“你来当小学美术老师？”

柳萍瞪大了凤眼，不敢置信：“我记得你说过，你要永远离开这个岛，绝不会再回来。”

江明川低头，眼中掠过一抹黯然。“年轻时候的誓言，大多靠不住。”江明川意有所指。

他小时候确实恨这个岛——与其说是恨这个岛,不如说是恨背弃了故乡和母亲的父亲。他父亲是二十世纪八十年代的大学生,很早就考上了重点大学离开了家乡。

父亲要是这么走了也就算了,可偏偏失意时又回了岛上,娶了妻子,生了孩子。只是不到一年,他就像候鸟一样离开了,再去他的命运中拼搏,妻子与儿子就这么被他抛在这个孤岛上。江明川从小跟着母亲长大,一直有一个志愿:考上父亲上过的大学,去找到他,去超越他。

可他真的考出优异成绩去了北方,见到父亲的时候,才知道父亲早有了新的家庭,只是母亲怕影响他的学业,隐瞒了这件事。这给了他巨大的打击,也让他的人生观发生了变化。

母亲去世后,他更不愿意回到故乡,如今居然会主动来岛上做一个小学美术老师,谁都觉得诧异。

但金果果见过各种各样的人,每个人都有自己深藏的秘密和梦想,她不也一样吗？辞去了令人艳羡的工作,卖了“魔都”的房子,回到这里……

“巧了,我也打算回岛上住一段时间。”金果果见柳萍还打算刨根问底,淡淡开口,转移了江明川不想多谈的话题。

“啊?”杨海张大了嘴巴,很震惊,“你们约好的？果果,你在上海不是发展得很好吗？上次还听你妈妈说你交了个条件很好的男朋友,我还想问什么时候带回来呢。”

柳萍没从群里听过金果果的感情生活,每次小圈子聊天,金果果总是聊几句就去忙工作了,也很少说私事,仿佛和他们不再是一个世界的人一样。

“男朋友？谁呀？都没和我们说过,干吗藏着掖着？怕大家抢走不成?”柳萍忍不住酸溜溜地八卦,“……难不成失恋了?”

“没有,我回来是因为辞职了。”金果果习惯了柳萍对女性朋友的天然尖锐,只是这些年过去了,她还是一点没长进,难免让人失望。

看吧,老朋友聚会,总会产生一些失望,没有想象中的美好。

“辞职?! 你被辞退了？你工作出什么问题了?”柳萍又尖叫着问道,一脸关心和八卦。

“是我主动辞职。”金果果深呼吸,看了眼远处的爸爸,她还没和家人好好聊这件事，因为知道他们绝不会同意，所以才先斩后奏，“我这两年一直在想，家乡现在的发展很好，有很多创业机会。我和一个美团的高管朋友聊过这事，打算一起来西山创业，到时候还要各位多多关照。”

“美团的高管？”柳萍又抓住了重点，很敏锐地追问，“是新男朋友？”

金果果可没她那么多的男朋友，毕竟人的精力有限，放在事业上，就没空忙那些情情爱爱。

“女性朋友。”金果果看着柳萍，补充一句，“是一个很厉害的女性朋友。”

说曹操曹操到，电话又响起，金果果不用看就知道是窦豆，她上午抽空处理了一堆事，这会儿也只有窦豆会找她。

“我接个电话。”她起身离席，不管小伙伴们的议论，走到木园堂外。

此刻微雨，空气中弥漫着一丝紫藤花的香气。她走到花架的另一侧，接起了电话。

窦豆说话还是像平时一样干脆火暴，跟一颗颗爆豆子似的放连珠炮：“昨晚太晚了，我就没给你打电话，又想着是葬礼，不好打扰你。这会儿该吃饭了吧，所以打个电话来问问。你还好吧？我担心你太难过，一定要节哀，早点结束，生活和工作还得继续。”

她是个急性子，却给人很安心的感觉。

“我没事，就是周舟可怜。”金果果这一刻忽然想到小时候读的《局外人》里的那场葬礼。

新的日子很快就会代替此刻，旧的情感也会随着昨天的离开渐渐模糊不清。

电话那头沉默了一会儿，随后窦豆直白地问道：“不会影响她的工作吧？”

窦豆是个现实的人，她除了道一句节哀外，最担心创业工作的开展。

周舟负责她们的项目对接和落实，如果因为丈夫的去世影响工作进展，那又得进行调整。

金果果忍不住嗔她：“你也太心急了。周舟会安排好的，就算是她要请假，也肯定有别的政府工作人员与我们对接。”

她和周舟从小一起长大，知道周舟的做事风格。

“她要请长假吗？”窦豆叹气，换位思考了一下，表示理解，“少年夫妻，这真是情伤。”

“不光是伤心。”金果果大致把周舟的处境说了一下，遇到这种不讲理的婆婆，难免会影响工作。

“神经病吧？”窦豆是火暴的脾气，川妹子一点就着，还没听完就炸了，“哪有这种公公婆婆，不盼着人好？还守寡？大清早就亡了，醒醒吧！”

她声音太大，金果果将手机稍稍拿远点，压低声音说：“放心吧，我相信周舟能够处理好，反正不会影响我们和政府的合作，等你来了再说。”

她们原本就有登岛的一系列计划，只是计划没有变化快，所以金果果先一步回家了。

无论遇到什么变故，人生仍然要继续。

木园堂里，杨海还在惊讶和遗憾：“这也太巧了，你们俩都这时候回来。唉，要是早几天就好了，至少咱们六个还能好好聚聚。”

“我也不知道她有回乡创业的计划，她在上海的工作可真不错呢。”江明川话语中的期待更多，“不过果果一向有主意，她一定有自己的打算。”

只有柳萍微微蹙眉，无法理解金果果的决定：“女人真的那么容易放弃原本的生活吗？她没提她的男朋友，难道是有什么变故？”

“柳萍，你怎么还这么八卦？果果的性格你又不是不知道，她要是愿意说，肯定会说，她要是不愿意说，你可别叭叭地问个不停。”杨海此刻心情复杂，金果果没有提自己的男朋友，现在又回来了，那他是否还有机会？

“我这不是替大家问的吗？你们难道不想知道？尤其是你，上次聚会还说要是大家能重回小时候，都在岛上住一起就好了。”柳萍气呼呼地瞪着杨海，“我本来想告诉你们，我也准备回来休假住一阵子，现在就懒得和你们说！”

“你也要回来？”江明川忽然觉得，人生如戏，一场葬礼，将散落天涯的小伙伴们重新聚集在一起。这可能是一种诡异的缘分。

到了晚间，再吃一顿豆腐饭，丧事算是告一段落，就只留下最亲近的人守夜守灵，等第二天一早灵车到来接遗体去殡仪馆火化。

金果果下午又被妈妈拽回家小睡了片刻，晚饭后过来守夜，几个朋友陪着周舟在陆亚东的灵前守到了凌晨。

黄玉霞大概体力不支，骂不动了，也没有外人进来，她难得安静了一会儿。

早上五点，杨海与江明川帮忙抬棺，将陆亚东送上了灵车，一行人跟着去殡仪馆，参加了告别仪式。

送进去火化的时候,黄玉霞忽然哭着喊着抱着不肯撒手,就像是拉着人生最后一根救命稻草。陆光依然在旁边呆呆地站着一声不吭,哪怕被黄玉霞用脚狠踹,又抓伤了手臂,也如同失去痛觉似的木木地看着空荡荡的墙壁。

无论黄玉霞怎么撒泼哭闹,陆亚东终究还是被送进去了,出来的时候,就只剩下一捧骨灰。

迎骨灰回家的时候,黄玉霞又爆发了。

她不准周舟抱骨灰盒。

按照一般的规矩,是子嗣抱骨灰盒回家,但陆亚东没有孩子,由其妻来抱也是合情合理。

黄玉霞偏不同意,急赤白脸地嘶吼:"别人的老婆能生孩子,她又不能生,凭什么算我们陆家的人?"

她非要自己来,说是自己的儿子,自己来抱。

周舟不跟她计较,让了她,准备去抱遗像。

黄玉霞又不准:"你要是发誓,以后不改嫁,给亚东守着,才能有资格抱遗像!"

这下子殡仪馆的工作人员都看不下去了,上前调解:"我说这位老阿姨,话不能这么说,这都什么时代了,哪有你这说法?这遗像、骨灰,当然是最亲近的人来处理。儿媳妇愿意抱着,这就是情分,你还要挑什么?"

"再亲近能亲近得过爹妈?"黄玉霞强词夺理,踢了一脚木头人似的老伴,"让他爸抱着!"

一句话又剥夺了周舟抱遗像的权利。陆光不大乐意,但拗不过老婆,只能不情不愿地接过了儿子的遗像,一脸哭丧样地小步跑回载他们来的大巴。

"周舟,你来给我们打伞,骨灰盒不能见光!你可别再害你老公在下面也受苦!"

黄玉霞如愿了,理直气壮地吩咐周舟做事。

江明川担心地看着周舟,她形容枯槁,素净的脸上惨白凄然,最后一点精气神也被这个婆婆折磨尽了,仿佛随时会晕过去。

周舟沉默地接过黑伞,遮挡着陆亚东的骨灰盒,陪他走过了最后一程。

"周舟的脾气真好。"柳萍看着周舟苍白的脸,和金果果低语,"她以前那么乐观、有干劲,看来不知道被婆婆磨了多久的性子。哎呀,真吓人,我都不敢结婚了。”

除了陆亚东与周舟，其他人都还没结婚。

江明川到处浪荡，杨海是家里蹲，金果果工作忙，他们三个都有不结婚的理由。只有柳萍，她从小就是最向往家庭和婚姻的，居然到了这个年纪还没结婚，金果果感到有些奇怪。不过家家有本难念的经，她也不是好奇的人，何况柳萍自小就和男生们更亲近，有情感上的问题也会首先求助于异性，轮不到金果果费心。

“你不知道别瞎说。”杨海不满柳萍这时候说周舟，抢先开口，“她那是大气，不和这些不讲道理的人计较。人家现在是周书记了，还能小肚鸡肠？什么磨性子？咱们都了解周舟，这老太婆还能降伏得了她？”

周舟性格温柔，看似好说话，但有主见，尤其这几年经过工作的磨炼，杨海不相信她会屈服于这老太婆。

金果果也知道，大家忍气吞声，无非是想让周舟和亡者安心告别。

柳萍立刻生气了，她平时在大家面前说话就口无遮拦，像被宠坏的小公主：“我也是为周舟着想，你就见不得人家说周舟一点不好！亚东哥哥刚去世，你可不要有什么歪心思。”

“你说什么呢？你再胡说八道！”杨海虽然是个标准的宅男，但脾气火暴，这场葬礼也消耗了他所有的耐心。此刻他心里的火噌地上来了，推开旁边的江明川，挤到柳萍跟前，愤怒的模样吓了柳萍一跳，她赶紧缩到金果果身后。

“你们别吵了，给周舟省点心，黄阿姨要是听到了怎么想？杨海你收敛点脾气。柳萍你说话也注意点，不要像平时那样口无遮拦。”金果果揉揉眉心，忽然觉得这个告别仪式太漫长了，漫长到让她怀疑自己是不是冷血。

作为一个只有友情、没有任何血缘关系的旁观者，葬礼上的吵闹让她希望发小能立刻入土为安，让这哭骂声消散，让小岛恢复过去的安宁。除了少了一个年轻人，仿佛一切从未改变的安宁。

杨海虽然没什么耐心，但很听金果果的话，他愤愤地扭过头不说话了。

柳萍躲在金果果身后看着这个年少时的好友。和几乎没什么变化的杨海相比，金果果身上有股见过大世面的淡定的气质，哪怕她穿着以前的旧衣服，也遮掩不住大都市人的气质，和这个小地方格格不入。

与金果果相匹配的是一身艺术家气息的江明川，略长的鬈发、忧郁的眼神、有些脆弱感的下颌线条，使他看起来像是路过这里来写生的流浪画家。

只有她柳萍，倒退了十年，带着一身的伤痕回到这里……

陆亚东下葬的时候，周舟泪流满面，泣不成声。幸好这时候黄玉霞悲痛欲绝，没心思再去为难她，抱着墓碑痛哭，不停地用脑袋撞石碑，吓得周围人将她扯开。

“这墓地还是周舟买的呢。”

杨海悄悄告诉金果果，他什么话都喜欢和果果说，依然像小时候的跟屁虫。

年纪轻轻的人当然不会提前准备墓地。这是出事之后，周舟临时找人买下的墓地，墓碑刚刻好，簇簇新。

这年头墓地的价格不菲，黄玉霞一毛钱都不肯掏，连陆亚东这几年工作的积蓄都看得死死的，说是准备以后养老用，一分钱不能乱花。她还扬言，骨灰盒要是没地方下葬，就先带回家，她晚上抱着儿子睡，这话把陆光吓得够呛。

是周舟掏出了从小到大的积蓄，又从同事那儿临时借了一些，才来得及让陆亚东入土为安。

“这是亲生儿子，她不是最爱她儿子吗？怎么到了花钱的时候就这么小气？”柳萍听到了，气不过地嘟囔。

出事后，周舟根本没来得及给她打电话，找身边的同事先帮忙将墓地搞定，同时还要忍受婆婆的无理刁难，真是太难了。

而丧事一条龙的钱是金果果给垫的——黄玉霞终究是一分钱没拿出来。金果果给主持人扫了码，付了钱。

“她就是想拿捏周舟呗。”杨海愤愤不平，“我都想劝周舟，以后别搭理这家人，就当是没结过这门亲！这都什么玩意儿！”

黄玉霞连过桥过路口撒的硬币都不肯掏出来，还是周舟准备的。

当地习俗，灵车带着骨灰盒去墓地的时候，不能走回头路，每过桥过路口，都要撒上一把铜板，以买通土地与野鬼，免得招惹是非。

这年头铜板是没了，一元硬币也合用。这一路上就算有几十个路口，又能花多少钱？黄玉霞连这点小钱都要和儿媳妇算计，实在叫人齿冷。

“为了亚东，为了亚东……”江明川不断地劝他们。总而言之，他们与陆家也没什么交集，无非是为了好兄弟陆亚东。

“周舟不摆脱这家吸血鬼，后面的事就没完了。”柳萍也觉得过分，见金果果拿起不停振动的手机在看，忍不住想拉她进场八卦，“果果，你说周舟是不是嫁亏了？以她的条件，找个有钱人一点儿都不难。”

“每个人都有自己的选择。”金果果给窦豆回着消息，终于说了句话，“当事人不后悔就行了。”

“嘿，你现在怎么也变得这么冷漠？周舟可是你的闺密啊！”柳萍这一路对金果果意见可大了，因为她大多时候都在忙着“玩”手机，对大家的集体吐槽也不闻不问，仿佛置身事外。

从小金果果就是两耳不闻窗外事，一心只读圣贤书，对朋友虽然真诚，但很少主动加入别人的琐事中，可偏偏大家都喜欢和她分享心事。

长大后她越发有些高冷——准确地说，是和大家的距离越来越远，似乎成了山间那遥不可及的明月，这让在泥泞里打滚的柳萍很看不惯。

江明川咳嗽一声：“别说这些了，丧事结束后，我们也别再去陆家添乱了。这几年没见，要不找个地方坐坐，我请你们喝咖啡。”

“好啊！”无所事事的杨海第一个响应。

“下次吧，我还有点事要处理。”金果果感觉到从内而外的疲倦，此刻更想回家洗个澡独处，给自己充个电，等待一切重启。

柳萍这个喜欢热闹的人也撑不住了：“下次再约。我昨天下飞机到现在，还没洗澡换衣服呢，整个人都臭了。明川哥哥，你先送我去酒店吧。”

“你不住家里？”江明川诧异。他们都是本地人，江明川是因为老宅在一次事故中坍塌了，才不得不住在外面，而柳萍家就在街面上呢。

“你也知道我家常年没人，也没人帮着看房子，都不知道成什么样了。”柳萍娇气地摇头，“我先住两天酒店，等稍微整理之后再回家住。”

“那我送你去酒店。杨海，你先回园区？”江明川觉得她说得也有道理，转头问杨海。

“我回老家。你们不都在这边吗？明天起来还能见面，我就别来回跑了。”

杨海在镇上有老房子，前两年还重新装修了一下，时不时过来度假。反正他是家里蹲的宅男，没工作上的压力，懒得开车回园区。

对于小伙伴们回乡这件事，作为宅男的杨海其实是最激动的，他虽然老掐柳萍，但内心一直期望着朋友重聚，反正对他来说，只要有空调和 Wi-Fi，在哪儿住都是一样。

“你老家不是搞了好几个房间吗?”江明川忽然想起来,看着杨海,“那柳萍也不用去酒店,到你家住不就得了?”

以前柳萍妈出去打工,她自己照顾自己,也常去几个小伙伴家过夜,那时候年纪小也没什么忌讳,大家也没什么坏心思。

这会儿杨海反而扭捏起来,瞟了眼娇气事多的柳萍,不想伺候:“这孤男寡女的,不合适。”

“我还是住酒店方便。”柳萍也不想去杨海家里。

金果果想了想:“要不柳萍先去我家住吧,我姐姐的房间还空着,从我家到杨海家也很近,明天要是约见面,到时候我带着柳萍一起出来就行。”

这次柳萍没有表示反对,算是接受了这个安排,提着行李箱跟着金果果的车回家。

四个人默契地没有去打扰周舟,至少让她心情平静几天再说,等到合适的时候,再找她相聚。

一场葬礼让人精神疲惫,就像是熬夜加班一整年似的。

金果果原本还强打着精神想要与柳萍叙叙旧,可柳萍一上车就在副驾上睡着了,没来得及补妆的脸在阴影下显得憔悴蜡黄,眼角也有了细细的纹路,不似少年时。

金果果没忍心吵醒她,默默地开车穿过大街小巷。

天气依旧潮湿阴雨,乌云笼罩着古城,地平线上的高楼模糊不清,只有流动的湖水依旧清晰,发出沙沙的水声。

洞庭山下的哀乐声终于停止了,茶山上,有一树的杏花经了这场雨的滋润,含羞带俏地绽放了几朵,压抑了一个冬天的春蓬勃而出。

金果果在白粥、大饼、油条与咸鸭蛋的香气里醒过来。

雨终于停了,晨曦与湖面反射的光一起穿过薄薄的纯棉格子窗帘,带着几分春意融融的温暖。

柳萍蜷缩着身体,兀自睡在窗边的小床上未醒。

金果果夜里好像做了几个梦,但都模糊不清,只有一种哀伤的情绪始终无法摆脱。

金果果穿着睡衣,轻手轻脚地开门下楼,到厨房一看,王桂芳正一边揉着眼睛,一边搅拌砂锅里的白粥。

“又在和我爸生气呢?”一看妈妈的表情,金果果就知道父母昨晚肯定吵架了。

葬礼一条龙的费用她没和家人说,但七七八八的小钱金大群也垫了不少。王桂芳不是心疼钱,而是受够了老金这种大包大揽老好人的脾气。

“懒得和他吵,气得我肝儿疼。怎么说他都不听,咱们家又不是什么大富大贵之家,都是辛辛苦苦给你和你姐攒的嫁妆,他就这么随便给了那个女人,我心里不痛快。关键不是一次两次,这几十年他到底贴出去多少,都算不清了!”

女人不论年龄,生起气来都不讲逻辑。金大群为了陆亚东的葬礼贴了点钱和人情,但在王桂芳嘴里,就是给黄玉霞花钱。

金果果知道这时候亲妈需要安抚,她笑着说道:“我爸昨天就说了,亚东都走了,这怎么都是最后一次。我和姐都不用你们贴嫁妆,我们自己有存款。”

“最后一次,每次都说最后一次,谁知道什么时候是个头!”王桂芳撇嘴,显然老头子在她那儿没什么信用,说起大女儿,她又满腹牢骚,“我知道你能干,你姐是没指望,每个月不‘月光’来‘啃老’我就谢天谢地了。都这么个岁数了,还不找男朋友成家,以后可怎么办哟!”

金宝宝比金果果大一岁半,在家乡似乎都到了女人不愿意提起年龄的时间段。

金果果想,如果妈妈知道她现在的状况,只会更加操心。

“妈,粥好了!”金果果不接这个话题,温柔地提醒妈妈白粥即将潽出来。

柳萍九点多的时候下楼了,没化妆,还是疲惫困倦的样子,眼皮有点浮肿。毕竟是三十岁的女人,以前的娇俏少女,没有好好保养,就有走下坡路的迹象。

金果果看到她,总是平白浮起担忧。三个女孩里,柳萍和周舟不一样,和她更不同,哪怕是丧偶的周舟,眼里也有股无法被磨灭的韧劲,而她更不必说,一向行动力超强。金果果身边的那些职业女性,到了三十,甚至四五十,虽然眼角皱纹越来越深,可不但没有被时光磨得庸碌俗靡,反而绽放出成熟的美。只有柳萍,人如其名,像无根的浮萍,让人担心她被生活的浪涛卷走。

“明川哥哥给你打电话没有?”柳萍吃了半个蛋黄,又喝了两口粥,可能是不合胃口就放下了,关切地问起今天的聚会。

“他们几个前两天也累着了,估计还没起。”金果果摇摇头,她有一点近乡情怯,哪怕是童年好友,再见面坐在一起也不知道该说什么。

之前葬礼上的主题是陆亚东，可斯人已逝，反复说起回忆只会让人难过。

柳萍发了一阵子呆，她反应也不如以前敏捷，时光在每个人身上默默留下印记，自己纵未觉察，他人却能看得真切。

“杨海肯定还没起。”柳萍对这个脾气刚直的伙伴一向看不上，语气里有点不屑。

“别老说他了，他过得开心就好。”金果果一向奉行不过度干涉别人生活的宗旨，哪怕是亲姐姐，她也不会蛮横地强行干涉。

如果无所求，杨海的生活是绝大多数人的梦想。不用上班，不需要勉强自己社交，也没有高消费的虚荣心，每天靠着拆迁房的租金吃饭，早上睡到自然醒，饿了叫外卖，无聊了打游戏，于社会无益却也无害。单身一人，一样有滋有味，不觉得寂寞。

有时候深夜还在加班的金果果看到杨海在六人小群里发的夜宵和游戏战绩，心里也会掠过几丝羡慕。

“同人不同命啊！”柳萍有些怨愤，“我们拼死拼活都得不到的东西，别人一生下来就有，真是不公平。”

“努力就好。”金果果像是自言自语。

金果果早就发现柳萍戾气变大了，以前她也娇气矫情，但对生活并无怨言，也可能是因为小时候的经历，会小心翼翼地隐藏自己的情绪。现在却不同，她整个人都透着不满和愤怒。

不过柳萍在深圳单枪匹马地打拼，辛苦在所难免。

生活会给每个人上课，但能学到什么，就看各人的资质与机缘。

“你说我们几个是不是命不好？周舟那么努力，有个那么好的老公，现在还不是成了寡妇？我俩又一直单身没人爱。”柳萍之前在一家外贸公司上班，不是什么知名的大企业，这几年因为国际形势的关系，压力很大。

她的生活消费高，没攒下什么钱，青春易逝，婚恋与事业却都没什么起色与前景，心中自然焦虑。

不过这种个人内心最深切的感受，反而很难与别人分享，就像是金果果自己，也不愿意多提现状与经历。

“单身就是命不好？”金果果觉得柳萍这些年“南漂”，没变得自立自强，反倒被生活打压得失去了鲜活的生命力。

对，她的身上已不见了当初娇艳绽放的生命力。

哪怕是经历丧夫之痛的周舟，也像是倾塌高楼下一株满是灰尘的野草，依然倔强地向着阳光。金果果对周舟没有那么担心，她相信几场雨后，周舟会洗去灰尘，继续开出花来。

“反正我啊，活着就已经耗尽了所有的力气。当然了，你跟我不一样，我总是寄希望于男人身上。你以前说我‘恋爱脑’是对的，如果早点醒悟就好了。”柳萍自嘲地说道，她愿将自己的灰头土脸放置于人前，因为知道金果果不会笑话她。

金果果这个人，很理性，只会分析原因，给一些中肯的建议。

“现在也不迟啊。”金果果收起她面前的碗，深深地看了她一眼。

命运是迷雾中不安定的绳，她们永远不知道下一个绳结指向何方。但是又何惧？对现代女性来说，别说三十岁，哪怕六十岁，也可以改写人生。

江明川与杨海也一样是单身，但男人不会有什么感慨，三十岁的男人还年轻，也不会有一直恨嫁的柳萍这样的危机感。

“所以你和之前那个什么同学分手了？”柳萍昨天找机会问了几次，金果果的回答显然没有满足她八卦的心。

“别提这事，”金果果赶紧看了眼门口，生怕她妈进来唠叨，“我妈听不得什么男同学。”

柳萍嬉笑地凑过去，拽着她的胳膊，想八卦，也有几分真切的关心：“说说详细经过啊，你甩了人家？”

金果果不喜欢和大家分享私事，她身边不乏追求者，但她只和朋友们提过一位。

两个人因为亲昵的身体接触，好像消除了年龄与时间的隔阂，有一瞬间似是回到了爱玩爱笑的少女时代。金果果突然意识到，从小一起长大的感情和亲情一样，是任何东西无法替代的。

至于男同学，那是在六年前，她研究生还没毕业，高斌向她告白，向她承诺未来。她从小的优点，也是缺点——过于理智，认为未来有许多变数，希望工作稳定后再深入交往。

大多数男人在感情上是经不起等待的。

很遗憾，高斌在她工作的第二年，就找到了更适合他的女孩，一个热情如火、盼着结婚的女孩。

当然还有种种外在的原因——两人的工作差距和生活圈的变化。归根结底还是因为不爱了。一个过于理智，一个太现实，如果还保留着当初炽热的感情，任何困难都能克服。

成年人却明白，任何事无非是成本的考量，在凡俗的生活中，没有真正棒打鸳鸯的力量，有的只是点点滴滴的生活与磨折，和对利弊的不断衡量。

在这一点上，金果果很佩服周舟。放弃是世界上最容易的事，周舟却能始终选择坚持。

“好吧，不愿说就算了。那你回来干吗？是又失恋了？”柳萍最讨厌的就是金果果在八卦上的这份冷淡，这让她有种融入不了对方情感的生疏。

“你脑子里只有恋爱。”金果果捏了捏柳萍的脸，语气里有些无奈。

她无法理解柳萍对恋爱的执着。对她而言，感情就像是工作中的一个项目，这个项目或许不尽如人意，或许有很多遗憾，但是，过去了就是过去了，她还有更多更重要的项目要去完成。

她身边许多重情重义的朋友，大多不会为一段失败的感情痛苦太久，这个世界太大了，有更值得挑战和付出的事情去填补情感的空缺。

“我回来主要是因为岛上的开发，我和合作伙伴评估了很久，觉得大有可为，所以，我是回来创业的。”

柳萍听到金果果温柔而坚定的回答，有些愕然，眼神中掠过一抹不明的阴影。这还是那个她不喜欢的金果果啊，总有种置身事外的冷静，从不会为男人落荒而逃，也不屑纠缠于感情，永远知道自己想要什么。最重要的是，如果说周舟是固守城池死战不退的将军，那果果就是为了想要的东西，跋山涉水披荆斩棘的愚公。这是她没有的勇气，也是她最嫉妒的地方。

江明川起得很早，晨雾刚散，他就从酒店开车过来，又徒步穿过一片小果林，走到倾颓的老宅前，静静地坐了许久。

江明川曾经在这儿住过十八年，考上大学之前，他甚至连离开小岛去市里的次数都寥寥可数。

那时候的他，被半疯的母亲牵绊折磨，每时每刻想的都是逃离与重启。

可兜兜转转过去了十多年，当他再次回到这里的时候，只剩下悲伤，过世的母亲再也不会回来呼喊他的名字了。

有人说人的一生就是在寻找一个终极的答案，他从这里起步，几乎走遍了半个世界，见过无数风景，可迷茫不曾终结。

九点多的时候，杨海给他打电话，问他什么时候见面。

江明川这才收起思绪："果果和柳萍应该都累了，让她们多睡会儿。你今天起得早。"

"我睡不着。"杨海是个直男，但他情感丰富，"一想到亚东和周舟就……"

江明川默然良久才开口："十点半吧。我看洞庭西路开了家咖啡馆，我们先在那儿见面，然后中午吃个饭。"

"好，我知道地方。吃饭我来订，有一家农家菜做得很棒，有几分宝宝姐的手艺。"

杨海虽然是宅男，但这儿到底是他老家，他回来的次数总比漂在外面的江明川多。陆亚东不在了，又不能麻烦周舟，只有他勉为其难来充当联络与安排的角色。

那地方离金家不远，步行也就五六分钟。收到了见面的时间、地点的信息，柳萍赶忙上楼化妆。金果果知道她化妆打扮一时半刻是出不了门的，就溜达着去自家的茶园看看。

第三章　吓煞人香

现在还没到采茶季节，茶园显得寂寥冷清。春天枝叶的香味弥漫在空气中，台风洗去了尘埃与过去，只留下清新与斑驳的阳光。

早年间爷爷最看重这片茶园，没事就在这儿修剪。这几年金大群懒得打理，想过租给别的茶商，王桂芳反对，说宁可放在手里。现在这茶园看着有些荒凉，一些杂草和野花点缀其中，像是被遗弃了。

洞庭碧螺春是自古流传至今的正经名茶，轻、灵、浮，口感上乘，香气逼人，在乾隆年间是贡品，后来更成了在达官贵人中流行的奢侈品。

可岛上的茶经济并不怎么热门。

这儿毕竟隶属大工业城市，发展机会与方向太多，原本与龙井齐名的吓煞人香，这些年显得默默无闻，产量与销量也只是平稳，不像周边省份那么大力发展与推动。

其实这也是合理的。

西山岛就那么大的地方，适合种植茶树的区域更是零散而稀少，如果大规模进行茶园建设，反而会拉低茶叶的品质。就像现在满世界的大红袍，其实正宗的母树茶叶只有峭壁上那六株产的而已。

而金果果的创业，却是以茶为切入点。

不是单纯地扩大茶叶生产与工业化，这在现实中也不可行。她野心勃勃，想要的是文化与经济的双重产业链条。

二十一世纪是信息的时代，无形的东西并不便宜，独一无二的品位与趣味将是竞争中的巨大优势。

当然，如果真的和伙伴们聊这些，恐怕没说两句，柳萍就该睡着了。

头顶的日光暖煦，阴霾过去，湖面上的云气像是小狗小猫一样翻滚着，煞是可爱。

她蹲下身，有些怜惜地抚摸着茶树柔嫩圆润的叶片与粗糙的枝条。

几百年前的采茶娘，也是这般温柔地对待这些植物，将采下的嫩芽放入箩筐，经过烘干翻炒，凝聚这湖山的秀丽，汲取天地的灵气，制造最优质的茶叶，送往千里之外的京城。

这一刻，伙伴的离世、琐碎的事务仿佛都离她远去，她闭着眼睛感受古老的历史在指尖一寸寸展开，心里也沉静下来。

那种现实的荒谬感，终于消失。

咔嚓。背后传来很轻的快门声。

金果果诧异地回头，看见茶山上的小路上有一双笔直的长腿。

那人也在欣赏风景，没注意到茶树丛里竟然蹲了个人，微微一怔，欠身后退，大概是在表达歉意。

这是个穿着银灰色西装的男人，看上去还很年轻——现在的男人从外表很难判断年龄。

即使是从下往上的“死亡角度”，也影响不了他周正的相貌，眉眼深邃，自带一种疏离的气质，尤其站在茶树边，皮鞋下绽放着生命力旺盛的野花，整个人如孤松挺立，风姿俊朗。

只是那双明亮、锐利的眼睛里面有一丝不符合他的气质的错愕与紧张，让他的脸呈现出微妙的矛盾感。

他的手里拿着一部相机，从长镜头来看应该是高价的专业款。不过金果果对摄影没有研究，看不出品牌型号。

金果果大大方方地打量着他，内心判定他是个好奇的游客。

洞庭山上有好几个知名的景点，每天旅游团络绎不绝。也有背包客不跟团，在老宅老街中穿行，寻找洞庭西山真正的韵味。

只是他穿得太正式了点，气质出众，很引人注目。

金果果见他表情绷得很紧，便站起身，友好地开口，想消除他的紧张：“不用担心，这里不禁止拍照，虽然是私人地方。”

茶园是自家的，湖光山色的美景却不能自私占有，这是爷爷很早就教会她的道理。

叶茗瞥了她一眼，随后又多看了一眼——这是那晚湖边的女子吗？

她今天穿得格外休闲，头发随意地扎在脑后，素面清雅，仿佛是还没毕业的学生，显得有些稚嫩，表情有几分憔悴，也许是友人逝去的打击太大。

但她那双黑白分明的眼睛很亮，不过与他相反，她的眼神镇定，透着一种冷静的理性，盯住一个人的时候，像是要将对方看透。

他现在就感觉自己被她的眼神钉在这里，更加想离开。

叶茗最怕和陌生人搭话，最终只是点了点头算作交流，拿着相机转身离去。

远离了她的视线，叶茗才轻轻松了口气，默默在脑中回放了一下她的样子，越发觉得还是纪梵希的白裙子更配她。

金果果见他瘦削的背影消失在果林里，莫名觉得这人有点眼熟，好像在什么地方见过，但一时又想不起来。

这种熟悉感也许是来自多年的工作经验——她在上海工作时，经常会遇到这种注意保持体形、西装革履的青年才俊。

对方从头到尾都没说话，但那张脸太好看，实在不像是坏人，也很容易让“没礼貌”这种感觉消弭。

金果果没太在意，在他离开后，又在茶园里溜达了两圈，看时间差不多，就回家带上柳萍，往洞庭西路的咖啡馆去了。

江明川与杨海已经到了。柳萍点了杯不加糖的美式咖啡，金果果平时喝惯了咖啡，但今天要了壶碧螺春。

说是咖啡馆，其实也有各色茶，只是对茶叶的品质不能做什么要求。

“果果都开始喝茶了。”杨海大笑，“你以前不是爱喝奶茶的吗？怕胖？”

金果果有一段时间迷恋高糖分的奶茶和甜点，尤其是初中三年，差点长成一个小胖妹。不知道从什么时候开始，她渐渐放弃了甜味饮料，只喝苦咖啡和清茶。

“人都会变。以前周舟脾气多倔，哪像现在？”江明川还在想着周舟的情况。

大家现在又帮不上什么忙，更加难受。

周舟在公婆面前忍气吞声的小媳妇样，确实不像她以前的性格。周舟看似温柔，但涉及底线问题，她能拍案直斥对方。她以前甚至教训过骚扰柳萍的小混混儿，谁能料到她现在竟任人欺负。

“现在不是更倔？守着灵一动不动，被欺负成那样都倔得不吭声……”杨海又来气了，笑容消失。

柳萍不理杨海，推了推江明川，娇滴滴地提醒：“不是说今天不提亚东和周舟了吗？别老说不开心的事。”

“谁和你说好了？咱们六个一直都不可分离，怎么就不能提了？”杨海见柳萍对男人亲昵甚至轻佻的举动就来气，忍不住反问。

六个人少年时以为友情地久天长，谁知道人生只走了一小段，就天人永隔。

“是我不对。”江明川意识到自己对周舟过于关注，苦笑着摇头，“还是说说咱们吧，那天就起了个话头，咱们三个都要留在岛上，真是巧合。果果、柳萍，你们打算干什么呢？”

“果果要当老板创业呢！”柳萍不等金果果说话，就主动揭了底，语气里有一丝酸溜溜的羡慕，“她比我们都强，你们俩男的都比不上！”

“创业？”杨海这次没介意柳萍的“拉踩”，他更关心果果想干什么，“果果，这可不是闹着玩的，你没听过一句话，叫‘劝人创业等于谋财害命’？我踩了好多坑，你可不要重蹈覆辙。你在上海的工作不是很好吗？”

他虽然是家里蹲，但拆迁后刚拿了钱时也考虑过自己做生意，开过网吧，开过小超市，还差点被狐朋狗友怂恿开酒吧和宾馆，但最后都是赔钱，所以他深知创业的艰难。

也正是这些失败的教训，让他更坚定家里蹲的念头。

他妈也求他，在家待着，不去折腾什么创业，就是给家里赚钱了。

“你们不知道，果果她……”柳萍急着八卦，话说半句才觉得可能有点不对，停下来回头对金果果吐舌头，“我能说吗？”

柳萍的表情和语气都这样了，还能阻止吗？要是不让她说，不就等于吊那两人的胃口？

“和大家说也没什么，我只是暂时不想让家里知道，你们知道我爸妈的性格，回头要唠叨的。”金果果大大方方地说道。

“辞职和创业都是大事，你想好了吗？”江明川关心地问道。

金果果点了点头。离职与创业的想法在她心中已经酝酿许久，就像是种子在合适的季节和土壤里，总会慢慢发芽，探出头来。

“果果，你该不是受了什么伤，不想在那儿待了？谁欺负你，你告诉我，我去揍他。”

虽然金果果这些年没提过自己的感情，但杨海总觉得她这么漂亮、优秀，身边一定不缺少追求者，所以第一反应就是她受了情伤。

在这个社会，一位女性选择改变，身边人总会怀疑她是一时冲动或是感情受挫。金果果不喜欢这种刻板的印象，微笑着解释道："这是我一直想做的事，关于项目可行性的讨论，先期我与合伙人在上海已经开过好几次会，平时帮助我们的几位老师也很看好。我们也拿到了天使轮的投资，你们不用太担心创业风险的问题。"

金果果偶尔有理想主义者的浪漫幻想，但合伙人窦豆可不是省油的灯。

窦豆凭借爽辣的脾气和强大的数据分析能力，在投融资圈都有一定的影响力。如果不是拿了大笔的天使轮，她们也不会那么快进入创业流程。

江明川见金果果表情很平静，松了口气，向她竖起大拇指："果果厉害啊，这都用上别人的钱创业啦。杨海你就别瞎操心了，一看果果心里就有谱，和你那些瞎胡闹不一样。"

"天使轮拿了多少钱？"柳萍也张大了嘴巴，这次掩饰不住羡慕了。

金果果对她说过要创业，但没细说，她也和杨海一样，以为金果果只是拿自己的钱搞些小项目来折腾，谁料到听起来还挺像模像样。

"天使轮三百万元，等我们在岛上的基地和框架建成，A 轮应该能翻几倍。"这也不是机密，金果果坦荡地回答。

"这么多！"江明川对投资一知半解，但跟着父亲耳濡目染，多少知道一点，"第一轮你可别让出太多股份。"

天使轮引入的融资如果占据过多股份比例，那对于创业者来说很不友好，后期不是出现融资困难，就是面临被反客为主扫地出门的局面。他担心金果果没经验，上了资本的当。

"让了 15%，我们有财务控制。"金果果穿着高中时代的衣服，和伙伴们在一起时的状态很松弛，完全看不出工作时是什么状态。

此刻，她年轻的脸上露出了自信和成熟，一扫葬礼上的颓郁，整个人变得明艳亮眼。

这点也多亏窦豆，她在谈判中寸步不让，拿到了一个相当优惠的条件。

"等一下！"柳萍抬头望天，嘴唇翕动，像是在计算什么，"三百万，15%，也就是说整个公司的估值是两千万。你这什么都还没开始做，就成了千万富婆?!"

三百万元的天使轮加上低股份比例，将创业公司的估值推到了一个很高的层次。即使是在有核心技术的科技公司中，这个估值也不算低，很有可能成为未来的独角兽。金果果这几年到底在干什么？这摇身一变，就有千万身家？

虽然知道她毕业后咬牙在上海买了套小公寓，但那是贷款买的，而且从家里借了不少钱。从平时的聊天里窥见她日常生活很低调，工作似乎也很忙，不像柳萍，一天发十条朋友圈，从早茶晒到夜宵。

“我和一位朋友平摊股份，可没到千万啊。”金果果开玩笑地摇头，“这都是纸上的财富，我的私房钱全投进前期开发了，你们要找我借钱可没有。”

她与窦豆的股份比例约定了一直保持5:5，这个成功是她们两个女孩前期辛苦筹备换来的。而且这还仅仅是第一步，如果项目做不起来，那这估值也就像肥皂泡一样虚幻不实。

“你这到底是做啥项目啊？果果，咱们可千万不能做一些违法犯罪的勾当。”杨海满脸的不可思议和担心，他比柳萍更了解果果的工作。

金果果一直在风投上班，负责过一些上千万上亿元的投资大项目，尽管年轻，在业界却已经崭露头角。

但这是依托大平台，与杨海的所谓创业可大不相同。

投资经理不是傻子，不会往沉船里撒钱，他们愿意真金白银拿出钞票，意味着他们看到了至少翻倍的回报可能。

见伙伴们担心，金果果也不隐瞒了。

反正马上项目就要启动，就算是竞争对手也很快能够得到情报。何况她与窦豆构建的项目，明面上的竞争力依托资金、营销模式与渠道，核心则基于文化精神和新业态构建的能力，就算有人同样看到了商机，不是天时、地利、人和俱全，也无法模仿。

“我们准备做一个基于绿茶——碧螺春为卖点的健康茶饮品牌，商标申请和注册工作已经在进行。我的合伙人负责商业模型和渠道深耕，我主要负责融资渠道、文化核心与基地建设。所以，我必须回到岛上。”

这算是一个新业态的开发，在渠道全部打通、模型清晰的前提下，很容易引来投资方的关注。毕竟这几年餐饮行业是投资热点，之前奶茶、咖啡、果汁以及连锁餐厅成为短期炒高资产的绝好投资方向，纯绿茶茶饮当然也是许多人愿意尝试的。

只是单纯的茶，尤其是绿茶，在年轻人群体中的接受度相对较低，与奶茶、咖啡甚至果汁相比有先天性的劣势，所以很多小打小闹的尝试都遭遇了挫折。

现在城市里能够见到遍地咖啡馆与奶茶店，却很少能够见到单纯的绿茶饮料销售点。

绿茶口感苦香，冲泡要求高，保鲜难度大，采用奶茶店的模式很难保证口感。更重要的是成本偏高，又缺乏与年轻人文化的衔接点，市场切入难度大。

江明川作为一个和碧螺春一起长大的孩子，显然也想到了这些，皱眉说道："这个说起来容易，做起来非常难。"

"是啊，还没听过谁做起来。我前几年想做奶茶店，也调查了一下，"杨海立刻接口说道，"现在哪怕是更加流行的红茶系列，也没构建起类似奶茶的模式，别说绿茶了！"

没有别的原因，只是因为大众都爱更甜的口感，糖能够促进多巴胺的分泌，产生喜悦和快乐，这是奶茶获得成功的基础。

没有经历过丰富的人生，又怎么去细细品味一杯茶的甘苦？

而经历过人生的中年人，想让他们从口袋里掏出钱来消费，又要比赚年轻人的钱难得多了。

"总要试试才知道。"金果果不辩解，语气和眼神里带着不容置疑的坚定。

如果不是窦豆加入，也许这个梦想还要推迟几年……

但人生的变故太多了，也许推迟几年，她也失去了出发的动力。

金果果是个行动派，而且从自己内心出发，她也希望将中国人的传统茶文化推向更广阔的受众群体，让其他年轻人也像自己一样，去接受茶饮，爱上茶饮。

再聊下去就涉及商业机密与细节了，朋友们知趣，不会盘根究底。非专业人士其实对具体的操作手法也并不感兴趣，就如柳萍，她更关心金果果的第一家旗舰样板店什么时候能开起来，他们好去捧场。

"和果果相比，我回来真就是一事无成。"江明川还是有点担心创业问题，但见果果胸有成竹眼里有光的样子，不由得有些嫌弃自己。

"就是，我都觉得奇怪，你堂堂清华美院的高才生，为什么会跑回来当一个小学美术老师？你这人就是古怪，高中的时候不打一声招呼就去当了艺术生，然后大四了还辍学，真叫人看不懂。"杨海也觉得奇怪。

"对啊，明川哥哥大学为什么辍学？"柳萍问道。她当时去了深圳，后来闲聊时才知道，但江明川不愿和他们多说。

江明川有时候和金果果似的，不喜欢和大家分享私人情感。当然，六个人都有自己的隐私，都有不愿和伙伴们分享的秘密，只是在柳萍看来，不愿和她一起八卦，就像隔了一层似的。

这里大概只有金果果知道原因。

果然，江明川看了她一眼，二人相视苦笑。

这在柳萍眼里，有些刺痛。似乎这两个伙伴是一对，向他们隐瞒了太多的秘密。

不，不只是秘密的问题，最让柳萍无法忍受的，是他们之间天壤之别的人生。

“你俩还有小秘密啊?!”柳萍忍住那股失落，酸溜溜地开口。

“没有，只不过觉得这事不值一提而已，一晃七八年过去了，我自己都忘了。”江明川随便找了个借口，他知道果果会给他圆场。

“年轻嘛。”果然，金果果笑着说道，“谁年轻的时候没点冲动行为？过去就过去了，反正咱们明川有的是才华，前段时间还开画展了不是?”

江明川有些感激地看了眼果果，她无论什么时候，都那么可靠。

那时候太年轻，得知陆亚东追求周舟，愤怒和伤心让他顾不得后果。后来他才发现，惩罚自己并不能伤害到敌人，反而会让爱自己的人伤心，但是已经晚了。

“对哦，明川哥哥前一阵在贝什么画廊开了画展，我听说好评如潮。”柳萍从朋友圈看到的，还特意和明川私聊，不过那时候他忙，只回了几句。

柳萍后来看到新闻，还把新闻链接转发了朋友圈，扬扬得意地配上文字：“这是我最好的朋友开的画展。”

“贝浩登画廊。”杨海语气自豪，说起这事比说起自己的事还激动，“那可是法国的顶级画廊，中国人要在那儿开画展贼难，咱们明川做到了。”

“那算不上画展。”江明川赶紧解释，“只是几个新画家的作品联合展示，是老师推荐的机会，我自己知道我还差得远。”

对于自己的艺术天赋，他一直没能好好发挥。

小时候他喜欢画画，但在那样的家庭环境里，他压抑着天分与兴趣。因为他听他妈的话，只想好好学习，考上大学，追赶父亲的脚步。

高考后知道了父母离异的真相，绝望和沮丧占据了他的心，如果不是机缘巧合，转修了艺术，以他当时的成绩，本该有和现在截然不同的人生。

好在老师也认可他在绘画上的天分，但基本功的缺失到底让他落后了别人许多，哪怕是经过十几年的磨炼，他仍然觉得有许多表现还不到位。

这次能够与世界青年画家一起在贝浩登展出，对他而言当然是巨大的激励和荣耀，但他明白自己距离真正的艺术家还相当遥远。

"反正已经很厉害了！"杨海没事就拿自己的兄弟在网上吹牛呢，他就是不太理解明川的选择，"所以你们玩艺术的是不是特别随心所欲，才会回来当一个小学美术老师？"

江明川再次沉默，他不知道该怎么回答。回来之前，他觉得自己很坚定，但真的踏出这一步，又觉得迷惘。所以，他从内心里佩服果果。她的每一步都很清晰，不似他，在深夜迷茫时，对着画布，遥望星空，想要听到命运的指引。

"我觉得我需要沉淀，"江明川喝了一口茶，苦涩的香气在口腔中弥漫开来，像极了小时候的滋味，"不管是人生还是艺术。"

"我在梦里一直见到小时候的学校，我还经常梦见岛上湖上的日出，我觉得这是个预兆，或许我能在岛上找到真正的艺术精神与我所缺少的什么东西。"江明川又补充一句。

杨海抓着下巴，艺术家果然是艺术家，什么玄乎的精神世界，他无法理解。不过，回来就好，他喜欢和伙伴们在一起。

金果果探究地看着江明川，她知道这只是表面理由，一定还有什么原因，他不愿告诉大家。

在座的伙伴们多少都了解江明川的家庭与过去，他到处流浪，看似玩世不恭，其实这源自破碎家庭带来的伤害。也许他早就厌恶了漂泊，只是做一个小学美术老师，对于他并不是最佳选择。可是作为浪子，归乡的理由也足够了。

"真好啊！"柳萍忽然感慨地开口，"果果是为了创业，明川哥哥是为了沉淀，你们都有美好的未来。"

她说着说着眼眶就湿润了，她本来以为大家同病相怜，一起回到岛上来舔舐伤口，谁知道小丑只有她自己。

看着这么多年过去依然眼神清澈、带着灵气的金果果，柳萍想到小时候，三个女孩中自己是最漂亮的，周舟显得温柔敦厚，总是害羞地跟在金果果身后，而果果小时候珠圆玉润一度婴儿肥，不如她精致漂亮，除了那双眼睛。

果果从小爱吃马兰头，当地人戏称多吃马兰头的小孩子眼睛亮，能望见“灵岩山上的蚂蚁”。

隔湖相望，灵岩低矮，山尚且不可见，望见山上的蚂蚁更是笑谈。但金果果的眼睛倒是一直亮得像是缥缈峰顶的夜星，谁看了都说这女孩子有灵气，以后准有出息。

初中过后，果果像抽条的小树苗，越长越标致了，夸柳萍漂亮的那些人转而夸果果女大十八变，越来越有气质。

就连当初以清秀著称的明川哥哥，在果果身边似乎也多了几分沧桑、疲惫，没有了当年那股嫩生生的灵气。

灵气是欲望和雕琢的反面，果果身上一直带着一种赤子之心的真实感，她的眼里还有一种令人艳羡的活力和大胆，对世间万物似乎依然有着好奇心和探究的热情。

而在座的其他几个伙伴，已经失去了对世界的好奇和热情，从眼神和疲惫的肢体动作中就能看出来，仿佛再无吸引他们去奋斗的东西，只想躺平。

尤其是自己……柳萍越想越觉得命运弄人，不由得伏在桌面上抽噎起来，肩膀耸动，起伏夸张，把桌上的茶都打翻了，洒在果果身上。

“哎，你哭什么？”杨海吓了一跳，有心想拍拍她的背安慰她，可才触到衣料就像是摸了烧红的烙铁一样，急速缩回了手，也不搾她了，慌里慌张地问道。

“柳萍是怎么了？”江明川低声问金果果。

“她没对我说。”金果果站起身抖了抖衣服上的茶汤，有点愧疚。从昨晚到今天早上柳萍都没有表现出异常，她原本以为柳萍只是想回家休息一段时间。但从她现在的哭泣来看，情况没那么简单。

而金果果又是那种不喜欢干涉别人私生活的人，更不喜欢闲聊隐私，所以没有过问柳萍的事。

金果果走到柳萍身边坐下，搂着她的肩，轻声抚慰：“别难过，咱们都有美好的未来。”

“柳萍你别怕，你还有我们呢，不管什么事，我们几个肯定都支持你。”杨海不会安慰人，吭哧了半天才说道。

“支持？支持有什么用？”柳萍猛地抬起头来，泪眼婆娑，精致的眼妆都有些花了，“我生病了！是很重的病，治不好了！我很快就要去见亚东哥哥，和你们永别了！”

“什么病？萍萍你看医生了吗？”这话让大家都很震惊，金果果一口气追问道，“这种事不好开玩笑的。你去的哪家医院？医生怎么说？诊断报告你带着吗？”

柳萍从小就有个不好的习惯，爱撒谎、爱夸张。这也许和她小时候缺爱有关，她总喜欢做些引人注目的事，来成为大家关注的焦点，用现在的话来说——戏精。

伙伴们都知道她这个毛病，不过柳萍内心不坏，朋友之间也不计较那些小事，金果果和周舟恰好又没那么矫情，也就相安无事地相处至今。

可是……绝症，这种事不可能说谎吧？

金果果觉得自己的心脏在隐隐抽痛，听到陆亚东死讯时泛起的情绪这时候又像海潮一样涌起，占据了她的胸腔，让她恶心烦闷，想要呕吐。

她连喝了两口茶，才压下这阵不舒服，找回了理智。

江明川的神情也很紧张。杨海更是脸色苍白，嘴唇抖动，平时他最爱嘲讽柳萍，这时候却连一个字都说不出来。

良久，柳萍才平静了些。

她拿起纸巾，轻轻搌着眼泪，害怕弄花了眼妆。

“我其实有预感。”柳萍抽噎地说道，声音枯涩，“我妈就是这个病。”

柳萍妈妈在她很小的时候就跑去了深圳打工，在她大专毕业前去世，死因是乳腺癌。

据说柳萍妈妈的癌症分型其实并不算特别严重，如果早发现早治疗早切除，五年生存率还是很高的。可由于经济原因，柳萍妈妈根本没有做细致的体检，在出现病征无法忍受之后才去医院检查，那时候为时已晚，癌细胞已经发生了转移。

柳萍妈妈接受了现实，放弃治疗，在三个月后就撒手人寰。

那时候，还是陆亚东与杨海飞去深圳帮忙处理后事，江明川对此也很了解，当时一直恨着妈妈的柳萍哭得死去活来，后来也到深圳打工。

柳萍这么年轻就罹患同一种病，仿佛是命运的轮回。

“什么时候发现的？第几期？你不要担心，只要及早做手术……钱……钱大家帮你凑。”杨海像是突然醒了一样，连珠炮般地开口，声音颤抖。

“来不及了。”柳萍幽怨地看着伙伴们，哀戚地开口，“和我妈一样，已经有了淋巴转移。”

杨海重重地坐回到沙发上。

乳腺癌淋巴转移，基本上就已经宣判了死刑。

他们通过柳萍妈妈的死，对乳腺癌有一些基本的了解。普通型早期乳腺癌对生命的威胁并不大，只要及时治疗，生存率很高。但乳腺癌有骨、肝与肺部转移的可能，一旦进入这个阶段，治疗就有些棘手了。

而乳腺癌晚期，癌细胞会向淋巴、腹腔、盆腔脏器转移，这就到了无可挽救的地步。

金果果很快就冷静下来，再次询问就诊情况，但柳萍又开始哭，哭得梨花带雨，怎么都不肯多说。

金果果和江明川交换了个眼神。人生总是有不同的境遇，如果只处于自己的世界，那或许像温水煮青蛙一样，难以体会改变的残酷。

而对比就如刀锋一样残酷。即使柳萍在撒谎博同情，也无法抹平和大家渐渐拉大的差距。

当然，金果果希望这是个谎言，她今天还要去苏州站接窦豆，无法继续宽慰柳萍。她联系了上海医院的朋友，让杨海和明川陪柳萍去上海做一次全面检查，自己回去换了身衣服后就出发了。

第四章　底牌

“人要活得幸福一点，最好不要和以前的朋友谈及现在。”

金果果接了窦豆回酒店。难得窦豆还记挂着周书记，问她家里的情况，说起发小们的事，金果果忍不住感慨，想起柳萍。

她希望柳萍这次也是撒谎。

六个好友，一个因车祸去世，一个年轻丧偶，又有一个罹患绝症，短短几天之内坏消息已经占了一半，让金果果觉得胸口像是堵了什么东西，怎么都觉得难受。

窦豆顶着一头飒爽的短发，翻了个白眼，一针见血：“你就是他们不幸福的源泉之一吧？”

对她们来说，事业上的曙光足以抵消一切。也正因为如此，金果果才有一种不安感和莫名的内疚，似乎他人的不幸与自己有关。

尤其是柳萍听了她的创业计划，几次露出酸溜溜的样子。

金果果是个细心的人，对别人的情绪变化很敏感。

“不过别责怪自己，谁也预料不到明天，我们只能把握现在。”窦豆知道金果果总喜欢想得太多，吐槽之后就是温柔的安慰。

这个性格泼辣、脾气火暴的姑娘，只有面对金果果时才会表现出自己善解人意的一面。大概因为果果身上带着江南水乡的温暖柔和，让人发不起火来。

“好好干活，你要是发财了，自己变得更好了，就更能帮你的朋友。”窦豆提了个有效的建议，笑眯眯地把金果果从坏情绪中拉了出来。

金果果揉了揉太阳穴，甩掉那些糟心的事，轻轻吐了口气：“你说得对。我们项目的前期筹备工作都已经完成，下午我和奈斯那边通过话，资金在周末前就能到账。研发团队组建好了吗？上次那个李博士……”

“不找他了。”窦豆不屑地摇头，看上去对李博士很不满，“架子大，又没点真本事，只会刷论文论资排辈，近几年根本没拿出什么具有实用性的成果，商业化的可能性更是零。”

创业的三大硬指标是资金、渠道与技术。

资金决定了能不能将摊子铺起来，并在与竞争对手的对峙中取得先机，将模仿者甩在身后；渠道决定了产品或者服务能不能有销路，能不能在短时间内实现资金周转乃至于赢利。而技术则是竞争力核心所在，也是独一无二的优势。

在这个时代，万事俱备的创业实在少之又少——如果有这种项目，早就被人抢占先机了。大多数创业项目，都有需要弥补的缺陷。

金果果与窦豆的创业团队占了两项优势。

金果果的优秀履历与清晰的创业思维，让她拥有强大的融资能力，天使轮的投入也代表了她的成功；窦豆是美团的渠道营销专家，对一、二线城市的商业形态了如指掌，她全面参与过好几家奶茶、咖啡连锁企业的营销推广工作，有丰富的经验和深刻的教训。

但在绿茶茶饮设计、生产与品控方面，她们缺少一位专家。

在讨论这个项目的初期，两人就一直有心弥补这个缺陷。从麻省理工毕业回国的李博士，研究方向就是绿茶品种与保鲜技术，是她们前期就接触并邀请的核心成员。只是对方的脾气不大好，专业素养也没有达到金果果的预期，再加上待遇与干股问题没有完全谈拢，所以双方处于僵持状态，由窦豆负责跟进。

谈了这么久竟然谈崩了？

金果果知道窦豆这人虽然性子急，但做事负责，滴水不漏，她敢掀桌子，那说明她肯定有底牌。所以，金果果不着急，坐在酒店大堂的咖啡万里，不紧不慢地喝了口茶。回岛后的慢生活，让她不知不觉重新选择了茶。

“那你找到的替代人选是谁？”

看到窦豆，金果果有种回归正常工作和生活的感觉。

在小岛待了三天，她都快产生时空错觉了。

不过这更提醒着她成长的无奈——儿时最好的伙伴们也会因为步伐和方向的不同渐渐远去，成年后精力有限，随着社会经历的丰富，习惯了在社交上保护自己，能交到新朋友，完全是因为成熟后性格、理念一致，步调、方向也一致。

而和老朋友们聊天的感觉，与和工作后结交的窦豆聊天完全不一样。和窦豆在一起，她明显更松弛了，事业上有共同话语，日常生活节奏也相似，没有和柳萍他们在一起时努力融入话题的艰难。

“你这人就没劲，稳坐钓鱼台似的。”窦豆对果果淡定的性格有些无奈，想让她情绪波动起伏，看来只有生死问题，“算是我们运气好，我师兄给我介绍了一个大牛，还真巧了，他就在这岛上，你说是不是缘分？”

她从自己的包里掏出一个透明文件夹，推给金果果。封面上是初号加粗宋体的标题——“西山实验基地”，别无介绍。

翻开薄薄的文件，第一页就是一份“亮瞎人眼”的履历。一个额顶微秃的年轻人笑得天真烂漫。

张炜，加利福尼亚大学农学博士，长江青年学者，国家杰出青年，中国科学院硕士生导师，因为在茶树基因编辑育种、茶单宁结晶与多酚类物质研究方面取得突破性成果而获得国际知名度，是国内极少数在茶叶生物领域有影响力的青年科学家之一。

“这个专家涉及的领域是不是太高端了？”

金果果第一时间有这样的判断和担忧。

履历无可挑剔，比李博士不知道高到哪儿去了，但团队人员的配置并不是单纯强调资历与能力，也需要考虑适配性的问题。

她对自己的项目定义很清晰，她们要开发商业性茶饮料市场，高科技是她们的方向与卖点，张炜来给她们做个宣传背景当然极佳，可涉及饮料口感与商品开发，是不是大材小用，杀鸡用牛刀？

“这个人你就觉得高？”窦豆一副见过大世面的样子，一脸看好戏的表情，“那你瞧瞧第二页。”

还有比张炜更厉害的人物？这小岛上的基地竟然藏龙卧虎？作为本地人，金果果怎么不知道？

第二页上没有照片，只有一个名字——叶茗和简介。

“这人……我听说过！”金果果曾对国内一些科研专家做过功课，这位可是大明星啊，不少媒体都报道过，尤其是那些蹭热度的公众号，没事就把这个天才拉出来遛一遛。

就算她一向镇定冷静，这下也有些心跳加速，亮亮的眼睛里闪着光，向窦豆确认:“是那位很有可能得沃尔夫农业奖的新星吗?”

“唐奖也很属意他。他与张炜做的茶树基因编辑、分子育种技术与遗传转化体系的建立在实验室取得了巨大成功,关键是他的工具和理论还有可能推而广之到其他多年生经济作物上,能够提高大部分作物的产量并稳定其质量。”窦豆一脸膜拜。

“他好像和我们年纪差不多。”金果果看着那个名字下的介绍。叶茗很注意保护个人隐私,那些公众号都说他是“神童”,具体多大年龄也说不上来,她根据履历推算他的毕业年份,感到汗颜。

如果杨海和柳萍看到这样的人物,不知道又会怎样羡慕。

不过差距过大,也就没了嫉妒的心思,无论怎么追赶都无法到达的高度,便只剩下了仰望。

“厉害吧?瞧瞧人家,这才是未来的希望啊!”

现在国内的发展日新月异,教育资源也在一步步优化与提升,孩子们一代比一代聪明。她在风投工作时就遇到过许多商业神童,这些孩子未来能创造出什么,谁也不敢想象。

金果果抑制着激动的心情,看完实验基地的简介后,拿着文件夹去敲窦豆的头,兴奋之后只觉得和这种团队合作不切实际:“你是发了什么白日梦,觉得我们可以请这样的科研大牛?就算他要来,我也觉得这是对他的智慧的浪费!”

她们这小小的商业项目,请不起这尊大佛!

窦豆不生气,揉着脑袋笑得一脸期待:“事实上虽然是师兄介绍的,我原本也只想着他们拨两个助手或者弟子给我们就行,但我和张博士联系之后,他竟然对我们的项目很有兴趣,而且……”

她神神秘秘地向金果果俯过身去,压低声音:“叶大牛好像对我们的项目也有兴趣。”

“怎么可能!”金果果完全不信,“人家研究的方向涉及万民福祉,是全世界的希望,会和我们到村里来卖茶饮?”

金果果不是妄自菲薄,她对自己的项目挺看好,某友商奶茶估值600亿,文化茶饮项目至少也奔着百亿的方向去吧?但百亿也配不上这样的科学家!

窦豆理直气壮地反驳:“科学家也要吃饭!凭啥他们为人类做出了巨大贡

献,还要甘守清贫？他们就应该享受最好的待遇！选择我们的项目,说明他们有投资眼光,不是书呆子!”

这么一说,好像也有道理。

金果果看着那份文件托腮沉思,内心的“野兽”因为这两位大牛可能加入而奔腾起来。

金果果原本的野心就是要以东方的茶文化对抗西方的咖啡文化,在新一代中形成自己的标识。与奶茶店更年轻且以女性居多的客流相比,她们的茶师(茶饮品牌名)用户画像更加商务、成熟,更加中性化,消费能力也只会更高。

当初她与窦豆一说起自己的想法,窦豆一拍大腿就激动地站了起来:这不就是要干掉某著名咖啡品牌吗?

一山不容二虎,要想在最广泛的人中建立自己的品牌,在他们的脑海里留下深刻的印记,就必须在正面迎战强大的竞争对手。

从本质上说,中国人并没有真正的咖啡消费文化,当西方文化入侵时,西方的餐饮项目会展现出快速发展的态势。然而只要东方文化能够重新崛起,那么茶师也必然会迎来蓬勃发展的曙光。

就如同日本的茶道文化一样,越是民族的,才越是世界的。

本土作战,加上叶茗、张炜的技术支持,金果果有点热血沸腾了。

窦豆也雄心勃勃:“我们这项目也不会占用他们多少时间,只要他们的团队愿意稍微花一点工夫帮我们开发产品,再加上高科技茶业的加成就足够了。”

“八字还没一撇,你说得像真的一样。”金果果没见过这个团队,不能确保能和这么厉害的专家们合作。

但对于这种美妙的前景,她心里也豪情万丈。要是有科技大牛的提携和帮助,这项目不得一飞冲天?

不说别的,就光“叶茗”这块金字招牌,拿出去宣讲,说这位未来的沃尔夫农业奖得主是创业团队的一员,股价都得翻两番吧?

不行不行,不能太资本化了！金果果摇了摇头,把这个想法赶出脑海。她离开投资公司之后,一直想要改掉仅仅从投资收益的角度思考问题的习惯。

更重要的是,叶大牛的团队与她们的项目到底有没有交集？叶大牛会不会对她们提供实质性的帮助?

还是得谈过才知道。

基地就在西山岛上，离她家几公里的路，如果双方能愉快合作，那真是天注定的缘分。

“当然有关系了！”

张炜推了推眼镜，脑门放光，一脸和蔼地对金果果说道：“窦小姐和我一提这个项目，我就觉得一拍即合。我们西山基地的优秀科研人员，一直在做茶多酚配比、茶叶发酵程度与口感的关联性分析，我们迫切需要大样本的数据。

“窦小姐说，你们计划三年内在全国、日韩乃至东南亚开600家门店，这不就是我们想要的双赢吗？”

窦豆办事一向雷厉风行，办完入住手续，和金果果聊完，就直接约了张炜。

张炜也不摆博士的架子，屁颠颠地就赶来了，一来就回答了金果果的疑问。

“这还只是纸面上的计划……”

金果果当然不是心虚，她不像一些创业者为了拿到资金而吹牛，而是精准地计算了资金利用率和渠道发展速度后才设定的三年期目标，绝对有可行性。

她是对自己有信心，不过在朴素而博学的科学家面前，还是得低调谦虚。毕竟她们俩的公司还在筹办期，商标注册也在进行中，一切都还没落入实体，即使有明确的时间表，对于很多人来说，也只是一个空对空的大项目。

“有窦小姐在，我相信你们一定能做到。”张炜偷偷地瞟了窦豆一眼。

金果果今天来接闺密，穿得随性了点，宽松的浅色长袖针织裙，带着水乡女子的婉约。

而窦豆则一直都是大都市高管精英的打扮，利落的西服套装，金色的首饰点缀，虽然个子不高，但五官凌厉，气场强大，稳稳地踩着一双高跟鞋，笑的时候眼里也透着精明、聪慧，和张炜团队里那些略显朴素的科研人员完全不同。

她面对客户与合作伙伴的时候，绝对能发挥她的谈判能力和魅力。

趁张炜去洗手间，金果果瞥了眼窦豆：“你给张博士灌迷魂汤了啊？”

金果果注意到张炜对窦豆过分殷勤，大概他们很少遇到这种类型的女人。

“你以为他这么大一个科学家，能没点基本智商？他话说得好听，但实质上我们还是各取所需。我调查过了，西山实验基地现在主要靠科研基金和民间投资，总的来说资金还是比较紧张的。他们要养大团队搞大项目，也必须有赚钱、可商业化的合作项目。像咱们这样钱多事少能拿出真金白银的金主，他为啥放过?”

合作方式是她们俩出资金,技术人才靠成果与进度换取不同的酬劳,作为联合创始人最多可以获得15%的股份作为奖励,与天使轮相当,仅次于她们这两个创始人。

而且没有成本,没有风险,完全是靠着学术上的成就与团队的技术水平来获取收益,既然正好有相对应的项目,何乐而不为?

聊过之后金果果心里踏实了点,她看了眼卫生间方向:“我还以为他们一定是做高大上的研究,没想到挺接地气。”

实验基地有一个研究项目,正好是研究不同茶种、茶品的口感,并探索实现高品质茶饮口味一致性的方法。这与她们俩的项目简直是太契合了。

金果果正在苦苦寻求一定成本控制下的高品质茶。

她深知中国是茶叶的第一产地,同时也垄断了真正的高端茶叶市场,但世界茶叶销售额并非中国一枝独秀,国外口感稳定的中低端茶品种卷走了大量的主流客户。

国内的高端茶叶是市场上独有的,高品质茶种与多次筛选并控制采摘日期与产量的方式,使其成为稀缺的奢侈品。

同一片区域的不同茶田,同一片茶田的不同茶树,同一株茶树的不同采摘时间,其茶叶都会有品质上的巨大差异。以至于国内茶叶市场有非常细的分级,令外行人无从分辨,价格也就显得混乱。

就如岛上的碧螺春,正宗的老茶树就那么点,每年的产量极其有限,赶在清明前采摘的更是贵如黄金,根本不是一般人能够消费得起的。

其他名茶,如龙井、瓜片、大红袍等等,基本上是同一种状况。

谁都知道一分价钱一分货,珍稀的高品质茶叶口感确实好,与几百、几十块钱一斤的普通茶叶相比简直有着天壤之别。

要想在茶饮市场蹚出一条路来,根本上还是口味的竞争,营销方法倒是其次的。

她们的品牌定位于复古时尚、文化复兴,是要从咖啡、奶茶手中将年轻人的市场重新夺回来。这是文化与文化的竞争,但落到实处,最重要的还是要好喝。

如果店里卖的茶与自己在家冲泡的口味一样,消费者为什么要到店里进行高消费？

就算上了广告和营销的当，也顶多消费一次。

资本运作一般炒作概念，然后想办法脱身，但要真正干事业，就必须有实体依托，要有坚实的基础。

金果果相信顶级茶叶的魅力一定能够打动中国的年轻人，因为中国人的骨子里就有茶的基因。可如果各种门店都使用顶级茶叶，不说成本上能不能够扛得住，只说产量，绝对跟不上。

所以她们事业成功的关键，就在于成本与质量的平衡。

科研技术团队的主要任务，就是保证产品的口感向顶级品看齐，且需要提高产量、控制成本、保持稳定。所以只有强大的科研团队才能完成这艰巨的任务，否则项目终究会是无本之木、无源之水，难以长久。

张炜从洗手间回来，推了推眼镜，摸了摸发亮的脑门，很客气地邀请她们："两位，谈得也差不多了，这会儿时间还早，要不要去我们基地参观一下？刚好项目负责人也在，虽然他比较……呃，不太爱说话，但你们也能稍微交流一下，心里有个底。"

要张炜这样的专家带头人做她们的小项目，显然也不太可能。

本来金果果就没指望张炜亲自负责，猜测他会把项目交给某个学生或者助手，但是只要能够有他指导，方向上至少不会有太大的偏差。所以金果果随口问道："这个项目的负责人是……？"

"是我学弟。"张炜一说到这个人，镜片都挡不住眼里的骄傲和得意，"你们放心，没有比他更合适的人了。"

学弟？

张炜本科读的是北大，博士读的是加州大学戴维斯分校，这人是他哪儿的学弟？

学术背景当然没有问题，就怕年纪太小，压不住场。

"不会太年轻吧？"窦豆和果果对视一眼，试探地问道。

"比我小两岁。"

张炜三十四岁，属于年轻的科技人才，比他还小两岁的话，在科研领域也算新人。

窦豆算了算，可能博士刚毕业没多久，不过这种定性分析的项目似乎也不需要太高端的人才，反正她也做好了张炜让助手或学生负责的准备。

见了人再说。

金果果欣然答应了张炜的邀请。她匆匆回乡，忙着参加丧礼，还没听说过西山有这么高大上的研究基地。但周舟肯定很清楚，她在政府工作，这十里八乡不管什么项目，她都能得到最详尽的资料。

金果果与窦豆一起跟着张炜的车，沿着新修建的路上山，在半山坡上全玻璃构造的实验基地前停下。

日已西垂，红光照在玻璃外壁上，与山下湖中倒映的霞光交相辉映，让人目眩。穿着白大褂的研究人员急匆匆地在基地中来往，没有一刻闲着。

“人还挺多的。”金果果观察了片刻，“我以前都没注意到。”

仔细回想，前两年妈妈好像提过，说山上搞了个外观挺漂亮的建筑，以为是什么民宿，但一直没啥动静。这些年来投资开民宿的人不少，乡里早已见怪不怪了。如果不是正好与项目相关，她也不会注意到基地里面的研究人员竟然有这么大的来头。

“这里的主要工作人员都是外聘的，和当地的联系比较少。”张炜给金果果解惑，“本地大学的农学、生物学专业毕业生人数不够，而且他们更愿意去工资更高的外企，咱们就只能多靠‘为爱发电’了。”

这里的研究人员主要是奔着张炜学弟这块金字招牌而来的，如果过几年学弟真能拿沃尔夫农业奖，那情况还能有所改善。

研究机构最好还是依托本地的大学，就像金果果的茶叶一样，能够有稳定的高品质人才供应，才是长期发展的王道。

草创时期可以靠个人魅力吸引人才，时间一久，除了个人待遇之外，也得与当地的大学和科研机构建立深层次的合作与联系。张炜正在为此想办法，和江浙沪周边的名校一直保持联系。

张炜先去办公室瞄了一圈，发现没人在，对两个合作人说道：“我学弟肯定是去茶田了，咱们一起过去，正好看看我们的初期成果。”

他兴冲冲地带着二人就往后钻，实验基地的后半部分道路还没完全修好，而且两边都是茶田，前几天又大风大雨，小路泥泞。

窦豆犹豫了一下，还是不舍得，终于将脚上的名牌高跟鞋脱下，赤脚跟上。

张炜头都没转，大概和女性接触得太少，根本没注意到窦豆穿着高跟鞋这样的细节，一个劲地往前走。

金果果在家悠闲，穿的是一双舒适老旧的小白鞋，自然不必心疼。她了解窦豆急火火的性格，这妹子也不是第一次在她面前脱了鞋走路，见过她好多次光脚追车的样子，已经见怪不怪，笑眯眯地跟在两人身后，饶有兴趣地打量着四周。

春色满山，闻着熟悉的青山味道，想到未来，她的精神都为之一振。

“那个，我学弟啊……”张炜欲言又止，不知道能不能跟合作方说隐私。

但是学弟的性格……如果不提前跟她们打个招呼，好像更不好。

“你学弟怎么了？”窦豆提着鞋，这天气踩这么泥泞的地，真是透心凉。

“我学弟不太爱说话，见了陌生人会有点紧张……你们回头多担待。”张炜转头对窦豆说道，猛然看见她提着鞋，一双涂着丹蔻的白嫩脚丫上全是泥，顿时急了起来，“哎呀，你怎么光着脚？哎呀，怪我，我没注意你穿的鞋……我回去给你借双拖鞋……”

“不用不用，回去洗洗就行。先见你学弟。”窦豆的语气不容拒绝。

“这要是划破了怎么办？”张炜急得大脑门直冒汗，恨不得把自己的鞋子脱下来给人家。

“没关系，都走到这里了。”金果果扑哧一笑，她的安慰让张炜更冒汗。

他们已经绕过一片小树林，前面是一座玻璃暖房，暖房里有个头戴草帽的男人，他正蹲在一株茶苗旁边，仔细观察着什么。

金果果快走几步，站在玻璃暖房外盯着里面的茶树，这几株茶树的芽叶纤细、节间短、萌发匀齐，与山下常见的茶树品种不同。

“这是洞庭小叶茶树？”金果果对本地的茶叶还是认得的。

张炜刚好推开门，里面那人听到声音，霍然转头，看着金果果，目光中似乎还有一分欣赏。

不过等他看清金果果的模样，眼神似乎有一丝变化。

“是你？”

金果果也认出了他。

今儿早上在自家的茶园，她与这位仁兄有一面之缘，当时他拿着相机不说话，她还以为是游客，没想到是这个基地的工作人员。

这就是张炜的学弟？

张炜说他不爱说话，确实没错了，闷葫芦的科学怪人嘛。

“我来介绍。”张炜看到戴草帽的男人眼睛都放着光，一脸讨好的笑容，走上前殷勤地说道，“学弟，这就是我和你说的准备合作的两位老板——窦小姐、金小姐。”

听到是合作方，学弟的表情稍微放松了些，没那么僵硬，含蓄地微微点了点头。

窦豆这才看清他的长相，一张充满东方韵味的男人的脸，金相玉质，濯濯如春月柳，轩轩如朝霞举。饶是她见惯了帅哥美女，也不由得愣住，这人这么好看，蹲地上研究茶树有点可惜了。

窦豆下意识地想到美貌也是稀有资源，资本可以运作……

叶茗看了眼金果果——她换衣服了，是因为要见合作方？但这身打扮和旁边的短发女子相比不太正式，浅色的针织裙太温柔了，亮晶晶的眼睛含笑打量着他，气质不像女商人。

不过提着高跟鞋一脚泥巴的窦豆……也是挺特别的合作方。

张炜转向窦豆，满脸的骄傲，眼睛都放着光，声音也高了一度：“这是我学弟，叶茗，他负责这个项目的研究。”

“你好，叶老师。”窦豆矜持而优雅地打了个招呼，虽然赤脚有些狼狈，不过依然保持着女强人风范。

“叶茗？”金果果刚刚看过这个名字的简介，不知道是不是同一个人。

窦豆这会儿也反应过来，脸上立刻堆起了尊敬：“张博士，你不是和我们开玩笑吧？这是那位叶茗叶老师？”

那个天才？整个世界都关注的农业、生物科学领域的大牛？

叶茗瞥了张炜一眼，继续专心看他的茶树，手里拿着一个电子仪器，不知道在测量什么。

张炜开心地拍掌，像个单纯的孩子做了个恶作剧得逞了：“我就喜欢这种反差效果，一听说我学弟的名字，大家都是这种目瞪口呆的反应，谁叫他非要自己来研究这个项目。你们可不知道，这几株茶树他宝贝得跟什么似的，平常都不让别人碰。”

金果果习惯性地伸手去摸茶树，一听这话，赶紧闪电般缩回手。

“叶老师，久仰大名！真是百闻不如一见，以后还请多多指教。”窦豆立刻走到大牛身边,对他伸出手,激动不已。

“我是叶茗。”叶茗站直身体,摘下了草帽。他穿着一件崭新的白大褂,更显得君子如玉,对窦豆礼貌地微微躬了躬身,“直接叫我的名字就好。”

“我学弟就这脾气,不喜欢人家叫他老师,怕把他叫老了。”张炜在一旁半开玩笑地解释。叶茗一向话少,为了不引起合作伙伴的误解,他作为一个“捧哏”,不得不变成话痨。

叶茗没理他,盯着金果果:“你懂茶?”

虽然他的眼神里藏着一丝不想和人交流的抗拒,但是有他感兴趣的话题,他倒愿意说两句。

金果果见他直勾勾地看着自己等着回答,点了点头:“我家种茶的,我爷爷就一直种小叶。你见过我家茶园了。”

叶茗想到早上去的那片茶园,脸上有些遗憾:“可惜,授粉没做好。”

“什么情况?!”张炜顿时露出八卦的表情,在学弟面前他过于话痨和活泼了,完全没有在那群学生面前的矜持,“你们俩见过呀?学弟,你说见到的那个小叶茶种,就是金小姐家的?这可不是缘分嘛!”

“嗯,早上在茶园见了一面,我不认识叶老师,没好好招呼,不好意思。”金果果赶紧解释。

“叶茗。”叶茗微微皱眉,纠正金果果的称呼。

“学弟说你家的茶树是正宗的洞庭小叶茶树,而且十几年前还保持着原生态,只可惜后来授粉没有用原种母本去雄,混杂了其他茶叶品种,还是受了些影响,没有那么纯正了,而且这几年也没好好维护吧?”张炜赶紧打圆场,生怕学弟不会正常社交这个毛病影响工作。

岛上的茶叶种植发展了许多年,早年间的老品种就是小叶茶树,算是最正宗的洞庭碧螺春原茶,花果味重,回甘味醇,唯一的问题是茶期较晚,要到清明前后才能采摘。

随着茶叶市场的火爆,尤其是明前龙井带起的风气,早茶的价格飙升,所以茶农为了经济利益,必然会引进一些茶期更早的品种,以至于本地特色淡化。

发展到今天,岛上的茶树大多是外来品种,原生茶种稀少,就算偶有保留,因为在授粉与种植过程中发生不可避免的混杂,品种也有所劣化。

当然,外来树种也有其优势,金果果不是原生态的坚定捍卫者,更趋向于实用主义的选择。

“嗯。我爷爷去世之后，我们家不怎么打理茶园，所以……挺遗憾。”金果果想到爷爷精心种植的茶树终究还是没能保持住，有点难过。

爷爷是哪一年去世的？

时间模糊了记忆，十年前，还是十一年前？爷爷最疼她和周舟，当时她在上大学，柳萍妈妈头一年去世的，第二年爷爷参与了地震救灾后，身体忽然就不行了，她请了假哭着回家奔丧，抓着爷爷冰冷的手不肯放开。

记忆最清晰的部分，是周舟哭晕了过去。比起在丈夫灵堂中的静默，在爷爷的坟前，周舟抱着墓碑，比亲孙女还要痛苦。爷爷是她们的精神向导，更给孤苦伶仃的周舟一份最珍贵的礼物，让她坚定了光明的信念。

然而时间还是冲淡了痛苦，相聚短暂，分别才是永恒。

如今想起死亡，难免联想到三天前朋友的悲剧……

“节哀。”叶茗微微欠身，礼貌地安慰。

金果果连忙摇头，挤出笑容来：“我没事，已经过去很多年了。我们家的茶树有研究价值吗？”

说起已故的亲人肯定有些隐痛，但大家终究也会习惯这样的人生，亲人总会逐渐离去，如同秋日凋零的落叶。

她忽然想起来，回来参加陆亚东葬礼的那天晚上，一样被人这么简短而礼貌地安慰过，被温暖到了，如今回忆起来还有些感激。

人生不只有悲痛，那些细小的感动也都藏在记忆里。

当然，金果果作为一个“科学党”，不相信缘分这种事，如果知晓出租车里那个人的身份，金果果会更感动。陌生人的好意本身就少见，叶茗这样忙碌，还能关心一个路人的安危与情绪，可见人品优良。

“如果可以，我明天想去仔细看看。”叶茗顿了顿，补充一句，“不必陪同，我一个人就好。”

“完全没问题！”金果果有些惊喜，没想到爷爷留下的茶园能有幸迎来这样的大牛。她是不是该和爸爸去茶园拔拔草整理一下？

张炜又高兴地拍手：“看来咱们这项目是非合作不可了！”

叶茗确实“社恐”，说完话就像是很累了，给张炜使了个眼色，他要忙着上传数据，先离开了。

金果果为爷爷的茶园即将迎来这么一尊大佛而开心，都忘了问为什么会是叶茗这样的大牛来负责……科技含量看起来没那么高的项目。

张炜对人情世故不擅长，叶茗一走，他也不请两个女老板在基地食堂感受下文化氛围吃个晚饭，急匆匆地带窦豆回基地洗脚，然后送她们下山。

等回到酒店，金果果才想起这茬："叶老师和我们合作有点儿浪费。"

窦豆还一脸的不以为然，一进门就踢掉了高跟鞋，脱下西装外套扔到床边的沙发上，四仰八叉地躺到床上："他肯定有自己的主意，科学家固执着呢，不可能为你这五斗米折腰，这个项目应该有我们看不出的重大意义。而且他亲自与我们合作，这对品牌来说增值太大，他还没提出额外的股份要求，这次可赚大发了！"

叶茗团队，与叶茗本人，这可是有着天壤之别。

放到资本市场，就凭叶茗这个名字和与农业育种产品相关的项目，就能轻易拿到上亿的投资。如果说原本她们的项目是只欠东风，那么现在是东南西北风一起来，超出百分之一百的期待！

窦豆原本都没指望张炜能亲自上阵，上个张炜团队的小弟已经够了，只要他能够勤勤恳恳认真负责地完成研发任务，就已谢天谢地。

现在，整个计划都不同了！

窦豆脑海中已经浮现出无数新的推广计划与方式，她激动地起身打开电脑："咱们原来的规划现在看来过于保守，我得重新调整，往上冲一冲！"

看着身边已经被幻想中的金钱耀花了眼的小财迷，金果果也只能一声叹息，暂时住口，帮她将西服拿起挂好，问道："吃完饭再说，你想吃什么？"

"当然是苏邦菜，你安排！我去洗个澡换身衣服。"窦豆这才发现自己饿坏了，赶路加上去基地，一点也没闲着，这会儿被提醒要吃饭，肚子立刻发出咕噜噜的声音。她合上电脑，风风火火地往洗手间冲去。

"好，带你尝尝本地风味。"金果果看了眼窗外，落日已经西沉，绚丽的晚霞染红了大半个天空，她的心情也不由得跟着晴朗起来。

此时，山上基地里，张炜像个小跟班，跟在学弟屁股后一直转，嘿嘿笑着开口："我真没想到你会一点儿都不反对，我都做好了被你骂的准备。"

其实这事是他自作主张，毕竟基地不能全靠学弟一个人。既要他的才华，又要他的钱，逮着一只羊死命薅羊毛，未免有点说不过去。

张炜一直琢磨着基地自负盈亏的可能性，至少也得找点能赢利的项目，不能让学弟持续输血。窦豆的师兄把项目介绍给他，他一开始只是觉得有研究资金进来总是好事，与窦豆接触之后对项目的可靠性也多了几分信心，才一口答应，甚至把叶茗拖进来。

以叶茗反感商业性合作的性子，也许他会给自己面子，不至于否定合作，但被他瞪几眼总是在所难免。

没想到这一次学弟难得地温柔，甚至心情还挺愉快，证据是他竟然和陌生人多说了几句话，比他大多时候一天说的话都多。

是因为金果果家的茶园吗？

叶茗这次没理张炜，仿佛沉浸在自己的世界里，全神贯注地观测新采摘茶叶的定量分析，与以往的茶叶品种进行全面比对。

很接近了。

在根据原生品种进行基因编辑之后，再修改生长环境的变量，能够达成特定条件下与高端品种茶叶成分近乎一致的结果。

这意味着他们培养的这几棵茶树，能够达到古代贡品碧螺春的顶级水准。

最关键的是，他还能够调整茶期，保证该品种采摘时间提前或者延后，不至于被早茶品种挤出市场，也能够在夏秋冬季提供高品质的新茶供应。

当然还有一点瑕疵——成本高昂。伺候他的这几株实验品所耗费的金钱，远远超越了那几斤几两茶叶的价值，这种模式仍然是人为制造奢侈品，必须加以改进。

“而且我也挺好奇的，”张炜习惯了和沉默是金的叶茗的相处模式，得不到答案不着急，能够随时切换，进入下一个话题，“你说你最近花这么大力气研究这个项目，当然我不否认这经济价值不错啊，可科研意义似乎没有那么大，你没想过回去继续扩大导师的那个基因编辑项目？”

这才是他们团队争取沃尔夫农业奖的王道嘛。

“他们能做好。”叶茗头都没回，但终于说话了。

开启大门的钥匙已经准备好了，之前茶树基因编辑的工具他全部交给了导师与同事，只要花时间做下去，相关其他多年生经济作物乃至于农作物普适性的方案一定会浮现。

对于这种既定的结果，他反而没那么大的兴趣了。

荣誉、金钱的回报，对他而言，也没有那么重要。

挑战！他想要不断地挑战！攀爬内心向往的高峰！

人只有做自己觉得有价值、有意义的事，才会充满激情和动力。

叶茗不认为工作和研究有高低贵贱之分，这世界上有30亿人喝茶，而茶也是中国文化的代表之一，能够让更多的人享受茶的滋味，本身就是一件非常有意义的事。

他知道现在有许多大科学家孜孜以求对巧克力、可可、咖啡等许多饮料的品种进行开发，在世界范围内，研究茶类作物的专家也为数不少。

虽然中国是茶叶大国，茶叶高科技的发展却相对落后，也缺乏系统性的规整与计划。

就他本人而言，更多的是出于个人兴趣，可如果有机会，能够借着东风建立茶叶科技的王国，也是造福大众的一件大事，他一样有着认真的追求。

当然，叶茗从来不用语言去解释，他认为一切都需要通过事实来反馈。

等不到叶茗的回答，张炜也不盘根究底，站在玻璃窗前，通过玻璃的反射看着自己的脸。

做学术的人，眼神干净，气质儒雅，长相也显年轻，可是那发际线……

张炜忧虑地抚摸着自己的头发，唉声叹气："你说我天赋异禀，怎么就'英年早秃'了呢？也不知道窦小姐对我的印象怎么样，要是看我的头发就把我否定了怎么办？你说我是不是要去做个植发？要不去弄个假发也行……"

脱发也是生物与医学上的一个难题，张炜在早年发现自己有秃顶迹象的时候，还试图鼓动天才学弟转换跑道去研究生发剂，可惜没有得逞。

"我想你肯定没注意到，窦小姐脱鞋子赤脚走泥地，真是又美又飒，那一刻就好像丘比特的箭射中了我的心。也不知道她结婚了没有，我看她没戴戒指，但是她这么优秀，应该有男朋友吧？"

他在学弟面前毫无秘密，因为知道学弟比树洞还可靠，绝不会泄露他的秘密，因为学弟根本不屑和别人交谈隐私。

叶茗微微皱了皱眉，听着张炜嘀嘀咕咕自怨自艾，转身往外走去。

他当然注意到了窦豆的光脚，也从中窥探到合作人的性格——不拘小节，有拼劲。

但他对合作人漂不漂亮、有没有结婚毫无兴趣，只要靠谱就行。

相比之下，他更期待明天去金果果家的茶园。

窦豆也不在意有没有人喜欢自己——她认为只要是男人都会喜欢自己，在这方面她自信到自恋的地步。

但和事业相比，爱情只是人生的调剂品，窦豆知道，投资男人永远没有投资自己的事业稳妥。

第五章　启航

金果果第二天起得很早。柳萍昨晚没住在她家里，昨天下午就被杨海和明川带去了医院。小伙伴们也没有在群里发最新的检查情况，但明川给她私下留言了，说柳萍不肯去上海，半路要跳车，不得已，在金鸡湖边给她开了个酒店先住着……

柳萍一直都让人不省心，金果果和江明川对她的性格很了解，见她不肯去医院，心里明白了几分，心照不宣，让她先安静地住下来。

早餐时，王桂芳一直在唠叨隔壁昨晚半夜传来的打骂声。金果果昨天太累了，睡得沉，没有听到动静，听了妈妈的唠叨，更挂心周舟，给她发了条消息以示安慰。

这两天，金果果都会给周舟私下留言，如果需要她的帮助，就在手机上说一声，她可以随时过去。但周舟让她先忙工作，不要去找她——不希望朋友来了见她婆婆撒泼，弄得更难堪。

金果果本来还想和周舟分享西山实验基地合作的事，但她也猜到这几天陆家人会很难熬，只能在心里替好友祈祷了。

敲定和国内最优秀的农业生物团队的合作之后，按照时间表，就该推动下一步与当地镇政府的合作企划了。

这件事之前金果果与周舟就沟通过很多次了，等项目准备启动，双方再草签一个意向书，以明确各自的权利与义务。

作为地方政府，当然全力支持品牌与科技企业的创业；作为企业方，也要承诺给地方政府在就业、税收方面的回馈。这本来就是要追求双赢。

按照日程，她们与镇政府的最终会谈就要开始了。但周舟还在请假，会谈只能延迟几天。

王桂芳虽然爱唠叨，对隔壁老陆家横竖看不上眼，但对周舟很怜惜。周舟从小就命苦，父母走得早，王桂芳经常接她到家里吃饭，给金果果买新衣服，也不忘给她带一件，金宝宝的旧衣服也是先挑干净好看的给周舟穿，剩下的再给金果果。

周舟很懂事，长大了后半工半读，攒点钱还会给阿姨和爷爷买礼物，和果果更是情同姐妹，说起来跟金家女儿没差别。

想到这里，王桂芳就忍不住抹着眼泪，指着对面骂了老陆和他的糟老婆子几句，一回头，发现女儿已经不见了。

金果果知道，老妈一唠叨就会扯出几十年前的恩怨情仇说个没完，她今天早上还有事，要去后山的茶园。

金果果是戴着一副手套去的，她想在那位大牛来之前，稍微整理一下茶园，至少要把脚下半尺高的野草拔一拔，给人清出一条路来。

更重要的，她想借此机会和合作伙伴多接触，了解对方。

知己知彼，方能百战不殆，尤其是这么重要的科研团队，金果果希望在合同的约束之外，双方能有更多的了解和信任，以便未来能愉快地共事。

天刚蒙蒙亮，叶茗就已经站在了茶山上。

他穿着白大褂，脚下放着一个背包，里面露出几个仪器的探头。

洞庭山泛着深深浅浅的绿，山腰处点缀着几团粉白的花树，枸杞的嫩芽刚冒出一点头，就被早早起床提着竹篮的年迈阿婆掐走了。站在茶山上往远处看，东方已经一片赤炎红，将半边湖水映照得红艳艳的。

小镇斑驳的黑砖白墙依然笼在沉静的水雾中，但已有不少人起床了，隐隐约约传来的吴侬软语在晨光里变得更温柔了。

叶茗无心欣赏这样的美景，他蹲在一棵老茶树后，地面插着一个仪器，他正看着手里的电子显示器上的数据。

忽然不远处传来了窸窸窣窣的声音，野草和泥土的清香瞬间浓郁了。

叶茗站起身，往发出声音的地方看去，只见一个穿着高筒雨靴的女人正在弯腰拔草。

看她的打扮和拔草的熟练程度，就知道小时候没少干这种活。

和他第一次见到她穿着那条白裙子的模样似乎完全不一样，但又有着共同点。

人类真是复杂的高级动物。

金果果感觉到了什么，一转头，看到一个白影子“飘”在晨雾中。

她今早还在想着周舟的艰难处境，想到不幸离开的陆亚东，看到“阿飘”，还以为见了鬼魂。

叶茗见她一脸见鬼的受惊吓的表情，立刻站在原地不动。

“是我。”叶茗顿了顿，补充一句，“昨天说过来看茶树的。”

“叶老……”

“叶茗。”叶茗打断她的话。

“你来得这么早。”金果果看清了他的脸。

他的身后是渐渐绚丽起来的朝霞，一丝金光挣脱了地平线的束缚，晨雾似乎消散了几分，将他的白大褂和头发丝镀上了一层光，有种不真实的电影画面感。

“我刚好采集完数据了，后续可能还要过来叨扰。”叶茗四点就过来了，他放了仪器在这里监测，傍晚还要过来一次。

“那……要去我家喝杯茶吗?”金果果不会过分热情，她与人相处总是保持着舒适的距离，但叶老师是她未来最重要的合作伙伴，需要好好增进一下感情，彼此多了解一些。

但叶茗似乎往后退了一点。

金果果明白刚才他为什么那么像“阿飘”了，他的腿太长了，又很消瘦，白大褂下的黑裤子被茶树挡住，动起来就像飘在空中。

“要是你忙的话就算了，我送你下去。”果果见他紧紧抿着唇，纠结了好几秒也不回答她，体贴地说道。

张炜说他学弟不太喜欢和人交流，看来强求不得，那她还是把科学怪人安全护送回去吧。

“不用，我自己走。”叶茗像是松了口气，转身去拿放在地上的背包。

他还没弯下腰，旁边像是蹿过一只野兔，轻盈的身影“唰”地一下帮他拿起了背包。

金果果抬头，对叶茗弯了弯嘴角，笑道:“快看那边。”

叶茗不必顺着她的眼睛方向，也知道身侧的风景。

因为她那双清澈的眼睛里有万丈霞光。

一轮红日正冉冉升起，千里烟波都在摇晃着这份瑰丽。

“我很久都没有在这里欣赏过日出了。”金果果看着那轮红日，也是为了缓解叶茗的“社恐”，特意没去看他的眼睛，笑着说道，“你来得真巧，别错过这么好的风景。”

叶茗转过脸去，微微眯起眼睛，确实，他也很久没有欣赏过日出了。

有十多年了。

金果果的面颊染上了一层艳丽的光，温柔中又带着明亮的生命力。叶茗看了眼日出，看了一眼她，莫名地想到“豆蔻梢头二月初”的诗来。

第一次见她，像是雨中的白玫瑰，独立湖边，哀艳孤绝。

第二次见她，仿佛变成了女高中生，对他友善微笑，但她淡定的眼神，和她的素颜充满了矛盾感——有些人身上的矛盾感，会让人感觉拧巴和不舒服，但在一些人身上，却有种让人想去探究的神秘。

那种人，通常是能够掌握自己命运的成功者，他们足够强大，并不在乎身上并存的矛盾，或者说，他们会协调好那些矛盾，让自己的人格更完整地呈现出来。

叶茗就是这样的人，他深知自己的缺点，但并不害怕它的存在，反倒觉得这个缺陷在保护他。

第三次见她，已变成了合伙人，身上看不出太多的商业气息，是温婉的水乡女子，能和他普通地对话。

普通地对话……是人类交流中最伟大的事。

叶茗又看了眼太阳，那光芒已渐刺眼，美好转瞬即逝，变成再普通不过的白日。他伸手拽过自己的背包，对金果果点了点头：“再见。”

金果果看着他飞快离开的背影，正想跟上去，手机响了。

窦豆也醒了，她着急推进工作，简单地向果果汇报了一下昨晚整理的情况和调整的策划方案，问周舟这边的情况。

窦豆性子急，工作时不太讲人情，听果果说完情况，也知道死者为大：“要不然和周舟说，推到头七以后？”

江南的丧事，大抵以七日为一循环。过去讲究的话，要过完七七才算正式告一段落。

现代社会节奏快，时间紧迫，过了头七之后，亲友们都没有时间去追忆死者，只有在三七、五七、七七的日子，才会象征性地烧些纸钱，寄托哀思。

看请假的规则就明白，丧假原则上不得超过五天。

周舟请假也一样是五天，现在已经过了五天，明天她该上班了。

失去亲人的哀恸与冲击不会那么容易消弭，特别是失去的是还年轻的丈夫。金果果担心周舟很长一段时间都走不出来，也很难投入到工作中去，赞同推迟几天再聊。

现在有了西山实验基地的加入，可以重新打磨一下方案。

“不用。”周舟在午饭时打来了电话，她知道窦豆要过来，所以想见一面。听到果果体贴地将会面推迟到七天后，她很坚定地拒绝了。

她的嗓音带着深深的疲惫，但仍然有自己的原则和操守。

“不能耽误你们的工作，按照时间表来走，我明天上班，十点开会，希望能够尽快达成意向。”周舟本来想下午和窦豆也见上一面，但婆婆看她打电话，就阴沉着脸走了过来，她立刻说道，“代我向窦豆问好，我先挂了，明天见。”

双方早就交流过几次，只剩一些细节需要敲定，当然，政府部门工作有自己的流程，必须按部就班。

“那就明天见。”

金果果话音未落，那边就掐断了电话，挂断之前，她听到了黄玉霞的骂声。

金果果担心地看了眼手机，也抽空看了眼群消息，静悄悄的，没人说话，大家都不想拿柳萍的事再去刺激周舟。只有江明川给她留言，说柳萍还在闹脾气不去医院，气冲冲地闹着要回广州。

金果果中午还要和窦豆讨论新的计划书，暂时顾不上柳萍。

以柳萍的性格，即使自己去了园区，也无法把她从酒店强制带去医院检查，只会浪费彼此的时间和精力。

杨海知道柳萍爱作妖，但她得了乳腺癌，且是晚期这件事，让他深受打击。他昨晚安顿好柳萍后，回到家里随便点了个外卖，最爱的炸鸡都味同嚼蜡，又开了两把游戏，打得不顺，怒骂队友，随后挂机。

他这一晚都没睡好，早上醒了，愣愣地看着窗外瓦蓝的天空——昨晚窗帘都忘了拉上。

房间一片狼藉，如同垃圾堆。

从他独立生活，不允许母亲再随便进他的房间开始，他的个人空间永远都是这么凌乱不堪。

可他很喜欢。

他就喜欢这种一成不变的安定感，哪怕在他人眼中是近乎糟糕颓废的生活，他也甘之如饴，心满意足。

江明川的孤傲独立，周舟的坚韧不拔，金果果的温暖理智，柳萍的装腔作势，还有像大哥一样照顾众人的陆亚东，对他而言都是不可或缺的存在。

几十年来，他习惯了这些人的存在，这是他生活的锚点，是他与现实妥协的窗口。

然而一夜之间，一切都改变了。

江明川要回小镇的选择让人无法理解，曾经孤傲的眉眼似乎也被世俗抹去了棱角，变得妥协。

金果果倒是更加理智，尽管她穿着曾经的衣服，可他还是感觉到她的眼神里多了几分精英女性的果断和冷静，冷静到看到朋友的不幸都不会立刻扑上来，好像永远在分析着、观察着，让人觉得陌生和害怕。

而周舟更加不幸，陆亚东就这么没了，就连柳萍也……

他想着想着，眼泪就不自觉地顺着面颊淌下，躲进杂乱的胡子里，蜇得人心乱如麻。

柳萍说了自己得绝症之后，就一副要死不活的样子，也不肯去医院。他和明川筋疲力尽地哄了柳萍一下午，没有任何成果——柳萍本来就是个作精，在这种情况下，每个人只能原谅她。

杨海总是想着小时候。

听说喜欢回忆从前的人，是因为没有更美好的未来。

他们六个人中，金果果与陆亚东是近邻，其他人也都住在一条街上。杨海家里条件最好，小时候总是有新玩具和零食，那时候柳萍贴着他可黏了，一口一个“杨海哥哥”，他的地位与能保护众人身高马大的“亚东哥哥”相当。

不过随着年纪增长，玩具与零食的诱惑力下降，学习成绩好、长得又清秀的江明川地位逐渐拔高，而每天上课睡觉偷玩游戏的学渣杨海，渐渐不受待见。

他高考失利，进了一所民办学院混了两年，柳萍对他更没什么好声气，两个人一见面差不多就得吵架。

可她现在得了绝症，要死了。

柳萍也很可怜。爸爸是个酒鬼，不工作，有点钱就去打牌，全靠在深圳打工的柳萍妈妈每个月寄钱回来维持生计。

最早的时候,柳萍妈妈将钱寄给柳萍爸爸,月初几天就花得精光,然后柳萍爸爸就会不知所终,不知道是到哪里去混吃混喝,根本不管幼小的柳萍。

柳萍和周舟一样,只能靠街坊邻居的照顾才能勉强吃饱,因此她从小就学得楚楚可怜、见风使舵,知道怎么才能招人疼。

后来,柳萍妈妈知道了情况,等柳萍上了初中,直接就将钱寄给女儿,不给丈夫过手。那时候开始,柳萍又学会了和她爸斗智斗勇,把钱藏起来不被发现。

隔三岔五的,街上就会传来柳萍爸爸的骂声和她的哭声。

"你把钱藏哪儿了? 小小年纪,就和你妈一样,就知道藏私房钱! 我打死你这个臭丫头!"

这声音即使穿越时空,依然让在宠爱里长大的杨海觉得心悸。

说起来,柳萍甚至比周舟还要可怜。周舟父母去世前,至少给了她温暖和正面的引导,可柳萍面对酒鬼父亲,不知道多少次和小伙伴们说过恨意,希望他有一天喝醉了,从这人间彻底消失。

生活给柳萍带来的痛苦,让她学会了耍心机和自私,这不能怪她。

她像野草,狼狈、艰难却努力地生存着,可到了现在,就连生存的权利也要被剥夺。

柳萍这短短的一生,从来没有像杨海这样理所当然地享有安全感和父母的关爱。

回想着自己曾经对柳萍说的重话和嘲讽,杨海恨不得回到过去,重重地给自己两个大耳刮子,把那些气话统统都收回去。不管怎么样,她是从小和自己一起长大,像妹妹一样的小伙伴啊!

杨海犹豫了半天,摸出电话,咬牙拨给了柳萍。拨号声响了许久,对方才接听,听筒里传来不耐烦的声音:"怎么是你? 你来烦我干吗?"

柳萍对他一向不怎么客气,如果是江明川或者是死去的陆亚东,待遇会好很多。

杨海一反常态,好脾气地说道:"你醒了吗? 我一会儿去接你吃点东西好不好?"

柳萍哭闹了一晚上,去酒店后就呆呆地坐着不言不语,把人都赶走了。杨海担心她饿着,又不好留在酒店照顾,所以早上就打电话约她吃饭。

“不想吃!”

柳萍恃病而骄,言语更加不客气。

“你最喜欢的海鲜呢?湖边开了一家,特别贵……”杨海是个宅男,除了在游戏上花钱,也攒下一点积蓄,他知道柳萍很难拒绝美食的诱惑,想让她在最后的日子里,能快乐一点儿。

果然那头沉默了好一会儿。

“我得化个妆。”

“我在酒店大堂等你。”杨海语气温柔得让自己都犯恶心。

柳萍挂了电话,笑逐颜开地跳下了床,不过赶紧又小心翼翼地捂着小肚子,慢悠悠地走到洗手间,看着自己有些憔悴的脸,开始哼着歌描眉画眼——才不是女为悦己者容,而是无论什么时候,都得保持美貌外表,这是一个美女的自我修养。

昨天情绪有点失控,哭得过分了,以至于大家都没好意思请她吃晚饭。幸好这会儿杨海凑上来,只是可惜明川哥哥今天要去学校,不然……明川哥哥来看她就好了。

她的行李箱敞开着,上面有几张乱糟糟的B超单和处方,病历皱巴巴地扔在一旁。内衣和连衣裙混在一处,丝袜挂在箱子边。

如果杨海见到这情形,一定会直呼知己,两个人说不定关系能变好许多……

只是无论房间多乱,她出门的时候总是保持艳光四射,除了葬礼那天灰头土脸。她的衣着打扮像一个从大城市回来的都市丽人,耳环、项链、戒指全是奢侈品,从头到脚都在叫嚣着普通男性别试图接近她的奢华。

江明川昨晚也没睡好,他回去后在画板上胡乱涂抹着颜色,心绪不宁。他原本想和果果聊聊天,但她忙着工作,而且……长大后,成年男女朋友单独见面聊天,总有些奇怪,他也不想在果果面前暴露软弱的一面。

这里是他从小生长的地方,但熟悉的人已经不多了。

母亲故去后,故乡似乎没有了血脉的牵系,朋友们也不再像小时候那样亲密无间,可以肆意打扰,哪怕深夜也能喊出来一起坐在桥边看星星。

尤其是故交之间的话题,随着各自的发展而渐渐有了隔阂。

他有时候会羡慕从前的自己,希望自己变回那个可靠的、优秀的江明川。

江明川去学校报到了。

西山小学原本只有一个年老的美术老师，要带全校六个年级的课，根本就忙不过来。江明川这样已经有名气的画家过去，学校欢迎至极，一办完手续，就要他开始上课。

西山小学位于小岛的中心位置，在镇上的繁华地段，据说已经有一百多年的历史，21 世纪初的时候从原址迁到此地，规模也扩大了好几倍。

江明川的履历惊人地漂亮，惊动了校长和前来接待的人，不少老师都在关注他，好奇这样的人物怎么愿意回家乡教书。

听说这是他的故乡，“故乡”这两个字在艺术家的心里，分量真的这么重？

大家在背后议论，为江明川介绍校园与工作的主要是一位老先生。他就是这里唯一的美术老师，姓方，已经临近退休，看上去很敦厚和善。

“校长看到江老师的简历简直惊为天人，一个劲怀疑您这样的艺术家怎么会屈就我们学校。我倒是从江老师的画风中看出些端倪，投身孩子的美学教育，本身就是满怀正能量的画家的选择之一。”

方老师似乎对江明川的到来充满了希冀，有点激动地扶了扶眼镜：“美术课不仅仅是激发孩子们的艺术细胞，同样也是培养他们对美的欣赏能力与对世界的热爱。我年纪大了，水平也不行，有江老师这样的年轻人来任教，是这些孩子的幸运。”

江明川感受到老一辈的真诚，有些不好意思：“您太抬举我了，这是我的家乡。”

他是艺术与人生道路上的探索者，过来担任美术老师目的也不纯粹，听到这样的赤子之言，反而觉得惭愧，觉得自己第一课准备得有些仓促了，应该更认真地对待。

尽管他感觉自己准备得不够完美，第一课还是震撼了整个学校。

江明川带了自我介绍的幻灯片，一进课堂，就用新颖的幻灯片简介给大家上了生动的一课，幻灯片上有他走过世界的脚步，有他开过的画展，还有他凭借业余兴趣取得的各种成就。

他风度翩翩地告诉孩子们，他看过了大世界，希望能努力带着同学们一起打开美的世界。

看到孩子们期待和惊讶的眼神，听到他们发出的惊呼声，江明川忽然感觉到一股热血，那是他多年不曾感受的激动和冲动，他想在这一刻，将这些孩子亮晶晶的眼睛画下来，留住内心的感受。

新来的多才多艺又充满艺术气息的美术老师，在西山小学掀起了一阵惊涛骇浪。

江明川在孩子们渴望和崇拜的眼神中才意识到，他真的翻开了自己人生新的一页。

而金果果第二天接了窦豆也赶到镇政府，按照约定准备与周舟开会，定下合作。

周舟果然上班了，她提前到的，先在办公室与金果果见了面。

周舟的面容还很憔悴，齐耳短发梳得很整齐，衣服也穿得很精神——她想用外在的装扮来掩盖住内心的疲惫。

金果果看着她满是红血丝的眼睛，就知道她这几天怎么熬过来的。金果果心疼地上前抱了抱她，低声安慰："一切都会好起来的。"

"我没事，别担心。"周舟还是像以前那样坚强，不论发生什么事，她都能够挺胸面对，仿佛是铁打的。

但金果果知道，她是个有血有肉的人，正是因为太有责任心，才过于束缚着自己。

这是葬礼后两人第一次如此亲密的接触，而且还没有陆家人在旁边，那种从小在一起吃饭睡觉的情谊从心底涌起。熟悉的气息让周舟在葬礼上没发泄出来的情绪一涌而出。

六个人中，果果和周舟的性格爱好更相像，尤其周舟父母刚去世那两年，果果几乎每晚都拽着她在自己房里同睡，陪着她度过最难熬的日子。

如今长大成人，却好像失去了小时候的自由，不能再任性地把她拽到自己家里，一起疗人生的伤。

"是我不好，如果坚决不要他来送饭就好了。"周舟自责地说道，嗓子里有些哽咽。

果果的拥抱让她内心某处软化，里面的悲伤似乎又要决堤。

投入工作是她的职责，但丈夫为此付出了生命。这一份沉重的愧疚，让她无法释怀。

"不！这是意外，千万不要怪在自己头上。"金果果最担心的就是这一点，周舟从小到大都是这样，什么事都要自己扛。无论是友情还是工作，只要事情没办好，她就认为是自己的责任，绝不会推卸到他人头上。

在工作中，领导也许会很欣赏，合作伙伴也会觉得她很可靠，但周舟也是人，人类的躯体毕竟不是真的钢铁，一直承担所有的担子，太辛苦了，总有一天会被压垮。

这儿没旁人，窦豆识趣地在外面和其他工作人员寒暄，周舟有些绷不住地擦了擦眼角："亚东对我的好，我记在心里，他是为我才……"

"他为你，是因为爱你，但你不能因为这个，就对陆阿姨他们的过分要求百依百顺。"周舟打断她的话，提醒她最重要的事。

黄玉霞逼着周舟守寡的事，在邻居间早传开了。

黄玉霞不以为耻，反以为荣，每天晚上都在家门口痛哭叫骂。她原本就惹人厌烦，儿子死后更是破罐子破摔，似乎最后一层遮羞布也消失了，性情大变。

白发人送黑发人的悲痛大家能理解，所以这几天没人会去刻意说她，路过的亲友们也只能上去陪着唠几句，让她节哀，乡邻的宽容态度让她变本加厉地撒泼。

周舟深吸了口气，平复着情绪，苦笑："我不会答应的。不过亚东走了，他也没有兄弟……我总要照顾他们二老的生活，给他们养老送终。"

黄玉霞再怎么奇葩，终究只有这么一个儿子，失独老人的处境只要想一想就觉得无比寂寥凄惨。

周舟始终觉得陆亚东发生车祸是自己的原因，良心难安，而且作为妻子与儿媳妇，她的家庭伦理观也认同自己有尽孝的义务。

从一开始，她就把陆光和黄玉霞当成亲生父母。很小就失去了亲人，吃着百家饭长大的孩子，能长大成人拥有一个家，她很珍惜。

陆亚东给了她家庭的温暖，哪怕家里有些磕磕绊绊，但她愿意将自己的一颗心都掏出来回报。

只可惜婆婆无节制的刁难与公公无底线的纵容，把这一颗真心越推越远。

最早陆亚东很积极地尝试弥合这种裂缝与矛盾，但周舟最清楚，随着时间的推移，朋友口中的好男人亚东已经厌倦与放弃去调和家庭关系——婆媳关系的尖锐对立变成了常态。

周舟工作越来越忙，甚至宁可加班也不想回家，而陆亚东在公司的时间也是越来越长，只在周末给她送送饭表示一下关心。

周舟在亲友们面前一直维护着夫妻的关系，总是夸陆亚东的付出，朋友们都信以为真。但金果果知道，表面看到的东西，并不一定是真实的。只是周舟不愿求助，就那么一个人熬着。

也许周舟已经考虑过离婚，只是想等他先开口。然而没能等到，他就离开了。

情分还没完全断，家庭也没有破裂，现在还是因她而死，周舟必须承担所有的责任。

“人总是讲感情的，你的想法是对的。但我想，你对陆家最了解，黄阿姨这个性子，实在是没法和人相处。她现在对你一肚子恶意，躲远点，拉开距离，对每个人都好。”金果果看着周舟的眼睛，这些话，如果不是最好的朋友，她是不会甘当坏人提出来的，“你有自己的未来，不要被人拽下去。”

周舟的选择当然是正道，可这世界并不是一个人的选择。

她愿意去做正确的事，别人就未必了，失去了独子的黄阿姨，早就放弃了自己的人生，现在就像是找替死鬼的溺水者，拼命想把周舟也给拽下去。

金果果希望周舟能自救，远离这些负能量的事，早点走出来。

“我明白你的意思。你从小就和他们是邻居，我也在他们家生活了三年，该了解的都了解。不过做人总得问心无愧，我做好理所应当的事，也不怕什么非议和责难。”周舟叹了口气，眼神很坚定。

周舟还是一点儿都没变，经过这些年的历练，她反而更有自己的信念和准则，不会因为恶劣的环境而改变。

金果果看到她的眼神，就知道她下定决心吃这个苦。

周舟不怕吃苦，可是金果果心疼。

在金果果的世界里，三十岁，是正青春的年纪，有无限美好的未来值得去拼搏，可是如果有陆家那样拖后腿的公婆，她只担心周舟跑不动。

周舟的同事也知道一点她公婆的事，背后感慨死去的人倒是清静了，但活着的人以后几十年，都将带着无尽的麻烦和痛苦生活。

可是对周舟来说，她曾在峭壁下的深渊仰望过星空，如今她甘愿变成一条路，变成一叶小舟，将希望和爱传递出去。

有位北京师范大学硕士毕业的乡村女书记曾说过，接受高等教育的目的，是帮助我们的家乡，而不是摆脱家乡。周舟深爱着自己的家乡，也深爱着这里的人，她清楚，自己的理想和志向在很多人看来太傻了，就连最亲近的朋友也很难理解，但是她绝不会因别人的目光而后退。

对她影响最深的金家爷爷曾对她说：朝闻道，夕可死矣。为内心坚守的理想而死，才是不留遗憾的精彩人生。

“还是谈正事儿吧，时间到了。”周舟与闺密的倾诉到此结束，她看了眼挂在办公室墙上的钟表，到约定的时间了。

收拾好心情，周舟和窦豆热情地打了声招呼，尽管脸色憔悴，但她在客人面前尽力将家事抛在身后，带着两人去会议室，把双方的合作条款挑出来，和同事们一条条地过。

窦豆也和不少地方政府搞过合作，一般来说，当地的一把手就是把握一个宏观方向，具体事务都会交给底下人去负责，像周舟这样关注到细节，每一处既考虑到投资商的利益，也坚守当地政府、茶叶协会、茶农乃至于百姓的利益的，很少见。

窦豆私下好几次赞过周舟，这会儿趁着休息时间，更是对着金果果竖起了大拇指，毫不吝啬地夸赞：“实事求是地说，周舟有坚定的信念，有认真负责的态度，还有工作水平，不贪、不懒、不庸，真是新时代的好官员。”

“你像是政府表彰似的，怎么不去当公务员？”

窦豆平时对外说话很官方，私下很少和金果果这么聊天，金果果忍不住打趣她。

“你可别小看我，我当初也考上公务员来着，申论写得一流。”窦豆哼了一声。

这事金果果知道，最早窦豆考上了海关的岗位，后来还是选择了私企大厂，为此还与家里吵翻了，好几年都没回去。

在老家长辈看来，公务员当然是铁饭碗，互联网大厂虽然工资高，但到底没那么稳定，说出去也没有“海关”这两个字面子大。

窦豆也是那种不吃馒头争口气的要强性格，开头很艰难，但她挺过来了，出色的工作成绩证明了一切。

地方上的支持对于金果果来说也是项目成功的重要一环，毕竟她的目标是品牌与文化的联合推广。

她的茶饮需要历史的底蕴，这就需要从名茶中汲取，这也是她第一站会选择故乡的原因之一。亲不亲家乡人，甜不甜家乡水，想要得到信任与合作，从这里开始显然是最优解。

对周舟为地方上提出的底线与标准，金果果没有任何异议，两个人之前就聊过。周舟在这事上考虑得很周全，没有顾及私情，这也是她们期望的，避免后期出现扯皮问题。

会议进度很快，大家准备得都很充分，到了午饭时间差不多就谈完了。周舟看了看表："我们就请两位贵客用个工作餐，下午就草签协议。"

正说话的时候，会议室外面忽然传来了激烈的争吵声，一声尖厉刺耳的高音传来："周舟！你给我滚出来！"

一片工作人员劝阻的声音，也盖不住这嗓门的穿透性。

周舟一下子脸色就白了。

金果果也觉得气血翻涌，她闭上眼睛，用力压了压怒火。

她当然听得出来，这是周舟的婆婆黄阿姨的声音。在家里闹还不够，真闹到单位来了？

黄玉霞本来就不顾及脸面，儿子死后性情更暴虐，大家同情之下又觉得可怜之人必有可恨之处。

黄玉霞此刻在镇政府楼道里撒泼，任凭工作人员怎么劝都不听，非要一头往会议室冲，拉都拉不住。

周舟给果果使了眼色，让她陪着窦豆别出来看笑话了。她知道婆婆的性格，人来疯，人越多越能撒泼。

那天在棺材前能对金果果说出那种话来，今天要是看到她，不知道又会怎么羞辱大家。

周舟起身出门，来到叉着腰嘴里骂不停的黄玉霞面前，态度很真诚温柔，像对待不讲理的群众，低声劝道："妈，有什么事回家说。这里是政府机关，大家都要工作呢。"

"我呸！"黄玉霞瞪着三角眼，往她身上就吐唾沫，"你还知道丢脸呢？你男人头七都没到，你就撒手跑出来啥都不管，你还是不是人？"

同事们都同情地看着周舟，有个小姑娘给她塞了张面巾纸，示意她擦擦衣服上的唾沫。

有的同事在葬礼上就感受过这婆婆的无理取闹，一些没去吊唁的，只听闻奇葩事，现在亲眼看到，大跌眼镜。

丧事办完，骨灰都已经下葬了，家里除了二老，根本没别的事要管。

陆光和黄玉霞这两人身子腿都利索得很，看黄玉霞这上蹿下跳的架势，哪里像个悲痛欲绝的老人？

“国家规定，公务人员丧假不能超过五天。妈，我也得上班啊！”周舟耐心解释。

“上班上班，你就知道上班，亚东就是因为你上班给你送饭，这才遭了不测！你好狠毒的心啊！你这个坏坯子，从小克死父母，现在克死老公，我看你想把我也克死……”

黄玉霞说着就号啕大哭起来，一把鼻涕一把眼泪。旁人看得恶心，却也没法阻止。

窦豆在里面听不下去了，不明白金果果为什么还能压得住气。

她将文件往桌上一扔就想冲出去，金果果终于说话了：“别去掺和。”

“你听听她说的都是什么话？”窦豆听不明白太多当地方言，但黄玉霞故意用普通话夹杂着方言骂，就怕大家听不懂呢。

“你去了，只会让周舟更没面子。”金果果知道老太婆的性格，文明人对付这种蛮不讲理的老婆婆是很困难的。

窦豆不信邪，瞪了果果一眼：“你不帮，我帮！”

她那火暴脾气说来就来，不等金果果说话，就冲到了门口，对着黄玉霞愤怒地喝道：“你这老太太说话就没道理了。不上班你养啊，你家里是有矿啊还是有金山啊？和你讲道理你不听，还非得逼人骂你不行？”

这下子可是捅了马蜂窝了，黄玉霞愣了愣，看清楚窦豆的脸，一屁股坐在地上，拍着地板大骂——她也不骂窦豆，就盯着周舟夹枪带棒地骂：“我这死了儿子的老妈子哟，这可是没儿子就被人欺负了！周舟，亚东死了你翅膀就硬了，有人给你撑腰了，你还敢骂我！都怪亚东走得早啊，没给我们老陆家留下一儿半女，断了香火，是绝门绝户呀！”

窦豆果然傻了，她在公司能和老板掀桌子，战斗力爆棚，但没见过这样撒泼的村妇，一时间卡壳了，气得牙痒痒，恨不得冲过去打她。

金果果眼疾手快地拉住她，低声说道：“你这么做不是帮周舟，事情闹大，没面子的是她，晚上回去受委屈的也是她，你先跟我走。”

她不是不帮周舟，只是这么帮会火上浇油。

黄玉霞边哭骂边偷看门口的情况。

那个打扮时尚涂着大红唇看上去不好惹的短发漂亮女人，被老金家的女儿拽住了。她继续拍着地边哭边骂：“亚东你才走几天啊，你看看周舟啊，她和人欺负我呢，我要不也跟你走了算了！”

说着她往旁边的墙撞去，周舟赶紧上前挡住，去扶黄玉霞。

黄玉霞重重地甩开她，一巴掌就顺势抽在她脸上，响亮清脆：“你这不着家不生蛋的母鸡！”

工作人员大哗，七手八脚去拉扯黄玉霞，这下金果果不拽着窦豆了，自己先上前一步，把周舟拉到自己身边，冷着脸看着黄玉霞：“黄阿姨，你故意滋事打人，可是违法的。”

金果果一向笑意盈盈的，看起来很好说话，这会儿冷着脸的样子有说不出的威严。黄玉霞本来想骂她这个上海混不下去跑回乡骗钱的小丫头片子，但张了张嘴，被金家幺女的眼神看得心里发怵，又转头逮着周舟怒骂，这次用的全是方言，窦豆听不懂，只从那表情和眼神中就能感受到恶毒和恨意。

大家被金果果提醒了，几个同事义愤填膺地喊着报警，拿出手机要拨号。周舟捂着脸，拦住了他们：“不用报警，这是家庭矛盾，我会处理好。”

金果果用力攥了攥她的手臂，无声地告诉她，不需要委屈自己。

但周舟歉意地给金果果投去请求的眼神，捂住脸上红肿的指痕，又看了眼窦豆：“不好意思，我得先处理点私事，没法陪你们吃饭。现在框架已经定下来了，下午我让小林和你们签意向书。你们正常开展工作，不用操心别的。”

到这个时候，她还惦记着工作，和窦豆说话的语气诚恳平静，仿佛刚才的吵闹与打耳光的事都没发生一样。

金果果盯着周舟几秒，终于松开了手。

周舟很少用这样乞求的眼神看着她，她知道这眼神里藏着千言万语和无奈。

周舟松了口气，她的小伙伴也成长了，她刚才很担心果果会不管不顾地插手她的家事，把事情弄得更复杂。

“妈，我先送你回去。亚东走了，我们都很伤心，不过日子总是要过，不上班,我也没法奉养你们二老。这会儿我先请个事假,把家里安顿好。”周舟走到哭闹的黄玉霞身边,蹲下去扶她,态度好得让窦豆直叹气。

丧假请不了,只能请事假,旁边的工作人员都憋着气,可人家的家事,当事人都这么说了,他们也没法说什么。

黄玉霞大获全胜,哎哟哎哟地要周舟扶着,骂骂咧咧、大摇大摆地走出了镇政府。

“老虔婆!”

窦豆气得方言都出来了。

虽然今天顺利地签下来意向书,但窦豆闷闷不乐,吃饭时对金果果吐槽:“没想到世界上竟然有这种人,她图什么?就是想要折辱周舟,闹得她不能工作,又能有什么好处?纯粹是有病!”

金果果停下了筷子,她也没什么胃口,想到周舟的眼神就很心疼。

金果果观察了黄玉霞近来越来越反常过激的行为,有人说她因为儿子去世精神上崩溃了,果果知道那不是精神上的崩溃,而是精神上的彻底自我放弃。

金果果和陆家做了三十年的邻居,很了解黄阿姨,这老太太平时爱贪小便宜,对除了儿子之外的所有人都很刻薄,像是别人都欠了她钱一样。但之前不管怎么吵怎么闹,都是有个目的,要么是为了钱,要么就是为了陆亚东。这会儿她来折腾周舟,不是单纯地找个情绪发泄点,还因为真正的恨,想彻底毁掉周舟的恨。

她认定儿子就是周舟害死的,必须让她下半生来偿还。

金果果心里也替周舟想了很多对策,但她知道,以周舟的性格,是不会采纳的。

但是金果果相信周舟有底线,周舟从小就没有浪漫细胞,对生活和爱情都很清醒,她会选择陆亚东,更多的是看中他的温柔小意与家人般的温暖。对周舟而言,工作和家庭是第一位的,爱情只是其中的一小部分,很奢侈的、无法强求的一小部分。

“下午签完合同,你要去西山实验基地?”金果果不想在这些同事面前谈论好友,转移话题问道。

窦豆立刻了然,她刚才实在没憋住才八卦的,这会儿顺着话题道:“是的,张博士那边还有一些合作要求,你跟我一起过去?”

“你去谈就好了，我下午请个假，有个朋友生病了，我去看看。”金果果也是给张炜留机会，她大多时候都很体贴温柔，愿意成人之美。

那个聪明“绝顶”的张炜博士，看窦豆的眼神就跟看一篇完美论文似的，而且窦豆谈商务合作，完全不需要她担心，她就不去当电灯泡了。

“啊，我想起来了，那个乳腺癌晚期病人？深圳和香港那边我有认识的专家，需要我联系就说一声。”窦豆想到了柳萍，有点遗憾地说道。

果果点了点头，叮嘱一句：“顺便问问张炜，叶茗老师什么时候有空，我请他吃个便饭。”

窦豆聊完这些正事就要回去，而金果果还要在家乡这边钉着接下来的程序，有的是时间去实验基地深入了解合作伙伴们，而且实验基地的合作，估计也得她多操心。

“那个‘社恐’啊……估计不会和你出来吃饭的，张炜说从没见过他跟别人约过饭，都是有事说事，能电话、视频、邮件最好，连面都不想见的。”

张炜后来还私下和窦豆聊天说了一点，除了吹学弟，就是为学弟不会社交的事表示歉意。

“你们私下聊了不少啊。”金果果似笑非笑地说道。

“别瞎猜，你知道我的，只想搞钱。”

窦豆在这种事上，心里跟明镜似的，知道张炜只是借机想和自己多说说话而已。她对张炜这种单纯的科研专家倒是不反感，但也没有更进一步接近的想法，对窦豆来说，不断往上攀爬的过程中，就已经在不断丢掉那些无用的东西和小女孩的幻想。

她不需要男人提供无用的情绪价值，只不过共事合作，被人喜欢总比被人讨厌好处理。

“行，那就以后吧，总有机会的。”金果果不再追着打趣窦豆。她遇到过很多天才，天才都有点奇特之处，来日方长，她不着急。

现在工作已经步入了正轨，只是儿时的伙伴们的处境有些凄惨。

金果果没有立刻去管柳萍的事，是因为她对大家的性格太了解了，即使分别多年，这些人有没有改变、有没有成长，从平时的聊天里就能看出，更别说现实里的接触。

窦豆常说金果果是个可怕的冷静的旁观者，但这是个优点，当局者迷，当抽身事外,反而能清晰地看到事情发展的方向,找到内在逻辑。

柳萍对男人的那点小心机,在金果果眼里不值一提。柳萍是个藏不住话的人,遇到大事立刻就慌了,如果真的是乳腺癌晚期,早就在群里炸开了。现在她不肯去医院,却愿意和杨海吃大餐,金果果就放心了大半。

相比之下,她更担心的是周舟。

周舟才到而立之年,还有大把的青春与时光,金果果不能眼睁睁地看她将一生的幸福葬送在火坑里,不管她愿不愿意,都要拉她一把。

恰好杨海晚上也来岛上了,他想找大家商量一下柳萍的事。

一直都是金果果和江明川最有主意、最聪明,他是几个人中的小跟班,捅了娄子找明川,明川会替他扛,找果果,她也总会找到解决的办法。

杨海约两人在太湖茶馆见面。江明川放学后先过来的,他脸色阴沉,看上去在新学校待得很不开心。

“你怎么脸色这么难看?被小学生欺负了?”杨海心情也不好,中午请柳萍吃完饭,因为多说了几句去医院看看的话,柳萍忽然翻脸,晚上也不愿和他出来吃饭。他打电话、发消息,发现自己居然被她拉黑了。

柳萍生气的时候是毫不讲理的,小伙伴里除了她最喜欢的明川哥哥,谁都被拉黑过。

江明川不是因为工作的事,他第一天在学校受欢迎的程度,把自己都吓着了,每个学生的眼睛里都闪着亮晶晶的光,看他的眼神仿佛看一个大英雄,这让江明川内心很触动,原本想着重新备明天的课,要给孩子们上一节更生动、更有趣的美术课,结果下班时听到有人议论镇政府发生的事。

这里地方小,谁家出点事都能闹得尽人皆知,更别说黄玉霞去镇政府闹出那么大动静。

江明川过来的路上就给果果打电话问了情况,现在转告了杨海。

果然杨海气得拍桌子:“这老太婆疯了,周舟是被她虐傻了吗?要是我,我当场把她打趴下!”

江明川面部的肌肉一直在收紧,尽管果果在电话里说得言简意赅,也能感觉到她克制的愤怒。

“周舟觉悟比你高,她又是个付出型人格的‘圣母’,不管怎么说,别说是亚东的妈,就是陌生人撒泼,她也会帮忙。这老太婆有恃无恐!”江明川看着窗外的太湖落日，只觉得内心沉重。

婆婆一重身份，死去独子的老太太一重身份，她仗着周舟不跟她计较，放肆胡为。

“我怀疑她这么闹，就是想逼着周舟承诺不改嫁，现在我担心的就是要是周舟真的答应了，那可怎么办？”江明川也听说了黄玉霞逼人守寡的事，那个神经病老太婆好办，反而是周舟的执拗不好办，一旦她答应了的事儿，就算是九头牛都拉不回来。

“周舟不会吃这套吧？”杨海愣了愣，他很少去想婚姻和感情的事，更不知道明川对周舟的心意，只是周舟的性格确实执拗，如果此后真的把有限的生命都投入工作中，守着公婆两人……挺可怜。

“不行，我们得去劝劝她。”杨海越想越觉得周舟这辈子都要被黄玉霞毁了，“现在亚东刚走，说这话有点不合适，但她还年轻，等过几年有想法了怎么办？周舟这人认死理，我们绝不能让她走进死胡同去。”

“果果怎么还没来？”各自去劝可能是个办法，江明川还是想了解一下金果果的想法。

他对杨海劝人不抱什么希望，杨海连自己的生活都过不好，只有金果果才能拉周舟一把。金果果也有这样的能力，只是她不习惯于强行让他人接受自己的观点。她现在忙着创业，又和陆家是邻居，可能也不想掺入这些糟心事里。

“抱歉，工作上有点事耽误了。”金果果赶过来时，茶都凉了。

金果果今天化了淡妆，穿了一套复古西装，里面是条长裙，西装外扎了条腰带，勾勒出纤细的身材。她看上去和前几日在家的懒散自在完全不同，多了几分优雅利落的气质，好像随时可以去聊上亿投资的项目。

杨海看到这样的她，深深感受到他们之间的差距。

小时候一起玩泥巴的小伙伴，已经成长得让人不敢高攀，这样的对比让他粗糙的内心忽地不舒服起来。

好在金果果态度依然没有改变，仍然是他们熟悉的温温柔柔的慢语调，但她说话很有节奏感，能迅速抓住别人的情绪，让人安静下来听她说话。还有她那双喜欢默默观察的眼睛，依然那么亮，依然带着一丝童年时期的好奇和探究去凝视别人。

趁着杨海去洗手间，金果果看着江明川，单刀直入：“你应该去和周舟聊聊。”

“我？”江明川心脏似乎被什么触动了一下，随后摇了摇头，“我很久没单独和她说话了，而且亚东刚刚离开，我去找她，被黄阿姨知道，要闹翻天的。”

“不是让你单独找她聊，打电话也好，发消息也好，你要让她知道，朋友们还在身边。”金果果觉得现在周舟需要的是温暖和关心。

周舟从小缺爱，只要给她足够的关怀，她一定能走出阴影，变得更强大。

“朋友之间的关心，她才没有负担。”金果果知道明川的心思，但她不希望明川以爱之名去安慰周舟。

这种时候如果表白了，以周舟的性格，她只会有负罪感，觉得不道德，更不可能在老公刚死就允许另一段感情进入自己的生活。

“我明白你的意思……我试试吧，你也帮帮忙，别让她放弃自己的生活。”可是江明川找不到小时候那种纯粹的友情，他不知道自己是否还能站在好朋友的立场，为周舟排忧解难。

周舟与陆亚东确定恋爱关系以后，他好像就没有私下找周舟说过话。

江明川还记得那个雨夜，他带着玫瑰花，想对那位他从青春期就暗恋的少女告白，但打电话约周舟时，却听到她在电话里兴奋地告知，她已经答应了陆亚东的追求。

那时候的少女应该也不清楚自己的感情是否属于爱情，如果他努力争取，不知道结果会是如何，但江明川知道自己并不是那种不顾一切向前的人。他在电话里干涩地祝福周舟，默默地后退，让出一个身位。

玫瑰花的归宿是湖水，如同年少时的爱慕，沉在了人生的湖底。

明川一直很好地掩饰了这份情感，只有敏锐的金果果从蛛丝马迹中看出了他回避的原因，他也在果果面前承认了，算是那份无果的感情曾经存在的证据。

如果没人可说，那份感情就太孤独了，是江明川无法承受的。

此后大家的聚会，他总是找借口回避，只在群里偶尔和大家寒暄。如今一个失联多年的少年好友，又能站在什么立场上，去劝别人把握自己的人生？

杨海拿着手机愁眉苦脸地从洗手间回来，给大家看自己的聊天页面：“柳萍把我 QQ 都给拉黑了。”

他本来想关心一下柳萍晚上吃什么，要不要给她点外卖，结果他被柳萍拉黑了。

说起柳萍，果果和明川沉默了几秒。

在死亡面前，许多事都变得微不足道。陆亚东的车祸已经让他们感觉到呼吸困难，柳萍的绝症更让他们窒息。如果是真的绝症。

在这件事上，果果倒宁可从最好的方向去想。

“我只是劝柳萍继续治疗，虽然可能已经很严重了，但如果去大城市先进的医疗机构，采用靶向药治疗法，没准还有机会。我家表叔前些年得了胰腺癌，在上海治了大半年，花了点儿钱，现在还吊着命呢。”杨海满心烦躁地一屁股坐下来，“可是她连医院都不肯去，说什么没钱，也不希望大家为她的事花钱出力，再说下去她就要怨自己命贱……”

杨海说的花了点儿钱肯定不少，药物昂贵，靶向药还要不断更换，为了提高生存率，花费以百万计。

柳萍确实没那么多钱。他们都很清楚。

柳萍家里本来就困难，母亲死后，她孤身一人，只是在贸易公司担任普通的行政人事工作，又喜欢小资生活，能有多少积蓄？

“我有点儿存款。”杨海自顾自地说下去，没有注意到果果和明川交换的眼神，“而且，还有几套房子在我名下，如果搜搜刮刮都卖了，至少能给她治病。我对柳萍说了，我给她出药费，可她说我有毛病，没答应，还拉黑我了。”

江明川是个艺术感性的人，听到这话很感动，对杨海刮目相看。

杨海没啥大追求，懒得要命，但在关键时刻竟然会有这样的决断，确实很难得。

这不是个小数目，杨海家当年靠厂房拆迁拿到不少房子和现金，他尽管不上进，可毕竟是父母唯一的儿子，他爸妈给了他几套房子收租，都在园区，价值不菲。如果全部卖了，那是能凑出上千万的现金。

别说是朋友，就算是亲爹亲妈、夫妻子女，能毫不犹豫拿出这么多钱给人治病的都不寻常。杨海和柳萍还整天闹矛盾，关键时刻他能毫不犹豫伸出援手，这是真朋友。

杨海说着说着，自我感动起来，好像已经为了柳萍倾家荡产。江明川也满脸敬佩，给他斟满茶。

唯独金果果不紧不慢地喝着茶，一双总是带着些微探究的漂亮丹凤眼里，没有赞许的神情。因为她知道，这是杨海冲动下的想法。冲动做的任何决定都容易翻车。

“柳萍也不会答应的,她和我们是朋友,但她不会生受这样的恩情。”金果果的理智,将感性的两人拉了回来。

还有一点她没有验证,但还是先给柳萍找个台阶——如果柳萍是撒谎呢?

也顺便给杨海反悔的台阶,毕竟他还在冲动期,真要卖房子的时候,未必能坚持下去。

“对。”杨海很沮丧,“她说她当不起,而且这病治不好,白白往里面丢钱,不想我将来后悔。”

冲动的时候会一掷千金,会豪气干云,但大家都是凡人,虽然在情感的驱使下会做出某些决定,但也很容易在未来反悔。

而如果真的珍惜这份友情,也不可能要求朋友超越界限的付出,因为确实还不起。

“可我不能眼睁睁看着她去死吧?”杨海越说越难受,抬手捂着脸,眼泪从指缝中透出来,着实铁汉柔情。

“果果不是在上海联系了医院吗?现在先要说服柳萍过去做个详细检查。”江明川拍拍杨海的肩膀,他的想法其实和果果一样,现在还要为杨海考虑,“这病……现在都是她自己说的,我们连病历都还没看见,说不定没她说的这么严重,也有可能是误诊。等检查清楚,再做打算,真要花钱,我也可以想想办法。”

“真要生病了,大家都会帮忙的。”金果果点了点头,她刚创业,手里的钱都投了进去,但要为朋友看病,还是能周转一些。

“果果还是算了。”杨海看了眼果果,很大男子主义气概地说道,“你是女孩子,总得有点钱傍身,何况你还在创业,正是花钱的时候。我的钱和房子放着也没啥用,先拿出来救命最好。”

江明川也点头:“我也能凑点,暂时还用不着你的。”

江明川离开家流浪的时候什么都没要,不过父亲为了补偿,还是时不时往他的账户里打钱。他靠画画够生活了,那些钱一直没动用过,日积月累也有不少。

更别说他的画在欧洲很受欢迎,许多看中青年画家潜力的收藏家买了不少,这也是一笔积蓄。

他的支出和消费比杨海高,画画成本高,旅游找灵感成本也高,但现在他单身一人，也不买房子，修葺老宅子不用花太多钱，要真是回来安安心心做美术老师，对金钱更没什么过高的要求。

儿时的伙伴还是很温暖的。或许很久没有联系，很久没有说话，也开始没有共同语言，三观变得不相同，但自小建立的感情是真实的，在关键时候愿意付出的才是真正的朋友。

金果果一直没让人操心过，她依然觉得友情很温暖，就像那美丽的夕阳，哪怕短暂，也足以让人留恋。

之前像没头苍蝇一般的杨海和大家聚完，像是定下心了，果果给了他中肯的建议，不管怎么样，先劝柳萍去医院，看到医院报告单，大家再做决定。

杨海是个闲人，有的是时间，所以这重任落在他头上。

晚上他匆匆赶回去，去酒店等柳萍，用酒店前台电话打到房间，诚恳地请她吃晚饭——柳萍循例矜持了一会儿，听说吃米其林牛排很快就投降了，慢吞吞地收拾下楼与他见面。

饭桌上，杨海可算哄得她把他从黑名单里拉出来了，立刻把果果找的医院专家的资料发给她，提出再去检查的话题。

柳萍看到小伙伴们这么用心，更是心虚，有点气愤地摇头拒绝："都让你们别烦这事了，果果现在创业，时间多宝贵，你去找她干吗？深圳医院都有定论了，还检查什么，瞎糟蹋钱。我就过几天好日子得了！"

说着，她切开牛排，大快朵颐："吃饱喝足，生死由命！"

杨海急得直挠头，苦劝："这是明川、我和果果的一片心意。果果人脉广，你看给你联系医院的专家，没准检查一下还有转机，咱们也不要自暴自弃。明川也说了，缺钱他给你凑，他的老宅先不修葺了，等你情况好点再说。"

"你怎么还让明川哥哥这么干！"柳萍听到江明川都不修葺老宅了，更着急，"我都说了不治，你自己一头热就算了，怎么还把明川哥哥拖下水？别搞那么多事了！"

她匆匆把最后一口牛肉塞进嘴里，提起小坤包，站起来就走，还没走几步，就面色苍白，捂着肚子蹲下。

杨海吓得撞倒了椅子，赶紧冲过来扶着她："你没事吧？"

"你走开！别管我的事。"柳萍一把将杨海推开，勉强站起身，往外面冲去。

牛排店在最繁华的商场三楼，这个点商场里到处都是人，柳萍急着甩掉他，七拐八转跑到女厕所，才喘了口气。

但刚才这一折腾，她觉得胃里泛起了酸水，“哇”的一声，将刚吃下去的牛排全吐了出来。

杨海匆匆付了钱，找不到柳萍，给她发消息、打电话也联系不上，他只能给江明川打电话。

“柳萍病得真挺重了，走路的时候都差点晕倒了，我看她那脸色，这心里……真是不好受！”杨海的声音里都带着哭腔。他开车到小区楼下，看到某租赁房屋的招牌，外面的小黑板上写着他们这附近几个小区的房源售价。

杨海靠边停下车，盯着房源的价格很久，从三百多万到近千万不等的数字刺得他忽然打了个喷嚏，理智好像回来了。

他的几套房子处于中间价位，按照位置和房型大小来看，约莫四百五十万一套，每一套五六千的房租，要是卖了还没治好病，他也许就要出来工作了……

他在几次创业失败后，也曾想过开个顺风车赚点钱，但想想现在舒服的日子，他又打了个喷嚏，最终没有下车进去咨询。

听果果的，先去医院看看到底什么情况再说，也许问题不是很严重。

第六章　乡情未改

金果果从上大学开始就去了上海，细算下来离开故乡已经超过十年。大都市的十年回想起来如梦似幻，短短几天时间，从参加葬礼到现在的工作安排，在上海上班的那些日子仿佛就变得很不真实。

回到家乡，仿佛小岛也在欢迎着她，工作上变得很顺利：与镇政府的合作达成协议，与西山实验基地的大牛确定合作，推进超出了她的预期。

和西山实验基地的合作，像是故乡为她的回归而准备的惊喜。

但她身边朋友们的生活变成一团乱麻。周舟和柳萍陷入了三十岁前没有想过的人生困境，江明川也明显藏着自己的心事，除了无忧无虑、没心没肺的杨海，朋友们都过得不容易。

就连金果果自己家，也有本难念的经。

她一直没有和家人说为了创业辞职卖房的事，她的决定爸妈虽然管不了，但惹父母生气总是要闹几天心。

金大群知道女儿辞职归乡，脸色就变得很古怪，再一听卖了房子，脸色就更难看了。

大女儿金宝宝已经被他们宠坏了，他们什么都管不了，现在小女儿也这么任性……

金家与其说是开明，更不如说是忠厚老实人家。他们不但对外人一直是"老好人"形象，而且对女儿也没什么要求。

相比自由叛逆的大女儿，果果一直很上进，让他们省心，但现在听说她把上海的房子卖了，王桂芳忍不了了。

"果果，你跟你姐……感情婚姻我们都管不了，"王桂芳对两个女儿至今不带个男朋友回来耿耿于怀，但和房子相比，男朋友一点也不重要，她拔高了声音，"但是，你怎么能把上海的房子卖了！"

“是啊，你那房子当时买得不容易，你姐还资助了点，你……你跟你姐商量了吗？”金大群想找个理由来责备女儿，但他这个忠厚人实在找不到强有力的理由去阻止女儿的决定。

“姐当然全力支持。妈，你就别想这事了，我已经卖掉了，钱都投到公司里了。”金果果笑了。姐姐当时确实资助了一部分首付，不过她早已还清。

而且以金宝宝的性格，妹妹哪怕捐了房子去做尼姑，她也是拍手支持的。

“上海的房子啊！你……你气死我算了。”

王桂芳气得声音都发抖，她平时爱唠叨老金，但对两个女儿很宠爱。

宝宝和果果也确实挺优秀，宝宝从小学什么都能拿第一，多才多艺，当时上海来了一个大剧院的负责人，还想带宝宝去深造，大家都以为宝宝能成个大明星。而果果在学习上也不遑多让，虽然没有姐姐那么能歌善舞，但喜欢读书钻研。

每当别人夸她俩闺女时，王桂芳心里总是想这大概是好人有好报，她和老金还有祖辈都是远近闻名的老好人，尤其是金爷爷，老党员了，一辈子都在报效国家。

可是后面的发展就让他们有些失望了，虽然孩子们表面上都很乖，但宝宝性格懒散随意，对自己的未来毫无规划，而果果本来在上海买了房，工作稳定，是他们家最有出息的，连黄玉霞都酸溜溜地夸，现在卖掉了房子回乡里……

王桂芳越想越生气，气呼呼地摔上房门，她吵不过女儿，只能欺负金大群，骂孩子爹没用，管不住孩子。

金果果听着父母隔着门吵，无奈地耸耸肩，换了双鞋准备出门透透气。对老人家来说，女儿没有男朋友可以忍，但没有房子不能忍。

上海那套小房子，是她工作没多久借钱贷款买下的，其中姐姐慷慨解囊，从投资角度来说赚得盆满钵满，毕竟在黄浦江边正对外滩，虽然面积不大，但有个能看见东方明珠的露台。晚上坐在自己房子的露台上喝着咖啡，欣赏上海滩的繁华夜景，不知道是多少沪漂人的梦想。

为了创业的启动资金，她二话不说把房子挂牌卖了——卖房创业在业界一直被嘲讽得最凶。

金果果无视那些声音，趁着自己年轻，为梦想而努力更重要。

把人生寄托在不会动的房产上，过着一成不变、一眼看到头的生活，不断为升职而努力，虽然安稳，但总有一天会后悔。

她知道自己的内心还残留着浪漫的理想主义，还想着拼搏和冒险，还对自己的未来抱有好奇心和期待。

妈妈虽然生气，不过卖都卖了，顶多也就冷战几天。

王桂芳关着门，在楼下愤怒地对老金撒气："你说你这两个女儿，性格和你一样，都不把钱当回事。原本觉得果果比宝宝懂事，好歹在上海有个高薪工作，买了房也站稳了脚跟，没想到一不留神，她把房子卖了，还说什么要创业！看看杨家那弟弟，创业多少次了？亏了多少钱？你也不知道管管她？"

"年轻人的事，我们现在哪儿懂？哪儿插得上嘴？她做事又不是没有脑子，咱们也只能支持了。毕竟千金散尽还复来嘛。"金大群赔着笑哄着老婆，生怕她又提起"贴钱"的事生气。

"别给我转文，你一念诗我就知道没好事。你的账我还没跟你算，你还要给女儿说话？你给人家垫的钱收回来了吗？"

金大群就怕引火烧身，赶紧缩头，低声嘟囔："我又有什么账？这不过得好好的……"

王桂芳瞪他一眼，继续骂他："好好的？你知道要是果果创业失败，这老宅子卖了都抵不上债，你还有钱给别人花？！"

这几天陆家死了儿子，只听到黄玉霞整天哭闹媳妇，想起老金鸡零狗碎贴给那老妖婆那么多出去，王桂芳就想把他扫地出门。

王桂芳正在痛批老金，隔壁突然爆发出哐啷啷什么东西砸得粉碎的声音，嘶吼和尖声叫骂随即跟上，听上去隐隐约约是在骂陆老头。

一看时间，九点。

"又开始了。"王桂芳撇嘴，暂时转移了注意力，问金大群，"你刚才去拿东西，看见周舟的车没？"

"没有，她应该走了。"金大群觉得那孩子走了就别回来了，他这好脾气都受不了黄玉霞最近这疯劲。

"我警告你，周舟不在家，你可别没事找事去劝架，又叫人贴上来！"王桂芳想到什么，翻起陈年旧账。

老金家真是一脉相传的忠厚，金爷爷带出来的几个孩子，正派就算了，还老是吃亏。金大群尴尬地笑，搓着手说道："这都多少年前的事儿了？吃一堑还不长一智？他们家夫妻吵架，我可十几年没去拉过了！”

要是黄玉霞再给周舟找碴儿，于情于理他们都得过去劝一劝。只是这俩老头老太自个儿没事找事，金大群避之唯恐不及。

金果果套了件风衣走出了门，她原本想看看周舟，但见她的车不在，知道她又去加班了。

头顶星空灿烂，小岛上的治安好得很，又都是乡里乡亲，即使一个女孩子深夜出门也不必有任何担忧。

金果果在月光的清辉下散步，不觉又来到了自家的茶园。

小时候她最爱在这儿玩了，还有周舟和陆亚东。

爷爷戴着老花镜侍弄茶树，她在树丛中像蝴蝶一样穿梭，那时候的姐姐虽然特立独行，但也喜欢和周舟一起围在爷爷身边，缠着他说一些老红军的故事。

有时候陆亚东也会带着杨海他们找过来，从远处就开始大喊她们的名字。

那时候的大家，和这低矮的茶树差不多高，总觉得茶山好大好大，和小伙伴们在一起的时间好长好长。

回忆中的画面总被夕阳染成暖色，爷爷的白胡子都变成了金色，他的皱纹里都带着笑，空气中充满了果香味，那是牧歌似的童年。

金果果虽然不像周舟那样被爷爷影响了对未来的选择，但她被爷爷另一种精神所烙印，那就是老一辈的敢闯敢拼敢破旧立新，敢于在绝境中和命运斗争，敢于将黑暗劈开裂痕，让光亮照进来。茶树旁忽然有个黑影动了一下，正在回忆童年的金果果心里一跳，她倒不怕是有坏人，只是这几年生态越发好了，怕是什么野兽。

“金小姐，是我。”

黑暗中那人影举手，站起身，体态修长笔直，语气平静。

——但平静的声音里怎么都觉得透着那么一丁点儿尴尬和不高兴。不高兴这时候还遇到了其他人。

“是我”这两个字的语调太熟悉了，金果果定睛一看，果然那身影就是叶茗。

“叶大牛？”

没想到这么晚这位年轻的学术权威还在这荒废的茶园搞研究，难道爷爷种的茶种真的是什么金贵宝贝不成？

不应该啊？虽然是老树种，但多年没人管理，早就杂了，也不算是碧螺春的核心产区，不值得关注。

“叶茗，你记错名字了。”

叶茗认真地纠正她的称呼。

“我知道您的名字。这只是一个网络上流行的称呼，表示您在学术界很牛……”

都怪窦豆，没事老在背后叫人叶大牛，金果果听习惯了才会当面这么唐突地喊出来。

说起来叶博士还真是不食人间烟火，一心只读圣贤书，居然不知道“大牛”的意思。

“我是开玩笑的。”

在昏暗的光线里，叶茗似乎看到金果果有一瞬间的吃惊表情，他有些好笑，面对陌生人的那股尴尬似乎也消散不少。

也可能是金果果身上没有带攻击性的气场，尤其素面朝天时，像个邻家小妹妹，让人没那么紧张。

“您……也会开玩笑？”金果果是有点被震撼到了，虽然交道打得不多，但这位一直是不苟言笑的，连话都没多几句。无论什么言语从他口中说出来，都像是附加了数据论证的学术报告一样可信，谁也想象不到他开玩笑的样子。

“另外，不用敬称，对长辈再用‘您’好了。”

今晚他的话比平时多那么一点。

“你怎么这么晚还在这里？”金果果刚才只是被黑影吓到了，现在镇定下来，笑了。

对方确实是学术大牛，年纪虽轻但成就斐然，很多人站在他面前会自惭形秽。可对金果果来说，这位牛人是自己的平等的合作伙伴，他又是茶饮这个项目的科研负责人，本来就想多交流的，看他晚上的状态似乎放松了些，至少愿意多说话了。

果然一回生二回熟，三回四回是朋友。

她照顾他的“社恐”，像面对一个怕生的小孩子，小心翼翼地观察着陪聊，怕把他吓跑。

投融资的职业生涯中，金果果见过不少高调的行业大拿，之所以对叶茗这么尊重，是因为从小养成的对科学家本能的崇拜。

“我说过，后续还要叨扰。”叶茗今晚特意没穿白大褂，就是想到早上恐怕被她当成了鬼，要是半夜穿个白衣服在茶山上飘，该真的吓坏人了。

“对……你早上说过。你还在采集数据？”金果果上前两步，看到他身边一棵茶树下有红色和绿色的闪光点。

“嗯。”叶茗其实不必自己过来，有远程数据连接。只不过他今晚吃多了，在基地里被张炜啰唆得有点闷，索性下来散散步消消食。

“难道这里的茶种特别珍贵？”金果果抬起头看着他，那双总是藏着一丝好奇和期待的眼睛很亮，像群星在里面闪烁。

她努力找话题，主动和合作伙伴聊天。

“嗯……接近古茶种。”叶茗矜持地回答。

“接近？有多接近？”金果果又好奇地问道。

“等分析报告出来了，你可以去实验基地找张炜要一份看看。”叶茗如果说一堆专业名词，她也听不懂，索性让她自己去看报告单。

“好吧，那你还要在这观察多久？”

果然叶大牛不是个好聊天对象，她上次就发现张炜在叶茗面前很话痨——那是被迫成话痨的。

“……我可以马上就走。”叶茗以为她在下逐客令，立刻往旁边小路走去。

“不不不……我不是赶你走的意思，只是单纯问问你要观察多久。”金果果有点懊恼地赶紧解释，她这不是想多找点话题聊聊吗？

还以为再见面能放松点聊天，没想到还是把人给吓跑了。

“不打搅你了。”叶茗认为她这么晚上山，是想一个人静静，而他恰好也不喜欢和人聊天。或者说，不擅长和人交往。

“刺啦”一声，叶茗的腿上挂上了突兀出来的遒劲枯枝，布料被撕扯的声音也撕开了安静的夜。

“啊，衣服被挂裂了吗？有没有受伤？”金果果立刻上前帮他察看，果然他的裤管被多年未修剪的老茶枝给挂开了一条口子，露出白得刺眼的大腿。

这腿……金果果借着星光凑过去，皮肤娇嫩，上面隐约有一道肿起的血痕。

叶茗满脸涨红，手足无措地看着一把抓住他裤腿的女生，身体的防御机制开启到最大模式，脑中警铃大作，尴尬得想找个地缝钻进去。

幸好这里没有其他人，也幸好光线昏暗。

金果果关心他的伤口，十分歉疚地说道："我送你回去，先处理一下伤口吧。"

茶山离果果家更近，但这个点带个帅哥回家，家里估计又要炸了。

"不……不用，我自己回去。"叶茗终于僵硬地把自己的腿从她手里"救"回来，转身就走。

"刺啦"，他的衣服又被挂了。

叶茗的脸色难看到了极点，地面杂草丛生，茶树的枝条没有修理，长得张牙舞爪、歪七扭八，要不是配上这星光与湖光，这里实在不是什么赏心悦目的散步好去处。

他还没带手电，连续被挂了两次后，后悔没穿白大褂挡一挡。

"我送你吧，这边有条小路。"金果果意识到刚才自己察看伤口的举动吓到了他，这次保持距离，在前面领着路，尽量东拉西扯地缓和他的情绪，"爷爷去世后，家里的茶园没人管，这块茶地又小得很，前几年我爸还会采点茶，给我和我姐留着喝。这两年他也懒得弄了，自家炒茶成本太高，劳心劳力，不值当，就荒废了。"

远处的山坡上，外墙全是玻璃的实验基地熠熠生辉，照亮了半片山。

金果果温柔的语调在山间飘荡，虽然像自言自语的尬聊，但叶茗慢慢镇定下来，低头看了眼大腿，心想还好不是屁股被挂破，不然他以后都不想再见到这位合伙人了。

"这里散散步也挺好的，到了夏天，又凉快又能看到很多萤火虫。你看前面那片枇杷树，再过两个月能吃了，我可以带你去采摘，你喜欢吃青种枇杷还是白玉枇杷？"

金果果知道这位大科学家本身就话少，尽管她搜了点对方的资料，但都是学术上的报告，看不到个人隐私。

羊肠小道走到头了，路灯下的大路边有一片果林，她放慢脚步，等着叶茗跟上。

"都不喜欢。"叶茗终于说话了。

他是话题终结者。

"那你喜欢吃什么？"金果果不在意，她早就调整好心态，发挥自己沟通和交流的能力，与未来的亲密合作伙伴又是科研大牛的叶茗搞好关系，对项目本身有很大的帮助。

对方不爱说话没关系,自己多说点。

“肉。”叶茗似乎很不情愿地挤出一个字来。

“什么肉?”金果果从没有和合作人这么尬聊过,她深呼吸,稳了稳心神。

没事,只要自己不觉得尴尬,尴尬的就是别人。

“你不必强行找话题,我可以自己回去。”叶茗先忍不住了,制止她继续尬聊下去。

“没事,我晚上也是出来散散步的,刚好去你们基地逛逛。”金果果面对工作问题,脸皮很厚,可以很“社牛”。

没错,她已经在心底默默把叶茗当作自己的工作问题了。

“你说我们家的茶园要不要修整一下?如果你要继续来研究的话……”

“不,不用。”叶茗这次回答得很快,打断了她的话。

金果果看了眼他的腿,又说道:“我是担心你又被剐伤。”

“自然。”叶茗沉默了几秒,看了眼远处连绵的青黑色的山脉,幽幽开口,“植物在自然环境下的成长充满生命力,与人类想要的形状完全不同,植物的标准和人类的标准哪一个更好,我们又能如何评价?”

终于没白费工夫,金果果听到了叶茗说的最长的一句话。

不过……科学家的聊天标准也异于常人。

金果果露出赞同的微笑,点头附和,这是社交场合练出来的基本技巧。

当不太清楚对方真正的想法,或者无法准确地接下话题,只要附和赞赏,有时候甚至不需要说话,只要一个崇拜的眼神,就能让对方滔滔不绝、出口成章。

然而叶大牛终究不同于俗流,说了那一句之后,又开始沉默,加快了脚步,似乎想快点回去。金果果当然不能让开始的话题就这么戛然而止,赶紧厚着脸皮续上:“你在这里还有其他朋友吗?”

“没有。”

“我在这里有很多小伙伴,以后大家可以多聚聚。”金果果心里叹气,不过对方的智商已经这么高了,确实不需要什么情商,大概也没什么人他能看得上眼吧。

“不需要。”叶茗拒绝得很快。

对他而言,直言直语也并非是没有礼貌,他的交谈方式一向如此。

不感兴趣的直接略过，感兴趣的再研究观察。

“抱歉，是我冒犯了。”金果果觉得和他聊天比谈项目还困难，她看着远处灯火通明的实验基地，自然没法问出他为什么要选择和她们合作的话来。

叶茗看了她一眼，两人已经肩并肩走在大路上。她穿着平底鞋，和自己接近一米九的身高相比很娇小，一张古典的鹅蛋脸温润娇柔，完全看不出是个敢卖房创业的女人。

——张炜和他叨叨，说了一堆合作人的事，包括金果果在风投工作时打的几个漂亮仗。

他又莫名想到那一夜风雨，她穿着白裙子站在湖边，转过身和司机说话时的眼神和姿势，完全不似现在温柔可人。

他觉得那晚看到的她才是真正的她，现在和自己聊天的金果果是伪装的。

“你岛上的朋友，都是小时候的？”叶茗忽然问道。

金果果原本准备闭嘴，默默送他回去得了，听到他问话，还以为是自己脑海中的幻听，不确定地抬头看他。

这才发现他真高，比她高一个头。

“除了你上次见到的窦豆，其他人都是我小时候的朋友。”金果果有点惊喜地接着他的话题，准备给他介绍周舟，“其中就有我们这个合作项目的本地书记周舟，以后大家也应该要见面的……也许你已经见过了，你们基地建立时应该和她打过交道。”

“我听过。”叶茗顿了顿，“听说她先生遭遇了不测。”

实验基地不是象牙塔，尤其张炜这种潜在的八卦王，和他碎碎念过镇上最近出的大事。

他也听了一些，主要是因为听说死了个年轻人，他立刻就想到了回来参加葬礼的白裙子女人。“是……也是我的朋友。”金果果想到陆亚东，就有些胸闷。

“节哀。”叶茗低低地说了句。

“其实朋友们还好，最痛苦的是家人。”金果果很实诚地说道。朋友们最多痛哭几场，就会很快重回自己的生活。

即使某个长夜或者老友聚会上，回忆起来洒几滴泪水，那也大多是为了回不去的过去，其中至少有两滴泪是为自己的青春而落。

“不必为别人的人生担心。”叶茗不会安慰人。

人生不会因为别人的离开而停止，年轮不停地转，催着人不断往前走。

“嗯，希望能好起来。”金果果一想到黄玉霞，就为周舟心疼和头疼。

这么努力与善良的女孩应该有得到幸福的权利，可她的人生却只写满了辛苦。

“你可以回去了。”叶茗忽然停住脚步，说道。

前面不远就是西山实验基地，他不是怕让人看到自己被一个本地女孩送回家，而是不希望给她带来流言蜚语。

叶茗对人情世故毫不在意，可岛上似乎不一样——他听张炜夸张地说过那个死了老公的小周书记被婆婆逼着守寡的事。

他觉得配偶去世之后选择独身，并不一定出于道德的束缚，而是基于自己的意志。一方面是情感上的矜持与洁癖，另一方面，也可能人生中还有其他更有意义的事。

只不过如果这里民风这么保守，金果果深夜为他送行，看他大腿，他岂不是要娶她回家交差？

金果果哪知道他在想什么，见他一再逐客，也不好再送了，礼貌地告辞。

叶茗不放心她一个女孩子走回家，目送她身影消失，又慢慢折身。

金果果没有立刻回家，而是去了湖边，心里一堆事。

她拾起一片石块打水漂。石块在波光粼粼的水面上翻滚了十几次，隐没在星光与湖水的深处。她一直在想，是否应该尊重周舟的选择。

今天听到叶茗说的关于植物的标准与人类的标准时，她心底其实是有触动的。

人和人之间的标准也不同。

陆亚东刚刚去世，朋友们不想去打扰周舟的心绪，可是黄玉霞一而再，再而三地挑衅，周舟却能忍耐下来。作为朋友，他们应该弄清楚周舟的心思与立场，然后再去选择支持或者帮助。

金果果知道每个人的人生都是由自己选择的，他人的意见仅供参考，作为朋友，在朋友需要的时候，能伸出手拽紧对方，就足够了。

金果果坐在湖边，给周舟发了条消息：“回来了吗？”

周舟秒回：“还有点工作没处理完，加加班。怎么了？担心你的项目？会上已经过了，我给市里做了汇报，领导很看好，碧螺春本来就是一张城市名片，你们的品牌如果能够立起来，就是新时代新经济的标杆之一，我们一定会大力支持。”

果然是工作狂。

“我给你打个电话。”——金果果发完这句话，周舟先打了过来。

“出什么事了吗？”周舟着急地问道，生怕是工作上的问题。

“不是工作上的事，别紧张。”金果果安抚她，“这两天我和明川他们聚了两次，想着每次都没能和你好好聊聊。你有没有空，一起吃个饭？”

周舟沉默了一会儿，竹筒倒豆子一般直说了：“我知道你们是关心我。刚刚明川也给我打电话了，说约吃饭。我就觉得不正常，他起码七八年没单独联系过我了。放心吧，我没事。”

“没事归没事，作为朋友，也想和你谈谈心。”

“那行。”周舟很爽快地答应，“明川我就不见了，明天中午和你吃个饭吧。”

为什么江明川就不见了？金果果心思细腻，猜想周舟在后来也发现明川对她的感情了吧。

周舟是个大方得体的朋友，即使发现了江明川对她的感情，也没有和任何人说过，没有刻意回避，更没有似有似无的暧昧，而是正大光明坦然相处。如果时间再久一点，那江明川就真的可以因为她的气量而渐渐消除心中芥蒂，对这段暗恋一笑了之。

可惜没有如果。

要是以前的她，江明川约她见面，她或许会觉得突兀，但不会给自己设限制，不会说就这么不见了。

金果果心里清楚，周舟还是不免被环境和舆论所挟制与影响。

与周舟通完电话，她站起身，舒展了一下身体，忽然警惕地往后看了一眼——刚才觉得有视线在背后黏着。

太湖风大，除了公路上的几辆汽车，没看到其他人，不过看看时间十点多了，金果果裹紧风衣，大步往家走去。

第二天中午，金果果与周舟约在镇政府旁边一家本邦菜餐厅见面。

镇上的旅游业发展得不错，餐饮的水准水涨船高。

几十年前搞的农家乐，菜肴纯天然，可也粗糙。这几年太湖进行环境治理，禁捕禁渔，以前那些湖面上的船菜也都被取缔。食材不如以前新鲜了，逼得老板和厨师在菜式创新与精致程度上突飞猛进,吃起来与市里知名的私房菜馆也不相上下。

金果果点了个酱爆螺蛳,她与周舟小时候最爱吃这道菜。

苏州人讲究,清明之后的螺蛳吃不得,不但肚子里常有小螺蛳,更因为环境与季节的变化,多了一股土腥气,非得重辣重味才能中和,这就没了本味和野趣,不是本邦的吃法。

螺蛳要选青壳的,壳薄肉厚,细细剪去尾部清洗干净,热油爆炒两三分钟下酱料,拌匀即可起锅,不可煮久,否则螺肉就会像橡皮一样,味同嚼蜡。火候好的酱爆螺蛳,清甜鲜嫩,水汽氤氲,入口牙缝间满是清新。

这时候时节还早,螺蛳细嫩,“清明螺”不但胜鹅,更堪比鲍参。

周舟赶来的时候脚步带风,脸上仍旧有隐藏的悲哀与疲倦,不过看到螺蛳还是眼睛一亮,毫不客气地坐到果果对面,挑了一枚放嘴里一嘬,赞不绝口。

“这家店做得不错,有宝宝姐几分水准。她最近怎么样?”周舟先问宝宝姐的情况。

这些日子让朋友们为自己的事操心了,她不希望和老友相聚,再聊自家那些琐碎的事。

金果果的姐姐金宝宝周舟从小就很熟,虽然金宝宝比她们大不了两岁,学习不怎么样,干家务事却是一把好手,做菜更是一绝。

“她还能怎么样,就还那样呗,我回来了她也没空来瞅一眼,只打了俩电话完事。”果果的老姐是个老大难问题,不过姐妹俩感情好,金果果也理解她一生不羁放纵爱自由,各人有各人的活法,不必强求。

陆亚东去世那天,宝宝也听说了,只是给果果打电话感慨周舟可怜,连葬礼都没参加——她本就不喜欢陆家,只要和黄玉霞有关的事,一概不理。

“宝宝姐活得潇洒。”周舟很佩服金宝宝,从小她就活得洒脱,是大家的偶像。

“按照自己的想法活才对,被别人强行捆绑,那得活得多累?”金果果其实也受姐姐不少影响——当然是正面的。

从家人身上,她体会到一点:大多数人重视的那些东西,什么金钱、权势、房子,都未必那么重要,最重要的是自己内心的追求,只要问心无愧,睡觉就能舒坦,不会有那么多心事。

金果果会义无反顾卖了上海的房子，辞了高薪的工作，回到家乡白手起家地创业，多多少少也有姐姐那种潇洒的姿态。

“我知道你们要对我说这个。明川在电话里也劝了我不少，说什么道德绑架呀，自我追求啊，还有女人的幸福什么的，我都听烦了，你可别跟我再说这些了。”周舟有点敏感，放下筷子，认真地看着果果，“亚东走了以后，我确实有一刹那的崩溃，好几天没缓过来。但是，实事求是地说，我和他的感情这两年消磨得厉害，尤其是与家人的相处方式，我和他妈几乎不可能共存，去年我就考虑过和他离婚。直到他突然去世，我才意识到，外在的东西再怎么变化，我们曾经爱过，这种感情怎么会那么容易消失？”

从小一起长大，大学开始恋爱长跑，三年的婚姻，两个人的人生就像是脱氧核糖核酸的两条螺旋线，早就紧密地交缠在一起。

骤然分开的撕裂感与空虚，除了当事人之外，谁能真正感同身受？

想起陆亚东，金果果有些难过，给她倒了杯水，温柔地安慰：“不管怎么样，亚东也想你幸福，我也相信你能自己调整好生活方向。”

“我知道。”最初的冲击已经过去，周舟深吸了口气，和好友坦白，“亚东是什么样的人，我比你们更加了解。因为人的许多面在朋友面前或许会选择隐藏，只有在家里、在妻子面前才会完全暴露。不过这不重要。我这几天也深思熟虑，想着以后怎么样过一个人的人生。”

“也不一定是一个人，你还这么年轻。”金果果觉得每个人的未来都充满了无限的可能，担心她先入为主钻牛角尖，纠正道。

周舟疲乏地笑了：“我不是强调单身，或者我婆婆说的守寡。我的意思是，这么多年，我和亚东一直缠在一块儿，现在他不在了，我才是真正意义上的个体，我认真考虑我想要的是什么样的生活。”

金果果也相信周舟会在悲痛之后好好考虑未来，她不再说话，给周舟夹着菜，做一个合格的倾听者。

这家餐厅临湖，日光照在水上，蒸腾生烟，美不胜收。

周舟看着窗外，疲惫的眼神里有一丝向往的光：“其实我很感激亚东。因为他支持我考公，参加镇上的工作。这几年我忙忙碌碌，回头想来，最幸福的时候，是在工作的时候。”

金果果知道这几年周舟工作认真而辛苦，她之前负责的是扶贫工作，那真是用脚丈量了整个岛的土地，拜访了每一家贫困户，对他们的情况都了如指掌。后来又全力投入乡村振兴，尽心尽力，有口皆碑。

“我永远记得我上大学时写的入党申请书，当时轻飘飘地写‘为人民服务’，哪有什么真的感触?！直到做了这个工作，才发现老一辈革命先烈所追求的是什么，也才知道自己小时候有多幸运，遇到那么多的好人，像金爷爷……我吃着百家饭长大，我也要追随那些人的脚步，将自己的本职做好，来回报他们。”周舟说到这里，眼里有晶莹的光。

父母去世后，周舟时常去果果家，金爷爷简直把她当成亲孙女，有什么好吃的好玩的都留给她。周舟印象最深的，就是每年茶忙时，她早早做完功课来帮金爷爷采茶，爷爷总是跟她说当年红军勇于牺牲的故事，跟她说马列主义，教她豪气万丈地念毛主席的诗词，那时候她听不太懂，但总觉得幸福。

尤其和那些啃着树皮爬雪山过草地的先烈相比，她的父母虽然离开了，但她一日三餐都有亲邻们照顾，还有政府关怀，温饱有余，不知多幸运。

“多吃点，养好了身体才能更好地服务大家。”金果果听着她坚定而自信的语气，彻底放下心来，给她夹菜。

这是她小时候最好的朋友，这些年步入社会后不但没有改变，反而被淬炼得更加纯粹，是她熟悉的自度又度人的周舟。

果果知道周舟不会再对她解释那些鸡毛蒜皮的小事，更不屑去吐槽与黄玉霞的争执。

她已经超越了这些日常琐事，因为她已经找到了自己人生的意义。

一个把人民放在心中，将群众的福祉系于己身的人，对于自身的毁誉，又怎么会放在心上？可能对她来说，黄玉霞只是个执拗的普通群众吧，需要时间和耐心去感化。

“我就知道你能明白。”周舟欣慰地笑了，“明川肯定想不明白，所以对他说也是白说；杨海更不用说了，和他掰扯不清的。你也是跟着爷爷长大的，我知道你懂。”

金果果想起爷爷压在箱底从未与人提起的那几枚军功章，默然点头，心底有些叹息：江明川到底还是不配。

这样的周舟，确实不是那些自由散漫的男人能配得上的，陆亚东不配，江明川也一样不配。至少这几年，就让周舟独自美丽吧。

金果果确定了周舟的想法，不再提她家的事，两个人忙着吃螺蛳，聊些工作上的事，渐渐似乎回到了小时候。

“对了，”快吃完的时候，周舟忽然想到了什么，提醒金果果，“柳萍的病，你稍微留心点，让杨海不要太激动，我觉得……稍微有点问题。”

“是明川和你说的？”金果果本来和大家说好，不要把柳萍生病的事告诉周舟，她家里刚出事，别再去烦她。

看来江明川还是没守住秘密，也不能指望一个随心所欲的艺术家能有保密的严谨。

“他那个人话一多就不可能藏得住事，不过他和我的想法比较接近。”周舟舔了舔手指，略有些踌躇，迟疑了几秒，还是直言不讳，“不是我们怀疑小萍，但这些都是她说的，没有任何证据，而且她也不是没有前科……你还记得她小时候没事就装病吗？还有那些大大小小的恶作剧……她从小没有安全感，现在既然回来了，有空的话，还是多帮帮她改过来。”

相比自己健全的人格，周舟觉得最需要关心的是这位心理病态的“群众”同志。

“我知道。你先吃饱，别管这些了。”金果果夹了一筷子马兰头。

初春的马兰头香味里好像浸透着饱满青翠的生命力，如同肆无忌惮万物生长的江南之春，细腻芬芳。

柳萍说自己得了绝症，最激动的就是单纯的杨海。

金果果与江明川虽然也很震惊，但本能地并没有完全相信，尤其是柳萍不愿复查，这让果果心里更有数了。

杨海可能忘了，自己为什么一直都对柳萍看不顺眼，不只是柳萍天生喜欢和有钱有颜的男生一起玩，还因为那年上过一次当。

那一年高考，柳萍成绩很差，考不上本科，只能上大专。但她不知道哪儿来的勇气，说自己是被人换了卷子才会分数低。

班主任和其他同学都清楚她平时的成绩，可她就是犟着不肯承认。

杨海却傻傻地相信，还为她上下奔走，到处呼吁，天天给教育局和招生办打电话，钻天打洞地举报说有黑幕。

——柳萍这个当事人都没他那么认真。

后来……就没有后来了，虽然不可能真的公布试卷来证伪，但老师们扔出了确凿无疑的证据，证明了柳萍就是说谎，她的成绩根本没有任何问题。

柳萍一扭头就当没事一样，去上了那所大专，徒留杨海一个人承受笑骂。

杨海气得差点自闭，把自己关在家里整整一个月，后来好不容易才收拾心情去上学，一开学就背了个处分。

他成为宅男，也许与这事有关。

柳萍不算个坏孩子，那些小毛病和她原生家庭有关，从小就习惯了用说谎来博取关注。

她说自己得了绝症，没有病历，平时不吃药，也不肯继续治疗，一开始还能取信于人，但总是不愿去复查，让人免不了觉得有些不对劲。

“明川跟我说杨海要卖房给人家治病，我也会委婉提醒一下。要不然，和高考那事一样，真的卖了房子闹大了，不好收拾。”周舟是因丧葬耽误了几天的工作，这段时间忙不开，不然她要约柳萍他们一起聊聊。

“如果柳萍真有什么事，我也会全力帮忙。现在倒是希望像以前一样，没生病，闹几天就好了。杨海卖房治病这事，我帮忙盯着点。”金果果和周舟之间心气相投，一直都更亲密些，说话没什么可藏着掖着的。

大家都挺宠溺、忍让柳萍，她长得漂亮，懂得讨人欢心。对周舟来说，两个人都没父母管，还有些同病相怜。所以尽管她作天作地，大家总能理解包容。

她说的谎哪怕是被揭穿了，她撒撒娇就过去了，而且大多都是无伤大雅的小谎，无非是想引起大家的关注，让大家的视线集中在自己身上。等小伙伴们关心完，这事就翻篇了，只有最相信她的杨海会耿耿于怀。

这次的事这么大，要是杨海发现真是假的，涉及真金白银，那杨海新仇旧恨想起来，可不得气炸了？

金果果从杨海要卖房时，就担心最坏的结果，不过以她对柳萍的了解，应该不会闹到真卖房的地步。

高考那一次已经伤到了友谊的底线，柳萍这些年总会有些成长，不至于像个孩子似的任性胡闹吧。

第七章　真诚与虚荣

“你神经病啊！”

一声愤怒的尖叫引得旁边顾客转头看热闹，只见一个衣着、妆容都很网红化的漂亮女人正在拍桌子，对同伴怒吼。

离金果果她们直线距离也就几百米的另一家私房菜馆里，杨海带柳萍回来吃饭了。

柳萍主动要求回来的，住了几天五星级酒店，都是杨海付的钱，她也觉得有点不好意思，还是回镇上找个民宿先住着。

早上杨海又去酒店大厅等柳萍，用酒店电话打到房间里，向小姑奶奶各种道歉、恳求，柳萍顺势就办理完退房，让他屁颠屁颠地送回来。

“你真是有病！”柳萍看着杨海递过来的手机，气得差点一点胃口都没有了，“你还真把房子挂中介？赶紧给我撤下来！”

手机页面上标注着“好房急售”。杨海昨晚几乎一夜没睡，今天早上也没和父母打个招呼，直接把自己的房子以低于市场价一成的价格挂在网上出售，还贴心地说明了房主急需现金，可以接受还价。

这也太实诚了！

柳萍本来开开心心地吃着太湖三白中的银鱼，夸这银鱼美味。

确实春天的银鱼很鲜美，透明如冰，柔若无骨，所以也有人叫它冰鱼。

下油锅炒的时候，总担心它会融化而消失无踪。炒熟之后，翻作银白色，与土鸡蛋的金黄交相辉映。

如果有一道菜会放射光芒，那首选就是银鱼炒蛋。无须用牙齿，筷子点一点送入口中，就会感觉到鲜味在口腔中炸开——这也是柳萍儿时最美好珍贵的记忆，妈妈从深圳回来，给她做了一盘银鱼炒蛋，酗酒的父亲难得心情好地坐在一边慢慢饮酒，没有争吵，也没有暴力，像普通人家平常吃饭。

所以，挣钱了以后，只要饭店里有这道菜，她一定会先点上。

为的就是那微小的奢侈的温暖的回忆。

然后她一眼看到杨海干的蠢事，脑袋和五脏六腑都要炸了。

“你爸妈知道了得打死你！”柳萍气头上，哪管周围人诧异的目光，继续咆哮。

“这房子在我名下，是他们自己愿意的。我卖了也就卖了，还能说什么？”杨海想到爸妈，有点心虚，但爸妈都是老实人，又一直宠着自己，前几年他乱折腾生意，也亏了差不多一栋房子的钱，爸妈不还是没说什么。

柳萍生气之下，还是有点感动：“你爸妈辛辛苦苦一辈子开厂做生意，没赚钱只亏钱，也就老来拆迁还了这两套房子。他们把房子挂在你这个儿子名下，是为了让你结婚娶媳妇用的，你怎么能这么败家！”

“这怎么能算败家？救命的钱呢！果果上次联系了上海的肿瘤医院，要用自费药的话什么都得花钱，还不得赶紧先筹上？”杨海也想过，爸妈老家还有房子，园区另一套房子继续租出去，也不影响他家里蹲的生活。

实在不行回岛上嘛。

看果果、明川他们都回去了，他也想回去，现在岛上的旅游业也不错，手里剩点钱装修一下老宅，开个小民宿，生活还是美滋滋的。

“我凭什么用你的钱！”柳萍要疯了，当年高考那事就这样，她不过要面子撒个谎，杨海非给她证实了不行，脑子有病！

杨海义正词严地回答：“你是我的朋友，为朋友两肋插刀本来就是应该的。”

“神经病！”柳萍气炸了，“你能不能不要这么蠢，我说什么就是什么？我说要死了，你就真的觉得我要死了？”

“那不然是什么？”杨海也被她吼得有点火气，他都愿意卖房救她，她对自己的态度还是一如既往，没有一点尊重。

“我骗你的！我骗你们的！”柳萍被他气得大哭，“明川哥哥回来寻找人生的意义，悠闲自在；果果回来创业，动不动就千万百万；只有我，灰溜溜地回来，什么都没有，只有千疮百孔的身体。我受不了，我也说不出口！”

一个是成名之后的隐逸，一个是自信豪迈的起步，说起来都不丢人，可她呢？

柳萍擦着眼泪，越想越觉得自己活得没意思。

“什么……什么千疮百孔的身体……这又是什么意思？你到底生了什么病？”

杨海是个直性子且不爱动脑的人，作为朋友自然是仗义的，但他太莽了，太容易被煽动，尽管常常上当，但第一反应从来不是怀疑，而是相信。

尤其是柳萍的眼泪不值钱，动不动就哭，他受不了柔弱女性流泪，怎么会怀疑是假？

哪怕柳萍说了在撒谎，他仍然转不过弯来，或者说，他不愿意相信，仍然觉得柳萍是真病了，只是没那么严重而已。

柳萍面色苍白，哭声戛然而止，有些恨意地看着杨海：“你一定要我说出来吗？”

杨海被她的眼神看得内心难受，他在这种事上反应本来就很慢，但也知道柳萍的意思了，知道自己又被骗了，只是一时间不知道该生气还是该骂人，一犹豫，又觉得时机不对。

“那我就告诉你。”柳萍提起包，站了起来，不顾周边一堆人的围观与指指点点，对杨海这个蠢瓜一肚子的怒火，“我刚刚做完堕胎手术，然后坐飞机回来参加亚东哥哥的葬礼，我拿了点营养费，要在家坐小月子！

“我没脸和你们做朋友，没脸跟明川哥哥还有果果说回来的原因，我才忍不住编了个谎话。你为什么一定要逼我说这些话？我最讨厌的就是你这点，死脑筋，你以为你是为我好？我才不稀罕！你以后都离我远点！”

说完，柳萍挎着坤包，擦着眼泪撒腿跑了出去。只剩下被顾客们看笑话的杨海，追也不是，留也不是，尴尬地攥着筷子，又生气，又无力。

怎么就是他逼的了？柳萍在果果和明川面前从来不敢发火，也就只会欺负他！

桌上的手机忽然响了，是中介公司打来的电话，有人想来看房。

“房子我不卖了，你撤了吧。”杨海说完这句话，握着手机，忽然觉得内心无比轻松。

他去学校外面等江明川。

他只把柳萍得绝症是假消息的事发给了果果和明川，果果似乎在忙工作，还没回消息，而明川只是平静地回了句：放学后再说。

江明川走出校门，就看见杨海像只被抛弃的小狗蹲在人行道边沿，一脸的委屈和郁闷。

“她怎么可以这样?”杨海生气地控诉。

江明川没有很意外。

与金果果一样,他并不是不相信朋友,只是有所保留,因此也就淡定得多。

“你不要和她多计较,她也没有恶意想骗你,你说要卖房给她治病,她不是比你还着急?她要真想坑你,就让你去卖房了。至于她那脾气,你应该习惯了才对。”江明川还不知道柳萍回来坐小月子的事,安慰杨海。

“可是她……”

杨海欲言又止,他很沮丧,因为还藏着一个秘密,柳萍的隐私他不想说出来,尽管柳萍一点也不在乎隐私问题,在吃饭的时候就大吼大叫。

可他还是觉得涉及个人情感问题,在未经柳萍同意的前提下不想说起关于堕胎的话题。

杨海的内心还是隐隐作痛,柳萍就算老是爱骗自己,但从小一起长大的感情并不虚假。这一代人大多是独生子女,从小在一起长大的,感情就像是兄弟姐妹一样。

至少对一直宅在家没有新朋友的杨海来说,小时候的伙伴就像家人,无可替代。

现在妹妹被人欺负了,他恨不得去把那个造孽的男人揍一顿,可柳萍的态度与距离,又让他毫无立场,这感觉很窝囊。

“消消气,她没生病就好,这两天也别去找人家了,柳萍过几天自己会想通的。”江明川对杨海很了解,杨海闲得慌,遇到朋友的事咋咋呼呼、风风火火的,但很快也会过去,重新投入自己的游戏里,玩得昏天暗地。

江明川不是很关心柳萍的谎言——即使朋友之间也有亲疏远近,虽然柳萍从小就喜欢缠着他,跟他一起玩,但他不喜欢柳萍的性格。

之所以相处这么久,是因为岛上所有的小伙伴之间的牵系。

江明川最关心的是周舟,他昨天晚上终于鼓起勇气给周舟打了电话,聊了很多,从这些年的各自发展到现在回村,时间与空间似乎没有造成距离感,聊天的感觉像是回到了以前,打开了话匣子就收不住了。

但当他想约周舟吃饭时,被刻意疏远了,周舟拒绝了他见面的请求。

江明川能够理解,寡妇门前是非多,周舟又是个对自己很严格的人,老公去世，她会更注意自己的行为举止，以防瓜田李下。

而且她那奇葩公婆已经带来了太多麻烦，她要杜绝那些麻烦波及朋友的可能。

但江明川的内心总是有些受挫。

他走遍了整个世界，最后回到故乡，可是并没有解决任何问题，就连朋友都渐渐远去。

也许人在世间，最终都会剩下自己和孤独为伴。

江明川陪杨海吃了顿晚饭，杨海吐槽完了柳萍，似乎也找不到新的话题，他也不想开车回园区，就在老宅子里睡了一觉。

江明川也回到了家，老宅后院荒废着，只收拾了楼下两间房，一间卧室，一间画室。

他坐在完成一半的油画前发呆。

画面上依稀是个倔强的少女，尽管采用了解构的画法，但熟悉的人一定能看出周舟的影子。

这是他收拾完房子落脚后信手画的作品，并没有刻意想去画谁，但思绪总是不自觉地向那个人身上飘过去。

他知道这不对，亚东才刚刚去世。

但他内心深处是不是也有一点庆幸和希望？他鄙视这个自私的自己，但这是人性的一部分，他不能装作看不到真实的内心。

“江老师！江老师！”门外传来隔壁客栈老板的招呼声。

隔壁民房被改成了客栈，老板是一个学生家长，听说他是学校的老师，对他很热情，知道江老师的房子还没修缮厨房，没事就端上一口热乎的送过来。

江明川无奈地起身开门，看见客栈老板端了个盘子，盘子里放了几个还热乎的酒酿饼，一股酸甜的香气扑面而来。

“江老师，家里做了些小点心，给您也送几个尝尝。”女老板笑盈盈地说道。

老板姓郝，与江明川同龄，只是结婚早，大儿子已经上一年级，小女儿也都读幼儿园了。她原本在园区上班，因为生了第二个孩子辞了职，跟着老公开客栈，平时爱研究些厨艺。

江明川不太爱吃甜的，不过人情世故他还是懂的，笑着接过道谢：“谢谢，您真是心灵手巧。”

郝妙哈哈笑道："成天在家，不就只能搞这些吃的？正好我以前同事小姐妹怀孕了想吃酒酿饼，我自己做了一锅，不比店里买的更真材实料？"

酒酿饼甜糯可口，孕妇害喜，爱吃这一口。

"那我真是沾了她的光。"江明川一个人游荡海外，还是很会寒暄客套，至少内心的厌烦别人肯定看不出来。

不过也正是因为看不出来，郝妙更加喋喋不休起来。

她本就是开客栈的，擅长聊天，更何况隔壁老屋的小江老师长得好看，又是个艺术家，她没事就来亲近。

"我这小姐妹长得可标致了，说起来和江老师一样，都是学艺术的，她在广告公司当设计师，这真是缘分啊！我还琢磨着介绍给江老师看能不能有发展，谁知道昨天一通电话，她竟然已经怀孕了……"郝妙说着还不过瘾，翻出手机给江明川看朋友圈，证明对方的漂亮。

大龄单身就是这样，哪怕是萍水相逢的人也都惦记着给介绍对象。

江明川才回来两天，就已经遇到好几次这种情况，还有学校领导想介绍侄女给他的，不胜其烦。

他礼貌地扫了一眼美颜过的相片，如果真人长这样确实不丑，不过他心有玫瑰，面对再好看的女孩也无动于衷。

"她可还没结婚呢，也没听说谈恋爱。"郝妙扼腕叹息，却还不肯终结话题，转而露出八卦的神情，"我追问了好几遍，她都不肯说孩子爸爸是谁，真不知道是怎么回事。"

这年头未婚先孕不是新闻，涉及个人隐私，江明川对一个陌生人的个人生活毫不关心，只能尴尬地咳嗽一声不接茬，拿起一个酒酿饼塞进嘴里咀嚼，也有了不说话的借口。

郝妙见他吃完，方才心满意足收了盘子回家。江明川关了门，暮色苍茫，窗外早已一片暗沉。

他没了作画的兴致，也懒得收拾，和衣躺在床上，想要给周舟发消息，写了一大段最后还是删了。

金果果正想找杨海聊聊卖房的事，就被杨海拉到一个三人小群里，里面还有明川，他愤怒地吐槽了柳萍的谎言。

——当然仅限于她没得绝症。

金果果松了口气，只要没生病就好。这会儿项目已经开始运作，她忙得不可开交，实在顾不上柳萍这小心思，也没时间约她出来聊。

杨海虽然被骗了，但只是在小群里狂刷了一堆消息，愤怒之后也没像以前那么生气暴躁，比少年时期要找柳萍当面算账好多了。

人总会随着岁月流逝而变得成熟，主要是这次也没受到实际损害。

没想到窦豆也记挂柳萍的事，工作会议结束，还关心地问柳萍的病怎么样了，要不要去深圳或者香港那边复查。

金果果挺感动于窦豆的细心，一边看着邮件，一边跟她说了实话。

窦豆倒是对柳萍颇为理解："这也算是一种妄想症，我小时候也有点这样，总是编瞎话和爸妈说，希望能够引起关注。本质原因，还是小孩缺爱。"

柳萍有一个喜欢使用暴力的酒鬼父亲与一个从小就不在身边的打工的母亲，至少在父母亲情上绝对是有欠缺的。后来她很喜欢谈恋爱，也许不是因为要追求爱情，只是想要享受那种被爱的感觉。

"别人帮不了她，只希望她能遇到一个真心爱她的人，给足她需要的情感。"金果果无奈地摇头，朋友们虽然和柳萍的关系好，但只凭友情，很难将她从这种缺爱的深渊里拉出来。

而且陪伴是需要付出时间和精力的，柳萍需要无微不至的呵护，成年人的时间很宝贵，几个小伙伴中，除了无所事事的杨海，大家都有自己的事业和圈子，很难再给她儿时的陪伴。

或许只有等到柳萍建立和谐的家庭后，才能重新铸造她自己的人生。

镇上年轻一代，大多很早就结婚了。

大学毕业之后结婚的已经算是晚婚，尤其是对女孩子而言。

像她们这么大年纪的，大多孩子都会打酱油了。

哪怕是周舟这样的事业女性，都已经结婚三年了。

在这里，反而金果果和柳萍是特殊的。

不过金果果有个姐姐在上面顶着，父母长辈早就都被金宝宝折磨得没了催婚的心气。

而柳萍，根本没有人会管她。

再蹉跎下去，寻找合适的婚恋对象只能更难。

幸好，金果果从不担心自己，搞事业不香吗？发大财不开心吗？回馈社会不骄傲吗？

等自己站得高了，自然能看到更优秀的同伴。

“咱们的商标已经注册下来了，整套VI（视觉设计）广告公司也已经制作完成。”金果果合上笔记本电脑，看着窦豆，笑道，“接下来就是确定菜单和旗舰店的选址，这可是我们开天辟地的第一步，茶师能不能取代咖啡店，成为新一代年轻人的摆拍圣地，这一步至关重要！”

有了叶茗的科技加持，茶师对标的竞品，不只是那些连锁奶茶店，更是市值超过千亿美元的某巴克。

“旗舰店好说，我已经委托朋友在苏州中心和其他几个大型商业区选址，绝对能拿到最好的位置。”

窦豆交友广泛，在美团做渠道和地推的经历让她与大型城市商业地产的关系相当好，哪怕是寸土寸金的位置，只要有空位，她就有办法抢过来。

在第一家店开在哪里的问题上，她们俩也早就有了共识。

北上广深这样的一线城市当然是她们必须盯着的目标，但开端放在大城市，反而容易磨灭自己的个性，不利于品牌特性的塑造。

在创业的起点上，尤其是瞄着连锁茶饮的方向，开端肇始于网红的新一线或者二线城市最为合宜，再下沉的市场就影响力太小，难以扩大规模。

成都、长沙、厦门、青岛、武汉、苏州等等，这些城市本身有自己的发展与文化宣传需求，与品牌的扩张需求一致，借这股东风能省不知道多少的广告费。

比较典型的成功案例是“茶颜悦色”，原本处于长沙一隅的小奶茶店，迅速火遍了全国。再往前看，早期一直坚持只有在武汉才买得到的“周黑鸭”，也一样是与城市品牌结合口碑宣传的范例。

金果果与窦豆也考虑过成都，但最终选择苏州，不仅仅因为这里是果果的家乡，是名茶碧螺春的产地，更重要的是她们一致认为，她们所追求的品牌形象，与这座城市的内秀气质吻合。

茶师不是热热闹闹的奶茶店，也不是西装革履的咖啡馆，一杯清茶，一份古韵，是东方文化的书卷气，是千年历史的厚重与轻灵，是仪式感，也是品味。

借姑苏三分灵气，采撷茶中精英，汇聚历史与文化的沧桑沉浮，优雅、得体且独具气韵，这才是品牌构建的愿景。

“我们的问题是菜单。”窦豆唯一担心的问题在这里，“产品研发这个短板，我们可是这两天才刚刚补足，我很担心这一点。而且我们的项目进度，还是太快了。资本在后面拼命推动，我们就像是生产队的驴一样，只要上了磨盘，就再也停不下来了。”

按她们两个人的最初想法，项目推进还是需要时间，不能那么快。可资本一旦入局，怎么可能让她们慢慢磨？必须列出严格的时间表，在最短的时间之内开最多的店，吸引最多的目光，最后在股市上实现风光的丰厚回报。

对于资本而言，概念和创意最重要，产品本身反而是件微不足道的小事，因为他们并不需要长时间的盈利。只要他们推动着这个项目上市，在二级市场实现资产的高价售卖，就已经达成了他们的目的。

具体来说，还要细分。

金果果自己是做投资的，对业内的情况最了解。事实上投资人的目标都很明确，他们很清楚自己每一阶段该做的事。

大部分人只是短线，天使轮的投资者，他的义务是帮助创业公司进入 A 轮，而 A 轮的投资者，目标是 B 轮，以此类推，最终实现上市这个目标。

如果这件事操作得好，那就是滚雪球，每个人的利益都越来越大，最后项目变作横冲直撞的独角兽，皆大欢喜。

如果操作得不好，那不过是击鼓传花，只要再找到下一个接盘者，就不会亏损。

无论是击鼓传花，还是滚雪球，人心浮躁的当下，大多数人的要求都是一个“快”字。

这在投资领域有专业术语，叫作“资本利用率”。

考核投资经理的标准，盈亏只是一部分，资本利用率反而是最核心的要求，只要资本转得快，赚得也就更多。

之前窦豆与金果果虽然对项目都有信心，但也一直忧心忡忡，因为她们知道短板所在。

不过不知道是不是运气太好，她们获得的补全，未免也太高端、顺利了。顺利到自信的窦豆都有点忐忑，西山实验基地到底适不适合仅仅做商业产品口味的开发？

金果果也有些不安和怀疑：“你确定把开发需求发过去了？”

作为区别于传统茶馆、咖啡店、奶茶店的新业态模式，茶师的产品线开发理念，是兼具历史文化与现代特性的茶饮料现制品。

那重点就在于，怎么在简单的冲泡中玩出花来。

“而且还不能油腻！”

这是窦豆在邮件中特别标明的。

就茶文化而言，两广、福建的普及性肯定要高于江浙沪一带，但窦豆与金果果实际考察之后，还是放弃了茶师在南方起步的念头。

无他，窦豆的评价是：“太中年了，太传统了。”

工夫茶早就形成了自己的一套冲泡体系和文化，有浓厚的文化意味，口感与仪式感也已经足够了，甚至反过来影响以往简单的绿茶冲饮习惯，但它不适合现代化饮品体系的推广。

弥勒佛一般盘着串的中年男子来泡茶，让窦豆有不适感也就罢了，那些年轻貌美的茶艺师进行的表演，也一样让她觉得不对味儿。

“是好东西，但是不够新。”

金果果也是这么认为的：“要是把这些东西放在一家现代化的商业中心门面中，怎么看都觉得有种格格不入的冲突感，也很难让年轻人接受并买单。”

她们一致决定，摒弃这种模式，选择从历史与文化中接受给养，结合现代的流行模式进行纯原创的开拓，并以我为主，奠定标准与体系。

这样做的难度当然很大，但只有破旧立新才能走出一条前人未走过的路。

她们聘请来的茶文化师，正在构建这一套标准，比方选择何种茶叶、何种茶具、冲泡方式、冲泡时间，都得一一规定，并能得到消费者的认可。

当然这一切的前提，就在于产品。

有标准而无产品，就是空中楼阁、无本之木，最终只能被抛弃。

“早就发过去了，一签约就发了。”窦豆做事雷厉风行，这两天经常去西山实验基地面对面交流，“现在只能等，不知道叶大牛能不能给我们惊喜，毕竟我们要的也有点过分。”

最简单的一点，用纸杯，还得保持原本的风味。

这在很多喝茶的人中是禁忌，但凡对茶的口感有要求的高端消费者，会觉得用纸杯简直就是暴殄天物，甚至是亵渎。

不过当初纸杯咖啡一样受到过鄙视，时间会证明方便才是最重要的消费因素。这点金果果不担心。

还有一点,是要保证各种温度,尤其是常温与低温茶饮的口感。

茶饮不能在现当代大行其道的原因之一,就是大家习惯喝热茶,甚至是滚烫的,刚刚冲泡好的。

而常温茶与冰茶的口感相对热茶会差许多,这一点在与咖啡、奶茶以及其他饮料的竞争中就先天处于劣势。

——其实后者让口感变好的原因,无非就是加糖。

而茶饮又不能无限制加糖,必须控制糖分,以免彻底改变口感。

这些琐琐碎碎加起来,对叶博士的要求还挺高的。

叶博士专业能力强,也许攻克这些难关不成问题,但那个人看上去有些自闭,肯定不喜欢合作方有这么多琐碎的要求。

“我现在还是觉得让他跟我们合作真是浪费,人家是从事基因编辑的大科学家,给我们来搞口感实验,实在大材小用!”金果果想到叶茗的履历,尽管签了合同,还是不忍提那么多苛刻的要求。

“他自己愿意。我问过那个小张,他告诉我说大牛就是喜欢干这个。说他研究茶叶很久了,就是为了找出更好喝的品种,现在有我们投资合作,他巴不得呢!”

窦豆很现实,叶茗愿意帮忙,她可求之不得,要真敢撂挑子,她就拿合同公事公办,让他们上了“贼船”就别想轻易脱身。

“你说的是张博士?”金果果见窦豆随口喊人小张,就知道她对人家态度好起来了。

窦豆要是遇到不喜欢的合作方,那可是一直客客气气地称呼,喊人张先生、张老板,别提多生疏了。

“对,就是他。他没事就跟我说自家学弟,把学弟当宝贝似的。”窦豆不以为意,喜欢她的人多了,没给小张编号就算给面子。

主要还是因为小张是个读书人,确实不讨人厌,虽然暗戳戳文绉绉地对她表达过好感,但比那些商场上的老狐狸好打发。

金果果回想了一下叶茗,笑了:“学弟确实是个宝贝啊!”

“是宝贝你还不赶紧多去聊聊?趁着这些读书人重情重义有点情怀,不像老狐狸只认利,让他们感觉合作愉快,以后都好说,你懂的。”窦豆很现实,叶茗团队这么厉害,万一被其他人挖走了,她们的模式再厉害,也缺少了最核心的科技竞争力。

西山实验基地她这几天没事就过去，这群搞科研的大多心性单纯，有些真是为了理想而钻研，让她这个利益至上的人颇有感触——这群人要是没个靠谱的团队，非得饿死！

她油然而生一种责任感，必须和金果果把项目做大做强，照顾好这群科研人员！

"你不如好好带带小张。"金果果想到学弟见到她就避之不及的样子，心里觉得这人也挺可爱。窦豆赶忙一挥手，语气泼辣："你知道我离婚以后就心如古井！修行到了！"

"带带小张和离婚有什么关系？你想到哪儿去了？"金果果好笑地反问。

"得，别以为我不知道你那话术，跟我还来这套！"窦豆正说着，恰好张炜的电话就过来了。

窦豆一看这来电显示就微微皱眉，说曹操，曹操到。

到底是合作伙伴，窦豆接起电话时声音立刻变得很官方："喂！张博士，有什么事？"

"那个……窦小姐，你们之前发过来的产品开发需求……"张炜在工作时说话很慢，尤其对窦豆说话，小心翼翼的，完全不像是做学术和带学生时那么高傲。

"产品开发需求有什么问题？"窦豆不耐烦等他说完，直接问道。

"我们收到了，给学弟看了，学弟跟我说绿茶系列的产品他有些想法，你们今天下午有没有时间，要不要过来品鉴一下产品线？"张炜赶紧传达学弟的意思。

"什么？"窦豆愣了愣，惊讶地给果果一个眼神，大为震惊地问道，"你是说，有现成的绿茶系列产品吗？"

金果果听到这句话，立刻坐直了身体，绿茶线居然先出了成果？她那双晶莹的眼中有一丝不敢置信的亮光。

这学弟真是个大宝贝啊！

窦豆挂了电话，和金果果四目相对。

"我有点不太相信。他就算拿了沃尔夫奖，那也不是神仙，怎么可能我们要什么马上就有什么？"窦豆此刻有一种做梦的恍惚感。

“难怪他会一口答应和我们合作，也许他早就在研究绿茶产品了。”金果果很快调整好了心态，毕竟商业需求与科学研究之间还是有着鸿沟。

即使叶茗专业再强，终究隔行如隔山，也许产品线不是她们想要的，或者需要进一步改进。

她早就做好和实验基地对产品研发反复沟通的准备。

“如果他真能拿出成熟的产品，那么我宣布，他就是我的神！”窦豆已经风风火火地穿上了外套，拉着金果果就走，“现在就上山，我等不到下午了！”

第八章　破旧立新

叶茗确实很神，以他的履历来说，至少能算半个神。

西山实验基地会议室里，长长的会议桌上一字排开十几个玻璃杯，杯中有着色泽深浅不同的液体。

张炜摆弄着投影仪，他这会儿安安静静的，不时偷偷看一眼学弟，生怕打搅他休息。

叶茗坐在正中间的椅子上闭目养神，也可能是为接下来的见面做心理建设。

他实在不喜欢和人对话，尤其是商人。

好在这两名女合伙人还很年轻，说话做事也清爽利落，让他不那么排斥。

产品需求打印出来了，厚厚一沓摆在他的手边，第一页就是绿茶系列的需求。

从商品成熟度而言，发酵茶要比未发酵的绿茶更有先天性的优势，无论是产量、保存、运输、口感稳定性各个层面，都比绿茶表现优越。

精品绿茶是稀缺的“软黄金”，确实有独到的风味，但其保鲜难度大、季节性差别大、产量稀少等几个明显缺陷，就几乎宣判了它作为大宗流通商品的死刑。

但绿茶是中国茶的代表茶种，如果放弃这一部分，在茶文化上就有巨大的缺失。

金果果与窦豆提出的产品线需求，虽然各个不同茶品类平行一致，其实她们心底对绿茶产品先出来的期待较低。相对而言，红茶或者黄茶更容易筛选出适合年轻大众口味的品种，也更容易模仿咖啡品类的营销模式，先期投入市场。

“砰!”会议室玻璃门被猛地推开，窦豆大步流星冲进来，掩饰不住她的激动:“我们的新产品在哪里?!”

张炜看了她一眼，哭丧着脸，掏出手机给叶茗转账。

学弟除了社交有问题，其他方面确实很神，就不该和他打赌。

“他说你们肯定等不到下午，我们赌了两百……我说你们就不能沉得住气一点儿？”张炜看向窦豆的目光有一丝哀怨。

“是这些？”窦豆这一路都火急火燎的，心中只有她的生意。

她冲到会议桌前，俯下身，贴着那十几杯茶水看，像是能用肉眼看出来里面的成分似的。

“这确实是我们刚刚尝试的作品。”张炜清了清喉咙，“虽然没有基本设备，但我们采用的冲泡、冷却流程都按照你们发布的规范进行的。我刚才尝了不同温度的口感，就我个人而言，真是没的说了！”

说完，张炜的目光又转向叶茗，拼命拍着马屁，顺便诉说委屈：“学弟，我从来不知道你泡茶这么好喝！咱们好歹在一个宿舍住过两年，你连个袋泡茶都没给我泡过！”

虽然学弟几乎不怎么在宿舍待……但也是室友啊！

以后学弟名垂千古，他也能跟着吹上几百年。

叶茗睁开眼睛，侧过脸，看着离自己最近的一杯茶水，没有理会张炜。

金果果抓起离她最近的那杯茶，凑到鼻尖闻了闻茶香，想要尝一口，又想起张炜喝过，在她犹豫的半秒里，杯子忽然被一只骨节分明的手按住。

她抬眼，看到叶茗沉默的脸。

“这茶冷了。”叶茗终于说话了，将茶杯拿走，“产品演示的时候我会重新泡给你。”

随后他丢给张炜一个眼神，示意他给合伙人汇报一下产品开发报告。

虽然是叶茗从头到尾独立完成的产品，但发言这种事，还是交给张炜好了。

“好吧，茶一会儿再喝，我先替学弟给大家讲解一下产品开发报告。”张炜打开投影仪，说道。

“你们很专业，居然做了开发报告，我还以为科学家不会做这么商业化的东西。”窦豆激动的心情还没有平复下来，现在听到这句话，更加惊喜。

任何行业产品的开发，都是由主导方提出产品开发需求，然后由科研团队进行开发与测试，最终得出成品。为了解释怎样满足主导方的需求，严谨的开发团队会提供产品开发报告，让前端工作人员对底层开发逻辑有更深刻的理解，也更能把握产品的本质。

窦豆她们根本就没想到开发这么迅速，当然也不会想到还有如此专业的开发报告。

这个团队，果然是神！

张炜冲她笑了笑，摸了摸发际线，又推了推黑框眼镜，满脸骄傲："那还用说，我们团队一向以专业著称，任何项目交给我学弟，就没有不完美完成的。从导师到商业合作伙伴，没人能挑得出来一个'不'字。"

张炜自恋得很，小时候觉得自己是天才，考上大学，后来又读博，更觉得老子天下第一，直到他认识了叶茗，从此由自恋变成了崇拜学弟。

叶茗这种怪物就不该在人间存在！

叶茗的出现，让他成了万年老二。他一开始也是不服气的，直到实在比不过人家，也就灭了那点嫉妒心，变成了对方的小迷弟。

尤其叶茗只醉心于科研开发的过程，所有抛头露面的事儿都丢给了张炜，这也让张炜沾沾自喜，自得其乐，更加拥护学弟。

"时间仓促，不过学弟的报告仍然完美。他不太爱说话，就由我加利福尼亚大学农学博士、长江青年学者张炜，来给两位合伙人报告一下我们的开发进度与成果。"张炜说到这里，又有点得意起来，忍不住再次自我介绍一遍。

必须让这两个漂亮女人记住，她们的合作伙伴也是超牛的！完全配得上她俩……的项目。

窦豆忍不住低声对金果果吐槽："他什么时候都得报一下头衔吗？"

"已经精简了，至少比龙女王要简短得多。"金果果唇角扯了扯，暗笑，她倒觉得这群科研人员挺单纯可爱的。

窦豆觉得张炜有点像雄孔雀开屏，幼稚地希望引起雌性的注意。

叶茗没说话，只是换了个姿势，双手抱在胸口，靠在椅子上。金果果注意到他这个防卫的姿势，故意坐到他左边的位置，离他很近。

叶茗果然抬起抱在胸口的左手，挡在半张脸上，依然闭目养神的样子。

窦豆也坐下来了，从她的香奈儿包里取出一副金丝眼镜戴上，拿起桌上放着的纸和笔，神态严肃起来。

金果果记性好得堪比电子记事本，她更关注接下来的茶饮口味。

绿茶系列产品的要求有点空泛，但有明确的底线。

最重要的就是品质。

金果果与窦豆都希望绿茶饮品的口感能够够得上优秀新茶的口感——这实际上是个大难题。

比如说正经的明前龙井，人人都知道好，清浮微甘，细嗅有豆香，如同豆蔻娉婷二月初；再如安徽名茶六安瓜片，高山之上，每一处山头出来的香味都略有不同，有的是栗香味，有些是兰花香味，口感甘甜香润，气韵饱满，带着山野春天的清新，然而每年的产量和采摘时间都有限，有钱都未必能买到好茶。

即使不考虑成本，花大价钱囤了起来，绿茶也不好储存，当年的新茶与陈茶口感就是不一样，哪怕是用最先进的冰鲜技术存储，也只能保持几个月的新鲜风味。

这意味着从春季开始，售卖的茶饮口感会不断下滑，这种不稳定性也是必须杜绝的。

叶茗的解决方案却让人拍案叫绝——他用科学的方法，用科技锁住了绿茶最根本的核心竞争力。

“实际上与学弟这几年一直在做的项目有关，他一直在尝试利用基因编辑使得茶树种获取所有茶种的优越性，并且可以在不同季节生长且保持口味的稳定性，以此来实现茶经济作物的工业化生产。”张炜自豪地对合作方介绍着，见到窦豆盯着幻灯片的严肃的表情里浮现出惊叹和崇敬，他的声音都不由自主地扬起，“事实上他已经取得了阶段性成果，我们西山实验基地，主要的研究项目也就是这个。”

就是这个！

窦豆忍不住用力拍了拍掌，激动地看向金果果，这真叫一拍即合。

金果果一向冷静，这时眼底也浮起了期待的光芒，她就知道，叶茗和她们合作，一定是本身就在这个领域研究了很久，只是没想到他已经做出成果了。

幸好她们占了天时地利人和，抢先一步签订合同，否则叶茗这样成熟的团队很可能被其他投资人先行一步签约。

叶茗还是闭目养神，对张炜戏剧般的夸张演出视而不见。

这时候，张炜和窦豆的手机几乎同时响了起来。

张炜的电话似乎是家里打过来的，他不好意思地和大家说了句“稍等”，拿着手机就冲了出去。

窦豆看了眼电话，是投行负责人打过来的，她也不得不走出去接电话。

会议室里只剩下金果果和叶茗两个人。

空气似乎更凝滞了，叶茗的后背都有些发热，这几天天气转暖，马上就要到采茶的季节了。

“任何农产品想要不再局限于一城一地的销售，进入全球化的流通循环，前提就是大工业化生产。”金果果看着幻灯片上的内容，忽然自言自语地说道，打破了死一般的寂静。

“粮食、食用油乃至于肉类，虽然仍然是用传统方式产出，但实际操作已经与普通人想象中的农业种植与畜牧有了巨大差别。最典型的运用就是养鸡场，一个月出栏，肉质稳定，健康可控，这才是成为大流通商品的必要条件。”

金果果说到这里，叶茗才睁开眼睛。

“你看我们农村的土鸡虽好，但缺乏品控，生长周期长，管理难，就不可能成为大宗商品。”金果果笑盈盈地看着他，把话题抛了过去，“绿茶的情况也一样，对吧？”

叶茗沉默了片刻，才点点头。

绿茶之所以在与其他茶叶品类的竞争中渐渐落后，主要原因就是工业化生产难，品质差异大。

因为绿茶不需要发酵，品尝的就是茶叶的原始风味，这对茶树种、采摘季节和区域有着极高的要求。而红茶、黄茶乃至于黑茶，经过发酵和复杂的制作工艺之后，原本质量差异较大的产品也会有接近于统一的口味，更适合大批量生产，占到了跑道上的先机。

所以尽管顶级绿茶仍然占据了茶叶中的高端地位，却无法在更广阔的市场上大展拳脚，而质量相对较低的绿茶，在竞争上又缺乏优势。

就现有的茶叶种植模式与生产模式，无法产生革命性的变化，也就不可能进入绿茶大工业时代。

叶茗这就是用新技术改变了整个产业的生态。

金果果很无奈，本来想和他聊一聊茶的，但他惜字如金，只好继续说道：“没想到你能革新绿茶，这也许会带来一场商业风暴。”

“你们创建茶师，不正是希望给茶文化来一次翻新与革命？”叶茗终于开口，反问。

他的新技术，其中牵涉了各种利益与矛盾，单纯以西山实验基地的力量很难将这种产业模式加以推广，但恰巧他碰上了金果果。

看了她们情真意切又求新求变的创业计划，茶师的目的，是将茶文化革新，以工业化生产方式，让更多的人能在繁忙的日常里，轻松喝到一口正宗的绿茶，这正是他研究的目的之一。

“是，我们确实一直想打开绿茶的市场，只是万万没想到，你居然已经有这么完美的解决方案！”金果果由衷地赞叹，“我们实在太幸运了！”

在此之前，金果果与窦豆最担心的是产品和原材料的品质问题，她们期待能够和科技公司合作，帮助解决最困难的核心技术。

“这个过程可不简单。”张炜接完电话了，推门进来听到她的感叹，表情凝重起来，接口说道，“首先是收集不同茶树种基因的工作就很受阻挠，尤其是占据核心区域与最好几棵茶树的茶农，出于经济利益的考量，他们不愿意分享。”

“你们辛苦了。”金果果能理解，基因编辑听起来像是过于科幻，但万一科学家真的搞出来口感一样的茶叶，那茶农售出的高价该如何维持？

茶农出于自私的心理，不可能无偿地拿出茶树来给他们研究。

也许这几年他们一直在到处碰壁，辛苦奔波。

“确实很辛苦，后来学弟得到了农业部领导的鼓励，还有各地主管部门的配合与支持，另外还私人支付了让对方难以拒绝的高价，才终于陆陆续续收集起了各种高端茶叶的树种的基因数据……”

“等一会儿，这领导支持我明白，难以拒绝的高价是什么鬼？”窦豆也推门进来，刚好听到这里，皱眉问道。

“是自掏腰包做研究吧。”金果果这几天在周舟和亲友们之间了解了些，确实听说西山实验团队“买茶”的事。

但不是他们想象的买茶叶，这些高端茶树种都价值连城，基因数据的价格，不便宜！

张炜推了推眼镜，点头接口：“没错，自掏腰包，这地皮和所有科研经费，全都是他咬牙撑着的。”叶茗忍不住皱了皱眉头，终于轻轻看了他一眼，眼神里写满了“闭嘴”。

张炜说得太兴奋，不小心把叶茗的底都给抖出来了，他赶紧咳了咳，试图弥补：“有点跑题了……还是说说我们的研究。”

窦豆笑了，看吧，科学家也要想办法赚研究经费的，他们是天作之合。

叶茗愿意与茶师合作,不只是金果果和窦豆的项目计划吸引他,之后两个合伙人来基地聊过几次,虽然大多是张炜来接待的,但他注意到这两人了解的都是技术上的东西,只对科研团队的实力感兴趣,他愿意和这样的年轻人携手共进,全力以赴,这也是证明自己科研能力与开发能力的机会,证明凭着技术和创新就能颠覆一个行业,创造一个全新的生态与可以展望的未来。

死气沉沉的茶叶市场不可能战胜咖啡文化的入侵,但是这两位女性有很大的机会。

加上他的力量,叶茗看到了一个不可估量的未来,一段令他心动的伟大征途。

张炜这次不敢再打岔,迅速地把报告说完。

窦豆听完后,匆匆对果果低语几句,她刚接到工作上的电话,必须先回去了。

而现在最根本的问题在这里解决了,她可以放心大胆地施展拳脚,推进下一步的工作。

张炜一直关注窦豆的举动,见她和金果果低语,耳朵都竖起来了,忍不住问道:“窦小姐这就要回去了?”

“我先去上海,那边有点工作要处理。”窦豆说着,风风火火地站起身,“至于茶的事,交给果果了,她喝的茶比我喝的咖啡还多,比我懂茶味。”

“我送你吧!”张炜急忙毛遂自荐,随后看了眼叶茗,见他没有露出反对的表情,继续说道,“金小姐可以多坐一会儿,学弟的茶,你一定要尝尝。”

张炜生怕金果果要抢着送人,跑过来就帮窦豆拿包,殷勤地说道:“去上海也很方便的,我们研究基地在上海也有个办事处,有空的话窦小姐可以去看看。”

窦豆确实不需要金果果送,她更需要金果果留下来尝尝经过叶茗基因编辑后的茶味。

产品口味才是最重要的核心竞争力。

叶茗领着金果果来到实验基地三楼的一个办公室。

这是他私人的办公场所,里面的装饰只有一个——彩虹书墙,近百平方米的办公室里,四壁全是顶天立地的书柜,中间用书柜隔出了会客区,放着两张看上去很舒适的沙发。

如果不是那张宽大的办公桌，金果果怎么都感觉像走进了一家老书店。

她飞快地掠过那些书，主人一定有强迫症，书架上分门别类放着的书，大多是工具书和社科类的，还有一些大部头名著，放在办公桌后的书架上，所有的书都是按照颜色摆的，像一道彩虹墙。金果果的眼神最后落在东侧最下面一排书上，眼里止不住地带上了笑意。

“这边请。”叶茗还没有对合伙人开放过自己的书房，他推开办公室一侧的门，外面是个露台，正对着一山的风景。

春风卷着几片野桃花飞到他的肩上，他侧头看了看那桃红的花瓣，没有拍去，眼神里露出一丝温柔。

金果果捕捉到了那份温柔，青山不语，春风沉醉，他的眼里装着一个生动活泼的春天。

但当他转过身看人时，又恢复了矜持和一些僵硬。

大概对他而言，大自然才是他最亲密的伙伴，而人类是扰乱清净的入侵者。

金果果虽然从小喝茶，但家里泡茶反而没那些讲究，她一直习惯用普通的玻璃杯泡茶。记忆最深的就是爷爷每天早上用白瓷杯冲上一杯洞庭茶慢悠悠地喝上一天，那杯子上印着“为人民服务”五个字，是政府发的。

现在想来，这五个字应该早就深深刻在了周舟的记忆里。

叶茗也用玻璃杯，用开水烫过杯子，不紧不慢地从罐子里取出些茶叶放在茶荷里，等着水温降下去。

金果果看到那茶叶，立刻端过来欣赏，见茶叶条索纤细、卷曲成螺、满身披毫、银白隐翠，不禁感慨万千：“碧螺春有四绝：形美、色艳、香浓、味醇。你看生产一斤特级碧螺春需采摘约七万个嫩芽，所以又叫心血茶。如果靠这两个小岛，是难以做到大批量生产的。”

金果果将干茶凑到鼻尖闻了闻，是新茶的气息，带着特殊的花香味，令人心旷神怡。

“有我，可以做到。”叶茗平淡的语气里，带着让人无法质疑的自信。

“成本……也得控制。”金果果今天看了他们的报告，科技的力量足以改变世界，但叶茗这几棵茶树的成本太高了，如果有大量资金，确实可以承包几座大山，引进设备，种满基因编辑后的顶级碧螺春。

“不用着急。”叶茗的煮水壶上有温度显示，他耐心地等待着开水降到合适的温度。

碧螺春越嫩，冲泡的水温就越不能高。

“其实还挺着急的，项目一旦启动，很多事情就由不得我们了。”金果果觉得他不是商人，很多商业上的东西也许不了解。

“我只做能掌控的事。”叶茗拿起水壶，往玻璃杯里注入七成左右的水，拿起茶匙，往里面拨入干茶。

他黑亮的瞳仁一直盯着手里的茶叶，认真的表情像是在做某项极为精密的科研实验。

金果果看着他专注的眼神，忽然也有点紧张起来，好像自己成了他手里捏的那个茶匙，被他用来一点点拨着茶叶。

茶香渐渐溢了出来，和这春天的山林气味相容，碧绿的茶芽在杯中缓缓舒展开，氤氲出花果兰香。

金果果闻着这香味，抑制不住激动地低语：“吓煞人香！”

“从来隽物有嘉名，物以名传愈自珍。梅盛每称香雪海，茶尖争说碧螺春。已知焙制传三地，喜得揄扬到上京。吓煞人香原夸语，还须早摘趁春分。”叶茗将那杯茶送到她面前，竟吟出一首诗来。

这让金果果更加惊讶，她以为叶茗是个理工生，谁知道他会念诗。

“以前洞庭茶又叫吓煞人香，只因这茶香浓郁醇厚，种在不同地方的茶，味道有细微区别，果树环绕的茶有花果香味，不同的果树下，花果香味也不同，还有兰花香味的茶，但这杯茶的香味……”金果果闻了闻香味，很丰富，很……古典。

用古典形容茶香很奇怪，但这茶香确实让她一下回到了二十多年前，和爷爷在茶山上采茶的时候，那记忆中隐隐约约的浮香，穿越岁月的厚度，让她想到环山围绕中的深谷幽兰，混杂着各种春花的味道，像是千年前那座孤岛，被太湖水围绕着，柳树新绿，春笋破土，燕子回巢，枇杷花开，天地间的钟灵毓秀都给了它。

“这是基因编辑后的古茶树种，所以口感应该最接近古味。”叶茗给自己泡好了一杯，看着里面渐渐晕染开的绿意，“如尝玄玉之膏，云华之液，香幽鲜雅。”

金果果只闻这味儿就知大概滋味，趁热喝了一口，比她想象中还要极品，一股清幽从舌尖蔓延到整个口腔，热腾腾的香味顺着食道来到胃中，暖洋洋地升起一股馥郁香气，鲜甜回甘，口齿生香。她不由得满足地叹息一声，仿佛喝下了一整个春天，想不出更美妙的词来形容："太鲜美了！"

鲜饮一杯春。她脑海中莫名想到这五个字。

如果来来往往繁忙的路人们，可以走进一家茶饮店，喝上这么一口滋味丰富甘甜的清茶，是怎样的幸福？

"凉饮也别有一番风味。"叶茗又拿出一个玻璃杯，冷泡茶叶，放到金果果面前。

"这水，是不是用的山泉水？"金果果喝到了几十年前的一丝味道，那是还没有完全开发的大山深处隐藏的滋味。

"是我们研发的矿泉水，从缥缈峰下所取。"叶茗指了指远处云雾缥缈的山间。因为他对水质比较挑剔，刚来时不爱喝其他品牌的矿泉水，想到在太湖上，最不缺的就是水了，于是自己的团队先解决了喝水问题。

洞庭山水泡洞庭茶，绝了！

金果果又连啜了几口，眼睛都被热气蒸出水雾来："这是我喝过的最好喝的茶。谢谢你，叶茗。"

"不必谢，我只是履行合同义务。"叶茗也尝了一口，避开她发烫的眼神，看向远处的青山翠色，胃里火热。

看到了她眼里无限的期望，他也许比她还要期待茶师的成功。

第九章　意料之外

周舟这几天一直在办公室加班,很晚了也没回去。

因为陆亚东去世办葬礼,加上黄玉霞的胡搅蛮缠,耽搁了她大量的工作时间,不得不找时间补回来。

而她现在没有家庭了,将所有时间都扑在工作上,能填补一些空荡荡的私人情绪。

原本温馨的小屋,如今回去冷锅冷灶,还有婆婆堵在门口恶毒地诅咒,只会惹出她低落的情绪。她宁可工作到深夜回家,直接洗了澡倒头就睡,免了自己胡思乱想。

一年之计在于春,镇上的工作千头万绪,要保证春耕推进,要注重防汛工作,要发展经济文化,也要稳定社会治安,每一处都要细心细腻,不可有丝毫懈怠。

作为一把手,如果敷衍塞责随意放过,工作很轻松。但要对每件事负责,对每一个老百姓负责,就得把相关的材料与文件一一仔细过目。有些事看似无关紧要,落在个人头上,就如山一样沉重,如果没有这样的觉悟,怎么能承担领导一个镇数万人口的工作?放在欧洲,这已经是一个中等规模的城市,真正负责的官员,说是日理万机也不为过。

大约九点半,她才将相对紧急而重要的文件全部审阅完毕,靠在椅背上,长舒了一口气,微闭双目,放空自己,享受难得的几分钟闲暇。

这时候电话却响了。

只要腾得出手,周舟都会选择在三秒钟之内接电话,虽然一看来电者就让人烦闷,但她也从不逃避责任。

电话里传来的是婆婆尖锐的声音:“你在哪?赶紧给我滚回来!亚东不在,这地方你是不住了?”

周舟与陆亚东结婚的时候，曾在镇政府附近买了一处小房子——没有要家里一分钱资助，所以选了特别小的户型，只有一室一厅。

为了准备要孩子，陆亚东整天想着赚钱换一套更大的住宅，周舟的积蓄大部分都是为此而准备的，没想到最后却换了阴宅而不是阳宅，世上的事实在难以预料。

平时公婆很少来这个套房子，虽然宠儿子想儿子，但他们都是叫陆亚东回去，家里好吃好喝地照顾。陆亚东为了讨好妈妈，也常常带周舟回老宅吃饭、居住，这套小房子基本闲置，周舟只在特别忙碌的时候才会住在这里。

“头七”周舟都在老宅住着，安抚黄玉霞的情绪，“头七”过后，她忙工作，就不怎么回去了，住在这边的小房子里。

没想到黄玉霞会夜里上门。

周舟知道黄玉霞无事不登三宝殿，一定又来给她找事了，她很平静，习惯了这位“群众”的折腾。

小屋离镇政府步行五六分钟的距离。周舟过街穿过小区上楼，门是开着的，黄玉霞有备用钥匙——陆亚东说给爸妈钥匙，有时候也能帮着打扫卫生什么的，当然，周舟没指望过，他们以前也没来过。

房子里有三个人。

陆光、黄玉霞和一个看上去怯生生的年轻女人。女人坐在小沙发上，看到周舟回来也没有起身，只是低下头，双手放在肚子上，仿佛很紧张。

陆光和黄玉霞一左一右地站在年轻女人的身边，像是左右护法。

陆光还是和平日一样木讷，眉眼中带着生活折磨出的愁苦。

黄玉霞却有些莫名的得意，甚至可以说是喜上眉梢。

这种表情周舟很熟悉，但凡这位婆婆占了什么便宜或者欺负了儿媳妇，就会露出沾沾自喜的神情。不过在陆亚东去世之后，她就一直凶横暴戾，很少有这样开心的时刻。

“爸，妈。”周舟上前打招呼，心里虽然有疑惑，但还是很宽厚得体地看着那个年轻女人，问道，“这位是……？”

大半夜的，陆光和黄玉霞带个年轻女孩儿过来是干吗？难道又是什么亲戚家的孩子要上学，让她在这儿借住？

这事儿黄玉霞以前干过，她非让自己的外甥住在这里，自作主张让人住到高考结束。陆亚东和周舟虽然不怎么在这里过夜，但很不方便，而且她外甥后来又带新同学过来，最后陆亚东想了个折中的办法——自己贴钱给孩子租了个小房子才罢休。

但年龄对不上啊！

这女孩儿二十出头，也许快三十了，化了淡妆，穿着小花纹连衣裙，眼神和表情甚至有几分中年女人的暮气，时不时瞄周舟一眼，好像很害怕她。

“你上班很忙嘛。”黄玉霞翻着白眼说怪话，转头看了眼小房子，“我看你平时也用不着这儿，以后就不用回来了，这地方给小刘住。”

“小刘？”周舟甚至还带着微笑，问道。

黄玉霞行事七颠八倒，经常提出一些毫无道理的过分要求，但这房子是周舟的，什么时候轮到黄玉霞来做主？

黄玉霞听到周舟这么问，眼里露出了阴冷自私的得意，直接丢下了一颗重磅炸弹：“小刘的肚子里有我们陆家的骨血。”

说完，黄玉霞露出满口黄牙，藏不住地高兴，仿佛是遇上了天底下最得意的事，连儿子死了都变得不那么重要。

陆家的骨血？

周舟一时间没反应过来，下意识地向陆光看去。陆光吓了一跳，赶紧往后退，仿佛有点愧对儿媳，低下头不吭声。

“你瞎瞄啥呢！”黄玉霞恼羞成怒地骂道，“我给你把话说清楚了！小刘怀了亚东的孩子，总算是老天开眼，我们老陆家没有因为你这不下蛋的母鸡绝了后！以后你就住我们家去，这地方让给小刘了，我说了算！”

年轻女子这才站起身来，对着周舟鞠躬道歉。

“周书记，对不起，我叫刘芳，是亚东的同事。我们是去年开始好上的，上个月底我发现自己怀孕了，刚告诉他还没来得及做下一步打算，他就出事了。”

她边说边抹着眼泪，哭哭啼啼，娇娇弱弱。

“我原本想着，自己悄悄处理了，不给大家添麻烦。但是想着亚东走得这么惨，也没个后人给他烧纸，这才……下了决心，要把这个孩子生下来。您放心，亚东都已经走了，我也没什么好跟您争，我就真心实意，只是想给他留个后。等孩子生了，就拜托二老和您照顾，我……我一个人走就行！”

她抽噎着，话说得很漂亮，完全没有任何自私的意图。

但周舟能看得到，她嘴角隐藏的得意的笑，和黄玉霞倒是很登对。

陆光搓着手，尴尬地抽动脸颊，想要说什么，但最终说不出任何话来。

“胡说什么？你是孩子的娘，有我在，谁敢欺负你们母子！”黄玉霞扶着自己的心肝宝贝，扬眉吐气，在儿子死去之后，她第一次能够高昂自己的头颅，仿佛胸腔里又充满了斗志和希望。

周舟即使见惯了许多风浪，遇到这种奇葩狗血的事也不由得一股血冲到大脑里，强烈的眩晕感让她想找个东西扶一下。

生活变成了破碎的镜子，无数玻璃棱片碎开，散落开来，每个碎裂的镜片里都藏着各式各样不同表情的人与事，或悲或喜，唯独她，遍体鳞伤。

周舟下半夜是在办公室里度过的。

她看着手机上的联系人，终于将一直置顶的老公的电话号码删掉了。

她想找个人说说话，哪怕是无关工作和生活的，哪怕是废话也好。

翻遍了联系人，她看着果果的电话，还是没打过去。

已经凌晨四点，果果在茶师无限光明的未来里酣睡，根本不知道小伙伴面临的痛苦。

而江明川已经习惯了岛上的工作。他看见孩子们眼睛里对美的渴求和艳羡，引导着他们用画笔在纸上留下最美的印象。当孩子们终于调出了喜欢的艳丽色彩，并为之欢喜雀跃时，他得到的满足感竟然和完成一幅心血之作差不多。

充实、忙碌而满足，每天除了备课、上课，他就出去看看故乡的风景，居然也渐渐有了新的灵感，回去后便在画纸上涂抹那些心情。

也许他早就应该放弃漂泊，回到故乡，毕竟这里才有他的根。

无论是他的人生，还是他的艺术。

在美院时，老师评价过他的画——“无论是如何的笔触，总藏着一个湿漉漉的江南”。

他在这座岛上出生，度过了完整的少年时期，一切记忆都在心底生根，无论在哪里，余生都无法摆脱。就如同他无论如何憎恨他的父母，都无法改变自己是由他们两人结合而缔造的产物的事实。

他也习惯了下班后晚饭前，隔壁老板娘的关心和八卦，以及各种口味的小点心。

不过今天老板娘神秘兮兮，掩藏不住地激动：“江老师，还记得我前几天对你说的，我那个怀孕的小姐妹吗？”

江明川略点一点头，是吃酒酿饼那天。

“你知道她肚子里孩子的爸爸是谁吗？”

他怎么可能知道？孩子爹又不是他！难道是什么名人？看郝妙的表情，应该是他认识的人。

郝妙压低了声音，凑到江明川面前：“真是大新闻！没想到这孩子的爹是镇上周书记刚去世的老公！”

“周书记？哪个周书记？”江明川心里浮起不祥的预感。

周书记，加上去世的老公，答案毫无疑问指向了周舟，但是他不愿相信。不愿相信周舟的命运如此悲惨，不愿相信自己的朋友陆亚东如此垃圾。他当年默默退让一步，只因陆亚东曾说，他会比任何人都爱周舟，此生永不背叛。

“这镇上还有哪个周书记？”郝妙一拍大腿，平时江明川只听她说八卦，从不主动说自己的情况，所以她不知道这两人还是少年朋友，“我忘了你才回来，可能镇政府都没去过。就是我们小周书记——周舟，今年才三十吧。这女孩子了不起，年纪轻轻成了咱们镇上一把手，各项事务搞得井井有条，我听说她早晚要高升的。”

她话锋一转，又幽幽叹息：“可惜命太硬，她也是我们镇上的人，从小就克死了爹妈，我妈说还送过我的衣服给她穿呢！不说那些了，反正周书记结婚没两年就成了寡妇。原本以为她那老公二十四孝，没想到也是偷腥的猫，还给她留了个野种，想想做女人，命还真苦……”

江明川脑袋里嗡嗡作响，根本听不清房东在说些什么，只觉得无比愤怒和同情。

“你怎么会知道？”他着急问现在的情况，周舟……周舟会怎么样？

“这事儿都传遍了！周书记的婆婆给小三撑腰，带着人去抢儿子留下的房子，说是要留给自己的孙子，周书记现在已经搬到镇政府住了，这事儿还不知道怎么收场。唉，我妈挺喜欢小周的，说她小时候虽然吃过苦，但没忘记乡亲的恩情，经常为乡亲们……”郝妙的话还没说完，就见江明川飞一般地跑了出去。

“哎，江老师，江老师……青团你还没吃呢！”郝妙端着一碟青团，跟在后面喊道。

江明川腿长，三两步就甩开了郝妙，往镇政府飞奔。

郝妙追不上，喘着气看着他一骑绝尘的背影，摸不着头脑："这怎么回事？"

陆亚东这个浑蛋，太欺负人了！

江明川恨不得把陆亚东从骨灰盒里拖出来暴打一顿，他当年信誓旦旦说过会好好照顾周舟，绝不让她再孤单和受伤。现在遭遇车祸把周舟一个人丢下就算了，居然还在婚内出轨，连孩子都搞出来了。

同时背叛了爱情和友情，陆亚东还算是个人吗？

周舟知道这样的消息，该多绝望？人生对她本来就已经很不公平，她靠着自己的努力走上了正轨，眼看蒸蒸日上，现在却跌入谷底，而谷底还藏了个深渊，想让她坠入万劫不复的地狱。

不，江明川绝不能让周舟再一个人承受这些痛苦！

他边跑边拨通周舟的电话。

那边在通话中，江明川不断地打过去，耐心已经耗尽，不知打到第几次，对方才接起了电话。

"喂，明川，有事吗？……你们先把这个拿过去处理一下，小林，会议笔记记得发给我一份……"

周舟似乎正在忙工作，那边的声音有些嘈杂，而她的声音也有点着急上火，还在指挥那边工作。

江明川停下脚步，在夕阳下听着自己激烈的心跳声，眼里不知怎么就热气腾腾，泪水唰唰地掉了下来："我听说了。"

周舟立刻理解了他的意思，听到他浓重的鼻音和哭腔，反而笑了："这事儿传这么快啊？连你都知道了。干吗呢？我都没哭，你哭什么？"

老公去世，还从坟里给她送了个小三和孩子，应该悲苦的是她。

周舟的感情像是跟着陆亚东一起埋葬在土里了，别人议论她的可怜可悲，她却只觉得荒诞和可笑。

人生是一场木偶剧，她只是旁观者，看着丝线牵动角色，但不再为此而悲喜，因为她清晰地知道自己的未来要做什么。

"对不起。我……我担心你，你还好吧？"江明川胡乱擦了擦眼泪。

没错，作为朋友这个时候应该给周舟支持和力量，而不是像一个软弱者一样哭泣，反过来需要对方的安慰。

"我能有什么事？"周舟语气中带着释然，"我一开始想不通，亚东怎么会做这样的事，后来晚上一个人仔细想想，也不能怪他。”

“怎么不怪他！”江明川又激动起来。

这种品行的人，他不承认是朋友！

江明川在心底狠狠骂着，但努力压抑自己的情绪：“你下班了吗？能不能见面聊？”

虽然周舟说没事，但他抑制不住地担心。

周舟想了想，这次没有拒绝：“行。我处理完手里的事儿就下班了。”

尽管她自己能够消化解决，但朋友们担心，江明川又是个心思细腻、多愁善感的艺术家，一直避而不见也不是办法。而且有个朋友能说说这件事，也能消除一点胸中块垒。

周舟确实已经自我说服，念头通达了，但人的思想又怎么会都那么简单？即使看穿说透，也未必能按照心中所想的去做。

“那我们吃个饭吧。”江明川约了好几次都没见上周舟，这次得偿所愿，却心情格外沉重。

大约一个小时后，周舟赶到了湖边的一家私房菜馆。

江明川已经早到了，一直站在门口等着。见周舟大步流星地走过来，比起葬礼的时候气色稍微要好些，只是意外陡生，终究疲惫，从她那坚定的眼神里能看出一丝倦意。

“这家店之前果果带我来过，他家的本邦菜做得不错。”周舟还惦记着她的螺蛳，不过和江明川主要是为了谈话，他也不是女孩子，还是忍痛没点，换了一道白汁塘鳢鱼。

野生的塘鳢鱼已经极为少见，据说是松江四鳃鲈鱼的近亲，就是那个“秋风忽忆江东行”的美味。

这鱼因为个头小，常有不识货的外行人误认是昂刺鱼，要是让老苏州听了必然暗笑：昂刺鱼这东西钻烂泥的，哪能有塘鳢鱼的口感？

塘鳢鱼肉质鲜嫩，滋味无穷，简简单单蒸个蛋便能让人获得极佳的美食体会。

白汁塘鳢鱼则更强调它的鲜味，以春笋与火腿为引，将鱼肉的鲜香调度得淋漓尽致，挑开鱼肚露出热气蒸腾裂开的白肉，口水便止不住。

周舟估计是工作太累，饿了，面对鲜美的鱼肉，不顾形象地狼吞虎咽。

江明川却没吃饭心思，随意戳了几筷子，不停看向周舟那张略显刚毅的小方脸。

周舟的短发别到了耳后，一张脂粉不施的脸上，有一股咬定青山不放松的坚毅。

江明川还记得少女时期，周舟常摸着自己方方的腮帮子，看着鹅蛋脸的果果和瓜子脸的柳萍，羡慕她们的脸型好看。但他很喜欢，和她说这是很高级的“超模脸”，也是画家钟爱的特色脸蛋。

那时候的他们，多可爱啊，大家对未来都有着无限的憧憬，对爱情也有最美好的想象。

而现在，眼前的这张脸上多了几分沧桑，看着比同龄人要成熟和刚毅。

周舟吃了半条鱼，那点疲惫在吃饱喝足后消散开，脸色也红润了几分，状态恢复了点。

“你打算怎么办？”江明川终于问道。

他刚才已经打算好了，这一次绝不能退让。

是陆亚东的错，这么欺负周舟，就算是撕破了脸，他也要去骂陆光和黄玉霞，怎么能不要脸地做出这样的事儿来？

“什么怎么办？”周舟停下了筷子，看着他，眼里全是坦荡。

她对这件事没多余的想法，也不愿再浪费自己的时间和精力去想这桩事。

人生难免遇上形形色色的意外，有时候是幸运，有时候是不幸。

幸运时感激命运的馈赠，不幸时咬紧牙关，砥砺向前，总会来到下一个路口。

周舟这一生，不幸的意外有许多，幸运的则很少。而且有些事，当时看起来是幸运，最终却导向不幸的结果。比如她的婚姻。如果说意外丧偶让她悲痛，那么老公出轨并有了私生子，只是让她觉得可笑并产生反思。反思自己在最初是被陆亚东的柔情蜜意蒙蔽了眼睛，才会做出错误的选择。自己的错，自己认，人生不可能停滞于当下，人也不可能怨天尤人地度过余生。

她会重新起步，就算有残留的情绪，也可以慢慢消解。

相比之下，眼下的工作才是最重要的。

世俗的琐碎，小情小爱，怎么比得上她内心对理想的追求？

“那房子是你买的，怎么能给她？”江明川却无法理解她的想法，只觉得痛心疾首，哀其不幸，怒其不争。

“首付有明川的一半，他去世之后，遗产继承是我和他爸妈平分，他们有四分之一的产权。如果他们想要人住在那里，我也没什么好反对的。”

周舟是干部，懂法。

“要是他塞个什么亲戚就算了！那是陆亚东的小三，这你也能答应？”江明川平时挺儒雅，看着像个温柔的文艺青年，但这事突破了他内心接受的底线。

现在皇帝不急太监急，要不是公众场合，他早就气得拍桌子了。

他最恨这种事。

明明是自己的家，却被人鸠占鹊巢，最后自己一无所有一身伤痕，对方却和和美美地过日子。他想到这就硌硬恶心，无论如何都不能接受。

就像他的父亲，原以为是自己的目标和榜样。结果，早就成了别人的父亲。

周舟低头，终于露出一丝自嘲的笑容：“确实啊，是有些意难平。”

“你别看我现在每天只想着工作，以前我也是爱过亚东的，不然的话，我怎么会答应他的求婚？他家庭的情况，大家一起长大的，又不是不知道。不过那时候我总是以为，只要有感情，有共同的人生方向，这一切都能克服。没想到因为孩子的问题，这才三年就闹成这样。”

黄玉霞看不上自己，周舟心里清楚，她一味忍让，希望靠着时间和真心，大家能渐渐相处成一家人。

而且周舟觉得以她的性格和能力，即使黄玉霞再奇葩，也能慢慢被感化。只是没想到他们结婚三年，周舟一直没能怀孕，这就让求孙心切的黄玉霞越发暴躁。

在某些老人家眼里，他们俩的年纪都不小了。

周舟工作繁忙，即使怀孕生子会严重影响她的前途，她也做好了要孩子的准备。

周舟一直觉得，不能因为现实的困难就逃避，无论是对事业还是家庭，都必须恰当地分配时间，才能保证自己的人生无悔。

只可惜，两人始终未能如愿，后来他们都去医院检查过，也没有查出什么问题。

而黄玉霞的态度一天比一天恶劣，陆亚东总是在其中和稀泥，渐渐没了新婚蜜月期的耐心和温柔，以至于两人也起了矛盾。

现在想起来，可能是那时候陆亚东从刘芳身上得到了安慰，开始出轨。

说来可笑，正经夫妻一直没能怀孕，反而是小三有了孩子。

本来陆亚东应该想一直瞒着这件事维持婚姻，估计不外乎逼着刘芳打掉孩子。无论闹起来还是闹不起来，终究都是一场悲剧。

可人算不如天算，陆亚东出车祸去世——他平时骑电动车都很小心，过路口都要仔细观察，惜命得很，这一次恐怕也是因为刘芳怀孕而心烦意乱，以至于被货车挂上。

一饮一啄，莫非前定。

陆亚东去世之后，刘芳不知道出于什么样的想法，或许是舍不得孩子，或许只是想要一笔钱——陆亚东死于车祸，有保险赔偿，而司机家人也去过老宅好几次求情，拿出一笔和解金。这种赔偿款的事，黄玉霞是不可能让周舟插手半点，也不可能分给她一毛的。

刘芳找上了门，也许就是奔着这笔钱来的。

一直就盼着孙子的黄玉霞简直像看到了儿子的重生，现在拿着鸡毛当令箭，理直气壮地要把什么都给这个正经的“儿媳妇”。

婚姻算什么？能够为他陆家生下一儿半女的，才是她真正的儿媳妇。陆家的一切，也都要留给自己的孙子，绝不容外姓占据。

刘芳本就是想要钱和房子，要舒舒服服的生活，有黄玉霞冲在前面，她又何乐而不为？

周舟知道刘芳肚子里的孩子的存在后，那个夜晚，就把丈夫生前的反常恩爱和工作繁忙全都复盘了一次，看到了真相。

以后她会在养老政策里帮陆家孤寡老人争取合法的权益，如果他们遇到问题，她会努力帮忙解决，她更会将这段婚姻葬入土中，让它化作春泥更护花。

但黄玉霞不罢休，没有因为有了新儿媳妇就放过周舟，她现在要让周舟搬去陆家，做牛做马地伺候他们二老，还盘算着让周舟伺候刘芳坐月子，以后工资留给孙子上学……

这种违背人性的事在黄玉霞看来却是恩赐——周舟付出了金钱和精力，才算是尽到了陆家媳妇的义务，在陆家有立锥之地，是陆家大度，给她机会。

黄玉霞这些无理要求，镇上的人都知道，周舟删繁就简，干脆自己先把事实对江明川说了，免得过几天江明川听到了传言，又气冲冲地给她打电话。

江明川还没听完，就要气炸了："那老婆子是疯了吧？她家有皇位啊？还想让你去伺候，白日做梦！"

"这房子是你的，就算是卖了也不能便宜他们。反正现在亚东也死了，你和陆家就没关系了，彻底掰扯开更好！他们要孙子，自己去照顾那女人，你管他们干吗？"江明川几乎要骂街了，他觉得这辈子的涵养在黄玉霞面前都不堪一击。

那老阿姨年轻时候就爱作妖，长辈们背后总说，她这么作妖，以后儿子找不到媳妇的，谁敢进她的家门啊？

没想到周舟进了。

尽管愤怒，但是这确实是周舟与陆家彻底断绝关系的契机。和这种烂泥里的奇葩扯上关系本来就是耻辱，以前是看在陆亚东的面子上大家客客气气喊一声叔叔阿姨，现在看来，陆亚东从根子上也不是什么好东西！

什么样的父母就能生出什么样的孩子，江明川已经彻底和陆亚东绝交了，哪怕陆亚东已经死了，他也不会原谅！

"还是那句话，我与亚东有过婚姻关系，他爸妈虽然不好，但也照顾过他，照顾过我。该尽的义务我会尽，我也不可能对两个老人彻底撒手不管。至于那房子……"周舟却没有多少愤怒，甚至很平静，"我也不想多管，他们想让刘芳住着，那就住着，没必要争这些。"

"你这脾气怎么就这样了？"

江明川虽然小时候没有父亲在身边，时常受气，但他长大后可从没委屈过自己，他很久没感受过这种愤怒了，他又是心疼又是生气："周舟，以前你可不是这样的，你什么都要争，什么都要赢，你总是要站在正义的一方，你总说要勇敢面对不公，你……那时候的你去哪了？！"

她是孤儿，如果不努力，谁也不会把她放在心上。

江明川当年最欣赏的就是她这一点。

或者说，感同身受。

周舟看着江明川，笑了笑："但是我们现在都长大了。"

不，江明川还没有长大，他内心还是个少年，所以他无法理解人生中有很多方式的"勇敢"。

这顿饭最后不欢而散，江明川无法释怀，气得一夜没睡，他不能理解周舟的妥协，第二天是周末，他一早给果果打了电话，约大家在太湖茶楼见面。

金果果最近很忙，她早晚都去西山实验基地打卡，主要是帮助和监督叶茗他们调制更容易被大众接受的口味，所以早出晚归。金果果回来时，家人都睡了，没人和她说隔壁老陆家的八卦。

听到周舟的困境，金果果只是沉吟，半晌没说话。

她来的时候，明川已经闷头喝了两壶茶，杨海在园区还没赶过来，柳萍倒是早就到了，边怒骂黄玉霞，边温言软语地安抚着江明川。

“果果，你必须得帮帮周舟，我们这几个人里，只有你能说动她。”江明川恳求地看着金果果，他相信果果这么聪明，一定有办法。

然而让他意外的是，金果果没有答应，而是劝解他：“周舟是个成熟独立的女性，成年人有更多证明自己的方式，她认为不需要做意气之争，那就尊重她的选择。”

自从上次和周舟聊过之后，金果果就彻底放下心来。

周舟成熟了，但可惜的是，江明川没有，其他小伙伴也没有。

这些人的内心，还是彷徨茫然的少年。

“你怎么能这么说？”杨海刚进来就听到这句话，义愤填膺地冲过来。

金果果很淡定，往里面挪了挪，给杨海让了位置：“大家可能无法接受，但如果周舟认为有更有意义的事要做，就该尊重她的想法。”

柳萍瞧见杨海的时候，有些不自在，不过很快又恢复了常态，没心没肺、脸皮厚一向是她的优点。

反而是杨海看到她，有片刻的拘谨和尴尬，但今天是来讨论周舟的事的，他没什么底气骂果果冷漠，只能一屁股坐下，先痛批陆亚东：“周舟已经被陆家弄得魔怔了！陆亚东真是个狗屁东西！死了我也要说！现在不说别的，至少先得把那小三给赶出去，这像什么话？周舟现在性子这么软吗？”

“周舟都没说赶，你再气又有什么用？”柳萍脸色有点不好看，阴阳怪气地开口。

“周舟根本不在意陆家那点微不足道的财产，她一直珍惜的是与亚东的感情。现在出了这种事，感情没了，别的还有什么好争的？她有自己的事业和光明的未来，为这点利益和老人争夺，不是她的作风。”金果果给杨海倒了杯茶，她和周舟在观念上有相似之处。

钱财都是身外之物，对自立自强的现代女性来说，真正的财富是自己所拥有的能力和品质。

只要有崇高正确的目标和优秀的行动力，什么时候都可以创造价值。

柳萍撩着头发，她刚才已经骂累了，现在想想，果果说的确实有道理。

“人都死了，你还能跟他争什么？叫天骂地，气得吃不下饭，人家也都不知道了。”柳萍幽幽说道，“这件事，罪魁祸首是陆亚东，人死了，能怎么办？”

杨海噎住，恨恨道：“那也咽不下这口气！人活着，不就是争口气吗？凭什么就让这小三过得逍遥自在？”

听到“小三”两个字，柳萍在一旁面色发白，似乎是想起了什么不愉快的往事，语气有些虚弱：“可那女的肚子里还有孩子，孩子是无辜的……”

“有孩子就有免死金牌啊？！”说到这个孩子，杨海更愤怒，偷情就算了，还留个遗腹子，这不是折磨周舟吗？

他正想继续骂，忽然想到了什么，看了柳萍一眼，不甘心地闭上嘴。

柳萍和他说过坐小月子，对她来说，有孩子这种事应该是禁忌，他见柳萍果然脸色不好看，就骂不下去了。

江明川揉着太阳穴：“我叫你们来，是想让你们出出主意，果果你现在做大生意，可能觉得几十上百万是小钱，但是周舟的工资才多少？她以后怎么办？总不能平白吃这个亏吧？”

柳萍听到这句话，有点酸溜溜地看向金果果。

金果果今天穿了一条合身的长袖连衣裙，勾勒出凹凸有致的身材，让柳萍不由得摸了摸自己的小腹，再看果果永远波澜不惊、胸有成竹的表情，第一眼是温柔，第二眼是温柔里的筋骨和力量，让人知道她极有自己的想法，确实啊……已经隐隐有做大生意的女老板的气场。

“对，房子是周舟的，不能让外人占了，实在不行，就去挂牌卖了，让亚东他妈把人带回去呗。现在人都死了，也不存在要不要离婚的问题，趁此机会就分开，两不相干，这就最好。”柳萍也觉得不能让陆家占了便宜，换成她，一分钱都不会给老婆子，大不了打官司。

陆亚东也幸好死了，不然他们非得揍他一顿，割席绝交。可惜冤有头债有主，现在陆亚东死了，他们对小三顶多也就是谴责，伤不了她一根毫毛。唯一能够保证的，就是周舟的利益不要受损。

“以后黄玉霞就在我黑名单里，别让我见着这老妖婆。”杨海平时都是叫黄阿姨的，现在想到这个名字就觉得恶心。

"我也劝过周舟，但是她不听。"江明川一脸怒其不争的失望和愤怒，"她觉得陆光、黄玉霞也有房子四分之一的产权，想安排谁住她也不想管，现在宁可自己住在单位。而且陆家搞笑呢，还想让她回去跟两个老家伙一起住，给他们养老。"

"那肯定不可能，周舟也不会答应。"杨海想都没想就否决。

金果果看了眼不停振动的手机，又是窦豆打过来的，最近工作上的事太多了，她拿着手机走到外面，深深吸了口新鲜的空气。

江明川在里面叹气："那可不一定，周舟觉得自己有赡养老人的义务，就算不是现在，等他们年纪更大些，她肯定会去照顾。"

这就是他最生气的事。

"她是被洗脑了吧！"柳萍气得肚子疼。

这事谁都没法接受，哪怕是最理解周舟的金果果，恐怕都不会赞同。

镇上的小房子当年买的时候也就十几万，现在也就二三十万，对薪酬稳定的周舟来说，也许她是能舍了这浮财，换得自在。

可房子贴进去，还要去陆家照顾老头老太，那真是疯了！

金果果和窦豆聊完工作，靠在门外，听着小伙伴们愤怒却又无能为力的吐槽，轻轻叹了口气。

她和陆家做了这么多年邻居，当然知道这对老夫妇的奇葩！

但也知道周舟的思想有多坚定。

"总而言之，一件事一件事解决。"江明川烦躁地握紧了拳头，看见金果果走进来，立刻布置任务，"我的邻居认识这小三，我想办法去找她谈谈，她也该有点羞耻心。至于别的，只有劝住周舟，不要让她犯糊涂，别让她管这老太婆！"

他平时一股文艺青年范，说话文雅，不出恶言，今天却连着喷人，实在是气很了。

"你要是找到她，给我打个电话，我和你一起去。"

金果果不是想看看勾搭了陆亚东的小三是什么样的人，而是担心江明川一怒之下把人给伤了。

"好。"看到果果终于愿意行动，江明川内心踏实了点。

金果果拿着手机，对其他三个小伙伴抱歉地说道："我还有点工作上的事，最近挺忙，下次有什么事可以先给我留言，我会关注舟舟的情况。”

金果果先走了，她不想在这几个闲散朋友面前多说工作的事，但现在创业已经起步，每天都忙于各种琐碎的工作，实在无法像小时候那样随叫随到。

她更希望小伙伴们的做事效率也与时俱进地高起来，拉个工作群，有什么情况或者进展，在群里说一声，讨论下一步做法，而不是浪费几个小时坐在茶馆内泄愤式地指责。

当然，人是群居动物，免不了需要伙伴们的情绪支持，只是果果早已不再需要从别人的情感里得到力量。

小时候每次遇到问题大家都会聚到一起，七嘴八舌地想着解决办法，二十多年过去了，这种习惯随着各自人生的转变而改变。

杨海到现在都不敢相信，陆亚东一直是个温和的邻家哥哥形象，中年发福之后更像是个老实的窝囊丈夫，每天周旋于妻子和母亲之间难以喘息。

倒是柳萍不觉得意外。

陆亚东从小就是个暖男，也就意味着他是个“中央空调”，以前对她和果果也很殷勤，只不过柳萍更喜欢帅哥，而果果似乎对男人毫无兴趣。

“男人都经不起诱惑的。”柳萍用经验丰富的过来人的口吻说道。

她瞄了眼江明川，娇声问道：“明川哥哥，你的房子准备什么时候重新装修啊？我现在也住在镇上，需要我的地方说一声。”

“我等工作稳定下来再说，装修不着急。”江明川哪有心情重修老屋？他只要想到周舟现在的情况就没心思做任何事。

“果果变了。”杨海一直愣愣地看着门口方向，冷不丁地冒出一句，眼里有些艳羡和难过。

“她哪里变了？以前就这么冷血。”柳萍耸耸肩，“现在自己当老板，当然更不一样了，谁要和你们浪费时间啊？”

“那不是冷血，是冷静。”江明川虽然是个大男人，但他作为艺术家，感性一直大于理性，有时候比十六岁的少女还细腻敏感，而果果却总能抽身事外，不带私人情感地去评判，这是他一直羡慕的优点。

“确实啊，对大家的事都不怎么放心上了，每次聚会总要接几个电话，和我们也没有共同语言了。”杨海有点沮丧，更多的是无法追赶上好友脚步的焦灼，“你们早晚也会离开我吧？我这种原地踏步的人，不配和你们做朋友……”

“别胡说，朋友之间的感情，是什么都无法磨灭的。果果刚创业很忙，她要是真看不起咱们，也不会抽空聚这么多次。”江明川一把搂住杨海的宽肩，“走，一会中午去喝酒。”

柳萍平时和男生们喝酒很豪气，但这次食不下咽，罕见地有了心事，不知是不是为周舟的事烦恼，酒也不肯喝了，没有以往和帅哥在一起吃喝玩乐时的活跃欢腾。

杨海要开车，也没喝酒，江明川喝了两杯闷酒就扔了杯子，大家各有各的心事，没人询问柳萍现在的处境。——杨海心里挺关心，但柳萍的秘密他没法在朋友面前说出来，只能憋着。

柳萍在镇上租了个小房子住着，金果果原本说过她不用浪费，住自己家就行，可柳萍这次难得地没同意，宁可花钱。

她不愿住在果果家里，不仅因为自己的小秘密，还因为她怕面对忙碌充实的果果，她会自惭形秽。同样在这里和太湖大桥一起长大，同样站在山顶一起眺望未来，可她的人生却和金果果截然不同。现在只有想想水深火热的周舟，柳萍才略感安慰。比上不足，比下有余。至少她还拿了点补偿，也不用受婆家的气，更不必担心别人背叛自己。

不过再过几个月……

柳萍忧心忡忡地贴着墙根步行回家。

她住得离这儿不远，要是平时，肯定会缠着江明川或者杨海送她，说是为了保证女孩子的安全。可这次江明川为周舟的事生气失控，她也没好意思麻烦他，而杨海嘛……她不想和他多说话。

杨海开着车，缓慢地跟在她身后，大概过了几分钟之后，柳萍感觉到了，回头一看，顿时来了气。

她冲到车前，拍着车窗，不顾形象地大吼：“你跟着我干吗？”

只有在杨海面前，她才不会端着女神的姿态，什么夸张的表情都做得出来，丝毫不要形象。

因为她不喜欢杨海，也没必要讨好他。

杨海摇下车窗，乱糟糟的头发张牙舞爪，胡子几天没剃，看着就像个野蛮人。

他拉上手刹，低头闷声说道：“你那个事，我没和他们说……”

“我哪个？”柳萍一时没反应过来，毕竟她随口说的谎太多了，过了几秒才想起来，满面涨红，更加愤怒，“怎么着，你还想昭告天下？”

“不是。”杨海急得出汗，连连摇头。

他一直不如陆亚东会哄女孩子，也从没和人说过暧昧的话，在女孩子面前笨嘴拙舌，不知道该说什么她们才开心。

“不是？那你是来嘲笑我的？”柳萍看看左右没人，伸手往他胳膊上狠狠拧去。

杨海痛得哼了一声，终于字斟句酌地挤了出来：“柳萍，我想过了。你一个人无依无靠，我……我想照顾你。”

他没法看着柳萍一个人踽踽独行。

但他没想过，柳萍根本不需要他的同情。

柳萍一愣，过了一会儿才慢慢挑起眉毛，像是不认识一样上下打量着杨海，语气里不知是嘲讽还是惊讶：“杨海，认识这么多年，我还真不知道你和周舟一样‘圣母’。你这是可怜我？你就一点儿不在意我的过去？你不嫌我脏？”

换成果果和舟舟，绝对不会问最后三个问题。

因为她们是永远向前看的人，从不会觉得自己堂堂正正努力奋斗的过去有什么让人介意的地方。

即使有不堪的回忆，也是成长中的一次经验教训。

从某些方面来说，柳萍和杨海的思想倒是挺般配的。

一个是大男子主义。

一个是缺爱小女人。

“你上车，我们去湖边。”杨海看到对面走过来几个人，赶紧说道。

关于柳萍堕胎回来坐小月子的事儿，杨海对谁也没说。他本是个在朋友面前藏不住秘密的人，这次却例外。

他不忍心。

本来这对一个女孩子来说，就是一种精神上与肉体上的双重摧残。

“我可不需要你的同情。”柳萍尽管这么说着，还是坐上了车。

“我这几天也想了很多……”杨海慢慢开着车，不知道该从哪里说起，“我小时候最不讨女孩欢心，但你们一直都陪在我身边……”

三个男孩子中，杨海是最不出众的一个。尽管家里条件还不错，但他学习差、体育差，容貌顶多算周正，因为体重一直没控制，看着很粗壮，也没什么特长，就是个乐呵呵的跟班。

相比之下，陆亚东性格好、嘴巴甜，好像天生就会哄女孩子开心，总是能把气氛调节好。而江明川长得好看，画画厉害，一脸忧郁文艺的模样，不知多少女孩子暗恋过他。

外表和性格都最普通的杨海，对三个女孩都喜欢过。

哪个少年没对身边可爱漂亮的青梅竹马动过心？他也一样。

一开始他最喜欢柳萍，因为柳萍小时候长得最漂亮，尖尖的下巴、大大的眼睛，不像现在胶原蛋白变少了，颧骨高了出来，眼窝也被岁月熬深了，更多的是看人下菜碟的盛气凌人。

而柳萍小时候只喜欢和暖男帅哥玩，总爱把他当成工具人。

到了高中，杨海蓦然发现果果的好，她知书达理，也越来越有气质，和她在一起总是特别舒服，只是让他有点自卑——他的成绩和她相比太差了。

那时大家都爱慕成绩优秀的同学，杨海知道很多人暗恋果果，但没有一个人表白成功，倒是有不少人被她感染，好好学习起来，他呢，只能默默仰望美好的她。

等到果果去了上海学习，杨海知道差距越来越大，他已经没有资格表白了。

杨海甚至还喜欢过周舟，大学回来的一次聚餐，周舟对未来意气风发，在饭桌上豪迈地念着"雄关漫道真如铁，而今迈步从头越"时，他猛然心动。

谁能料到，这句诗，伴随了周舟一生，不断鞭策着她。

过往云烟，周舟嫁人工作，果果独自美丽，他开始沉迷于虚拟世界，不再往这方面想，那些少年情愫也成了心底荒冢。

直到这次柳萍回来。

"你说自己得了绝症的时候，我真的很心疼，恨不得把自己的一切都拿出来给你治病，之前我觉得这是为了朋友两肋插刀，但好像又有些不同。"杨海慢慢开着，慢慢说着，因为没有被柳萍的嘲讽打断，表白渐入佳境，"我想如果是明川得了绝症，我会不会卖房？"

"后来你说没得绝症，换了以前，我一定很生气，可听到你说自己是因为感情受伤堕胎回家的时候，我根本生不出这个气来，只有一种酸酸的感觉从胸膛蔓延到鼻腔……我很难受。"

杨海说到这里，情真意切，眼里似乎有泪光。

“我心疼你，这是从未有过的情感体验，不管你说我‘圣母’也好，同情也好，我就觉得我要照顾你，不想你再漂泊下去。”

听到这里，柳萍的嘴角有些讽刺地牵了牵，眼底闪过一丝不屑。

她交往过的男人，不是帅哥也是有钱人，杨海这种人，连备胎的资格都没有。

但是杨海像是魔怔了一样，可能受到好友去世又出轨的刺激，觉得自己有照顾柳萍的义务。她在这世界上孤身一人，父母都已经去世，没有立身之本。

果果和周舟都有自己的工作，明川也当了老师，各自有新的生活，如果连自己都不管她，还有谁会管她呢？

杨海还想过，要是果果创业成功，可以让她帮帮柳萍，在公司给她找个事情做。

但以柳萍任性又自恋的性格，屈居小伙伴之下当个打工的，肯定也不愿意。

本来杨海还要折磨自己一阵，才把这个决定说出口。

但陆亚东出轨的消息震撼了他，原本眼中完美的爱情婚姻原来也有这么大的瑕疵——不，不仅仅是瑕疵，简直是像东非大裂谷一样的裂痕。

小三的命运，对照在柳萍身上，让他更觉得她可怜，需要有个人来担负起她的下半生。

“你的过去，只是人生中的短短一瞬。”杨海说到动情处，把这一生中的才情都逼了出来，“我们从小就认识，从你出生到二十岁，我都很清楚，你是一个善良、单纯又软弱的女孩子，尽管有些缺点，但那不是你的错。

“我能想象你在深圳的生活，尤其是阿姨去世之后，你一个人举目无亲，该有多么艰难。我不会在意你的过去，我只是很后悔，为什么在那时候没有想到去照顾你。”

过去十年，他在做什么？

打游戏、吹牛、睡觉。

想到这些，杨海就忍不住懊悔地砸自己的头。他就像是个没长大的孩子一样，只知道玩泥巴，错过了柳萍人生中重要的十年。就算是为了朋友，他也可以多关心多照顾她，而不是见面就互相掐架。如果自己多关心她，柳萍也许就不会犯错，不至于落到现在这个地步。

好在还来得及挽回。

“你说这些是什么意思？你要照顾我？怎么照顾？”柳萍有些哀怨地看着他，问道。

她在感情上过于精明，听到杨海第一句话，看到他的表情，就知道他可能会说什么。她一直没吭声，是在盘算，盘算有没有比杨海更好的接盘侠。

杨海在她眼里什么优点都没有，对朋友的热心肠也像是少根筋似的，但他家里拆迁还了几套房，又没谈过恋爱，并且他们是一起长大的，她对他了如指掌，真要是把他当成退路，以杨海这个性格，会对她百依百顺的。

只可惜让癞蛤蟆吃了天鹅肉。

杨海却觉得这是对她最好的陪伴，也是相互最好的选择。

他这一生，不可能追上还在单身的果果，那是他心中的白月光，也没法真正地照顾周舟——陆家人难缠，会把他忠厚的父母闹腾死。

唯一可能在一起的，只有柳萍了。

而柳萍现在的情况，让杨海除了真心想照顾她之外，还有种……自己配她绰绰有余的优越感。

他有房有车，和柳萍相比，家境殷实，父母又不像陆家那样奇葩，也不嫌弃她的过去和小性子，怎么看他都是她最好的归宿。

所以杨海心底升起了一股底气，像是下定了决心，说道：“请你……嫁给我，结婚之后，我会好好照顾你，绝不会让你受委屈！”

柳萍的手放在还很平坦的小腹上，看着远处波光粼粼的太湖，总是带几分桃花的含情的眼睛仿佛也闪着湖面的水光，不知在想些什么。

虽然在事业上不如果果和舟舟，但她也许能改变一些人的命运，做一回自己人生中的主角……

第十章　雄关漫道真如铁

金果果去园区和老城区忙了一天，四处考察，确定茶师的门面地点还有装修风格。虽然她和窦豆找了专业团队来帮忙，但很多事都需要她去盯着，亲力亲为，累却充实着。

旗舰店的选址是重中之重，她们征求过另一位合作伙伴的意见，但叶茗似乎对这些不感兴趣，只专心调制菜单。

外面下着绵绵春雨，开车回来时天色已黑，偶有春雷从太湖上滚过，远处连绵起伏的山影一片模糊，让她想到参加葬礼的夜。

那时候她想着自己的青春有一部分随着友人，也被埋在这青山里。

如今，她想的是未来。

无论是自己，还是周舟，抑或明川和其他人，都在被迫往未来走去。

未来的模样，是过去的自己和现在的自己一点点堆积出来的。

金果果只是没想到茶师的未来会如此顺利，叶茗那一口茶的滋味，让她此刻对项目有无限的信心。

雨渐渐停了，一场春雨一场暖，尽管是晚上，春风却不像前几天那样发着冷，而是带着一丝暖洋洋的气息。几只鸟儿似乎被吹惊了，从山林里扑簌簌地飞起，又惊落了一树春花。

晚晴风过竹，深夜月当花。

雨后的夜空格外深邃高远，空气里飘荡着青草和泥土的芳香。金果果在家里多吃了几个妈妈炸的春卷，揉着吃撑了的肚子，站在院子里看着被风吹雨打落了一地的紫藤花，给周舟打了个电话。

果然，都八点了，周舟还在加班。

她最近就住在镇政府里，对工作而言，倒是更方便了。

金果果和周舟聊的是工作进度。

她没有问任何关于小三的八卦，只是和她分享了茶师最近的顺利进展，给周舟打了一剂强心针。

茶师的未来，也是洞庭茶的另一个未来。

周舟得知叶大牛这么厉害，佩服得五体投地，如果能像叶茗承诺的那样控制成本和产量，那就意味着岛上名气虽大但经济价值有限的茶产将有无限的可能。

两人说完工作就挂了电话，金果果感受到了周舟的情绪高涨，她的心情也愉悦起来，信步走出家门，散散步消食。

——然后，又遇上了在茶园边上看湖与星空的叶茗。

不过这一次，她没有看到什么仪器、背包之类的。叶茗似乎只是在雨后天晴时下山散步。

“今天的晚风可真舒服！”金果果怀疑叶茗是不是每天晚上都来这里思考人生，她脸上挂着笑容，走过去说道。

叶茗早就察觉到她来了，只是一直保持着看着远处星空、湖面的姿势，听到她说话，才转过头看了她一眼，微微颔首，算是打了招呼。

晚风确实很温柔，但没有她脸上的笑容暖。

又温暖，又疏离，仿佛触手可及，可真的伸手，又发现遥不可及。

金果果身上藏着一股现代精英女性的气质，她们待人接物时总是温柔得体，但始终保持精神上的独立和清醒，不会轻易被外界影响。

“我也喜欢雨后出来走走，空气很清新。”金果果又笑道。

叶茗还是微微点头，表示赞同。

“我家的茶园很适合欣赏太湖的美。”金果果现在已经不尴尬了，也不会强行找共同话题调动他聊天。

这段时间与叶茗接触不少，果果知道他的性格就是如此，习惯了就会找到让彼此舒服的相处方式。

“确实。”终于，叶茗说话了。

“应该带点茶来，在这儿煮茶，欣赏春江花月夜。”金果果和他站在茶园一块平坦的巨石上，眺望着太湖。

“我带了。”叶茗穿了一件深色风衣，和夜色几乎融为一体，在星辉下，更衬得他肤色明洁。

他从衣兜里掏出一个杯子,顺手拧松,递给金果果。

“是上次我们定下的口味?”金果果接过杯子,流线型的塑料瓶身,三百毫升左右的容量,拿着很轻巧。

“不是,我晚上冷泡的茶,还没喝。”叶茗借着一点星光和远处的路灯,看着她脸上荡漾的温柔。

在这么美好的春夜,有人陪他一起看湖光山色,他居然不觉得嘈杂,内心反而变得更饱满,像吸足水分的茶枝,有一股绿意推搡着叫嚣着,要从枝头挣脱出芽片来。

“我又有口福了。”金果果拧开盖子,毫不客气地仰头喝了两口,沁凉清甜的口感,和茶园夜色很相配。

这一口凉茶,仿佛将胃里油腻的食物清洗了一遍,金果果又喝了两口,神清气爽地看着远处和星空辉映的灯光。

“怎么样?”叶茗等了一会,见她沉迷于夜景久久没有开口,主动问道。

“茶吗? 清香甘甜,让我想到了小时候。”金果果笑了笑,也不管石头上还有些雨后的湿意,自顾自地坐下,仰头看着星空,“小暑那天,爷爷总会用过滤后的山泉冷泡家里的茶,那是我喝过最甜的茶。”

叶茗低头看着她亮晶晶的眼睛,过了几秒,也坐了下来,竟没嫌石头脏硬。他语气淡淡地科普:“那是因为用冷水泡茶,碧螺春茶叶中的氨基酸分子有甜味,容易溶出,而带有苦涩感的单宁酸和咖啡因不容易释放出来,所以口感更偏清甜。”

“学习到了。”金果果笑着低头,看着手里的那杯茶。

她当然知道原理,只是偶尔也会让感性战胜理性,宁愿相信那是因为茶是爷爷泡的,那是无法忘怀的情结。

“晚上喝热茶,咖啡因含量太高,容易失眠,也会对胃壁造成负担,用冷水冲泡,多喝几口也不太影响睡眠。”叶茗说起茶来,难得多说了几句。

金果果笑吟吟地看了他一眼,见他也看过来,眼神在夜色下晦暗不明,忽然心跳漏了一拍。

可能是他实在太好看了,夜色下的侧脸剪影如秀丽远山,加上他刚才的话,让她有一瞬间误会他在关心自己。

她知道叶茗是个细致的人,科研人的性格原本就是谨慎细心,但她没想到有朝一日还能从这位大牛嘴里听到如此体贴的话语。

两人对视了几秒，叶茗先扭过头，又沉默起来。

金果果发现自己刚才想得太多——她总是习惯性地想得多，分析对方话里隐藏的含义。

叶茗这杯茶，原本就不是给她准备的，他是给自己准备的，所以上面的话，还是科普。

“不过，我把你的茶喝了，你渴了就得忍着了。”金果果半开着玩笑，缓解内心的尴尬。

“这是你的茶。”叶茗说完，顿了顿，补充，“你家的茶基因。”

“这么快就培育出来了？”金果果不了解他的操作，但也不太相信。

“反正，我不渴。”叶茗也不再解释，看着远方，似乎不想再说话。

苍茫的夜色之下，山峰缥缈如影，不虚其名，偶有鸟鸣声从深处传来。湖水拍打着岸边，涌出如潮的一线光亮，像是给这座岛描了银色的边。

头顶的星大如斗，璀璨地闪烁着，点亮了一山的春夜。

金果果默默喝茶，也不再打搅这夜色，心里却开始想着茶饮店。

量产之后，质量会有一定的下降折损，但如果是叶茗掌控品质，作为连锁茶饮店的基本款已经足够，他们的项目有充足的粮食和弹药，可以与竞争对手真刀真枪地拼一回！

像窦豆说的那样，自己变强了，才能帮助朋友一起变得更好。

正这么想着，她的手机铃声打破了静谧的夜。

“我去旁边接个电话。”金果果看了一眼来电显示，站起身，对叶茗说道。

叶茗还是保持沉默，看着远处的湖面一动不动。

是妈妈打过来的电话，问她去哪了，说是隔壁老陆家又在吵架，这次吵得很凶，想让她回来劝劝。

金果果只问了有没有看到周舟。

周舟没回来，只是老陆两口子不知为什么事起了争执，大打出手，一向忍气吞声被欺负的陆光居然暴起反抗了，这让黄玉霞怒不可遏，拿着菜刀满街追他。两口子打得声音震天，四邻都纷纷过去劝解。

金果果听到周舟没回去就放心了，她叮嘱了爸妈几句，让他们自己注意安全，如果情况实在不对就报警，不要掺和别人的家务事。

叶茗一直在听她轻言细语地说着家乡话，只凭着她这边的对话，大概推测出完整的事件来。

叶茗也从张炜嘴里听到了一些周舟的事。

上次周舟带着几个非遗手工茶传承人来科研团队，张炜和那几个非遗传承人聊得很开心，不知怎么就从制茶聊到了小周书记的家事。

“岁月静好，现世安稳”这八个字，是普通人最难得的境界。

所以常说，人生不如意事十之八九。只因这安稳、静好太难以实现了。

“你可以先回去。”叶茗等她挂了电话走过来后，先开口说道。

“没事，我喝完茶再走。”金果果拿起放在石头上的瓶子，拧开来又喝了几口，然后静静地看着远方，如果不是发丝和衣角被风吹动，就像是被按下了暂停键的静止画面。

“是为朋友的事心烦吗？”叶茗忽然问道。

“你怎么知道？”金果果有些讶异，显然没有想到叶茗会主动和她聊天。

她其实是在想茶师的未来，如果能一炮打响，那周舟也会跟着开心吧——这么一想，也确实是在担心周舟。

叶茗破天荒的主动关心，她无论如何都要接住这个话题。

“我听说过一些周书记的事，她的所有决定，是一种特殊的代偿心理。”叶茗见金果果对着夜空发呆，似乎有心事，忍不住开口，“这种心理由她童年的遭遇和经历所铸成，因此会比常人更加坚持自己的决定，并且愿意为不关自身的事负责任。我想她会在工作中弥补内心的缺失。”

“你还懂心理学？”金果果好奇地问道。

“只是辅修了一个学位。”叶茗平静地回答。

“但是我觉得周舟不是代偿心理，她只是受到童年的影响，所以比普通人更加坚持而已。”金果果内心感慨能人无所不能，叶茗这样的学霸，想学其他的东西一定也很容易。

“所以我说，这是特殊的代偿行为——把自己的欲求转移到能获得社会高度评价的对象中去。在心理学上又叫‘升华’，她会在工作上弥补内心的缺失，不必太过担心。”

弗洛伊德有个观点：所有高层次活动都是欲求升华的结果。

而周舟无论是愿意为人民服务，鞠躬尽瘁死而后已，还是愿意在家庭里任劳任怨当个“圣母”，都是她内心高层次的需求。

“你说得对，我也希望她能在工作中找到自己的价值。”金果果专注地看着叶茗，像是在研究他那优越的皮囊骨相。

“我脸脏了？”叶茗被她看得微微皱眉，不自在地偏过脸，眼神落在旁边的老茶树上。

“第一次见你关心别人，很意外。”金果果感觉他都被看得脸红了，笑着说道。

“不要乱说，我并不关心。”叶茗似乎有些恼了，站起身，转身就走。

他见过周舟几次，她当时为西山实验基地的事奔波，还替他争取到了不少优质茶苗。这段时间又为金果果和他们合作的茶饮忙碌，找来一些当地农学院的专家来交流。他对这位做实事的女书记印象不错。

但他不是多管闲事的人，除了研究自己感兴趣的项目，他对外界的一切都不关心。

只是小周书记确实境遇悲惨，又是合作人的好友，叶茗才多说了几句。

以他顺风顺水的人生经历，很难真正体会周舟的痛苦。

但他不希望合作人分神在一地鸡毛的他人生活上，如此刻，就该全身心地沉浸在这春夜里，忘却那些尘世的烦恼。

“你生气啦？”金果果去拽他的衣袖，声音里含着笑意，哄他，“我跟你开玩笑呢。走，我带你去湖边看看。”

叶茗惊愕地看着她拽着自己衣袖的手，大概从没人和他这样拉拉扯扯过，一时间不知该怎么反应。

在他眼里，金果果是个极有分寸感的人，绝不会做出侵略别人精神领地和身体的事，没想到她忽然不按套路出牌，在这茫茫夜色里，拽着他下山去湖边。

被她扯着走了几步，叶茗才甩开她的手，像是避着毒蛇似的，三两步拉开距离：“我不去。”

“那你送我过去呗，那段路没有路灯，我一个人不敢走。”金果果跟在他身后，笑着说道。

“我要回去了。”叶茗拒绝，剧烈的心跳渐渐平稳。

他的脚步没有放慢，他不相信金果果是个胆小又冒失的人，第一次见她在湖边，是因为不了解她，当他看到她的眼睛，就知道她不需要任何人担心。

如他所说，他选修的是心理学，所以金果果的心理他很清楚。

只因多说了几句话，被她感觉到了自己“人性”的一面，她就试图提高接触阈值，增进交情。

而且用的是对孩子亲近的方法——肢体上不过分的亲密接触加上主动邀请一起玩。

刚才被她强行打破交际界限的感觉，让他有点发晕，但并不讨厌。

只是需要独处来平静。

“好吧，那我送你……”

“不用。”叶茗打断她的话，生怕再被金果果追上，飞快地往基地方向走去。

见吓到了对方，金果果露出无奈的笑容。

原本以为这是他俩交际中建设性的一大步，可以和叶茗增进感情——虽然情感纽带在合作中永远没有利益来得重要，但金果果更希望他们不只是利益关系，也能在共同努力中彼此了解和信任，如果出现一些小危机，也更容易团结一心地度过。

当然也有她的一点私心，发自内心地想和叶茗多接近并向他多学习。

只可惜叶茗完全没有交际的需求，她第一次越界失败了。

不过金果果并不气馁，她一向乐观辩证地看待每一次失败，至少她这次更了解叶茗了，他说了自己辅修心理学，看似两耳不闻窗外事，但心里也关心着别人……多好的合作者！

不过世事无论一帆风顺还是一团乱麻，时光总是会偷走昨天。

每天醒来时，在蒙眬怔忪间迷惘一会儿，回味片刻残留的梦境，又要继续投入现实的生活中。

江明川原本回到岛上得到的宁静被打破了，他的梦都是混乱的，还带着攻击性。早上醒来，愤怒、懊悔和无助占据着脑海，只有在给孩子们上课的时候才能恢复一点精神。

但也只是那一节课的时间，一走出教室，他的笑容就像是被春风吹走的乱絮，无影无踪。

江明川也希望自己能像金果果一样，以一个旁观者的立场做出正确的判断，可他内心的情感纠缠牵绊，哪能那么客观公正？

他这几天一直在找机会，想单独找刘芳谈一谈，或许能够劝说她主动放弃，毕竟没有父亲且没有婚姻祝福的孩子，生下来也未必会感恩。

直接去周舟的小家是个方便的办法，但黄玉霞像个护犊子的母老虎，时刻守着宝贝孙子，根本不会放松一刻，想要去攀谈必然会被阻拦。

江明川去过两次，都没有机会，只在楼下远远看到了那女孩子一眼。

普普通通，除了年轻之外，无论容貌气质还是身材，和周舟相比都没有优势，但黄玉霞一直在和她说笑着，两个人很合得来的样子。

从邻居口中，江明川又探听出关于刘芳的一些信息。她是外地考到苏州的大学生，专业一般，毕业之后没找到对口的工作，干过一阵子房产中介和电话销售，后来才入职了陆亚东他们公司，担任文员工作。

也就是她当中介的时候，与江明川隔壁的客栈老板娘结识，刻意交好之下，成了“塑料情”的小姐妹。

之所以说“塑料情”，是因为郝妙原本想介绍她给江明川的，没想到她肚子里的孩子居然是周舟老公的，现在这事被黄玉霞闹得人尽皆知，有点正常三观的人都会对她鄙夷。

所以郝妙现在也不肯承认她是自己的小姐妹了，不停地指责刘芳出轨人家老公，现在人死了还好意思去争房产，可怜周书记这么好的人被陆家害得这么惨。

江明川有意通过郝妙与刘芳见个面，但想不到什么借口，只能等待机会。

郝妙虽然嘴上骂着刘芳不要脸，但女人之间的相处也真是复杂，她这两天还去探望了刘芳，提了点水果和自己做的点心，见面后依然闺密般什么话都说，问问孕期反应，叮嘱前三个月的注意事项……

回来之后，郝妙更加看不上刘芳，第一时间找隔壁忧郁文艺的老师吐槽：“江老师，你知道哦，她这个小姑娘真是精得不得了。一方面想要陆家的钱，黄阿姨多厉害一个人，被她指使得做牛做马；一方面又什么都不肯付出，就想着把孩子生下来丢给陆家，自己卖了房子骗点钱，带钱走人，还想着让我给她介绍优质男人。哎哟，哪有这样的？”

恶人自有恶人磨，黄玉霞脾气怪、性子泼，但人家肚子里怀着陆家的宝贝龙种，黄玉霞不敢跟她耍横，处处哄着捧着，要什么给什么。

江明川心中一动，试探着问郝妙：“她平时有时间出来？陆家不管着她？”

“哪管得了？她一见我就喊嘴巴淡出鸟，吃不惯黄阿姨弄的清淡菜，要让我晚上请她吃小龙虾。帮帮忙，刚怀孕吃什么麻辣小龙虾哦。还要我请客，怎么想得出来的！”郝妙抱怨着，见小江老师皱起眉来，似乎也觉得刘芳过分。

不知是不是错觉，郝妙觉得这段时间江明川肉眼可见地疲惫下来，失去了四处游历的天涯浪子气质，多了几分现实生活的疲惫。

尤其是那眼神，越来越忧郁，不过倒也增添了另一种饱经沧桑的艺术家魅力。

她不知道江明川心里的想法，但请吃小龙虾，对江明川来说，是个接近刘芳的机会。

“说起来还没感谢过老板娘你老送点心过来，要不……我请大家一起吃小龙虾？”

这理由过于突兀，也不符合江明川平日的性格。不过这时候他也顾不上了，为了周舟，他不在乎自己的形象。

郝妙吓了一跳，不敢相信地看着江明川：“江老师，不是吧？这样的你也看得上？我是说要介绍给你，但是人家都怀孕了，而且这品行……”

她压低了声音：“实事求是，她也不是很好看，化了妆还行，卸了妆不能看的。”

之前还说有个漂亮的小姐妹，现在说人家丑，这友谊确实不怎么牢靠。

江明川哪里在乎颜值，尴尬一笑，只能再找个借口：“我不是这个意思，其实我也很好奇……我和陆亚东也认识，想知道到底什么样的女人值得他出轨。”

郝妙恍然大悟，拍手笑道：“原来是这样，我就说江老师你是同道中人，听我转述不过瘾是不是？这行，我们就直接听一手的，正好我也想吃小龙虾，让江老师你破费了！”

三月份首批小龙虾刚捞上来，贵得很，郝妙都舍不得带孩子去吃，自然高兴地答应。

她对隔壁的小江老师很喜欢，没别的想法，主要因为人家有气质有才华，还单身，又不多事，郝妙就喜欢和这样的年轻人接触，总觉得和帅哥美女们在一起八卦，自己也变年轻了。

“没事，你看看哪家口味好，我去订位子。”江明川强装感兴趣的样子，扯出一个笑容来。

“要不，牺牲一下江老师你了，我就说有个优秀的年轻人给她介绍，她肯定毫不犹豫就会出来。”郝妙这点很损，还能顺便看到刘芳面对优秀青年的模样。

江明川摸着鼻子忍耐，想到周舟，什么底线都不要了，点头：“你怎么说都行。”

自己反正成了为八卦不顾一切的长舌男，只要有机会和刘芳谈谈，说不定能劝她离开。如果她只是想要钱，或许可以花钱让她远走高飞。

她留在这里一天，就是一天对周舟的伤害，是屈辱的印记，周舟受得了，他也受不了。

江明川自己做主了，这种临时定下的场合，也没法硬带着金果果。

刘芳一听说有帅哥和小龙虾，果然立刻答应晚上见面。

江明川在出发前，给金果果打电话说了这件事。

金果果正在苏州市的公司筹备处开会，窦豆下午从虹桥机场赶回来，一堆琐事等着她俩解决，这会儿已经五点了，正是下班高峰期，一时半会儿也赶不回去。

听完刘芳的事，金果果看了眼窦豆，走到落地窗边，伸手揉了揉发涨的太阳穴，觉得有些棘手。

“如果你邻居的评价是准确的，那么她不会那么轻易放弃。即使她曾经对亚东有一点真感情，人死之后也已经没了。她现在想要吸陆家的血，陆亚东妈妈心甘情愿凑上去给她吸血，我认为她不会因为你的谈话而退缩。”金果果担心江明川横插一手把事情弄得更糟。

“我知道也许很难，但总得试试。不行的话，给她一笔足够的钱，让她离开这里。”江明川也见过不少这种人，像是蚂蟥一样，用自己的青春换取足够的金钱。

如果陆亚东活着，那被缠着的就是他一个人，不出足够的血，人家绝不会走。现在他去世了，对方仗着肚子里的孩子，直接就找上了他们家，更难甩脱。

“你不要乱做决定。”金果果立刻反对，警告明川别轻举妄动，“你的方法不能彻底解决问题，后遗症很多。就算她真的见钱眼开，愿意走了，周舟知道这件事也不会高兴。”

“我不想让周舟难过，你不管她，我管。”江明川情绪很差，火气也上来了。

“你这么做，周舟只会更难过。”金果果语气还是很平静，“我也很关心她，但是周舟绝不需要你花钱来摆平这事，更何况，还有陆家父母。你这是引火烧身，祸及周舟。”

男人做什么事都喜欢为了面子，所以考虑问题也总会从面子出发。可周舟是个很实际的人，事情已经发生了，陆亚东死了，他俩的婚姻关系也结束了，陆亚东的背叛行为，更是让周舟在感情中给他判了死刑。

如果说刘芳会对周舟造成损失，无非就是鸠占鹊巢，让她在经济上损失了半套房子。但周舟不在乎，陆家的所有行为，在她眼里不过像普通的民众闹事。

她作为镇上的书记，前些年做扶贫工作和修路时，遇到过说理说不通的固执村民，有一些比黄玉霞还要奇葩，听说她是扶贫专干，伸手就要钱，甚至堵办公室，连马桶都要她去修，她都能耐心地一点点做工作。

陆家对她而言，也只是一份需要付出时间和耐心的工作而已。

“你确实变了，变得更冷漠了，什么引火烧身？你只是不想给自己添麻烦。你回来这段时间，只关心自己的项目，根本不在意别人的痛苦。”江明川比平日急躁得多，怒气冲冲地说完就挂了电话。

小伙伴的误解让金果果有片刻的难受，但她的情绪总能迅速稳定下来，还是细心地发了几条注意事项过去，担心江明川说了不该说的事，反倒给周舟惹麻烦。

“又是周舟的事？”窦豆一直在翻旗舰店的方案，听到果果挂断电话，才抬头问道。

“嗯。”金果果刚才正和窦豆讨论接下来的运营方案，临时办公室很凌乱，一堆文件堆在桌子上，要是被喜欢把任何东西都规划得整整齐齐的叶茗看到，肯定不愿踏足。

“他要干吗？”窦豆也是个好奇的人，反正方案讨论完了，闲聊几句。

金果果简单地说了一下江明川想去帮周舟的事，叹了口气：“男人真是不成熟，我原来以为明川这些年游荡在外，能进退有据，没想到一遇到事，也不管不顾，乱了手脚。”

倒是和他当年为情所困后退学的行为类似，还是少年意气。

真不知道是该羡慕这种永远天真永远少年的状态，还是该无奈。

不过冲动和天真是艺术家常有的特色，如果失去了，作品反倒容易流于庸俗。

窦豆也跟着摇头，合上文件，随手整理着桌子：“这样不行，你必须阻止。这种事交给周舟处理,要比他们瞎着急好得多。”

“我怎么阻止?”金果果看着外面的车水马龙,满心的无奈,这是江明川的爱情啊。

这世上最难阻止的,就是爱。

“他也是为自己找存在感吧? 就算是好朋友,做什么事也应该商量着来,这样胡来太越界了。他是不是喜欢周舟啊?”窦豆一语中的。

金果果没和她说过江明川的暗恋,但看他的行为,这份感情隐瞒不了太久。

“周舟的性格确实太倔了。”金果果想到叶茗的分析,周舟的心理问题很难解决。

不过现在大家的工作压力大,生活节奏快,谁没点心理问题? 哪怕叶茗这样的天之骄子,也有明显的“社恐”。

想到叶茗,金果果还特意上线去查叶茗的履历,他果然是有个心理学的学位,不过那只是他本科的时候在空闲时间辅修的。

金果果猜测他是因为自己的性格缺陷才选修心理学,可惜医者不自医,别人的问题看得清楚明白,落到自身,却一筹莫展。

“现在赶回去还来得及吗?”窦豆边收拾桌子边问。

“估计人家都吃完小龙虾了。你要跟我回岛上吗?”金果果知道窦豆是个热心肠,虽然嘴上爱吐槽,可该伸手的时候一定会伸手。

“回,我迫不及待想去岛上总部看看。”窦豆算了下时间,女孩子挑小龙虾吃,也许是为了边吃边聊,吃上两小时也很正常,她们赶过去或许还来得及。

至于总部,岛上有处老建筑,她们之前就已经和周舟商量好,拿下了这块地,准备改造成茶师总部。

这边临时办公室在闹市区,就在她们最终敲定的旗舰店附近,方便初期工作展开。

这是万里长征第一步,也是最重要的一步——选址。

全国第一家茶师,金果果事无巨细亲自上阵,虽然来回奔波累了点,但更多的是充实感。

金果果要来了他们见面的餐厅地址,赶到时,他们果然还在餐厅里。

龙虾店很热闹,只剩下屋角一隅,恰好就在江明川那桌隔壁。

老板手脚麻利地收拾着上一桌的剩菜残羹,小姨子也帮忙擦着桌子,招呼窦豆和果果入座。

这店里忙活的都是一家人，只请了个大厨掌勺，年迈的阿公阿婆坐在后厨清洗龙虾，做的大都是邻里生意，不用什么洗虾粉，一只只拿刷子刷干净，不嫌费时间，只为了来照顾生意的客人们吃上一口放心菜。

“两位，要吃点什么？这几个是我们家的特色菜。”小姨子长得眉清目秀，笑起来的酒窝甜甜的，对美女格外殷勤，拿着菜单介绍。

这两位的打扮不像本地人，窦豆还是一身精英装扮，妆容精致，利落有型的短发精心打理过，戴着一块百达翡丽女表，迪奥的衬衫加上裹身长裙，来这种小店很屈尊。

比起窦豆，金果果低调了很多，简简单单的白T恤加长裤，外面套了件看不出品牌的休闲款西装外套，简约中透着随性。

尽管如此，两人进店时，还是吸引了不少人的注意。另一桌上的郝妙看到真美女，眼睛都亮了，对江明川努嘴，使了个眼色，让他看美女们。

江明川根本没注意郝妙的眼神，也不会想到果果竟然赶回来了，他耳朵里全是刘芳的叽叽喳喳，心里想的是怎么找机会撵她走。

这也是窦豆的意思，窦豆一是想来吃小龙虾，二是顺便观察，在旁边听壁角，反正郝妙和刘芳也不认识她俩，正好探探对方的底。

毕竟江明川是当局者，容易带入自己的情绪，很难清晰地判断局面。

窦豆点了一份麻辣小龙虾、一份香辣小龙虾，金果果要了一份蛋黄小龙虾和一份蒜蓉小龙虾，两个人随后就开始一边剥小龙虾品尝美味，一边偷听邻桌谈话。

刘芳一点没顾及自己有孕在身，打扮得花枝招展，白了一个色号的粉底让她的脸和脖子界线分明，不知喷了什么劣质的香水，与蒜蓉味倒是相得益彰，让江明川一直鼻子痒痒的想要打喷嚏。

刘芳的面前堆了一大盘龙虾壳，她的口味很重，毫不客气地点了好几个大份香辣龙虾，表示吃不完也可以打包。这种宰客行为让江明川很不屑，实在想不通陆亚东是怎么看上这个女人的。

店里热闹嘈杂，刘芳这一桌的声音尤其大，她的声音又高又尖，语速也很快，边吃龙虾边大段大段地输出，几乎没个停歇。

倒有点像她的“婆婆”黄玉霞。

“男人挑女人的眼光，实在是一言难尽！家里有这么好的老婆，怎么就非要出轨？”窦豆听了一会儿，低声说道，为周舟不值。

“家花没有野花香，新鲜感和征服欲而已。”金果果低声回答，以陆亚东中央空调的性格，发生这种事不奇怪。

而且正因为周舟忙于工作，大方不添堵，在男人眼里“无趣呆板”，刘芳的性格和她截然相反，更容易让陆亚东感觉新鲜。

窦豆当年囿于感情，不够理智，付出了沉重的代价，现在倒是修炼成“千年老妖”了，她低声说道：“以我的经验，这种人很难对付，她就是赤裸裸的不要脸，除非使用暴力，否则真的没法撕开。”

金果果微微点头。

对方能够明目张胆当小三，也不在乎表明自己怀了已婚男人的孩子，就是想要好处。人不要脸天下无敌，她拿肚子里的孩子做挡箭牌，又不在乎道德指责，从法律上来说，还真的拿她没什么办法。

那边还在闲聊，刘芳一直在旁敲侧击，打探江明川的情况。

郝妙把江明川夸上了天，刘芳也十分心动，虽然江明川现在只是个小学美术老师，但是听闻前几年周游世界在法国开画展，无论才华还是经济能力都绝对不差，更何况人长得也不错，那眼神和神态，越看越有些像梁朝伟。

刘芳没觉得自己当过小三，还怀着孩子是什么劣势，仍然摆着高高在上的架子，还在等待别人追求，只是略带矜持地输出自己的好感和自己的优势。

“为什么有些女人这么普通还这么自信呢？”窦豆摇头，听得都快吃不下龙虾了，“男人也一样，‘普信男’或者‘普信女’都算是性别对立的说法，不合适，应该就是‘普信人’吧？世界上总有这样的人，自我感觉超级好，根本不在意别人真正的想法。”

江明川身高、容貌、经济、才华，都属于出挑的存在，他如果想找女朋友，不说能排队到大桥，至少不愁选。人家干吗要找一个大肚婆？难道有什么特殊癖好不成？

正常有自知之明的人，都会先掂量掂量自己的分量，但刘芳这种能做小三还上门生孩子的人，果然脑回路不一样。

刘芳甚至开始展望未来，实在叫江明川苦不堪言，只能虚与委蛇。

直到郝妙看两人聊得“火热”，借口去上洗手间让两人独处，江明川才找到了机会，严肃起来："刘小姐，其实今天我是有事要找你，你不要误会。"

一听这话，金果果和窦豆对视一眼，交换了个无奈的眼神。

果然艺术家就是沉不住气。

不过让他死心也好，她俩也看看刘芳的底线在哪。

刘芳一愣，狐疑地看着江明川："你找我有什么事？"

莫非早就暗恋她了？

江明川怕郝妙回来得快，开门见山地说道："我是陆亚东的朋友，也是周舟的朋友。"

刘芳的脸色立刻就变了，她举目四顾，想要找郝妙在哪里。被人当面质问，她刹那间透出心虚，看来在她心底深处，终究知道自己干的这事儿不道德。

"刘小姐，我没有什么恶意，只想开诚布公地和你谈一谈。"江明川诚恳地说道。

刘芳也很快镇定下来，这是公众场所，江明川不可能对她做什么，再说她是个孕妇，有恃无恐："你想说什么？孩子是陆亚东的，他死了，我本来想打掉，可陆家阿姨非要我生，老人家太可怜了，我也是为了给他家留个后。"

不管怎样，先标榜自己，这么一说，好像自己为陆家牺牲了子宫和几年的人生，刘芳突然又站到了道德制高点，不觉得愧疚了，甚至有点做出奉献的骄傲。

江明川深吸了口气，忍住内心的怒火，尽量和她说道理："刘小姐，你认真考虑一下，生孩子不是什么小事，你需要对孩子的人生负责。你年纪还轻，又没有结婚，如果没有孩子，很容易就能找到更好的对象。何必在一棵树上吊死？陆家顶多算是小康，能给你多少钱？"

这番话他斟酌了许久，对刘芳这样的人，和她讲道理讲感情都是没用的，不如讲现实。

她或许能够在陆家捞一笔钱，但这势必搭上自己的人生。

这值得吗？

刘芳牵了牵嘴角，似乎在冷笑。

如果生活像这个人说的那么容易，自己何必要做扑火的飞蛾？

她图陆亚东什么？

这个问题，她也曾扪心自问过。确实，陆亚东是个暖男，温柔体贴，长得也不丑，但这样的男人，社会上一抓一大把，还都是未婚——对方能不能看上她另说，她从没考虑过这样的现实。

能够让她不顾对方已经有妻子的事实，也要和他在一起，除了感情上的冲动之外，更重要的是因为她很清楚，陆亚东是本地人，家境殷实。

虽然不是什么有钱人，但对于她这么个孤苦无依在外地漂泊的年轻女孩来说，已经是个很好的依靠。

在陆亚东死之前，她没有这么严肃地从本质思考过问题，但当陆亚东死了，她立刻意识到，她需要的是钱，是补偿。

当时发现怀孕，她把测孕试纸放在陆亚东面前，看到他慌了手脚，瞬间暴露了本来面目，声嘶力竭地要她去打掉，她就心寒了。

刘芳当然没那么好说话，她不同意打掉，看着他又不顾脸面地跪下来求她，色厉内荏，令人不齿。

刘芳已经渐渐了解陆亚东，早就预料到他会这样，她当时就做好了准备，录了音，想威胁陆亚东，他顶多也就是拿出几万块私房钱了结，她得不到更多，但是……陆亚东经常和他说黄玉霞对周舟生不出孩子的不满，知道黄玉霞想要孙子想得发狂，她想过直接去找黄玉霞解决。

但不知道是幸运还是不幸，陆亚东从她的出租屋离开后，就遭遇了车祸。

她在最初得知消息的时候迷茫过，但等几天之后陡然反应过来，陆亚东死了，她肚子里的孩子就升值了，这时候找黄玉霞，无论要多少钱，人家都愿意给。

所以刘芳联系上了陆家，甩出一堆与陆亚东交往过的证据，尤其是怀孕时那段录音，原本还将信将疑的黄玉霞像是抓住了救命稻草，捧着她回到了陆家，任她予取予求——只要她把孩子生下来。

“陆亚东妈妈答应给我五十万和那套房子。”刘芳对江明川顿时没了遐想，脸色也臭了起来，语气里都透着不耐烦和冷漠，“五十万，我生下孩子就走，不用我管，孩子让他们带。”

这个数目不多，不过对她而言，已经是能够得到的最高价。

原来她并非没有自知之明，只是觉得自己生完孩子拿到钱，也算是百万身家，足以对普通男职员挑挑拣拣。而且怀胎期间，她能够享受最好的待遇，还能再坑一点零花钱。

“她哪来那么多钱？刘小姐，你不要被骗了，陆家是有名的抠门，怎么可能给你这么多钱？而且那房子，也有周舟的一半。”江明川攥着水杯，真怕自己控制不住把对面那张藏着得意的脸给砸了。

“见不着钱,我不会生。”刘芳在这事上态度很强硬,她竖着两个手指说,“我不知道陆家有没有钱,但她至少有两个渠道能搞到钱。一个就是我现在住着的房子,黄阿姨一定会留给我的。还有就是陆亚东交通事故的赔偿金,那辆大货车负全责,货运公司保险也赔不少。我要不是知道她的底,怎么可能住过来?”

“那个房子老太婆没有处理的权利!”江明川咬着牙,早就不喊黄阿姨了,“陆亚东去世之后,四分之三的产权都归属于他妻子。至于赔偿金,那大部分也该是周舟拿着,你觉得老太婆能弄到?”

“你真的了解你的朋友吗?”刘芳对这件事还挺有信心,有些不屑地看着江明川,很怀疑他是不是周舟的朋友。

连她都摸清了周舟的性格——从陆亚东平时的吐槽,和黄玉霞后来面对面的几次交锋,她知道周舟根本不会跟公婆争财产。

她不会和任何人争!只会替别人争取,这都该谢谢亚东口中的老党员金爷爷,据说周舟从小就经常以伟大的无产阶级自居。

真没想到现代社会真有这样的“圣母”。

反正刘芳吃准了几个人的弱点!

黄玉霞为了要个孙子孙女继承香火,已经疯魔,为了刘芳的肚子,什么都能答应;周舟则沉迷于工作,还出于道德和理想上的束缚,不愿意和他们彻底撕破脸。

刘芳仗着肚子火中取栗。

人只要不要脸,机会就会多得多。

旁边金果果听得分明,她平时像泥菩萨似的温柔宽厚没脾气,这会儿眼里也闪过一丝怒火。

“明川搞不定她。”金果果确定地说。

“他不会自己掏腰包吧?”窦豆不放心地问道。

这种人是贪得无厌的,真有人随随便便给她钱,她更会拿捏对方,索要更多。

“至少我会阻止他这种愚蠢的做法。”金果果不能让周舟气死啊。

人家周舟都超脱于这些事了,而且事关一条小生命,江明川怎么插手都不对。

“怎么样?”刘芳见对方哑巴吃黄连的表情,自觉占了上风,更加得意,“要是周书记给我一百万,我拍屁股就走,明天就去医院把孩子打了,连面都不用见,免得她看见我生气。”

听到这话,江明川先生气了。

这怎么可能!

先不说周舟没这些钱,只从逻辑上来说,也不可能。

出轨了人家的丈夫,还想让人家给钱,当人是傻子?

江明川把拳头握得咯咯作响,这种无赖的小人嘴脸,让他无可忍耐。

“你们在说什么呢?”郝妙特意上了很久的洗手间,回来后乐呵呵地问。

江明川一凛,松开了手。刘芳也呵呵一笑,收回了姿态:“没事,就瞎聊会儿。”

她得意而不屑地瞟了江明川一眼,知道他不会说出真相。

这种脚离实地只会搞艺术的青年,想要来找她的麻烦,还嫩得很呢!

这一场谈判江明川惨败。

刘芳见郝妙来了之后,更加有恃无恐,一个人消灭了桌上大半龙虾,还没吃完又一口气要了三份龙虾外带。江明川一结账九百多,面对一桌的狼藉,更是怒火中烧。

窦豆看着刘芳远去的背影,实在无法理解这样的人:“为了这点钱,什么底线都可以不要,她对肚子里的孩子就没有一点责任感吗?”

“并不是每个人都有责任感。”金果果已经吃不下了,脱下手套,站起身,往呆呆坐着的江明川身边走去。

有些人就像处于两个世界,谈项目的时候,豆豆和果果都会兴奋地想着十亿百亿的目标,百万千万只若等闲。但隔着一张桌子,有个女人为了五十万愿意生下死者的孩子,出卖孩子的一生,接受他人的诟病与辱骂。

“别生气。”温柔如春风的声音从旁边传来。

江明川愕然抬头,看到一张古典精巧的江南女子的面容。

“你什么时候来的?”江明川被刘芳气坏了,根本没注意到邻座。

“来了有一会儿了。”金果果坐到他对面,安慰他,“至少我们知道陆家的底线,也明白了这几个人的想法,不算是白来一趟。”

对付小人,堂堂正正的人反而没什么特别好的办法。

君子可欺之以方，正是这个道理。

所有人都知道她这么做不对，但她不要脸，不在乎毁誉，只要钱，又怀着身孕，能拿她怎么办？

江明川痛苦地抱着头，只恨自己帮不上周舟。

窦豆吃饱喝足，先回镇上的客栈休息。金果果陪江明川去湖边透透气，顺便开导一下他。

“还在吃药吗？”金果果直接问道。

江明川大学肄业，前往欧洲艺术巡游的时候，就得了很严重的抑郁症。留在北方，离他的父亲越近，他就越是无法抵抗内心的无力感。

只要晚上天一黑，他躺在床上，就会想起母亲临终时那空洞却期盼的眼神。

那是怎样的一双眼睛啊！

他知道母亲一直都在盼着父亲回来，整整二十年。

然而，一切终究成空。

大三那年，母亲病危，他只能放下学业赶回故乡，没想到那次却是与母亲的最后一面。

江明川摇摇头。他以为回乡后，一切都会慢慢好起来，但没想到周舟的事，让他再次陷入这样的无力感和痛苦中。

“先找到自己的生活，才能帮助别人。”金果果知道他因为家庭和爱情的双重打击，一度靠吃药撑着。

当年江明川的母亲不愿住院，拖着病体回到老家，坐在床上，眺望窗外，只想再见那人一面。

可那个人没有再回来，冷酷地拒绝了江明川的恳求。

他们已经离婚了，那人已经重组了家庭，有了新的妻子与孩子。

他不方便介入前妻的生活，不想引起不必要的麻烦。既然已经分开，那就一拍两散，各生欢喜，就当对方已经死了。

他总是有道理。

于是母亲就活生生地僵死在床上，即使到最后连脖子都无法转动，连一句话都说不出来，仍然固执地要将脸对着北方，仿佛那目光能够穿透墙壁，穿过万水千山，看到那个千里之外的负心人。

她死去的时候没有闭眼，江明川永远记得那一幕。

为她悲剧的人生,也为自己的无能为力——以及背叛。

“我不想看到周舟痛苦,也不想看到陆亚东的遗腹子可怜地活着。没有父亲,也没有妈妈,像黄玉霞那种人,怎么可能教育好孩子?你想想我的父母,你想想我!这只会是一个悲剧,我要阻止这个悲剧。”江明川在湖边控制不住情绪地对金果果嘶吼,在她面前毫不在意地暴露自己软弱的内心。

“你现在很好。”金果果冷静地纠正他,“你还可以更好。”

从小一起长大,她当然知道江家的婚姻从一开始就是个错误。江明川的父亲江华宇一直梦想着离开这座小岛,实现自己的梦想,却由于大学时期的挫折,躲回岛上。正是在这个时间段结识了江明川的母亲,两人闪电般地恋爱结婚,也是因为江华宇急于稳定与害怕的心思。

从这一点上看,父子俩倒挺有相似之处。

可婚后的生活很快暴露了两人的不同世界,平静的生活没过一年,在江明川还没出生之前,父亲的野心复炽,离开怀孕的妻子,再度北上寻梦,一去就丢了魂。

江明川还记得小时候这个从不回来的父亲,每个月会寄一笔微薄的钱,让他们勉强维持生活,到了高一,父亲寄过一大笔钱,之后便杳无音信。

尽管妈妈一直说江华宇在外面做生意,事业很忙,但父亲再忙,怎么会从不回来?

江明川一度怀疑爸爸已经死了,或者在监狱,若不是失去自由行动的能力,怎么会连亲生儿子都抛下不管?

“我一点也不好!”

江明川眼睛红红的,看着那无边浩渺的太湖。随着长大,他渐渐不再追问父亲的下落,只打算通过自己的努力去接近远方父亲的梦想。

“我想考上北方最好的大学,那是我爸爸的母校,我一直都麻醉自己,认为这就是接近他的方法。

“可是你知道吗?高一那年暑假,我们要去北京参加英语比赛,我终于有机会去找他了。我一直藏着爸爸以前寄来的信件与汇款单,顺着那地址找上门去,结果,却看到了新妈妈与妹妹。”

江明川说到这里,眼泪终于溃堤。父亲早在十数年前就已重组家庭,他仅有的那一次回家,并不是为了抱自己的儿子,只是为了办理离婚手续。

“我妈一直都瞒着我，就是那一次之后，我爸给了一笔钱，和我妈彻底断了联系。”

江明川还记得那种崩塌的感觉，他不知道自己是如何逃离父亲的豪宅的。

后来江华宇的司机把他找了回去，江华宇告诉他这些年做生意终于有了不错的成就，但是依靠的是妻子的娘家势力，所以没法回去看他们，也不可能再续前缘。但他对儿子还有期许，愿意资助他完成梦想。

梦想……

江明川的梦想从那一刻凋零。

如果时间能够回到过去，江明川会骄傲地断然拒绝。

可惜那时候，他才只是一个懵懵懂懂的十六岁少年，对亲情和父爱的渴望，让他接受了这屈辱的条件。他回到家乡，与母亲采取了同样的策略——隐瞒。

但是他已经无心学习，也知道以自己的状态在高考中不可能取得佳绩，最后就顺应自己的心愿转了艺术生——毕竟他画画确实有天赋。在父亲花钱为他找到名师，指点门路亲自传授下，他终于通过了艺考，上了清华美院。

好像他的人生渐渐让人艳羡，有一大笔钱可以挥霍，又是名校高才生，有光明的未来。

直到母亲去世，他看到这些好像终是假象，和母亲一起归于虚无。

“我不知道该怎么办，我痛恨自己的无力。”江明川看着朦胧的太湖水，他时常在夜里莫名其妙地哭醒，甚至好几次服药，这才知道自己患了严重的抑郁症。

“我没有你想象的那么好，我没有任何改变的能力，我甚至摆脱不了我爸爸对我的补偿，虽然只是物质上的，可我、我爸，我们父子俩和刘芳有什么区别?”江明川最痛苦的是父亲当年也是一样，是坦然无耻的小人，理所当然地做出不道德的选择，只为自己的利益考虑，所谓亲情爱情，统统不重要。

从刘芳这个女人身上，江明川看见了父亲的影子，也照见了自己卑微无力的身影。

“你需要吃药。”金果果不是开玩笑，是认真建议。

江明川的情绪失控，如果不及时以药物干涉，到时抑郁症发作会很危险。

抑郁症并不是大家觉得的“矫情”，这种病症是一种心理障碍，必须及时就医。

“我们凑钱，凑一百万给刘芳，让她走，只有她走了，才没有悲剧。”江明川根本听不进金果果的声音，他现在只想阻止这一切。

“你认为用钱把刘芳的事解决了，就没有任何问题了？”金果果叹了口气，摆正江明川的头，给他擦掉眼泪，抬起头一字一句认真地对他说道，“明川，你无法替别人做出选择，你也不能替周舟走剩下的人生。”

这不是爽文小说电视剧，开挂的主角可以佛挡杀佛神挡杀神。

很无奈，这是真实的人生。

不能逾越法律，也不能逾越人情世俗。

江明川没有想过，即使刘芳真遵守约定离开，那陆家二老疯起来，周舟该怎么办？——他这种行为，相当于亲手掐死黄玉霞的孙子，老太婆也许真要他们偿命。

真闹出人命来，谁敢负责？

“至少先让她离开！果果，你难道就狠心看着周舟被这种人害了后半生？我还有点存款，再卖几幅画，你和杨海也凑点……”

“醒醒！不是钱的问题！你有没有想过，周舟根本不需要我们这样做。”金果果对江明川也是又气又怜。当年明川妈妈去世时，也是自己爸爸帮忙料理了后事，她知道他心里的那些隐疾，她以为时间能治愈一切，明川也会渐渐长大。

如今看到江明川浑身颤抖的模样，仿佛回到了十年前。

“周舟不需要你来为她做决定，她自己的人生，她会自己走，我们不能替代别人去生活。我知道你很难过，想到了那些不愉快的过去，但不要因为别人的错误而惩罚自己。周舟的事和你的过去不一样，她也跟你不一样，你要相信她，让她自己处理。”

周舟如果真的需要帮助，会对他们开口。

虽然这世界上总有一些无赖为了自己的利益横冲直撞，善良的人总是因此而受伤，但是如果善良的人能够专心地往前走，和无赖拉开距离，总有一天会摆脱这些琐碎，去往更好的地方。

一味自责，怪自己当初的选择错误，就只能渐渐沉沦在泥沼里。

“你就是自私，你已经不是当初我们认识的果果了，你去忙你的宏伟事业吧，我们的生死，对你来说根本不重要！”江明川推开金果果，发疯般地吼道。

“这样下去，你不但无法帮助周舟，你连自己都帮不了。”金果果平静地说道，尽管略显残忍，但这就是事实。

江明川恍惚了一下，像是忽然失去了力气，在金果果面前一点点瘫下去，最后跪在她的面前，抱住了她的腿，满脸泪水地抬起头："果果，你要帮帮周舟，你一定能帮她的。"

一百万对于其他人来说也许是一辈子也赚不到的钱，但对事业起步的金果果来说不算什么大数目，而且，果果未来也有能力带周舟走，去上海，去北京，走得远远的，离开小岛，去往新的征途，去黄玉霞永远找不到的地方。

远处，太湖边站着一个孤高的身影，看着那边一对纠结的男女，默默转身离开。

"她是我的朋友，你也是，"金果果蹲下身，想把江明川扶起来，"我明天去见周舟，你跟我一起去。"

金果果知道明川陷入了执念，解铃还须系铃人，只有周舟才能让他死心。

"不。"江明川内心也清楚周舟的性格，他看着金果果，摇头说道，"我不想把周舟牵扯进来，我一定要阻止这个刘芳，就像我要阻止我爸爸一样。"

"你这是什么逻辑？这是周舟的事，你已经强行干涉……"金果果扶额，果然男人固执起来是不可理喻的，忽然她注意到了什么，话锋一转，"你爸爸？你爸爸怎么了？"

"之前大家说为什么会回岛上，柳萍说了个谎，但我也没说实话。"

"所以，只有我说了实话。"金果果苦笑，她很少主动挖掘和戳破别人的秘密，人们总会有些无法宣之于口的隐私，有自己的苦衷。

当时她就觉得江明川还藏着归家的秘密，没想到是因为他的父亲。

"我回来，不是真想做个小学老师，而是为了调查岛上的环保情况，阻止我爸爸准备投入的度假村计划实施。"江明川红红的眼里闪着一丝恨意。

"你要阻止西岛度假村计划？"金果果皱起眉，"那是你爸投资的？"

金果果从周舟那里听过这个五星级度假村计划——比她的茶饮投资更大，直接的经济效益也更让周舟振奋，是今年岛上最大的项目。

准确地说，是近十年来最大的投资。

但她不知道西岛度假村是江明川父亲投资的，如果知道，那江明川回来的动机一开始就很清晰了。

"是我爸投资的又怎样？"江明川反问。

金果果拿出手机，找到西岛度假村计划。这是涉及全岛的一个巨型商业计划，包含多处高奢酒店、餐饮与娱乐度假产业，是国内知名的百行集团与当地政府深度合作的一个企划，前后已经考察了很久，最近才透出风声。

“你知不知道百行集团考察的并不仅仅有西山岛，还有江浙多个区域，选择这里，是因为机会最好，也最适宜？”金果果想提醒江明川理智点，而且他有什么能力阻止这亿万投资？

“据我所知，周舟也为此做了许多工作，一直在推动项目的合作与进行。”金果果关于这个项目从周舟那里听到了一点，而且岛上这么大的投资，窦豆也关注过，还和她聊过。

毕竟这是经济与旅游生态全面结合的项目，需要大魄力与大手笔才能施行，百行集团只将目光放在江浙区域，是因为从气候、文化、经济、成本以及行政各方面全盘考虑，只有这附近很小的一个范围才合适。

“你要知道被作为预选区域的地方政府，对这个能够提振地方经济的项目肯定非常欢迎，当地政府都很努力在争取。现在最有可能达成合作的西山岛，也是百行集团实控人的故乡，你要阻止……对生态的影响应该在他们的考虑范围内，如果各项批文都能下来……”

“你是不是觉得我是因为个人情绪才阻止的？”

江明川打断金果果的话，他知道周舟肯定做过努力，他也一度挣扎过，但最终还是想站在故乡的山水里。

“没错，我是恨我爸爸，但我也了解西岛度假村计划的内幕。这项目表面光鲜，可实际上是竭泽而渔，会彻底改变一个区域的态势，而且也必然会对岛上的生态环境造成破坏！他只是为了赚钱而已，我不能让他害了我母亲之后，还要来糟蹋我的故乡。”

金果果沉默片刻。

江华宇在岛上出生，想要保护自己的故乡理所当然。可宣传和计划都是一张皮，对于资本投入者来说，最重要的只是赚钱。

“如果环评不合格的话，项目没法开展，也不需要你来阻止，自然有专业部门审批。”金果果这句话没什么力量，因为她知道人脉和金钱的魔力。

“我当然会在有实证之后再采取行动。”江明川从地上慢慢站起来，看着夜色中美丽的太湖，之前的愤怒和无奈渐渐平息下来，“这件事终于说出来，我也痛快许多。但是周舟——你不要告诉她，她最近应该也在用心推进西岛项目，等我拿到证据，再向她汇报。”

这个项目涉及巨额的投资与长期的规划，考察期漫长而严谨，不会那么快就进入实际操作阶段，所以江明川也不着急。他只是一直憋着太难受了，加上刘芳给他的打击，让他想找个地方宣泄。

而果果一向是最稳妥的树洞，她这里存放了太多人激烈的情绪，像是太湖水，温柔地承载着所有的记忆。

金果果刚安抚好江明川，手机就响了。

是窦豆不放心打过来的，问问江明川的情况，顺便希望她能邀请合伙人明天去旗舰店看看，毕竟叶茗现在是他们产业链的核心。

金果果没和窦豆说江明川父亲的项目问题，她其实很担心江明川，连刘芳都搞不定，他怎么可能轻易搞定他爹这千年的老狐狸？

但是江明川有自己的想法，一时半会也不可能劝他放弃，而且环保真要有问题，金果果也会站出来保护自己的家乡，不会让这项目祸害人。

金果果见过太多类似的烂尾项目，开始都说得天花乱坠，忽悠地方政府给政策给投资，最后一地鸡毛，损失全让老百姓承担。一个项目失败，能份了一个地方好几年的元气，不知道要多久才能缓过来。

但是她对周舟有信心，虽然周舟看男人眼光不行，但在工作上认真负责。尤其是这么大的项目，把关的不知道有多少领导，如果环保问题不能解决，是不会让这个项目开工的。

从百行集团的角度来说，自然是赚钱第一。投资项目说得再漂亮，终归是要落地的，亏本的生意没人做，她唯一担心的是，江明川与他父亲的恩怨情仇，让他的判断很难客观。

所以在没有足够的证据之前，金果果不会站在任何一方。

也许她真的变得冷漠了，只关心自己手里的事。

金果果挂完电话看了眼时间，还没到八点，她看了眼远方连绵的山脉，心中忽然一动，往自家茶山的方向走去。

每次晚上来茶山，总能遇到叶茗，或许今晚他也会来这里散心。

果然，金果果爬上自家茶山，看到那块巨石上站着一个瘦削的人，正迎着风静静眺望着远方。

“带茶了吗？”金果果走过去，像个老友似的不客气地询问。

叶茗看了她一眼，从长长的风衣口袋里掏出一个小瓶子，默默拧松瓶盖递给她。

“谢啦。”金果果拧开来，咕咚咕咚喝了一大半。

她确实渴了，吃了龙虾加上和明川说了那么多的话，口干得很。

“你泡的茶真甜。”金果果喝完不忘夸一句。

“明天要不要一起去旗舰店看看？”见他还是沉默着，金果果再次邀请。

上次她就邀请过一次，但叶茗拒绝了，他对合同外的事并不关心，只通过张炜，给了旗舰店一些选址的意见。

“按照时间表，如果第一家店在夏季开业，就必须在三月份搞定这些事，留出足够的装修和人员培训时间，以及确定菜单与主打茶饮的时间。”金果果又喝了几口茶，没有被拒绝的气馁，声音里依然含着清甜的笑意，“现在因为你的加入，饮品开发的进度能够大大提前，所以前几天我已经现场考察好了位置，设计师也到位了。明天一起再去看看，到了现场更能感受到一些细节，毕竟你也是创始人，必须要听听你的意见。”

叶茗终于微微点头，不惊诧于金果果迅捷的行动力。

由于融资到位比较稳定，最近财务支出又少，作为投融资和财务部门的负责人，金果果如果不想管那些琐碎的事，也可以闲两天。但她是公司的创始人，旗舰店的选址和饮品开发至关重要，当然要亲力亲为地跑几次，有身处第一线的感觉。

“不会麻烦你吧？”金果果没想到他这么轻易就点头了，松了口气，客套了一句。

虽然叶茗平时也话少，但这次似乎有点反常，一直一言不发，让人心里有点压力。

“你不是说我是你们创业团队的核心，是联合创始人？”叶茗终于开口，慢条斯理地反问。

对，这话还是窦豆说的，叶少爷为茶饮做出了最核心的贡献，他是金字招牌，必须有联合创始人的地位，甚至可以是第一创始人。毕竟他的名字一挂，公司估值估计能翻一番。

叶茗这么一问，金果果反倒不好意思了，占用这位年轻科学家的时间去看一个破店——对她来说，是雄心壮志和梦想的起点，对叶茗而言，也许只是小打小闹的随缘投资。果果总觉得占了人家便宜,不由得解释一句:“我也担心你日理万机,太忙了,没空和我们出去看店。”

“茶师的第一个旗舰店,看看也好。”叶茗没有戳破她的客套,要真是担心他忙,可不会邀请他这么多次。

叶茗也能理解她对这个项目的上心,对一个卖房创业的女性来说,这个项目一定要成功,至少自己要拼尽全力向成功推进。

金果果听到这句话,彻底松了口气,将剩下的茶全喝了,笑道:“好,你喜欢吃面吗?回头请你去一家老字号面馆……”

“不用了。”叶茗不喜欢和人聚餐,作为一名合格的“社恐”,他不需要私下联络感情,只要凭合同办事就行。

“好吧。”金果果耸耸肩。

这么久,合伙人还没好好聚个餐,只履行合同义务,不带一丝感情,挺好,很绿色很先进很未来的办公方式。

“明天有雨。”叶茗忽然说道。

“这场雨后就该采茶了。”金果果伸手摸了摸身边的老茶枝,枝头已冒出绿意来,“不过,我很幸运,在惊蛰时就尝到了最好的新茶味。”

“记得带伞。”叶茗毫无情致地说完,转头就要离开。

“那明天我开车接你?”

“我有司机。”叶茗顿了顿,“发定位就行。”

金果果看着他远去的背影,总觉得叶茗今晚的表现和以往不同。

他似乎更拒绝和她靠近,但手里的茶杯,又像是透露着他一直等在这里。

男人奇怪起来,比女人还无法理喻。

第十一章　旗舰店风波

叶茗走回基地,已经下起了毛毛雨。

张炜正在楼下和两个学生说着什么实验问题,见叶茗从门口进来,立刻迎上去,笑着说道:“学弟,明天和默沙东的远程联席会议我已经通知推迟,暂定下周一晚上八点。”

叶茗点了点头,往楼上走去。

张炜亦步亦趋地跟上,继续说道:“我也按照学弟的指示,向窦小姐问了旗舰店的事……”

“明天给我找个司机。”叶茗打断他的话,补充一句,“除了你,都可以。”

张炜实在太唠叨了,他只想清净片刻。

“我开车很稳的,而且……而且我也有工作上的事要和窦小姐交流啊!”张炜顿时受伤了,满脸委屈地请求,“让我当司机吧,我保证不说话就是。”

叶茗在西山实验基地没有带司机,他更喜欢打车,与其说是怪癖,更不如说是另一种“社恐”表现。

他宁可打车,打车时备注“请勿聊天”,然后安安静静地一路坐到终点,也不想坐认识的人的车,哪怕那人是专车司机。

叶茗的发丝上还带着晶亮的水珠,随着他的脚步,慢慢滑落。

他根本没听张炜在说什么,脑海中闪现晚上在湖边看到的那一幕,有个男人抱着金果果的腿在痛哭流涕。

虽然有一段距离,但借着路边的光,他也能感觉到对方激烈的情绪。

而金果果似乎陷入了难题。

她去茶园时的状态也不对,他本应该多问几句她的烦忧,但不知为什么,就是三缄其口,无法主动表达关心。

叶茗清楚,这和平日的交流障碍不同,是他内心的情绪问题。

叶茗现在莫名地懊恼。

山林里风声雨声声声入耳，书房内心绪愁绪绪绪无头。

想到明天要出门，叶茗失眠了，在书房里看了一整夜的书。

从绿水青山的美丽小岛，到全世界最繁华的商业区之一，只需要一个多小时的车程。

一路上车窗外的景色变换，从曾经的孤岛到横跨太湖的大桥，从老城区到园区，每一段风景都迥然不同，犹如一幕幕时代剪影的交替，将时光凝结在空间中。

这也是国家飞速发展的一个细致的缩影，从粉墙黛瓦小桥流水到旧工业时代的遗风，到二十世纪的安居小区，再到新时代的代表建筑东方之门，一座座摩天大楼在金鸡湖边拔地而起，恍惚间仿佛跨越了半个世纪。

金果果开车带着窦豆先过去，看着一路变化的风景，和窦豆感慨小时候老姑苏的模样。

而窦豆就现实得多，对果果的感慨很敷衍，一直在查看商铺的资料。

窦豆以前的同事跳槽去了 Savills（第一太平戴维斯，全球领先的房地产服务商），收费很贵，但服务到位，资料分析得非常详尽。

在这方面金果果就没什么实际的经验，她以前的工作和找店铺没什么关系，一开始还以为寻找店址就是查看一下适合的商铺，找个中介，或者自己去各大商业中心兜一圈做点场地调查。后来发现以她这种方式，在大型的商业综合体尤其是最热门区域根本不可能找得到地方。

他们属于新品牌，商业地产方本身就会比较谨慎，不会轻易同意入驻。在这种情况下，专业的商业地产服务机构应运而生，他们收取双方高额的费用，以专业的分析和判断来促成合作。

Savills 是一家全球领先的房产服务商，在国内也已经深耕多年，为许多知名外企找到过总部，在连锁餐饮领域也有相当的经验，包括 K 记、麦记、星记之类都是他们的合作伙伴。

当然，新品牌的第一家店是个小案子，一般不会得到特别的重视，但这一次很特别，对方似乎很在意茶师的发展潜力，专门成立项目组跟进。

“叶大牛也建议这个地址，商业中心 1F 的进门位置，但是这个地点抢的人非常多，邻近有三家友商竞争对手。”窦豆手里的平面图相当完整，还记录着不同商铺的人流量随时间变动的状况。

无论从什么角度来看，这都是连锁茶饮最黄金的位置，旁边的友商据说去年单店年流水能够破亿，简直让人不敢相信。

“这家友商有六百家门店，要是每家店都能有这个流水的一半，那岂不是轻轻松松三百亿营业额？利润率还高得吓人。”金果果仿佛看到茶师的光明未来。

“你想多了，这种黄金位置全国也不见得有几个，而且新鲜感过去之后，热度也会下降，今年很难实现增长，甚至有可能会下降。”窦豆对餐饮实体的了解要比金果果深刻，也深知它们的生命周期，“说起来这也是我们必须面对的难题，就算我们能一炮而红，三五年之后才是最大的难关。”

“先一炮而红再说吧，别忘了我们之前的计划，还有重要的一步：茶文化。”

金果果在投融资领域浸淫日久，特别了解资本的行事风格。类似的项目热度都不过三五年，事实上这个周期之后，如果连锁店的业务无法进一步增长，会进入衰退期，最后泯然众人，甚至消失在市场中。

对于投入的资本而言，他们也并不需要将其生命周期延长，三年足够他们进行一次投资增值与收割的狂欢，此后只要带着资本进入新的项目和领域——至于原本创业者的心血与梦想，他们又哪里会在乎？

事实上很多创业者也会刻意去迎合投资者的策略，他们本就不指望将其品牌延展到更久远的未来，追求财富自由难道不香吗？

只有对消费者更负责任的创业者，只有对自己的梦想更负责任的创业者，才会考虑三五年后的难题，这也是一个成熟品牌能够延续的关键。

“文化这东西如果有人买账，那可是生生不息的。”窦豆没金果果那么有人文情怀，她是生意人，从一开始就做好了资本收割的准备。

如果茶饮没有市场和未来，她可不会跳槽出来创业。

商业中心的地下车库很庞大，金果果每次来都觉得像是进了迷宫，转了好几圈才找到合适的停车位，下车之后她顺手拍照记录车位号码，免得回程的时候找不着。

窦豆见她谨慎的样子忍不住笑了：“第一次在上海见你，带我去吃完饭就找不到自己车了，现在总算有点长进，知道拍照记录了。”

“那是多少年前的事了。”金果果顺便给张炜发了条消息，告诉他们自己和窦豆已经到了，让他们不要着急，路上慢点。

她提前半小时过来,是为了带窦豆实地考察。

窦豆的前同事徐倩在电梯入口处等她们,她戴着黑框眼镜,穿着一身黑色职业套装,干瘦却精神,但这会儿表情有点紧张。

一见面,徐倩就拉着窦豆悄声说道:“形势不太妙,有竞争对手直接找了这边的管理团队,我们有可能拿不到租约。”

顶级商业中心的黄金位置,盯着的人相当多,当然不可能等着人来租,这就需要自身品牌与服务公司各显神通。

茶师刚起步,目前没有这样的团队建设,只能全部依赖第三方。

窦豆一听,立刻皱起眉头,语气也冷了起来:“怎么回事? 你不是说你们公司有优先权?”

付了好几十万的中介费用,窦豆可不那么好说话。

工作中她也一贯这样,讲规则不讲人情。

徐倩了解她的性格,赶忙赔笑,软声细语地解释:“我们当然会尽力而为,但对方也是有备而来。你也很清楚,我方的品牌相对吃亏……”

越是新品牌,商业地产方就会要求越多,尤其是餐饮类,如果起不到聚拢人流的作用,即使再高的租金对出租方都没有什么价值,他们也要看前景。

“对方是什么品牌?”窦豆掏出平板记录。

徐倩小声说了个名字。

金果果听过,这也是近年的网红奶茶,从内地一直火到沿海,没想到竟然也有高端化的意图。

“他们在年初拿到了一笔九千万的投资,准备大展拳脚。之前的竞争分析报告当中我提过,不过他们原本的战略意图是北上,在北京几个大商业中心都有入驻的谈判诉求。之前连上海市场都不是很重视,不知道为什么会突然和我们竞争。”徐倩满脸无奈地继续解释。

金果果并没着急,在一边听完,才说道:“不管他们是试探佯攻还是真的来者不善,我们都得先探探底再说。今天会遇上他们吗?”

“他们和我们的预约时间差了一个小时。”徐倩做这一行,自然消息灵通,立刻说道,“如果我们提前到的话,应该就能撞上。”

原本窦豆和果果打算先实地考察,再去与商业地产方的人会谈,所以她们提前半个小时到了。

现在这提前的半小时，就特别有价值了。

“我们上去。”窦豆毫不犹豫，风风火火地就进了电梯。

她和温温暾暾不急不缓喜欢在旁边观察的金果果相比，更雷厉风行，喜欢攻其不备出其不意，寻找机会进行正面对决。

虽然拥有好几个巨大的商业中心管理权，但中心本土的物业公司门脸特别朴素，前台认识徐倩，有些惊愕：“徐小姐，你来早了。”

“我和黄经理约好了。”徐倩是窦豆的朋友，性格上也同样雷厉风行，她料到窦豆的打算，配合助攻，笑道，“我们直接去会议室就行。”

“可是……”前台小姑娘手足无措，想拦又不敢拦，只能眼睁睁看着一行人熟门熟路地进了公司内部会议室，才赶紧亦步亦趋地追上来。

徐倩带着两人走进会议室时，灯暗着，投影幕布上播放着相关的报告。

物业公司的黄经理正在与上一家意向公司谈判，他看着对方的报告与数据，嘴角下垂，有些严肃的压迫感。

对方正在慷慨激昂地陈词，看到会议室门口出现三个女人，为首的徐倩穿着一身职业装，便以为进来的也是物业公司的工作人员，所以并未停止叙述。

“……我们的预期目标是每天三十万人的客流，根据调查报告，我司的大型门面店获客率高于45%，尽管最终购买的比例稍低，但商业和人流提振作用明显。”

这家店一直以来追求的是热闹，金果果曾看过他们的融资方案，在购买比例上的缺陷是该品牌一直没冲上顶级的原因之一。

他们有非常前卫的营销理念，装修和包装花里胡哨、夺人眼球，加上服务的差异化，能够吸引大量的路人，基数提高之后，购买率确实会相应下降。

不过这对商业地产的作用确实很大，他们在北京的进驻也是由于这方面的优势，而且北方人明显更爱看热闹。

“等一下。”黄经理注意到了窦豆几人前来，暂停了对方的报告，开了灯，沉着脸问徐倩，“徐小姐，你带客户来得太早了，我这边还没结束，希望你们暂时回避一下。这些都涉及商业机密，作为竞争对手，你们现在的行为不大合适。”

黄经理一脸公事公办，甚至有点不耐烦。

金果果站在最后面，她对PPT（幻灯片）上的报告完全不感兴趣，只默默观察在场的人。

黄经理一看就是不好缠的精明人，发福的身体没有给他带来一丝和善，腮边下垂的肉反倒让他显得更难接近。

徐倩对窦豆说过，黄经理之前的态度很热情，一方面是由于他们公司的能力确实不弱；另一方面，也是因为茶师的前景被看好，她们的定位与风格更符合高端商业中心的理念与诉求。

黄经理曾经明确表示过，对市场现有的连锁茶饮品牌都不是很满意——这其实是各大商业中心的悖论，当前能够吸引客流的奶茶连锁店，带来的人流偏年轻化，虽然这增强了多样性的效果，但这批人往往都专程奔着一杯奶茶而来，消费能力与转化率都偏低，而且过多的排队与喧嚣也影响了其他顾客的购物体验。

而且他们在业内也很清楚，新兴品牌的生命周期并不会那么长，在开业的兴盛与前期的热闹之后，可能会面临一个长时间的衰退与冷静期，这时候地产方只能焦急等待，无计可施。

这个悖论是把双刃剑。

这也是为什么相比较而言，大型商业对人流相对较少的咖啡连锁店反而更加欢迎。

连锁咖啡店尽管在主动吸人效果上不如奶茶连锁店，可客流稳定，消费层次相对要高一些，还形成了明确的客户画像，与他们合作更加放心。

茶师的优势却在于，尽管是新品牌，但是定位高端，资金量充裕，颜值得期待。

如果没有其他人横插一脚，双方很快就能签下意向，在细节确认之后就能签合同入驻。

但显然现在的情况有所变化。

看来徐倩得到的消息并没错，对方直接找了物业公司的高层进行公关，哪怕黄经理更加属意茶师，也不可能不受到影响。

“请你们先回避。”黄经理皱眉再次说道。

金果果点了点头，拽住窦豆，微笑地说道：“抱歉，我们来早了，到接待室等一下，各位再见。”

她从容地带着窦豆和徐倩退出会议室，跟着一脸惶恐的前台去了接待室，开始思索对策。

“就这么算了?”徐倩也很气不平,她拿了钱,必须把工作做好,只是以为在会议室会当面质问,没想到就这么走了。

“当场吵一架没什么用,现在我们还需要了解更多他们的情况。”金果果坐下来,抬头问徐倩,“你们公司还知道什么? 对方找了物业公司的哪位人物?”

徐倩愁眉苦脸,情况比她预想的还严重,她很担心自己搞不定:“他们应该是找了李副总,从上往下施压。老黄是个人精,肯定不会给我们好脸色,难搞。”

“整体评估呢,谁占优势?”窦豆也冷静下来,更关心正规渠道的评估结果。

“当然是我们。”徐倩对这点很有信心,灰暗的脸上多了几分希望,“商业中心对品牌美誉度的提升要求很高,茶师的定位受到总部的赞誉,而且我们有巨额的资金和信用支持,再加上一流的科研团队,绝对是新地标新文化的精准标志物,比常规的连锁茶饮要强得多。”

“那好办多了。”窦豆松了口气,“对方是知名品牌,要是硬条件输了,我们也没法说什么。既然是我们领先,那可以想想办法。”

别人能找关系,她当然也能找关系。

窦豆和果果低语几句,站起身,走到窗边打几个电话。

这会儿金果果的手机也响了起来,她拿起一看,是张炜发过来的消息。

他们也到了。

金果果看到张炜额头发亮的头像,眼睛忽地亮了——她们可不是孤军奋战,她们还有一流的科研团队。

而今天科研团队的老大答应要一起考察旗舰店位置的,她约的时间是十点,没想到他们也提前半小时到了商场。

“我去接叶茗,他到了。”金果果拍了拍窦豆的肩膀,低声说道。

窦豆正在打电话,对她点点头,示意知道了。

金果果今天穿的是一双舒服的乐福鞋,她大踏步走出物业公司,转到商业区域,下了电梯,远远就看到一号门门口站着的叶茗。

他身材修长,比例极佳,哪怕挡着脸,也有一种优质男性的迷人氛围感。

张炜站在他身边正在环顾左右,看到果果的身影,急忙提醒叶茗:“学弟,人来了。”

“抱歉,有点事耽误了,让你们等了几分钟。”金果果略带歉意地开口。

今天叶茗能百忙之中过来,她本该鞍前马后好好伺候这位财神爷,结果让人久等。

“还好,也就七分钟。”张炜往她身后张望了一下,问道,“窦豆小姐呢?”

“她有点事,待会过来。”金果果希望争取点时间,她和窦豆私下把这件事搞定,不想让叶茗掺和进来。

虽然叶茗是联合创始人,但他主要负责茶师的核心技术,应该坐在研发室里专心产品开发,这些琐碎的事不该打搅到他。

“是什么事?”叶茗却忽然问道。

“工作上的一点小事……”金果果相信她们有这样的一流技术团队,一定能解决掉竞争对手。

“茶师出了什么事?”叶茗打断她的话,锐利地看着她。

他平时可没这么多管闲事,恨不得缩在研究室里一整天,这次一反常态,是因为发现金果果遇到了麻烦。

——他修过心理学,对外界的感知很入微。

金果果不是轻易迟到的人,她如果有约定,一定很守时。

而且她平时闲庭信步,绝不会像今天匆匆忙忙,来到他面前时微微气喘,眼里也藏着心事,和往日不同。

“我以为我们是合作者,遇到问题可以坦诚相告。”叶茗见她亮灿灿的眼里闪过一丝犹豫,他扭过脸,转身就走。

“我们选的位置出现了竞争对手,所以刚才提前去了物业公司。我们会解决好的,你不用担心。”金果果见他生气了,立刻挡住他的路,笑盈盈地解释,“我不是有意隐瞒,主要是觉得这种细枝末节的事,会占用你的时间。”

对科学家她发自内心地尊敬,对财神爷那是更加不能得罪,她不想把叶茗拉进凡尘俗世,掺和旗舰店的风波。

只要有这个团队在,不用叶茗出马,已经有利于她们后期谈判了。

叶茗的眼神像钉子似的,钉在她的脸上。

此刻的他完全没有之前“社恐”时的逃避和别扭,大概因为涉及工作,他眼神里带着一股凌厉的气势。

“抱歉。”金果果在他的注视下,不由自主地又道了歉。

“带我去看看。”叶茗看着她的眼睛,像是在评估着她有几分真诚,最终还是勉强原谅了合伙人的隐瞒。

“这事交给窦豆解决就行了,她有能力搞定。”金果果今天邀叶茗过来,主要是想让他看看实际位置,能够更现实地融入团队。

至于谈判内容,只要不是太棘手,有窦豆和第三方负责,金果果顶多背后出出主意,连她都不会深度参与,更不需要劳烦叶茗。

叶茗思忖片刻,微微点头。

他决定信任合伙人的能力。

金果果路上和他说了现在掌握的信息,带着他到达接待室时,窦豆和徐倩停止了讨论,迎了上来。“这是我们的联合创始人,叶茗先生,这位是——?”金果果正要介绍张炜,他已经先行一步自我介绍起来。

“张炜,加利福尼亚大学农学博士,长江青年学者,国家杰出青年,中国科学院研究所硕士生导师,主要研究方向是茶叶生物领域。”张炜摸了摸发亮的额头,对徐倩说道。

徐倩一脸崇拜,赶紧掏出名片双手递过去:“我是徐倩,很荣幸认识大家。”

原本脸色不佳的窦豆听到张炜又来这套自我介绍,唇角忍不住扬了扬,低声问金果果:“你怎么把这尊大神带这里来了?”

看来她的想法和金果果一样,觉得这种事就不要打搅叶大牛的清修了。

金果果无奈地低声说道:“他主动要过来。你这边还有什么情况,跟他说说。”

“那位李副总的影响力比我们想象的要大。”窦豆点了点头,直截了当地说现状,“而且他对我们的竞争对手支持力度很大,摆明要求老黄选择他们作为合作伙伴,对我们的评估结果置之不理。不过不用担心,我约了王总下午见面。”

“这不合理啊!”张炜一直对他们团队研发的产品很自信,在旗舰店选址上就被人当头一棒打击,他很愤怒,“难道不该按评估结果办事?”

“我们怀疑李副总可能收了对方的好处。”徐倩吞吞吐吐地低声说道。

一看这位张博士就只会搞学术,不懂商场如战场,里面利益关系错综复杂,如果全都秉公办事,那这世界太简单美好了。

“力挺到这个程度,确实不正常,非常可能有利益输送的问题。”窦豆也点头,“不过放心,我们会搞定的。”

“这也只是假设。”金果果转头对叶茗解释,“现在商业地产的日子不像以前那么好过,他们对新兴品牌有持股的诉求,之前就有人辗转和我们打过招呼,但我们的股本结构和发展方向，不可能与单一的地产经济绑定，所以我和窦豆婉拒了，这也可能是诱因。”

“如果是他们，还真说不定同意地产持股方案……”徐倩听到这句话，表情微妙，声音压得更小了，“好像他们在北京进驻的几个店，都开放了股权。”

“这样一来，他们的股份结构就相当复杂，对进一步融资与扩张都有影响。”金果果总是充满笑意的表情有些严肃，如果是这样，自己就没了优势。

在利益面前，再厉害的评估报告也得往后站。

“而且地产的诉求与品牌的追求其实方向不完全一致，未来一定会受到掣肘。”金果果看着窦豆，一向温柔的眼神变得锐利，清亮的眼睛满是拒绝和警告意味，“我们不可能开放股权。”

“你以为每个团队都有你这样的融资小天才啊？人家还不是有什么投资就要什么投资，只顾得上当下，哪里顾得上长远？要不是有你，我看到那么多钱我也把持不住啊！”窦豆叹了口气，忍不住噼里啪啦地说道。

果果不用给她打预防针，在大方向上，窦豆信任果果的所有决定。

一直旁听的叶茗看了眼金果果。这个姑娘表面温温柔柔笑眯眯的，但身上藏着折不断打不碎的筋骨。

就像她无论被自己怎么拒绝，都不会生气和退却，而是找其他角度再试探。

“总之，我们需要掌控未来，不能让投资方控制方向。”金果果很坚定。

寻找投资是艰难的，但接受投资同样是一门学问。

对于大部分创业者来说，有奶就是娘，只要有投资进来，都会欣然接受，不会过多考虑投资方与股权的关系，这样一来，创始人对未来的掌控就更加无力。

可是创业本身就是一场冒险之旅，能够活下来就是成功，创业者能有几个坚持初心的？面对资本又怎么敢硬气地挑挑拣拣？

金果果在过去的工作经历中，看过很多创业公司从起步阶段到成长，最终成熟或者破灭。她对整个过程了如指掌，也知道融资的雷区在哪里。所以从一开始，就严格限制了股本结构与接受投资的范围，哪怕是别人捧着钱送到面前，只要与目标不合辙，或者条件不尽如人意，她就不会批准。

“没关系，我先去谈一谈……而且我们还有两个黄金位置……”窦豆皱眉，他们在股权上不会让步，就只能退而求其次。

“把下午要见的王总的资料给我看看。”金果果忽然想到什么，当年她在工作中可没少和投资大腕们打交道，说不定是熟人。

窦豆之前一直觉得金果果在融资上太挑剔了，虽然这个项目前景很好，但金果果还没有资格对资本挑三拣四，直到后来与其他投资人交流，才发现大家对她们简单的股本结构与股权方向赞不绝口。

金果果充分考虑了创业者、技术骨干与投资者的博弈空间，对未来投资的进入与退出都非常友好，这在创业公司中是极大的优势。

创业伙伴完全地互相信任，也能把握自己的扩张节奏，并根据市场节点进行调整，不会一味地盲目地被资本推动加速扩张，导致项目最后超出了自己的掌控范围，成了一个难以把握的烂摊子。

金果果看到王总的资料，脸色轻松了一点："下午我去。"

还真是认识的。

她有把握说服对方。

风口上，就算是猪也能飞上天，一阵风过去，就留下一地鸡毛。

"有时候创业者本身不想扩张，是被竞争对手用不同的竞争优势逼着扩张的，太内卷了，不过我们早做好了准备。"金果果笑道，如果自己不跟进就会落后，会被资本所抛弃。

但总要先争取。

这个商业中心店面的竞争，如果茶师退让了一步，对方确实未必能够获得更好的运营收益，但茶师的损失是实打实的，也许就失去了黄金机会。

叶茗始终在一边听着，没有表态，他和愁云笼罩的徐倩相比，表现得很无所谓。

大概在他眼里，这不是什么值得皱眉的事。

窦豆刚想问叶茗意见，物业公司的前台又来了，她怯生生地与徐倩打了个招呼："徐小姐，黄经理说那边结束了，请你们过去。"

"没错，"窦豆性子急，率先往外走去，"是骡子是马，总得拉出来遛遛，知道他们的想法后再做对策。"

任何商业行为，总要先了解合作伙伴的想法，才能有对应的措施，现在的情况确实不容乐观，但不聊聊怎么知道还有没有转机？

叶茗默默跟在三个姑娘身后，一言不发。

会议室内的灯开着，一片通明，投影仪还没关，幕布一片惨白。

叶茗没有名片，他的白衬衫平整，西裤笔挺，黄经理和他交换名片时，也是张炜上前拿的。

黄经理见过不少大老板，但像叶茗这种连个假笑都吝于给他的，还是很少见。

而金果果打过招呼后一直玩手机，也很失礼。

黄经理听窦豆介绍这是茶师的合伙人，“呵呵”两声，堆出职业笑容客套：“窦小姐的团队真是高颜值，个个都能原地出道。”

但他心里冷哼，这群光鲜亮丽的年轻人，脸好看可没什么用，瞧那位叶少爷，估计被娇宠惯了，连基本的社交礼仪都没有，根本不懂市场的险恶，那眼神更是令人不悦。

“刚才是什么情况？”窦豆一点也没寒暄，直接问道。

“窦总、金总，不好意思，之前我们有了别的合作对象，我们原本计划的合作恐怕没法实现了。”黄经理皮笑肉不笑，直接向窦豆与金果果道歉。

至于徐倩在他看来只是办事人员，就没提。而叶茗没给名片，窦豆只介绍了一句这是合伙人，叶茗又懒得正眼看他，他也当叶茗不存在。

徐倩一听就着急了：“我们可是经过了三轮筛选和评估，我司与贵司有优先权代理协议……”

“我知道。”黄经理对徐倩不耐烦地摆手，语气里充满无奈，“可茶师只是个新品牌，我们决定扶持是要冒很大风险的。上面会议的讨论结果是，最近市场一般，我们要追求稳妥，寻求知名品牌的合作是总部的策略。”

窦豆挑眉，不客气地说道：“我没听说贵总部有这个策略。”

黄经理反唇相讥：“你不是我司的人，这是商业机密，不知道很正常。”

话说到这份儿上，就有一点剑拔弩张。

窦豆在工作上过于强势，她在大型企业工作又太久，其实不是一个在这种情况下进行谈判的最佳人选。

金果果的谈判方式更温和，她不擅长与人唇枪舌剑，这时候才抬起头，示意窦豆别激动，微笑着说道：“有没有这个策略，问一下公司老板就知道了。我和贵司的王总曾在上海聊过这个项目，他很支持，毕竟商业地产的策略是进一步追求高端定位，争取建设城市地标，追求文化属性尤其是民族文化的复兴。在这个前提下，茶师也是他认为的理想合作对象。我下午会和他会面。”

叶茗站在角落静静听着，离黄经理最远，似乎不想和这些人有空间距离的拉近。

黄经理没料到他们真和老板有交情。

事实是，金果果和王海不但有交情，而且不止打过一次交道。在金果果刚入行时，王海去过他们公司，他那时为了园区的地产投资，和投行来往甚密。

黄经理强硬的心态软化不少，前倨而后恭，让前台小美女端来了最好的碧螺春，给叶茗和金果果他们奉上茶，脸上堆着客气的笑容。王总刚从国外回来，还在上海，竟答应下午和他们碰面。金果果的话，让他态度不得不转变，生怕被告一状，他虽然没有承诺会与茶师合作，但说话委婉了很多。

其实不用等到下午，王总在微信里的回复，已经确定了茶师的进场，只是他也很久没有见到老友了，凑巧有空聚聚，前几年听说她的茶师想法雏形，他很感兴趣，没想到这么快就卖房创业，启动项目了。

三人匆匆离开，金果果开车载着窦豆直奔上海，也不管叶茗他们了。

叶茗似乎一点都不担心这个小插曲，在金鸡湖逛了一圈，去了那儿一个熟悉的地方。

周舟最近的工作状态渐渐恢复，好像没有受到陆家的影响，也确实是黄玉霞忙着照顾怀孕的“大媳妇”，没那么多时间去骚扰她。

江明川依然无法理解周舟的世界，一个人辗转反侧，画的画越发抽象，常常对着涂抹着扭曲线条的画板发呆。

茶忙开始了，细雨纷纷的清明时节，黄经理恭敬地打来电话，邀请窦豆签意向书。

旗舰店的位置很好，叶茗那天亲自去场地看了，他都满意，更别说金果果和窦豆了，签下意向书之后，可以慢慢磨细节。

茶师，也算扬帆起航，正式起步了。

与此同时，也有小伙伴的人生要开始一个新的阶段。

第十二章　人生大事

杨海约了小伙伴们傍晚在太湖茶馆见面，说有重要的事要宣布，是人生大事，一定要请大家吃个晚饭庆祝。

听到这话，连周舟都百忙中抽空前来。

金果果今天也在岛上，忙着总部的事，差不多到了约定时间就和周舟、江明川先到茶馆喝茶闲聊，等着杨海和柳萍。

江明川神情憔悴，一方面是对周舟的担忧，另一方面也是牵扯到他父亲的事，这几天他精神上很受折磨，睡得也不好。

但他没有提起刘芳，陆亚东的葬礼过去越久，周舟的心态就越平静，尤其是出了遗腹子事件之后，那个占据了她青春的男人似乎在记忆里变得越来越模糊。

原本遗忘没有那么简单，但丈夫的背叛让道德压力变轻了许多，加上工作上的充实，只要想着洞庭山未来光明的前景、当地 GDP 的增长，周舟就觉得很幸福。

无论是这里的茶，还是西岛度假村，都会让曾经的孤岛绽放出令人瞩目的光芒。

"别只顾忙工作，这样会太累，也要照顾好自己，还有那两个人……别和他们一般见识，能不见就不见。"江明川和周舟聊了几句，知道她最近忙于工作，放心了点。

但是他还是担心她被迫和陆家搅和在一起，把自己的人生搭进去。

"总不能不管二老。"周舟说到公婆时，居然没有怨愤，平静得像是聊起某个贫困户。

陆家父母脾气差、性格古怪，但毕竟是长辈，她有时候也放心不下。

这种感觉确实像是曾经做的扶贫工作，有些老人家实在太苦了，或者实在太倔了,根本不管政策,也无法理解扶贫专干说的任何一句话,她总放心不下,哪怕下班或者假期,她也经常带着礼物去回访,担心他们有什么困难。

“我听说上次你还去陆家帮忙了,是不是?那老太婆又骂你了?”江明川气得满是红血丝的眼睛更红了,质问道。

这儿曾经是个小山村,即使现在有了翻天覆地的变化,变成了不少游客光顾的旅游小镇,也依然延续着山村邻里互相走动的乡风,隐私传得特别快,尤其是坏事。

江明川又认识一个消息灵通又八卦的在本地开旅店的老板娘,当然能掌握第一手资讯。

“那是亚东的三七,我不可能不露面,再说现在他妈所有的重心都在未来的孙子身上,根本不管他爸的日常生活。我看他爸精神不大好,所以去照顾一下。”周舟说到这里,脸上还有点难过。

金果果给她添了茶,无言地攥了攥她的手。

她知道陆叔叔也是个可怜人,本性老实,如今儿子死了,精神受到了极大的打击,上次吵架,陆光爆发了一次,但之后更沉默了,甚至不愿出门。

他被老婆欺压得话都不敢说,儿子死后几乎没有和外人说过一句话。刘芳怀着他孙子来了之后,他仿佛得了抑郁症,经常把自己锁在家里对着儿子的画像发呆。

而黄阿姨在镇上的小房子里给刘芳做牛做马,烧水喂饭,根本不管老头子。金果果的爸爸还去陆家送过几次饭,好几次和她说过,想约陆叔去垂钓打打乒乓球散散心,可惜没有一次成功。

“这还关你什么事!”江明川脖子上的青筋都爆出来了,声音也忍不住拔高,“他们陆家这么对你,你还以德报怨?小舟,你是不是脑子坏掉了?”

“我只是做好我的事,问心无愧。”周舟脸色微沉,显然和江明川聊了两句,就觉得价值观不合。不过也很正常,明川是个自由惯了的艺术家,而她是人民的公仆。

“正因为每个人的想法和追求不同,创造出的世界才多姿多彩。”金果果打了个圆场,看了眼气得脸红脖子粗的江明川,不着痕迹地提醒他,“你不是常说,子非鱼,安知鱼之乐?只要大家都保持最好的状态,现在的幸福是多维度的,自我价值的实现更令人向往吧。”

“是的，我小时候没了父母，在他人的眼中是个可怜的孩子，但我并没有这么觉得，我一点也不孤单，我爸妈走了之后，有更多的叔叔阿姨爷爷奶奶把我当成自家的孩子，他们都是我的父母。”周舟说到这里，大概想到了果果的爷爷，看了眼金果果，“就像你们，也是我的兄弟姐妹，我觉得很幸福。”江明川沉默，周舟去了政府单位工作之后变化更大了，两人之间除了回忆起年少时光，再没有其他的共同话题。

“没错，咱们茶文化也要复兴起来。”金果果笑眯眯地接了一句，见江明川无法理解的模样，冲他眨眨眼睛，给他鼓励，“你可以在艺术上多多努力，走出国门，影响力比我们大多了。”

“可是……可是在道德上做‘圣母’只会让自己痛苦，她从小受的苦还少吗?”江明川有些底气不足了，甚至有些茫然了。

“人只活在当下，也只有当下最有意义。”周舟之前和他谈过一次，谢过他的关心，以为他能像果果一样信任自己，结果他的思想依然没有改变，也无法理解她伟大的信仰。

“杨海到了。”金果果打断正要说话的江明川，示意他看门口。

杨海与柳萍并肩进来，金果果注意到两个人之间的细微动作和神情与往日不同。

平时柳萍可看不上杨海，即使杨海接送她，她都一副小公主的傲娇样，但今天看杨海的眼神却很像个小女人，而杨海更是春风得意，雄赳赳气昂昂，胡子刮得干干净净，头发梳得齐齐整整，一贯软塌的卫衣T恤也换成了西服衬衫，散发着从未有过的男人味。

金果果顿时了然——杨海是要宣布和柳萍在一起了。

窦豆常和她说，自己从不参加什么同学聚会，因为总会有几对老同学旧情复燃……

但她没想到，眼高于顶的柳萍这次竟然如此踏实地选择了杨海。

也许是受的情伤太重，刚好杨海有空陪她吃吃喝喝散散心，便乘虚而入了。

周舟也发现了不对劲，看了眼果果：“他们俩……”

金果果抬手招呼他们入座。

杨海走到桌边，已经迫不及待地伸手握住柳萍的手，喜上眉梢地说道：“各位，我先报告一个好消息。总算咱们这些人中间，要有个喜事了。”

这话说得真是毫无水平。

敢情这群朋友一直过得很悲惨？

难道果果的事业不算喜事？明川开始教书生涯不算喜事？

杨海这傻大个说这句话的意思，就是在针对周舟的那些破事。

江明川情绪不佳，在心里挑刺，杨海这种宅男，也亏得没出去工作，不然不知要得罪多少同事、上司。

“让我猜猜！”周舟却毫不在意，露出了开心的笑容，“你有女朋友了！”

“不！岂止是女朋友！”杨海得意地搂过一直娇羞不语的柳萍，声音大得整个茶楼都能听到，“是老婆！我和柳萍要结婚了，婚期就定在下个月！”

杨家父母想在老屋子里办场婚礼，亲友乡邻不少忙着采新茶，所以等到下个月茶春结束后再办。

“这么快？”江明川愣住。

他完全不知道这事。

前段时间杨海还和柳萍闹别扭，天天和他吐苦水，这才几天时间，忽然如胶似漆，太奇怪了！

而且柳萍怎么降低标准了？这里面一定有猫儿腻。

杨海瞪了他一眼，很不满意：“怎么说话的呢这是？你是不是嫉妒我？”

“他是被这个好消息冲昏了头。”金果果笑着恭喜，“真是太好了，没想到能喝上你们的喜酒。酒店定好了吗？需要我们帮忙的只管开口。”

杨海与柳萍要结婚，确实是个爆炸性的消息。主要是之前大家都没有看出半点端倪，不怪江明川诧异，他与杨海的关系最好，杨海有什么事也会对他知无不言，言无不尽，但这次他完全被蒙在鼓里，甚至怀疑这两个人是不是要完成什么任务，互相骗婚。

但两个人从小就是朋友，按照认识时间来说，两个人青梅竹马，互相了解，也不算闪婚。虽然存着疑虑，但大家还是纷纷恭喜。

“哎哟，”周舟比他们还开心，津津有味地吃起瓜来，“说起来你和柳萍确实挺像冤家的，小时候就你俩爱吵架。”

杨海见柳萍害羞地瞪了他一眼，更不害臊地说道：“对，上次和她吵架后，我想不能这样下去，就跟她表白了。我愿意照顾她的下半生，咱们是几十年的朋友，知根知底，我以后不会辜负她的。”

当然不仅仅是因为自己的念头，杨海还瞒着柳萍坐小月子的事儿。绝症与堕胎，哪一个对他精神上的冲击更大，他也不清楚。

反正当柳萍说自己患了绝症时，杨海咬牙想卖房也不想失去她；而她撕破脸后，说自己回来坐小月子，又让他充满了一种歉疚与莫名其妙的救赎感，仿佛拯救这个从小一起长大的女人是他的责任。

看着两人的表情和眼神，金果果知道这不是恶作剧，她扬起的唇角就没放下过，真心为这两个小伙伴高兴。尽管她知道其中肯定还有隐情，柳萍这样挑挑拣拣的人，如果不是迫于无奈，怎么都不会退而求其次的。但此刻柳萍的表情是带着一丝幸福的，那就足够了。

那天在太湖边，杨海真诚求婚，在他真情剖白之后，柳萍考虑了两天，喊杨海来接她去诚品书店，到那家有名的素餐厅吃饭——她说求婚要有仪式感，至少要在一个看上去不错的地方舒舒服服地享受完大餐才可以。

柳萍考虑得很清楚，能找到一片栖息的港湾，一个可以依靠的肩膀，也算是最好的归宿。

在金果果眼里，柳萍这个人其实挺简单的，那点小心机一眼就能看穿。

她工作后见多了世面，柳萍的这点浅薄的小心思不过是虚荣心在作祟，算不上坏，摆不上台面而已。

但是在江明川眼里，柳萍以前总是跟在自己屁股后面一口一个明川哥哥，谁对她好，谁条件不错，她就喜欢谁，围着那人撒娇打转，与杨海不是什么良配。

杨海虽然家里有几套房子，但到底是回迁房，不在黄金商圈，升值空间有限，又没才华，当年心高气傲、年轻漂亮的柳萍肯定看不上那点家产。

也许今时不同往日，柳萍从深圳回来的真正原因大家无须多问，终究属于在大城市立足失败。这些年她经历了这么多，马上就要过三十岁生日了，想安稳下来也有可能，能够退回故乡与杨海过日子，就算有磕绊，在这么多年的感情下，总能磨合过去。

“你们还记不记得？有段时间柳萍天天黏着杨海，哥哥叫个不停，我当时还以为你俩是一对，谁知道后来竟然天天吵架。”周舟眼里带着光，回忆起他们年少的时光，看上去心情很好。

“那是她为了吃我们家牛肉干！”杨海忍不住吐槽，揭穿真相，随即后背一痛，又被柳萍掐了一把。

江明川笑了起来，看向周舟，她高兴的模样真好，连表情都恢复了几丝生动活泼，没有了哀苦。

“结婚定的时间有点紧，刚才果果问你们找到酒店了没有，需不需要帮忙。”周舟也更关注实际的推动。

结婚是个麻烦事，找酒店、婚庆公司之类，一大堆琐事。

这种人生大事筹备起来，有时候都得一年半载，最快也要两三个月，尤其是比较好的酒店，提前半年就得订了。

这两人不按套路来，说结婚就结婚，那么多事不知道能不能搞定。

“我爸妈听说我要结婚，激动得不行，恨不得明天就把婚礼办了。”杨海情意绵绵地看了眼柳萍，抓着她的手，无比欢喜，“他们说酒店、婚庆公司他们会搞定，就是可能会稍微简陋点，怕委屈了新娘子。不过柳萍说没事，她可以为了我将就，这对她来说可真不容易啊！”

杨海之前觉得只是责任，只是一时冲动和柳萍表白，但这两天真的在一起，那感觉又不一样了，不但有初恋的新鲜感和甜蜜，那份责任感也变得更加真切。

柳萍今天很反常，平时她最爱叽叽喳喳，今天一直低着头，不知是内心终究有些遗憾，还是在这些知根知底的小伙伴面前，对自己的委曲求全感到羞愧。

她梦想中的婚礼和丈夫，曾在朋友们面前说了无数次，她幻想包下一整个海岛或者古堡，邀请各界名流来捧场，而她则是最耀眼漂亮的新娘子。

没想到而立之年，因陋就简，降级得太厉害了。

周舟看到她脸上挂着讪笑，感觉到了她有点委屈的情绪，劝了句：“那也要尽可能弄得好点，你们要是日子稍微缓缓，我可以帮忙联系一下，岛上的酒店度假村我都比较熟，也许可以找个好地方。”

“不用不用。”柳萍赶紧摇头，终于开口，“周书记那么忙，不要为我们的小事操心。能够嫁给杨海，我就觉得挺幸福了，婚礼什么的不重要。他家里急着我们结婚，我能理解……果果不是常说，形式不重要，重要的是本质吗？”

江明川、金果果与周舟面面相觑，这么懂事的话，居然是从柳萍嘴里说出来的？

士别三日，当刮目相看，难道人到了结婚时，就会变得成熟，有第二次的成长？

“有时候仪式感也很重要，一辈子可就一次，当然要好好对待。”江明川知道杨海这种粗莽的直男肯定很多细节做不到位,他拍了拍杨海的肩膀,“回头我们帮你去布置婚房,可不能让新娘子有遗憾。”

杨海用力点点头,看着柳萍幸福地笑了。

江明川见到柳萍脸上克制的表情,不觉内心叹息,不结婚的话总觉得自己是没长大的孩子,而结过婚的周舟明显就要比他们成熟得多。婚姻像是女人的催熟剂,或许柳萍也会很快成熟,如果她能一直收敛住小脾气,那与杨海的婚姻生活还挺值得期待的。

但周舟听到她喊自己“周书记”,笑容微微一僵,不管柳萍是不是故意这么叫的,听的人都有些不舒服。

好像无论怎么挽留,有些人就是渐行渐远。

小伙伴们在湖边老餐厅聚完餐,杨海幸福地载着柳萍回园区,而江明川陪着周舟和果果在夜幕和路灯中往镇中心走去。

“只有一个月……这两人结婚太急了点吧?”江明川怎么想都觉得不对。

“可能是为了弥补以前错过的太多时光?”周舟想着大家玩泥巴的时候就认识了。哪怕严谨点从成年开始计算,他们至少也错过了十年以上的时间,现在都到三十了,忽然互通了心意,火急火燎地想结婚也能理解。

“我总觉得太快了,柳萍的态度也变得太快了。”江明川并不愿意怀疑朋友,可这事儿旁观者仔细回味,总会觉得不合逻辑。

尤其大家都了解彼此,柳萍任性妄为,江明川怕杨海受伤。

“这么说,确实有些着急了。”周舟作为婚姻的过来人,体味过悲欢。

本来她沉浸在酸酸甜甜的情绪中,没去在意一些不合常理的地方,但现在热闹散去,也咂摸到一点不对头。

“果果,你觉得呢?”周舟转头问金果果。

金果果本不想多议论,但基于对朋友负责的立场,她只问了一句:“你觉得杨海爱柳萍吗?”

江明川和周舟同时愣住。

江明川以为果果把人名说反了,提醒她:“你是不是应该问,柳萍爱杨海吗?”

“果果说得对,杨海是个实诚人,没太多想法,更没有什么恋爱的经验,而且脱离社会太久,我一直觉得他还是没有长大的弟弟。”周舟对杨海一直看在眼里，尽管年岁相当，却像是姐姐看幼稚的弟弟一样。

杨海虽然年过三十，却还是个没长大的男孩，除了老实本分之外，他在爸妈的保护下，为人懒散冲动，不懂人情世故，也不懂该承担的责任。

他有一堆毛病，但本质还是善良的。

杨海如果发自内心地认清了自己对柳萍隐藏的感情并努力追求获得了结果，江明川当然愿意祝福他们。

可实际上，一点儿迹象都没有。

“我也觉得奇怪，杨海什么秘密都会跟我分享，但结婚这种大事却守口如瓶。”江明川一开始觉得是不是好面子的柳萍觉得不好意思，所以不让杨海往外说。

但以杨海藏不住话的性格，一定会透露出端倪。

“是啊，不像他的性格。”周舟隐隐有些担心。

对他们而言，年纪越大，越不会整日把爱情挂在嘴边。年轻人能轻易说出口的我爱你，成年人更加谨慎，以至于他们忘记了婚姻需要以爱为前提。

两个人相爱，才能接受彼此的缺点，携手走进婚姻殿堂，度过以后几十年平淡而艰辛的岁月。

日夜相对相处并不是容易的事，如果感情基础不够，最终只能兰因絮果，相看两厌。

杨海爱柳萍吗？

江明川没想过这个问题，毕竟杨海表现得如此兴奋——他只是担心柳萍给杨海的回应不够热切，担心虚荣的柳萍以后会伤害杨海。

江明川很了解杨海，即使杨海一时兴起，折腾一下游戏竞技之类的创业项目，那也只是三分钟热度，亏掉的钱也不至于伤筋动骨。

“他也许是觉得孤单了，想找个女孩结婚。”周舟叹了口气，宅男的生活虽然平静，但每天对着空荡荡的房间也会很孤单吧。

尤其是上次参加了陆亚东的葬礼，人生无常或许也刺激到了他，只不过杨海以前的理想型，是和“作精”柳萍完全相反的温柔体贴的女孩，而且他对女生的追求也一向不积极，就算对某个人有好感，也像他对待工作一样，没几天就半途而废。

女孩子对他的吸引力，还不如他电脑或手机里的新游戏。

甚至可以说，几个关系比较好的小伙伴里，他虽然喜欢和柳萍拌嘴，可江明川知道，金果果更是他的理想型，只不过果果从小就是三好学生，只专注学习，现在的条件更好了，杨海不敢追，也没有资本追。

“你为什么不问柳萍爱不爱杨海？”江明川忍不住问道。

男人嘛，对漂亮的女性本身就没什么抵抗力，难免有时候犯糊涂，杨海即使对柳萍不算真爱，但娶回家，也至少不会伤害她。

“这还需要问吗？”金果果相信大家都可以明确地给出答案。

他们与柳萍认识二十多年，太了解她这个人了。

柳萍不爱任何人，她最爱她自己。——但和金果果的姐姐不同，她的爱是虚荣的、狭隘的，是连自己都得不到切实好处的爱，只在意外界的眼光。

这世界上许多人都是这样，爱的能力被压抑了。

柳萍的成长环境与经历，让她无法成为金家大姐，无法洒脱肆意地爱自己，她始终活在物质的爱里，长不出强壮的精神来。

小伙伴们接受她这样的性格与行为准则，对她有些宠溺，无伤大雅的小错，他们也一笑了之。

毕竟柳萍也有其他的优点，人无完人，虚荣和自私如果没伤害到他人，也不必苛责。只是如果是作为共度一生的伴侣，那她就不是什么理想的选择了。

柳萍太过挑剔，绝不会主动解决问题，与她在一起的配偶会很累。而且她不会付出，却需要从别人身上得到更多的爱，并且魔怔般地需要证明这一点，也会让对方失去自我空间，变成她的附属品。

周舟深知恋爱和结婚的不同，过了新婚宴尔，如果没有相同的兴趣和志向，性格上也不能磨合，那只会是一个悲剧。

“我担心的不仅仅是他们的感情，还有一点让我很在意，柳萍绝对不是一个愿意委屈自己的人，她如果不爱杨海，杨海家的条件也没到她想要的标准，那柳萍为什么愿意嫁给他？甚至，连婚礼都可以将就？”江明川担心的是柳萍骗婚。

但是他还没想到骗婚的原因，杨海最多也就分她一套房，对柳萍而言，远远不够。

大家都知道柳萍的理想就是嫁个有钱人，退而求其次也是积极上进大有前途的年轻人，所谓的蓝筹股。

杨海家拆迁后有点小钱，但绝达不到她心目中有钱人生活的标准。

柳萍说过，如果要把她们熟悉的三个朋友排个序，毫无疑问，江明川第一，陆亚东第二，杨海妥妥地垫底。

江明川学习好，有前途。而且她也隐隐约约知道，江明川的爸爸发了大财，是个身家了不得的大老板。尽管他父母已经离婚，但作为亲生儿子，江明川以后总能分到一大笔钱。

陆亚东的家境略逊于杨海，但工作稳定，又会来事，性格还好，会哄女孩子开心，不像江明川显得高不可攀又难伺候，也不像杨海没有正经工作，又长得土壮黑——这是柳萍亲口对不修边幅、不控制体型的杨海的评价。

柳萍曾觉得搭上类似陆亚东这样的青年易如反掌，可以当备胎，然而陆家那奇葩父母让她观望了一阵，然后，陆亚东就骗周舟结婚了。

“这么看，确实不对劲啊……所以……”周舟相信大家的想法都一样，尤其她对婚姻的经验更多，“要不要提醒杨海？”

什么事都经不起分析，原本看着挺温馨甜蜜的一场闪婚，里面却藏着他们所不了解的内幕。

作为朋友，应该有提醒的责任与义务；可柳萍也是大家的好友，在情况未明之前，到底站在什么立场，让人无从判断。

“怎么提醒？杨海现在像中了头奖一样高兴，难道还要拆散他们？”江明川头疼。

就算提醒，杨海也只会把他们拉黑吧？

“要是结了婚，觉得不合适再离婚，恐怕对大家都是打击。”周舟说完就有点难受，她实在不该在好友好事将近时说这种晦气话。

不知道的人还以为她自己婚姻失败，见不得别人幸福。

“我们毕竟是局外人，别想得太悲观，也许两人都会为了彼此改变自己呢？”金果果感觉到了周舟的情绪，安抚道，“柳萍约我做伴娘，我看看能不能和她聊一聊。”

周舟点了点头，她也是旁观者清，看别人的婚姻一目了然，自己却一地鸡毛，哪有资格去掺和？反正还有一个月，回头探探柳萍的意思，或许柳萍真是疲了乏了，想找个安稳的港湾，而杨海婚后也会担起责任，振作起来养家养娃。

江明川这一次依然感受到痛苦的无奈，都是朋友，他也不知道该站在什么立场上说话，终于有些理解金果果当初总是置身事外的态度了。

“啊，我到了，先走了，还有点工作要加班处理，有什么事及时沟通。”周舟抬头一看，镇政府就在对面，她和两人告别，大踏步走了过去。

江明川张了张嘴，想说什么，但最终没有开口，默默看着她的背影。

“别人的事，我们其实很难感同身受。”金果果看向江明川，笑道，“走吧，回去画画，我还想预定你几幅画，挂在茶师的总部呢。”

“别提了，我最近怎么都画不出来……”江明川叹了口气，他心里装的事太多了，无法静下心创作。

“实在没有灵感的话，你要不要试着画点定制画？”金果果给他指明了一个方向，虽然对江明川这样的自由画师来说，定制画有些商业化，但也是个发展方向。

“茶师未来的一些包装，还有一些国风元素，我觉得和你之前画的几幅江南画很有共同之处，你要闲着没事，等以后总部装好了，可以来看看。”

换成以前，江明川一定看不上这种活，在他眼里，商业画手和他这种艺术家是有天壤之别的。

但这次，也许是因为真的没有灵感，也许是因为好友真诚的笑容，又或许被周舟和果果朝气向上的人生态度打动了，他不觉点了点头：“好，我也要努力起来。”

金果果欣慰地笑了。

这就对了，专注自我的提升，而不是在别人的身上浪费时间，或许还能让周舟刮目相看。否则以江明川现在这么颓废的生活状态，周舟只会永远把他当成不成熟的弟弟，而绝不是可以托付终身的伴侣。

“咦，那不是金小姐？”刚过红绿灯路口不远，一辆黑色轿车里，透过车窗隐约反光的大额头惊喜地说道。

叶茗还没来得及阻止，张炜就按了一声喇叭，随后摁下车窗，冲着路边正和江明川言笑晏晏的金果果喊道：“金小姐，回去吗？要不要搭车？”

叶茗在后排默默闭上眼睛，撑着额头，张炜这家伙是故意的吧？

明知他害怕什么，还偏偏热情地招呼别人上车。

没见人家女士身边有个男性好友？

“咦？张教授呀？”

叶茗听到温柔如水的声音传了进来，他忍了忍，没打断张炜隔着车道的寒暄。

“是呀，等我靠边。”张炜打着方向灯，把车开到路边停下后，顺手把后座的东西拿到副驾驶位上。

江明川一听金果果的称呼，就知道是他们在西山的合作人，他立刻说道：“你跟他们回去吧，我正好要去文具店买点东西。”

顺便去镇政府旁边走走——还是不死心，想看看有没有机会再找刘芳谈一谈。

“金小姐，你朋友怎么走了？不跟你一起走吗？”张炜在路边停好车，见江明川向他们礼貌地挥挥手，往另一个方向走去，惊讶地问道。

这一次，他感觉到车座靠背被狠狠踢了一脚。

叶茗似乎到了发火的边缘。

没经过他同意让金果果上车就算了，还要搭载个陌生男人吗？

果然不能让张炜当司机。

“他还有其他事，那我就不客气了，谢谢。”金果果笑着低头从车窗往里面看，见后排还坐着一个冷着脸闷不吭声地看着另一侧窗外的男人，“叶总也在啊。”

叶茗的脸更冷了。

他记得自己说过好几次，喊他名字就好。

“是，刚好从上海回来。你坐后面吧。”张炜看了眼副驾驶位上的文件夹和资料，脑门刚好对着旁边招牌的霓虹灯，闪着光。

叶茗还是保持沉默，甚至闭上了眼睛假寐。

张炜话多得停不下来：“金小姐刚才和朋友吃饭去了吗？就你们两个啊？在哪吃的啊？有没有推荐的饭店？”

换成叶茗就该骂他或者不理他了，偏偏金果果脾气好得很，耐心温柔地回答：“是的，晚上和朋友在湖边枇杷园的农家乐里吃的，那家的菜不错，以后可以去尝尝。”

“我可喜欢吃苏邦菜了，前几天你推荐的那个什么肉来着，红色的，方块的，像一大块红烧肉，但又不是那口味，色泽很诱人……”张炜一时间想不起来那道菜的名字。

“你说的是樱桃肉。”金果果知道他说的是哪道菜，微笑道，“樱桃肉艳如玛瑙樱桃,香味袭人。我姐做的也很好吃,不过自己在家做主要难点是红曲的使用,选材倒是不难,只要用完整四方的五花肉,将肉改刀细切入味。若是春季的樱桃肉,浇上刚摘下来的樱桃打成的果酱,会格外甜香。”

“对对对,樱桃肉,那可真是肥而不腻,你说得我都饿了,什么时候能吃上你姐姐做的樱桃肉啊?”张炜吞了口口水,一点也不见外地问道。

对金果果来说,“肥而不腻”对樱桃肉来说是最低端的评价,自家姐姐做出来的樱桃肉,晶莹透明的肉质染着香甜的酱汁,如同身披薄纱、腰腹没有一丝赘肉的美人,味美形娇,那可是绝顶的美味。

“我姐过几天可能要回来,到时候给你发个消息,你们一起过来吃吧。”金果果笑着看了眼叶茗,他的喉结似乎动了动。

可惜他还是靠着车窗撑着额头,闭目养神,一言不发。

“太好了!听说你姐姐是做菜高手,我和学弟有口福了。”

叶茗眉头微微皱了皱,张炜最近越来越喜欢自作主张,什么事都替他一口答应。

去人家家里吃饭,是“社恐”患者的地狱模式。

“这你也知道,窦豆说的吗?”金果果笑眯眯的,温柔无害地问道。

金宝宝跟个浪子似的,有时候逢年过节也不回家,老乡们可不会刻意提到她。

“窦小姐夸过你们姐妹,上次一起吃饭,她点评了好几道菜,说是不如你姐姐的手艺。”张炜生怕金果果以为他俩私下八卦,赶紧说道。

金果果住在上海那几年,金宝宝时常过去,见妹妹工作一忙就天天叫外卖,一边骂她不懂爱自己,一边给她做了几顿大餐。窦豆有次去上海出差,凑巧有幸尝到,念念不忘。

“那下次把窦豆也喊上。”

张炜听到这话,心里欢喜,又怕暴露想法,故意说道:“再过几天,窦小姐还在这边吗?她好像挺忙的,上次说店面的事搞定了还得回深圳一趟,要去香港还是台湾来着……”

“你不知道她已经回去了吗?我以为她昨天去基地把事情交代完了,和你们告别了呢。”金果果见张炜这此地无银三百两的样子,忍着内心想笑的冲动。

叶茗受不了这两个人虚情假意的试探,终于睁开眼睛,摁下车窗,对着外面的山景深深吸了口气:“前面停车,我下去走走,不用等我。”

金果果的家离繁华的镇中心开车十来分钟的距离,刚才已经开了大半的路,现在走回去也不过两三公里。

金果果也跟着下车了,笑着说道:“刚好我吃撑了,一起走回去吧。”

张炜根本不挽留,她一关上车门,他就启动加速,迅速撤离。

叶茗还是之前的态度,不理会,也不拒绝,自顾自地走在前面。

湖边的空气清新,已然有了几分温暖。金果果慢悠悠地跟在他身后,问了一些工作上的事,产品研发和口味,还有他们接下来的计划。

叶茗虽然惜字如金,但在工作问题上还是给她回应。

不知不觉,叶茗一抬头,赫然看到前方不远处玻璃房的灯光——他们已经走过了金果果的家,快到基地了。

这几公里的路,未免走得太快了。

“你走过头了。”叶茗停下脚步,提醒她。

“啊,聊得太投入,我都没注意。”金果果也停下脚步,对他笑着说道,“那我先回去了,早点休息,晚安。”

叶茗矜持地点点头,看着她转身离开,才继续往基地走去。

他裤兜的手心里全是汗,好像度过了一个煎熬的夜晚。

一弯新月挂在树梢上,茶山在星光下和他一样沉默不语,但春天早已来临,藏在泥土中的那些生命,已经不可抵挡地从黑暗深处探出了头,好奇地张望着这个美丽的世界。

第十三章　茶师

旗舰店的装修风格早已确定，现在已开工，而总部这边已修整了快两个月，因为是老建筑，大体不能动，装修起来很快。

总部离西山实验基地很近，也在半山腰，风景极佳，只是具有当地特色的建筑风格和极具现代化特色的实验基地形成鲜明对比，远远看去，仿佛两个时代的交叠。

叶茗在二楼的会议室，正好能清晰地看到茶师总部。

都说"世间乐土是吴中"，果然不假。

尤其在这茶春快要结束的春天，天气越发暖和，很快会迎来杨梅枇杷季。

叶茗其实喜欢吃枇杷。

他也喜欢在孤寂的夜晚欣赏古村的建筑，深深感受到浸润千年的儒家文化耕读传统。但是白天他怕去人多喧闹的地方，茶师的总部是个私家小园林，被金果果租下来之后，原本废弃的老屋子又焕发了生机。

叶茗看到有建筑工人进进出出，一个苗条的身影也出现在门口。

江明川背着画架站在金果果身边，抬头看着刚挂上去的匾额——茶师，不由得感慨："还记得小时候这儿荒废了，我们总爱来这里捉迷藏和寻宝，后来你爸编造了个狐精鬼怪的故事，柳萍胆子最小，再也不敢来了，没想到现在成了你公司的总部。"

"是不是有很多儿时回忆？"金果果拍了拍江明川的画架，笑着说道，"可以画一幅孩童游园图了。"

江明川这段时间为情所困，金果果看在眼里，也想让他走出来。

人的情绪就像一个迷雾森林，很容易把自我困在其中，只有走出来，才能看到全局。

"我好像有点灵感了。"江明川直奔荷花池上的亭子里，也不去参观总部新的装修,放下画架,对着池水,仿佛穿越回了童年。

金果果没有去打搅他,走去二楼的办公室,总工程师有需要改动的方案和她聊。

办公室被收拾得差不多了,老宅外面保留着古朴的特色,但里面窗明几净,内部通达敞亮,几串紫藤花从二楼的屋檐上垂下来,晃荡着春意。

屋外修整庭院的师傅正在拿着花剪咔咔地修剪着这株比金果果年纪还大的老藤树,地上落满了枯枝和花朵,仿佛下了一场紫色的花雨。

金果果站在窗口,抬头看着上面随风飘荡的紫色花朵,忽然发现,从这里看西山实验基地,就像一个晶莹剔透的巨大水晶,映照着周围的湖光山色。

西山实验基地用了大量透明的玻璃,两层玻璃间有先进的隔热和动态照明面板,到了晚上更是如梦似幻,和这爬满紫藤花和爬山虎的古朴老宅相比,仿佛隔了千年。

她在心里默默念了一句:这得花多少钱啊!

且不说里面实验室中的昂贵设备,只说外观建筑,也许抵得上茶师的启动资金了。

最近她手底下的小姑娘在盯装修,天天在工作群里发消息哭诉装修预算超支,所以看到远处的玻璃楼,她由衷地羡慕。

什么时候自己的公司也可以买下一座山,建成世界上最大的茶谷呢?

金果果正遥望着幻想着,手机忽然响了起来。

她接了电话,立刻转身往外走去:“哪个医院?我马上到。”

周舟住院了。

周舟昨晚在宿舍刚准备休息,还没来得及洗漱,黄玉霞的电话就追魂似的来了。

一看时间是九点,这还准时得很。

每天黄玉霞都会给周舟打电话,无非是各种找碴找麻烦。

“你现在马上来一趟。”

黄玉霞的口气永远是命令式的,她对儿媳妇从不会客气。

就连新婚时也如此,她瞧不上这没爹没妈、没娘家撑腰的儿媳妇,陆亚东出事之后,她更是把周舟当仇人。

“怎么了,妈?”周舟还是很温和。

“来了再说!”黄玉霞毫不客气地挂了电话。

周舟揉了揉太阳穴,觉得脑袋紧绷绷地疼。这几天工作繁忙,本来她就有偏头痛的老毛病,这会儿有点眼冒金星,晕晕的,难受。

不过她还是勉强起身,到楼下取了电动车,戴上头盔,骑了一段回家,一进门就见陆光和黄玉霞像是门神一样左右站着,刘芳大马金刀地坐在中间沙发上,摆弄着指甲,仔细地补上蔻丹。

尽管事不关己,周舟还是忍不住说道:“为了肚子里的孩子,这段时间还是别做美甲了。”

虽是陆亚东的错,但孩子是无辜的。

“关你什么事?”刘芳这会儿神情已不像第一次那么怯弱,随着肚子大起来,她的脾气也越来越大,她翻了个白眼,不愿多搭理周舟。

黄玉霞瞪着周舟,粗声大气:“我陆家的孙子自然有陆家照顾,不用你瞎担心,你别来害他就谢天谢地了!”

老人家在家闲着没事就看电视剧,这话听着像是宫斗宅斗剧看多了。周舟可没那个心思,她前几天冒雨带着市里宣传部去山上拍洞庭茶的宣传片,估计淋了雨,又没休息好,刚才外面风一吹,头更疼了。

“妈,你叫我过来到底有什么事?”

刘芳听到周舟的声音里都透着虚弱,嘴角撇了撇,搁这儿扮娇弱呢?

“亚东的赔偿定下来了,我要和你谈谈怎么分配。”黄玉霞的语气还是很强硬,瞪了眼想说话的陆光,老头子立刻瑟缩地低下头,耷拉着眼皮,像根没有气息的木头。

陆亚东出车祸,大货车司机负全责,对方公司有保险公司兜底,没怎么扯皮,敲定了一个还算说得过去的赔偿标准。

周舟一直没有关心这笔钱——她很清楚黄玉霞肯定会霸着不放,儿子是她养大的,周舟也并不需要这笔钱来补偿什么,根本没存着争的心思。

“赔偿你做主就行。”尽管已经看淡了,但说起陆亚东,周舟难免还是会心如针扎。

尤其看到刘芳还坐在家里,周舟情感上受到的伤害,哪能一时半会就好起来?要慢慢随着时间来痊愈。

黄玉霞点点头,刻薄的脸上终于露出了一丝笑意:“总算你还懂事。”

“我决定了，这笔钱我们谁也不能动，得留给我的大孙子。等赔偿金到了，你立刻转给我，我取出来交给小刘，以后就是我们这孩子的……那啥基金。”黄玉霞看向刘芳。

“教育基金。”刘芳补充道。

陆光一直低着头没说话，只是稍微往后站了站，看上去很想逃离这个房间。

交给刘芳？周舟纵然觉悟高，也有些怒气——既然已经做了决定，还这么耀武扬威地把她叫过来宣布这个分配方法，这是什么意思？是想要刻意恶心她，还是想折腾她？

“你做主就好。”周舟深吸了口气，还是那句话，她有手有脚，还有稳定的工作，对赔偿金从没有觊觎过，只是担心黄玉霞年纪大了，没点钱傍身可怜，所以提醒了一句，“不过这钱，妈最好还是放在身边……”

“周舟你什么意思？”刘芳没听完就炸了，从沙发上跳起来，愤怒地骂道，“你是说我一个外人不可信，会拿着你们的钱跑路？我辛辛苦苦给你们陆家怀着孩子，你们就这么忌惮着我？那我走，这孩子不要了！”

刘芳又叫又跳，吓得黄玉霞赶忙上前抱住安抚：“小芳小芳，你千万别生气，咱们肚子里有孩子呢，别和她一般见识。我还能信不过你吗？”

大概是因为陆亚东去世，梦醒了，情绪也抽离出去了，看着混乱的场面，周舟注意到黄玉霞对刘芳假仁假义的表情，疼痛的脑壳忽然明白过来。

黄玉霞喊她过来，不是故意折腾她，而是要拿她当“嘴替”呢。

黄玉霞知道周舟在政府工作，思想觉悟高，不会和她争夺，也不敢争夺陆亚东的死亡赔偿金——不然她准去镇政府闹得鸡犬不宁。

但刘芳不一样，这个女人大着肚子找上门，无非就是想要钱，肯定盯得紧，现在钱一下来，这对“母慈子孝”的“婆媳”心里立刻就有了疙瘩。

刘芳想借着肚子里孩子的势，把这钱彻底拿在手里，以后进可攻退可守，掌握主动权；而黄玉霞这么小气自私，即使是为了大孙子，也一定要自己把钱抓着，可她在刘芳面前姿态摆得太低，没办法明着拒绝，只能出动周舟这个前儿媳，让这话从周舟嘴里说出来。

这样一来，坏人就是周舟，她理所当然地捏着钱不给，也好拿捏住刘芳。

现在所有的恶意都对着周舟喷薄而来。

刘芳的污言秽语不绝于耳，黄玉霞也跟着附和，话里话外都是对周舟尖刻的抨击与咒骂。一向不怎么吭声的陆光此刻像是失聪了，木然地站在门口，木然地看着这一切，枯皱的手指动了动，喉咙里似乎冒出了一声浑浊的声音，但随后又归为平静。

周舟也想说什么，但浑身的力气像是被抽干了一样，眼前发黑，身子摇摇欲坠。

“你在这儿装什么娇弱呢？你都敢上门来欺负我一个孕妇了，你还不够能啊？！”

刘芳听着黄玉霞只骂周舟，却只字不提钱的事，更加暴躁，控制不住脾气，起身就推了周舟一下。

周舟被她推得身子一晃，哇的一声呕吐了起来，吓得刘芳往后退了两步。

随后周舟软软地倒在地板上，模模糊糊间，仿佛听到遥远的海浪的声音，还有妈妈温柔的呼唤。

刘芳吓坏了，黄玉霞也愣住了，手足无措地看着晕倒的周舟，刚刚嘈杂如菜市场的房子里忽然一片死寂。

良久，还是陆光颤颤巍巍地开口了：“她……是不是有了啊？”

听到这句话，黄玉霞腾地跳到周舟身边，对着还发愣的刘芳吼道：“还不快点打120！”

陆亚东和周舟一直在备孕，陆亚东知道父母的执念，也希望有个孩子能够作为维持婚姻的纽带，所以一直在为此努力。

他去世还没几个月，周舟的肚子里有可能有他的遗腹子。

陆光无神的眼里都有了希望，黄玉霞更是从没有这么关心过周舟的身体，激动地跟着去医院陪护。只剩下刘芳满眼的怨愤。

周舟醒来时，发现自己躺在医院的病床上，黄玉霞一脸慈祥地看着自己。

自从她与陆亚东谈恋爱开始，黄玉霞看她的眼神就像是被夺走了孩子的母兽，一向都是恶狠狠的，以至于现在她见到黄玉霞这样的表情，比做梦还不真实。

“周舟，你工作太辛苦了，以后不要那么累，回头让医生好好检查肚子，我让你爸去买点水果，马上就该回来了……”黄玉霞絮絮叨叨，把周围病床上的人都吵醒了，不满的咳嗽声从旁边传来，“我就说要个单人病房，这边环境又不好，还一堆咳嗽的……”

黄玉霞还在说话，好在医生很快进来，让她不要打搅病人休息，推着周舟出去做检查。

周舟被折腾了半宿，实在太累了，又昏昏沉沉地睡过去，直到第二天早上精神才好些。

“周舟，你醒啦？来，喝点粥，吃个苹果。”

黄玉霞昨晚回去了——刘芳还得她来照顾，但她一早就来了，带了个饭盒，里面装的是她每天早上给刘芳熬的红豆粥，还端着个小碗，切成拇指般大小的水果块上体贴地插上了牙签。

这种待遇以前只有陆亚东能享受。每次陆亚东下班回家躺在沙发上玩手机，黄玉霞就会殷勤地给儿子献上各种切好的水果，如果周舟不识趣地尝了一块，那绝对要被死亡凝视和碎碎念整晚。现在只有怀着陆家孙子的刘芳能有这餐饮标准，周舟就更别想有这个待遇了，她喝陆家一口水都得被念叨。

“妈，我没怀孕。我在医院食堂吃过了，一会儿就办出院手续。”

周舟想起昨晚黄玉霞一直让她检查肚子，那时候她脑子昏沉，但也清楚黄玉霞的想法，又是好气又是好笑。她只是工作太辛苦，加上生病，绝不是黄玉霞一厢情愿的幻想。

周舟不接黄玉霞送的东西，不拿群众一针一线也是她的准则。

黄玉霞脸皮抽动了一下，对周舟的自作主张有点不高兴：“着什么急出院？怀没怀上，咱们做个检查不就知道了？别急，我们相信科学。”

她还是抱着希望不放。

周舟知道和他们总是说不通道理的，正好手机响了，她走到外面接了个电话，随后给金果果打了过去。

她没有亲人，有些事也不好喊同事帮忙，果果就像她的亲姐妹，也比较有主意，但她没想到江明川也来了。

金果果和江明川赶到时，周舟刚做完急诊验血。

金果果看她虽然脸色有些苍白，但能自己走动，没有大碍，心里稍微松了口气。

而黄玉霞看到金果果和江明川赶过来，有点不高兴，但是看着两个朋友围着周舟嘘寒问暖，罕见地没有上前去刷存在感，施展长辈威严。

“昨晚应该是因为低血糖头晕，你知道我这是老毛病了。”

小时候有段时间周舟营养不良，上体育课经常晕倒。后来好多了，只是有时候忙起来忘了吃饭容易复发。

“那就好。她怎么会在这里？”金果果看着坐在远处等他们的黄玉霞，心里已经有所明白。

周舟平时很要强，小病住院这种事绝不会麻烦朋友们过来，今早反常地给她打电话，应该是一种求助吧？

江明川也很诧异，如临大敌地看着黄玉霞：“不会是她害得你住院的吧？”

“她怀疑我怀孕了。”周舟苦笑着摇摇头。

江明川脸色大变，紧张地看了眼她平坦的腹部：“怀孕？”

要是怀孕了可就太“狗血”了。

周舟和陆亚东结婚三年，肚子一直没个响动，大家都怀疑是陆亚东身体有毛病。要是他一出事，两个女人就都怀孕了，那就比戏剧还要戏剧。

而且以周舟负责又愚忠的性格，也许会生下来。江明川受不了她对公婆以德报怨的态度，本能地认为她肯定会听黄玉霞的话，生下孩子。

“不会。”周舟很肯定，只是面对江明川没有再加以解释。

陆亚东头七那天，恰好是周舟的生理期，那次因为劳累，加上黄玉霞的刁难，淋漓不尽，延长了好几天才结束，她记得很清楚。

“你这验血……是给他们看的？”金果果玲珑剔透，知道周舟是为了让陆家死心。

周舟确定没有，那肯定就是没有，只是黄玉霞难缠，索性让她死心，验完血再走，让他们别抱不切实际的幻想。

“是的，我受不了这么虚伪的热情。”周舟看了眼远处一直盯着他们的黄玉霞，叹了口气，“我只想快点回去工作。”

“你不休息好怎么工作？医生昨天检查的报告都出来了吗？确定没什么大碍？”江明川不放心地问道。

“真的没大事，开了点感冒药。”周舟的声音有点嘶哑，不过精神恢复了不少，“准备一会儿就去办出院手续。”

“现在就去。”金果果看了眼远处慢慢走过来的黄玉霞，替她做了决定，“单子留给黄阿姨，让她等结果出来了自己扫一下报告单。”

周舟感激地点点头，朋友来了，她就有了力量。

陆亚东刚去世的时候，如果周舟真的有了孩子，可能会犹豫，也不舍得肚子里这块肉。但现在三年的婚姻其实早就遭遇了背叛，她当然不会留下这段婚姻的结晶——这一点，江明川完全错了。

周舟不希望自己的孩子在这样畸形的家庭里长大，如果没有能力给孩子一个健康积极的环境，她宁可不要。

这也是对新生命负责！

检查结果出来要不了两个小时，在门诊大厅的报告机上就能取。黄玉霞三五分钟就要上去查号，急不可待。

黄玉霞见三个人还在那儿站着说话，脸上带着一丝不高兴，走了过来，盯着江明川："我家周舟怀孕检查，你过来干吗？一个单身汉，也不知道避嫌。"

江明川见到她就火大，拳头握得紧紧的，铁青着脸，毫不客气地回撑："周舟现在可不是你家的，你也从没把她当成你家的人，现在装什么好婆婆？"

这句话换在平时，黄玉霞听了可就立刻躺地上撒泼哭骂了，但今天考虑到周舟的肚子，她只气得往江明川身上吐口水："臭小子，你再说一遍?!"

"黄阿姨，这个检验单你拿好，一会儿去旁边的自动打印机扫上面的二维码，报告单就会打印出来，回头自己看结果。"金果果抽出周舟手里的单据，递给黄玉霞，指着不远处的自动打印机和她说道。

黄玉霞哪会弄这种东西？她也没反应过来金果果的意思，就见金果果拽着周舟走。

"哎，你们去哪儿?"黄玉霞捏着单子急忙问道。

不知道为什么，黄玉霞对金家两姐妹一直有点发怵。

金宝宝从不给她面子，撒起泼来甚至比她还无赖。金果果看上去是乖乖女，不管她是夸还是骂，总不和她争论，只用那双亮晶晶的沉静的眼睛直视着她，像是要看到人心里去，她那时候就跟陆光吐槽，金果果的眼神一点也不可爱。等金果果出去工作后，就更不可爱了，看着温柔礼貌，但黄玉霞总觉得踩不到这姑娘的痛点。和人吵架，总要抓住别人的弱点和痛点，才能吵赢，可是金果果从不和人正面交锋，像另一个世界的人，和他们不是一个种族。

"哦，我这边还有工作要和小周书记开会，就不陪你等了。"金果果带着温柔甜美的笑容说道。

"什么开会？这时候她哪能去工作？你这是要谋财害命!"黄玉霞恼了，开始耍无赖，但她也不敢强迫金果果，只能指着周舟威胁，“你现在不能走。”

“不行啊阿姨，我这个会分分钟上千万的资金，要是周书记耽误了，她可是要赔钱的。哦，对了，她要是赔不起，她名下的房子、车子什么的，会被法院冻结拍卖的，婚后财产也一样。”金果果笑眯眯地说着，见黄玉霞的脸色越来越黑，不嫌事大地凑过去在她耳边温柔地低语了几句。

黄玉霞像是见了煞星似的，往后连退几步，努力板着脸，色厉内荏地说道：“你可别吓唬我，我老婆子要是吓出病来你要负责的。”

金果果又笑了：“阿姨，你去问问你家那个新媳妇嘛，她年轻，应该懂法，实在不懂，警察也会给她普法的。”

黄玉霞大概第一次吃了瘪，脸上一会儿青一会儿白，最后捂着心脏像是犯病了：“哎哟哎哟……”

“黄阿姨，要我给你喊医生吗？给你做个全面检查，你带医保卡了吧？”金果果拽住想上前的周舟，一脸关心地凑到黄玉霞面前，抬头对后面的护士大声说道，“护士，这边……”

“哎哟……”黄玉霞真是气得心脏疼，她捂着胸口，见护士飞奔而来，狠狠瞪了眼周舟，攥着单子一把推开来扶她的小护士，气哼哼地到旁边的休息椅上坐下。

江明川没想到这天下还有治得住黄玉霞的人，惊讶地跟在金果果身后，诚心诚意地请教：“果果，你刚和她说什么了？把她气得话都说不出来了。”

“她本来就恃强凌弱，你越是忍耐，她就越踩在你头上。而且，老思想了，总觉得光脚的不怕穿鞋的，只会一哭二闹三上吊。”金果果看了眼周舟，相信周舟其实也看穿了黄玉霞纸老虎的面目，只是人家真是为人民服务的人，不想和她一样对黄玉霞他们硬来。

果然周舟叹了口气，没吭声。

“现在不一样了，他们有两个弱点，不再光着脚了。一是有个来路不正的孙子；二是陆亚东的赔偿金，要是钱没了，她可就难抱到孙子了。只是我猜，周舟不会和人抢赔偿金。”

听金果果说到这，周舟又叹了口气。

“你怎么能什么都不要？你不要，那老太婆不但不会感激你，反而把钱都给外人骗去……”

“他们的婚姻关系已经自然终止了，要这钱也晦气，就当买断这三年的夫妻情分。”金果果打断江明川的话，找了个清静点的角落让周舟坐下来，使唤江明川去办出院手续。

现在金果果可不想让江明川和周舟单独相处，两人的观念差别很大，话不投机，加上黄玉霞还在楼层里，回头看到了准会骂奸夫淫妇泼脏水。

“谢谢你。”周舟彻底放松下来，靠在金果果的肩膀上，闭上酸涩的眼睛，“我就靠一会儿。”

金果果温柔地拍了拍她的肩膀，笑道：“以后黄玉霞不会老来找你麻烦了，你好好休息，爱护好身体才能更好地工作，下个月会更忙呢。”

“我没有害怕她找麻烦，我只是尽我的义务。明川不懂，你一定能明白。”

“明白，为人民服务嘛。”金果果不是嘲笑的口吻，这句话，爷爷当年说了无数次。如果爷爷九泉之下有知，一定很欣慰，周舟才是他的亲孙女，培养的接班人，不像她，只继承了爷爷的坚韧和开拓精神。

“每个人都是自私的，所以‘无私奉献’这四个字，说起来容易，做起来特别难，但是，我一定要做到。”周舟认真地说道。

“你早就做到了。”金果果搂紧她，肯定地回答。

自动打印机边，陆光和刘芳被黄玉霞一个电话喊来了。

陆光盯着那台机器，还是一言不发，只是木然的眼神里似乎有了一丝恶狠狠的情绪。

“周舟去哪儿了？怎么让你一个人在这里等？”刘芳满脸不爽地问道。

“说是要去工作，别管她了。”黄玉霞反常地烦躁，拧着眉看着机器上的时间，又看着手里单子上的取报告时间。

刘芳忍不住在旁边煽风点火，恶意辱骂中伤。

她心里很忐忑，希望周舟没怀孕，不然自己的地位不保。

但这次很奇怪，刘芳拱了半天的火，黄玉霞都没怎么附和，也没有怒气冲冲地去周舟办公室把她抓回来。

“她拎不清的啊？这时候还去工作，我看她是想……”

“不工作，你给钱养她啊?!”黄玉霞忽然愤怒地打断她的话，之前从金果果那里受的气全都喷到刘芳身上，还夹带点私仇。

一提到钱的事，黄玉霞就生气，刘芳只知道要钱，盯着赔偿金不放，她表面上装好婆婆，心里快烦死了。

今天金家那丫头说的话却让黄玉霞忽然清醒了，她要真搅和掉周舟的工作，人家说不准真来打官司要分家产，按照法律，那钱和房子落在自己手里的就没多少了，现在趁着周舟还是政府机关的人，还能拿捏一下。

刘芳脸色一变，没想到平时对她捧着哄着的黄阿姨竟然敢凶她，顿时不干了，一扭身，坐到休息椅上捂着肚子哎哟哎哟地叫。

“你凶我干吗？我招你惹你了？我大着肚子还过来看你儿媳妇怀没怀孕，你还想让我养她？你要是不稀罕我这肚子里的孩子，产科就在旁边，我去引产就是！”刘芳边哭边拍着肚皮，吵得旁边好几个病人和家属默默地挪走，远远看着这奇葩的一家人。

“哎，我不是那个意思，你可别吓着我大孙子。”黄玉霞赶紧上前哄她，抓着她的手，蹲在椅子边挤出比哭还难看的笑容，只差给她跪下了。

左哄右哄，好不容易刘芳才平静了点，黄玉霞三角眼里的两个眼珠子闪过两道精光，骨碌碌转着，骂着周舟，但无奈地说道：“周舟是不懂事，但她确实要工作，她和什么公司签订了项目，要是违约了，得赔人家一大笔钱呢！人家不知怎么听说赔偿金下来了，非说那赔偿金有周舟的一半，说什么法院可不管你怎么哭闹，会强行去干吗来着……对，执行，强制执行，银行会冻结那笔钱，还要把房子给拍卖了……”

黄玉霞终于想到了一个把钱攥在手里的绝佳主意，她之前怎么就没想到呢?!

还是读书人懂得多，要是金果果早点给她说这茬，一开始她就假意把周舟那份钱分出去，反正周舟是不会要的，总比被刘芳天天盯着的好。

所谓恶人自有恶人磨，自从刘芳来了之后，黄玉霞偶尔也念着前儿媳妇的好了。

“你什么意思?”刘芳对钱的事很敏感，顿时脸色一寒，连装都懒得装了，“没钱没房我还生什么?”

“我肯定会把房子留给你的，别担心，钱也不会亏着我大孙子，我这不是说周舟工作的事吗？我改天让她把房子户口给迁了，和咱家彻底断了关系，就不担心了。”黄玉霞赶紧安抚刘芳，心里盘算着另外的主意。

“时间到了。”陆光从喉咙里挤出几个字来，配上他那了无生气的面容，像是黑白无常在对临终的人说话。

黄玉霞一看，果然取报告的时间到了。

刘芳终于消停了，她也关心报告单的结果，咬着嘴唇凑过去，看到上面的字，顿时喜笑颜开：“没怀孕啊！”

“这个不下蛋的母鸡！”黄玉霞气得把报告单撕成碎片扔在地下。

“喂，你们别乱扔垃圾！什么素质啊？！”远处的安保人员一直关注着吵吵闹闹的这家人，看到他们撒了一地的碎屑，高声喊道。

“什么素质都跟你没关系！”黄玉霞骂了一句，拽着刘芳就往外走，对刘芳又露出讨好的笑容，“小芳，你中午想吃什么啊？妈给你买去。”

刘芳腰板都挺直了几分，心情愉悦：“今天走过来太累了，我想去苏州中心吃顿好的，顺便给孩子看看玩具、小衣服什么的。”

“你不是走得太累吗？就别去市里了，太远了，妈在家里做给你吃。”黄玉霞僵硬地笑着说道。

“所以买辆车就方便了啊，我有驾照，孕检或者肚子不舒服一时半会叫不到车，我也能自己开车到医院。”刘芳拿出手机给黄玉霞看买车的网站，“咱也不要买贵的，这个七八万的国产小车就很好，接送孩子上学也方便……”

赔偿金下来后，刘芳就越来越狮子大开口，以前只是一日三餐好吃好喝，现在一去市里，她随便逛逛街，买身衣服就好几千。黄玉霞一向精打细算过日子，以前全是靠儿媳儿子的工资生活，现在每天从自己手里抠钱，不知多心疼。

陆光拖着沉重的腿跟在两人身后，忽然想到了一句话：“不是一家人，不进一家门。”刘芳才是得到了黄玉霞真传的“好”儿媳妇。

他越想越觉得好笑，忽然在后面哈哈大笑起来，笑得前俯后仰直不起腰来，吓得旁边人离他们一家更远点。

这一场小风波结束后，周舟清净了很多。黄玉霞不知道是真的被金果果的话吓到了，还是因为赔偿款的事被刘芳缠得无心烦她，反正她好几天都没接到陆家的电话。

最近一次接到黄玉霞的电话，她的语气也没那么凶横，只是不客气地吩咐周舟带陆光去检查一下身体，说老头子精神出了点问题。

金果果有心帮着周舟，不过这段时间她的工作也越来越多，旗舰店的装修要钉，和安农大谈妥的定制机器也要验收。

菜单产品的开发差不多也要进入尾声，至少在五月之前要全部定下来，这样才可以准备物料与宣传。这本来是最难的一部分，但是她们有叶茗。

四月初，绿茶产品线全面确定。

四月中旬，红茶线与青茶线确定。

四月二十号，其他补充产品确定。

四月二十一号，总部装修完毕，金果果想邀请叶茗来总部参观。

叶茗时常泡在实验室，根本不用手机，平时也极少看到他玩手机，因此金果果总是打电话找不到人。

金果果每次只能通过张炜联系叶茗。今天她看了眼山间那映着阴沉乌云的灰绿色玻璃屋，总部和基地也不过距离千米来远，走过去也就十分钟的事，于是提了两罐从自家茶园里采的新茶，信步走到西山实验基地。

茶忙快要收尾了，山上可以看到戴着帽子提着竹篓采茶的人们。

有些山窝里还传出悠扬的山歌和小曲，和小时候在太湖吃船菜时一样，总能听到朦朦胧胧、隐隐约约用吴侬软语唱着的"太湖美"，夹杂着湖边评弹昆曲，让人心绪宁静。

"金小姐，来找叶总？"基地里的科研人员都认识金果果了，在大厅里看到她，立刻热情地招呼。

一个面容年轻稚嫩、戴着厚厚眼镜的女孩子高兴地跑过来，盯着她手里的袋子："果果姐，你又带了什么好吃的？"

金果果常来，有时候家里做了春卷、青团、萝卜丝饼之类的时令小吃，也会带来给这群可爱的同学吃。一来二去，有些活泼的女同学就把她当成自家姐姐，甚至求着她带些好吃的来。

"让我看看这是什么？"

这些科研小伙伴有些还是研究生，看着没大没小，其实是知道金果果温柔大方，不怕她怪罪。另一个小姑娘伸手就抢走她手里的袋子，往里面一看，大失所望地塞回给她。

"怎么是茶啊！"

这里最不缺的就是茶了，各种各样的茶，还都是顶级口味的。

"我姐过几天回来，给你们做好吃的。"金果果笑着说道。

上次她姐姐回来了，但因为大家工作繁忙，叶茗又出国做什么学术研讨，没能请大家吃上饭，她只带了点姐姐做的青团，鲜掉了这群同学的舌头，让他们至今念念不忘。

“提茶来这里，是看不起学弟啊！”张炜远远看着年轻人们围着一位温柔娴静又眼波灵动的姑娘，立刻走过去，忍不住摸了摸脑门，插嘴说道。

“这可是非遗手艺传承，手工茶千人千味，特意带给你学弟尝尝。”金果果提着手里的布袋，笑吟吟地问道，“叶总呢？”

张炜领着她上楼，叶茗在后山的育种室，张炜让另一个学生去喊他了。

“果果，别说我没提醒你啊，学弟最讨厌人家喊他什么总，他是搞科研的，就不喜欢生意场上那些称呼。”张炜推开书房的门，他现在也不喊金小姐了，和她混熟了，说话也不见外了，“你上次喊他一次叶总，他气得几天没出实验室。”

“什么时候的事？确定是我的原因？”金果果有点惊讶，完全想不起来什么时候惹他生气了。

“我觉得是。就是上次你搭车回去，过了几天，你姐姐回来了，你要请大家吃饭，学弟敲好那个时间出国演讲，我感觉他是在生气，故意躲着你。”张炜也摸不清学弟真正的想法，学弟平时就不爱说话，那几天更反常。

“还有这事？”金果果一向沉静的脸上闪过惊愕和无奈，她可没想到只是个称呼而已，叶茗居然会揪着小细节不放。

以前她也喊过，那时候他当场纠正，也没见多生气。

她记得上次她提前下车，陪他走了一程，聊了不少工作上的事，完全没看出他不高兴！

“那个演讲本来他要推掉的，你喊我们去吃饭那天，他忽然就让我给他订一张上海飞往伯明翰机场的票，说要去参加学术论坛。”张炜耸耸肩，摊手，“当然，也可能是不喜欢这样的聚餐，‘社恐’症发作。”

“不是‘社恐’，不管是演讲还是学术讨论，要面对的人比家里聚餐面对的人多多了。看来是真的生气了。”金果果苦笑，叶大牛的性格还真是古怪，“我得向他道个歉。”

“别别别，可千万别！不然他就知道是我多嘴。”张炜赶紧说道，“你下次注意就好了，我也只是猜测。我学弟这个性格，生活上还真是难以接近，以后恐怕只能和科研为伴，连女朋友都不会找了。”

金果果没有接这句话，放下茶，走到书柜边抽出两本书翻了翻，忽然说道：

“你学弟还喜欢看言情小说呢。”

第一次来这里喝茶金果果就发现了，在他办公桌后，有两排书和其他地方的书不一样，那些书都包上了黑色的封皮，她当时就有些好奇，留了心。

现在翻开来，果然是浪漫言情小说，甚至还有对他而言略显幼稚的校园青春题材——这是要弥补自己在学校时只知做学问不知谈恋爱的遗憾吗？

“什么？”张炜还不知道学弟有这个癖好，平时只见他抱着大部头专业著作啃，哪见过他读小说？

“嗯，《了不起的盖茨比》《五十度灰》……”金果果抽出一本包着封皮的书，这应该是欧美流行小说，还是英文版。她随手翻了一下，发现里面还有读书笔记，圈圈点点，用英文写下对一些句子的点评。

叶大牛真是做什么都认真啊，读流行小说还要学习人家的构思和用词。

“学弟，你回来啦？”张炜正翻着一本《黑夜的秘密》，忽然觉得背后有两道目光，转头一看，手里的书差点掉下去了，赶紧塞回书架，推了推黑框眼镜，顺便擦了擦鼻尖沁出的汗。

金果果倒是不慌不忙，拿着手里那本《了不起的盖茨比》，对叶茗笑着说道：“能借回去看吗？”

“不能。”叶茗没想到他们两个在翻这里的小说，俊秀的脸上有一丝慌乱，像是被人发现了秘密似的，恼羞成怒地对着张炜说道，“我不是说过，别翻我的书！”

“这也是学弟的规矩，他不喜欢任何人动他的东西，快放回去吧。”张炜对金果果悄声说道，随后对着叶茗堆满笑容，赶紧走过去，指着桌上的茶讨好，“怪我怪我，我没和果果说。她今天想请你去茶师总部看看，喏，她还给你带了茶，听说是什么非遗传承人手工炒的茶……”

金果果也赶紧把书放回去，看来又得罪叶茗了，也不知这次他会生几天的气。

“刚刚我们在找和茶有关的书，果果刚好说到茶师的主要产品线，聊到其他三类茶的研发方向，找找资料。”张炜信口瞎扯，边说边往门口走，“那你们聊，我去和李教授开个会。”

“产品线不是已经确定了？”叶茗盯着金果果，问道，“主要产品线之外，会选择黄茶和白茶、黑茶中的代表产品作为补充产品线来研发，方向你也说过，黄茶和白茶都是轻发酵茶，选择传统茶叶中的霍山黄芽、君山银针……”

“对，我今天是来送茶的。”金果果赶紧打断叶茗的话，把桌上的茶叶罐拿出来，“我家茶园的头采茶，给你尝尝。”

工作上的事已经磨合得很好了，尤其是产品线的研发。

现在大多数人认同按照茶的色泽与加工方法把茶叶分成六类：绿茶、红茶、青茶、黄茶、白茶与黑茶。

绿茶和红茶是流传最广泛的品种，为大家所熟知，如龙井、瓜片、碧螺春。青茶即是乌龙茶，是半发酵茶，香气浓郁，也是广受欢迎的品种。

这三类组成了茶师的主要产品线。

黄茶以前以黄芽和黄小茶为代表，窦豆还特意去安徽六安霍山走访过，那边以同样工艺制作的黄大茶作为成本低廉的茶饮，在国际市场有相当出色的表现。

白茶同为轻发酵茶，但采摘之后不经杀青，只经晒或文火干燥制成，汤色清澈，滋味清淡回甘，很适合现代年轻人的口味。

至于黑茶，属于后发酵茶。由于普洱也是使用后发酵工艺制作的茶，所以现在也被归为黑茶。黑茶口感醇厚，有养生养胃的功效，很受中老年人的喜爱。

这三类的代表品种不可缺失，也有受众人群，所以也选择其中的代表产品组成了补充产品线。如此一来，茶师的整条产品线相对完整，只要补充季节性的新品，就能杀入市场，经受考验。

“还有其他事吗？”叶茗板着脸问道。

“正式请你去总部走访，另外想让你看看茶艺师团队的构建计划，如果能推荐一下适合直播的人选，那就更好了。”金果果想到了窦豆的嘱托，说道。

窦豆和金果果这边原本准备了茶艺师团队，为以后拿奖、接待科普和直播带货做准备，但与叶茗的配备相比，团队差了好几个层次。窦豆建议先问问叶茗那边能不能找到一些网红、明星之类的来签约。

明星就不用想了，没有几个明星会给人展示茶艺，即使能签下来，专业的茶艺表演明星也做不来，但靠手艺绝活和颜值直播走红的网红倒能挑出几个。

“我知道了。”叶茗点点头，看了眼门口，脸上写着“你可以走了”。

“那……你不去我们那儿走走吗？”金果果想到张炜说的他爱生闷气，担心这个气包子可能又要自闭几天了。

“不去，马上有大雨，请回吧。”叶茗说完，紧紧抿起唇，看上去已经到了忍耐极限。

金果果有点想看他真的发火的样子，但她理智地扼制了自己的好奇心和恶趣味，微笑着向他点了点头：“随时欢迎你来。”

叶茗看着她走到门口，绷紧的后背终于微微放松。

但没想到，那个温温柔柔的漂亮女人忽然又停下脚步，转过头对他露出甜丝丝的笑容：“《五十度灰》的电影我看过，男女主角之间的关系非常脆弱，很老套的故事，还不如你书架上面那本《灰姑娘的逆袭》，你觉得呢？”

金果果还是没有忍住，逗了他，反正他已经生闷气哄不好了。

叶茗再次绷紧了后背，表情也绷紧了，攥紧了手指，像是被人翻出日记本当场朗读似的。但很快他就松开了手，竟也笑了笑：“我倒没看过。你有片源吗？”

他平时不太笑，总是有事说事急于离开，仿佛和人聊天本身就不是令人愉悦的事。

看到他嘴角的笑容，金果果有点猝不及防，这人不按套路出牌。

再细看，他那少见的笑容不只是好看，还透出点蔫儿坏，让她本能地觉得自己惹了大麻烦。

“在电脑或者手机上搜索片名就能找到。”

“我不会用电脑，你帮一下忙。”叶茗走到办公桌前，打开电脑，对她说道。

这种举手之劳的小忙，金果果第一次不想帮。

因为她已经感觉到叶茗在“黑化”，这人生气到了一定程度，会变成另外一种危险的性格啊！

玻璃墙外闪过一道刺眼的闪电，随即轰隆隆的雷声翻滚过山头，仿佛把天给撕开了一条裂缝，天外之水疯狂地倾泻下来。

“下这么大的雨，你也回不去了。”叶茗看着窗外的雨，也不看身后在电脑面前找片源的女人，像是自言自语，“我去给你泡壶头采茶，看完电影，雨或许会停。”

叶茗什么时候这么热情好客过？

金果果可从没见过这样“正常”待客的叶茗，她被迫喝着茶，几乎全程撑着额头半挡着眼睛陪他看那个该死的电影。

她刚才是逗叶茗的，其实她根本没看过这部电影。

以前公司群里小女生们兴奋地议论过,她对这部电影的理解全是从他人那里得到的,所以当看到又尴尬又可怕的剧情时,她感觉比小时候和全家人坐在一起看男女主角接吻还要绝望。

偏偏叶茗还和她讨论:“你觉得女性在这种情况下为什么不考虑报警?因为享受,还是因为爱?”

“或许因为……软弱。”金果果不停地看向外面的瓢泼大雨,内心很痛苦,本想说“变态”,硬生生换成了“软弱”。

原来叶茗生气的时候,会拉着别人一起“社死”啊!

“你刚才说他们之间的情感联系很脆弱,但是在房间内联系得很紧密。”

“嗯……”金果果看到电脑屏幕上的六块腹肌,又看了眼外面的雨,十分煎熬,含含糊糊地回应,“是吧。”

“如果你是……”

“我拒绝代入。”金果果这次很快打断他的话,喝了口茶,“你先看吧,我去趟洗手间。”

叶茗不急不忙地按了暂停键,微笑道:“没事,等你。”

金果果看到那进度条,想到接下来还有一个多小时的如坐针毡的痛苦,也不知其间叶茗还要和她讨论多少“社死”的问题,她深吸口气,明智地做出诚恳的道歉:“我其实没看过这部片子,我也不喜欢这种类型的故事,是我错了,和你开了不该开的玩笑。”

“你和我开了什么玩笑?”叶茗一脸的不解和纯真,“你说你看过,我还希望你能帮我解读这里的心理活动呢。”

金果果看着他真诚的眼神,她记不得自己有多久没遇到让灵魂战栗的尴尬时刻了。小时候第一次和家长看到电视剧里的亲热镜头;初中秋季运动会上借男同学的校服裤穿着参加跳远,结果裤腰太大,跳起的瞬间当着所有同学老师的面裤子掉到脚踝处;工作后上台演讲放 PPT,小助理带错了 U 盘,里面全是助理的个人私藏写真,还一时半会关不掉……那些“社死”的瞬间从大脑皮层深处涌上来,但都没有此刻和公司合伙人一起看限制级电影更“社死”。

尤其是叶茗还泰然自若地不停地按暂停键,询问她的想法。

“这部电影也并非一无是处,光影氛围运用得很好,线条也很完美,你觉得呢?”

金果果煎熬地看到进度条终于结束，嘴角已经僵硬得挤不出笑容来，即使这是删减版的，她也快喘不过气来。

“听说这三部需要一起看完，逻辑才通顺，剧情也更完整。”叶茗这会儿忽然就会操作电脑了，在金果果组织好语言之前点开第二部，似笑非笑地说道，“你说得对，是脆弱。与其说是控制狂，倒不如说他们的内心很虚弱，渴望得到救赎和回应。”

金果果觉得自己就像一根春卷，被扔进滚烫的油锅里，油锅外是叶茗那双冰寒的眼睛，在等着她被炸熟了，捞出来大快朵颐。

叶茗的神色越来越放松，甚至带着惬意，享受着电影的视听艺术，分析着人性和欲望，侃侃而谈，而金果果面对他这从未有过的主动聊天，满头大汗。

她回去的时候暴雨已停，青绿的远山在水雾中朦朦胧胧，无比妖娆，茶山被洗得更翠了，嫩芽上挂着晶莹剔透的雨珠。

纵然这番美景，也涤荡不了金果果内心的尴尬。

这段时间她不想看到叶茗了。

终于彻底理解了叶茗“社恐”的感觉，他在外面和人聊天的感觉，一定很像刚才她坐在他身边，被迫观看令人尴尬的电影，还要应付那些让人“社死”的话题……

突破社交距离的感觉太糟糕了，金果果深深反思，之前她总是试图和叶茗拉近距离，原来她那些举动在叶茗的心里如此过分。

金果果没有再去过基地打搅叶大牛，直到叶茗把茶艺师团团介绍过来。

团团精于泡茶，在网上有一定的知名度。她喜欢穿着汉服，面容也古典清秀，泡茶时动作如行云流水，让人赏心悦目，将茶叶本身的质素口感发挥到了极致。而且团团对各种茶的制作过程都有了解，据说她曾经跑遍中国所有的产茶区，爱茶成痴，这才有了现在的成就。

窦豆看完团团的资料，就飞来了总部，和叶茗约好了时间，当面和团团聊一次。

“叶大牛自己厉害，朋友也厉害。”窦豆放下行李，在茶师总部转了一圈，就和金果果一起往实验基地走去，“他会种茶，他的朋友会制茶泡茶，这水平真是绝了！而且长得这么漂亮，如果去直播，一定能火！”

“人家本来就是网红，你没有关注她的社交媒体吗？百万粉丝。”金果果关注了团团的社交媒体，她每天分享的自拍与茶汤照片有无数点赞、回复、转发，有幸喝过她泡的茶的人，更是各种“彩虹屁”赞不绝口。

“我当然看了资料，也和她视频聊过。”窦豆工作很扎实，笑着说道，“团团不负责我们茶师产品的具体制作，但可以参与设计流程，以后宣传过程也可以和她合作，我已经准备好合同，效果一定很好。”

团团的外表、经历和能力确实是一流的。人家这才叫女人中的女人，论颜值，没有滤镜也很端庄，更重要的是知性文艺的气质，一开口就是艺术与灵魂。相比之下，窦豆自惭形秽，自己每日为钱奔波，显得世俗又庸俗。

“确实挺适合做代言人之一。”金果果看着远处的玻璃房，又想到那天“社死”的场面，实在不想见到叶茗。

窦豆哪知道金果果的尴尬，毫无底线地吹捧叶茗：“叶大牛真是我们的财神爷，他研发的茶叶品种已经让我有了百分之八十的信心，现在加上这么厉害的茶艺师，我们这茶品丢出去不是王炸，我就把项目书给吃了。”

“我觉得努努力，这辈子在科学成就上比不上人家，或许事业上可以碾压呢？”窦豆当然是在开玩笑，她不是白日做梦的小姑娘，知道人与人之间的差距，有些鸿沟就算是拼尽全力也无法跳过去。

“这个梦想不错。”金果果笑着附和。

“你笑什么？”窦豆白了她一眼，嫌弃地说道，“你今天穿得太素雅了，应该好好打扮一下才尊重人。”

“都是自己人，用不着穿礼服吧？”金果果觉得自己的穿着很舒适得体，不用刻意迎合取悦别人。

“今天团团也在，你觉得叶大牛为什么会把她推荐给我们？”窦豆见她没一点竞争的意识，恨铁不成钢地问道。

“因为各方面条件都适合。”金果果立刻理解了窦豆的言外之意，她以为团团和叶茗有什么特殊关系。

不可能的。

叶茗这样的人，不会加塞私货进来，也不屑给人走关系。

“确实挺合适，跟叶大牛也很合适。我和她聊过，她祖上是什么宰相，爷爷又是个大茶商，见识不凡。更关键的是，她不仅有学历，也同样有能力与热情，在茶行业中可称翘楚，在茶文化这方面的传播力也很强，接受过许多采访，据说她这个ID(账号)都值得上市。这样的人,你说和叶大牛配不配?”窦豆笑眯眯地问。

窦豆是替金果果的终身大事操心啊,她以前总觉得金果果的如意郎君不好找,因为果果各方面都很优秀,秀外慧中又有能力,身边能力相匹配的男士,年龄不太匹配,容貌相匹配的男人,能力又差那么点,年纪相仿的,性格又不合拍,总之没看到适合的。

直到窦豆看到叶茗。

虽然现在看上去叶茗的硬性条件比果果强,但果果的软性条件不差啊,而且假以时日,果果的事业发展起来,她也能成为商业巨头……

窦豆越看越觉得他俩郎才女貌天生一对,加上听张炜说叶大牛经常在果果面前莫名生气,更想磕这对CP(情侣组合)了。

但她知道果果不急不缓有主见的性格,金果果没想法的事,除非能从各方面碾压性地说服她,她才可能接受。

“配不配也跟我们的工作没关系,总不能因为这层关系,就多加代言费吧?”金果果很务实,一码归一码,她这点和在工作上公私分明的窦豆很像,不会因为感情因素而加码。

“你说得有道理。”窦豆服了她,见她一脸冷静,看来是对叶大牛完全不上心。

而金果果表面很淡定,但心里有些“社死”后遗症,一想到叶茗,就想到那天和他看了一下午的电影,他抛出的各种夺命追魂令人无法回答的问题。

好在叶茗也懒得见她们,茶室里只坐着穿着汉服、绾着日常发髻、眉心点了花瓣、仙气飘飘的团团。

团团不算顶尖的美女,但她深谙自己的特色,有种古典娇弱的美,穿上汉服加了一分,加上肌肤保养得极白,正所谓一白遮百丑,她又精心打了底妆,雪白的皮肤底色衬托得发乌唇红,即便五官不够明艳,在人群中也极为出挑显眼。

窦豆大步上前和团团握手寒暄。

窦豆也注重外表,但和头发丝都发着光的团团相比就逊色很多,尤其团团说话慢声轻语,聊起茶来更是博古通今,专业让她更熠熠生辉。

金果果看似清闲地坐在一边,姿态放松地听着窦豆和团团聊天,半晌也没找出什么毛病来。

团团一边聊着天，一边给大家洗盏更酌，现场演绎茶道。

金果果接过团团泡的茶，清香幽雅，鲜爽生津——这是她家的茶。

但经过团团的冲泡，黄绿的汤色像一块华贵的绿珀，味道也似乎更加清甜，果然叶茗推荐的人不会有错。

叶茗从后山培育基地回来时，听到茶室里欢声笑语，女人们之间的话题总是很多，不知怎么从茶说到了茶多酚美容保健上。团团曾经和一家生物公司合作研发过用茶叶提取精华制作的面膜，窦豆也看过投放的广告，很感兴趣地询问效果。

“学弟，她们聊得还挺开心，窦总都已经准备好了签约合同。”张炜一直在外面走来走去，关注着里面的情况。

叶茗点了点头，默默从玻璃门看了眼坐在一边品茶不语的金果果，她看上去很享受喝茶，脸上始终挂着温柔的笑意，凝视着团团的眼神也像太湖春水，轻软绵柔。

自从上次一起看过电影，金果果再也没有来过，叶茗晚上去过几次她家的茶园，没有碰到过她去散心。

这样冰雪聪明的女性，看一次电影，就能对他和人社交时的痛苦感同身受，再也不来主动找他了。

叶茗好几天没见到她，有种奇特的矛盾心情，他本不喜欢近距离接触别人，可好像她变得远了，他心里就有些焦急起来，希望那温柔的目光聚焦在自己身上。

她穿着一条质感和剪裁都很好的浅蓝紫色长裙。叶茗对色彩很敏感，那种蓝紫色很温柔，又不过分温柔，因为女性味浓重的神秘紫色里，加入了冷静理智的蓝，更多彰显的是内核稳定强大，不卑不亢，无须用鲜艳的外在夺人眼球。

她脸上的妆容也一向如此，清淡清透到几乎没有似的，很少像窦豆那样，涂着唇线分明的大红唇，一副随时准备战斗的昂扬姿态。

然而，精英扮相的窦豆和气质绝佳的网红团团，却分不走她身上那独特的温柔淡定的光芒。

很少见到她紧张和气急败坏的时候——除了那天和他一起看电影。

叶茗每次看到她，就会想到《波斯人信札》里的那句话：懂得自爱，从不自夸，对听者心存敬畏，既不贬低自己，也不伤害他人的自尊，这样的人才是幸福的人。

是的，金果果一看就是个幸福的人，不止她的外在表现，更多的是内心的满足。

她专注于当下的每一步，所有的目标和决定都很清晰，只有困难，却没有困扰。

"叶哥哥。"团团正在给窦豆倒茶，余光看到门口有个修长的人影，定睛一看，立刻欣喜地喊道。

窦豆听到这娇嗲的称呼，顿觉不妙，替金果果发愁。

然而只是皇帝不急太监急，金果果顺着团团的视线看过去，见叶茗站在门口似乎要走不走的样子，她看了眼腕表，对窦豆说道："一会儿和华西那边有个会，我先回去，这里就交给你了。"

"叶哥哥，快进来呀，我给你泡壶新茶。"团团很亲昵地喊道，再次洗盏更酌，取新茶。

叶茗被张炜从后面推了一把，愣是被推到门里。

金果果现在很能感同身受——叶茗这种"社恐"面对三个漂亮女人，肯定是地狱级别的煎熬。

她立刻站起身，让出了自己的位子，笑吟吟地说道："叶……"

想起张炜的叮嘱，金果果把"叶总"及时吞进肚子里："叶茗，我回去开会，正想和你告别，谢谢你给我们团队介绍这么优秀的茶艺师，一定能合作愉快，后续的签约就交给窦豆了……"

叶茗看着她，听她说了一大段客套话，才点点头："我送你。"

皇帝的太监……不，窦豆一听到这语气平静的三个字，眼睛亮了亮，在金果果拒绝之前抢先说道："太谢谢叶总了，刚好我还有点合约上的细节，经纪人那边希望能和团团小姐再聊聊。"

金果果忘了告诉窦豆叶茗不喜欢人家这么喊他，会生气好几天的。

她本以为张炜什么事都会私下向窦豆汇报，窦豆会注意到这些小细节的。

不过现在不是担心称呼的问题，而是叶茗怎么忽然这么热情了。

事出反常必有妖。

窦豆笑眯眯地看着两个人离开，侧身对团团说："他俩外形可真般配，咱们这公司啊，颜值标准实在太高了，不知道的还以为是模特经纪公司呢。"

团团勉强笑了笑，低下头，继续泡着茶，递给窦豆：“豆豆姐也是我见过的最好看的女老板之一。”

“过奖了。我们聊聊合同的具体要求吧。”窦豆自知虽然不如这些网红年轻漂亮，但岁月和经历让她沉淀了另一层魅力，否则张炜也不会一看到她就脸红。

叶茗一言不发地走在金果果身边，两人单从外形看，都很清雅婉约，身上也都没有商人的气质，和总部里那株浪漫神秘的紫藤花似的，带着道似无情却有情的沉静，确实相得益彰。

金果果注意到楼下那些小师弟师妹的八卦眼神，猜想叶茗应该从没有这样送客出门，大家才如此惊讶。

等走到实验基地的大门口，金果果笑道：“留步吧，我自己回去就行。”

“你不是邀请我去总部看看吗？今天恰好有空。”叶茗没有留步，继续往外走去。

这几日春雨绵绵，今天好不容易放晴，远处茶山上星星点点散布着头戴遮阳帽的茶农，路边的山茶花像是给草地铺上了一层厚厚的白色红色粉色的地毯，哪怕是钢铁心肠的人，看着这一地的落花，也会生出几分惜春的心情。

金果果总觉得他哪里变了，不只是主动要去参观总部，还有和她之间的相处也似乎变得主动了，他的“社恐”属性仿佛转移到了她身上。

是那天看电影的错。

金果果一路上捋着叶茗转变的内在逻辑，尽量让自己看上去和往常一样，和他聊了些未来发展的小细节，渐渐也没那么尴尬了。

第十四章　自有清香君子慕

两人刚走进总部，就见一个高大的男人提着一桶东西站在院子里，打量着翻修一新的老宅。

“杨海，你怎么来了？”金果果诧异地问道，看了看周围，“一个人？柳萍呢？”

杨海第一次见到叶茗，也愣了愣。叶茗和不修边幅的他相比，简直是另一个世界的人，俊眉修目，皮肤白净，从外表看，既年轻又沉稳，和这一院子的紫藤花、白玉兰互相映衬，仿佛春天的使者。

“啊，我爸妈之前晒了些枸杞芽，让我带到公司给你泡茶喝，下火，还有二婶捞了些龙虾，放你家了，你上次不是说宝宝姐要回来嘛，正好让她做点……”杨海本来想和叶茗打个招呼，但是人家根本不和他眼神接触，直接走进屋内，他只好尴尬地挠挠头，拿起桶盖上的塑料袋，絮絮叨叨。

以前金果果在上海时，每次回来，杨海要是看到她，总要给她一罐枸杞芽，说坐办公室吹空调容易干燥上火，让她多泡点枸杞芽润润。

杨海妈妈每年春天总习惯在自家山头搞点野味，不管是枸杞芽还是野茶，她喜欢弄些纯天然的食物给孩子。但今年，听说杨海要和柳萍结婚，老人家激动坏了，整天往园区跑，从乡下给柳萍拿了一堆特产。

但柳萍是本地人，哪稀罕这些？今天看到准婆婆送来的枸杞芽，忽然就发火了，连袋子全扔进垃圾桶里，莫名其妙和杨海吵了一架，把杨海给撵出来了。

杨海也觉得委屈，索性回来散心，顺便找果果，想聊聊和柳萍在一起之后的烦恼。

没想到果果今天还有客人，杨海提着桶：“你是不是还有事？等你不忙了一起吃个饭？”

“好。”金果果点了点头。

“那晚上老地方？明川放学后也过去。”杨海又说道。

“柳萍不来吗?”金果果知道有事的是杨海,但现在又没法细问。

“她啊,她今天要去做什么美容,然后要一个人去苏州大剧院看什么歌舞剧,我回去时顺路捎上她回家。”杨海露出一丝无奈的表情。

“你不陪她?”金果果有点同情杨海,他好像永远不知道自己想要的是什么。

“她不让我陪……好吧,她和我生气,把我赶出来了。”杨海看到叶茗一言不发地在他们的对话中走上了楼,终于露出可怜巴巴的表情。

叶茗已经走上了二楼,从瀑布般的紫藤花间往下看去,金果果还在和那个男人低语着什么。

他的手指轻轻叩着窗扉,眼里倒映着一片紫色的花海,耐心地静静等待。

他在数着金果果会聊几句。

以他对金果果的了解,最多还有三句,她就该上来了。

她不会让客人等候超过两分钟。

果然,金果果送杨海到门口,和他低声说了两句,转过身。

像是感应到了楼上的目光,金果果抬起头,东侧的一树白玉兰疏疏朗朗,清雅华贵,亭亭如白美人,似玉盏开在碧空下,西侧则倒挂着一串串紫藤花,华而不俗的紫色仿佛少女的梦境。

叶茗就站在这些花影之中,那张脸也像是少女的梦,正居高临下地看着她。

院中的阳光略有些刺眼,金果果看不清叶茗眼神中的情绪,只觉得他很专注地盯着自己,便对他笑了笑。

叶茗看见她仰着的玉白色脸上的盈盈笑意,蓦然就想到了两句写白玉兰的诗:“自有清香君子慕,岂因娇色向人夸?”

他看着她走向房间,然后听到木质楼梯上轻盈的脚步声。

“抱歉,让你久等了。”金果果人未到,声音先传了过来。

“你朋友?”叶茗问道。

“是,老同学。”金果果没想到他主动话家常。

叶茗好像除了在周舟的事上多说了几句话,从不会主动关心他人。

“我耽误你们聊正事了?”叶茗又说道。

“他是因为要结婚了,想找朋友们聚聚。”金果果没想到叶茗今天这么善解人意。

她领着叶茗走到办公室，带他简单地参观一下——这里的装修很简洁，许多软装还在慢慢添置，不能和西山实验基地的设施相比，唯有古朴。

“结婚应该很开心才对，他怎么苦恼？”

听到叶茗这不食人间烟火的问题，金果果心里感慨着人和人之间的差距。

对许多普通人而言，结婚这样的大事，不管是酒席、彩礼还是其他筹备事项，都有许多辛苦之处。

叶茗如果结婚，当然只剩下开心，他不需要考虑任何事，只要考虑爱不爱对方就行。

然而现实中，婚姻不只是爱不爱的问题。

“而且，要结婚了，为什么要来单独找女同学？他的未婚妻会做何感想？”叶茗又接着问道。

他的问题看上去单纯却犀利。

金果果感觉他误会了什么，解释道：“我和他的未婚妻也是同学，遇到问题经常一起商量。他不是单独来找我的，还有其他几个小伙伴……”

“比如那天晚上在镇政府门口遇到的男同学。”叶茗记性好得很。

“对，那位叫江明川，现在在小学当美术老师，也偶尔会聚聚。”金果果有种自己的交际圈他都摸熟了的错觉。

除了工作上的伙伴，她在家乡也就这四位老朋友了，平时走动得多一些。

“很有趣。”叶茗沉吟了几秒，不知在想些什么，忽然说道。

“什么地方有趣？”金果果不理解他的意思。

“人的不同思维方式很有趣。”叶茗喜欢观察人的内心活动，人们因为性格、生活环境和所受教育等的不同，所呈现的最终模样也不同。

比如刚才那个提着吃的来看金果果的男同学，以前是在一样的学习环境中长大，但随着自我意识和能力的提升，现在金果果和他已是天壤之别。

他俩站在一起完全不像是同类人。

“展开说说？”金果果现在放松了很多，最初的尴尬随着叶茗的其他话题渐渐消散。

“我想你一定知道为什么你同学结婚会有烦恼。”叶茗坐到阳台的椅子上，看着远处的青山。所谓庸人自扰，可以把一切烦恼都归根于自己的能力无法满足不相匹配的欲望。

“如果换成你,一定不会选择让自己有压力的婚姻。”叶茗又补充了一句。

“那倒未必,压力也是动力,万一遇到让我奋不顾身的人呢?”金果果笑了笑,靠在栏杆上。玉兰花荫下,她脸上摇曳着阳光,留下动人的光影。

叶茗的表情似乎沉了。

但他知道,以金果果的理性,做任何事都会考量好,她可以为一个人抛弃身外之物,但绝不会迷失自我。

这也是她的迷人之处,勇敢而自知。

“不过如果能做出让自己奋不顾身的尝试,不管结局如何,这样的人生本身就足够令人向往了。”金果果想的却是创业,自从决定辞职卖房,她的回乡也是一次奋勇激荡的选择。

叶茗还想说什么,却听到院内有人说笑的声音。

窦豆带着团团回来了。

团团听说茶师总部就在隔壁不远处,没聊几句就想来看看,更深入地感受一下茶师的文化氛围。

金果果扶着栏杆看着楼下低语的两人,团团穿着繁复的裙裾,走在曲径通幽的花径上,仿佛一幅画。

叶茗也站起身,看了眼太阳的位置,淡淡说道:“那边的荷花池不错,过些日子可以赏荷了。”

“至少还要过一个月。”

“荷花开时,记得告知一声。”叶茗觉得她这么冰雪聪明,一定知道这是一个约定。

“你这就走?”金果果确实感觉到叶茗今天的反常——躲着团团呢。

人家来了他就要走,好奇怪的关系。

毕竟是叶茗亲自把团团推荐给她们的,团团又亲昵地喊他叶哥哥,即便他有“社恐”症,也不该这么躲着吧?

“参观完了,难道你还要留我吃饭?”叶茗竟和她开了一句玩笑,但不等她回复又说,“实验室里还有事,先走了。”

他下楼的时候,恰好团团站在楼梯口,见到他又亲热地喊了一句“叶哥哥”,叶茗只是微微颔首,比金果果初次见到他时还要矜持,走到团团身边时,几乎贴着墙,像是怕和她离太近,加快脚步离开。

团团掩去了眼里的失望,也笑着跟金果果打了声招呼。

“你去送送叶总,我带团团来转转。”窦豆恨不得把金果果推到门口追叶茗去。

“这点距离,送来送去没完没了了。”金果果正说着,手机响了,她看了眼,对团团歉意地说道,“我先接个电话。”

叶茗走到门外,放慢脚步,但身后并没有人热情地追出来。

金果果接到的是周舟的电话,约她晚上见面。

周舟拿到了这个月的工资,她今天才知道果果替她垫了葬礼一条龙的钱,无论如何都要还给她,更要当面感谢,恰好杨海回来也找她了,就约着小伙伴们一起。

金果果先去镇政府接了周舟,两个人步行到了饭店的小包间,一推门就听到杨海在对江明川大倒苦水。

“……婚期越来越近,她的脾气却越来越大。原本说好了一切从简,但她还是各种挑剔,各种找事!你看前几天去拍婚纱照,因为摄影师和布景让她不满意,她当场和人吵了起来,非得要求换人,那嗓门大的……和平时温柔的样子一点也不像,我都怀疑她是不是被黄玉霞给附身了……”

刚说到这儿,见周舟来了,杨海赶紧闭嘴,有点尴尬地起身打招呼,帮两位女士拉开椅子。

“柳萍今天怎么没来?就因为婚纱照和你吵架了?”周舟丝毫不觉得被冒犯了,黄玉霞在她眼里只是个思想顽固的群众,需要她耐心服务和感化。

“你是不知道,选婚纱这事……唉,气死我了!咱们虎丘有婚纱一条街,几乎集中了全国最为物美价廉的婚纱,周边城市的新娘往往都会特意来跑一趟,选择自己心仪的婚纱。按说这么一条街足够她挑了吧?”杨海一听到这话,继续控诉,“偏偏柳萍挑来挑去挑花了眼,这不满意,那也不满意,没有一件在她眼里是完美的,还念叨着什么明星穿的什么牌子……”

“看来只有王薇薇才能入我们柳萍的法眼了。”金果果半开玩笑地说道。

“对,就是王薇薇。我就是多嘴了一句,‘人家那高定得多少钱啊?就穿一次,买回来供着?’她就当着店员的面大哭大闹,我哄了好久都没哄好,最后求她别哭了,给她买。”杨海也是“直男”,当时就撑了回去,结果柳萍就呜呜哭了起来,情绪变化之快,让人猝不及防。

“你还真要给她买？”江明川对时尚品牌很了解，“我说杨海，订王薇薇家的婚纱？她家最便宜的基本款都要大几万，这不是普通人家该花的钱，你可别拿钱瞎造。”

杨海无奈地摊手：“她喜欢，难得结婚，看她哭得那么惨，我也想满足她的心愿，所以只能来找找果果，看看她认不认识人，订件王薇薇的婚纱。”

“你们结婚时间紧张，人家的婚纱需要预订，根本来不及。”金果果理智地劝他，“倒不如把钱留着出去旅游度蜜月，或者买点更有意义的东西留着。”

“她是定了度蜜月的地方。”杨海吐槽完，心情好多了，和柳萍变脸似的，忽然就换了幸福的口气，“我们去塞舌尔度蜜月。”

这地方比马尔代夫还贵！

周舟叹了口气：“花了多少钱？”

“总包价双人七万多。”杨海对这倒是满不在乎，反正就当出去玩一次，总比买件没用的婚纱放家里占地方好。

这男人没救了。

周舟无奈地看向金果果，眼神里都写着“劝劝杨海”。

“杨海，你家又不是暴发户，你现在结婚拿积蓄来造，但你想过以后吗？”江明川先批评起来。

因为他最清楚杨海的家庭条件，养一个“宅男”还可以，但柳萍多败家啊，哪够她几年花的？

“我想过，所以来找你们商量，我结婚后准备做个事，果果你回头帮我分析分析能不能干好。”

“你想做什么？回头把项目书发给我看看。”金果果心里也叹了口气，但是杨海如果因为结婚，开始考虑搞事业养家的问题，也算是新的起点。

就担心他也瞎搞胡来。

“还要项目书？”杨海愣了愣，连声问道，“项目书里面具体是啥内容？不就是投资开个店吗？搞那么复杂干吗？我做的是小生意，又不是你这种大企业，说给你听听不就得了？”

“那你说来听听。准备做什么项目？启动资金是多少？成本和利润……”

“我就准备做电竞，具体多少钱还没想好，这不是忙着结婚吗？”杨海打断金果果的话，“结婚烦琐的事情太多了，果果，你是伴娘，能不能陪柳萍去跑几次，给她挑婚纱,还有伴手礼什么的?我想在网上买,她说我没品位。我也不想和她因为这些小事闹得不愉快,你帮我陪她买呗。”

“果果的公司现在也很忙。这样吧,明天是周末,我休息,我去陪她。”周舟体贴地说道。

“没事,旗舰店的装修我也要经常去看的,总要去市里,明天我陪她再去虎丘婚纱一条街转转。”

“明天周末,一起去,我正好想去爬爬山。”周舟接口说道。

金果果确实很忙,但她和杨海、柳萍是几十年的朋友,才会费心费力抽空帮忙,跟着折腾。

况且大家一直觉得其中有蹊跷,可毕竟结婚是件甜蜜幸福的事,即便知道两人根本不合适,也真心希望他们能有好的结果。

周舟见不得人铺张浪费,第二天一起陪着柳萍试婚纱时,就忍不住试着劝柳萍:“你们这蜜月旅行是不是太贵了?杨海家是拆迁还了房子,可他自己没工作,爸妈的养老金额度也不高,以后还要创业,万一有孩子……总要多存点钱,有备无患。”

柳萍一边试着婚纱,一边不高兴地噘了噘嘴:“他主动提出来要给我补偿,一辈子就结这么一次婚,也值得。别对自己太严格,否则女人不会幸福的!你看你就是,老黄牛一样,有什么好的?只会不断付出,被不断索取。帮我拉一下拉链。”

她说话总是口无遮拦,见周舟现在气色好多了,好像已经走出了丧夫之痛,更加没心没肺。

周舟走上前,在背后帮她拉紧婚纱,但拉链头总是卡在腰线处,拉不上去。

柳萍有点沮丧:“我是不是胖了?”

她一向苗条娇小,衣服都是XS号,婚纱也不例外,没想到这件她还算满意的大拖尾居然穿不上身。

“果果,你也来帮忙。”周舟对外面挑选着婚纱的金果果喊道。

金果果又挑了两件适合柳萍身材的婚纱,听到喊声,走进试衣间,也帮着拉后背的拉链头,可怎么都拽不上去。

“可能要结婚了心情好,心宽体胖。”金果果给她拿了另一件婚纱进来,安慰道,“你以前也太瘦了,稍微有点肉还健康,没事,换一套看看。我给你挑了一套珍珠抹胸款的，也很漂亮。”

“算了。”柳萍失去了兴致，恹恹的模样，“我也没精神减肥，随便吧。”

金果果觉得柳萍的状态不太对劲，好像对什么都提不起精神，情绪又起伏太大——像她那更年期的妈妈。

要是以前，为了穿上漂亮婚纱她肯定得拼命，不惜削足适履，这会儿说着一生一次的婚礼，她却忽然又没有平时那么讲究和计较——也难怪杨海受不了，有时候忍不住吐槽，有时候又满脸幸福，敢情是被柳萍的情绪影响了。

柳萍这次还真是随便，试了金果果拿的那件珍珠抹胸款的婚纱就定下了，另外一件试也没试，刷卡买完，就坐在车里呆呆地出神，好像不舒服。

“中午要去吃点什么？”金果果开车，搜了一下附近的美食，问道。

“随便。”柳萍好像没什么胃口。

今天周舟原本想顺路去虎丘里面玩玩，但柳萍好像很累，就只能陪着她先回去。

“有家老店，周舟你还记得吗？以前来这儿秋游，我们总要在那家老店吃一顿。”金果果有十多年没去过了，不知道店有没有关门。

“我记得，叫东轩饭店。”周舟印象很深，笑着说道，“当时你还说，这个老板一定读过苏东坡的诗才起的这个名字。”

那时候金果果这个学霸还带着一些文艺气息，走到一处总能给大家科普一些历史趣事和历代名人写下的诗词歌赋，不像现在这样冷静成熟。

“哦，我想起来了。东坡的《虎丘寺》里有几句：‘东轩有佳致，云水丽千顷。熙熙览生物，春意破凄冷。’”

说到了细节，当年的记忆像是复活了，金果果甚至记得那个秋天的颜色，记得当时陆亚东意气风发的样子，记得同为文艺青年的江明川干干净净的模样，还记得那个小饭店的白墙上贴着老板自己写一幅毛笔字：“竹杖芒鞋轻胜马，谁怕？一蓑烟雨任平生。”

正是因为这句话，她才觉得饭店的名字是从苏轼的诗词里找的。

而江明川和她争得面红耳赤，问为什么不是陆游的《东轩》，为什么不是戴复古的《东轩》。

“‘东轩亦潇洒，春晚雨晴时。’面对虎丘，这诗多有诗情画意啊！”江明川卖弄着自己的艺术才华，不断质问。

“对呀，正是因为这里是虎丘啊，所以出处更可能是《虎丘寺》。”金果果总是温柔的，说话轻且慢，眼睛亮亮的，带着少女的娇憨。

“我支持果果。”周舟说道。

“我支持……明川哥哥。”柳萍骨碌碌转着大眼睛，抢先坐到了明川哥哥身边。

“你们念的什么？一句都没听懂。”杨海的变声期似乎格外长，瓮声瓮气。

“要打赌吗？谁输了谁请客。”陆亚东当时喜欢当大哥哥，给大家主持公道。

“不用打赌，一定是我赢了。”金果果之前还只是猜测，踏入店里看到了墙上贴着的毛笔字，就知道店主是个苏轼迷。

那时候的她，还有点年轻气盛争强好胜，如果是现在，关注到这些细节，大概也不想说出口。

岁月给人带来了成熟的财富，也带走了青春的宝贵。

“呜呜……”

车后的抽泣声拉回了金果果的回忆，她急忙靠边停车，转头看着柳萍：“怎么了？”

周舟正在出神，大概也回忆到了什么。

柳萍掉着眼泪，情绪不受控制，颤着肩膀说道：“我想到了……以前亚东哥……”

想到陆亚东的遗腹子，柳萍嫌弃地住了嘴，继续说道：“想到以前我们那么年轻，那么开心，拿着攒下的零花钱去点三四个菜，白米饭随便吃……哥哥们总是把菜留给我们吃，他们连吃三四碗白米饭……”

说着说着，她哭得更伤心了，不只是哭自己流逝的韶华、一去不回的简单快乐，还有那些回不去的人。

周舟的眼眶也微红，强行挤出笑容，安抚着柳萍：“现在多幸福啊，想吃多少尽管点，别铺张浪费就行。”

柳萍哭得都干呕了几声，吓得周舟赶紧扶着她下车透气。

“不找那个饭店了，就在旁边吃点吧。”金果果将车停入路边临时停车位，环顾四周，带着两人走到一家地面打扫得干干净净的小饭馆里。

金果果见柳萍胃口不好，先点了个河蚌金花菜开胃。河蚌是常见的食材，却因廉价，很少受人追捧。蚌肉口感层次丰富，有弹、软、糯、滑几种变化，只是有轻微的腥气,做主菜未免不雅,配着以白酒调味的金花菜,却有独特的风味。早年间茅台还没那么贵的时候,要炒这道菜用之正好,而今改用二锅头,酒香扑鼻,与用茅台调味差不了太多。

柳萍咬了一块肥美的蚌肉,稍稍平静了点。

周舟给柳萍端了杯白开水,看着她有点苍白的脸色,关心地问道:"你是不是最近太累了? 今天回去好好在家歇歇,婚纱已经买了,其他事都让杨海去做。"

"让他弄,只会搞得一团糟。那人跟个没长大的小毛孩似的,还懒得不行,就会敷衍了事,你们又不是不知道。"柳萍心里对杨海还是不满的。

"那你为什么想到要嫁给他的?"金果果刚回完窦豆的信息,抬头问道。

"那就不值得嫁了?"柳萍有点不高兴地反问。

女人啊,自己吐槽老公可以,但别人不能吐槽。

"果果不是这个意思,人都有优点和缺点。"周舟见柳萍又有小情绪了,给她夹着菜,打圆场,"作为朋友,杨海当然挺好,善良、热情,又真挚。不过,我觉得你眼光一直挺高,以前都看不上他的,现在在一起……你也该知道他的那些小毛病。"

杨海是可以两肋插刀的好朋友,就算有些懒散与不求上进,但不在一起生活,不用朝夕相对,这些小毛病都在能够接受的范围之内。

没有人是完美的。

就像他们六个小伙伴,柳萍虚荣,杨海懒惰,江明川一身艺术家的毛病,周舟过于固执,陆亚东表里不一,就算是金果果,现在还是单身,而且是工作狂,不是老人家眼里的完美女性,甚至某些同事曾经对她还有一些偏见。

大家是朋友,彼此了解,也会彼此包容。

如果要金果果来评价,杨海是个好人——虽然没什么伟大的理想和追求,但就是这样占绝大多数的普普通通的好人,奠定了稳定的社会秩序。

同样,大家也有共识,柳萍从来没有把杨海作为婚恋的对象。

"你们是怀疑我对他没什么感情,就是找个长期饭票是吧?"柳萍的情绪更差,言语也变得尖锐如刀。

这话说得刻薄直接,金果果和周舟却也没法否认。

"我们当然希望你和杨海能够幸福,但这要建立在诚信与感情的基础上。

如果你不是抱着与他共度一生的想法，感情没有到位，我也要劝你慎重考虑。这不光是为了杨海，同样也是为了你，这是对你自己的人生负责任。”金果果替周舟说出了心里话。

“那就不劳你们费心了。”柳萍啪地一下放下了筷子，讥讽地问道，“该说的我都对杨海说过了，他还愿意和我结婚，你们还有什么不满？觉得我会骗他还是害他？是不是在你们心里，我就是个坏女人，会为了杨海的那点家产谋财害命？”

柳萍越说越委屈，眼泪不值钱，又啪嗒啪嗒地掉，哭着控诉：“我知道你们看不起我，你俩从小就不喜欢我。你俩都是国家栋梁，就我是个蛀虫，是个渣女，应该死在外面永远别回来……”

“你胡说什么！”周舟怒声打断她的话，也很生气，“就事论事，你别扯其他的。我们是关心你的幸福，你要是结了婚觉得不合适，是不是伤筋动骨？你怎么就不懂呢？你不能让自己的任性伤害到别人，也不能任性地伤害自己！你从小就缺少家庭的关怀，但是我们把你当姐妹亲人对待，不然你看看你做的那些事，不是家人，怎么可能还陪你挑婚纱？你现在自轻自贱、自甘堕落，还要求别人看得起你？大家为什么会这么看你，你心里没数吗？”

柳萍被骂得脸都白了，周舟平时对公婆那么唯唯诺诺，可现在竟然有长姐的威严。

“你才三十岁，人生如果百年，才走了不到三分之一，即使从今天重新开始，也还有六十多年的岁月，完全有时间重新塑造自己的人生，不要被过去的经历和认知桎梏住思想和未来。所以，大家都希望你能继续往前走，而不是糊里糊涂地做不合适的决定。”金果果温和地开口，“如果你确定这是自己的心意，我们会祝福，希望你能和杨海好好经营家庭，也希望你能鞭策他越变越好。”

柳萍张了张嘴，眼泪还在往下掉，她想掀桌子离开，但这两个人不是杨海，而且……周舟和金果果的殷切和怒其不争的眼神，让她很难受，也让她感受到久违的温暖——多少年了，没有人会和她推心置腹，也没有人真正关心过她。

那些男人呢？男人的感情就像露水，太阳一照，就蒸发得无影无踪。

哪怕是杨海，也只是在恋爱的新鲜期把她当成女王，但从不主动关心她的内心，更不明白她想要什么。

只有这些小姐妹会和她说，不要任性地伤害自己，不要自轻自贱，不要自甘堕落。

刚刚失去自己的一段人生、过得比她痛苦的姐妹会告诉她，人生还很长还很新，抛下过去，重新出发，还有无限的可能。

但是她无力改变。

重塑……这两个字需要多大的力量？她不是周舟，无法从痛苦中造出一个崭新的自我。

有些人的性格和观念已经根深蒂固，即使知道脚下是错的路，也没有勇气回头。

无论周舟和果果怎么劝，柳萍就是不再说话，灰白着脸，结束了一顿不愉快的午饭，自己叫了辆车走了。

金果果知道她在耍小性子，估计回去要折腾杨海，把气撒在他身上。

她陪周舟走了走虎丘山。

之所以不用“爬”这个字，是因为虎丘山实在太低矮了，用周舟的话来说，就是一个小土堆。

然而这土堆却承载着两千多年的悠久历史，吸引了无数游客。

今天周末，人也很多，几个老年人坐在亭子里拉二胡。有位白发苍苍的老人脖子上挂着一个小音箱，放着《绿牡丹》，熟悉的评弹让金果果仿佛再次回到了小时候，夏日午睡时，蝉鸣中总有隐约的评弹声，像是从缥缈峰上慢慢悠悠地飘进耳朵里，让她生起睡意。

“你说柳萍，都三十岁的人了，怎么还没有一点长进，就不肯正视自己的问题?!”周舟还在生气，哀其不幸，怒其不争，“你也别跟她说什么重塑自己，她要真有这样的勇气，不至于落到现在这地步。杨海也是，小孩子一样，想一出是一出，没个脑子，这么仓促地结婚，肯定有其他内情。”

“柳萍说杨海知道，要不然找杨海问一下？”金果果也很无奈，如果不是朋友，她一点也不想卷进别人的事——这也是她被同事们诟病的地方，虽然当年她的业绩好，工作很优秀，但有些同事背后给她贴上“道是有情却无情”的标签。

听着挺诗意。

因为金果果外表温柔，待人礼貌，但总是保持着私交的距离，专注自己的事，既不喜欢别人过于干涉自己的私事，也不喜欢主动干涉别人的私事。

她过于尊重交往的界限，严格划清工作外的时间。之前同事们都觉得她性格好，长得美，工作能力又很强，又是单身，总喜欢给她介绍对象，但是每一次金果果都会温柔地拒绝。渐渐地，大家发现她不只拒绝别人进入自己的隐私领域，平时除了工作也不爱关心办公室八卦，于是渐渐就和她保持了社交距离，也就有了后面的那个称呼，也知道了她为什么这么优秀却没有男朋友，背后也会嘲笑她的性格，大概男朋友连她的心门都进不去，更别说卧室的门。

不过“社恐”员工倒都很喜欢这位女上司，都喜欢和她共事。

叶茗或许也会喜欢和她共事的。

“杨海这人，肯定也是柳萍说什么就信什么。”周舟今天对柳萍话说得很重，因为无法再忍受。

柳萍有前科。

小事上朋友们可以不在意，但涉及两个人的终身大事，周舟与金果果都不希望他们因为虚荣、误会与欺骗而耽误了一生。

江明川也很担心杨海，趁着周日去了市里。

有了柳萍，杨海的家里更乱了。

客厅的茶几上堆满了外卖的袋子，一次性筷子胡乱地插在饭盒上，地上还撒着瓜子壳，电视机开着，屏幕上显示一款新主机游戏的3D画面。

杨海睡眼惺忪地开门，虽然没怎么清醒，但对江明川的拜访还是很开心。

“都要结婚了，怎么还没人管你？”江明川虽然自己的画室不怎么收拾，但看不得这么凌乱的撒满垃圾的场景，忍不住动手收拾。

杨海赔着笑帮忙：“柳萍说我这儿太乱，不爱来；我妈这几天又有点不舒服，没来帮忙打扫。见笑，见笑。”

这符合柳萍的风格，她撒娇躲懒是一把好手，让她动手干活那是万万不可能的。其实说起生活上的懒散来，她与杨海还挺匹配，“天造地设”。

“你都三十岁的人，马上成家立业了，总得自己照顾自己，怎么忍心让你妈累着？”江明川真是看不过去，这样的人，有女人愿意和他一起生活吗？

也难怪大家都在怀疑柳萍结婚的目的，两个人都要结婚了，也不住在一起，杨海家里也完全没有爱的温馨气息，依然是邋遢“宅男”单身汉的家。

杨海胡乱塞着垃圾，不小心把垃圾袋给撑破了，撒了一地垃圾，更加狼藉。

“我也不想，我都劝我妈放在那儿别管，我来就行。”杨海蹲下身手忙脚乱地收拾着。

“你来?”江明川看着堆在门口的垃圾袋,深知他的坏习惯,“你拖到下个月还是明年啊？难道你结婚后要让你妈妈过来当钟点工？你好好想想,以柳萍的性格,婆媳天天相处行不行?”

自己没有的东西就会特别珍惜,江明川等于没有父亲,母亲又去世了,一直很羡慕杨海父母双全,能够有家庭的温暖与亲情,也就更加生气他的不争气。

“结婚了我肯定得改!”杨海信誓旦旦,随后又有点得意地说道,“柳萍和我妈相处得还挺好呢,她挺享受我的家庭温暖。”

江明川压根不信,柳萍只不过喜欢被人伺候罢了,现在婆婆偶尔过来做做饭,帮她收拾家里,她是挺享受,时间一长,就不一定了。

他更不相信杨海结了婚就会改,不过这种事连杨海父母都干涉不了,还能指望他一个外人来改变?

帮忙把客厅大概收拾了一下,江明川才在沙发上坐下来,杨海从冰箱里给他拿了罐啤酒。江明川仔细瞧了瞧,快到保质期了,杨海自己买临期打折货,给未婚妻花钱倒是大方。

杨海开心地坐在江明川身边:“你吃点啥？我给你叫外卖。”

他总算还有当主人尽地主之谊的觉悟。

“你不喊柳萍一起吃?”江明川知道柳萍长租了附近的一家酒店——完全不用自己打扫卫生,有酒店人员每天清洁,很适合她。

周舟知道这事,还很生气,认为太铺张浪费。

但柳萍振振有词:“还没结婚,住在一起成何体统?”

什么时候柳萍这么保守了？这一点也是让所有人很怀疑。

柳萍的所有行为都写着“不爱”,甚至挺讨厌和杨海在一起。周舟劝过柳萍,杨海现在住的房间是小三室,她可以收拾出一个客房住着,反正要结婚了,提前感受一下一日三餐的生活,但又被柳萍拒绝,说什么万一杨海夜里敲门怎么办。

柳萍对喜欢的男生,恨不得天天黏在人家身上,每一刻都在秀恩爱,朋友圈里全是酸腐的恋爱味道。周舟清楚地记得,她在深圳时,还晒过多次恋爱对象起床刷牙和夜里给她说故事哄她睡觉的照片。

柳萍的反常令人担心。

“柳萍以前的女同事从深圳过来办事,她俩约了去苏州中心吃饭。”杨海拿起手机翻找外卖店。

“为什么不带你一起去?”江明川本来就不是来吃饭的,他拿起游戏机手柄,稍微拨弄了两下,问道。

“她说女人之间吃饭逛街,让我别跟着。”杨海耸耸肩,他也不喜欢出去见不熟悉的人。

因为如果要出门,柳萍一定会逼着他刮胡子洗澡打理发型,还要让他穿上紧绷绷的正式衣服,想想都累。

“是嫌弃你吧? 你看看你的样子,都要结婚了,也不好好收拾一下。”

“嫌弃怎么可能和我结婚? 打游戏不? 我可好久没见你的绝招了。”杨海不想继续这个话题,随便点了吃的,他的日常生活重点还是在游戏上。

男孩子们最快乐的交往工具一直是游戏。小时候杨海老拉着江明川玩格斗游戏,江明川那时候心情苦闷,因为游戏,还真被治愈了很多。

但杨海一直耿耿于怀,因为他总是打不过江明川。

平时杨海玩游戏的时间,那可是远远超过江明川的,可对方操纵习惯的角色,一套连招就能打得杨海没脾气。哪怕是苦练,杨海终究跟不上江明川灵活的手指和反应,有些事只能说是有天赋的。

后来杨海玩电竞,水平虽然大幅度提升,但始终也没进入职业的门槛,他就经常想起被江明川虐的过往,更加气不顺。

江明川有一肚子话要问,却不知道怎么开口,抿嘴点头:“新游戏我都不会。”

“有老游戏! 老游戏!”杨海乐开了花,赶紧找出他们当年常玩的《拳皇》,选了自己心仪的角色,把二号玩家的手柄塞给江明川。

两人拳来脚往好一阵子,杨海占尽上风,心满意足。

江明川见他得意忘形的样子,装作不在意地说:“婚礼没两天了。”

“是啊。”杨海一个飞腿把江明川的大招打断,兴奋地说道,“到时候你早点到,靠着你给我挡酒呢。”

金果果是伴娘,江明川是伴郎。杨海觉得自己相对早结婚还是有好处的,至少小伙伴里面还有俩单身的,要是再晚一步,等江明川结了婚,伴郎可就不好找了。

“想不通,你怎么就突然开了窍,想着要和柳萍结婚?”

江明川最初虽然觉得这个婚结得太仓促,但还以为杨海一直喜欢柳萍,突然明白了内心就开始行动,现在来了之后,却发现不对劲。

江明川在外面到处旅游画画时,也短暂地交过几个女朋友,但因为心里还藏着一个人,总是无疾而终,不像杨海,从来没有恋爱过,对怎么和女人相处完全没有经验,更不懂女人的心思。

杨海手上的动作似乎凝滞了一下,随后笑着说道:“没什么,时候到了呗!而且柳萍不也挺好?”

他说话的方式与柳萍也挺像。

如果说杨海是还没有长大的男孩,那柳萍也是个不成熟的小姑娘,喜欢从别人身上索取情感和关注,但也不会太过分——发现别人不理她,她也会高傲地扭头就走,更不会刻意去伤害别人,加上她娇滴滴的样子,也很难让人厌恶,至少作为朋友,还能够容忍与原谅她,她肯定也有其他优点。

“结婚不是小事。柳萍花钱的习惯和你的日常生活完全不一样,做朋友还可以,真要一起生活,肯定会有不小的冲突。”江明川看着游戏界面,问他,“难道结了婚她还要住在酒店里?”

杨海按住了暂停键,拿起茶几上的啤酒,咕咚咕咚灌了一罐,有些心烦意乱。

与柳萍相处这段时间,他是被恋爱与婚姻的幸福冲昏了头,但同时也感觉到了烦恼。

两个人有着完全不同的人生观、价值观,生活习惯也不同,这都让杨海头疼。与之相比,朋友们担心的消费习惯,他反而没放在心上。

杨海这样的人,本来就和外界没什么联系,窝在家里玩游戏,对钱没有什么概念,不把钱花得一分不剩,根本不会有危机感。

“我就是觉得……”杨海又打开一罐啤酒,喝了几口,仰头看着天花板上的吊灯,心里藏着的那个秘密让他难受,想要找个人倾诉,“柳萍其实挺可怜的。”

“你是同情?”江明川愣了愣,没想到杨海会说这话。

柳萍可不可怜?当然可怜。

从小江明川与柳萍就同病相怜,原生家庭让他们一个没有爸,一个没有妈。

不过江明川比起柳萍还是要好得多,毕竟他有一个虽然精神不太好,但疼爱儿子的母亲。柳萍却只有酒鬼父亲,一旦喝多了,就算是对亲生女儿,他也只会饱以老拳。

她妈辛苦在深圳打工寄回来的钱，很快就会被酒鬼父亲挥霍一空，她只能饿着肚子去上学。

她性格扭曲，学习不好，但不能都归咎于她。

柳萍有时候恨不得像周舟那样，没爹没娘。

周舟在他们之中其实最可怜，可周舟又最幸运，因为她遇到了许多好人，她自己也心性坚定、自强自立，用行动来回报这些温暖。

柳萍没有周舟坚定，也没有金果果聪慧，她举目无亲地在深圳过了近十年，两手空空地回到了故乡。

“我觉得她比小伙伴里的其他任何一个人都要可怜，我……我想照顾她。”杨海捏瘪了手里的啤酒罐，不知怎么，这会儿就有点醉意了，心里的事更是如鲠在喉。

“如果仅仅因为同情而决定要和她结婚，那不是理智的选择。”江明川想劝杨海冷静点，虽然他心里觉得晚了，婚礼都定下了，杨海父母也都在期盼着孩子成家，他说了真心话也未必被采纳。

“作为朋友，能帮助她的方法有很多，自以为是的施舍反而是一种侮辱。”但是江明川还是要说出来，因为同情与怜悯，一时冲动组成了家庭，以后会酿成怎样的苦果，谁也无法预料。

“你忘了我爸爸吗？”江明川看着默默喝酒的杨海，把自己内心的伤痛都搬了出来，只希望杨海能以此为鉴，不要重蹈覆辙，“当年我爸爸仓皇地回到岛上，因为高高在上的大男子主义与一时的感激，便冲动地娶了我妈，可这种冲动、感激与同情，能延续多久？很快他的野心就盖过了一切，抛弃了故乡，也抛弃了我和我妈。”

“不不，当然不仅仅是同情。”杨海解释得有点狼狈，他没想到明川会提到江爸爸，那是明川少年时期的阴影。

杨海永远记得江明川在母亲葬礼之后和他喝得烂醉如泥，说出的那些心里话。

大家各奔东西后，他已经很久没有听到江明川提到自己的父亲了，仿佛把父亲深深地埋在了心里的那座坟墓里，今天再次提到，可见是真的生气这场不清不楚的婚姻。

杨海顿时更加难受，站起身，在客厅里打着转儿，情绪很激动，似乎不只是想要说服江明川，同样也想要说服自己。

“我对柳萍一直有好感。”

“对漂亮女孩子有好感很正常，你好几次喝多了对我说喜欢果果，还说最喜欢周舟，提起柳萍的次数还没提起这两人的多。”江明川无情地戳破他的虚伪。

男孩子知慕少艾，少年时的感情其实很漂浮，也许一个侧影、一句温暖的话，就能让年轻的心跳动不止，以为自己遇到了爱情。

江明川相信杨海对柳萍动过心，但这种青春期的动心对于少年很珍贵，对于婚姻就过于轻浮和天真了。

“陈年往事，还说它干吗？”杨海脸红了，他还记得那时候见一个爱一个的心情。

“是你自己提的。”

“我只是要证明我对柳萍是有感情基础的。”杨海被他质问得很汗颜，红着脸憋了半天，终于压低了声音对江明川说，“明川，我只告诉你一个人，你可千万不要外传。柳萍在深圳被人骗了。”

江明川一怔：“诈骗？”

“不是。”杨海尴尬地搓着手，又去冰箱里拿了几罐啤酒，打开一罐，喝了两口，像是下定了决定要吐出这个藏了这么久的秘密，“她遇到了一个有家有口的男人……”

“她怎么可以这样？！”江明川愤怒起来，这种事不需要说得太明白，稍微有点人生经历的人都懂。

年轻女孩子遇上有家室的老男人，本身就处在劣势地位，一旦不能坚持底线而又有所求，就很容易沦陷。

柳萍不是例外，她甚至是典型。她这样看似聪明又不够聪明的女子，本来就很容易成为牺牲品，甚至不能责怪他人，是她自己愚蠢地飞蛾扑火，以为能够火中取栗，结果只留下满身伤痕。

“所以她是被抛弃了才回来的？”江明川咬牙切齿，柳萍到底是像他妹妹一样，他没法这时候去指责。

话说出口了就简单了，杨海打了个酒嗝，再也没有心理障碍地把这前前后后的事都倒出来：“她没得病，只是怀孕了，人家不肯负责。她回来之前刚做了手术，所以看着才特别虚弱。现在大家回来都有自己的事业要做，只有她什么都没了，一气之下才说自己得了绝症。对了，她在机场非要我们去接，也不是因为矫情，是真的身体不舒服。”

杨海现在完全站在柳萍的立场说话，处处维护着未婚妻。

江明川现在明白了杨海的心路历程，又是怒火中烧，又是同情怜悯。

柳萍遭遇这种事，他们更多的是哀其不幸。

杨海在感情上没有什么经验，所以想用自己的人生去温暖处于冰窟底部的柳萍，对于这种行为，江明川无法评断是高尚还是扭曲。

他只能说，杨海是个好人，或者是个愚人。

江明川经常觉得周舟冥顽不灵，现在看来，杨海更加顽固，任江明川怎么和他说道理，他都听不进去，反倒更认为这就是缘分，自己和柳萍走了那么长的路，终究是要在一起的。

虽说答应了杨海不外传，但江明川回来之后，还是原原本本地把这事告诉了周舟与金果果。

“原来是这样。”周舟唏嘘。

人是感性动物，感情上的事，很难只用原则来解决。

“这么说的话，两个人反常的地方也都能理解了。但杨海真的想好了吗？他得一辈子不介意，才能保护柳萍，否则的话，以后都是伤害。”周舟又有点担心他们的未来。

金果果清楚周舟的担心。

这时候凭着一腔孤勇、一番同情，当然什么都觉得好，只会把柳萍捧在手心珍惜。可时过境迁，相处日久，这种同情与自我牺牲的冲动渐渐消失，留下的只有鸡毛蒜皮，他心里会不会介意，就会成为埋藏在婚姻中的一颗地雷。

但是金果果无法改变杨海和柳萍的想法，也不能强行去安排他们的未来。她能做的，是把手里的一堆事情解决好，成为这群朋友的坚实后盾，不至于所有的朋友都过得一地鸡毛。

而且她现在处于创业初期，确实有一堆事情。临近开业，叶茗那边的产品线还出了点小问题，虽然不用她来解决，但她总要保持密切关注。

最令她担忧的是融资进度，当然这些也没法和小伙伴们说，因为他们无法给自己任何帮助，说了只会徒增烦恼。

“其实我也担心这一点，但现在不管谁去问他这个问题，他都肯定回答不介意。”江明川皱着眉头，自己当时也劝了又劝，但根本没用。

感情会蒙住人的眼睛。

当时的感情不是虚伪的，被情感淹没的时候，内心诚挚，什么誓言都能说得出口，每个人都觉得自己一定能够做到，只有时间的浪潮冲刷后，水落石出时，才能辨别真伪。

“到了这一步，我们肯定是没法劝了，”周舟也心里通透，果果一开始的决策是明智的，就不该插手朋友的婚姻，“不然的话，对现在的柳萍伤害太深。我们不只站在杨海的立场，也同样站在柳萍的立场，归根结底是希望两个人都幸福。”

就算杨海和柳萍都幼稚、冲动，做的决定未必合理，但这时候他们只能送上祝福。

金果果一直在看手机，似乎很忙。

直到小伙伴们聊完，她才抬起头说道：“婚礼酒店已经让助理联系好了，换成了柳萍想要的 W 酒店，她不愿来老宅结婚，就如她的愿吧。场地布置什么的，你们也不用管了，婚庆公司会弄好。”

作为朋友，她能做的只有这些，尽自己所能，满足闺密的婚礼梦。

比如整个婚礼现场都要用鲜花，杨海以他的凑合心态，说鲜花太贵，全用塑料花，柳萍为此和他吵了一架。金果果知道，以杨海这种“宅男”的交际圈，是没法找到关系，在这么短的时间里订到让柳萍满意的酒店的。

柳萍一直都追求外表光鲜，忽视内心的充实，金果果也只能为她做点表面的功夫，至于未来，唯有祝福她和杨海能在婚姻的磨合中，找到人生的真谛。

窦豆常说金果果就是看穿了本质，以至于迟迟找不到自己的另一半，要她将就一点、糊涂一点，这样男人才敢追求她。

金果果虚心接受窦豆的批评，但拒绝采纳窦豆的意见。

茶师即将走上正轨，这是她工作以来最忙碌的时候。

第十五章　茶的新生

旗舰店装修进行的同时，宣传物料和策略也已经准备好，前段时间大范围地招聘，大力培训，补充各类人才，以完善公司的架构并为未来的发展打好基础。

最紧张的是融资进度的安排。

金果果被张炜博士约去了基地，产品线的小问题解决了，张炜还得给她做个报告。

但这次报告期间，金果果一直在接电话。

她很歉意地让张炜休息一会儿，走到外面接电话。

叶茗从实验室里出来时，远远看到金果果站在走廊上接电话。

她穿了一条黑色收腰的西装裙，腰肢纤细，阳光透过玻璃窗笼罩在她的身上，打破了那浓郁的黑衣，衬得那张脸活色生香，仿佛是从幽暗的城墙一角探出的明艳的花朵。

只不过她的表情凝重，没了往日的如花笑靥。

小助理给她打电话汇报融资进度。

现在的投资机构都比较聪明，与创业项目的合作，不可能像以前一样一次性将资金给到位就不管了——顶多派个财务总监。这年头大家都学精了，在投资的时候，都会安排好资金到位的进度，创业项目到什么程度，资金就到位到相应额度。

这方面金果果驾轻就熟，也争取了最合适的资金到位进度表。

但实际到位时间仍然需要控制与跟进。

钱在别人账上，就意味着无法自己说了算，绝不能放松警惕。因为一不留神，就有可能出现意外。

茶师的融资进度本来应该十拿九稳，是她最有把握的一个方面，但还是在紧要关头出了意外。

其实四月中旬就有了端倪。

本来当产品线确定时，用于支撑研发和拓展的第三笔融资就应该到账，但投资者声称由于财务的关系，比最后期限迟了一周，直到四月底这笔钱才到账。

四月底刚好是柳萍和杨海举行婚礼的日子，金果果在婚礼现场听到了这笔钱到账，才彻底松了口气。

她做的资金管理相对宽松且有弹性，这个延期不至于影响他们的进度。但在五月份，在即将准备大规模宣传与开店之前，第四笔运作资金应该到账，可直到今天，投资部门还没有音讯。

金果果刚挂掉助理的电话，窦豆的电话就进来了。

“我得到消息，FF 资本由于几个大项目出现问题，资金周转不灵，所以在很多创业项目上都有拖延。虽然我们的评价是 S 级，可也挡不住它整体的资金问题。”窦豆开门见山地说道。

不是项目的问题，是投资商的问题。

对于大资本而言，遇到周转上的问题并不罕见，大多数时候无声无息就过去了，甚至外人注意不到。但对于创业处于关键节点的项目来说，资金上的波动可能会造成巨大的损失和伤害。

“我也知道了。”金果果也早做了准备，沉吟着说道，“他们的负责人联系我说，如果签署同意延期协议，他们会提供补偿。”

“但是错过了夏季的话，项目起步会受到很大的影响，这怎么补偿？”窦豆顾不上形象，抓狂地扯着精心打理的短发。

饮品店的旺季是夏天，即使主推的是热咖啡与热茶的也不例外。

窦豆与金果果之所以卡这个时间节点，就是希望茶师能够在七月份正式面市，杀进市场搅动风云。

如果推迟一段时间，整体市场的弱化，很有可能就造成第一炮打不响的尴尬局面，也会影响资本与从业者的信心。

要再推到明年夏季，成本就更加不可控制。

“我准备了几个方案。”金果果面对第一次拖款时就想到了最坏的结果，现在虽然糟心，但很淡定，“我们的资金运用卡着时限，目前的资金缺口必须补齐。第一是我会与 FF 资本再做商讨，希望他们调集资金优先满足我方项目……”

窦豆来了精神，一拍桌子站起身："这有可能吗？"

大投资机构操控着百亿千亿的资金盘，说是周转有问题，但那都是在大项目上。创业项目上的百万千万，其实只是大投资机构手指缝中漏出来的一点，只要优先级稍微调整，就能够保证资金供应充足。

金果果如果能够将项目的优先级再度提升，那 FF 资本调集几千万资金及时到位根本就算不上什么大事。

"有一定机会，我争取到了与朱总面谈二十分钟的机会。"金果果尽量用镇定、自信的语气给合作伙伴带来一点正面情绪。

"那一切都要拜托你了。"窦豆现在只能相信队友，就像上次旗舰店的选址，她们在上海和王海以茶会友，相谈甚欢。

但门面店和投资方可不一样，一个是给他们钱，一个是他们给钱。

金果果挂断了电话，点开通讯录，专注地看着长长一条联系人名单，很快调整好了心态，再抬头时，脸上又带着温柔的笑意。

"叶茗，早。"金果果抬头看到从走廊那边走过来的男人，和他打了个招呼。

叶茗对她微微点了点头，随后目不斜视地走到她身边，才停下脚步："朱本聪？"

金果果看着他冷淡的表情，反应过来他指的是刚才自己在电话里说的"朱总"。

FF 资本的实控人朱本聪，以眼光犀利和狠辣果断著称，这二十年中领投了大量异军突起的项目，是个传奇人物，有许多逸事让人津津乐道。

比方当初 PP 购物的创业者见他，只聊了五分钟，他就决定了十亿规模的投资。这是 FF 资本最成功的投资，当 PP 购物成为国内电商领头羊的时候，FF 资本也就赚得盆满钵满。

"是，我准备见朱总……关于融资上的一点事。"

叶茗也是合伙人，虽然负责的方向不同，但金果果还是如实回答了，毕竟这事瞒不住。

"他答应了见你？"叶茗其实都听到了，朱本聪给了金果果二十分钟，这可是 PP 购物创业者的四倍待遇，也从侧面说明 FF 对茶师这个项目确实相当重视。

但重视归重视，资本最在乎的是利益，金果果必须在这短短的时间内说服他，这样才有机会力挽狂澜。

“是，明天我会去上海一趟……”

“你认为可以说服他？”叶茗觉得很有趣，在这个节骨眼儿上，她居然还不慌，换作其他人都要失眠到一夜白发了吧。

“当然，我也考虑到了FF资本那边公事公办的可能性。”金果果在工作上一向考虑周全，滴水不漏，“除了这条路以外，我还准备了临时融资、拆借与银行贷款几个方案，这样融资成本虽然提高了两到三个百分点，但我们还是能够获取到期必需的资金，保证项目的顺利进行。”

“说起来轻松，但是三个百分点的融资成本，对于一亿的融资来说，就是三百万的纯利润损失。”叶茗虽然醉心于科研，但对商业运营也很清楚，故意说道，瞥了眼金果果，见她处变不惊的模样，心底泛起一丝温柔的涟漪。

通过上一次旗舰店的风波，他看到了这两个合伙人的性格和能力，她们都是既有想法又有行动力的人。

“我们第一年没有盈利目标，更重要的是布局和流量。”金果果不希望资金上的事影响到和叶茗的合作，她很诚恳地说道，“之前聊过，大家都更希望能够夯实行业基础，以盈利作为稳扎稳打扩张的前提，而不是仅仅靠着资本吹大的气球来膨胀。”

她的清醒头脑，也是当初叶茗看完项目书和合伙人的资料，决定合作的原因之一。

金果果在投行工作多年，见过太多没有盈利却被资本推动扩张的项目，靠着烧钱而家喻户晓，甚至掌控了全国市场，但风口期一过补贴消失，顿时就现出了“裸泳者”的身影，无法保证稳定的盈利。把一切希望都寄托在未来，就意味着巨大的风险，也没有持续发展的可能性。

虽然没有将盈利列为目标，但金果果与窦豆都心知肚明，她们追求一种可靠的盈利模式，至少希望能够保证收支平衡，这样的话，她们与资本的对话也就更有底气，不再是被单纯地推着走，成为一个敛财的工具。

她们始终不忘初心，不仅仅是为了长久赚钱，更重要的是创造一种经济与文化生态，是要以几十年乃至百年企业为目标的。

见叶茗只是定定地看着自己，金果果向他保证：“在资金上不要担心，我会尽可能争取朱总的支持，请你相信我。”

金果果和叶茗私交不多，不像和窦豆，双方都经过了很长时间的交往和考验，在投融资方面，窦豆完全信任金果果，就像是在渠道和商业方面，金果果完全信任她一样。

创业团队必须百分之百地发挥每个人的长处，只有不互相掣肘，才能产生化学反应，取得最高效率的成果。

叶茗推开了会议室的门，对里面还在翻PPT的张炜说道："出去。"

张炜满脸激动地收拾了一下桌子上的文件，恨不得光速离开："好嘞，这就走。"

叶茗要和金果果单独开个会。

金果果早已反复推敲过整个商业项目的前景，将计划与数据做得更加完善，她以为叶茗是不信任她的能力，无奈地跟进来，心里复盘着昨晚重新调整的数据，坐在一边等着他开口。

叶茗见她乖学生似的坐在旁边，一双沉静的黑亮眼睛里写满了思索，像是在回忆上课内容，随时等着老师提问。

"遇到这种事，你是不是应该第一时间和我说一声？"叶茗开门见山地问道。

"这是我负责的工作，我是觉得以技术入股的科研团队，不要分心在融资的事情上。"金果果有点诧异叶茗的问题。

毕竟叶茗稳坐钓鱼台就行，不用担心什么，她即使无法搞定，也不会给叶茗带来损失。

更何况她有把握解决这件事。

"上一次融资延迟到账，你也没有和我说过。"

商场尤其是投资界没有秘密，FF资本出这么大的事，他不可能没有耳闻，而茶师的融资延迟到账，作为合伙人之一，他也收到了通知。

金果果听他的口气，这话更像是藏着不满情绪的控诉。

她抬起眼，小心地观察着叶茗的表情，从他平静的脸上看不出生气，但浑身散发出的气息令人不安。

"如果你觉得需要知道这些琐碎的事情，我会及时告知。"金果果喜欢各司其职，每个人把自己手头的事做好，这些本来不关叶茗的事，他只需要安安心心做好科研保障就行。

不过他既然关心这事，也许真的把自己当作项目的一分子。

金果果虽然总做最坏的打算，但也总是能往好的方面想。

“如果朱本聪没有同意，你宁可损失三百万的利润，也不会和我开口，对吧？”叶茗冷不防地问道。

金果果微微一愣，和他开口？

她把叶茗当作了可信任的合作伙伴，尽管刚开始努力靠近过，想增进彼此的了解和友情，但从没有过合作以外的非分之想。所以当融资遇到危机时，她根本就没有把负责科技板块的伙伴作为资金“备胎”，所做出的应对方案里也没有叶茗。

“这不合你的规矩。”叶茗看到她的表情，就明白她的想法，替她说了出来，“你没有把我当成朋友，只是当成合作方而已。”

“不，不只是合作伙伴，正因为是朋友，更不能因为工作上的事打搅到对方。”金果果内心震动，叶茗竟说出“朋友”两个字。

她以为他不需要朋友。

“明天我也去上海，一起走。”叶茗一点也没觉得安慰，金果果公私分明，意味着她没有把他当成可倚靠的人。

他倒想看看，她能用什么方法说服朱本聪。

他甚至希望她谈判失败，也许那时候，她会多考虑一下自己的意见。

江南的五月已经入夏。

立夏之后，蝉鸣愈噪，在黄梅天之前有一段燠热的时光。

金果果与朱本聪约定的时间是下午两点十五分，如果不是叶茗要一起走，她原本打算自己开车走高速去上海，上午就到了，可以在FF资本公司附近吃个午饭，有充裕的时间去赴这个会。

但她昨天感觉到了叶茗的不悦，如果再拒绝他的车，一个人走，叶茗会更认为她“见外”。

FF资本公司在淮海路，离金果果原来的家不是太远。

不知叶茗要去哪里，竟然让司机开车从河南南路绕了一小圈，刚好从她以前住的小区楼下经过。

金果果从车窗往外看着熟悉的小区，时间看起来好像完全消逝，其实不然，它早已与人融为一体。

“这是我以前住的地方。”金果果主动跟叶茗介绍，“大学毕业之后，我凑了首付，在这儿买下了一套房。看前面那家便利店，我有时候太忙了，就在那里吃点鳗鱼饭和三明治,来杯十五块钱的咖啡,就开始或结束了一天。”

附近的菜市场、便利店、小餐馆她都熟悉得很,这儿就如同另一个故乡。

叶茗没说话,看了眼腕表,刚到十一点,时间还早。

“中午你有什么安排?要不然我请你吃个便餐?”金果果冰雪聪明,立刻邀请。

之前请叶茗吃饭,他总是拒绝,但这一次他主动送自己来上海,而且最近不知是不是错觉,自从一起看过电影之后,总觉得他主动了不少,甚至提出是“朋友”,可能相处三个月了,他内心已经破冰。

果然叶茗没有拒绝,看了眼她刚才说的那家便利店旁边的老苏州面馆:“简单吃碗面就行。”

两个人进了面馆,叶茗直接坐在了靠窗的位置,也不点餐,像是在等服务员前来招呼。

金果果见他这架势,就知道他不懂怎么在小面馆用餐。她问了一句想吃什么,去前台点餐,自己点了碗焖肉面,自作主张地给叶茗加了两个浇头。

老苏州的味道,妙在老汤和浇头的烧制,还有面的多少、软硬,油量、糖量等要求。当然,对叶茗来说,面的口味根本不重要,重要的是和谁在一起吃。

叶茗听到点餐台后的阿姨亲切地用夹着上海口音的普通话和金果果打招呼,问她怎么好久没来了,是不是又出国学习了,还低声问他是谁。

叶茗听到金果果笑语晏晏地回答:“朋友。”

他的内心不知是喜还是慌,像一片荒原被春风吹过,青草争先恐后往外探头的慌乱。

阿姨开启“夸夸模式”,夸她的朋友长得俊,和她般配,还以为是一对。

金果果笑而不语,扫码付钱,知道老阿姨爱八卦。

叶茗只要一碗简简单单的素面,见金果果端了几碟浇头,也没有拒绝她的建议,尝了尝这家的特色爆鱼,没有酒味,也没有腥味,外酥里嫩,丝丝入味,确实还不错。

“窦豆也喜欢来这里吃一碗面。以前她来上海,就住在我家里,我和她的口味差距很大,但这家面馆,她也爱吃。”

叶茗默默吃面,心思却不知怎么溜到了在玻璃窗后忙着给其他客人煮面的大厨上。

这个厨子很像这家店的老板，忙里忙外，指挥着新来的伙计打下手，但在金果果进门时，他手上的动作停滞了一下，眼里都像有了光，而且一直侧耳听着老阿姨和果果的对话，听到同来的男人不是她的男朋友，露出了一丝轻松和愉快，给她煮的那份面，按照她往日的习惯，少面多汤，浇头加得足足的——他一定很喜欢这位常来的美女客人。

但世间许多事都是如此隐秘，有些喜欢，有的人一辈子都说不出口，甚至连目光交汇时，都会小心翼翼地藏好这份喜欢。

叶茗害怕社交，正是因为不愿揣摩别人隐藏的心思。

不管是喜欢还是讨厌，内心隐藏的真实想法，都会给人带来困扰。

“窦豆她很要强，总要证明自己不需要依靠平台和男人，一样能走出自己的天地。”金果果顿了顿，委婉地说道，“而我们很多观念一致，才会一起做这个项目。”

茶师这个项目她有自己的安排，即使叶茗全能，也不能让他介入太深。否则金果果作为创业者渐渐失去主导权，就会只剩下吉祥物的作用，而这绝非她告别过去生活开始创业的初始意图。

她告别青春与过去，结束别人眼中前途无限的工作，是和窦豆一样，想在被工作束缚余生之前，抬头看一眼那自由的天空。

茶师的项目一直稳步推进，对两个女性创始人而言，不只是能力的表现，更满足了内心对自我的期待。

她们很需要叶茗的研发能力，但不是依靠他一手包办所有的事情。

“如果我是朱本聪，你会怎么说服我？”叶茗放下筷子，不再去想那个不停将视线飘过来的大厨，问道。

他不会跟金果果去朱本聪的公司，但很想提前知道她的策略，来判断朱本聪的反应。

“你还是不信任我啊。”金果果露出了明媚温柔的笑容，半开玩笑地说道，“也好，我就把你当成朱总，过一遍我的想法。”

金果果早已就思路和方案打好了腹稿，先大致给叶茗说一遍。

叶茗听完后，也不发表自己的意见和看法，只是看了眼时间，站起身：“还早，走路过去也来得及。”

“正好消消食，你要喝点什么吗？”金果果跟着站起身，跟他一起走出门，“旁边有几家咖啡店和奶茶店……”

“我不喝外面的东西。”叶茗告诉她自己的喜好。

金果果大意了，叶茗自己是做产品研发的，什么原料都要求最好。

他极为注重品质，对快餐文化应该是拒绝的。

“不是我挑剔，而是因为我对添加剂敏感。”叶茗觉得自己刚才拒绝得有点直白，于是解释一下。

“我好像不该请你吃面。”金果果明白，叶大牛对用各种调味剂、添加剂掩盖本味的食物，无法入口。

“面还行。”叶茗顿了顿，意有所指，“厨师对这碗面，挺用心。”

金果果正要说话，窦豆的电话打过来了，她不放心今天的会谈，在电话里和金果果唠唠叨叨，根本不像在下属面前的那个雷厉风行的女霸总。

窦豆忙得天昏地暗，和金果果唠叨，是一种减压方式。

群里的消息接二连三，她忙得根本没看到张炜发的小报告。窦豆如果知道金果果身边还跟着叶茗，绝对不会啰嗦这么久，她会直接挂断电话。

好在叶茗根本不在意，他本就不喜欢和人交谈，这么慢悠悠地走在繁华的路上，一言不发地听着金果果打电话，也是种奇特的社交体验。

金果果挂断电话，歉意地对叶茗说道：“公司的电话，窦豆不放心下午的会谈，把现有的渠道资料又给我捋了一遍。”

“不需要那些东西。”叶茗淡淡说道，“说你真实的想法就可以。”

她今天在面馆里和他说的那些未来和复兴茶文化的梦想，足够打动人心。

金果果有着真诚的底色。

无论是对待事业还是感情，金果果都很真诚。

哪怕不了解她的同事们说她“道是有情却无情”，哪怕一起玩到大的小伙伴骂她冷漠，她也很少刻意掩饰，不会强迫自己戴上不喜欢的面具去逢迎他人。

尤其在原则性问题上，她绝不委屈自己改变立场。

两人不觉就到了 FF 大厦楼下，叶茗停下脚步，看了眼腕表，一点四十五分，时间刚刚好。

他目送金果果走进大门，而后自己慢悠悠走进对面的那座大楼。

金果果去前台确定了预约之后，年轻时尚的前台小美女将她带到客户等待室休息。

FF资本的客户等待室布置得相当奢华，除了一溜按摩椅之外，各种娱乐设备与饮料点心一应俱全，还有鸡尾酒供应。据说这是朱本聪吩咐的，希望创业者能够平复心情，以最好的状态来面对投资人。

——因为他的时间不容浪费。

等待室里已经有好几位预约前来的客户，他们都被排在金果果之后，但有的人提前好几个小时就到了，有的人紧张不安地走来走去，有的人一直在喝着鸡尾酒，有的人为了减轻压力，和身边的人攀谈着……

对这些人来说，这是足以改变项目命运的一次会见，怎么可能放松？

大家看到一个温婉白净的女生走进来，穿着一件不是非常正式但也不失得体的墨绿色连衣裙，这连衣裙衬得她面白如玉，眼如点漆。

两个长袖善舞的客户立刻上前自我介绍，交换名片，加个微信，他们笃信多一个朋友多一条路，这里也是各位创业者交流的好地方。

听到金果果预约的时间，大家很佩服——这小姑娘看着年轻，却有着掐着点儿到的平稳心态。

金果果一向温和，虽然不算主动型的“社牛”，但完全没有叶茗的“社恐”，她挺愿意与这些充满热情的创业者和管理者聊上几句。不过因为她掐着点儿到，还没和大家聊热乎，助理就请她进了朱本聪的办公室。

朱本聪在会见不同客人的间隙，会留两三分钟的时间翻阅项目的资料，以提高沟通的效率。

“你们的项目我有印象，公司对你们的支持和目标不会改变，你有什么诉求？”

朱本聪见一个看上去很年轻秀美的女生走进来，没有任何寒暄客套，也不要对方自我介绍，能够以文本解决的问题，都不要浪费多余的时间。

朱本聪早已是中年，资料上是四十六岁，外表看起来很年轻，戴着金丝眼镜，微微发福，不过并不显得肥胖油腻，应该是百忙之中抽时间做了一点身材管理，有种成功人士的稳重与威严。

当然，人靠衣装，如果他不是坐在椭圆办公桌背后居高临下地审视，而是换到路边或者其他场景，也就是个普通的有点气质的大叔而已。

“叶经理对我们提出了项目融资延后的提议，这会严重影响我们项目的进度，如果错开暑期，前期项目开展会受到很大影响，甚至会将项目延宕一年之久，而我们的竞争对手未必会给我们更多时间。”

金果果知道，永远不要认为自己脑子里的创意是独一无二的，这世界从来不缺聪明人。

她能想到一个能赚钱的点子，在此之前或者同时，不知有多少人有同样的想法与行动力。这是茶饮市场的黄金时期，也有许多有识之士看到了这一块巨大市场，他们也在试水投入。

茶师能够领先一步，本身得益于资金和渠道的通畅，再加上叶茗的协助补上了产品线的短板，但必须保证自己一直处于领头羊的位置，否则很容易被人模仿甚至超越，竞争就是这么激烈。

朱本聪推了推眼镜，盯着金果果，一针见血地说道：“你这话同样也表达出你们的项目并不具备独一无二的竞争优势。”

FF资本一向的重头在互联网与高科技行业，获得他们投资的项目大抵拥有竞争对手难以企及或者短时间内无法逾越的高墙。

茶师不属于这一类，属于资源的重新整合项目，竞争优势并非技术壁垒，而是团队整合与创意的能力。

“直面竞争，领先竞争，才是茶师的优势。”金果果预料到会有这样的问题，她从不回避这一事实，“我们只比他人领先一点点，茶师打开局面之后，也同样会面临巨量的模仿者与竞争者，我们要做的，是在别人跟进之前，将茶师的品牌形象和文化价值打入主流消费群体的脑海，留下深刻的烙印。所以我们最需要时间，绝不能接受拖延和更改。”

这年头生意人的鼻子都灵得很，商业模式也不受知识产权的保护，竞争者可以轻而易举地在地方上实现跟进与超越，除非布局比他们更快，领先更多。

“这与你们的推广策略不一致。”朱本聪打量着这个美丽温柔的江南女子，没有被她外表迷惑，敏锐地抓住了矛盾，“茶师项目追求直营而并非加盟，这固然能够保证管理的一致性与产品质量的稳定性，但在扩张速度上肯定不能与同类友商相比，即使资金调动不受制约，人员培训、场地和管理风险仍然存在，庞大的团队需要时间去培养。”

金果果很佩服地看着朱本聪，这确实是茶师面临的最大挑战，投资人目光如炬。

金果果和窦豆私下分析过近期的餐饮市场，确实有投资过热的现象。

为了保证极限扩大规模，获得资本青睐，大部分连锁餐饮会采取特许加盟的方式。一方面旱涝保收，可以收到大量的加盟费用以回笼资金；另一方面，这也是以最快速度将盘子做大的一种方式。

一年间想增开三位数的店，资金压力是一方面，无论是管理团队还是一线人员都未必能跟得上。如何平衡扩张与质量的矛盾，本身就是一个难解的谜题。

朱本聪的眼神敏锐而有力，他像是一只翱翔在空中的猎鹰，锐利地盯着地面的动静，似乎什么都逃不过他的眼睛。

这位女士很柔美从容，让人想到了包容万物亦可被万物包容的水。

"我们不会牺牲质量去追求扩张速度，这一点我们已经向投资商们再三说明了。"金果果从公文包里拿出了数据表和从叶茗那里带出来的三份茶饮样品，温柔谦恭地放到了他的面前，"过去十年中，餐饮业界乃至于其他新兴项目的这种扩张方式是无奈的策略，如果不偷跑，别人一定会跑到前面去。可我们的着眼点是未来，从许多趋势来看，消费者对盲目扩张的新项目已经有了抗性，更趋于理性。虚假的繁荣只能是一时的，能够真正长期占据消费者的选择列表才是真正的成功。"

这几年许多项目旋起旋灭，眼见它起高楼，眼见它宴宾客，眼见它楼塌了，资本如同旋风一样掠过，最后只剩下一地狼藉。

这是初起时的混乱与无秩序，但在一个更成熟的市场，老眼光不可一直持续。

朱本聪嘴角上翘，像是嘲讽又像是调侃："我们都不是预言家，怎么知道未来会如你所想？"

金果果微笑，静静地迎着他嘲讽的目光，依然语气温柔，却充满了力量："正因为没有人知道未来，所以那才代表了风险与机遇。"

何况，她们的野心也不止于此，中国茶文化也会因此而得到继承和延续。

朱本聪与金果果的对话二十分钟后准时结束，助理礼貌地打开门，看到朱本聪的办公桌上多出了三个约莫 150 毫升的透明小瓶子。

朱本聪站起身，金果果向他伸出手，两个人很官方地握了握手。助理从金果果的脸上看不出这次会谈的结果，但以他对老板的了解，朱总会主动起身，一定是欣赏这个年轻女孩。确实，助理在带她到等待室时就观察过，这个女孩子身上有一种宠辱不惊的淡定沉静，令人心安，绝对是个做大事的人。

她自始至终都不急不躁，语速也是慢慢的，带着盈盈笑意，眼神温柔而诚恳专注，让人感觉她的精神很松弛，有着极高的包容度和接受度。

金果果一直信奉既来之，则安之，更信奉机会是留给有准备的人。

她做好了万全准备，如果依然没有机会，只能说是时也命也，但她不会把时间浪费在抱怨上，只会重新找方向再去努力。

金果果走出大厦，才轻轻吐了口气，拿出处于静音状态的手机，给心急如焚的窦豆拨过去电话。

窦豆一直没敢打电话打扰这么重要的会谈，她这半个多小时几乎什么都做不了，一直直勾勾地看着手机。

见金果果的电话打来，窦豆一秒接听，紧张地问道："怎么样？"

金果果的声音有着水乡的温柔，更有种平静的力量："FF资本答应优先满足我们的融资需求，不会更改资金到位的时间节点。"

"我就知道你肯定可以做到！"窦豆激动地从椅子上跳起来，口不择言地表白，"我爱死你了宝贝！"

"那就按原计划继续推动。我这边还有点其他事，晚上的会议时间不变，再联系。"金果果原本今晚要和窦豆开视频会议，不管这次和朱总的会谈是成功还是失败，都要开会讨论下一步行动。

金果果挂了电话，往停在大厦门口不远处的一辆车走去——叶茗西山基地的车，已经等在那里了。

午后的天气有些闷热，她走了几步路就觉得汗涔涔，还没到车边，司机已经殷勤地下车，帮她拉开车门。

叶茗坐在后排靠左的位置上，正拿着平板专心地看一篇英文研究报告，仿佛没有感觉到她上车了。

金果果坐在了他旁边，也不打搅他，姿势放松地靠在座椅上，闭上眼睛听着音乐，仿佛置身于无边无际的宇宙之中。

金果果只要不刻意接近对方，她简直就是"社恐"者的拯救者。

叶茗聚精会神地盯着平板，在司机等待绿灯的时候，才抬头看了眼前面拥堵的路。

身边一身墨绿长裙的女人闭着眼睛小憩，表情宁静安详，让叶茗想到很久以前，自己一个人在佛罗伦萨的街头漫步，在半明半暗的黄昏光线里，看到了街角挂着的一幅《墨莲》。

那色彩浓郁的背景下，墨绿色的莲叶闪着绸缎般的光，一朵莲花从黑与绿之中挣扎出来，绽放出平静却浓烈的生命之美。

他后来让助理去这家店买下了这幅画——当时是他“社恐”最严重的时候，不愿进店和老板攀谈。

这幅画很长一段时间被放在卧室陪着他，每次看到时，他都会觉得喧哗退去，只剩下安宁和平静。

他觉得应该送给她。

叶茗内心从未有过如此强烈地想要分享自己最喜欢的东西，甚至想把自己的最爱赠予她，不需要她的任何回报，只期待她看到时也有与自己心意相通的快乐的想法。

他知道，这就是爱。

金果果在车上睡了一觉。她这几晚都没有休息好，虽然表面风轻云淡，但她这种松弛的状态，是为自己紧了无数次发条的结果。

她蒙蒙眬眬地被汽车喇叭声吵醒，先是闻到了一股淡淡的清香，睁开眼睛时，雪白干净的白衬衫先进入视野。她愣了愣，眨了眨眼睛，感觉还在摇晃的梦境里。

但衬衫下隐隐约约的坚实胸肌在起伏着，她靠着的肩头宽厚而温暖，还有一只手，不辞劳苦地扶着她的脑袋，体贴得像是她在做梦。

叶茗看着那么瘦削，但这肌肉线条透出了他的自律——金果果第一时间想的是这个。

她喜欢透过表面看本质嘛。

随后她才想，这不是做梦，她是累得睡着了，和朱总面谈成功，她的精神才彻底放松下来，在车上狠狠补了一觉。

叶茗像是察觉到她醒来，无声无息地收回了撑着她脑袋的手，默默看着窗外的风景。

“不好意思，没压疼你吧？”金果果赶紧坐直了身体，歉意地问道。

“没事。”叶茗微微调整了一下坐姿，他只是有点腰疼。

因为希望她能睡得舒服点，他牺牲了自己的坐姿。

“我睡了这么久?”金果果见外面的路牌标志,已经在苏州绕城高速上,再看眼手机,一个半小时过去了。

太失礼了,怎么就靠着人家肩膀睡了这么长时间也没醒过来?

“你需要好好休息。”

“今晚回去可以睡个好觉了。”金果果理了理裙子,很快就恢复了笑眯眯的表情。

“恭喜。”叶茗没有问她有没有搞定朱总,但他知道,金果果可以做到。

“接下来就要辛苦你们了。”金果果对叶茗的产品线研发充满了信心和期待。

“你喜欢什么样的画?”叶茗的聊天总是出其不意,不按套路。

好在金果果已经习惯了他的跳跃思维,笑着回答:“我喜欢徐渭的画。”

“很有趣。”叶茗不知是评价她的审美,还是评价徐渭。

“我让人送了一幅画到你的办公室,”不等金果果说话,叶茗淡淡说道,“我觉得很符合茶师的气质,就当是庆祝你谈判成功。”

金果果没想到叶茗居然会来世俗人情的一套,她本想拒绝这份人情,但想到昨天刚拒绝了他的帮忙,叶茗似乎心里有些意见,这次不涉及原则问题,又难得叶茗“下凡”一次,她必须接住。

看了眼叶茗冷淡的表情,金果果笑道:“那我就不客气了,谢谢,下周一请你来总部吃饭。”

周末她姐姐回来,大家都有口福了。

但是想到叶茗“社恐”,邀请他来家里有点强人所难,可以让姐姐在总部后厨露露身手。

果然,叶茗听到去总部,微微点头:“好。”

金果果的笑意溢出了眼睛——叶茗和她之间的距离,不必刻意强行拉近,两个人在共事中表露出的观念和方向一致,自然会走得越来越近。

张炜今天开了一天跨国会议,等他看到窦豆发来的胜利的消息,晚饭都没吃,急匆匆跑到实验室找叶茗。

“学弟,小金总轻松搞定了 FF 资本,资金上没问题了。”张炜明知叶茗肯定知道这件事,还是要特意汇报,只不过是想多在叶茗面前提提金果果而已。

叶茗埋头在他的瓶瓶罐罐里面,眼皮都没抬一下,一如往常地平静:“我知道。”

“我们这小金总不简单啊，短短二十分钟就说服了大投资人，我还以为得你来帮忙解决才行。”张炜这倒是诚心实意地夸赞。

和两个女性创始人比起来，他心里有点羞愧，因为他一向习惯依靠学弟，无论项目上有什么困难，叶茗就像是哆啦A梦一样，总能拿出相应的解决办法。

所以关于茶师项目，张炜一直觉得窦豆和果果撞了大运，能凭着项目书让叶茗愿意介入。没想到这两个女孩子竟然能独当一面，解决了投资和渠道问题。

叶茗终于抬起了头，眼里带着沉思。他又回想起金果果笑吟吟却坚定的眼神，她的拒绝出乎意料，但又理所当然。

如果连这点能力都没有，茶师的未来会岌岌可危。

“这本来就是她们的项目。”叶茗看了眼时间，忽然说道，“下周一的安排帮我调整到周末或者周二。”

“周一有什么重要的事？要去约会吗？”不能怪张炜八卦细胞敏锐，主要是周一和史蒂夫教授生物团队的会晤是近期最重要的事，叶茗忽然推掉，他实在想不出还有什么更重要的事。

“不用调整了，”叶茗定定地看着张炜，改变了计划，“你替我去。”

“还是调整一下吧，史蒂夫教授一直期待见到学弟，不能让他老人家失望啊。”张炜的脑门顿时冒出汗来，他这不是习惯了当叶茗的小跟班嘛，这么重要的会晤，万一被自己搞砸了怎么办？

“你也别让我失望。”叶茗不容拒绝地说道。

张炜感觉叶茗一定是在报复自己的八卦，他最讨厌别人打探他的事。

学弟很“腹黑”，如果不小心踩到了他的红线，那绝对会吃不了兜着走。

他后悔了，为什么要问学弟是不是去约会？

学弟就算去约会，在这西山，也只有一位对象，他去问窦豆不好吗？还能顺便增进一下感情……

第十六章　喜上加喜

而金果果解决完资金问题，又得到了一个好消息——柳萍怀孕了。

杨家父母回村给邻居挨个发喜糖时笑得合不拢嘴，他们对柳萍这个儿媳妇未必有多满意，但是儿子愿意结婚，已经是意外之喜。

他们这几年操碎了心，甚至开始不抱希望，没想到峰回路转，杨海结婚了，最让他们开心的是，抱孙子的机会来得这么快。

周舟在高兴之余，算算时间，忍不住给杨海打了个电话，生气地指责："你是不是禽兽！柳萍需要多休息养养身体，你就不能注意点？"

杨海正开车送爸爸回西山，幸好他戴着蓝牙耳机，没播放外音，听到这话，满脸通红，低声说道："我……我也不是故意的。一会儿我回来，正好晚上喊果果他们出来吃个饭，我还得感谢她帮我找婚礼酒店，还有婚礼上你们帮我忙前忙后的……"

杨海看着远处的太湖大桥，生怕周舟再责骂他，赶紧挂电话："行了，我还在开车，到时候见。"

算算日子，柳萍说自己三月份做的手术，五月就查出来怀孕，时间衔接紧密，身体还没休养过来呢！

这些男人真是不管不顾！金果果与周舟站在同一立场，鄙视杨海做事没分寸，不把伴侣的身体健康放在第一位。

杨海到了饭店，红着脸虚心接受大家的批评。反倒是柳萍帮他解释，说自己去检查了，身体没什么问题，只是最近妊娠反应很大，闻着不对的味都犯恶心，娇滴滴地点了几个硬菜，就去厕所了。

"这是我们这些好朋友中第一次有第二代要出生，值得祝贺，你们别跟纪律委员似的，抓着人家小夫妻的事不放。"江明川还是很开心的，他们都是三十岁的人了，按照村里平均婚育年龄，早该有后代了。

只可惜他和果果一直未婚，而已婚的陆亚东与周舟三年没孩子，最后倒是杨海与柳萍后来居上。

江明川说完，才想到周舟没有孩子，有点后悔嘴快，怕戳着她的伤疤。

周舟对自己的以往早已放下，也笑道："终于要当阿姨了，想想还挺兴奋。"

这一代大多是独生子女。

他们之中，除了金果果有个姐姐，其他人都没有亲兄弟姐妹——江明川倒是有个同父异母的妹妹，但没有任何来往，连面都没见过两次。

而金宝宝的生活方式比他们的更前卫潇洒，到现在还游戏人生，没有结婚的意图，所以他们几个都没有真正意义上升格做长辈。

"说起来，这孩子应该叫我们阿姨还是娘娘？"金果果提出一个灵魂问题。

"要从杨海这边论，我应该是嬷嬷才对。"周舟笑道。

苏州人对亲戚的称呼挺复杂，尤其是父系这边。母系这边还好，姐妹都称为阿姨，兄弟都称为舅舅。

父亲的姐姐称为嬷嬷，妹妹称为娘娘，哥哥称为伯伯，弟弟称为叔叔。金果果比杨海小，所以是娘娘，而周舟的年纪比杨海大，就成了嬷嬷。

杨海见大家的"批斗大会"结束，开始期待小生命，自己也开心得有点得意忘形："要是从亚东那边算，叫你姆姆也行……"

叔叔的妻子称为婶婶，而伯伯的妻子可称为姆姆。

好久没有人提起陆亚东，不代表大家忘了他，毕竟是这么多年的朋友。

杨海冷不丁说起这个名字，见明川在瞪他，桌下也有人给他一脚，他赶紧打了自己嘴巴子："是我瞎说八道，这么个大喜日子，提他干啥！"

"你们不要这样。"周舟不希望陆亚东成为大家的禁忌，"我和亚东的事，也不能完全怪他。婚姻里的责任都是双方的，我想，也是我忙于工作，对他的关心不够，导致他从其他地方寻找安慰……再说就算他在婚姻里出了轨，也还是你们的朋友，如果他不是和我结婚，你们会因为他出轨就和他绝交吗？"

很少有人因为朋友出轨就和他绝交，因为对丈夫和对朋友，是一套不同的评价和道德体系。

"周舟，你不要习惯把责任都揽到自己身上。什么叫不能完全怪他？人和畜生的区别就在于，人是有思想和自制力的。因为你工作忙，就要去其他地方寻开心？这是什么道理？"江明川最不喜欢周舟的"圣母"，更生气杨海这个没头脑的提陆亚东。

“不说这个啊，怪我怪我……”杨海赶紧给周舟添了点茶水，硬生生地转移话题，“这段时间，陆家那边消停点了吧？”

“多亏了上次果果帮忙，现在没怎么来烦我了。”周舟对江明川的话没有放心上，自从发现和明川观念不同之后，她反而不生气了，也不为自己解释，不在一个频道的人，是无法通过对话来解决问题的。

“我看是因为亚东的赔偿金到账，她们‘婆媳’俩在明争暗斗，为了这笔钱智计百出，顾不上你而已。”江明川对她的“窝囊”也很生气，不争不抢当个受气包，只会再受陆家欺负。

金钱是最好的试金石，黄玉霞一辈子都在钱上计较，在乎钱，也在乎孙子，她当然是盘算着人财两得，一毛不拔得个大孙子。但刘芳可没周舟那么好欺负，她既然能厚着脸皮找上门，早已把肚子里的孩子当成商品，待价而沽，不见兔子不撒鹰。

两人现在表面上亲亲密密，实际上早就貌合神离，暗地里各出手段，精彩博弈。

“就是，亚东的赔偿金应该给你，凭什么就让给他们？”杨海也义愤填膺。

金果果朝他使了个眼色：“能够不搅和在这摊烂事里就挺好，这点钱就当是给他们的养老钱，正好借此机会一刀两断，专心工作多好。周舟还这么年轻，靠自己双手挣出光明的未来才是正途。”

“金总真是站得高看得远，胸襟格局就是不一样。”杨海想想也是，拍着马屁，“上次还多亏了你帮我订酒店，我得好好感谢你！这次度蜜月回来，给你们带了点小礼物，金总你可别嫌弃啊。”

“别跟我说客套话。”金果果白了他一眼，“好好照顾自己的家庭，别让朋友们担心就行。”

“是的，我只希望他们能过得安定一点，我也少些麻烦。”

周舟有自己的底线和义务，而且她最近在忙“共同富裕，助力老人”的活动，除了手里的即时资料，她还得挨家挨户去调查老人的情况，如果黄玉霞又要来闹，准会影响工作进度。

杨海憨笑着给大家分礼物。

柳萍一顿饭上了好几次厕所，听说孕初期容易尿频尿急，但她刚怀上，胚胎还没长多大呢,这孕期反应确实挺大,而且看上去情绪受孕激素影响挺大。

周舟察觉到柳萍有点不高兴,悄悄问杨海原因。

杨海趁着柳萍再次去洗手间,压低了声音告诉周舟:“之前不是因为她怀孕,所以推迟了旅行的日期吗?原本订的酒店有更改,和她期待的不一样,而且好多水上项目不能玩儿,她路上就一直在闹别扭,不过回来就好些了……”

花这么多钱去国外旅游,结果还闹别扭不开心,周舟是不太能理解柳萍的“脑回路”,不过这也算是她一贯的作风,既然结了婚,杨海就只能多担待。

“她现在怀孕,情绪是容易起伏。”金果果看到柳萍微微隆起的小腹,不能确定这是怀孕的结果,还是她最近生活惬意而导致的幸福肥。

“你们之后有什么打算?”周舟务实地问道。

柳萍没有工作的打算,准备靠老公养活,怀孕之后更加名正言顺,目前小夫妻俩也没有经济上的压力,每天下馆子、打游戏、追剧,过得逍遥自在。

但金果果总担心他们的未来,以前杨海一个人宅、啃老也就算了,总不至于要带着老婆孩子一家三口还这么过下去吧?

之前杨海信誓旦旦,准备找工作养家糊口,现在蜜月也结束了,没见他有具体行动。

“打工估计是不行了,我这年纪,学历又不怎么样,找个几千块钱的工作也没用,上班也没意思……”杨海自嘲。

好几年没工作的人想要重新被社会接纳,本身就是个难题,何况杨海一直没多大干劲,更别提事业心,一遇到点挫折,就开始打退堂鼓了。

他现在想的是自己做点小生意,上次就和金果果透露了一点,他也真的去做了:“果果,我上次说想做电竞,正好我有个朋友,也说这几年电竞是热点,我又熟悉游戏,我想做个电竞工作室。不求大富大贵,能养家糊口就行。”

这确实是新兴行业,顶流的电竞俱乐部也是资本追捧的对象,出色的电竞选手自带流量,很容易变现。

不过金果果接触过的电竞行业项目,人家都是烧钱大投入,小打小闹的她还真不熟悉,上次因为忙,加上杨海连项目计划都没有,没法帮他具体地分析,不确定有没有生存空间。

“电竞的小型工作室靠什么赢利?”周舟好奇地问道。

“赢利方式很多。比方培训、直播,还有一些小型比赛,人家大俱乐部看不上，总得有人跟进。而且我圈内有不少熟人，如果能够挂靠哪个俱乐部，打个名头，招生培训就容易了，算是给人家当梯队。”杨海还真做了点研究。

“这倒算是一条出路。电竞业界属于新兴业态，机会总是很多，如果能有熟悉行业的老人拉一把，那至少能够比较轻松渡过前期的困窘，只要进入正轨，养家糊口应该还是没问题的。”金果果对一脸不懂的周舟解释。

杨海与柳萍结婚，虽然感觉总是有点别扭，但大家作为朋友，都希望他们能够过得越来越好。

吃完饭，杨海带着柳萍开车回家，柳萍的脸色却不太好看。

她憋了好一会儿，发现杨海这个大直男并没发现她的情绪变化，只能咬牙切齿地开口：“刚才我去洗手间的时候，你和果果他们说了什么？”

杨海心里一颤，他可不敢对柳萍说自己吐槽旅游中的问题，幸好还有另外的话题：“果果就是问我之后还找工作不，我跟她说了说我的计划。”

这并没有平复柳萍的怒气，反而惹得她更愤懑，冲着他吼道：“你那个电竞工作室？八字还没一撇，你就拿出来吹，也不怕别人笑话！”

杨海不以为然：“果果他们都是自己人，怎么会笑话我们？”

“以前大家是好朋友，现在可不一样了，金果果搭上了顺风车，说不定过两年就有了亿万身家，我们还配和她做朋友吗？”柳萍说到这，就更五味杂陈。

一开始柳萍觉得金果果的创业项目也是小打小闹搞着玩，没想到几个月下来却越来越像样。茶师总部装修好了，商业中心的茶师旗舰店也在动工，柳萍还悄悄去看到了墙上“即将开业”的宣传，心里就觉得不是滋味。

小时候她就隐隐对金果果嫉妒和羡慕：嫉妒她从小父母双全，备受宠爱；羡慕她还有个感情要好的姐姐互相照顾，学习又总是名列前茅，一路顺风顺水，没吃过什么苦头。

成年之后，大家虽然境遇不一，但都是打工人，虽然行业不一样，总体还在一个阶层，加上回来聚过两次，果果一向低调，工作说起来似乎很高大上，但她的鞋包都是普通货，柳萍从深圳提回来的 LV 包包，吊打果果一身装备。

甚至果果有次过年回家和大家聚会，穿着高中时洗得发旧的那件牛角扣大衣，柳萍对明川私下嘲笑过果果舍不得在自己身上花钱，不懂享受，年纪轻轻就把所有工资都拿去还房贷，生活毫无乐趣。

可这次回来，一切都不一样了。

如果金果果创业成功,那从此与她就完全不在一个层次上,人生远远拉开了距离。

同样一起长大的朋友,为什么她的运气就能这么好?

“果果不是那样的人。而且,要是果果发财了不是更好?以后万一有什么事,她还能帮咱们。”杨海没听出来柳萍的酸意,他相信从小到大的友情,根本不觉得贫富差距能让友情有什么改变。

柳萍气得肝疼,她捂着肚子,沉着脸一言不发。

杨海发现柳萍没说话,飞快地瞄她一眼,见她这样子才意识到她可能真的生气了。这是他在蜜月旅行中学到的技能,虽然不知道柳萍为什么生气,但至少能知道她是不是在生气,对于他这样的直男与宅男来说,可是飞跃式的巨大进步。

“你别生气,小心气着宝宝。”杨海赶忙转变为好老公、好爸爸的模式,低声下气地哄柳萍。

柳萍别开脸,良久才问:“你打算做的那个电竞工作室,真的能赚钱?”

她明白家里的现实状况,杨海靠着拆迁有那么点家底,他们两个人总不能一直都不工作。等孩子生下来,各方面的支出眼看就噌噌噌暴涨,要是真没收入,也不知道将来能怎样。

柳萍不会真正去有实践性地管理未来,但她同样又是一个极度缺乏安全感的人,她需要一个理由来让自己放下所有的担忧,尽情享受现在。

关于电竞工作室,杨海从婚前就说有这个计划。柳萍对经营与管理一窍不通,对虚拟的游戏竞技更是毫无兴趣,她唯一关心或者说担心的,就是杨海到底能不能赚钱维持甚至提高现在的生活水平。

连金果果一个弱女子都能发财,杨海……应该也行吧?

这是柳萍的信心与底气——她的观念依然是女子为弱,无论是体力还是能力,都比不上男人的。

杨海拍了拍胸脯:“大钱不敢说,保证我们和小孩温饱总没问题!”

柳萍白了他一眼,她打听过金鸡湖边最贵的一所私立学校,学费一学期二三十万呢。她提醒杨海:“以后小孩要上私立学校,花的钱可多着呢。”

“那也够!”杨海信誓旦旦。

这几年电竞行业风生水起,杨海也有不少打游戏时交到的朋友搭上了这个风口，赚到了第一桶金。

大型的电竞俱乐部当然得要巨额投入，这钱杨海可没有，他还想过果果以前是做风投的，不行就让果果帮忙，但最近果果创业太忙了，为了他结婚百忙之中抽时间帮了忙，杨海没那么厚脸皮再去麻烦人家。

他有点存款，小工作室投入有限，作为个人创业者也能够尝试。

他问过朋友，自己私下里也算了算，启动资金大概需要一百万。他结婚几乎花光了积蓄，现在靠两套房子的租金过活，当然也没脸去跟爸妈借他们的棺材本，就和柳萍商量卖一套房，凑够创业的资金。

柳萍一开始是不同意的，她觉得房子攥在手上总有点安全感，虽然每个月的租金也就那么一点，但至少是无本生意没风险。

可为了孩子和将来考虑，再加上金果果事业顺利带来的刺激，她口气就松动了不少。

这一次的蜜月旅行，对于杨海来说可能是一生一次的奢侈行为，对于柳萍来说却像是开启了一扇新世界的大门。她喜欢奢华的酒店和异国情调，各种美食和体贴的服务，她知道这些都需要金钱来换取，而杨海如果这么无所事事下去，无论如何都不可能供养得起她和孩子过这种高消费的生活。

所以柳萍纠结了很久，最终还是选择了支持杨海。杨海挂出去的那套房子没几天就找到了买主，对方爽快地支付了全款，拿走了产权。

杨海手上有了一大笔现金，开始了他磕磕绊绊的创业之路。

但是与金果果、窦豆那样成熟的团队和模式不同，杨海纯粹是摸着石头过河，他只是在想象中考虑过创业的大概模式，实际操作其实是两眼一抹黑。这玩意比他当年在小区门口开个网吧、便利店麻烦多了，注册工作室就折腾了很久，还差点被广告商的代理注册公司骗了钱。

创业难，守业更难。所以金宝宝就很聪明，她身边有再多的资源，也不肯套在创业里浪费青春。

她要是活在古代，这种随心所欲、以我为尊的性格，早被爹娘赶出家门了。

金宝宝对妹妹创业的事不发表任何意见——对她来说，每个人都是自由的个体，成年人只要不触犯法律，想做什么就去做什么，只要做好承担后果的心理准备就行。

叶茗是提前过来的，走到茶师总部的后花园，就闻到了一股鲜美的香味。

金果果正在后厨给姐姐打下手，她没想到叶茗会提前半小时到，正帮姐姐切着春笋，听着金宝宝挑剔地抱怨：

“这时候的春笋和咸肉都不够上等了，还好我挨家挨户找到储藏最好的咸肉，找老孙去山北挖的春笋——那儿温度低，还没老……”

“姐，只是随便吃点家常菜，食材新鲜就行，你别自我要求太高。”金果果笑着打断姐姐的话。

在吃和享受上，金宝宝从来不亏待自己，她可以吃家常菜，但食材一定要顶级的，这样哪怕是开水烫一烫，也是滋味鲜爽。

“我是给你朋友面子，你尊重点帅哥好不好？！”金宝宝知道妹妹请客的对象后，问了一下叶茗的资料。她这手艺，除了可以服务家人，无名之辈没有资格享用。

金宝宝对妹妹的事业毫不关心，对她的合作对象也没太大兴趣，直到她看到了叶茗的照片才来劲，从昨天开始就到处找最好的食材，从西山跑到东山，从金鸡湖跑到阳澄湖，搜罗了一桌当地最好的食材。

“我这不是看你为了这桌菜跑了一天，心疼嘛。”金果果对姐姐真情流露地拍马屁，“回头你想要什么，我都满足你。”

“我想要个妹夫。我还想要两个外甥外甥女孝顺我。”金宝宝顿了顿，补充道，“要优秀的基因，带出去我也有面子。”

金果果听出了弦外之音，无情地打破姐姐的幻想：“叶总是我的合伙人，你别自作主张，给我招惹是非。”

“都求我给人做饭了，还什么合伙人？合伙人你带他去松鹤楼吃啊。”金宝宝翻了个白眼，手上没闲着，细细地切着葱花，“不是我家人，别浪费我的时间。”

金果果正要解释，忽然觉察到什么，转头往窗外看去，长廊的花影里站着一个挺拔的身影，也不知站在那里听了多久。

幸好她和姐姐对话用的是苏州话，也许叶茗听不懂多少。

金果果急忙向金宝宝使了个眼色，洗了洗手，走了出去。

金宝宝往窗外看了一眼，漂亮的桃花眼里闪过一丝神光。她带过不少艺术学院的舞蹈特训班，那里面个个都是条顺盘靓的帅哥美女，但站在开满粉色龙沙宝石的长廊下的男人，是能让她的心脏被重击一下的妖精——这不就是她梦想中的妹夫吗？

甚至可以让她放弃单身贵族的自由，甘愿进入婚姻的牢笼。

他穿了一件胭脂粉衬衫，像是从月季花里面萃取的颜色，更像是大麦哲伦N11B星云，有种难以亵渎的优雅、神秘，让人生怕靠近点会弄脏了又仙又娇的粉。

“我还想去接你的，怎么提前过来了？”金果果迎上去，眼里也藏不住欣赏。

叶茗适合所有干净纯粹的颜色，他和开得轰轰烈烈的粉色龙沙宝石融为一体，典雅脱俗。

叶茗第一次见到金果果的姐姐，他从张炜嘴里听过不少关于金宝宝的传说，也许美女自带传奇属性，加上这个小岛上还闹过一次超级富二代飞机求婚被拒的大新闻，金宝宝就更是家喻户晓。

用张炜的话说，追金宝宝的人，四千多米长的太湖大桥都排不下，今天见到，确实……厨艺很优秀，灵魂也有趣。

而且，金宝宝比金果果热情百倍，完全想象不出她是怎么高冷地拒绝那些求婚者的。

姐妹俩就像是红玫瑰和白玫瑰，一个热情如火，一个淡雅自若。

金宝宝拿着公筷不停地给叶茗夹菜，像是对着宝贝儿子似的，生怕他吃少了。

“小茗还没女朋友啊，我妹也没男朋友……”金宝宝话还没说完，就被金果果在桌子下踢了一脚。

她哎哟一声，故意瞪着金果果：“你踢我干吗？没有男朋友说明你眼光高，不将就，宁缺毋滥，又不是什么说不得的伤疤。”

随后金宝宝转头看着叶茗：“你说姐姐说得对吧？”

叶茗似乎带着一丝笑意，轻轻点了点头。

“你看，小茗也没女朋友，并不觉得我的话冒犯了他，你有什么不满意的？”金宝宝又转头看着金果果，咄咄逼人地质问。

金果果原本只想让家姐做顿饭就走的，谁知道金宝宝见到叶茗就挪不动脚了，不肯回去，也不管叶茗是不是“社恐”，多拿了一副碗筷就坐在他身边问东问西。

金果果很后悔，早知道就请叶茗去松鹤楼吃了。

可惜世上没有后悔药，她只能给金宝宝舀了碗腌笃鲜，试图堵上金宝宝的嘴:“姐,今天你做的汤太鲜美,多喝点。”

江南地区与两广地区煲汤的方式不同,追求的是汤中食材与汤味的平衡,鸡汤便是一个最好的例子。

但如果要选江南汤类烹饪的代表,腌笃鲜足以得到提名。

过年时腌制的咸肉,与新鲜的五花肉一起小火炖煮,放入春笋、莴笋,混而不杂,味全而不乱,待到汤白,再下百叶结吸味——这是精髓所在,一个腌笃鲜中的百叶结可以让人大快朵颐。

金宝宝用料讲究,火候拿捏得又好,连不太爱喝汤的叶茗都称赞了一句好喝。

“别只给我盛汤,给小茗也舀点。”金宝宝比金果果还要自来熟,一顿饭没吃几口,对叶茗称呼亲密。

“他爱吃的自己会多吃,你别给人夹这么多。”金果果用苏州话软软糯糯地提醒家姐。

她很少给人夹菜,就是怕对方不喜欢吃。

金果果界限分明,自从知道叶茗不喜欢她主动靠近,感受过一次“社死”,她就再也不会主动入侵他的私人空间。

“看我妹,是不是很体贴?”金宝宝扭头就对叶茗说道,“她从小就守礼节,不像我天生反骨,不喜欢被条条框框束缚。”

叶茗笑而不语。

“你是喜欢我妹这样温柔敦厚、知书达理的女孩,还是我这样的?”金宝宝火辣辣地问道。

金果果差点被汤呛住了,她知道姐姐胆大包天,但没想到姐姐这么不管不顾——叶茗可是合作伙伴啊,不能随便开玩笑的。

“叶茗,我姐喜欢开玩笑,别理她。”金果果这次真用力了,狠狠踹了宝宝一脚,无比后悔没把这位危险人物踢出门。

“我当然更欣赏令妹。”叶茗淡定开口,眼睛定定地看向金果果,没有一丝躲闪。

金果果刚吃了一块咸肉,这次真呛着了,扭头咳了几声,脸都咳红了。

“我想也是,道不同不相为谋嘛,你要是不喜欢我妹,怎么可能跟她做事?”金宝宝理所当然地接口,眼里全是欢喜的笑意,顺手给金果果抽了张面巾纸,

“瞧你这出息，就跟八辈子没被人表白过似的。”

“咳咳……别胡说……”刚被咳出气管的异物似乎掉到更深处，金果果想一头撞死姐姐算了。

欣赏和喜欢那完全是不同的概念，还有“表白”这个词用得太冒犯叶茗了。

“慢慢咳，我去给你倒杯水。”金宝宝满意地站起身，明明旁边就有水，但她偏偏要走出去拿。

金果果弯着腰咳得上气不接下气，拿着纸巾盖着口鼻，也想出去咳。

她的后背上忽然多出了一只温暖的手掌，轻轻拍着她的背，给她顺着气。

“你不用觉得不好意思，优秀的人就该坦然接受别人的欣赏。”叶茗拍了拍她的后背，淡淡说道，“你也说过，‘值得’。”

他说的是很久之前，他们在茶山上的一次聊天，她说他值得被尊敬。

当然，猛烈咳嗽的金果果没有听清他后面那几个字。

即使听清了，她也未必能回忆起来如此微小的细节。

然而对叶茗来说，那是最珍贵温暖、无法忘怀的细节。

她也值得。

“我要不要再出去一会儿？”金宝宝正好拿着水杯走进来，看见叶茗的举动，站在门口戏谑地问道。

“不……咳咳咳……”金果果咳得肺都疼了，逃也似的跑出去，站在花墙下，用力吸着充满花香味的空气。

谨言慎行啊！

她一直都对金宝宝这么说，这么好看的女孩子在外面一定要保护好自己，谨言慎行，不要肆意妄为，引火上身！

偏偏金宝宝一贯磊浪不羁，和金果果的性格完全相反。

金果果好不容易才止住了咳，再次深深吸了口气，稳住情绪，她不能离开叶茗身边太久——谁知道家姐能做出什么可怕逾越的事来？

果然，金果果走回去，推开门就听到金宝宝在绘声绘色地自曝少女时期的糗事——被男生追，以为遇到了变态，报警闹得全校都知道了，从此初中时期没有人敢去招惹她。

从小果果就是个谨小慎微、做事稳妥的人，而宝宝则完全相反，她会去“壁咚”看上眼的男生，吓得人家拔腿就跑。

喜欢什么就去做，别留遗憾，这是金宝宝的人生态度。

这顿饭金果果吃得极为尴尬，金宝宝却高兴得合不拢嘴。

一向“社恐”的叶茗，虽然依然话少，但和金宝宝也能聊上几句，哪怕金宝宝偶尔说话大胆，冒犯了他，他似乎也不生气。

金宝宝就是有这种广交天下友的能力，只要她愿意，就能和任何人成为朋友，哪怕对方“社恐”。

送走了叶茗，金宝宝依依不舍地站在门口看着基地方向，语气忽然变得严肃起来：“你什么时候跟他结婚？”

金果果正头疼，听到姐姐这句话，差点吐血。

“我求你了啊，别再说没有逻辑的话！”金果果忍不住提醒金宝宝，“这样很没有礼貌，你让叶茗以后怎么看我？”

“当然用看老婆的眼光看你。”金宝宝风情万种地掠了掠大波浪长发，斜了妹妹一眼，“我给你开好了头，别给我搞砸了。下次回来，你要带他来家里吃饭。”

“你真是不可理喻。管这么多闲事，嫌我不够忙吗？”金果果叹气，下次不会再请姐姐给朋友做饭了。

“你懂什么！这个基因好，为了后代，你也得抓紧。”金宝宝说着，摸了摸肚子。她虽然思想前卫，但几年前也去冻了卵，就是担心万一以后想要孩子了，得确保基因完美。

听着姐姐越说越离谱的话，金果果拿起不停振动的手机看了眼，郁闷地嘀咕：“你懂你去。”

“你以为我不想？但小茗满眼都是你，我总不能横刀夺爱吧？”金宝宝觉得自己又用错词了，想了想，“夺人之美？也不对，应该怎么说？霸王硬上弓？”

可惜金果果已经走到里面接电话去了，不再搭理她。

金果果处理完工作上的事，越想越尴尬，很想给叶茗发道歉的消息，又觉得有点此地无银三百两。

金果果看着手机上叶茗的头像，半晌才幽幽叹了口气，从什么时候她在叶茗面前变成“社恐”的？

反扣下手机，金果果看向办公室里挂着的那幅《墨莲》，柔和宁静的高级颜色，这让她的心情渐渐平静下来。

她之所以觉得紧张无措和尴尬，是因为内心觉得叶茗是尊贵的客人，而不是可以随便开玩笑的朋友。这种想法来自之前和叶茗相处时他刻意保持距离和冷淡的态度，让她也自觉地站在了合作方而非朋友的位置上。

叶茗能放松下来和她们相处，本该是她期盼的最好结果，他们之间更像关系密切的新伙伴了，相信再过一段日子，经过时间的检验，会成为一生的好友。

人生就是不断地遇到新朋友，淘汰旧人的过程——虽然这么说有些残忍，但每个不停往前走的人，总会在某个阶段和某些人同行，而后因为岔路口或者行进的速度不同，在通往下一个全新的阶段时分道扬镳。

最终能陪在自己身边的，是那些步伐一致、道路相同、目标都在远方的人。

但是儿时的朋友似乎是个例外。

因为承载了太多儿童和少年时的美好记忆，即便他们走得慢一些，或者走到了其他的路上，自己也会在心里牵挂，期盼着某一天还能在前路重逢。

金宝宝难得在家里多待了几天——叶茗这个宝贝“妹夫”，她可得多看几眼，一有机会就去西山基地晃悠。从张炜那里听说他们基地要去某高校联谊，她自告奋勇地为一群研究生编排舞蹈。

一来二去，金宝宝在西山基地成了宝，上自叶茗，下至做卫生的阿姨，全和她成了朋友。

反倒金果果去深圳出差了几天，又跟窦豆一起飞去上海。

窦豆在上海逗留，她这边要挖一个营销界的牛人。而金果果一回到苏州就接到了杨海的求助，打车赶去园区。

杨海刚刚注册好工作室，试了好几个工作室名，终于通过了工商审核，但是因为办公场地的事，和柳萍闹得不愉快，求助金果果给点意见。

“你不知道，我是想找个空置的民房或者厂房作为工作室的起始位置，一来租金低廉、空间大，二来可以容得下足够的人员，但在柳萍看来这样不够气派，非要我在高级写字楼里办公，这样才有面子。”杨海接到了果果，很郁闷地唠叨，“我去找了几个写字楼，有的太贵，有的又比较偏，折腾得我累死了。我就想，你能不能帮忙……你朋友多嘛，也许有合适的写字楼出租。”

“我帮你问问。”金果果翻着手机。其实这事找姐姐最好，姐姐被大家戏称为“苏半城”，意思是苏州半个城都认识她，走到哪儿都有人给她面子。

柳萍说金家姐姐是“交际花”，不是贬义，只是她的表达方式有限，金宝宝的生活方式才是柳萍梦寐以求的，只是柳萍的才情和姿色相比金宝宝差了太多，更别说情商、智商、胸襟、个性，实在无法和金家姐姐相提并论。

“不过我觉得……不管什么时候，都要开源节流。”如果不是儿时伙伴，金果果真不想多嘴，但她听了杨海说的近况，感到忧心，“你们在其他地方的支出太多了，工作室还没进入正轨，这样下去很危险。”

刚才杨海说了，由于没有管理团队，柳萍与杨父、杨母都是股东。柳萍还挂了个董事长的名号，她为此得意得很，虽然不会劳心劳力去分担工作室的日常事务，但也觉得自己有资格指手画脚一番。

“我知道，租写字楼的成本比我原本的预算高出太多，所以我才想……能不能找个让柳萍满意的环境。”

柳萍“纡尊降贵”陪着他看了两栋位于园区的AAAAA级写字楼的办公室，对环境和空间还不太满意，可杨海问了一下价格，就已经咂舌不已。

“你要确定自己的目的是什么。”金果果讨厌“爹味”说教，但杨海实在太不成熟，她只能引导他的思维往前走，“你是为了事业，为了养家糊口，还是为了取悦柳萍？”

“我也说了，看了好几个写字楼，地方太小，租金也太贵了，那点钱全‘贡献’给房东了。”杨海当时是回家劝柳萍，但人家不听啊，“但是柳萍说，做事业还是得有门面，找个破房子怎么招得到人才？她说这工作室也没别的资产，不就全靠人吗？有优秀的人，才能把事业做大！我觉得也有道理。”

“金玉其外的道理？”金果果叹了口气，知道无论自己灌输怎样正确的观点，杨海现在听了，回家被柳萍一吹枕边风，都准保全忘了，说不定还会怪她说反话。

柳萍没做生意的经验，在深圳只是打工，现在好不容易自家创业，当然觉得面子第一。

但是如果金果果不帮忙，杨海肯定会花冤枉钱满足老婆的虚荣心。

“果果，你就帮我问问看。柳萍现在受不得气，她怀孕也很辛苦，也就每年多花点租金，很快赚钱了就好。”杨海苦笑。

电竞行业是新兴行业，从业者没那么虚荣，又相对年轻，他的那些朋友许多就是铺盖一卷，两碗泡面就能打发日子，成本投入其实主要在器材和训练上。

但要是和柳萍这么说，她肯定会大发雷霆，杨海自己又不是那么精打细算的人，想着老婆的话也有一定的道理，但是面对办公室六十万一年的价格，实在有点肉疼，只好私下找金果果帮忙。

金果果问的资料很快就发过来了，她直接领杨海去找园区的朋友，在柳萍指定区域的那几间办公室范围内，帮他省下了八万，五十二万一年拿下了。

好在是按月支付，资金上暂时不会造成多大的压力。

当然，装修就只能从简，买几张桌子和电脑器材就能开张了。柳萍尽管有所不满，但看了卡上的余额，到底还是心疼钱，最终向杨海妥协了。

电竞工作室比茶师先开业，杨海喜气洋洋地请小伙伴们来办公室。金果果因为忙，托周舟带了鲜花和红酒过去庆祝。

写字楼的好处还是有的，杨海找来以前一起训练的伙伴当教练，这人一见办公室的位置就激动兴奋："好你个杨海，这是发财了来带兄弟们一起啊！这地段，租金不便宜吧？"

这人叫曲原野，与杨海一样也是个游戏迷，都想当电竞职业选手，天赋也与杨海差不多。不过他家里穷，学习又不好，没什么别的选择，唯独比杨海更能吃苦，后来当上某个小俱乐部的替补，没上场比赛过几次就因年纪大退役了。

曲原野本来闲在家里没工作，杨海喊他，立刻麻溜地来了。曲原野原本觉得也就混个吃喝，没想到看着杨海有模有样，还挺有钱，就起了心思。

来之前，杨海给曲原野说好了一个月六千块钱的工资，提供住宿。对于他这种没有收入的无业游民来说，这已经是雪中送炭，但他来办公室待几天就不满足了。

曲原野待了还不到一周，就故作愁眉苦脸地来找杨海商量加工资的事儿。

"杨哥，没想到苏州这地方消费水平这么高啊！这工资啥也不够，而且你之前说让我来当教练，我以为就指导一下得了，没想到还要兼管招生，这六千可说不过去了……"

现在城市的消费水平确实比以前高得多，支出猛增，杨海也知道这个道理，他满怀歉意："我知道这工资是不高，不过咱们是在创业初期，工作室还没开始赚钱，这不找兄弟一起来帮忙克服一下困难，等有钱了我还能亏待你？"

"这不是亏待不亏待的问题。"曲原野满脸愁云，"给多少钱才能干多少活，你也在俱乐部试训过，知道教练的杂事有多少。要是还得为衣食住行操心，哪有心思在工作上？我是怕做得不好，耽误了工作室的发展。"

曲原野这时候就绝口不提之前杨海找他的时候他有多积极，保证过做牛做马干啥都行。

“那我得和我老婆商量一下……”杨海哪有做老板的经验？他一向都是冤大头。

“怎么着，现在工作室还得‘皇后’做主啊？杨哥，我说你这样可不行，男子汉大丈夫总得有点魄力，否则事业成功不了，女人也不服气。”曲原野故意说道。

杨海在兄弟们面前也要面子，咬咬牙给他加了两千块的工资，回家把这事儿和柳萍一提，惹得柳萍顿时火冒三丈。

“我说杨海你是不是没脑子？我之前就问过你，说你这朋友靠不靠谱，你保证说这人厚道老实。哪有厚道老实人没两天就要加工资的？他什么事还没干，工作室连一分钱收入都还没有，你倒是摆起老板的谱来了，一加就加两千块！”

怀孕之后，柳萍的脾气和肚子一样，一天比一天大，大得有点神速。但杨家忠厚的父母十分开心，觉得这是吃得好，孙子壮。杨海怕她气坏了身体，只能哄着道歉认错。

“是我考虑不周，你先别生气。不过老曲说得也对，现在里里外外的杂事太多，总要靠他一肩担着，稍微给他加点工资也是为了笼络人心。他更专心干活，咱们就能更快赚钱不是吗？”杨海叹了口气，想想光是房租的支出就是沉甸甸一笔，难免心焦，“我们租了这么贵的写字楼，不齐心协力早点赚钱会撑不下去的。”

柳萍掐着他，愤愤反问：“你是说我让你租好点的办公室不对喽？是我多管闲事？”

“哪有哪有。”杨海知道是自己不小心说了真话，赶紧哄着她，“你是我们的董事长，这都是该你管的，有好的办公室才有面子，才更有动力！”

柳萍这才满意，摇了摇头：“算了，下不为例。以后你要摆老板架子给人加工资，至少得先和我商量一下，我还能不准你不成？我肩膀有点酸，过来给我捏捏。”

“哎！”杨海爽快答应，殷勤地绕到柳萍身后，熟练地给老婆捏起肩来。

他一向没心没肺，此刻忽然感觉到了成年人的压力。

而且因为成立了工作室，杨海再没有以前那样自由，很久没回去找江明川他们聚了，只能偶尔在群里找他们说说话，每到疲惫的深夜，他还真有点想念无忧无虑的曾经。

江明川在小学已经待了快半个学期，与那些可爱的孩子都混熟了。学生都很喜欢他，校长与老师也都欣赏他的才华，他刚来时的隔阂感已经消失，取而代之的是对学校的亲切感。

不过大家还是很好奇江明川为什么会屈尊来到一个小镇上的学校当美术老师，背后依然有着各种谣言与揣测。

对此，江明川只是一笑了之。在杨海结婚前，他和杨海两人私下小聚，喝得酩酊大醉，像是要告别青春似的，酒后吐真言，说出了真正的原因。

因为金果果太能保守秘密——也可能是她根本不在意别人的秘密，不屑一提，加上江明川还没搜集到足够的证据，她不会和周舟主动说起这事徒增烦恼。可是江明川有时候又矛盾地希望周舟能知道一点，做好心理准备。

杨海要是知道了，这个大嘴巴早晚会告诉周舟，周舟也一定会来问他详情。

从某种意义上来说，这属于和周舟对着干——毕竟西岛度假村计划是市里到区里，再到镇上都在全力争取的大项目，周舟为此付出了相当多的心血。

但他在这件事上心意已决，不会因为周舟而改变做法。

只是……江明川多希望由果果告诉周舟，这样他和周舟都不需要做太多的心理建设，果果一定能缓冲得很好。

最近一段时间，江明川养成了在湖边散步的习惯。

十几年过去，这里说不上沧海桑田，但与年少时已经迥然不同，只有偶尔白鹭飞起，才让人回忆起无忧无虑、干干净净的童年。

他很害怕，害怕被那些路、那些山、那些湖、那些永不能实现的梦所遗弃。

江明川在看湖边的芦苇丛时接到周舟的电话。

“喂？”回来后，江明川没有接到过周舟主动给他打的电话。

他很敏感，猜想工作狂周舟主动找自己，肯定是有重要的事。

官方的事。

也许就是西岛。

“西岛度假村计划的聂总下个礼拜会来岛上考察，我们有百分之九十的概率签下意向书。”

前段时间杨海和她说了江明川回来的真正原因，周舟当时确实有点不是滋味，原本只是和江明川观念不同，但现在涉及了工作上的事，她一时之间不知道该怎么去面对江明川。

杨海这个大嘴巴还和她说果果早知道这件事了，瞒着她呢。

周舟得知此事，立刻去找了果果，她不是气果果隐瞒，而是希望金果果能客观还原真相——杨海复述一件事时总是带着主观色彩，还会添油加醋，甚至扭曲事实。

金果果逻辑清晰，只说事实，能给朋友疏导情绪，提供正确方向，这是杨海不能比拟的。

周舟从茶师总部出来后，情绪平静了很多，也尽量让自己站在明川的立场上去理解。

所以现在告诉江明川西岛度假村的进度，周舟已经做好了心理准备。

江明川抿了抿嘴唇，看来杨海已经说了，但是他这时候反倒不知道该怎么和她解释。

“你都知道了。”江明川苦涩地开口。

算算时间差不多了，这个计划已经考察了太长时间，这座岛本身就是重点关注对象，现在也成了最后入选的目标之一。

“你告诉杨海，不就是想告知我吗？”周舟反问。

“我只是奇怪，你怎么过了这么久才找我？”以江明川对杨海的了解，他肯定第二天就和周舟说了，现在人家蜜月都度完了，公司也有模有样地弄起来了，周舟居然一直沉住气没来找他。

“因为你是我的朋友，我相信你不会夹杂私人感情去搅和这事，所以得到消息之后，我反复确认了环评的可行性，重新过了一遍项目细节，确认没有什么问题，才敢向你汇报。”周舟的语气很严肃。

当时从杨海那里得知此事，她确实无法理解，觉得江明川疯了——在杨海的表达中，江明川就是个复仇王子，隐姓埋名在这座孤岛上，发誓要让抛弃家人的父亲受到惩罚……

直到周舟去了金果果那里，得知客观的事实，才仔仔细细地去确认各个环节。

“西岛度假村计划是镇政府重要的招商工作，从上级领导到各方代表都非常关心。我们所有人都希望这个大型投资项目能够花落西山岛，成为未来岛上的地标，也能够顺势整合全岛的旅游资源，进一步挖掘潜力，提高人民的生活水平。”周舟很恳切地继续说道，她不知道为此做了多少准备工作，也满怀诚恳地与百行集团的考察人员深入讨论过可行性。

她当然也不会仅仅为了政绩就不顾未来，环保、消防、安全与其他各种细节的要求，她都会非常细致地进行考虑和审核。

“从百行集团提供的初期计划来看，虽然会涉及水域改造与施工，但能够符合国家要求的环境保护标准，我们也请专家做过评估，专家认为并不会对生态和环境造成太大影响，这是能够进行合作的前提。”周舟看着手边的资料，要金山银山，但更要绿水青山，要对子孙后代负责，她一直记得老镇长的话。

现在的年轻人可能都不记得了，岛上原本是有煤矿的，但为了可持续的长远发展，从二十世纪八十年代开始停止开采。

老一代人在这么大的经济利益面前都可以放弃，作为新时代的政府工作人员，当然更不会涸泽而渔。

江明川沉默了好一会儿才开口：“我相信政府和专家做的评估，但我更了解我父亲。”

江华宇就是一个赤裸裸的利己主义者，他所做的一切都是为了自己，百行集团每次都号称为了百姓的福祉，可等项目做完资金回笼，常常留下一地鸡毛。只不过他行事隐蔽、手段高超，很多问题都还没来得及爆发。

“我们必须讲证据而不是感情，政府不可能因为莫须有的罪名就否决一个这么大体量的投资项目。”

周舟也知道江华宇当年抛妻弃子的事，从人品上来说是为人所不齿，但做事要公私分明，这个项目不仅仅是镇政府关注的项目，区、市两级对此都相当重视，甚至省里都有人在背后使力气，项目落了地，就意味着巨大的投资、旅游资源，意味着高额的利税与庞大的就业链条，能够切切实实改善当地人民生活。

“我会找到证据的。”江明川早早回到岛上，就是为了这个。

他除了画画，也是个环保主义者，虽然没有专家专业，但是根据资深环保人士提供的监测方法，每天记录着生态环境与各种一线数据的变化。

深入地贴近这湖这山，哪怕只是数据和影像，都让他更深地感受到一种血脉相连的情绪。

他总是自称没有故乡的人，但他的画作中总是涌现湖水般的乡愁。这一段时间以来，这种故乡情结变得更加实体化，浓厚而现实。

湖水、游鱼、飞鸟，倒映在湖面的云与氤氲的水汽，湿漉漉的，让人眼眶湿润，如同最亲密的爱人，即使身体上隔离，精神上也一刻都不能分割。

这世界不断在改变，但总有一些镌刻在时光中的东西，永远都不会改变。

他也不希望改变。

江明川决意阻止父亲为了金钱而进行野蛮开发，哪怕是周舟也无法改变他的想法。

“你在湖边吗？”周舟听到呼呼的风声，问道。

“是，在老地方。”

“周末，一起去走走。”周舟觉得在电话里说力度还不够，希望能见面说服朋友。

“荣幸之至。”

很久很久都没有与周舟单独相处了，即使如今物是人非，江明川也难免会心情激荡。

第十七章　时代之变

夏季已经到了,哪怕是有湿润的湖风,仍然充满了热气。阳光透过湖边柳树的枝叶,洒下斑驳的热斑,仿佛是灼穿了的洞。

江明川坐在湖边。这里是他们小时候经常玩水的地方,那时候是一片低洼的泥地,涨水的时候会淹过树根,就成了小孩子们简陋的水上乐园。他们欢呼雀跃着在泥水中奔跑,身上挂着水藻,摸小鱼和螃蟹。随处可见懒洋洋的螺蛳,水退去后,它们无奈而固执地挂在岩壁上不肯离去,有时候就被晒干成了如同化石的遗迹。

现在不同了。

防波堤内有一道长长的栏杆,沿着湖岸无限延伸,直到转折的山壁将之遮掩。修葺好的行人步道干燥而清洁,凉风吹起了柳枝为行人遮阴,进可以远眺太湖山水之美,退也可以静思自身。

有好几对年轻人在这儿拍婚纱照,粼粼波光上倒映着他们的笑靥,连空气中都多了分甜蜜。

周舟穿着便装,洗得泛白的宽松牛仔裤,上面是一件普通得不能再普通的白色T恤,短发扎在脑后,不施脂粉,却带了几分少年时的青春活力。她似乎真的从丧夫之痛里走了出来,在工作中找回了自我价值,神采奕奕,前段时间的疲惫一扫而空。

周舟向江明川打了个招呼,在他身边坐下,语气轻松:“今天可真热,真想不通那时候我们怎么能大夏天还在这儿疯跑。”

暑假是最热的时候,顶着三十七八摄氏度的高温与炽热的太阳,小孩子们一个个晒得跟黑炭似的,汗水淋漓,却欢声笑语,从无抱怨,现在回想起来,简直觉得不可思议。

“其实温度和小时候差不多,只不过人对外界的感受力与忍耐程度已经发生了变化。”江明川笑着说道。

几十年来的巨变，是未曾经历过这个时代的人不可想象的飞跃。

小时候天热的时候，纳凉最多也就是用电风扇，大多数时候是一把蒲扇、一泼凉水，院门外宁静的星空仿佛就是冷意的来源。

短短十数年间，空调就成了不可或缺的存在，在夏日离开凉爽的空调房仿若酷刑。

每个人在内心深处都不想改变，但剧烈的变化总是无声无息地在时光中发生，蓦然回首才看到过去比未来更遥不可及。

人生如逆旅，我亦是行人。

江明川内心无比感慨和留恋过往，周舟却和他不一样。

周舟和果果是往前看的人，每一个未来，都是用现在的努力铺垫而成的。她指着后面一排小楼，对江明川说道：“如果项目能够推进，这一片就是我们暂定的中心区域。这儿会重建，根据山形水势，建筑一片别墅群做酒店和休闲场所，再往外拓展，会有大面积的新旅游覆盖区，能够完全改变西岛的面貌。”

虽然只是一个小岛，但发展仍然有不均衡的地方。

西山岛的东部是传统景区，发展一直领先，早期的码头在南部，民生与经济也相对活跃。太湖大桥从北而来，建成之后，西山岛北部的经济也飞速提升。

西部是传统的农业区，相对也比较贫困，虽然苏南农村不至于饿死人，但前几年岛的西面也是扶贫工作的重点区域，是周舟当初扶贫花了最多力气的地方。

全面脱贫之后，周舟也没有放弃对这片区域的重视。这里面对浩渺的太湖，本该有更好的旅游潜力，只是因为交通问题和缺少吸引人的景点而影响游客数量。

“我也猜是这附近。”

江明川举目眺望远处，岛上山地众多，平地资源有限，其他区域的开发已经有既定的步调。

如果西山岛争取到百行集团的项目，很大可能就是这一片。到那时游船码头得以开通，西岛计划还能辐射隔着太湖的其他城市，更有噱头，他父亲不会错过。

江明川的记录也以岛西侧的环境居多。

“小时候我们觉得这里是世界上最美的地方，是我们隐秘的乐园。现在回头想想，当时的日子大人们还是很辛苦，哪里比得上现在？可是想要发展，总要舍弃一些东西，我们必须大步向前，拥抱新时代。”

谁都会对田园牧歌的童年魂牵梦萦，但洪流滚滚向前，时代的发展不以个人的意志为转移。

周舟在情感上一样不舍，美好的记忆凝聚于此，是精神的寄托。如果改变了，即使再美轮美奂，也不再具备那种熟悉感与情怀。

“建设新的很容易，但等新的建立起来之后，旧的就再也不复存在。”江明川站起来，远处的白鸟飞入云层不见，“这将会对这座岛造成不可逆的影响，难道不应该更加慎重一点吗？”

“我们一直很慎重，”周舟也站起身，郑重回应，“甚至比你想的更慎重。我们要对子孙后代负责，但并不意味着我们故步自封。无论是环保、生态，还是经济民生与人民的精神需求，我们都要放在考量的范围之内，绝不会为了投资而降低标准。

“我很欢迎你来审视监督这个项目的推进与发展，但我并不希望你因为私人感情而固执己见，一叶障目，不见泰山。你父亲确实是个纯粹的商人，他说得再好听也是为了营利，但我们并不是不能追求到双赢的结果，这是经济发展的大势所趋。”

周舟知道江华宇私德有问题，她没有江明川那么了解他，但她也与形形色色的投资商人打过交道，很清楚他们华丽外袍下的虱子。人都有私心，关键是他们的私心能否与经济发展的大势相结合，能不能为百姓谋福祉。

对她而言，想要和平建设发展，就要联合所有可以联合的人，传达正确的价值观，坚守底线，砥砺向前。

“你太理想主义了！这世界上的事哪有那么完美？”江明川见她坚持己见，还相信自己爸爸真能为西山岛做好事，忍不住生气，“你还是先管好自己的事吧！”

提高音量怒吼之后，他立刻就后悔了。

他知道周舟的性格，表面上看起来沉着大气，她的情绪不放在脸上，但藏在心里。

陆亚东的事对周舟有很大伤害，别人不清楚，敏感的江明川最能够感受那种背叛。

刘芳到现在还大着肚子住在周舟、陆亚东曾经的爱巢里，无论如何，不该拿这件事去刺激周舟。

“对不起，周舟，我不是这个意思……我只是气昏头了，你不知道我爸的性格……这个项目必须更加仔细，你不能相信他的一面之词。”江明川急忙道歉，但周舟没再说话。

话说到这个份上，已经不是言语能够解决的问题。

她和当初最好的伙伴们都渐行渐远。

无论是回来的，还是回不来的，都走向了另一个未来。唯独她，必须留在这里，像一棵大树，将根深深扎在这生她养她的泥土里，守护着小岛。

金果果刚刚看完培训报告，正对着办公室里那幅《墨莲》缓缓眼疲劳，门就砰地被推开，周舟风一般地闯了进来。

“出了什么事？”金果果揉着酸麻的肩颈问道。

周舟在工作上修炼得极有耐心，无论遇到多么奇葩的事，都不会显得这么烦躁。

“西岛度假村的事。”周舟越想越郁闷，这事也没法和同事们吐槽，只能找闺密纾解，“明川真是走火入魔了！他现在完全不可理喻，怎么都讲不通，我都让他来监督，有问题就拿出证据来……”

“喝点茶，消消火。”金果果刚好泡了一杯碧螺春，顺手递给周舟，“你们立场不同，观念当然也不一样，我们要求同存异嘛。”

她回岛后，不知不觉已经戒掉了咖啡，又回到清茶相伴的日子。

“我只是觉得难过。我们曾经都是那么要好的朋友，一起说着理想，一起向着未来奔跑，可为什么走着走着就散了？”

如果是其他人，周舟只会耐心地感化，正因为是朋友，才有这样强烈的私人情绪。

“你觉得难过，归根到底还是因为大家之间还有感情。但是每个人所遇所感都不同，成长速度也不一样，我们不必因为别人而停下脚步去等。在前面走，点亮一盏灯，他们一定会看见，某一天追上来。”

金果果相信，前行者的光，一定能成为某种榜样。

周舟喝了口茶，终于平静了一点，轻轻点了点头：“晚上去茶山走走吧，我想爷爷了。”

金果果每次去自家茶山，十有八九都能遇到叶茗。

她怀疑叶茗把这里当作自己的后花园，只要他没离开西山，每天晚饭后就会来这里散步消食。

最近叶茗出国了——金果果觉得很大一部分是姐姐的功劳。

前段时间金宝宝整天去西山基地看望“妹夫”，每天不带重复地做小点心和美食送过去，还免费给人家的联谊会排舞，估计叶茗这个“社恐”压力很大，索性离岛。

但其实叶茗是真有其他工作安排，他除了西山实验基地，外面也有一堆工作，只不过能不出面就不出面，能网上开会就绝不去现场。这一次是因为刚刚研发的绿色能源新技术，他亲自去了硅谷科技论坛，顺便和老同学们一聚。

金果果一直为这份事业骄傲，如果成功做大，那将是中国茶饮走向世界的里程碑，也将掀起全球品味中国茶文化的热潮。

入山无处不飞翠，碧螺春香百里醉。尽管已过了春天，但西山的风景依然美不胜收，似乎山林里依然飘着茶香，被太湖的水汽包围着，氤氲出几分清凉。

茶师的旗舰店开业在即，金果果忙得好几天没回家。

大事小事琐碎事，她都亲自确认，就连窦豆也飞回苏州帮忙，确保茶师能如期开业。

金家二老帮不上什么忙，唯一能做的就是不给孩子添乱，做好后勤工作。尽管金果果父母对她卖房创业这事不赞成，但事到如今也不再埋怨，不会学陆家拖晚辈后腿。

陆家最近鸡飞狗跳。

刘芳肚子越大越作，她清楚孩子一落地自己就将彻底失去话语权，所以这几个月就变着法儿折腾，想从黄玉霞手里榨出钱来。

黄玉霞哪是什么省油的灯？嘴上哄着，好吃好喝供着，但要钱一分没有，就像是石头榨不出一滴油来。

肚子越来越沉，刘芳心情也越来越沉重，故意找碴儿，三天两头哭骂打闹。

黄玉霞也没别的解决办法，一出事就想到召唤周舟。

黄玉霞现在对周舟客气了少许，她的钱还得靠周舟保着呢，而且想到上次金果果和她说的那些话，黄玉霞也不敢太过分。

刘芳对周舟也有点忌惮，主要怕万一惹恼了周舟，人家要把车祸赔偿金分走怎么办？

刘芳上次从医院回来，私下让朋友问了律师，万一真打官司，她什么都得不到，那可白遭罪了。

所以每次看到周舟，她都会消停片刻，黄玉霞就更抓着周舟不放。

陆亚东车祸的赔偿金和单位的抚恤金陆陆续续都下来了，黄玉霞攥在手里谁也不给，这是她养老的棺材本，是儿子的命换来的，周舟当然没理由劝她把这钱分一点给刘芳以缓和矛盾。这天哭哭啼啼的黄玉霞又来镇政府找周舟，说了一个令人咂舌的消息。

刘芳带着十万块钱跑了。

“十万块钱够干什么？”周舟蹙眉，刘芳辛辛苦苦巴着陆家，她能为了十万块钱自己生孩子养孩子？这怎么也说不过去。

“我就怕这女人一狠心，把我们孙子给打掉，那可怎么办哟？”黄玉霞一方面是心疼钱，一方面也是担忧失去已经成形的孙辈，面色憔悴，头发散乱，比儿子葬礼时还狼狈，仿佛孙子也死了。陆光没来，他气得高血压发作进了医院，黄玉霞本该在病房陪着他，可她就是不管不顾，非要周舟把刘芳给找回来。

黄玉霞曾经看不上周舟，可一旦发生什么事，她心里也清楚得很，只有周舟才是家里的顶梁柱，至少不会丢下两个孤寡老人不管。

尤其刘芳来了之后这一对比，黄玉霞心里真是有点懊悔——懊悔怀孕的不是周舟。不然哪有那么多的事？

“你先去医院陪陪爸，这边我帮你找找刘芳。”周舟叹气，她还是称呼二老爸妈，当然不能丢下他们不管。

“管那个老家伙干吗？你先帮我把人和钱都找回来。”

黄玉霞哭哭啼啼地找周舟，让办公室外面的同事们都很诧异——黄玉霞以前多强横啊，现在竟被折磨得头发全白，愁容满面，而且对周舟也不大呼小叫了，果然一物降一物，恶人自有恶人磨。

周舟猜想刘芳很有可能选择及时止损，卷一笔钱跑路。

只是现在她怀胎应该已经差不多五个月，想要打掉孩子只能引产，各地大医院对引产手术管理严格，周舟更担心她找什么小医院弄伤了身体。

“我试着找找看吧，如果她离开了苏州，那就没什么希望了。就算还留在市里，几百万的流动人口，要找到她，也是大海捞针。如果你们想要尽快找着人，最好还是报警。”周舟无奈地说道。

“不能报警！报警的话咱们老陆家的脸不是丢尽了？周舟你大小也是个书记，找公安帮帮忙还不行？”黄玉霞又开始蛮不讲理，虽然她已经很克制。

“不能，我只是书记，也只能做本职工作的事。”周舟不可能去干这种公器私用的事，没等黄玉霞发作，她又说道，“不过好像有朋友认识刘芳，我先问问他们能不能找到。”

黄玉霞现在有求于人，也只能隐忍着，苦着一张臭脸从周舟办公室离开。

江明川认识刘芳的朋友，他私下找刘芳的事，周舟知道后还很不高兴，但这次她只能打电话找他打听。

“刘芳跑了？”江明川刚好下课了，他走到角落接电话，也觉得匪夷所思，“她大着个肚子能跑哪儿去？这么点钱连买奶粉都不够！”

“你的邻居和刘芳是闺密吧？”

很多事都是杨海这个闲人说的，金果果哪怕人在现场，也懒得多传达无用的信息。

“你管她？这件事本来就不关你的事，你不去分陆家的家产，他们就该念阿弥陀佛。这会儿闹出事来，你还要帮着找人？”江明川对周舟的“圣母”一般的行为一直不满，他就不会以德报怨。

就像他爹当年的背叛，他一辈子都不会原谅。

如果周舟是为了拿回那十万块钱，江明川肯定会支持，可周舟根本不是这样的人，江明川只担心她“圣母心”发作，还要去帮别人一把。

“我不为别的，只想着那还没出世的孩子，那也是一条无辜的生命，而且宝宝月份大了，她要做手术对身体损害很大，还不安全。于情于理，两条生命总不能置之不理。”

江明川气不打一处来：“她就算是死了，你又管得着吗？她为了钱贴上陆亚东，又为了私心留着这孩子，想要找陆家要钱，这会儿看着要不到了，又拐钱跑路。从头到尾，都是她自作自受，求求你不要同情心泛滥！这种人死了是为民除害，就算生下孩子，以她这么恶劣的人品，只会毁了孩子的人生。你只是普通人，不是真的‘圣母’，拯救不了所有人，能不能别管这些破事？！”

电话那边沉默了。

江明川深吸了口气平复情绪，最近他也觉得和周舟一说话就上火，也许是爱之深，责之切，总忍不住想纠正她的想法。

“我理解你的想法，在这个事件中，我是受害者，无论我怎么袖手旁观看笑话甚至踩一脚，大家都觉得是应该的，只会觉得人家善恶有报，没有必要去同情。”周舟整理了一下思路，尤其是那天和金果果聊完，她更清楚自己脚下的路，她也希望江明川能看到她的“道”。

“但是，我们作为人，不是应该也有自己的善良吗？我知道你会笑话我‘老古董’‘圣母’，以牙还牙、以眼还眼才是新一代人的价值观。可是我从小就是被金爷爷这样的人照顾长大的，老一辈的人是怎么做事的，你还记得吗？这座大桥，是金爷爷他们挑土捐钱，一点点搭建起来的，那真的是筚路蓝缕。那时候我们在桥头疯跑，你还笑着说，这是我们通往外面世界的康庄大路，是岛上的爷爷奶奶和叔叔阿姨为我们的未来铺的桥。”江明川赧颜，他只记得和小伙伴们在大桥上追逐落日的童年时光，却忘了说过的这些话。童言童语，多么天真，可是有人当真了。

“还有我们八岁那年，发了洪水，金爷爷和老兵团们一直在帮忙，洪水退了才发现他腿上的伤口都泡烂了，躺了好几周，我和宝宝姐还有果果每天放学后轮流照顾他，你也哭了好几次。还有，那年地震，他和战友们偷偷跑去灾区救援，把所有的退休金全捐献出去，我们还把助学金和零花钱塞给他，吃了一个月的馒头。你说你要去打临时工，于是我们一起去发宣传册，赚生活费，后来被长辈们知道了，挨了一顿批评。我当时以为，我们都会成为这样的人。虽然我也许永远不如金爷爷大公无私，但我希望我能像爷爷们那样，拥有更多的温情，更加宽容与大度，消解一点这世界的戾气。我们现在过得如此幸福富足，所拥有的是几十年前人们不敢奢望的幸福，这都是祖辈们用生命浇灌出的花朵。我管不了别人怎么做，我只希望我能保护这些美丽的花朵，像我们当年捐出最后一分零花钱那样，充满了不后悔的勇气。”

江明川听着她诚恳的话语，心底有股说不出的酸意和羞愧。羞愧的是，她都记得那么清楚，而他所记住的却都是过去的背叛和伤害，他们俩从同样的起点出发，却一直往相反的路上走。江明川以前总以为周舟是因为迂腐、固执和缺爱，才会忍耐陆家的欺凌，哪里知道她遭到那么残忍的背叛和那么多的磨难，依然像金爷爷那样，怀着一颗热腾腾的心，有着真正的信仰……他从没有想过为无关的人甚至仇人做点什么,他最高的理想,也不过是画出永垂不朽的画作,让世人景仰,让父亲崇拜。

他这样的人,确实配不上周舟。

“你这么说话,真像是长辈。”良久,江明川揉了揉发酸的鼻子,嘟囔了一声,“我帮你去问问。”

说是逃跑,刘芳也没有跑多远。她拿了钱,跑到新区租了个房子,联系了小医院准备手术。除了陆家人,她根本没避讳自己的朋友。郝妙是她的小姐妹,她还特意让郝妙帮忙去医院照顾。

江明川一问就得了确切的消息,告诉了周舟。

周舟没第一时间通知还在医院的陆光和黄玉霞,她安排好手头上的工作,马不停蹄找上门去。

刘芳一开门见是周舟,顿时有点惊慌,不过很快就镇定下来,摆出一副死猪不怕开水烫的样子:“周书记还挺有本事,这么快就找到我,不过要钱没有,要命有一条!”

她已经做了蚀本生意,这会儿谁要叫她把钱还回去,那真是要了命也不干。

原本以为陆家怎么也有点棺材本,没想到陆光和黄玉霞这么奇葩,也亏得周舟能给他们当三年儿媳妇——要不是为了钱,刘芳连三天都忍不了。

刘芳在大事上糊涂,但在小事上精着呢,如果陆家能把她当少奶奶一样供起来,那生下这个孩子也不亏,到时候她挟“子”自重,捞一笔钱再说。

只是她看清了黄玉霞表里不一的行为态度,在她怀孕时尚且一刻不肯放松,等到瓜熟蒂落,她哪里还能拿捏得住?

所以刘芳只能及时止损,转身走人,现在挺着个大肚子满腹怨念。

“放心,我不是来向你要钱的。”周舟开门见山,止住她的龌龊念头。

她看着刘芳,这个刚毕业才上班没多久的小姑娘,因为妊娠和心思多,面容憔悴尖酸,脸上也长了斑,眼神更是鬼鬼祟祟闪着贼光,倒更像黄玉霞生的女儿。

刘芳被周舟温和的态度弄得进退两难,但还是硬邦邦地挡在门口:“那你想要什么?”

“一开始听说你怀了亚东的孩子,我的情绪很复杂,一方面感觉到了背叛,另一方面又有点为他有后而觉得欣慰。”周舟看了眼她的肚子,自嘲地笑了笑,这不是被封建思想毒害，而是学着金果果抽身事外，不是作为陆亚东的妻子，而是作为一个外人来看，有个新生命当然值得高兴。

“我不要这个孩子。”刘芳语气仍是硬邦邦的。

“我就是来劝你慎重考虑。”周舟这一路也想了很多，她很坦诚地面对自己的内心，哪怕内心藏有一丝阴暗，她也愿意暴露出来。

周舟认真地看着刘芳，诚恳地说道：“过了这几个月，我也想明白了。陆亚东和我之间曾经是有过一段美好的短暂的感情，但因为家庭的关系，他也承受着巨大的压力。我们早就谈过好几次离婚，我也认真地考虑过结束这段婚姻。在这个过程中，他才出的意外。

“要说我不伤心，那一定是假的，但我也做不到像恩爱夫妻那样生死不渝、万念俱灰。

“你的出现，从某种程度上来说像是一把钥匙，帮我开了一扇门，或者说，是一个加速器，让我加速走回自己的路上，走出他死亡的阴影。”

周舟坦白她那点自私的想法，不必愧疚，不必留恋，更不想回头去看。昔人早已撒手而去，她所能做的就是继续走自己的路，实现自己的理想。

“所以，我并不恨你。”

或者说，也不值得恨。

陆亚东都已经死了，这个怀着孕的软弱女孩子，又能算是哪门子敌人？她周舟与陆家都不再有什么深切的羁绊，何况这拐弯抹角的关系？

“那我可要谢谢书记了。”刘芳却不为所动，她只关注自身的利益，认为周舟蠢，她可不蠢，“你上门要是就为说这个，那差不多也就够了，没事早点回去忙工作吧。”

“我希望你能好好地面对自己的人生。这个孩子不仅仅是陆亚东的，也有你的一半。而你的身体，则完全是属于你自己的。”周舟没有放弃，继续说道。

“我可养不活他，书记既然这么博爱，不如你辛苦点，多给点生活费，或许我会考虑把他生下来。”刘芳见周舟态度这么好，更加无耻。

江明川其实想陪周舟一起来的，可惜周舟不需要他的陪伴，他心里担心，生怕周舟又被坏女人欺负，忍不住给金果果打电话说了这事，希望果果能去打探一下消息。

毕竟周舟和果果的关系最好，而且只有果果的话，周舟才有可能听进去一点。

可惜金果果的态度还是两个字:“尊重”。

尊重周舟的想法,也尊重一切生命体的自由。

金果果当然不喜欢刘芳,连带着对死去的陆亚东也充满了否定,但人家肚子里还有一条生命,一个孩子。

她没有资格去否定一个小生命的存在。

这段时间她忙得脚不沾地,茶师面临着第一次“大考”——旗舰店开业。

之前的准备工作无论如何完善,当真的揭开答案时,再优秀的考生也会有点紧张。

而且她们没有采用流行的营销策略,用大量的营销经费来获取膨胀的人气,而是依靠口感、质量与口碑。

这种传统甚至有些古板的经商之道,是否还能适应这个日新月异的社会?

第十八章　开业

七月的骄阳热力惊人，茶师早就预告了开业，当天早晨在商业中心外侧就排起了长队。

金果果看着那长长的队伍，有些诧异地悄悄问窦豆："这不是你安排的托儿吧？"

营销公司有成熟的方案，在开业前就提出过饥饿营销的套路，务必激起消费者的期待感。经过几次讨论，金果果与窦豆都否定了这一方案。

如果从资本角度出发，这种热点性的新闻有助于股价抬升，提高估值，可是浮华转身之后就是一地鸡毛。明眼人都明白，开业几天排长队，过不了一年就门可罗雀，中间一定有猫儿腻，经过几次"狼来了"的"洗礼"，消费者也学乖了。

"自发组织的。"窦豆颇为骄傲和得意，"之前我们不是做过试茶活动嘛，咱家的茶饮很受年轻人喜欢，不爱奶茶的酷妞是我们茶饮的购买主力，还有那些提倡健康饮料的年轻人、关注美容养生的戒糖族……总之比我们之前预计的年龄层次还要略低一点。在群里发布预告之后，他们就开始自发组织开业活动了。"

"粉丝经济啊。"尽管是自家的产业，金果果还是忍不住吐槽。

这就是现代商业的现实，粉丝能够无条件制造热度。作为消费者，他们也会自发地组织和构建自己的购买规则，从明星到网红店网红产品，无不如此。

水能载舟，亦能覆舟。这其实不是金果果预想中的稳固的消费群体，只是看到衣着时尚的年轻人这种充满朝气与活力的支持，还是感到温暖和欣慰。

"从现在这个效果来看，我们开业的宣传目的已经达到了，前期的公关与广告投入虽然不够，但只要第一批购买者满意，我们的口碑就会以几何级数扩散，可以接下一步的动作。"窦豆是做营销出身的，她看着熙熙攘攘的人群，充满自信。

这种自信来源于对商业模型的掌控，也来源于对产品质量的信心。

谁叫她们身后有如此厉害的研发团队呢？

“叶茗今天来了吗？”金果果忽然想到什么，转头寻找最大的功臣。

“昨晚我问了张炜，他说今天都会过来。路上堵车了？”作为创业核心团队的合伙人，叶茗应该出现在这个场合，不过他日理万机又“社恐”，窦豆也没有用常理推测。

“我给他打个电话。”金果果很期待今天叶茗也能在现场，他们一起见证茶师扬帆起航。

杨海与柳萍也赶来了，刚进商场就看到茶师门口人山人海，排队都排得绕了几个圈。杨海不由得咂舌：“这么多人啊！”

柳萍挺着肚子，一手扶着腰，看着排了几百号的人，还不断有人加入，皱着眉头酸溜溜地说道：“肯定是请来的托儿，新店哪来那么多人排队？”

“那也不一定。”杨海对金果果做事由衷佩服，“听说果果这个店得到了政府的大力支持，是文化振兴的重要支点，电视上都报道过，你关注的那个本地公众号不是连着几天推荐吗？影响力还是很大的。”

“说得再怎么好听，那不还是一家茶馆吗？”柳萍有些不耐烦。

她本来就不想来的，但杨海说工作室离商业中心近，总不能不来捧场。现在好了，看到那么多人，多她一个不多，少她一个不少，还不如在工作室里吹空调呢。

最近杨海的电竞工作室花钱如流水，却没有看到进账的希望，柳萍心里就犯起了嘀咕，这会儿看见金果果生意兴隆，一股酸意就从胸口涌起。

别人做生意怎么就看上去这么简单？看着流水一般的客人，柳萍忍不住就开始算，就这么一会儿，金果果能赚多少钱，算出来的数字再乘以一天、一个月乃至于一年，估算出的结果让她震惊。

但随后她就想，不可能这么多，今天来的大多数应该是安排好的托儿，以后才不会有那么多人呢！

“这么多人，排队要排到什么时候？这什么味？闻着我都要吐了，明天再来。”柳萍看到还有媒体过来，长枪短炮地对着茶师门口，采访那些买到茶的客人，更是肚子一阵阵发紧，酸得她有点反胃想吐。

杨海本来不想就这样离开，至少要进去和果果打个招呼，但见门口那么多人,又看到柳萍想要吐的样子,只能匆匆拍了两张茶师门口热闹的照片,发到他们五个人的小伙伴群里,给要陪百行集团考察团而没能过来的周舟看看。

柳萍一路上都在想着要请那些托儿得花多少钱,等她回到公司,看到懒散地半躺在电竞椅上对着电脑打游戏的曲原野,更是气不打一处来。

电竞工作室开了两个月了,白付了两个月工资与房租。之前说得好好的,只要工作室一开业,就有业务跟进,至少也能招七八个练习生收学费来抵销开支。招生广告打出去之后,来的小朋友是不少,但大多只是看热闹,基本能力都不行,就算是想要昧着良心把人留下来先收钱,可也过不了家长这一关。

两个月来,业绩是零蛋,曲原野和杨海不愧是朋友,两个人都天性懒散,曲原野乐得吃白饭,每天喜滋滋地哼着小曲,到点打卡下班,还时不时要拉着杨海喝两盅。当然,前提是老板这个冤大头埋单。

一开始柳萍没怎么在意,时间一长,她的脸色就不好看了,没事都得阴阳怪气两句,这会儿心头不爽,更是忍不住开喷:“曲教练,这个月有计划招生吗?”

曲原野刚丢了两个人头,心情也正不爽,看到大肚子的柳萍进来就觉得硌硬。他从屏幕后抬起头,拉着脸说道:“那要看杨哥的招生广告效果。我是来负责技术培训的,可管不了招生的事。”

杨海能忽悠到小孩交费,他就带着人练习,这有什么难的?不就是玩游戏吗?那杨海招不到人,又关他什么事儿?

柳萍看着他这事不关己的态度就恼火,敢情不是他花钱,身为员工就一点都不着急是吧?

杨海说过,把人高薪请来,是指望曲原野在行业内的关系和经验,能一开始就把摊子铺起来,现在瞧他这甩手掌柜的模样,哪能靠得住?

“杨海把你请来,就是让你扛事的,你这一点用都没有,好意思白拿工资吗?”柳萍平时也不至于说话这么直接,但今天看到茶师开业的盛况,心里憋着一股气,不发出来就难受。

曲原野看柳萍摆架子不顺眼,加上自己一直是社会闲散人员,没经过职场的毒打,当然不懂得点头哈腰。他打个游戏还和队友对喷骂街呢,可不受这个气,当下就反唇相讥:“电竞这行业特殊,你一点都不懂,就别给杨哥添乱了。”

女人就是麻烦，曲原野想着要是光杨海一个人在这儿做主，那他得多么自由快活！

偏偏杨海结婚了，带着这么抠还作的老板娘，叫人憋屈。

两人两句话就戗了起来。柳萍在杨海家里作威作福被当成女王供习惯了，现在又自以为是老板，哪受得了这个气？上来就扯键盘往电脑上砸去。杨海赶紧上前哄着，柳萍见他只知道拽着自己，也不帮着说话，气得捂着肚子就喊疼。

这可是她的撒手锏，杨海立刻就慌得六神无主，一边心疼电脑钱，一边心疼老婆肚子，只能不轻不重地说了曲原野两句。其实曲原野骂柳萍，他还挺舒坦，毕竟是自己不敢说的心里话。确实，柳萍什么都不懂，还总爱指手画脚，杨海敢怒不敢言。

现在见柳萍气怒攻心得哎哟哎哟直叫，他担心柳萍肚子里的宝宝，慌忙带着柳萍去看医生。

曲原野觉得丢了脸，更是恨得牙痒痒，什么事都不想做，气得把游戏手柄往碎裂的电脑屏幕上一砸，索性瘫在椅子上玩起手机来。

金果果自然不知道柳萍那边的小插曲，她给叶茗打电话没人接，随后媒体一拥而入，她忙得喘不过气来，根本没时间关心叶茗来不来。

中午，蹲守在外的媒体忽然一阵骚动。

窦豆刚刚结束一个现场采访，看了眼外面的长队，让人再次紧急加仓。

虽然之前预估了市场，但这盛况超过了大家的预料，幸好配货仓准备充分，否则真得“饥饿营销”了。

“果果，叶茗到了！”窦豆眼尖，看到媒体长枪短炮围着的几个人，她惊讶地说道，“怎么团团也来了？”

早上原本只是本地几个新闻媒体，因为茶师原本就是当地政府支持的项目，官媒过来做个常规报道，结果因为盛况空前，走过路过和买过的人都免不了发个朋友圈，连商场的其他店家都赶过来看热闹。这会儿又有不少其他网站的记者赶过来，还有一些自媒体大V也跑来蹭流量，端着一杯刚买到的茶，从简洁高级的环保包装到口感开始直播点评。

“我们应该没请她吧？”金果果也看到叶茗一行人，他们被一群人围着寸步难行。

“没有。你之前说宣传策略上不要找网红，我就没请她。团团也许只是为直播间预留位置而已。”窦豆皱眉，她是和团团签了网上直播合作的合同，旗舰店开业没有邀请她，团团线下主动出面，未免太卖力了。

她穿的汉服上还绣着“茶师”两个字，气质古典婉约。

“我们没找托儿，她倒是找了不少。”窦豆眼睛多毒啊，扫了一下，顿时有点不高兴，指着几个举着牌子围过去的人，“这定制的汉服就得提前自掏腰包准备，粉丝还做好了后援团的标语，绝对是自己安排的。”

“也可能是叶大牛安排的？”窦豆顿了顿，很快自己否定了，“不会，叶大牛根本不会搞这一套。但他俩怎么一起来了？”

“找人接一下。”

人都来了，自然得接进店里。金果果环顾周围，大家都忙得跟狗一样，她只能和窦豆去接。

严格来说，团团只是和茶师签约了线上合作，但媒体采访时把她当成了形象代言人，她也没有否认，只站在叶茗身边巧笑嫣然，为大家介绍茶师的初衷和特色——这倒是足够专业，从五千年的茶文化开始，每一个点都精准打击到国人的文化自信上。

叶茗趁着团团在媒体面前口若悬河，正想抽身而退，就见金果果绕到旁边，将他从人群里拉了出来。

金果果知道他是“社恐”，又极少在媒体面前露面，先把他带走再说。

至于还在给媒体介绍茶师的团团，交给窦豆处理就好。

金果果领着叶茗走到店里，把他带进里面的员工会议室：“今天人太多了，超过我们的预期，有点忙不过来。你先在这儿休息一下，我去看看团团的情况……”

“把外面交给她就行。”叶茗看着门外热闹的场面说。对普通人来说，在镜头面前会有点紧张，但团团驾轻就熟，在媒体面前怎么说话，她比店里的任何人都要专业。

“今天实在太忙了……”金果果的手机不停地响，她带着歉意对叶茗说道，“我接个电话，你先休息一会儿。”

叶茗微微点头，打量着面积不大的会议室。这倒更像是给员工休息放松的，椅子很舒适，带有按摩功能，能放倒午休。桌上的绿植生机盎然，灯光柔和。

里面还有一扇粉色的小门，上面挂着"男士勿入"的牌子，给女员工专用，两个女性管理者果然很细致温情。

金果果接完电话回来，发现叶茗已经离开了，仿佛在开业盛典上露了一面就算是他大发慈悲。

团团接受了半个多小时的采访，端着一杯绿茶，和粉丝们在茶师门口合了半小时的影，被助理护送着离开。

到了下午，媒体记者散了大半，排队买茶的也没那么拥挤了，虽然成绩超过了金果果的预期，但没法和某友商一天卖出十万杯的销售量相比。

金果果更关心售后的口碑，除了团团不请自来，打乱了一点节奏，旗舰店的消费者大多打出了五星好评。

"团团小姐，请问今天你是带你的男朋友来助阵的吗？你猜团团怎么回答的？"窦豆一脸的不高兴，脱下了高跟鞋，疲惫地躺在按摩椅上，不等金果果说话，学着团团的声音捏着嗓子娇娇柔柔地回答，"叶先生是我的好朋友，你们千万别瞎猜。"

"你怕她的绯闻炒作压过茶师的风头吗？"金果果被她拿腔拿调的样子逗笑了，她终于应付完投资人和媒体，现在只想放松地瘫着。

"这是拎不清啊！一、我们没请她来，她要来也该和我们打个招呼，我们好安排。二、我们是开业，她借着这些媒体说什么自己的私事？三……"

"喝点茶吧。我听了几句介绍茶师的话，她在茶文化上还是研究过的，不给茶师招黑就行了。"金果果打断窦豆习惯性的总结报告，打开点评 App，第一时间了解情况。

"你是没听到后面，后面全是在显摆自己的才学，古诗词都飞上天了，大白话都不会说了！我也见过不少文化人，可没见过这么卖弄的文化人。"

"你签她的时候可是万分满意，现在怎么又嫌人家才华横溢了？"金果果脸上笑眯眯的，嘴上却毫不留情地戳穿窦豆的虚伪。

不过茶师的宣传走的是低调实力路线，没想过借网红的热度。只是团团是叶茗介绍的，而且团团的气质与能力和品牌相配，窦豆当时如获至宝，但这时只觉得团团是蹭热度来了。

"因为她拿叶大牛说事啊！你不是说过，叶大牛是我们的'核武器'，不能随便用?！我们自己都舍不得用，她一个签约乙方，攀着叶大牛不放是什么意思？"

窦豆见金果果还有心情说风凉话，顿时更生气。

说来说去，还不是为了姐妹的幸福吗？

团团越是在叶茗面前出风头，万男不挂心的金果果可就越没竞争力了！

金果果翻着一长串的五星好评，脸上的笑容变得饶有兴味起来：“哦，原来你吃醋了啊！”

窦豆正在喝茶润喉咙，听到这话，一口茶水喷在金果果脸上：“开什么玩笑？！”

“还是有人恶意打低分。”金果果毫不嫌弃地抽了张纸巾，淡定地擦擦脸和被弄湿的手机屏幕，给窦豆看正事，“只是没想到来得这么快。”

茶师旗舰店第一天开业，冲到了万杯的销售量，虽然与其他宣传一天卖出十万杯的友商相比不是太突出，但售后调查让金果果相当满意。大部分消费者给出了五星满分评价，少数赶潮流尝鲜的年轻人虽然并不见得与茶文化的口味相合，可也全都承认茶品的质量，并为之疯狂点赞。

茶师不需要爆火，也不需要成为网红品牌，它唯一需要的是口碑的一点点发酵，就如茶韵流长，回味无穷。

这才是细水长流的生意经。

但即使保持低调，也有敏感的友商发起了攻讦与嘲讽，还有人在第一天特意排队，全程直播，组织其他人刷一星差评，更有自媒体不知是收钱，还是故意博眼球，纷纷发起调侃。

“传统茶饮遇冷，在年轻人群体中不受欢迎？”

“做足噱头的茶师是否还能进入流行文化圈？”

“咖啡、奶，还是茶，这是个值得思考的问题。”

“喝茶是什么年代的事？”

一系列的标题看得窦豆恼火，恨不得亲自上阵，与他们对骂。

“遇冷？哪里冷了？这些人是眼瞎吗？能不能发文章前先看看数据？没有调查就没有发言权，他们懂不懂？！”

“生气就对了，黑完没效果，可不是成功的黑粉。”金果果见窦豆真在一个个评论下回复，把她的手机拿了过来，“你的时间宝贵，和他们争论什么？这些事还是交给公关部门吧。”

窦豆气得心肝疼，毫无形象地咆哮着：“要不是要准备渠道，我非骂死这帮龟孙。”

“你这不是骂了几句吗？消消气，FF资本今早联系我了，想要追加资金。”金果果平静地说道。

“下一家店，深圳、上海还是北京？”窦豆顿时来劲了，她也着实佩服果果这淡定的性格，无论是黑是红，她都旁观者般冷静。

旗舰店的成功是实打实的，媒体和无关的群众或许会被混乱的讯息混淆，能够看到报表的投资商可是心里透亮，包括FF资本在内的风投纷纷想要推动加快茶师的开店扩张速度。

“别急，我们要保持好自己的节奏。”金果果顶住了压力，她说过，不会盲目扩张——即使如此，在国内核心城市的黄金地段开新店，也足够窦豆去忙了。

电视台正在播放茶师的开业盛况，一个消费者拿着一杯滤茶，兴冲冲地对记者说道：“滤茶需要多等五分钟，我其实是建议大家喝八分浓的，在办公室里可以加三次水，太划算了……对了，你们看这杯子，特殊的环保材质，听说是茶师自己研发出来的……”

“这口感相当不错，没有收敛涩感，清香幽雅，鲜爽生津，让我想起我小时候在外婆家喝过的茶。”旁边一个入镜的约莫五十岁的女人激动地插嘴说道，看来是真的喝到了回忆，极力劝说记者也去尝尝，“小伙子，你也去买一杯，不怎么喝茶的，买杯淡一点的……”

“您外婆是哪里人啊？”记者笑着问道。

“东山，我们小时候还去山里采过野茶哩。”

金果果看着客人手里的透明杯，里面呈现着晶莹剔透的黄绿色泽，像一块华贵的绿珀，她的唇角弯弯，也跟着电视里的顾客笑了。

她可以很骄傲地说，茶师的顾客都是幸福的，因为他们喝到的这一口，是满含科技结晶的纯天然健康的茶饮，如果把叶茗的开发成本算进去，那绝不止他们手里那杯茶的价。

所以，无论网上有多少置疑声，金果果都一笑置之，她知道茶师的实力所在，也不惧流言挑衅。而且在开业之前，金果果早就做好了逆境中杀出血路的准备，这些网上的言论，相比茶师面临的其他困难，根本不值一提。

旗舰店开业还不是最忙的时候，紧接着其他城市的分店投资让窦豆忙得连刷手机骂黑粉的时间都没有。

秋冬季的茶饮也面临巨大的考验。

西山实验基地最近在研发“新”普洱和岩茶，金果果百忙之中还要准备去一次云南和福建——产品研发是叶茗负责，但张炜请她一起前去考察。

金果果一向奉行“没有完美的个人，只有完美的团队”，专业的事交给专业的人去做，大家各司其职，发挥所长。只要方向一致，她不会过度干预对方擅长的领域。

研究茶饮，改善口味是叶茗团队负责的事。金果果会参与，但不会深度参与，毕竟在高科技领域，她完全不懂，只能从顾客角度对口味提出建议。所以她拒绝张炜的邀请，寻找普洱真味这种事交给叶茗就行，她要去北京开关于分店的会。

但没想到，叶茗给她打电话了。

金果果刚结束和朱本聪助手的通话，叶茗的电话就闪了进来。

老实说，看到叶茗的名字，她一向淡定的心脏抖了抖。

叶茗无事不登三宝殿，她第一反应是工作上有什么棘手的事，难道是茶饮开发的问题？

没想到叶茗只是告诉她，后天去西双版纳的机票已经订好，请她务必一起前去。

叶茗开了金口，金果果当然不能不给面子，让秘书把北京的行程推迟，顺便约了云南那边的投资者，西双版纳是热门的旅游城市，也是茶师分店扩张考虑的第一梯队。

在准备去云南之前，金果果得知柳萍住院了，但她没时间去看望，正好这几天周舟一直往市里跑，就让周舟捎了点营养品过去。

柳萍其实没啥事，但还是坚持在医院住了几天安胎。

她有自己的一套哲学，男人是必须用来驯服的，女人越作、越折腾、越是占用男人的时间，他就越无法离开。

周舟当然不信这套哲学，这世界的能量守恒，女人在占用男人的时间的同时，自己的时间也被男人占用，只会浪费彼此的生命，不如做点实事去。

柳萍听不进去周舟的话，在她心里，周舟一个婚姻失败的人，是没有可借鉴的成功经验的。

出院后，柳萍捂着肚子，得意地看着杨海忙前忙后，还不忘在背后指摘曲原野:“那个老曲我看真是不适合这边工作室的工作。他也不是什么国企机关出来的啊,怎么就没有朝气?一点儿都不想着独当一面,这怎么行?”

柳萍出院后整天吹枕边风,杨海心里早就有点后悔。

以前在网上聊天、打游戏都挺好的,但现实中面对面相处下来,他也发觉了曲原野这个人吃吃喝喝吹牛还行,但要他真干活,那就是千难万难,就算是自己这个当老板的杵在那儿,他也像是算盘珠子一样不拨不动,可想而知他一个人在工作室的时候是什么样。

本来想着曲原野有大俱乐部的关系,可以去接洽联系,能不能让他们工作室成为分支机构协助招生,可曲原野总是推三阻四,不肯联系原来的俱乐部。

杨海后来找其他朋友侧面打听了一下,才知道曲原野技术一般又好吃懒做,没成绩也没能力,最后等于是撕破了脸被扫地出门,哪儿还敢回去触霉头?

杨海找他之前,他早就在家宅了好久,更废了干事业的能力,现在抓着杨海这个救命稻草,还是好吃懒做,没有改变的动力。

请神容易送神难,杨海又没当过老板,更没有做老板的杀伐果断,一直顾虑着两人的友情,不好意思直说。

“你这是刚起步的工作室,都得一个人当几个人用,光干自己那一摊,别的啥都不管,那是大企业的作风。曲原野这么懒散,也不知道是从哪儿学来的。”柳萍吃饭、睡觉、上厕所,都得说上曲原野几句,她可是老板娘,居然被员工顶撞,这口气必须得出。

“再看一阵吧,老曲这个人能力还是有的,等工作室上正轨,应该就好了。”杨海习惯性地挠头,又挠掉了几根头发。

创业之后,他两鬓的头发都白了少许,头顶的发量也变少了,真是“白头搔更短,浑欲不胜簪”。

“上正轨?”柳萍冷笑,看着自己吹气球似的鼓起的肚子,“这都几个月了,一分回头钱没见着,什么时候才能上正轨?”

一想到这个她就肚子发紧,里面的胎儿似乎也感觉到了她的不爽,在羊水里踢腾,她赶紧深呼吸,平心静气,安胎要紧。

曲原野当然知道柳萍对他的敌意,他也不甘心坐以待毙,尽管知道有可能徒劳,还是锲而不舍地在杨海面前挑唆,下班之后总是拉着杨海去喝酒。

杨海好面子，就算怕老婆，也每每陪他喝上两杯。

曲原野总是趁着这机会鼓动杨海："老杨，你说你不结婚自由自在日子过得不知道多舒坦，怎么就想不开找了个这么厉害的老婆？以后几十年，那不是要被人管到死？"

想想过往的岁月，杨海自己也觉得如梦似幻，结婚之后，好像以前的自由生活都烟消云散。而且婚姻生活与他想象的幸福完全不一样，虽然还没到喘不过气的程度，但四面八方，仿佛都有各种压力袭来，让他无从摆脱。

原本他是个闲散快乐的单身汉，想睡到几点就睡到几点，不用工作也不用做饭，玩玩游戏、看看电视，到了晚上出门溜达一圈，这一天就过去了。

现在可不同了，早上七点多他就得起来给柳萍做早餐，然后就得穿得人模狗样去上班，在令人不舒服的办公桌后面坐上一整天，然后回家又得做饭、洗碗、伺候柳萍，整个人的精神都被掏空了，到了晚上疲乏无力，连心爱的游戏都不想碰了。

他也经常想，自己是图个啥？

但看到柳萍娇俏的脸和大肚子，他的心就又软了下来，或许这就是人生必经的道路，而且这是他自己的选择，他应该是幸福的。

哪怕是面对着曲原野，杨海喝了两杯酒也会忍不住絮絮叨叨要说自己与柳萍的情史，时间一久，曲原野都能倒背如流了，强忍不耐烦地听着，找机会就暗戳戳地撩一刀："这么说来，你和你老婆是闪婚啊？这怀孕够快的，预产期是什么时候？"

曲原野没来参加杨海的婚礼，那是杨海照顾他可能没钱给礼金，他心里却耿耿于怀，觉得是杨海和柳萍看不起他。

但算着时间，杨海和柳萍结婚也没多久，这柳萍的肚子大得也太快了，曲原野在心里嘲讽，还不知道这是不是杨海的种。

柳萍有几分姿色，以杨海的说法，柳萍以前的男朋友那么优秀，怎么可能看上他？

杨海在感情上是很单纯的宅男，不就是渣女们眼里的"老实人"吗？

杨海倒是从没往坏处想，柳萍刚堕完胎就给他怀上了孩子，被周舟他们骂过两次，他心里只有愧疚，哪会有什么怀疑？

"明年一月份吧，快过年的时候。"

曲原野反过来推算，那说明柳萍怀孕差不多是四月份，按照杨海的说法，他们俩四月份已经搭上了，不过这也不见得就准，杨海这种傻乎乎的冤大头，谁知道这女人有没有说谎？

不管怎么样，曲原野总是要像搅屎棍一样搞一搞柳萍，哪能让她好过？

也多亏了杨海心大，无论两边怎么吹风，睡一觉起来，都没放心上，照样苦哈哈地去坐班。

时间久了，他渐渐觉得，办公室里虽然不如以前单身在家自由自在，但比起老婆的唠叨，还是上班打游戏更舒服。

相比杨海这种自己当老板都在摸鱼的人，金果果简直日理万机，在飞机起飞前还在和窦豆通电话谈工作的事。

叶茗坐在她身边，闭着眼睛似乎睡着了。

金果果已习惯了和他的相处方式，让空姐给他拿了条小毯子，轻轻帮他搭在腿上，随后打开平板，看着窦豆一个小时前发过来的报表。

作为合伙人，叶茗希望她能参与把控茶品，金果果也无法拒绝。

只不过最近茶师的走势越来越好，他们在网上预售的定制茶，一分钟就被抢光了，窦豆还以为是平台出了问题。金果果的电话也一刻响不停，无数资本都看向了这匹黑马。

杨海有多闲，金果果就有多忙。

叶茗让她一起去茶山走一趟，不是为了让她感受当地的茶味，而是借这个机会，让她把大脑空一空，放松一下。

叶茗相信，面对汹涌而至的资本，她有自己的定力和判断力，但看她忙得像陀螺似的，好多天也没见她去过自家茶园散步，前几天因为果茶菜单的问题，她来了实验室一趟，那眼底的黑眼圈一看就是好几天没休息好。

他有点心疼。

叶茗带她到了美丽的西双版纳，也不着急去看茶山，每日只是在几家茶庄喝喝茶，看看风景。

而张炜也没机会碍事——他一下飞机就带着团队去临沧和普洱找古茶树、野放茶了，苦哈哈地去深山老林干活。

金果果一向既来之，则安之，很快调整好工作节奏，白天陪叶茗去一些大茶庄转悠，晚上则是感受当地的吃喝文化。放慢了脚步后，金果果不知不觉就能感受到了一个城市的温度和细节。

叶茗依然不怎么说话，主要由金果果和助理对外交涉，只是默默喝茶时，看她的眼神里多了几分暖意。

这一路近乎沉默的旅途，让金果果进一步了解了叶茗的作息和爱好。

叶茗每晚十点要准时回房休息，早上七点准时去酒店的自助餐厅吃早餐，他的早餐吃得很丰富，牛奶、鸡蛋、水果、牛肉和一点碳水。金果果在第三天已经会准时路过他的房间门口，和他一起去自助餐厅，还会帮他顺手取餐，全是他喜欢的食物。

叶茗总会推掉当地茶老板的请客，到了晚上，他会让助理搜本地的特色菜，带着金果果穿街走巷，去吃一顿正宗的云南菜。

尽管他不怎么说话，似乎只在纯粹地享受一顿美食，金果果却感觉到了两人的关系在一点点拉近。好像不知不觉也成了可以一句话都不说，却能一起旅行看风景的好朋友。

金果果对普洱确实不了解，她更熟悉绿茶，只不过最近跟着叶茗尝过无数好茶，虽然分不出什么年份，倒是能一口尝出好坏来。

茶这种东西，一旦喝过好品质的，嘴就变刁了。

“如果能做出这种口味的茶就好了。”

金果果放下一杯据说几十万一饼的普洱，丝滑醇厚的香味似乎还在口腔中流转，感慨地开口。

“这种口味就是你的要求？”叶茗不动声色地放下茶杯，他每次喝完茶，从不点评，似乎这些茶都不值一提似的。

“很醇厚，有种兰花的香味，绿茶中也有不少兰花香的，但绿茶更为高扬明亮，普洱则更醇厚，如果说绿茶是意气风发的少年，带着春天的鲜嫩和张扬，那这杯普洱就是经历风霜后的暮年，更为平和、包容。”金果果喝下去的感觉是这样的，花香悠然但藏着些许秋冬厚度，口感圆润细腻，滋味绵长。

她对普洱的了解也仅限于最近喝茶时听主人们的介绍和回去后在搜索引擎上恶补，如果团团在就好了，她一定能把这茶的所有历史娓娓道来。

一想到团团，金果果就想起了最近关于团团的绯闻。

团团本来在网红中因为有一定的文化底蕴而引人注目。上次茶师旗舰店让她大出风头，最出圈的还是她的绯闻，叶茗虽然露面匆匆，但许多流言平地而起。尽管团团后来特意发了声明辟谣，但大家认定她和茶师的合作就是有资本在暗中捧她，倒是帮团团又赚了一番流量，让她成功跻身一线网红。最近她又被聘为某地汉服形象大使，用心的汉服设计拉踩了某粗制滥造的古装剧，上了好几次热搜。

窦豆对此很不满，总是在金果果面前提到团团这些事。

不过对金果果来说，只要团团的业务能力在线就可以了，至于其他并不重要。

“是不是该走了？”金果果看着叶茗放下的茶杯，她知道叶茗的性子，这几天无论去哪个茶庄，都是喝完就走，不说一句废话。

叶茗点了点头，觉得金果果的形容很有趣，但他表面依然很冷淡，站起身先往外走去。

茶庄的老板殷勤地留客，说是已经安排好了晚宴，金果果笑着婉拒。

按照叶茗的习惯，该准备去吃晚饭了。

现在金果果比叶茗的助理还了解他，搜了一下吃饭的地点，发现在城外的山里，有五十多公里的路，直接赶过去刚好。

司机驾车往西南方向，正对着一轮金色的夕阳。

叶茗在车里依然闭目养神，但这次金果果舍不得他错过车窗外的美景，轻声喊他：“你快看，‘夕阳在西峰，叠翠萦残雪’。”

叶茗微微睁开眼，夕阳的光一半打在他的脸上，金灿灿地晃着他的视线。

外面的风景确实如同这首诗，远处的高山峰顶顶着千年不化的白雪，低矮处山峦叠翠，更近处，一片姹紫嫣红的野花如同一幅美丽的画卷。

“你坐这边。”叶茗见她往自己这边的车窗微微倾身，便挪了挪位置，让她换过来。

“不用，两边的风景都很美。”金果果只是更喜欢他那边的夕阳。

但叶茗掀开中间的扶手台，继续往她这边挪：“我不喜欢阳光照在脸上。”

“好吧。”金果果想到夕阳确实会打搅他闭目养神，解开安全带往那边挪去。

此刻还没完全出市区，尽管这里仿佛旷野，但依然一段一段的红绿灯。

司机像是脑后长眼睛似的，应景地来一个急刹车，前面人行道上蹿出的一辆闯红灯的电瓶车被吓得滑倒在地，后面金果果一屁股坐到了叶茗在后排无处安放的大长腿上。

叶茗伸手晚了,她都坐腿上了,才扶住她滑溜溜的胳膊。

那一刻,他忽然想到了一个词,温香软玉。

她今天穿的无袖连衣裙原本端庄雅致,现在看着那截白玉藕臂,肌理细腻、线条优美,忽然就透出撩人的美态。

叶茗立刻收回了手,金果果的后背撞到他的胸口,随后触电般地弹起,尴尬地扶着座椅稳住身形。

叶茗看着她洁白手臂上留下淡淡的红色指痕,默默把长腿往一边收收。

静默了几秒,还是司机稳了稳心神,先开口说话:"不好意思,我下去看看。"

司机打开双闪,下车去察看前面跌倒的电瓶车主人。

金果果赶紧坐到旁边,转头观察着后方来车,想拉开车门:"我也下去看看。"

"让司机解决就好。"叶茗阻止了她,有时候下车的人越多,反而不利于解决问题。

刚才叶茗也没留神前面的情况,但车子没有碰撞到物体的感觉,电瓶车主人估计自己紧张滑倒,应该没有大事。

果然司机和那人对话几句,帮他扶起电瓶车,很快就回来了。

后排一阵安静,叶茗状若无事地继续闭目养神,金果果也转头看着外面越发美丽的风景,金色的光辉笼罩了一切,夕阳边有一层层软绵绵的云朵,让夕阳变成了一只巨大的明亮的眼睛,依依不舍地看着青山碧草。

金果果拍了点照片和视频,发到了小伙伴的群里——面对这样的美景,总忍不住想要和朋友们分享。

周舟很快回了一句:那边的环境保护做得真不错。

果然她关心的是当地环保。

江明川也立刻打了一行字:仿佛油画,果果多拍点,我感觉看着都有灵感了。

茶师大受好评的包装设计,也有江明川的功劳,尤其是茶师包装袋上的春水煎茶水墨画,出自江明川之手。

杨海大概在打游戏没有回,唯独柳萍的语气酸溜溜的:成功人士的生活真让人羡慕,果果这是出去旅游多少天了啊?

周舟纠正她的话:这不是旅游,是考察。

柳萍回了一句：不都是到处吃吃喝喝玩玩，有什么区别吗？

金果果看着柳萍的反应，有些后悔在群里分享这些美景，她在群里见过柳萍抱怨过工作室的一个员工，也能预想到以杨海的性格和工作经验，工作室撑不了半年就要关了。

现在劝杨海和柳萍是没用的，他俩都是不见棺材不掉泪的人，只有被生活狠狠上一课，撞上了南墙才能回头。

周舟还向柳萍解释了几句，明知对方听不进去，但她就是这种认真的性格。

柳萍很快就不耐烦了，回了句去厕所，再也不说话了。

金果果打开平板，看着窦豆之前发过来的选址单，上面也有友商的客流量参考。他们的茶饮在制作速度上比传统奶茶店要优越很多，哪怕客人点果茶和花茶，也比奶茶店的配兑快得多。

"第一个和第七个都可以。"叶茗忽然说话了。

金果果下意识地合上平板，转头看到叶茗正看着她。

"我也可以提意见的吧？"见她像是护着什么机密文件似的关上平板，叶茗有点好笑，问道。

"当然。"

和私生活相比，叶茗在工作上没有那么高冷和难以接触，甚至还挺关心茶师这个项目。

金果果又打开了平板，拿到两人中间，想和叶茗讨论最优选址。

不知不觉夕阳落下了山头，暮云合璧，一片金红浅黄如蓝色的幕布上打翻了颜料盘，美不胜收。

也可能是因为她在身边，所以眼前的景色才能如此美丽。

叶茗的眼神从她的平板移到她白皙修长的手指上，再缓缓上移，从她柔润的手臂到精致的锁骨、紧致的下颌……

她那花瓣般的嘴唇总喜欢带着克制的轻抿，似乎怕说出惊扰到别人的话来。一双极亮的眼睛因为带着内敛而坚定的神色，中和了那天真的亮芒和甜美，静中生定，定中生慧，如月光下荡漾的湖水，包容和照拂着身边人。

她明明长得清甜，但因为这份克制和沉稳，身上更多的是岁月留下的温柔，即便有些锋利个性，也藏在这温柔下，似乎所有人的坏脾气都可以在她面前毫无顾忌地发泄，因为知道她不会生气。

叶茗每次注视着她，都会觉得那是水乡朦胧隐约的美好，仿佛某个深夜生出的旖旎梦境，让他想要伸手抓住，却又害怕惊醒了这个梦，失去了她。

于是便在这漫天晚霞里默默看着她，直到暮色苍茫，直到星月皎皎，直到夜深露重，直到日头初上……

第十九章　渐行渐远

柳萍又和杨海大吵一架，回了西山。

她那老屋早就不能住了，挺着肚子去找江明川——周舟现在自己都住在镇政府里，果果这两个月忙得都没怎么回老家了，只有江明川，这些日子慢慢收拾老宅，自己当设计师，把老宅里面打造得比那些度假民宿还有艺术气息。

江明川当然得避嫌，他给杨海打了个电话，让杨海回来接自家老婆，他继续去西岛度假村的选址附近做调查。

柳萍心情更差，认定这是朋友们对自己的嫌弃，年轻时江明川虽没表现出对她特别的照顾，但也不会避着她。

杨海很快开车找来，千求万请，终于把柳萍哄上了车，跟她各种赔不是，又去新开的商场请柳萍吃了顿大餐。

每次吵架，绝对是以杨海大出血收尾，所以杨海也学乖了，尽量不惹柳萍生气，哪怕在公司曲原野天天暗戳戳地挑拨，他也不放心上，见着柳萍依然低声下气，奉她为女王。

一般人要是被这么日复一日地挑拨，心里总难免扎根刺，不过一来曲原野的语言能力有限，二来工作室实在是没有成绩，曲原野白拿工资不干活，心里没成算，说话就没底气。

杨海越来越苦恼，第一次感觉到被生活压得喘不过气来。工作室开业好几个月了，一分钱没挣到，房租和工资哗哗地往外流，眼见着卖房那点钱一点点没了，他甚至开始失眠。

原本想着暑假是个旺季，能招几个小孩进来练习，结果两个月过去仍一无所获，等到开学之后，更是门庭冷落，连来联系参观表达兴趣的家长都没了。

到了十月份，果果在北京和上海的茶师分店都开起来了，杨海终于憋不住了。

他终于明白创业没有那么容易，自己也许真没有赚钱的本事，只有花钱的才华。柳萍也看得清楚，过了几个月的老板娘的日子，最终还是更心疼钱，比杨海还着急，催着他关门，及时止损。

杨海不是当老板的料，不会做生意也不会管理，辞个人都让他失眠好几天开不了口，最终拗不过自己老婆，硬着头皮找曲原野谈话。

曲原野最近一段时间也有这样的预感，毕竟公司的情况摆在这里，早晚撑不下去。但他装作不知，没事就给杨海介绍狐朋狗友，即使没进公司，也会找机会喊朋友们一起来吃顿饭、喝喝酒、吹吹牛，反正他多待一天就能多拿一天工资，何乐而不为？

杨海愣是熬到了国庆假期结束，被柳萍骂他多花了节假日的工资，他心里却想着，解雇曲原野很对不起人家，所以让人带薪休假几天，心理上好受点。

假期一结束，杨海面有难色地喊曲原野晚上一起出去吃顿饭。

曲原野一看杨海的表情，就知道想说什么，但他故意憋着，就不把话挑明，继续兴致勃勃地给杨海介绍俱乐部以前的老朋友，给杨海发人家的战绩。

杨海应和了几句，喝了好一会儿酒，借着酒意，终于鼓足了勇气开口："老曲，你也知道我们现在这情况，工作室大概是搞不下去了……"

开业快半年，一毛钱没赚，也看不到业务上有赚钱的希望，这不是大概搞不下去，这是根本搞不下去。

杨海后悔当初没有听金果果的劝，他连卖房的事都瞒着朋友，当时雄心万丈，以为自己了解行情，结果谁知道一入门，工作室就跟不断拿钱出来造的过家家游戏似的，让他知道了自己是无知小儿。

曲原野一副浑然不觉他言下之意的样子，还在鼓励他："老杨，你别气馁，咱们再坚持一阵，说不定会有转机。"

说得倒是容易，敢情他不用花钱，只拿钱，站着说话不腰疼。

杨海这次也被柳萍和账户余额狠狠上了一课，垂头丧气地叹道："我是没信心了，我算明白了，这做生意的水也深着呢，根本不适合我这样的宅男。我想把工作室关了，以后不做这个梦了。"

亏了几十万才知道自己是宅男，不会做生意？果然脑子不好！

曲原野心里鄙夷，但他早就拿捏住杨海的性格，嘴上故作惊讶："不是吧？你这时候说要关掉工作室，那你叫我怎么办？我可是为了你千里迢迢赶过来……”

杨海果然脸一红，很愧疚地说道：“这真是没办法，实在对不住。”

“一句没办法就说得过去吗？我来这边也丢掉了很多自己原来的计划，好几家公司的活都推掉了，现在快到年底了，你让我走，再找工作也得等过完年了，这不是坑我吗？”曲原野得势不饶人，想狠狠刮他最后一笔。

“老曲，我是真撑不到年底……”

“我懂劳动法，老板你这可得给够了补偿！”曲原野打断杨海的话，在利益面前露出了真面目。

“还得给补偿？”杨海愣了愣，这个是压根儿没想到，“老曲，你说我对你也够仁义了吧？”

把这个没工作的人叫来，给钱养着，吃喝都是公司报销，第一个月就涨工资，白拿了快半年的钱，也没给他压什么任务，什么也没做都没对他黑过脸，甚至为了他自己都没站老婆这边……

杨海觉得自己对曲原野是兄弟情义，仁至义尽，怎么也没料到对方居然开口要补偿。

“这法律怎么规定的我们怎么来，你这补偿要是不协商好，那我得找劳动仲裁部门投诉！”曲原野哪里把他当兄弟，知道这是最后一次榨冤大头，以后两人一拍两散，再没什么纠葛，要得理直气壮。

杨海这顿酒喝得无比郁闷，他没想到曲原野说到赔偿就翻脸无情，没奈何，回头查了劳动法，解除劳动合同确实得有补偿。

柳萍见他愁眉苦脸地回来，一问情况，气得大骂：“他还好意思？照我说，他之前的工资都得追回来，白养他了！”

柳萍顺便又把正在忙新店开业的金果果拉出来，把杨海骂得狗血淋头：“你看看你，老古话说得好，慈不掌兵，义不掌财，你对人家仁义，人家回报你什么？你做老板还不如一个女人，金果果都能搞起来事业，你怎么连解雇个人都做不好？你这个男人能做成什么事？”

杨海两边受气，只能第二天去工作室，苦着脸找曲原野商量，答应补偿他一个月工资，曲原野不满意，说至少三个月工资，后面又松口，大发慈悲地说看在兄弟情面上，至少两个月工资。

杨海见他松口，又觉得曲原野不是没义气的人，立刻答应了两个月工资的补偿。

这事当然不敢对柳萍讲，自己掏腰包，给曲原野贴了钱，买好车票送他回家。然后退掉租约，找二手回收公司廉价处理了办公设备，再给曲原野租的房子赔了违约金，七七八八下来又是一大笔支出。

杨海确实不适合当老板，还开车送曲原野去火车站。

曲原野拿了钱，不再是杨海的员工，说话也不再像以前那样委婉奉承，他在火车站临别时一脸诚挚地提醒："老杨，别怪做兄弟的没提醒你一句，你那老婆可是个不安于室的，生孩子的时候你可得算算日子，别给人白养儿子！"

"你说什么你！"杨海本来就一堆烂事，听到这话更想骂人。曲原野已经检票进站，头也不回地抬手挥了挥，这次离别，不用再见。

因为曲原野这几个月深入了解了杨海的性格，这种人成不了大事，以后是用不上的，不用再虚伪客套地维持关系。

杨海悻悻然地在车站门口跺脚，回过神来，才有点醒悟自己招了个白眼狼回来。好在如今把人送走，也有种如释重负的感觉。

他回家也不敢对柳萍提这事，收拾着一地狼藉，看着银行卡里的余额，盘算下一步该怎么做。

柳萍就纳闷了，同样是卖房创业，怎么果果就能成功？

虽然对金果果嫉妒有加，但看人家茶饮店开得如火如荼，柳萍也忍不住眼红，撺掇着杨海问问门面店的投资，想着卡里还有点钱，要不然在金鸡湖边开个分店？

但杨海一问，忍不住咂舌，开茶师的分店，根本不是钱的问题，别说他们那点钱远远不够，就算有足够的资本，也不是有钱就能冠名的，得通过茶师的评估。

他俩还是想得太简单了，以为只要拿金果果的"茶师"两个字，装修得差不多风格，给点加盟费就可以了，加上都是朋友，或许连加盟费都免了，谁知道流程那么严苛烦琐？

果然柳萍骂得对，慈不掌兵，看上去温柔好说话的金果果，在工作上原则性极强，根本不会因为朋友开后门。

金果果和杨海解释茶师不是她一言堂，安慰他少安毋躁，别这么快着急找新的出路，先整理好失败的经验，考虑好方向再做打算——但杨海怎么可能反思那么多？他只觉得自己倒霉，不是做生意的料，这次实打实的亏损让他有点心灰意冷，加上果果的拒绝，更是让他消沉下去。

柳萍自然对金果果诸多不满，觉得不在危难时刻拉自己一把，算什么朋友？她也不肯在小群里说话了，甚至都对金果果屏蔽朋友圈了。

周舟忙度假村和老陆家的事，无暇关心柳萍那点小情绪，只有江明川借着周日休息，特意把好多天没在群里说话的杨海拽出来喝酒。

江明川这段时间内心很不平静，周舟已经和他说过，西岛计划八九不离十会落户西山，等炎热的夏天过去，百行集团会再次前来考察。

眼见着百行集团的人要来了，江明川就越难平静。

带队来的是董事会秘书蔡霖，算得上江明川父亲的心腹，出乎江明川意料的是，蔡秘书居然知道他在岛上，竟主动给他打来电话。

“我们有什么好见的？”

接电话时，江明川刚刚结束了一堂美术课，看着孩子们稚嫩的涂鸦，他拒绝了蔡秘书。

江明川对蔡秘书有点印象，那位一直就跟在江华宇身边，像是一条狗，只会狗仗人势、为虎作伥，会在江华宇面前对他挂着客气热情的假笑。

这一次百行集团准备推行的度假村计划，很有可能对当地生态环境造成巨大影响，江明川很早之前得知这件事，就去了父亲的公司，直接表示反对，但江华宇不耐烦地让蔡秘书把他赶了出去。

蔡秘书赶人的时候，也是挂着虚伪热情的笑，但已经知道江明川在江华宇面前只是个不受宠又爱惹麻烦的大儿子，不用真的对他客气。

江华宇是个老狐狸，做事风格专断独行，上次已经撕破脸，为什么这次让秘书来找他？

江明川越想越觉得有什么不对，他看了眼课程表，和语文老师临时调换了下一节美术课，随后给周舟发了条消息，问她在不在镇政府。

周舟在镇政府，她能猜到江明川为什么来找自己。

“看来你也知道百行集团的人来了。”周舟给江明川倒了杯茶，她刚刚开完会，接下来的主要任务就是陪百行集团的考察团完成任务。

“他们给我打了电话。”江明川哪有心情喝茶，开门见山地说道，“我觉得很奇怪，蔡秘书平时不会联系我，突然找我，我更觉得项目可能有问题。”

“明川，你想多了，你这段时间不一直在湖边记录水文和生态情况吗？到时候对照专家的数据，你就知道我们的规划尽可能地避免对环境造成影响。”周舟刚刚开会时还在强调会保护当地环境，她手里的官方数据比江明川自己记录的要详尽、权威多了。

周舟明确表示过欢迎江明川监督，在没有证据之前，她是不可能因为他的推测而对项目产生动摇。

“我不是不相信你，但是百行集团的行事风格我很清楚，他们一贯强势，如果不是有什么软肋，怎么会莫名其妙联系我？”江明川皱起眉头，也许是艺术家的第六感，接到蔡秘书的电话，他就直觉里面有猫儿腻。

周舟叹了口气，只能劝他放下心结：“你还记得以前，你是很崇拜你父亲的。他是岛上几十年来最出色的学生，考上了最好的学校，去了最大的城市，创下了大事业。你不是一直想要追寻他的脚步，追上他的背影吗？”

年少时光，江明川与父亲相处极少，他只是听着母亲对父亲的讲述而长大。那时候的他，与自幼失怙的周舟同病相怜，他们在年少时也有许多共同语言，互相勉励，互相打气，向着未来前进。

十几年过去，他们走到自己的未来，却发现这与年少时的梦想完全不一样。

“那时候我并不了解真相。”江明川的表情很难看，紧蹙的眉头让他更显得忧郁，“我妈在岛上傻傻地等了他十几年，病得神志不清的时候，都没说过他一句不是，可他连一个眼神也不曾施舍给她。我怎么能够原谅？”

他不但无法原谅冷血无情的父亲，更无法原谅年少无知的自己，只知道憧憬远方的世界，却忽略了身边最爱他的母亲。

周舟很同情，这是那个时代的悲剧，她能够理解江明川的恨，但她无法意气用事，她必须公事公办。

“有些事情，与我们的个人感情无关。”周舟靠在椅背上，深深吸了口气，决定给江明川举一个例子——能气死他的例子。

“我给刘芳安排了医院，她最近就要生了。等她生下来之后，再看她的想法，要不要联系亚东的爸爸妈妈。”周舟顿了顿，看到江明川无法理解和气得说不出话的表情，继续说道，“我承认我是个普通人，私人感情上，我是讨厌作为陆亚东小三的刘芳，也不会原谅这个私生子。但是我无法报复她，孩子是无辜的，他们的人生由他们自己来选择，我只能尽我最大的善意来对待这个世界，希望我身边的人都越来越好,而不是陷在仇恨的淤泥里失去自我。”

这件事,周舟只和果果聊过,因为知道别的朋友是无法理解她的选择的。

只有金果果,会让她作为一个冷静的旁观者去观察这个世界,尊重个人选择。

江明川很后悔为周舟找到刘芳,当时他被周舟那番话打动了,之后问过周舟情况,周舟没有正面回答,他还以为这事就是给陆家走个形式,帮陆家找到人就过去了,没料到是这样的结局。

“我知道你有你的高尚情操,可有些事、有些人,就不应该得到谅解,不该纵容坏人行恶,阻止才是最好的方法。”江明川在周舟面前很少再提陆家,这次忍不住又说道。

“如果是恶,那最该阻止的是陆亚东,而不是阻止另一个生命的降临。”周舟苦笑,感情中的对和错,无法简单地用善恶去判断,如果真是作恶多端的人,也轮不到她去审判,自然有法律去判决。

“我和果果聊过,她说,人生就是一次跋山涉水的长征,过往是行囊里的精神食粮。如果有让你觉得沉重和痛苦的回忆,就让它变成促使你成为更好的自己的动力和能量,如果做不到,那就应该果决地丢掉,因为行囊里留下的事物越美丽、越有营养,才越能够支撑你攀越高峰。陆亚东已经走了,我丢掉了那些痛苦且无用的回忆,我不可能去坟墓里和他讨要公平。而刘芳,确实市侩,但难道要逼她打掉孩子才算以牙还牙?不,那只会变成新的沉重的包袱,拖慢我的脚步。”

金果果让周舟更加坚定了自己的信念,她不会向生活妥协,也不会再被那些人拽进泥坑里。

“我也希望你能从痛苦里长出新的勇气,从过往里汲取美好的东西,成为你创作或者生活的动力。我知道你恨你的父亲,那么远离他,寻找自己的坐标,不管你是选择当一个老师,还是继续画画,我都会支持你。”周舟开导着江明川,希望他能以她为镜,不要走错路,“西岛度假村只是一个项目,也是我的工作,我希望这个项目能让岛上更繁荣,提高就业率,让居民的生活水平更好一点,也给世界一个看到我们的窗口。就像当初建设大桥一样……如果说私心,我承认我希望能够给岛上留下一点东西,也留下我为它奋斗过的足迹,希望未来的孩子们能像我们小时候,一眼看到美好的前方。”

大桥建设于三十年前,那时候,他们才刚刚出生,带着一双不谙世事的纯真的眼睛打量着这个世界,并不知道大桥的建好意味着什么。

只有他们的父辈印象非常深刻,太湖大桥的修建,对于上一代人的生活,是一个巨大转折与变化,仿佛连接了新时代的大门。

这一次的西岛度假村计划,虽然不涉及全岛,但也是一个起点和窗口,为岛上的未来找到一条新的道路。

周舟清楚,这是岛上争取来的超级项目,哪怕江明川的父亲是自己的仇人,她也不会因此而放弃。只要项目正常,那就向前推进,如果有什么超出了红线的问题,那就立即停止。

江明川特意前来提醒她不要上当,但没想到周舟如此坚定,更没想到她还帮小三安胎,这让他不知道该骂她纯傻还是该夸她佛祖降世,当代圣母玛利亚,光芒照得他都没法正视她。

江明川只怨自己还找不到证据,来证明自己不只是因为私人恩怨,更是为了岛上的生态,为了保护这片承载着儿时记忆的青山绿水。

他气呼呼地回了学校,上了一节美术课之后,校长急匆匆来找他:“江老师,外面有人找你。”

蔡秘书连他在哪个学校都知道。

百行集团神通广大,想要打听一些不是属于秘密的消息相当容易。江明川也没有刻意隐藏自己的行程,他觉得自己光明正大,不需要像过街老鼠似的东躲西藏。

校长对百行集团的名头很是敬畏——江华宇之前给岛上的学校捐过款,哪怕这些钱对于大型房地产集团而言只是九牛一毛,但对于小学校来说,就是一笔不菲的数目,足够修缮升级学校的基础设施,建立图书馆。

蔡秘书被请到会议室坐着,外面已有了几分凉意,他西装革履,打着领结,头发梳得一丝不苟,吹着一杯新泡的茶,眼镜片上蒸腾着热茶的雾气,在江明川进来的时候,突兀地闪了一下。

“在这么个小学校里面当一个美术老师,你不觉得埋没自己的才华吗?”蔡秘书放下茶杯,脸上挂上一丝笑容,尽量用和蔼客气的语气说道。

“我在这里工作很开心,也有时间做自己喜欢的事。”江明川在对面的沙发上坐下,远远地看着对方,曾经他甚至还羡慕蔡秘书与父亲紧密的联系,现在看来，蔡秘书不过是个活在别人脚下的空洞的影子。

江明川在欧洲开过画展，老师对他的艺术成就很欣慰，也有更多的期待，但他总觉得自己少了点什么，不只是基本功的不足——国内更看重基本功，但在国外，他的创意和技法色彩等等，足够引人注目。

回到小岛，是想保护生他养他的故乡，但也有另一个原因，江明川和小伙伴们坦言过，希望能够花时间沉淀自己，在故乡找回自己。

这一段时间对他而言，有情感上的苦闷和抑郁，比如和周舟的关系没有一点拉近，朋友们除了果果的事业蒸蒸日上，杨海和柳萍过得不尽如人意，但他的心里觉得踏实，也许是靠近了家乡的心脏，仿佛在母亲的怀中，静静感受这个世界的悲喜，心灵和艺术上也有了升华。

只是这些话对于追逐铜臭的人来说毫无意义，所以江明川也不打算对蔡秘书解释。话不投机半句多，本来就不是一个世界的人，不必尝试沟通，他们无法理解彼此的想法。

蔡秘书打量着他固执的表情，一脸遗憾地开口："你还是和以前一样，董事长说你脾气倔，总想着你有一天能回头……其实董事长很清楚你想做什么，只是顾念亲情，所以没有强行阻止你而已。你和那些环保公益组织搅在一起有什么好处？他们都是一群失败者，喊着狂热的口号做着没有意义的事。"

"怎么就没有意义？"江明川皱起眉头，毫不客气地说道，"百行集团过去几年好几个项目都因为环保问题而暂停，我们觉得这就是很大的成功，是无法否认的意义。"

百行集团的过度开发一直是问题，这也是周舟口中所说的，在社会进程中不可避免的负面现象。不过最近几年，随着环保理念与绿色开发的兴起，传统的粗放式的开发受到了一定程度上的抑制，国家与政府也相当关心未来子孙的生活品质，绿水青山才是金山银山，不会允许那些过线或者会造成生态环境损害的项目上马。

百行集团近几年遭遇的挫折，都与环境相关，有些项目经过多次整改之后，仍然无法继续进行，只能颓然放弃。

这对于创业后顺风顺水、好大喜功的江华宇来说，是重大打击，他已经跟不上时代的发展了，不懂变通，还是用老一套来应对，想到这一点，江明川心里竟然有几分快慰。

如果父亲还是用老思维、老眼光看待问题，那在不远的将来，他就要摔大跟头了。

“那是之前的失误。”蔡秘书义正词严地解释，“现在百行集团经过整改之后，非常注意环保与生态，我们的项目规划经过了专家组的论证，绝不会有任何问题。”

“既然是这样，那你们又担心什么？何必怕我们民间的调查呢？”江明川挑起嘴角，有些讥讽地露出笑容。

如果不怕，来找他做什么？

这更确定了江明川的想法，绝对有猫儿腻。

蔡秘书推了推眼镜，还是带着客气的笑容：“我想你是误会了。我来找你，是因为董事长觉得你不该在这里虚度光阴，对于年轻人来说，时间是最宝贵的资产，你把它浪费在无意义的对抗上太不值得。他希望你能有自己的成就，这样你母亲在九泉之下也能得到安慰。”

“他还好意思提我妈？”江明川原本还稳定的情绪，忽然就崩溃了，愤怒地站起身。

江华宇这种骨子里利益至上、淡漠亲情的人，表面上还要惺惺作态，甚至要拿江明川的妈妈来道德绑架，令人作呕。

“他如果真的曾经关心过我妈妈，也不至于十几年从来没有回来过一次。请他不要再提起我母亲，他不配。”

最后一次江华宇踏足西山岛，是为了办理离婚手续，等他拿到了离婚证，从此就远走高飞，再也没有回来过。

直到江明川长大后一路北上，才终于又见了父亲一面。

只是那时候的父亲，早已另攀高枝，对江华宇而言，十几年前的小岛，无非是不堪的过去中的一幕，巴不得完完整整地抹去。

蔡秘书见江明川愤怒地盯着他，也清楚江家对这个大儿子没有感情，只能勉强说道：“董事长真的是关心你的，他希望你能早日回去，他也给你安排了去欧洲最好的艺术学院进修……”

“不劳他关心，在这个项目确定之前，我哪里都不会去。”江明川说完，摔门离开。

父亲这么多年也没见像现在这样关心过自己，以前最多给他打过几次钱，主动联系什么欧洲艺术学院这种事,他可没做过。无事献殷勤,非奸即盗。江明川更不可能对江华宇妥协,决心斗争到底。

蔡秘书知道劝不动他,只好默然起身。他走出会议室,发现江明川竟然没离开,直挺挺地站在走廊里,似乎有话和他说。

“他老是叫我回去,难道他就没有想过回来一次?这里不但是他的故乡,还有他家的祖坟。”江明川问这句话时,声音里似乎带着潮湿的水汽。

妻子不重要,儿子不重要,但是江华宇的祖祖辈辈都生活在这个岛上,祖坟就在山上,江华宇真是决定了永生永世都不会回来看看?

“等项目启动,董事长会亲自前来主持奠基仪式。”蔡秘书叹了口气,仿佛看着一个不懂事的小孩子,眼神里有些许责备,“你应该相信你爸爸,董事长会选择一个最好的时机回来,也会给你一个安稳的老家……”

“所以这个项目,一开始就想落户西山,对不对?”什么老家?谁稀罕他现在给的家?江明川面色沉郁地打断蔡秘书的话,他猜测西岛度假村计划一开始也许就是想落户西山。

富贵不还乡,如衣锦夜行。

江华宇是个爱面子的人,以前觉得在岛上过得憋闷而屈辱,现在当然想要风风光光地回来。西岛度假村计划,更可能是他富贵还乡的幌子。

蔡秘书沉默了片刻,也许是解释不出原因,也许是在想更好的理由。

“在他心里,真的在意这个项目会造成的良性或者恶性的影响吗?不,只有两件事他真正在意。第一,这个项目能否赢利,赚钱是资本的唯一目的;第二,事关他的面子,他更希望能够以一种扬眉吐气的姿态回到这座岛上。”江明川握紧了拳头,看着蔡秘书冷笑,“我说得没错吧?”

“你还是个孩子,希望你能回到董事长身边,未来的路很长,你要好好把握。”蔡秘书只能客气地告诫江明川。

“行啊,我在未来等着你们。”江明川知道他们是纸老虎,毫无畏惧地看着蔡秘书镜片后阴沉的双眼。

环保公益组织一直关心着这个项目的动向,他们更关心太湖的水质、太湖的生态环境,这是几千年来老祖宗们的栖息之地,也将是未来子子孙孙的依傍之地。

在这一点上,江明川和周舟目标一致,他既然从祖辈手里承接过美好的环境，就会为后辈尽力保护。

周舟的办公桌上堆满了关于西岛度假村计划的各项报告，夜色已深，她揉着酸痛的双肩，丝毫没有放松工作。

作为项目的镇政府牵头人，她的责任很重，不能有一丝一毫的马虎，尤其是江明川说的那些问题，她已经不止一遍地去调查梳理，生怕遗漏什么细节。

金果果也回岛上了，上海和北京的旗舰店在黄金周取得了超出预估的成绩，从数据上看秋冬季的茶饮的热度没有一点消减，反而更多人选择在微冷的天气里来上一杯热腾腾的传统绿茶和红茶，无糖，纯天然，丰富的茶多酚、氨基酸和维生素，满足了不贴秋膘又健康的需求。

金果果只有回到茶师总部，才觉得魂又回来了，外面的热闹和忙碌仿佛和她没了关系，只剩下秋山空明，天心月圆。

她一回办公室，就闻见了浓郁的花香，那是“花中第一流”的香味——桂花。

窗棂边的花架上，白瓷花瓶里插着一大把从院子里采来的桂花，桂花浓密的叶子被剪掉了少许，造型清隽，一看就是有人用心插的花，和这古色古香的老建筑装修很相得益彰，她蓦然就想到了辛弃疾在太湖边写的那首词：少年痛饮，忆向吴江醒。明月团圆高树影，十里蔷薇水冷。大都一点宫黄，人间直恁芳芬。怕是九天风露，染教世界都香。

这屋子内外，都香得令人沉醉。

“上午叶总来过，他剪了些桂花插在这里的。”新来的小文员曹媛赶紧对金果果说道，“他还送了一瓶干桂花，说是最近的花茶新品。”

金果果没想到叶茗这么细心，居然还会来她这里。

如今见那花瓶里的金桂，好像变成了他的模样，金果果不觉莞尔，叶茗这人确实有几分广寒仙子不食烟火的孤寂清贵。

“我给您泡点桂花茶。”曹媛拿起办公桌上放的白瓷罐，还特意打开凑到金果果面前，让她闻闻这幽香，羡慕地说道，“叶总人可真好，又体贴又温柔。”

“你留他喝杯茶了吗？”金果果笑盈盈地问道。

叶茗平时见人都绕着走，生怕别人来搭讪，总是冷着一张脸，摆着生人勿进的模样，金果果还没听过有人评价他温柔体贴。

“我说了，请他坐一坐，给他泡杯茶，但他拒绝了，说一个人待待就走。他的声音也好好听啊，插花的样子太温柔了。”曹媛露出的向往表情里，掩藏不住的花痴。

“见多了你就不觉得温柔了。”金果果打破小姑娘的幻想，她刚来没多久，第一次见到叶茗，以后再见几次，就会发现叶茗只会表达出“离我远点”的冷淡。

“对了，他说你回来后，约个时间去基地试饮新品。”曹媛期盼地看着金果果，希望她能带上自己，再去看一下帅哥。

今天第一次见到叶茗，曹媛已经悄悄脑补几十遍精英爱上小助理的戏码了，那些小说和电视剧里的帅哥，都会喜欢上刚入职的傻白甜小职工，想方设法调到自己身边当贴身助理，对白富美女配角拒之千里……

可惜，现实却恰恰相反，有脑子的男性喜欢的是有能力、有魄力，实力相当、理念一致的女性。

金果果喝了一杯散发着秋天香味的桂花茶，处理完手里积压了几天的文件，就给叶茗发了消息，准备去基地走走。

他们的茶饮中花果茶也很受欢迎，而花茶和果茶的品控也是交给了叶茗的团队，没有找第三方承包，由实验基地精调细配出来的花果茶产品线，很受白领和大学生们的喜欢，一年四季的花开果熟似乎都浓缩在一杯茶里。

第二十章　国茶的意义

“说起国内的茶，源远流长，五千年的历史，但国内的茶企为什么卖不过英国的某顿？”西山实验基地里，张炜一个做科研的博士，却对新来的学弟学妹们问出了这样一个商业问题。

大家都是搞科研的，没人研究市场的问题。

一楼大厅的长桌边鸦雀无声，张炜没有得到让自己满意的回答，余光扫到了玻璃门门口的身影，立刻走过去，不忘对学弟学妹们说道：“我请一位美女给你们回答。”

金果果刚走到门口，见大厅坐了一堆人，似乎在开会，正想从另一侧绕过去，张炜就殷勤地迎上来：“金总，来来来，给新来的学生们上上课。”

“别这么喊我。”金果果现在和叶茗有同样的感觉，很不喜欢别人“叶总”“金总”地称呼，她看了眼那群还很年轻、有朝气的脸，低低笑道，“我又不是教授，哪能给他们上课？”

“你可以给他们解答这个问题，金老师。”张炜硬是把金果果请到大家面前，简单地介绍了她。

听到她就是茶师的老板，年轻人们的脸上都浮现了不可思议的表情。

茶师最近很火热，报道很多，大多是窦豆出镜，金果果总是和投资人站在幕后，和叶茗一样低调。

也正是因为茶师稳步扩大，总部和基地也招了不少新人，整条产业链都在升级。

半年前，谁也想不到茶师会发展得如此迅速，现在，金果果反倒在不断调整和控制这冲天的速度，为茶师争取可持续发展的健康未来。

“张老师说的这个问题啊，其实很简单，核心只有三个字——‘标准化’。”金果果微笑着看着大家，声音像春天湖面的轻风，配上她那张纤秀的鹅蛋脸，完全让人想象不出这是茶师的创始人。

“如果你们有爱喝茶的，肯定很少会去买英国这家茶企的产品，会觉得它的品质远不如中国茶，别说十大名茶，哪怕普通茶山的茶，口感与保健功效也压它一头。但是人家能做这么大，一定有我们需要好好学习的地方，比如说，它的产品的标准化、系统化和渠道网络终端的强大，比如说它的冲泡和储藏方便，适合一些会议招待和当代人的快餐生活。

“有人说它是廉价的茶包，只是给水调个味，喝不出什么文化价值，但我们也要反思，龙井、普洱、金骏眉这些茶，首先它们的价格跨度非常大，每一棵茶树产出的茶的味道也都不一样，对广大消费者来说，消费层级和口感上很难做到标准化，也无法像这个小茶包，便捷快速地满足大家的需求……”

叶茗站在三楼，俯视着楼下大厅，听着金果果耐心温柔的解释。

入秋了，她穿了一件柔软的奶白色羊绒衫和淡蓝色牛仔裤，随意扎了个低马尾，顾盼神飞，看上去比这些刚走出学校的研究生还要年轻。

“……中国茶走了很长很长的路，但还有更长的路要走下去，这是我创办茶师的初衷，我相信：“道虽迩，不行不至；事虽小，不为不成。这也是诸位来到这里的意义，你们将要攻克的不只是技术难题，更是国茶的未来。”金果果诚挚地说道。

她不是煽情，是对这些年轻科研人员的真心期盼。

道阻且长，行将必至！

他们将要面临的不只是同行的竞争，还有技术上的革新，尽管现在茶师的发展稳步向前，可如果不能提高科技竞争力，就无法走得更远。

而且，金果果还有一个理想，茶师能凭着过硬的品质和那一口饱含五千年文化的茶香，走上国际舞台，用标准化走向更大的市场，征服不同肤色、不同国家、不同文化的人们的味蕾。

“金总说得太好了，‘道虽迩，不行不至；事虽小，不为不成’，以后就作为我们小组的座右铭，希望大家对着目标坚定不移，一步一步脚踏实地地走向成功。”张炜没想到金果果帮他上完了今天的迎新课，他一直以为负责路演和上节目推广的窦豆口才了得，哪知道低调的果果也能说上几句鼓舞人心的话来。

金果果无奈地看着张炜，都说了别喊她“金总”，看着学弟学妹们拼命鼓掌的样子，她现在特别理解叶茗的感受，金果果只想赶紧离开，生怕张炜再让她给大家说上几句。

这段时间她的压力太大了，每天电话、会议和行程不断，除了工作上必须要交流和解决的问题，只想找个安静的地方歇一歇。

“行嘞，金总还有事要和叶总聊，咱们不耽误她的时间了。”张炜似乎感觉到了什么，转头往上看了眼，挑空到三层的大厅上方，有一道视线压在他发亮的脑门上。

“金总，冒昧地问一句，你多大了呀？结婚了吗？我是替我朋友问的……”旁边有个热情大胆的学弟，戴着厚厚的眼镜，被身边人怂恿着开口。

“不可以请教私人问题啊！金总经常会来这里，有什么问题大家以后可以多交流。”张炜赶紧打断这群小子不知天高地厚的问题，伸手示意金果果上楼。

“现在交流一下不行吗？”

“金总，我有个朋友很努力上进，没结婚可以考虑一下……”

“我有个弟弟，在哈佛留学……”

“别闹了别闹了，都给我坐好。”张炜把瞎起哄的学弟们按下来，不住地摇头，现在的年轻人啊，一个个胆子贼大，和当年那些刚入职场的80后、90后不同，他们接触到更广阔和自由的天地，更有种初生牛犊不怕虎的劲，在工作上也有很多想法和胆色——只希望这种胆色不要在社会毒打下消失。

叶茗已经转身回了办公室，坐在里面默默数着圆周率——小时候面对紧张的环境时，他能默念小数点后好几百位。

这些年过去，他的记忆力一点也没退化，数到了第九十七位，听到了外面轻微的脚步声。

门没关，金果果用指节轻轻叩了叩门，看着正在办公桌后翻文件的叶茗。

他们有一个多月没见，茶山考察之后，金果果和窦豆一直在做空中飞人，偶尔回总部，叶茗还有其他工作，也不是一直在实验基地，不提前约时间，总是碰不上面。

尽管如此，还是有种老友相见的感觉。

窦豆常说，无论是友情还是爱情，两个人合不合拍，旅游一次就知道了——窦豆很喜欢和金果果一起出行，别看她做事雷厉风行，但工作上精进，难免失去了生活上的情调，出去旅行对窦豆而言就是睡在不同的五星级酒店，看不同的酒店设计。

金果果看着温温暾暾，但她是个行动派，事无巨细地合理规划路线，又留下足够的时间休息和感受当地文化，窦豆和她自驾游过几次，第一次体会到旅途的乐趣。

上次将近一周的寻茶之旅，让叶茗也有这样的感受，甚至会冒犯地想——如果和她度蜜月，一定是人生中最美好的旅程。

叶茗这么想着，脑中停止了圆周率的数字旋转，抬头看向门口。

尽管他做好了准备，可看到金果果盛满秋日光芒的明亮眼睛时，还是有种难以抑制的冲动——这就是多巴胺在搞鬼吧，将他心底的愉悦和热情全都调动出来，让他好不容易才从她的脸上移开目光。

“你回来了。”

“你也刚回来吗？”金果果见他桌上一堆文件，和她的办公桌一样。

“嗯。”叶茗前段时间陪父母去了加利福尼亚，绕内华达山脉走了一圈。

那几天他一直想着金果果。如果她也在身边，一定能让沉闷的旅途变得温柔浪漫起来。

“先喝点茶？”叶茗不想和金果果一见面就谈工作，哪怕沉默无言，一起坐着喝茶也让他愉悦。

“好啊。”

金果果跟着他来到办公室外的玻璃屋里，眯起眼睛看着满山的秋色，听着鸟鸣，遥望山坡上的野菊，在桂花香里煮上一壶茶，可以尽情感受秋日的温暖。

叶茗那双喜欢摆弄精密仪器的手，用来泡茶似乎有点可惜了。

欣赏他泡茶，比喝茶更有韵味。

“上次出去寻茶，我让人找了些野枞回来。”叶茗取茶也像在实验室里那般精准，不多不少地投入壶中，顿了顿，才说道，“与你分享。”

是特意等她来了才开封。

以往他不会把心里话说出来，聪明的人自然能猜到他的心思，但他想到，聪明人喜欢装糊涂。更聪明的人，也许不会花时间去猜测别人的心思。他们专注当下和自我的修炼，很少会把珍贵的时间花在不重要的人身上。要么变成对方最重要的人，要么告诉对方她的重要。

时光最是无情，日复一日地把人生偷走，烧成灰烬撒在身后，千万别等到最终连灰烬也找不见了才想去抓住……

“这次就是想请研发中心再看看秋天、冬天的饮品，上次的资料已经发过来了，有点小问题，我……”

“先喝茶。”叶茗见她开口就是工作，微微蹙了蹙眉，打断她的话。

金果果见他今天和往日有些不同，好像有什么心事，需要找个人喝一杯茶静静心，于是不再提工作。

她很信任叶茗的团队，但普洱和绿茶不同，很多人喝普洱看年份，当然还有原料好、工艺好、仓储好的普洱茶才会拥有高品质，窦豆本想找一家有品质的大厂，保证原料质量，直接拿货，但被叶茗否决了。

现在窦豆催得急，金果果即使想给叶茗时间，也得考虑市场需求。

“这茶怎么样？”叶茗给她倒了一杯，等她尝了一口，才问道。

“饱满的木质香，带点活泼的梅花香？”金果果不确定地又尝了一口，这杯汤色明艳如秋的野枞茶带着幽然的花香，滋味绵长，浓醇递进。

“嗯。”叶茗很满意她细腻的味觉，确实有梅花香，他在云南那边的实验基地里也研发出类似口感的茶来，样茶过几天就能送到茶师。

叶茗也轻啜一口茶，茶汤里带着绵密的甜香，像润润糯糯的饴糖，更像坐在对面的她。

他欲言又止，这茶色，这秋光，都比不上眼前的人。

“我们一个多月没见了吧？怎么你跟不认识我了似的？”金果果觉得今天的气氛有点黏糊，喝了几口茶，受不了叶茗在沉默中不时看她几眼的样子，随口找了个不是工作的话题。

“二十七天。”叶茗记得很清楚。

“我只记得上次新品上市前一起开了个会。”金果果惊叹他的记性之好，这段时间行程太满了，只觉得上个月初见过一次，之后再也没见到了。

“也许是因为一日不见，如隔三秋。”叶茗还没说出更准确的时间，是“二十七天十六个小时”。

黏糊的气氛此刻完全凝固住，金果果脸上的笑意也有些凝固，探究地看向叶茗——他连话都很少说，更不太爱开玩笑。

“看来不是这个原因，是你太忙了。”叶茗静静迎着她的目光，没有任何躲避，坦荡得让金果果松了口气。

“是太忙了，感觉大脑都不够用，如果没休息好，更是记不住事。”金果果很快又笑得舒展起来,叶茗只是和她关系亲近了,半年来的合作和接触,让他们成了朋友。

所以现在叶茗和她在一起时,整个人都很松弛,不再像当初那样紧绷绷的,说话时也不端着了。

你只是记不住我而已,投资上的事记得比谁都清楚。叶茗在心里默默驳斥了一句,风轻云淡地给她添茶。

“不过回来了,就感觉一身疲惫都消失了……”金果果的话还没说完,手机忽然振动起来。

是周舟打过来的。

“周舟那边有点事,我先过去看看,明天你有时间吗?”金果果接完电话,站起身,抱歉地对叶茗说道。

“很着急的事? 我让司机送你过去。”

这次金果果没有拒绝:“行,借用一下司机。”

十万火急的事,她一点也不客气。

周舟的车前天因为擦碰,送去店里维修了,而且她第一次遇到这种事,心里也有些慌,第一反应是想找个信赖又能干的朋友帮忙。

恰好果果回岛上了,周舟想来想去也没有比她更可靠的人了。

“所以,到底是什么紧急情况?”金果果去镇政府门口接上周舟,问道。

周舟给了司机一个地址,催司机尽快赶到,这才喘了口气,转头看着金果果:“刘芳要生了。”

这话要是其他小伙伴听到,肯定要炸了。金果果只是微微挑了挑眉,在她的预料中。

对周舟来说,除了工作上的事,就只有陆家的事了。

金果果的茶师很顺利,周舟在其他项目上的问题,也不会这么火急火燎地找她,唯独陆家还有个遗腹子,算算时间,预产期就在最近,所以她在路上就猜测是生娃的事。

天大地大,生孩子最大,所以周舟又急又慌。

“她羊水破了,在家不敢动,让我送她去医院。”周舟一口气说道,“我也没经验,心里没底,身边也没有帮手,只能找你。”

“为什么不先打120?”金果果的问题总是冷静理智得近乎没有人情味。

“她要我过去,她不想一个人去医院。”

“想法真是荒唐,万一出事了怎么办?”金果果看了眼时间,她们到达光福镇还要半小时,远不如120过去得快。

周舟也觉得金果果说得对,给120打了电话,又给刘芳拨了电话过去,安慰她自己已经在路上了,让她先跟救护车去医院。

金果果听着刘芳那边慌乱的哭声,撑着额头,也佩服周舟“为人民服务”的精神。她是个俗人,只想做好自己手里的事,和周舟相比,远不如她觉悟高尚。

“她就住在医院旁边……我给她租的房子。”周舟挂了电话后,观察着金果果的表情,见她依然表情平静,才苦笑着说道,“我知道你不会对我的做法有什么意见,但别人肯定都不能理解。她在这边孤身一人,辞了工作,也没从陆家手里拿到什么钱,一步错,步步错,她也不愿再看到黄阿姨……”

听到周舟现在喊黄玉霞为阿姨,金果果心里有些感慨。

她原本以为这样性格的周舟,肯定会坚守到死,对陆家不离不弃。

看来人的耐心和良心都是有限的,经不住别人的糟蹋。

“我虽然很想帮她,但我也不是圣人,只能帮她租好房子,定好医院,希望她安心待产。”

毕竟是个新生命,哪怕是毫无关系的困难群众,她也会尽力帮忙,更别说这还是陆亚东的孩子。

“生命自然是最可贵的,但生下来之后,更要对他负责,你既然劝说刘芳考虑留下孩子,就应该知道,以后的路会更艰难。”金果果也叹了口气,周舟的幸福太少了,她的后半生也一定都是在为别人忙碌。

“我知道,我也做好了准备。”周舟低下头,刘芳愿意留下孩子,是有她劝说的因素,但也是刘芳自己不舍。

在肚子里装了那么久的小生命,感受到他一天天地长大,在羊水里翻身踢腾,那种为人母的母爱,也让刘芳迟疑了。

“陆家那两位老人家早晚也会知道。”金果果揉了揉眉心,提醒周舟。

“刘芳不想见到他们,而且她是拿了钱跑掉的……我劝过她,她只提了一个要求,就是会生下孩子,但让我保密,不要让陆家的人找来。”周舟苦笑,一般人都受不了黄玉霞的性格,刘芳为了钱忍受了三个月,估计再不想看到黄玉霞的脸。

这段时间周舟也很忙，这边时不时安慰黄玉霞，那边还得偶尔照顾刘芳……

“刘芳会当单亲妈妈吗？”金果果这句话像是问周舟，但更表达了强烈的否定。

以刘芳的性格，不可能做个对孩子负责的好妈妈，她只是一时心软想留下孩子，她对自己的未来没有任何清晰的规划。

金果果看到了周舟未来的沉重负担。

周舟正想说话，刘芳又打电话过来了，哭唧唧地喊肚子疼。

刘芳离乡背井到陌生的城市打工，举目无亲，也没有什么靠得住的朋友。原本还指望着陆家能照顾和陪产，但她看到了黄玉霞的真面目，宁可卷款逃走，也不想再和陆家有什么关系，现在最紧张的时刻，刘芳只能依靠周舟。

刘芳也不知道自己为什么这么不要脸，挂完电话，捂着脸呜呜哭了起来，阵痛与紧张几乎将她击垮，在这最脆弱的时候，她忽然想到了小时候，那清风白水似的天真，还有少年时虚荣的希冀和毕业后微小的理想……都在生命中渐次消退，最终两手空空。

从什么时候开始，人生变成这样？这不是她想要的未来，她在否定自己也痛恨自己，可是，此刻已无法更改了，她的人生和肚子一样，在阵痛着，想要分娩出一个希望，却无力催动。

救护车已经到了，很快将刘芳送去了医院，随后周舟也到了，在待产房看到了一脸痛苦的刘芳。

金果果坐在产房外的长椅上没有进去，她看着形形色色的人，那些家属有的神色紧张，有的充满了期待和幸福，也有的眉头紧皱，满是烦忧。

“不要告诉他们。”刘芳紧紧地抓着周舟的手，痛苦地呻吟着，眼里流露出恐慌和害怕。她其实不是害怕黄玉霞，但在这种生产的最脆弱时刻，本能地不想看到那张脸。

周舟安慰她：“放心，我没有和他们说。”

“我想吃烤红薯。”阵痛过去了，刘芳的精神似乎恢复了点，说道。

“我去给你买。”周舟觉得她一个人躺在病床上，无比可怜，不觉眼睛有些酸涩。

“我小时候最喜欢吃烤红薯。”刘芳却不让她走，依然抓着她的手，挤出一丝比哭还难看的笑容来，“我爸最宠我，我就是要天上的星星，他也要给我摘，然后……然后那年冬天，下着大雪，我又吵着要吃烤红薯，我爸去给我买，但再也没回来……”

她说着说着就落下泪来，仿佛现在是三九寒天似的打着冷战。

“后来，亚东也出车祸了，再也没回来，我想，我是不是天生就克身边的男性？”刘芳看着自己的肚子，“如果生出来是个男孩，我会不会也把他害死？”

“别胡思乱想，这些都是意外……”周舟没想到，刘芳有一天也会和自己吐露真心，也许是即将分娩的痛苦和对未来的迷茫，让刘芳想不停地说下去，阻止那沉默时的痛苦。

“不，不是意外，我已经亲手杀了他。”

刘芳的眼泪吧嗒吧嗒地掉在胸前，老人们曾说，生孩子就是从鬼门关走一趟，她此刻颇有种人之将死，其言也善的悔恨。

“在我拿他和陆家交易的时候，在我拿了钱想打掉他的时候，在每个深夜，我都在脑中一次次杀害他……我不配当一个妈妈，我根本就不想面对这个孩子！”

周舟无言地伸手搂住刘芳的肩膀，她对眼前这个即将临盆做母亲的年轻女人多出了几分难以名状的怜惜。

说到底，那些日日夜夜的煎熬，那十月怀胎的肉体和精神上的折磨，都是刘芳一个人独自承受，别人无法感同身受。

而她在别人的苦痛面前，怎么能自诩高尚无私？

不知过了多久，在刘芳哭着回忆自己的过去，哭着对肚子的孩子忏悔时，一股烤红薯的香味传了进来。

金果果提着一个在医院附近买的待产包和一袋烤红薯走了进来，一言不发地递给周舟，让她拿给刘芳。

这是双人待产房，另一个痛苦呻吟着的产妇被推走了，她的身边围着一群娘家人和婆家人，给她端茶送水，丈夫心疼地紧紧搂着她，温馨而充满希望。

而刘芳，只有两个不熟的女性，其中一个甚至素未谋面，沉默地在这里陪着她。

随着宫口一指一指地缓慢打开，剧痛越来越密集，刘芳已经流不出泪来，红肿着眼睛，无神地盯着苍白的天花板，一阵阵虚弱地呻吟，腰部辐射而来的疼痛像是被大卡车反复碾压，这倒是让她感受到了陆亚东临死前的痛苦。

“你忍忍，我问问医生能不能上无痛。”周舟比刘芳还紧张，想出去问问情况。

刘芳拽着她，苍白的脸上全是汗水，缓慢地摇了摇头：“不……不要再多花钱了……”

她查过无痛分娩，知道也要等宫口开到一定程度，而且费用贵好几千，她没有医保，最后还是要周舟付钱。

在这种剧痛的关头，刘芳只觉得悲哀，她竟舍不得糟蹋别人的钱了，但那舍不得里，也藏着不可告人的龌龊念头。

她看着周舟的眼神，也充满了可怜，这比她还可怜的女人……

金果果冷眼旁观，当然不相信这个小三能一夕之间改变，唯君子可豹变，普通人哪怕明知行为不对，也很难短时间改变。

不过金果果还是为这个没亲人在身边的孤独女人定了一间 VIP 病房和护工，进了产房后，也上了无痛分娩——这算是对陆亚东最后的情义，毕竟是陆亚东的孩子，有一半陆亚东的血脉。

刘芳的生产过程并不顺利，从破羊水到进产房，十个多小时过去，直到深夜一点多，才顺产出一个六斤半的男婴。

金果果陪着周舟等到母子出来。

周舟看到孩子和用尽力气、脸色苍白躺着的刘芳，心里终于没那么紧张了——好歹母子平安，没出什么意外，不然她的余生也要在后悔中度过。

“果果，你先回去休息吧，我今晚就在这里陪护，明天再回去。”周舟松了口气，看到那个还皱着皮肤的小婴儿，她居然没有恨，只有淡淡的迎接小生命的欣喜。

这个欣喜和陆家的血脉无关，纯粹因为新生命的无辜和柔软。

金果果点了点头，孩子已经顺利生了，她留在这里陪床也很奇怪，而且她找了护工，人家有照顾新生儿的经验，不需要外人碍手碍脚。

“你也好好休息，有护工帮忙，别担心。有什么事给我打电话。”金果果自始至终没和刘芳说话，就连离开，也没有和刘芳道别。

“果果，你说……要不要告诉他们？”周舟送金果果到门口，忽然疲惫地开口。

在看到一个活生生的小生命后，看到他小小的手紧紧地攥着拳头，在襁褓里扭动着，咧出洪亮的哭声，周舟原本坚强的内心，忽然有些崩塌——她希望刘芳能认真对待的新生命，如今就在她眼前，可她却有那么一瞬间的不自信，不知道这个孩子能否得到家庭的爱。

金果果当时劝过她，希望她不要插手别人的生活，周舟没有听，一意孤行地认为自己能够挽救别人的生活，然而此刻，她看着小小的一个新生儿，才真切地感受到了无形的压力和责任。

周舟现在需要果果给她一点力量，给她一个方向，哪怕这个方向不正确，也好过她一个人在黑暗中迷茫。

“黄阿姨吗？”金果果沉默了几秒，看着周舟，“你觉得刘芳能一个人带孩子吗？你又能照顾她多久？她的娘家人到现在都没有出现，她也不会一个人带着孩子回娘家，她能再去哪？”

月子中心只能住个把月，之后漫长的哺乳期和育婴期，刘芳一个单亲妈妈，至少在孩子上托儿所之前，无法出去工作，她从陆家只拿了十万块，能支撑多久？

“但……我要负责的，我劝她留下孩子……”

“你后悔了吗？”金果果反问。

“不！我不后悔。”周舟看到那个捏着皱巴巴小手的新生儿，她不后悔，她只是……不堪重负，不敢去保证他未来的健康人生。

“我就知道你会这么说。”金果果像是自言自语，叹了口气，“他是刘芳的孩子，你已经把该做的都做了，剩下的，是孩子自己的家事。如果你一定要负责，那就站在自己的工作位置上去帮助他们。”

周舟疲惫的表情亮了亮，似乎在迷雾森林中找到了一条路，是啊，只要把他们当成曾经的扶贫对象，那就没有太多私情上的重担。

夜空黑沉沉的，像是一块密不透风的黑布，将所有的星星都盖住了，医院病房里的灯光，撕开了一道微亮口子，和霓虹灯消融成一团糊糊的光芒。

金果果走到医院的大门口，看着手机里的打车软件信息。

叶茗的司机下午把她和周舟送过来之后就走了，只能叫个出租车回家。

已经快深夜两点了，但医院门口还是很热闹，来来往往的车，有人不耐烦地按着喇叭，着急地喊着车上有急诊患者。医院对面是个艺术学校，还有年轻的小情侣欢声笑语地相拥而走。

空气中依然飘着烤红薯的香味，对面几家小餐馆灯火通明，旁边的一家面馆门口的大锅里冒着热气腾腾的白雾，老板木然地靠在里面的小圆桌上看着这悲欢不与人同的世界。

“嘀！”短促的一声喇叭，似乎提醒金果果车到了。

金果果抬起头，看见一辆不是自己叫的车停在面前，车型那么熟悉。

居然是实验基地的车。

下午明明让叶茗的司机回去了，现在都一点五十多了，怎么还等在门口？

金果果很是心疼司机，取消网约车，上车后问道：“你一直等在这里吗？吃饭了没有？”

“叶总让我守在这里。”司机憨厚地笑了笑，不好意思地摸摸鼻子，“叶总问了一下你们的情况，我就说有个孕妇要生了，你们去陪产，叶总说那人不是你的亲朋好友，最多送周书记过来后待一会儿就走了，让我等你一会儿。”

中间司机见金果果出来一次——她很白净，一双眼睛很亮，气质温婉不群，在人群中很显眼，只是见金果果直奔旁边的小超市，司机知道她还得回医院，就继续默默等着，直到十点以后，路边临停车位空了，他才挪到更方便观察大门口的位置，等着金果果。

“叶茗真是……也不给我发个消息说一声，让你等了这么久，你别开车了，我喊个代驾。”金果果制止他开车，不由分说地从网上叫了个代驾。

“金小姐，真不用，我就是做这行的，我也不累……”

“怎么可能不累？我没有通知你什么时候出来，你一定也不敢睡觉，一直盯着门口。”金果果都能想象他晚上饿了，也就在车里随便吃点，怕错过她出来。

叶茗真是一点人情都不懂的，明明发个消息就能解决的事——已经那么熟了，他难道对她还“社恐”不成？

“真的没事，开车回去也就半个小时……”司机还想坚持。

“代驾还有十来分钟就到，我们去吃碗面，我刚好也饿了。”金果果原先不想吃夜宵的，但怕司机一个人不肯去吃，推开车门率先走向面馆。

司机只好无奈地跟上，但心里是感激金小姐这样温柔体贴的人，他守了十多个小时，确实又饿又困。

一碗热腾腾的秃黄油面，足以慰藉半日的辛苦。

“一腹金相玉质，两螯明月秋江。”这季节正是吃大闸蟹的时候。

秃黄油中的“秃”，可不是秃头的意思，只是苏州方言。秃黄油的制作，工序非常繁杂，取蟹黄、蟹膏，不能掺杂一丝蟹肉。用秃黄油来做捞面，金黄黄的秃黄油拌匀在面条里，浓浓的香味扑鼻而来，一口下去，滋味鲜美无比，不愧是面中的“爱马仕”。

见司机把面汤都喝得一滴不剩，金果果的内疚才稍稍消散了点。如果不是已经夜里两点，想到叶茗应该早睡了，她一定会打个电话过去，好好说他一顿。

不过……金果果也知道，一码归一码，自己不至于真批评人家的好心，更多的还是感谢叶茗的细心。

虽然这份细心建立在司机的辛苦上。

而周舟等到第二天一早，护士来检查完母婴的情况后，才和刘芳说起正事。

“一会儿我还得回去上班。”周舟顿了顿，直言道。

她昨晚在护士隔三岔五进房检查的动静里，根本没睡好，眼圈都发着青。她看着软绵绵的小婴儿，他依然紧紧地攥着小拳头，皱巴巴的脸上像是写满了对这个世界的不满。

“护工和月子中心也不可能一直帮你，所以你要不要联系父母家人，不然之后照顾孩子你一个人不行。”见她低头不语，周舟又说道。

“他们不会管我的。”刘芳声音里有点哭腔，从昨天到今天，她似乎是天下最柔弱、最需要帮助的人，没有了之前的气焰，低眉顺眼，“我爸走了之后，我妈改嫁了，他们只宠着现在的弟弟，只想让我不停地补贴家里，我受不了他们把我当提款机，和家里早断了联系……周舟姐，是我一时糊涂，不但害了你，也害了自己，我以后……该怎么办啊！”

看着这个孩子，刘芳才知道后悔。

她一次又一次地犯错，才落到现在这个境地。如果她没有与陆亚东发生关系，她完全可以自己努力过上另一种人生，至少可以谈婚论嫁，找个好男人依靠。

可惜当时不但被禁忌的爱情冲昏了头脑，陆亚东死后，她也没有悬崖勒马，哪怕是默默打掉孩子，还有从头再来的机会。

可惜她又一次选择错误，把希望寄托在陆家，没想到陆家根本不是什么好惹的人家，拖了几个月，肚子都大了，一方面是为了身体，一方面也是不舍得，最终还是把孩子生了下来。

现在想想，生孩子比起养孩子简单多了，看到婴儿柔软的胎发，要到长大成人，还要熬多少年啊！

她现在孤身一人，如果要工作，孩子由谁来照顾？如果不工作，又有谁来养活他们母子俩？

前途一片渺茫，耗尽全身力气生下孩子的刘芳一下子就六神无主了，产后抑郁症的前兆紧紧攫取住她，她只觉得惶恐和可怕，想逃离这里。

“如果你是本地人，我可以想想能不能帮你申请到一点补助，只是哺乳期这段时间，确实很难熬……”周舟说到这里，试探地问道，“实在不行，联系一下陆家的人？”

“不要。”刘芳脸色顿时更难看了，黄玉霞那老婆子能把正常人都磨成抑郁症，别说她是个敏感脆弱的新手妈妈。

“他们老夫妻俩确实有些偏执，但不管怎么说，这孩子是他们的孙子，他们搭把手照顾不会有外心，会尽心尽力的。”周舟又劝导着。

“但是我……”刘芳看着可怜的小宝宝，心里挣扎犹豫着，她拿走了黄玉霞的钱，黄玉霞本来就不好惹，现在自投罗网，她也害怕被追究责任。

“现在有了这个孩子做纽带，你不用太担心黄阿姨，我会帮你先说说情，她这个人是脾气古怪，不好相处，但不是大奸大恶的人，更不会对自己的孙子使坏。对你来说，这可能也是更好的选择，你总不可能躲着他们一辈子。”周舟知道她在担心什么，继续劝说，“至少等这半年过去，哺乳期结束了，我就可以帮你介绍合适的工作。”

哪怕换成昨天下午，分娩之前，刘芳都坚定地不愿看到黄玉霞那张老脸。

但现在，蜷缩在她身边的婴儿，香甜的睡容，让她充满了对现实的一种无奈痛苦的屈辱退让，她只觉得身体和精神都疲惫，像是游荡在人间的孤魂野鬼，没有可落脚的地方。

“如果你有更好的选择，比如娘家人愿意帮忙，或者……”

刘芳想到娘家人，更是拼命地摇头，那是她斩断一切也要逃出来的无底洞，不可能再回去了。她的亲妈恨不得从她身上榨出最后一滴油来，还不如抠门小气又事儿多的黄玉霞呢。

周舟给黄玉霞打了电话。

在刘芳刚走的那段时间里，周舟安慰过黄玉霞很多次，隔段时间就会被黄玉霞堵在办公室里问刘芳的情况，最后周舟没了办法，和黄玉霞摊牌，如果还想见孙子一面，就好好反思自己的所作所为，或许改变太过强势的性格，还能让刘芳重新回来。

黄玉霞确实喜欢胡搅蛮缠，但她失去了儿子，紧接着又失去了孙子，还失去了一部分赔偿金——这几道打击让一个花甲之年的老人瞬间就苍老了很多。

她接到周舟的电话后，死气沉沉的脸上泛起了光，激动地对一动不动坐在家门口看天的陆光喊道："死老头，快！快收拾东西，我们的小孙儿出生了！"

黄玉霞将以前做的新生儿襁褓和小衣服一股脑地塞进包里，喊了另一个邻居送他们去医院——他是送货的，车就停在家门口。

黄玉霞一路上都在催邻居开快一点，等到了医院，周舟已经在门口等着他们了。

这一会儿，黄玉霞喜上眉梢，连带着看周舟也无比顺眼，甚至和周舟说了一句"辛苦了"，虽然紧接着就开始埋怨周舟昨天不通知她过来，害得她都没煮点红鸡蛋带着之类的。

陆光提着大包小包跟在黄玉霞后面，还是一声不吭，好像这个小生命和他没什么关系似的。

到了病房门口，黄玉霞像一只巨大的鹰隼一样冲进病房，瞄准躺在小床上的小小的婴儿，尖叫着抱了起来，涕泪交流，吓得熟睡中的婴儿一哆嗦。

不管是否恨刘芳，黄玉霞对小孙子的感情是真挚的，她小心地抱着婴儿，不住地自言自语："这鼻子、这嘴巴，真像爸爸，这胎发长得这么黑，哎哟我的小孙孙……"

这是老陆家最后的血脉，黄玉霞一定会像宠命根子一样宠着他，至于刘芳，也会母凭子贵，至少在哺乳期，为了孙子的口粮，黄玉霞也会把刘芳伺候得白白胖胖。

而刘芳看到陆光木然地把大包小包放在地上，从里面拿出一件件小衣服来，忽然又觉得自己的命运没那么惨了，尤其见到黄玉霞抱着孙子不肯放手的样子，她不知哪来的勇气，清了清喉咙，撒娇："阿姨你就顾着小孙子，也不管我。"

周舟默默退了出去，刘芳既然会哄男人，自然也有办法哄得住黄玉霞，剩下的就是陆家的家事了。

金果果昨晚回去洗完澡都快到三点了，早上难得睡了个懒觉，迷迷糊糊中，忽然觉得有人坐在床边看着她。

她仔细一看，晨光中那完美的侧脸线条，和总是抿着的嘴角，拒人千里之外的疏离气质，是叶茗？

叶茗什么时候来她房间的？

金果果想问问他，可是还没张开嘴，就被他伸出一根手指按住了嘴唇，随后那张清隽的脸，缓缓压了上来……

金果果怎么挣扎都动弹不了，急得她用了吃奶的力气，才大叫出声音："叶茗！"

随后是真的清醒了，叶茗那张英俊的脸，换成了一张又娇嗲又飒爽的脸——金宝宝的脸长得真是好看，比起内敛沉静的金果果来，更多了几分风情和肆意张扬的明媚，天生大明星的身段和长相，走到哪里都惹人注目。

金宝宝捏着妹妹的鼻子，看着她大喘气地醒过来大喊，愣了愣，哈哈大笑起来："你喊谁？"

"你怎么回来了？"金果果看清金宝宝的脸，瞬间从梦里抽离出来，松了口气，还好是做梦。

"我昨天晚上就给妈打电话，说一早回来。你怎么回事？昨晚出去约会了？听老妈说，你凌晨三点才鬼混回来，还是实验基地的车送你到门口的，刚才还叫叶茗？做梦都想着人家？……"

"不是……"金果果赶紧打断金宝宝的话，慢吞吞坐起来解释，"昨晚有点事，是他的司机送我回来的，我一直想着谢谢他呢，这不日有所思，夜有所梦。"

"哎哟，你怎么不想我？"金宝宝一脸的不相信，"我对你，不比那些臭男人好？你昨晚干吗去了？"

"我啊……工作上的事。现在几点了？"金果果想想，周舟那点事还是不要说了，不然准会被姐姐和父母一起骂。

他们心里，陆家现在就是垃圾的代言词，虽然是多年的老邻居了，但他们对周舟那态度，让老好人金大群都气得不轻，更别提那个大着肚子的小三鸠占鹊巢，金家再温厚，也恨不得割袍断义，平时哪怕打照面都不打招呼，要是听到周舟去医院帮忙，还不得犯高血压？

“天，已经十点了！”金果果看了眼时间，话题一转，“我先给叶茗打个电话。你别用这样的眼神看着我，只是工作上的事。”

金宝宝哼一声：“你什么时候才有出息不聊工作上的事？”

“最近换季，产品线调整了很多……”

“得了，别和我说你那些茶，也别给人打电话了，一会儿他来我们家吃饭，你们当面聊。”金宝宝一把将果果的手机抢了过来，拽着她起床，“赶紧收拾一下，给我穿性感一点，别整天穿得跟学生一样，让人毫无兴趣！”

“你说叶茗要来吃饭？”金果果不太相信，叶茗那“社恐”，和自己相处半年，喝个茶都别别扭扭，怎么可能来别人家里？

她记得之前邀请过他和其他朋友来家里吃饭，但被叶茗拒绝过，后来在茶师总部吃过一次，因为姐姐口无遮拦，害得她尴尬无比。

没想到叶茗还敢来姐姐这个社牛面前找虐……

“对啊，我邀请的。”金宝宝一脸的自信和得意，“你姐的手艺，他可念念不忘。”

“我也喊小舟和明川了，难得我回来一趟，让他们都来沾点光。”金宝宝把果果塞进洗手间，再次警告她，“我要去厨房忙了，你给我收拾好看点再出来。”

“叶茗知道有这么多人吗？”金果果头都大了，想到叶茗和一群不熟的人坐在一起，就替他“社恐”。

“反正他一会儿就到，你当面问他去。”金宝宝从衣柜里嫌弃地扔出几件衣服，最后跑回自己的卧室，丢了一件黑色的长袖连衣裙到床上，“给我穿这个。”

金果果吐出满嘴泡沫，洗完脸，越想越觉得这对叶茗来说是个鸿门宴，赶紧先给他打个电话。

可惜，电话那边响了很久也没人接。

也许叶茗在实验室里没带手机，他没有手机依赖症，几乎没有见过他玩手机。

金果果又给张炜打电话。

张炜接得很快，声音异常欢快：“金总，我们马上就到！”

“你……你和叶茗一起过来的？”金果果一时间竟然不知道该怎么让人吃个正宗的闭门羹，她捋了捋耳边的头发，只能实话实说，“我家今天请的客人挺多的，你问问叶茗要不要出去吃？”

“哦,宝宝姐说过了,都是你的老朋友嘛,没事,我们不见外。”张炜想着能吃到金宝宝的手艺,就无比期待。

“呃,你确定叶茗不介意?”金果果不敢相信,虽然叶茗和她熟了之后放松很多,但在有外人的情况下,他还是“社恐”,生怕别人凑近他和他说话。

“都是学弟见过的人,没事的,不就是周书记和江老师吗?先不说了,我们马上就到了。”

这就到了……

金果果看了眼自己的睡衣,赶紧拿起床上的裙子套上,但她姐的衣服实在……太独领风骚了,这件连衣裙正面看很正式,半高领,将身体曲线包裹得凹凸有致,但后面凉飕飕的,直灌冷风,整个背部都露在外面。

金果果赶紧又脱了下来,还是换上了自己舒服的一套羊绒衫和半裙,将头发随手绾在脑后,刚走出门就听到家门口爸妈热情的招呼声。

“哎呀,来就来了,还带什么礼物?不要,拿回去啊!”

“就是,你们和果果都是朋友,以后走动千万别带礼物……”

金果果赶紧下楼走出来,看到叶茗站在张炜身后,对热情的叔叔阿姨有点招架不住的样子,立刻喊道:“爸。”

金大群还在和张炜推礼物,见果果出来了,跟她说道:“果果,你让张博士把这些东西都带回去,太贵重了,我们不要。”

叶茗默默看着这对忠厚的老人,一看就很淳朴善良,只顾着拦礼物,都不让他们进门了。

“爸,我知道了,你也让人先进来坐着呀。”金果果见张炜一手提了两个红色的礼盒,一盒好茶、一盒好酒,还有两盒分别是保健品和按摩仪,确实隆重了点,不过也符合叶茗的身份……

在他眼里,这只是一点小东西,无足挂齿。

毕竟送金果果的那幅画,当初花了他不少钱,不说现在的增值,只说陪伴他多年的感情,就是无价之宝了。

“你们还是第一次来我家里吧?我带你们转转。”金果果把两个人领进门,笑着说道。

“我闻到香味了!”张炜吸了吸鼻子,循着香味往厨房走,“我要去帮宝宝姐做菜,顺便偷师!”

金果果见他摸去了厨房，无奈地耸耸肩，请叶茗先去楼上的书房坐坐。

“昨晚太谢谢你了，一直让司机等着我。”金果果请他入座后，才说道。

叶茗没说话，仿佛这事不值一提，只打量着身边书架上的藏书。

“不过，以后你要有这样的安排，记得通知我一声，我也好心里有数。”金果果顿了顿，点到即止，她也没法指责叶茗做事不通情理，司机就是拿这份工资吃这口饭的。

“烧壶水。”叶茗扫视完书架，起身走到茶桌边，把玩着上面的玻璃杯盏。

这是金宝宝以前买的一套茶具，金宝宝作为一个享受生活的精致女子，在书房放了一张茶桌，一角还放着文房四宝，可以喝茶、看书、写字。

金果果在家里每次都抱着一个杯子直接泡茶，无论在外面见识过多少茶道，她都更喜欢简单粗暴地泡上一杯茶，自由自在地品着。

“你要喝茶吗？想喝什么茶？”金果果走到放茶的架子前扫了眼，心里摇头——这些茶，叶茗估计看不上。

“新品寄过来了，东方美人，尝尝。”叶茗的手上不知何时多了个小玻璃瓶，里面放了几克卷曲细嫩、色彩斑斓的茶叶——倒很像现在的西山五彩斑斓的秋。

金果果二话不说，立刻烧上一壶水，洗盏更酌，期待地看着叶茗泡茶。

东方美人有着独特的蜂蜜和熟果香，汤色明澈鲜丽，醇厚甘甜，犹如东方古典美人。

金果果这些日子东南西北地跑，也尝遍了各地的好茶，这一口明丽的茶汤滑下喉咙，明亮的单宁感伴随着馥郁甘甜的滋味，扎实而丰沛，她不觉满意地叹了口气：“白露时分，如果能喝上这么一口茶，真是温暖。”

叶茗知道她一定会满意这茶汤的滋味，这是从我国台湾高山地区筛选的老茶树基因，曾被英国茶商献给维多利亚女王，女王都赞不绝口。

曾经英国皇室才能喝到的茶，现在广大消费者谁都能买上一杯，想想也是一件了不起的事情呢。

“窦豆已经把秋冬新品的广告打了出去，现在只剩下普洱……”

金果果最担心的是普洱，不过她的话还没说完，就听到楼下妈妈在喊周舟和江明川的名字。

“普洱不用担心，但我还需要点时间，半个月内吧。”叶茗笃定地看着她，打消她的焦虑。

“好。周舟来了，我喊她也来尝尝，顺便和她聊一下上次我们计划扩大山地和茶谷建设的事。”

周舟和明川一道来的，周舟脸色疲惫，一看就没有休息好，而江明川脸色也有点阴郁，仿佛秋风愁雨夜。

金果果一看就猜到，路上周舟也许和江明川说了刘芳的事，要不然就是江明川父亲建度假村的事。

“今天家里还有其他客人，我姐亲自下厨，明川，你摆这脸色，我姐是不会给你上菜的。”金果果轻笑着提醒江明川。

艺术家也不怎么通晓人情，不过江明川工作这么久，脾气磨得好多了，他勉强笑了笑，看着先他们一步上楼的周舟，低声对金果果说道：“你可知道她去陪刘芳生孩子？”

“我送她去的，有什么问题吗？”金果果淡定地回答。

她还帮那可怜的遗腹子叫了个护工呢。

“你……你们真是……你们傻吗？周舟她‘圣母’习惯了，你也跟着‘圣母’？”江明川停在楼梯边没上去，无法理解金果果的做法。

江明川还没说杨海对金果果很有意见这事，连自己的朋友都不帮，帮一个仇家，脑壳坏掉了吗？

“陆家和周舟，都要走向正轨，孩子健康出世，黄阿姨的生活有了希望和盼头，周舟也能松口气，未尝不是一件好事。”金果果正色看着江明川，这种事已经发生了，只能往最好的方向去想。

陆光和黄玉霞是奇葩，但儿子死后没有人生的希望，只会不断地折腾周舟，现在有了这个孩子，孩子是他们的救命稻草。而刘芳也缺人帮一把手，即使他们三人之间早就互生怨怼，但是现在没有更好的免费帮手了，只能靠黄玉霞帮忙带孩子，在血缘牢不可破的关系里，周舟就会慢慢淡出陆家，专心自己的事业。

“别再提这事了，今天叶茗他们也在，带了点新茶，上去尝尝吧。”金果果又挂上盈盈笑意，向江明川使了个“高兴点”的眼色，领着他上楼。

透明的玻璃杯里，东方美人富丽堂皇的色泽，让人感受到春水秋香，哪怕只喝绿茶的周舟，也连连喝了几杯，最后的茶汤变薄，透着柔软和清爽感，仿佛洗去了一身疲惫。

江明川果然不再提这件事，喝了两杯茶，不知是自己想通了，还是处于和新老朋友品茶的宁静平和中，他渐渐忘了令自己心烦的那一桩桩事，只觉得秋高气爽，心情舒畅。

是啊，果果和周舟要比他更加成熟和稳重，而他更像是多血质的艺术家，一直都带着少年的冲动，在生活中不够冷静。

所以江明川从小就欣赏周舟的冷静，或许这种冷静就是面对人生种种逆境的良药，只要自己稳住，就不会被任何困难打倒——所以，江明川不该替周舟去担心什么，反而要向面前谈笑风生的两位女性学习。

金果果担心叶茗“社恐”，没想到他在她家的书房里居然像个主人似的，给大家倒茶，虽然不怎么寒暄，但也看不出他想逃离的样子。

他每次喝茶，从不喜欢谈工作，但这次主动问起了周舟那块地的事。

茶师要扩大，政府批下了从西山实验基地到茶师中间的一大块山地，他们想建成茶谷，依山傍水，建造世界最大的茶叶博物馆，搜集华夏几千年的茶史，这也是一个浩瀚的工程。

可惜这次叶茗带的样茶太少，不够四个人喝几轮，没一会儿金宝宝和张炜也上来了，喊他们下去吃饭，江明川意犹未尽地看着越来越淡的茶汤，听着他们对未来的策划，忽然想到了小时候，小伙伴们对着太湖大桥的夕阳，大声地喊出自己的梦想……

此刻，多像是小时候啊，只不过有些人没了，有些人走丢了，有些人还在，还有新的朋友不断加入……

他心中升起一股难言的豪情和冲动，拿出手机，说道：“我们来合张影吧，回去我要画出来！”

金果果已经很少和人合影了，至于叶茗，更是极少在社交场合留影，但这次，他很配合地往旁边挪了挪，靠近金果果一点，让画面更紧凑。

“我觉得你更应该多拍拍宝宝姐的美食，那可是难得吃上的。”周舟笑着打趣。在金家，她的神经都是放松的，像回到了自己的家里，露出难得的小女儿神态。

“我还给你做少了吗？小时候就怕你吃不饱，每天给你开小灶。”金宝宝啐着周舟，拽着她先下楼，“你最爱吃的黄焖栗子鸡，趁着这栗子刚从山上打下来，赶紧多吃点,不然就被果果抢光了。”

“我今天一个都不吃,全留给她。”金果果见姐姐偏心的样子,笑着说道。

“你喜欢吃栗子?”叶茗慢条斯理地帮金果果整理着茶具,不着急下楼,问道。

苏州的西山板栗也是名品。

“还好吧。主要是小时候零食少,嘴馋,一年四季就盯着山上、湖里的东西,到了秋天,就是菱角、栗子和大闸蟹上市的时候了,我和周舟放学后,就上山去打板栗,回来用剪刀剪开外壳,生吃甜滋滋、脆生生的,用糖炒熟了就软糯糯的,但最好吃的就是我姐烧的黄焖栗子鸡,金黄色的板栗又香又甜又软,你吃了就知道了。”金果果说得都有点馋了,加上楼下的香味一阵阵飘上来,她不由得吞了口口水。

“那我的那份留给你吃吧。”叶茗一板一眼地说道,“你说今天一个都不吃的。”

金果果愣了愣,随后扑哧一笑:“还是留给你吃吧,我可舍不得让客人饿着肚子。”

叶茗看了她一眼,半晌才说道:“你们这儿确实很好,月月有花,季季有果,以后如果退休了,可以在这里休养。”

“等到你退休,至少要半个世纪吧?”金果果想到几十年前与世隔绝的小岛,那时候要出岛一次,舟车劳顿,不知有多麻烦,岛上的许多农副产品都烂在山里运不出去,而今产业化生产运输,快人一步,发生了翻天覆地的变化,等半个世纪后,又不知该会发生怎样的巨变。

叶茗看着她,正想说什么,只听到金宝宝扶着楼梯往上喊的声音:“你俩别说悄悄话了,赶紧先下来吃饭。”

与此同时,柳萍刷到了江明川的朋友圈,气得把手机扔到躺在沙发上玩游戏的杨海身上,砸得他“哎哟”一声。

“又怎么了老婆? 我不是刚叫了外卖吗?”杨海眼睛还盯着手机屏幕的游戏,无奈地问道。

“你做什么亏什么,连个朋友都没了,你看明川哥哥都不来找你玩了,只跟有钱人在一起吃吃喝喝……”柳萍气呼呼地把他的手机一把拽走,“你就知道打游戏,让你出去找个工作,你到底什么想法?”

“明川又怎么惹你了?”杨海要不是看她是自己老婆,游戏被打断了,真想发火。

“他们去宝宝姐家吃饭了,人家喊你了吗?”柳萍把朋友圈打开给杨海看,江明川发的,第一张是大家开心的合影,虽然叶茗脸上没什么笑意,但和温柔的果果看着就是俊男美女相得益彰,更别说金宝宝现在还是那么美丽婀娜,哪怕周舟有点黑眼圈,也笑得灿烂快乐。

“他们不是知道我们现在住在园区嘛,你肚子又这么大,特意开车一个小时回去吃顿饭,多累啊,没喊正常的。”杨海看到后面两张全是菜品的特写,看着就色香味俱全,口水都快流出来了,顿时觉得外卖不香了。

“反正,他们就是没把你当朋友,你以后也少巴上去讨没趣。”柳萍越看越生气,外卖也不想吃了,想去苏州中心吃顿好的消消气。

“哎,果果身边这人真是好看,实验基地的那个老板对吧?”杨海最近打游戏打得头昏,一时间想不起来了,“他俩该不是一对吧?你看这帅哥朝着她,上次你分析哪个明星的合影来着,就说过这种姿势是有一腿的……”

“你还关注这个?这里面哪个男人不比你强?”柳萍肚子都要被他气炸了,更觉得自己没挑个称心如意的郎君,恼火得要死。

尤其想到出门就得花钱,想想杨海手里只进不出的钱,柳萍更是气不打一处来,一转身回了房,狠狠关上门。

杨海确实心大,拿回了手机,还不忘给江明川点赞留言:别都吃完了,给兄弟留点!

金家确实有种让人松弛下来的魔力,敦厚纯朴又热心的长辈,把晚辈们都当成自己的孩子来宠,两个性格迥异却都让人如沐春风的姐妹花,甚至那些被时光抚摸出痕迹的旧家具,都那么舒服。

在这里,周舟就像是金家的第三个孩子,叶茗看到了她罕见地和金大群撒娇,露出了不为人知的另一面,像个孩子般可爱。

金宝宝因为父母在,加上叶茗第一次来家里,收敛了几分,没怎么过分戏弄叶茗,她也知道,叶茗这种人愿意来家里吃饭,肯定就是一家人了。

果果最近的事业红红火火,忙于工作,无暇分心,一线城市的茶师连锁店陆陆续续开张,连苏州都开了分店。

老城区和园区,两家分店一家古色古香,一家充满了前卫先锋的设计。

金宝宝带着朋友们去喝过几次茶,越发觉得,以妹妹未来的发展,想找什么样的男人没有?说不定叶茗都得靠边站。

当然,金宝宝暂时还没有遇到比叶茗还顺眼的男人,只能回来一次就帮妹妹约人家一次,希望能早点撮合这对。

第二十一章　光与暗

刘芳生孩子的事，很快传回了岛上。

刘芳出院后月子中心也没去，就被黄玉霞接回老宅，全镇都知道这事了。

黄玉霞每天都要得意扬扬地绕村走上几圈，见人就说自己大孙子多能吃能睡，长得多像陆亚东，邻里们每每听到她说像死去的儿子，都不知该如何回应。

柳萍是最后一拨听到这事的人，她正在医院做产检，听说刘芳生下了孩子，还是周舟帮忙找的医院和护工，甚至要给刘芳订月子中心。这种豁达与善良让柳萍无法理解。

“周舟非要装好人，这孩子生下来以后可有她受的，陆家的财产恐怕她是一分都捞不着了，以那老两口的性子，还不都得给大孙子？那不都便宜那个女人了。”柳萍从实际利益出发，替周舟不值。

杨海不以为然，他对钱没什么概念，公司亏成那样，他也照样乐呵呵地过日子：“周舟有工作，也不在乎那些东西。”

“在不在乎你又知道了？”柳萍白了他一眼，酸溜溜地说道，“都是女人，谁不知道谁？表面上当然要云淡风轻什么都不在意，心底能不恨？”

“就没见周舟恨过谁，陆家对她那样，她还不是照样帮忙？人家是党员，思想觉悟不一样。”杨海也不是女人肚子里的蛔虫，确实不知道周舟在想什么，不过他相信周舟不是那样的人。

“你怎么总帮别人说话？你的意思就是我觉悟低？”柳萍忽然就生气了，揪着杨海的耳朵质问。

“哪有哪有，快看，到你的号了。”杨海赶紧指着显示屏上柳萍的名字，说道。

杨海陪着柳萍进去，按照医生的指示做了 B 超，平时都是柳萍拿着，杨海也不细看，反正有什么问题医生会说的，今天柳萍和他闹别扭，他怎么也没哄好，就自找没趣地拿着报告单看。

报告单上的孕周期是按照胎儿的双顶径来测量的，显示已经三十八周，之前医生一直说孩子发育得比较快，还问了几次柳萍的生理期准不准确，当时杨海没放在心上。

可现在，看着柳萍不快的脸色，杨海忽然想到了曲原野天天在耳边说的那些话。

“婴儿的发育比较快，离预产期还早，但已经比较成熟，随时有可能发动，你们也要注意。”医生看完之后，也这么提醒。

柳萍的脸色微微一变，含糊地点头答应。

“可是预产期是一月底啊，提前两个多月是不是太早了？是不是检查错了？”杨海平时都不吭声的，这会儿忽然问道。

“看 B 超情况不会错的，双顶径已经 9.01 了，每个人受孕情况不一样，比如月经周期紊乱也会导致记错排卵时间，根据平时的检查、现在的 B 超情况来看，这几天需要注意一点，如果出现有规律的宫缩，就要赶快准备来医院。”

这是园区最好的私立医院，医生态度很好，耐心解释。

杨海脸色有点阴郁了，一言不发地陪着柳萍走出去。

原本他是不在意这些细节的人，但曲原野的那些话，尤其是最后上车前的恶毒攻击，终究还是在他心里扎了根刺。

如果柳萍怀孕一切正常，他当然不会往这方面想，可医生的话又让他忍不住浮想联翩。

时间确实太紧凑了。从柳萍回来，到确定关系，到怀孕，到结婚，仿佛是一场梦一样，回想起来，也不过是四月份的事。

柳萍说自己被人骗了流产回家，但身体也没太多异样，他俩在一起后，短短半月就发现怀孕，可能是柳萍年轻，身体好恢复得快，但到底有点太巧合。

会不会柳萍怀孕根本就没打掉？这个孩子根本就不是他的？这个念头从心底一浮现，杨海就浑身打冷噤，赶紧把它掐灭在萌芽状态中。怎么可以这么想？柳萍虽然任性，但她没坏到那程度，不会这么做！

但真的不会这么做吗？这个念头像是毒蛇一样盘踞不去，柳萍一次又一次地骗他，习惯了撒谎，这么大的事，她会不会再撒一次谎？

怀疑这种东西一旦生根，必然发芽，接下来的几天杨海都浑浑噩噩，时不时地盯着柳萍的肚子发呆。柳萍还是和往常一样，发发脾气，抱怨外卖的鸡腿有激素，吃多了孩子发育不好，又把被她送走的婆婆接了回来。

杨海心里有根刺，这种事也不知道该对谁说，要是陆亚东还在，杨海与他关系最好，没准还能商量一下。可陆亚东去世了，江明川现在又忙得不见人影，平时备课也辛苦，他也不好开口。

杨海苦闷了好几天。柳萍的身子越来越沉了，已经懒得走动，使唤他去商业中心买点小婴儿的东西。

杨海抬头看了眼对面人来人往的茶师店，顺手买了杯碧螺春色，喝了几口之后脑袋一热，忍不住找金果果倾诉。

如今茶师走上了正轨，窦豆为了在规定期限内完成足够的新店数量，满世界飞得足不点地，很久没回西山了。

金果果也很忙，要在总部盯着新品，准备秋冬季的活动，除此之外，资金的配置与下一步的扩张，也都是需要严阵以待的大问题。

已经有段时间没在群里看到杨海和柳萍的消息了，这会儿柳萍应该处于相对温和的孕晚期，杨海突然找她，让金果果有些奇怪。

不过对从小一起长大，像是亲弟弟一样的朋友，她当然还是从百忙之中抽出时间来照顾。

杨海也知道金果果很忙，他开车来西山找她。

在熟悉的岛上，杨海不由得再次唏嘘，为什么短短半年内，自己的生活却回不去了？

“和柳萍吵架了？”金果果刚从基地回来，给杨海带了一杯新出炉的热饮，上面的标签写着“奶香肉桂”，但里面没有加奶，是正宗的肉桂，丰润、香甜、细腻，带着独特的桂皮香和奶油香味，在口中鲜活地涤荡着。

“不是……”杨海似乎很累，坐在办公室里，一口气灌下半杯，脸色也没恢复过来。

“事业上的问题？”金果果知道柳萍娇气，又是在孕期，女生在这种时候情绪有波动很正常，所以就先往这个方向猜。

“也不是……”杨海欲言又止，满脸郁结，“我现在对她千依百顺，什么都听她的，吵不起来。”

大家都觉得杨海和柳萍是对欢喜冤家，两个人每次见面总要拌嘴，但结了婚之后杨海大改了性子，柳萍就算是想吵，他也总能逆来顺受。

“那还有什么问题?”

杨海对朋友不错,毕业那年被柳萍骗得太狠,才有点眼睛不是眼睛,鼻子不是鼻子,但现在结婚了,冰释前嫌,终归还是让人高兴的事。

杨海低着头,觉得自己的怀疑未免过分卑劣,更想有人狠狠骂醒自己。

又喝了几口肉桂茶,杨海才闷声闷气地说道:“前几天我陪柳萍去产检,医生说孩子已经足月,随时有可能出生。”

“孩子……足月?”金果果搞投资的,对数字很敏感,瞬间觉得不对。

现在是金秋十月,杨海与柳萍确定关系是四月,五月份传出怀孕的喜事,俗话说十月怀胎,标准孕期是280天,从末次月经开始计算,那孩子预产期最快也是一月份。

“是的,医生说这几天就可能发动。”杨海脸色很难看。

“也许是孩子发育比较快,预产期不是一月份吗?”一个爽朗的声音传了进来,周舟拿着文件大踏步走进来,对金果果点点头,“资料批了。”

“我也不想瞎想。”杨海痛苦地捶着脑袋,“可就是控制不住,柳萍应该不会在那么大的事上骗我,可是……可是她又不是没骗过!”

“柳萍是有点糊涂,但这种事不至于。”周舟把文件放在桌上后,表情严肃,她明白杨海的言下之意,柳萍这个人很虚荣,很多时候不是有意欺瞒他人,但有时候是自欺欺人,活在自己的幻想之中。她随口说的话,没准自己都不记得了。

“我明白你的想法,不过这真的不能瞎猜。”金果果觉得等生下来做个亲子鉴定,也比捕风捉影好。

“要不然我先替你去和柳萍谈谈,探探她的口风。你也知道她这个人,真的藏不住事,就算是骗人,也不可能编得天衣无缝。”周舟只是凑巧过来送文件,谁知道遇到这种事,她闲不下来,忍不住说道。

如果真像他们想的那样,这件事该怎么收场?

金果果沉默不语,饶是她见过大风大浪,也不知怎么处理。

就在这个时候,杨海的电话急促地响了起来。

杨海下意识接了,听筒里就传来柳萍尖厉的声音:“杨海,你死到哪儿去了?我……我好像发动了!”

杨海像是被雷电击中了一样,浑身巨震。

金果果和周舟急匆匆陪着杨海赶回家,把柳萍送到医院。

一路上柳萍都在哭骂杨海去买个东西，居然跑回了西山找其他朋友，半天不见人影，杨海只低头忍耐着。

金果果这种时候也不好劝，周舟一直在安抚，柳萍却一点都不领情。

柳萍尤其不想看到金果果，本来她就对金果果充满了嫉妒，她发动的时候，天天在家的杨海偏偏不在身边，去西山找金果果喝茶聊天，这叫人怎么能不气？

但柳萍不会直接针对金果果，而是一直对着杨海指斥，也在有意无意、阴阳怪气地暗指金果果。

金果果不和她计较，女人这个时候是一生最特殊的时刻，何况大家是这么多年的朋友，她对柳萍的秉性也很了解。

"柳萍，你少说几句吧，留点力气生孩子。这时候还有力气骂老公。"周舟忍不住插嘴。

"你这个月净送孕妇了，周书记真辛苦，让你也陪着，多不好意思。"柳萍现在疼得厉害，对周舟说话也夹枪带棒的。

"不辛苦，为人民服务。"周舟习惯了她的尖酸，要生气要翻脸的话，早就生气翻脸了，用不着等到现在。

只是杨海说的那番话，沉甸甸地压在大家心里，现在事实证明确实提前两三个月发动，如果不是早产……金果果不得不往最坏的方向去想。

大家折腾着把柳萍送进了产房，得到通知的江明川也赶来了。柳萍父亲与母亲都去世了，她在故乡也没有亲人，他们这些朋友和亲人无异。

"已经进去了啊？情况怎么样？是不是早产？"江明川来晚了一点儿，一看大家的表情都不像开心的样子，有点紧张。

他还是很关心柳萍的，算算时间，人家说七活八不活……柳萍和胎儿该不会有事吧？

而周舟低着头没说话，她虽然没生过孩子，但不久前刚送了一位产妇，这会儿又一位接踵而来，算算时间是早了两三个月。

杨海脸色阴沉，低着头没说话。

金果果看了他一眼，见他担心的样子，只能回答："柳萍的情况还好，不用担心，医生说没什么问题，就叫我们在这儿等着。"

江明川松了口气，拍了拍杨海的肩膀，努力活跃气氛："医生都说没问题，你就别担心了，你怎么没进去陪产？你们新婚宴尔不是形影不离的吗？"

现在大医院大多有家属陪产的服务，一方面可以稳定产妇的情绪，另一方面也让家属不用在外焦急等待。

杨海原本是准备进去陪产的，但因为事发突然，再加上胸口堵着什么东西，一时间没来得及反应。柳萍好像也不怎么想要他陪着进去，所以就留在了门外。

金果果叹气，江明川今天也是哪壶不开提哪壶，没有一点眼色。

好在江明川是个敏感的人，看到杨海的情绪不高，顿时感觉到了怪异的气氛，他趁杨海走开办手续的时候，才悄悄问金果果："怎么回事？杨海平时不是这样的，是不是孩子大人有危险啊？"

周舟无奈地提醒："你算算时间。"

对于柳萍与杨海的闪婚，他们原本就带着疑惑——杨海这人一根筋，能干得出来这种事，但柳萍对男人很挑，她为什么会突然接受杨海，大家心里都有所保留。

后来几个月风平浪静，柳萍还跟着杨海一起创业，虽然没成功，但也算是同甘共苦。朋友们也就接受了现实，认为可能是柳萍年纪大了，开始认清现状，愿意好好过日子，那当然是好事，他们只会祝福两位朋友的结合。

可孩子提前两三个月出生，实在是太早了点。

陆亚东四月份去世，柳萍是在他的葬礼上回来的，在此之前很长一段时间，她与杨海都没有交集……

"不是早产吗？你们的意思是……？杨海可能在怀疑，柳萍的孩子不是他的？"江明川见周舟轻轻点头，目瞪口呆，觉得不可能有人这么蠢，"柳萍怎么可能撒这种一下子就会被戳破的谎？这提前了至少有两个月啊！我看她自己过得心安理得，一点儿都没有担心的样子，会不会是误会？"

"杨海今天来西山了，说的就是这件事，说医生说的 B 超单显示孩子不是早产。"周舟在来的路上听到杨海说了更多的细节，她叹了口气，脸色很凝重。

"等孩子生了再说吧。"金果果现在都不知道自己是希望柳萍生下个早产儿，还是生下个健康足月的宝宝。

现在医学这么发达，小孩生下来是不是足月，医生怎么能看不出来？只要不是傻子，都会怀疑。

"别人撒不出这样的谎，柳萍还真有可能。"周舟叹了口气，"她就像小孩子，说的话可能连自己都信了，不是撞上南墙，根本就不会回头。”

从小到大，柳萍随口说的谎不计其数，只要稍微考证，就会发现其中的荒谬。就比如说大家都知道她妈在深圳打工，她却会幻想她妈是大明星，去香港开演唱会的那种，甚至自己都深信不疑，要不是他们几个关系好，就信了。

“那这事也太大了！她怎么对得起杨海？”江明川皱眉，别的事情说谎，他们都可以原谅，小妹妹犯蠢大家能包容——但这是杨海的终身大事，她怎么就敢瞒天过海？

难道她还想要杨海帮她养一辈子别人的孩子不成？这性质就太恶劣了，和陆亚东有的一拼。

金果果、周舟相视一眼，心里都在懊恼，早知道事情会发展成这样，在杨海结婚之前，她们一定会想办法好好与柳萍推心置腹，问出真相。

不管她能不能与杨海结婚，几个人仍然能亲如兄弟姐妹，可现在，这孩子生下来，如果真的不是杨海的，那已经造成不可逆的伤害，柳萍是硬生生在杨海心口上划了一刀，这样的血窟窿，哪有什么办法可以弥补？

江明川的目光投向周舟，这会儿有点理解周舟对刘芳的处理，事情已经发生，再愤怒再生气，又能挽回什么呢？只能尽量平心静气地去处理，至于伤口，只能交给时光来平复。

只是刘芳的孩子，伤害的是周舟与陆亚东的夫妻感情，但陆亚东已经去世了，至少他们不必日日相对，彼此尴尬。

以后杨海和柳萍又该如何相处？

“不管怎么样，等柳萍先把孩子生下来再说了。”周舟也不知道该如何是好。能够保持冷静与平和地面对刘芳与陆父陆母，是因为本来与他们就没有什么感情——有感情的陆亚东已经走了。

可现在，杨海和柳萍都是他们的好朋友，两人又是自愿结成的夫妻，柳萍犯下这么大的错，作为朋友，骂她一顿也来不及了。

杨海闷着头回来，脸上没有一丝迎接新生命的喜悦。几个朋友也不知道该怎么安慰。

现在的沉默，只是在等待暴风雨的降临。

“一号产房生了，3.8千克的女孩。”晚上九点多，护士出来通知，“家属准备一下，马上送去病房休息。”

近八斤的足月婴儿，击垮了杨海的幻想。

柳萍在杨海家被喂养得很好，顺产之后脸色苍白，没有昏睡，但也失去了所有的力气，金果果与周舟帮忙，送她回了病房，什么都没说，几个人好像心照不宣。

杨海一直闭口不言，他没有排斥孩子，细致温柔地把宝宝放到小床上，但是罕见的沉默，让整个病房的环境有些压抑。

江明川来回踱步，很想让气氛热闹点，可也不知道该怎么开口。

病房里完全没有迎接新生儿的喜悦和热闹，所有人都沉默地看着那个孩子，让柳萍更加难受。

“你们都散了吧，在这打搅我休息。”柳萍有气无力地开口，大家也觉得都在这陪护不像话，而杨海的父母已经带着鸡蛋和热粥急匆匆地赶过来，一家人齐全了。

周舟还得回单位处理工作，江明川一个大男人不方便照顾还碍手碍脚，也要回学校，只有金果果决定在对面的酒店住一晚，明天再陪护一天。

说是陪护，其实大家都知道，明天是所有人都不想面对的一天，也许杨海会爆发，也许晚上杨海的父母就已经察觉不对了……

“明天我处理完工作会尽快过来，你要多辛苦了。”周舟看着金果果，沉默了几秒，“这事，不能让杨海一个人担着。”

“我陪陪杨海？”江明川很担心杨海的状况，本来想把杨海拖出来的，但把新手爸爸拖出来实在太奇怪了。

“你跟周舟先开车回去吧，明天还有课。”金果果深吸了口气，“都是成年人了，犯了错就要认，没什么可说的。”

“可是，柳萍也可怜……”江明川想到她生完孩子虚弱的样子，心里摇摆不定，对她和杨海还有孩子都充满了同情。

“小时候撒谎犯错，那都是小事，不触犯原则，对别人没有造成伤害，可以原谅。”周舟打碎了艺术家的多情泛爱，态度严正地说道，“她的可怜是她自己一手造成的，如果真的同情，就让她从根本上改变对人生的态度，这才是朋友能做的事。”

“是我们错了。”金果果轻轻叹了口气，同意周舟的观点，“是因为我们一味纵容忍让，无底线地包容，让她以为撒个谎没什么，被发现了流两滴泪水，哀求几声就过去了。如果从一开始，我们能更严厉地对待她的小性子，约束她往更好的方向走，不至于到今天……”

“果果，你怎么也把这种错揽在自己身上？这是个人的性格……”江明川觉得金果果是被周舟同化了，果果一向都是温柔地包容着周围的人，什么时候对朋友严苛过？

“环境可以造就性格，朋友也会影响个性，我们是朋友，但更应该像家人，长兄为父，长姐为母，总之，我们不能让她继续错下去，伤害别人，也伤害自己。”周舟看向金果果，两人之间的眼神已经确定了统一的想法。

周舟和江明川回西山了，金果果在对面宾馆开了一间房，凑合住一晚，明早去看柳萍。

她这一晚罕见地失眠了。

自从茶师开业后，她忙得每天倒头就睡着，哪有失眠的机会？

金果果打开手机，想和窦豆聊聊天，但还没给她发出消息，就见她把一堆宣发资料发了过来，说是秘书整理好的，自己没空看，让金果果亲自看完再给回复。

金果果揉了揉太阳穴，最终发了个“OK”的手势过去。

这时一个电话进来——叶茗。

叶茗不喜欢用社交软件，有事总是让助理或者自己打电话解决。

对一个“社恐”来说，接打电话和面对面说话差不多让人紧张，所以叶茗打电话的机会很少，除非是很重要的事。

金果果心里一咯噔，产品线出了问题？

但没想到叶茗是和她说新品上线那天的直播，希望她也能露面和大家互动。

“是团团让你对我说的吗？”金果果坐在窗边，看着对面医院病房大楼的点点灯光，一针见血地问道。

这些东西原本应该由窦豆负责，窦豆刚把新品的宣发资料发过来，自己都没来得及过目，负责产品的叶茗怎么忽然过问这种事？

团团没资格和他提这种事，但如果她对叶茗撒娇，或许叶茗会多管闲事。

也许今天的情绪实在太差了，想到这里，金果果就更有些烦躁。

“她今天给我打了个电话，提到了这事，她是做直播的，清楚怎么能抓住流量,我也只是转达一下,你自己考虑。”叶茗在电话那边顿了顿,看着满山的星光,话题一转,“你今天怎么离岛了? 出了什么事?”

“朋友生孩子。”金果果觉得自己的语气有点硬,又把话题拉回刚才的工作上,“直播是我们付钱做的宣传,她既然拿了钱,就该从内容上把事情做好,而不是靠其他途径,我想只要内容扎实,不需要什么噱头就能吸引关注。”

那边沉默了片刻,才回答:“了解,我拒绝她的要求。”

“……不好意思,我今天……有点烦闷,我去和她说吧。”金果果今天说话没有往日的温柔,她觉察到了叶茗的不悦,想想人家找自己说工作的事,本不该带着私人情绪。

除了柳萍的事,金果果对团团的“引流”习惯也不悦,这段时间团团蹭了茶师不少流量,用的那套网红半遮半掩的绯闻套路,时不时上个热搜,总会让人想到茶师——对此,窦豆也找过团团谈了这事,希望在茶师这边注意形象,团团解释自己无辜中枪,这种捕风捉影的新闻没法断绝,再者,当初签约的时候,也没有要求艺人必须保持单身……

这件事,金果果看在叶茗的面子上,忍着没发作,毕竟叶茗这个当事人都没出面,她也不用太放在心上。

只是团团还把主意打到自己身上,金果果虽然看着好说话,可某些底线分毫不让,正好找个机会和她面谈一次,请她把自己的业务做好。

“是生孩子不顺利?”叶茗当然知道她心情不好,从她第一句直奔真相开始。

平时金果果不会太露锋芒,她像是太湖水包裹的珍珠,明亮柔和但不刺眼,即使看到真相,也未必会直接说出来。

“顺利。”金果果顿了顿,软下了声音,叹了口气,“我只是觉得,自己犯了个很大的错。”

“什么错?”叶茗的声音很平静,引导着她继续往下说。

“以前总觉得,对身边的朋友要多包容,无论对错,都是他选择的人生,不要去插手别人的人生,害怕对他人的未来负责。”

金果果想到了周舟,如果说自己是有点老庄思想,提倡无为而治,那周舟便是儒家思想,提倡以“仁”为核心的“礼治”“德治”“仁治”。

在很多人眼里,周舟责任心太重,重到固执刻板,但她有勇气去干预别人的未来,更有勇气去引导大家走向更好的明天,哪怕受到无数人的白眼和不理解,也无法阻止周舟要化身为舟，渡人苦海的精神。

“现在我觉得自己太糊涂了，放任身边的悲剧发生，归根到底，我只是个自私自利的人，只顾着自己的人生，放弃了跟不上脚步的朋友。”金果果不知不觉就开始剖析自己的内心，那最为阴暗的地方，不正是因为她没有周舟的那份“主人翁”的精神吗？

“身边的悲剧，指的是什么？”叶茗冷静地问道。

“朋友的婚姻悲剧。”金果果没法和叶茗说细节，柳萍这事也上不了台面，不必替她宣传了。

“你觉得一场婚姻悲剧重要，还是养活了成千上万名员工重要？你觉得朋友个人的命运，比起国茶的崛起所带来的精神和物质双重丰收，哪一个更重要？”叶茗顿了顿，难得说了这么长的话，“每一种价值，都不能主观地去衡量，你认为自己自私自利，我却觉得你如果一直回头眷顾，永远无法前进，更不可能成为领头羊。相比之下，我更欣赏专注事业、充满勇气和开拓荒地，引领着大家不断往前奔跑的你，而不是因为朋友的悲剧就停下脚步，甚至退缩自责的你。”

“你真会安慰人。”金果果第一次听叶茗在电话里说这么长的话，虽然他的声音平静到有些淡漠，但还是狠狠地温暖了她的心。

“我从不安慰人。”叶茗又顿了顿，补充说道，“因为你值得。”

金果果听到最后五个字，似曾相识地恍惚了一下，等反应过来，竟觉得自己脸上发烫。

“谢谢你，叶茗。”

“不用谢，睡吧。”

叶茗挂断了电话，站在金果果家的那片茶山上，眺望着太湖。

秋风微冷，但他的心很热，跳动着奇异的情愫。

真好，他享受这份隐秘情感的波动，让他觉得人生变得鲜活而真实。

柳萍开奶很痛苦，一直挤不出奶来，杨海请了个开奶师，把柳萍按得嗷嗷叫，把人都赶了出去，又补了个觉。

等她再醒过来时，看到一个温柔的女子守在孩子的小床旁边。

柳萍神色不由得一黯，大概是睡好了，她的心情也恢复了不少，轻声说道：“让我抱抱宝宝。”

金果果转过头，看见柳萍挣扎着要起来，赶紧说道：“你身体还没恢复，别动，我把宝宝抱到你身边。”

金果果昨晚听了护士和杨海强调怎么抱新生儿，她学着护士的样子，轻轻托着婴儿的脑袋和腰背抱了起来，放在柳萍床边。

柳萍贪婪地看着自己软软嫩嫩的女儿，眼中濡湿，仿佛看见了刚出生的自己。

当初母亲看见自己第一眼的时候，是否也这么温柔而彷徨？

她的的确确一直是个没长大的孩子，总是活在自己的幻想之中。

“你是不是知道了？”柳萍的声音低沉而虚弱，别人不敢说，但金果果一向清醒理智，她一定知道了。

杨海也肯定知道了，看他毫无喜悦的表情……

是啊，不可能不知道，杨海的父母昨晚来了之后，到了夜里就走了，她听到了杨海在走廊上和老人们无力的解释和争吵。

即使是一直不愿意面对现实的柳萍，也知道瞒不住了。

“你应该说出事实了。”金果果看着柳萍，实在无法理解柳萍这样的行为，没有人要求她当一个圣人，但她不应该利用杨海的善良来深深伤害他。

“她不是杨海的孩子。”柳萍有气无力地开口，眼泪扑簌簌地掉了下来，像是一只失去了庇护羽翼惊慌失措的雏鸟，不知道该向谁求助。

承认了。

尽管现实摆在眼前，但柳萍的承认还是重磅炸弹，金果果闭上眼睛深深吸了口气，一切已经无可挽回。

“你怎么会这么糊涂？”金果果又是心痛又是愤怒。心痛，为了自己的朋友；愤怒，也是为了自己的朋友。

“我想过打掉的。”柳萍看着女儿还没长开的小脸，喃喃自语，“我发现怀孕之后就逃回了家，我想过打掉重新开始，但是我不敢。”

看到柳萍对着女儿呜呜地哭，金果果知道，她的内心还是那个懦弱无助的女孩儿，遇到事情根本不知道该怎么处理。

柳萍也知道，她只会逃避和顺承命运给的一切。

就像那年冬夜，她放学回来看见醉酒倒卧在路边的父亲一样，她装作没看见，从他身边走过。第二天，父亲醉后冻死的消息，让她害怕，也让她解脱。

“我不是有心去做坏事，我只是……你知道我只是没有能力去扭转已经发生的事实，就像肚子里的孩子，我只能不闻不问，听之任之地让她长大……我不是故意想伤害别人，可是我没有其他人可依靠了……”柳萍抽噎着说道。

“谁说你没有其他人可依靠？你还有我们，你应该告诉我和周舟……”

“你？你房子都卖了，准备创业，自己都不知道明天会不会破产，我怎么和你说？”柳萍哭着打断金果果的话，“周舟那时候刚死了老公，都要被婆家逼疯了，后来还有个大肚子小三上门，她比我还烦，哪有时间管我？我只能对杨海说我把孩子打掉了，他同情我，向我求婚，我当时真的不知道该如何是好。我幻想着也许他能接受我和孩子，我的人生终于有了依靠——就算他不怎么争气，但到底是我认识几十年的朋友，我能够信任他、依赖他。”

柳萍在婚姻中，根本没想过事情会暴露，暴露之后又会怎么样。

她什么也没做，只是一厢情愿地想着，孩子或许会晚一阵子出生，差别就不会太大，不会引起杨海的怀疑，一切就平静地度过。

可惜天不遂人愿，这种违背常理的事并没有发生，她按时足月生产，比预估的预产期早了两个多月，无论如何倒推，都不能找到合理的解释。

看到杨海的态度，她慌了，故意叫骂催乳师，见杨海也无动于衷的样子，她就知道一切都完了。

她到底是干了什么？

柳萍记得，当初杨海是对她最好的，可在她骗了他一次之后，两人的关系再也回不到从前，甚至变得格格不入——那还是一次无关痛痒的欺骗（她自己这么认为）。

“为什么没有想过，你可以依赖自己？”金果果很痛心，“别人对你伸出手，也随时可以收回手，可是只有你自己，只要不放弃，只要紧攥着拳头……你为什么不肯试试自己站起来？”

金果果深吸了口气，站在杨海的立场，她怎么痛骂柳萍都不为过。但柳萍同样是她的朋友，这么虚弱、这么无助，她没法说得更严厉了。至少现在没法痛骂她。

门外，拿着奶瓶、产后护理包等一堆东西的杨海站在门口一动不动，仿佛连呼吸都停滞了。

“柳萍，我们至少……应该做个拥有理性的人吧？”金果果看着那个小小的婴儿，“至少，在孩子面前站起来，别成为让她讨厌的母亲，也别让她……成为你这样的人。”

柳萍还在无助地哭，是啊，她现在已经是母亲了，要被这个小小的人儿依靠着，她如果依然在地上爬着，这个小人儿也永远站不起来。

可是她已经习惯成为藤蔓，怎么可能再成为女儿的参天大树？

“你走吧，我知道，我也不配当你的朋友。”柳萍终于哭好了，因为女儿开始哼哼唧唧地挣扎起来。

她擦了擦红肿的眼睛，将女儿抱在怀里，轻声地哄了哄，继续说道：“你也不需要我这样的朋友，你现在是大老板了，我只是个坏女人……”

“柳萍，什么时候都不晚，你可以成为一个好妈妈……”

“我也不想当你的朋友，你非要我说实话吗？”柳萍气愤地抬起头，含着泪看着金果果，“从小到大，你什么都比我强，你学习好，人缘好，父母好，暗恋你的男生都比我多，我永远都是挑你剩下的衣服，捡你看不上的男生，当你的陪衬品！”

金果果愕然，她不否认自己确实学习好，人缘好，父母好，但也的确不知道暗恋自己的男生多，更不知道柳萍会认为是在捡自己看不上的物品和人！

因为柳萍小时候就很受男生喜欢，身边围着的男性总有很多，而她“剩下”的衣服，都是因为爷爷和父母看着柳萍和周舟没有爹妈照顾，每次多买两件，给三个一起长大的孩子穿。

金果果还有个姐姐，她其实更多的是穿姐姐穿过的衣服。

“你这么聪明，能不知道那些围着我的男生里，大多是想和你玩的吗？他们只不过够不着你，觉得我廉价，更容易追到手，杨海也是这么想的，我只是廉价的替代品……”

“柳萍，我真不知道你是这样想的。”金果果打断了她自轻自贱的话，“我一直把你当成自家姐妹，哪怕你耍小脾气，哪怕做点过分的事，我也想着你父母不在身边，我们应该宠着你。昨天我就知道，我错了，如果当初不是宠着你，而是好好规劝你，也不至于发展到今天这地步。你有没有想过，我和你，还有周舟，从小一起长大，为什么现在却成了三条路上的人？正是因为你的脑子里，都是这么狭隘偏激的想法，你只会把所有的错都归结于别人头上，你自己的错呢……”

“果果……柳萍刚生完，让她休息一下。”

说曹操，曹操到。

周舟提着水果风尘仆仆地站在门口，打断了金果果的话。

“这是谁来过？怎么东西放外面？”江明川跟在周舟身边，看到门口放着的奶瓶、尿片，问道。

金果果深吸了口气，走出去平复一下心情。

病房里的气氛依然无比压抑，柳萍看着女儿，不停掉眼泪，不知是后悔还是愤怒。

金果果还有个紧急会议，她让周舟照顾一会儿，也知道柳萍不想看到自己，便回酒店开完会，才又去医院。

江明川站在病房的门口，脸色沉郁，看到金果果过来，对她低声说道：“杨海还没过来，也没接电话，要不然我去他家一趟看看，别出了什么事。”

周舟也走了出来，对两人说道：“她刚睡着。你们先别说她了，刚生完孩子，别产后抑郁，到时候要出什么事就……”

“我早上不该说那么多。至少不该在今天早上说那么多。”金果果早上没控制住自己的脾气，柳萍刚生完孩子……但是这次事态很严重，不是普通的犯错，也不是一两句道歉就能解决的。

“如果知道是这样，早就该说她了……杨海也没接我电话。”周舟领着两人走到走廊尽头，才郁闷地叹了口气，很担心杨海，“这次他真是被骗得够惨的，我以为只有狗血的电视剧里面才会发生这种事，没想到就在我们身边。”

“男人都受不了吧！”江明川想想都恼火，他现在看到那个孩子就硌硬。

“先找到杨海再说吧。”周舟也不知道该说柳萍什么好，她比刘芳还糊涂，非得自己把自己给逼到绝境。

“他会不会要离婚？”换成江明川，肯定会离的，只是杨海这个傻瓜，谁也不知道他会怎么做。

“杨海脾气再好，也不可能接受给别人养孩子，尤其还是柳萍欺骗在先。”周舟这次也没法劝他们还在一起生活，只是愤怒柳萍的蠢。

当初柳萍对杨海说自己打胎流产，杨海还能上头求婚，那么如果说出实情，没准杨海“圣父心”发作，也会愿意给别人养孩子，但前提是真诚地把话说清楚，而不是这种恶劣的欺骗。

“有些痛，是要承受过才知道。”金果果很痛心，但语气很坚定，“这事，归根到底是柳萍和杨海都是小孩子，一个以为婚姻是儿戏，一个脑子容易发热。谁也别帮着谁，不要和稀泥，等他们自己冷静下来解决完再说。”

“你的意思就是……看着他们离婚？”周舟也知道事情发展到这儿，已经没有转圜的余地，杨海肯定会为了尊严而离婚，大家没法苛责他什么。

“明川，你先去杨海家里看看，还有……两个老人家，你也关心一下，这边我们陪护就好。”金果果转头对江明川说道。

至于柳萍，只能自求多福。

“柳萍真是……气死我了，这脑子里装的都是水吗？怎么比刘芳还蠢！能不能找到孩子的亲生父亲？”周舟等江明川走了之后，才恨铁不成钢地开口。

刘芳虽然也做错了选择，但她的孩子确凿无疑是陆亚东的——这孩子已经被抱回了陆家，金果果有时晚上回父母家，还能听到他响亮的啼哭声。

而且陆光和黄玉霞是把这大孙子当成宝贝一样细心照顾，连带对刘芳也还不错，大概是怕她再卷款跑了，好吃好喝地伺候。黄玉霞把脾气都收敛了一点，对哺乳期的刘芳百依百顺。

刘芳至少有这么一条狭窄的后路。

可柳萍不一样，她本就举目无亲，孩子又不是杨海而是外人的，谁来照顾她？

“找到了又能怎样？这样的人是不可能负责的。”金果果摇头，求人不如求己啊。

这时候还要靠外人，柳萍这辈子都站不起来了。

“这人才是罪魁祸首吧，他欺骗了柳萍，造成了恶果，却置身事外，什么责任都不用负。”周舟还在愤怒，她从柳萍嘴里问出了实话，这个人自己有家庭，骗了柳萍这个恋爱脑。

知道柳萍怀孕后，这个人就给了一小笔钱让她打掉，自己跑去了国外。本来就是不靠谱的人，但是从法律上来说，如果找到了，也许能给柳萍和孩子一点抚养费。

“管不了柳萍，她是自作孽！可是……也不能不管啊。”周舟看到她喂奶时痛苦的样子，又觉得心软。

“你更该担心杨海。”金果果这次是真的对柳萍失望了，“她哭一哭就过去了，杨海性格耿直，最恨欺骗，何况是这么大的骗局，他要是心里转不过弯来，永远都是个结。”

“让他和柳萍当什么都没发生肯定不可能。本来他一直在家宅着也挺好，虽然生活不算太健康，但好歹自给自足，好不容易结婚想要振作，先碰上了创业失败的打击，然后柳萍又来这一棒……”周舟不敢奢望还能像从前一样，这不光是欺骗，也是一种羞辱，“只希望他能够放下这件事，自己好好过下去。”

周舟再怎么“圣母”，也只是对自己的事。对朋友，她没法劝杨海继续接受柳萍，只希望杨海未来能够顺利地过自己的人生，不要被这件事影响。

“他这次创业肯定是失败的。”金果果当时就劝过，但杨海和柳萍不听，说多了还觉得她瞎指导，加上她忙着开业，没空管他们太多，“杨海没有工作经验，对行业也不是特别了解，更没有核心竞争力，我本来以为有了这么个教训，杨海与柳萍之后能够更加谨慎地对待创业，等到明年生完孩子，再做个小本生意，日子也会越过越好，没想到……”

没想到埋下这么大一个雷。

“一会儿你也去帮忙找杨海吧，你早上对柳萍说的那些话……她不想再见到你，我陪她一会儿。”周舟不忍说出“绝交”这两个字，但她也知道，柳萍上演这一出荒唐戏，等于和大家斩断了情谊。

小事犯蠢，还能容忍。原则上犯错，就不能原谅了。

只是现在柳萍身边没有一个人照顾——她确实比刘芳还作，把自己闹到如此地步，周舟只能尽心尽力，帮她收拾好最后的烂摊子。

“好。”金果果揉了揉一突一突跳动的太阳穴，想到柳萍血压就升高了。

她走出医院，给江明川打了个电话，问问他那边的情况。

江明川站在杨海门口按了很久的门铃也没人响应，打电话也没人接，不知道杨海是不是回岛上了。

“你去杨海父母那边看看，我回岛上老屋找找。”金果果决定兵分两路，自己先回岛上。

每个人受伤时都有一个想安静蜷缩舔舐伤口的安全港湾，对岛上长大的小伙伴来说，无论各自飘散到哪里，都会想着那一方温暖的土地。

不过金果果刚挂掉电话，小助理的电话就打了过来。

“果果姐，唐煌投资的负责人张总半个小时后会到茶师金鸡湖分店，想见您一面……”

金果果一听就头大了，这是台湾地区的投资方，一直对茶师很感兴趣，说是这几天要见一面，但没想到没有预约突然袭击，还挑在这个节骨眼儿上。

“能不能请他们去茶师总部，晚上在岛上设宴招待？”金果果想到昨晚叶茗的话，私事和公事，她想尽量平衡。

“张总只有两个小时时间，接下来要去虹桥机场……”小助理很为难。

“好吧，我知道了。”金果果深吸了口气，想了想又说道，“对了，你和张炜博士联系一下，让他们的人送点东方美人茶到新店。”

东方美人是台湾高山区的好茶，正好拿来招待张玉清。

安排好工作，金果果又给爸爸打了电话，只让爸爸去杨海家和附近湖边看看有没有人，如果杨海在家，让他给自己回个电话。

金果果连柳萍昨晚生孩子的事都没告诉家人，金家父母也知道两个女儿忙起来不着家，他们年纪大了也管不了，反正每晚锅里留着饭菜，半夜几点回来都有一口热乎的吃。

金大群是个热心的人，当即骑上小电动车就去找了。虽然小女儿没有说具体的事，他也没多问，想着可能是小年轻的感情问题——柳萍那孩子太折腾了，杨海好几次气得回来找老朋友们喝酒，估计又是吵架了，想不开跑回来了。

第二十二章　茶有百味

看了眼时间，金果果走到对面酒店稍微梳洗一下，退了房，打车到金鸡湖边，自己先点了一杯天香瓜片提提神。

要说提神的功效，六安瓜片当仁不让。

《茶疏》开卷第一句话就是“天下名山，必产名草，江南地暖，故独宜茶。大江以北，则称六安”。

这是世界上唯一无芽无梗的上品绿茶，只有一片茶叶，叶片求壮不求嫩，因此里面含有的无机矿质元素和有机物极多，香味浓郁，浓而不涩，回甘无穷，被沸水泡开后形状如同瓜子，汤色透绿清亮，没有一丝浑浊，只看着颜色便觉得大山的碧色扑面而来，从舌尖到胃里，全是那大山赐予的钟灵毓秀。

而这城市浮动的金秋桂香，也被封存在这温柔甘醇的茶香里。

袅袅热气中暗香浮动，一点点溢出秋的甘甜和清香，让人不由得想到“桂子月中落，天香云外飘”，这也正是这杯瓜片的名字由来。

果然一杯热茶下去，五脏六腑都被熨帖，那些烦躁的心事也暂时被冲刷下去，金果果明亮的眼睛仿佛更亮了几分，工作状态找回来了。

见他们还没到，金果果走到员工休息室，有些刚培训上岗的员工还不认识她，以为她也是新来的，催着她换员工服。

“这是我们茶师的老板，金总。”领班从女员工专用休息间走出来，她认识金果果，赶紧拽住小员工，一脸崇敬的表情，“金总，您怎么来了？是我们的工作哪里做得不到位吗？”

分店开业不过一个月，金果果来过两次。第一次当然是开业当天，第二次是一周后，她戴着渔夫帽，和普通女大学生客人似的排队买茶，坐在角落喝了十多分钟，免费添了一次水，第二天让部门经理给大家开了会，针对服务态度和一些不容易被发现的小细节做了批评和指正。

细微到什么地步呢？茶师里有自己的洗手间，女性洗手间里要求放上单独包装的卫生巾供需要的客人取用，但那天洗手间里没有放置，只是贴着“如有需要请联系店员”这样的标语，开会时特意提醒了这个问题——只有女性领导，才会对女性如此细致关心。

这是第三次，领班经理心里有点发毛地想了一下是不是哪里又做得不好：工作人员没有热情微笑？泡茶的水温、水位不对？卫生间没有放厕纸？

“我想……借根发圈。”金果果笑了笑，她昨天出来得急，只带着手机，其他的什么都没带，现在头发披散，温柔的发丝让她看上去更温柔，但不够干练。

金果果前段时间忙着创业，不是很在意形象，以舒适为主，出席各种社交场合被窦豆批评了好几次，让她跟风投大佬们在一起开会时正式点，不然别人还以为她是个刚毕业的学生，软软糯糯，没有魄力。

金果果虽然不同意窦豆的以貌取人，但也尊重他人的想法，重要场合她自然也会按照要求着装，但私下依然我行我素，怎么舒服怎么来，绝不会像窦豆那样，从头到脚永远一丝不苟，永远带妆“战斗”。

“金总，要不要口红？”新来的小员工初生牛犊不怕虎，加上金果果看着温柔可人，和大家没什么距离，自告奋勇地从包里拿出一支口红来，“我有新的，还没用呢，别嫌弃……您这么白，我觉得涂这个蜜桃乌龙色一定好看！”

领班还没来得及阻止，热情的小员工就已经拔出口红，举到金果果面前。

“好啊，谢谢。”金果果笑了笑，没有拒绝，在女员工休息室的那面镜子前用棉签蘸着口红抹了抹。

小员工眼睛都亮了，她们的老板真是好看啊，慈悲温柔的菩萨相，葱葱如玉的莲花手，那张脸的底色干净，古雅佛系，她不由得在一边拍着手兴奋地说道：“金总，好适合你这样的仙女啊，我没用就是因为这是男朋友送的，颜色在我脸上太显黑了，送给你吧！”

领班无语凝噎，小姑娘真是话太多了，送老板口红也就算了，还净说大实话，00后员工现在都这么活泼吗？

“男朋友送你的，我……”

“求你拿着吧，你涂着太好看了，又温柔又显白又有气质，我本来就想挂闲鱼的……”

“好了，小林你快出去忙吧。”领班实在看不过了，心里老泪横流，果然上天是安排00后来整顿职场，哪有和老板说“这是我男朋友送我的，我涂显黑，我不挂二手网转卖了，送老板吧”……

不过年轻女孩子时尚敏锐度确实高，这个仙女色号很挑皮肤，太适合金总婉约的气质了，加上她柔白光洁的好皮肤，眉如远山、眼含秋水，娇嫩中因那点含蓄的温柔，添了几分知性大方，领班都忍不住多偷看几眼。

“小林是吧？”金果果接过她的口红，笑了，“那就谢谢你了。”

小林欢喜得很，她并不知道第二天就收到从总部发过来的一支很适合她皮肤颜色的口红。她此刻只是单纯地高兴，高兴这个难以驾驭的蜜桃乌龙终于找到合适的新主人，也高兴老板这么平易近人，和闺密似的，愿意分享化妆包里的宝贝。

领班在旁边尴尬地赔着笑脸，好在张玉清一行人终于到了。

新店的会议室稍微大一点，但张玉清要求坐在外面喝茶谈事。

金果果明白他的想法，他们在金鸡湖边的商业中心，外面的湖景尽收眼底，还能观察到茶师的营业实况。

张玉清操着一口带着福建口音的普通话，一点也不寒暄，直奔主题，询问他们最具核心竞争力的制茶科技。

显然张玉清是觉得制茶科技是噱头，他虽然看过茶师的资料，但他认为茶哪有什么科技含量，无非就是核心产地的绿色生态保护和茶种问题。

金果果不是技术专家，而且核心科技也不可能全部透露，能说的资料上也都有，只能邀请他去西山实验基地走一趟，让他亲自感受一下。

张玉清没有时间，他今天是百忙之中顺路过来，客气地婉拒：“下次有机会提前和金总联系，今天我就先在店里感受感受，我看到你们的新品宣传有台湾茶？”

金果果现在不缺投资，但她对任何资方都很礼貌，即使决断权在茶师这边。

张玉清是特意从台湾过来的，他想把大陆口碑爆表的茶师带去宝岛，对金果果来说，她更加慎重，因为意义更不相同，海峡两岸是一家，但生活方式和口味未必相同，如果能够将茶师打入台湾市场，让同胞们喝上一口从大江南北、五湖四海搜集来的各地好茶，就可以让他们也感受到地域辽阔的祖国、物产之丰盛、风味之多变。

“是，现在店里还没有上新……”金果果的话还没说完，就听到领班的脚步声，她抬头一看，瞥见领班身后宽广的额头，笑吟吟地继续说道，“不过今天特意让实验基地送来了样茶给张总尝尝。”

张炜带茶来了。

不过他先在金果果耳边嘀咕了两句，金果果脸色如常，含笑地微微颔首，然后抬眸看了眼二楼。

湖风温柔，二楼靠窗赏景的位置一向坐满了客人，但隔壁临湖的咖啡店生意冷清，二楼落地玻璃窗边，坐着一个身材修长、体态挺拔的男人。

那人隔着玻璃也在看她，虽然看不清眼神，但依然让人感觉到专注的、仿佛有重量的凝视。

“张总，这是科技研发中心的张炜博士，他是我们研发中心的负责人，您刚才对我们茶叶技术上有疑惑的地方，可以和张博士交流。”金果果给他们做完介绍，抱歉地说道，“我还有点其他事，失陪一会儿，你们聊。”

说话间，服务员端着两杯刚泡好的东方美人走了过来，放到张玉清和他的秘书面前。

张玉清起先不以为意，目送金果果离开后，端起茶来往鼻尖一闻，脸色忽地凝重起来。

“张总下午好，您关心的问题，就由我加利福尼亚大学农学博士、长江青年学者、中国科学院研究所硕士生导师……”

金果果走进了咖啡店里，依稀听到张炜那套响亮的自我介绍，莞尔，忍不住想发消息给窦豆，想必两个月没回岛上的她也会怀念这段开场白。

隔壁咖啡店羡慕极了这一个月来茶师的客流量，似乎一夜之间，喝咖啡的人少了，喝茶的人多了起来。

今天依然冷冷清清，那些喜欢过来点杯咖啡吹着空调刷半天剧的老顾客都少了——除非是隔壁没台位了。安静的咖啡店里播放着肖邦的音乐，二楼靠窗位置没有几个人，其中一个穿着黑色风衣的男人格外引人注目。

金果果坐到他的对面：“你怎么也来了？”

只是送样茶而已，西山实验基地用不着出动这样的大佬吧？

“基地里的样本很重要，商业机密我当然要亲自跟过来。”叶茗一本正经地回答。

这是事实，实验基地正在研究的东西，不会直接交给总部来的人，免得出现什么意外。

“张炜你还信不过吗?”金果果开着玩笑。

“我过来还有件重要的事。”叶茗的语气很认真,看着她说。

“什么事?”金果果以为是工作上的问题,脑中的那根弦又绷紧了。

“陪你。”叶茗沉默了一会儿,坦诚回答。

见金果果眼里那丝警惕和戒备,叶茗又说道:“自从茶师旗舰店开启之后,你就一直很忙,尤其最近,资方和新品研发让你的节奏被打乱,加上生活上的问题……你是茶师的主心骨,如果你的状态不对,会影响到很多人。”

“你以前最大的优点就是松弛和自洽,可是现在,你的眼神里,只有紧张,面对我为什么都要紧张?”叶茗从容地看着她,又问道。

难道不该是他这个“社恐”紧张才对吗?

“我不是紧张,是受宠若惊。”金果果最近总觉他对自己太好了,有点超过好朋友的界限。

也是因为叶茗身边似乎没有好友,他对张炜也是那副冷淡的态度,她从没见过他主动关心过什么,这就让人很难猜测他的真正想法。

“昨晚电话里我觉得你很苦恼,虽然我不是专业的心理疏导师,但为了治疗小时候的自闭和‘社恐’,也算久病成医,所以过来看看你。”叶茗心想,她还是不习惯自己的关心,是他以前太疏离了,以后让她习惯受宠就不会再惊了。

服务员将咖啡和甜点端了过来,看着很是精致。

“让你担心了,我没事的。”金果果其实已经调整好了心态,接受了柳萍那荒唐的现实,只是还没有找到最好的解决办法,替杨海和柳萍的未来犯愁。

“如果不介意的话,可以和我说说。”叶茗是最好的树洞,他根本不关心别人的家事,他只关心眼前的人。

“没什么值得说的,还不如聊聊普洱。”金果果苦笑,红尘俗事和叶茗这种神仙沾不上边,也不希望他宝贵的时间被柳萍那些破事占据。

“普洱我说过了,很快会研发出来。”叶茗像是看出了她的想法,淡淡地说道,“我父母曾说我整天待在实验室里,不食人间烟火,会孤独终老。原本我觉得孤独是一件很美好的事,没人打扰,可以永远保持独立冷静的思考空间,但是你说过,茶有百味,做茶的人须知喝茶人的心情,这样才能做出最好的滋味来。”

“我随口说说的。”金果果没想到他居然还记得自己在自家茶山上随口说出的话。叶茗从不会提及家人，不知是为了保护家人还是亲情淡漠，难得今天听到他提起。“你说得很对，茶，有的甘甜醇厚，有的明亮中和，有的鲜爽轻盈，有的细腻饱满，有的清幽绵长，我都尝过，唯独缺那一道荒芜苦涩。”叶茗认真地说道，没有半点凡尔赛的得意，却更凡尔赛得让人流泪，“我的人生很平淡，很少遇到烦恼和无法解决的苦闷，只能尝到茶的清欢，无法感受辛酸，所以，也请教你，说一说我很难接触到的苦味。”

“你即使知道，也无法感同身受，只会觉得这些人的脑子不好，也许还会心情不好，何必呢？”金果果叹了口气，看着眼前的点心，不客气地吃了起来。从昨天到现在，都没好好吃上两口饭，现在感觉饿了。叶茗默默看着她，不再说话。

金果果吃饱了，她一直关注湖边和张炜交谈甚欢的张总，虽然完全听不到他们的对话，但是看张玉清倾身聆听的姿势，就知道他的态度变了，看来那杯极品东方美人彻底征服了他。

“你开车来的吗？回西山吗？”金果果不必再去送张玉清了，他想要的全在那杯茶里，已经无须再多言，她决定在路上给叶茗说说这人间的无奈和辛苦。要不然，叶茗一直这么看着她，她也受不了。

两个人丢下了张炜，先回西山。

叶茗和金果果坐在后排，司机开得很稳，隔着车窗可以看到午后的灿烂阳光，秋色正明媚。

叶茗听金果果简单地说完杨海的事，点了点头，总结：“你朋友喜当爹了，不过，你不用太担心他的安危，我想他应该很快就会起诉离婚。”

“你确定他没事？”

叶茗没有和杨海相处过，根本不了解他，金果果担心杨海想不开做傻事，急着回岛上找人。

“当然，从你的描述中，可以看出杨海这个人做事冲动，根本不知道自己真正要的是什么，这样的人也不会承担生活中的责任，更没有勇气做伤害自己的事。他求婚是因为泛滥的情感和缺乏判断的能力，不是因为深思熟虑后的利益关系，更不是因为爱。没有深切的爱，自然不会有深刻的恨和无奈的谅解，他现在只是陷入被欺骗的羞怒和愤恨中，很快就会斩断这种让他深感羞耻的婚姻关系，恢复他之前的生活。”

叶茗的语气笃定，不着痕迹地宽慰金果果。

“他以冲动的求婚开场，也会以离婚收局，旁人不必为他担心。倒是那个孩子，如果母亲永远这么糊涂，恐怕需要身边的人多帮忙。”

“柳萍……”金果果一提到这个名字就黯然神伤，是啊，柳萍的孩子太可怜了，柳萍连自己都照顾不好，怎么能独立抚养孩子？

“不过为母则刚，福祸相依，或许这也是个机会，让她真正成长起来，担负起责任。”叶茗继续宽慰她。

金果果幽幽叹了口气，欲言又止。只希望杨海平安，柳萍也能好好对待孩子和生活，好好走完这一生。

“你觉得他会在哪里？”叶茗见她苦恼的样子，心有不忍，问道。

第一次主动关心这些与自己无关的鸡毛蒜皮的小事，叶茗想要体验人生的无奈和荒唐，还是需要深入了解。

当然，他其实根本不想深入了解，只不过不想看到金果果烦恼。

人啊，一旦动了情，就不可免俗地陷入俗世的网里。

“我爸还没给我回消息，应该是还没找到他，也许没有。西山，也许……太湖大桥？”金果果忽然想到了一个地方。

她那晚回来奔丧，就是停在了太湖大桥下。果不其然，叶茗的车开到了那晚停下的位置，那里已经停着一辆粉红色的小车——柳萍嫌之前的车身颜色不好看，去做了改装，杨海这个宅男当时苦不堪言，又是去店里，又是去车管所申报，跑了好几天，定下了这个艳粉色，特别显眼。

叶茗坐在车里等着金果果，隔着车窗看着她走到那辆小车边，想到了那个风雨飘摇的春夜，她一身白裙的模样，仿佛雨中纯净的白玉兰，清丽雅致，即使有脆弱的心事，也一副不畏风雨昂头朝上的高洁姿态。

是从那一刻，她就绽放在了自己心里吧？

金果果见杨海不在车里，又往湖边走去，果然，不远处杨海坐在岸边的石头上，看着一大片芦苇发呆。

“杨海。”金果果走了过去，太湖边风大，把她的声音吹得支离破碎。

杨海动也没动，像是丢了魂似的，看着芦苇摇晃着西斜的阳光，双眼通红。

“杨海。”金果果坐到他身边，陪他一起看着芦苇，轻声说道，“一会儿风要凉了，回家吧。”

“你和柳萍说的话，我都听见了。”杨海嗓子哑哑的，不知是哭过，还是冻的。

太湖边的温度比城市里要低，风更是带着冷意，金果果坐上片刻都觉得膝盖发冷，她抱着膝盖，坦诚劝导："无论遇到什么情况，你都要打起精神去解决问题，不要一个人在那里胡思乱想……"

"你想让我怎么办?"杨海头发被风吹得蓬乱，面色颓唐，喃喃说道，"老实人就活该被骗吗？她一次又一次地利用我，她根本没有把我当成人看！我怎么就这么贱哪?"

杨海对柳萍已经没有什么幻想了，现在只觉得恶心。

柳萍让人恶心，他自己更让人恶心，每次都巴巴地贴上去，被人一次次作弄轻贱。

"别这样想。"金果果看着也不是滋味，满心无奈，"柳萍知道自己错了，这件事你要怎么处理，朋友们都支持，只是你不能一个人躲着逃避……"

"能怎么处理?"杨海打断她的话，声嘶力竭地吼了出来，"无论怎么处理，还能挽回什么吗？是能挽回我们的婚姻，还是我们的感情？或者说，能够挽回我们二十几年的友情?"

这一切，全都崩塌了。

他在意的爱情、亲情与友情，荡然无存。

杨海一路狂奔，吹了一下午的冷风，反思与柳萍的相处，惊愕地发现，尽管事已至此，他对柳萍仍然有着感情——也许不是爱，只是日积月累的，那些青春岁月的回忆，纯真的友情和短暂的婚姻生活……

他爱柳萍，或者说爱过，或者……曾经在某个时刻动过真情，所以才会这么痛苦和愤怒。

但现在，他的感情又能以什么样的方式维系?

"我明白，她犯的错，不能让你继续帮她兜底。"金果果顿了顿，似乎做了极大的心理建设，决定干预别人的人生了，"离婚。"

准确地说，不是干预，而是替杨海说出他的心里话，让他减轻一点心理负担。

"我现在一点也不想看到她。"杨海果然立刻说道，沉重、愤怒的表情也轻松了几分，"我当然要离婚，我只要看到那个孩子……你知道我以前多期待这个孩子吗？我想过她的样子，鼻子、眼睛长得像我，性格也许像妈妈，但是不要紧，因为她有个完整温暖的家庭。我虽然懒散了点，但不酗酒不暴力，不会给她一个像柳萍小时候的童年……"

婚姻不可能存续下去，那个孩子永远像一根刺扎着他的心，现在有人主动把镊子递给他，他当然要把那根刺拔出去。

"其实，我不怪柳萍的过去，但是我不能接受她持续的欺骗，现在连这种事都骗我，以后她什么事做不出来？我一辈子就结一次婚，现在婚姻变成了一场大笑话，她想过我的感受吗？想过我爸妈吗？"杨海想到家人，伤心代替了愤怒。

但最让人伤心的，仔细想想，是背叛，但凡柳萍在意二十几年的友谊，就绝对不会把他当成垫背的接盘侠。

她如果不爱自己，只要说得清楚明白，他照样可以站在朋友甚至兄长的立场去照顾这个妹妹，何至于要弄得现在这么难堪？

"我们都能理解，柳萍这次大错特错。"金果果苦笑，努力安慰他，"但是你想想周舟，当初面对刘芳的时候，心情或许更糟糕。但她控制住了自己的情绪，最重要的是自己的人生，她勇敢地面对了这一切，我只希望你也能坚强地继续自己的人生，别让自己陷于愤怒和颓丧，早点走出来。"

杨海闷了几秒，抓起身边的一个石子，狠狠地往湖里扔去，牙齿紧紧咬出两个字："离婚！"

把杨海送回去了，金果果还没喘口气，窦豆那边的事又来了。

最近茶师一路高走，不少大品牌主动抛出橄榄枝，想要做几款联名茶饮，窦豆找她商量这件事，因为品牌方太多，想开个会，让金果果拿个主意。

叶茗最近在实验室研究新品，无暇分心。

不过叶茗邀请她再去一次云南，资方这边的事情太多，实在抽不出身，金果果很遗憾地拒绝了。

这几天周舟也很忙，百行集团的投资事宜在陆续进行，金果果那边的基地扩建也要她奔波，稍微有点时间，她就会去看看柳萍。

现在唯一庆幸的是，陆家有了大孙子，没时间来找她麻烦，周舟也算从陆家解脱了点。

柳萍不愿见到金果果——明确地绝交了，并且退出了几个人的小群。

原本一起长大如亲兄妹的群彻底解体了，周舟无论怎么挽留，都无法修补这艘残破的友谊小船。

周舟接柳萍和孩子出院。杨海已经搬出了家，只拿了几件衣服，和父母住在一起，整日关着房门打游戏，江明川也敲不开他的门。现在没人知道他的心情，只能暂不打搅。

尽管柳萍不愿看到金果果，金果果还是把那空荡荡的家里备满了新生儿用品，自己在楼下等周舟出来。

“杨海和明川说过，他准备离婚了。”周舟坐在茶师里，对金果果叹气。

将柳萍和孩子安顿好，周舟还要去茶师旗舰店附近开会，看着时间还早，果果就带着她到茶师旗舰店里暂坐。

“嗯。”在金果果意料之中。

旗舰店人来人往，即使是在工作日也有相当多的人。

茶师的占地面积不小，长长的吧台上摆着各式的纸杯，纸杯上有精美的山水画和古诗词，对应这杯茶里的文化，这些是已经制作完成的茶饮，等待购买者来取。

吧台背后是一块透明玻璃，玻璃上挂着茶师的标牌，以这两个汉字的小篆体为基本造型，加以变化，显得古朴雅致。

忙碌的制茶师傅在料理台前，根据前台的订单，或冲泡，或冷萃，提取茶叶色香味的精华，按照客人的要求，制作出精良的茶饮茶品。

吧台外有一些散座与卡座，几乎满座。

设计独特的长条形等待椅，色调明亮又幽雅，冰纹格与透檐的装饰增强了古典的意味，光线经其折射，落在地面，形成独特的纹理与斑点，很有几分言有尽而意无穷的滋味。

周舟与金果果坐在最角落的座位上，可以看到折射的纹理。

“柳萍如果不是刚生完孩子，我都想骂她一顿。”周舟想到柳萍虚弱痛苦的样子，不忍多说，只一个劲地长吁短叹，“你也知道杨海，别看他没心没肺，其实很要面子和自尊，这次触碰他底线了，也不知道什么时候能走出来。”

“你不是都走出来了？”金果果对周舟露出微笑，知道她不介意这样的话题，“别担心，杨海离婚后，很快就能走出来。”

叶茗说得对，完全不用担心杨海，他正沉湎于游戏，在现实和虚拟中治愈，继续回到宅男自由的生活里，或许，不出三个月，他反而会觉得庆幸和解脱。

“柳萍刚刚生完孩子，在哺乳期，男方是无法提出离婚的。”周舟今天也委婉地试探过柳萍的意思，可柳萍一直抿紧了嘴唇，一句话都吝于回复。

如果柳萍死缠烂打地不同意，杨海短时间内无法摆脱这段婚姻。

“我就是担心……柳萍为了孩子，也许什么事都能做得出来。”周舟以前工作时，见过各种各样的人，因为贫困而衍生出匪夷所思的行为的有很多。

从法律上来说，尽管大家都心知肚明这个孩子不是杨海的，但没有直接证据。如果柳萍拒绝亲子鉴定，杨海就拿不到证据。

而且即使杨海在生物学上不是这个孩子的父亲，可仍然没法改变这个孩子是婚生子女的性质，只要柳萍不同意，他仍然无法在哺乳期提出离婚。这是为了保障妇女的权益。

“但杨海如果下定了决心，九头牛也拉不回，柳萍要在这种事上还犯错误，只怕情况更糟，对孩子也不好。”金果果明白周舟的意思，“现在柳萍不愿意见我，你多劝劝她。”

“我知道，我今天就劝了。她刚生完孩子，我也没法多说。”周舟有点难过，她看到柳萍孤身带孩子的样子，又很想好好照顾她，“柳萍嫁给杨海，就是希望以后能够有人照顾，我怕她不会轻易放手。这么多年朋友，我也劝她好聚好散，不要闹得那么难看，最后连朋友都做不成。”

“你觉得现在杨海和柳萍离婚了还能做朋友？”金果果觉得周舟太低估杨海的脾气，也把这段友谊看得太过理想化。任何感情都经不起一次又一次的摧残，何况还是这种近乎羞辱的毁灭性打击。

“除非……除非柳萍彻头彻尾地改变。”周舟恨铁不成钢，“不管怎么样，等柳萍稍微恢复再说吧。只有把这件事圆满解决，我才能放得下心来。你最近也忙，不要牵扯太多精力，市里对你这个项目都非常看好，都在希望茶师能够成为一张新的城市名片，今天来开会也是要谈茶师的事。”

“分店筹备工作已经搞得差不多了，我下周得到全国各地出差，顾不上她了，如果……她有什么经济上的需求，你就代我照顾一下，至少保证孩子的口粮。”金果果确实有许多事要忙，新店开业有既定的节奏，不容拖延，她很快要开始漫长的出差旅途，连叶茗的约都得推了，顾不上朋友的窘况，但也没法置之不理，只能托周舟帮忙。

“其实我担心的是柳萍。月嫂今天悄悄跟我说，孩子妈一天都没吃东西，也不睡觉，一直在那儿发呆。月嫂怕出什么事。”周舟同情杨海，但也担心月子期的柳萍，“你没看到她，现在蓬头垢面，精神很差。我确实也不放心，都想把她接回岛上，虽然她不愿意见你……也不能真的放弃她啊。”

孩子出生之后，柳萍仿佛一下老了十岁，再也没见她关心过自己的形象，时常看着孩子发呆，周舟担心她产后抑郁。

金果果沉吟了片刻，拿起周舟的手机：“我给她打个电话。”

她的号码已经被柳萍拉黑了，现在只能通过周舟的手机去对话。

周舟总是设身处地为别人着想，劝人也是考虑对方的情绪，当柳萍不想理她的时候，她就束手无策，也没法强行掰开对方的嘴。

金果果和周舟不一样，她要么不管，要管就一定要有个结果。

经历了茶师的创业，金果果觉得自己的认知和思想也一直在成长，至少超越了柳萍她们局限的思维，能够站在更高的地方俯瞰整个事件。凭着她对这几个童年伙伴的了解，她能够高屋建瓴地看到结果。

所以柳萍那边刚接通，金果果就单刀直入：“是我。杨海不可能回来了，你应该已经做好了心理准备，接下来你想怎么办？只有说出来，我们才有可能帮上忙。”

柳萍沉默了片刻，没有立刻挂断电话。

尽管她嫉妒金果果，因为两人的现状、境遇更心生怨怒，但看到房间里放着的那些价值不菲的婴儿用品，她心里也清楚，她此刻最需要朋友在物质上的支持。

而且这一切，早就能看到结果。她自己选择的路，早已在内心深处考虑过最糟的状况。

尽管不想承认，柳萍也知道，她潜意识里已经想过很多次应对方法。

月嫂正抱着孩子在窗边喂奶，但余光一直关注这个有些产后抑郁的新手妈妈，只见柳萍接着电话，原本黯淡的神色一收，眼神变得紧张而凌厉。

“你什么意思？”柳萍听着那边静默的等候，调整出质问的语气。

“我的意思就是，这件事和以前不一样，说出你的想法，我们来想办法在你和杨海之中斡旋，不要耍那些小聪明。”金果果的声音冷静温柔，戳破了她的外厉内荏、故作姿态。

柳萍有两大本事，一是为了虚荣而撒谎；二是装可怜，撒谎的时候神采飞扬，被戳穿的时候就装可怜蒙混过关。

金果果不想再配合柳萍愚蠢的剧本歇斯底里地走一遍，何况最后的结果摆在眼前，让杨海原谅柳萍，这绝对是奢望。

“你在说什么？是，我是对不起杨海，但也轮不到你在这儿说三道四。”柳萍的声音尖厉，愤怒而惶恐，不知是生气还是害怕，浑身发抖。

月嫂赶紧抱着婴儿走了出去，关上卧室的门。

“以前的事没有什么严重后果，事后装傻装可怜，江明川、杨海他们几个男人都不会和你计较，周舟厚道，我是觉得没有什么大不了的伤害，也就算了，可这一次你自己清楚后果。”金果果的语气依然很平静，但毫不客气地拆穿了柳萍的心思，“像鸵鸟把头埋在沙地里期待别人不再追究，那是不可能的，你必须得面对，必须去解决。”

隔着电话，柳萍也感受到金果果的眼神，她不由自主地垂下视线，慌乱地想要闪躲着什么，眼圈和鼻尖又红了起来，仿佛脑子里进的水要从眼睛里冲出来，又仿佛是被戳穿后的习惯性反应，她总是这么楚楚可怜地看着对方。

以前，男人们看到她这副模样，总是能心软。但现在，她成了母亲，无法再像过去那样了。

她当然明白。

柳萍的心里塞满了慌乱，她在无数个数着胎动的夜里，想过事情败露该怎么办，但也无数次安慰自己，没什么好担心的，睡一觉醒来依然能见到太阳。

柳萍想到杨海最后看她和孩子的眼神，那一刻，她知道他们之间的一切都崩塌了。

但即便如此，柳萍依然觉得迷茫，回忆起来，过去是朦胧一片的，搞不清自己是怎么走到这一步的。

“我知道，你心里一定还认为，这不是什么天大的错误。你只是一开始没有鼓起勇气行动或者说出真相，后来又侥幸地期待奇迹的发生，你只是一步步地麻痹自己，和小时候一样。”金果果冷静到冷酷的声音，戳穿了柳萍试图掩盖的事实。

“你总是这样，以为这只是一个小小的谎言，一个小小的错误，明明有无数次机会可以坦白，可以挽回，可以补救，可你什么都没做，任凭事态滑向不可挽回的结果。”

“果果。”周舟忍不住拽了拽金果果，示意她不要说得这么严厉，怕柳萍承受不了。

金果果用眼神制止周舟，不知是对周舟说，还是对电话那边沉默抽泣的人说：“柳萍比你想象中坚强，否则，她怎么可能做出这样的蠢事？她早就有了下一步打算，就像当初怀孕，找杨海结婚一样。”

“金果果！”柳萍在那边带着哭腔气愤地喊道。

她的心里空荡无助，面对好友咄咄逼人的质问，根本不知道该怎么回答，只想像以往一样，用最拙劣的演技换取最优的解决方案，得到大家善解人意温柔的体谅。

但这一次失败了。

“我能怎么办?！你骂死我好了！”柳萍佝偻着身体往床上一缩，哭诉起来，“这一切都是我的错，可我的错真的就罪大恶极了吗？真的就不可原谅了吗？我知道你看不起我，但这是我和杨海的事，轮不到你来指责！”

当然是不可原谅，金果果幸好是打电话，否则自己一怒之下要把柳萍给揍醒。

“你错了，我不是来指责你，我只是说出我看到的事实。”金果果深呼吸，尽量克制着情绪，“杨海不可能接受这个孩子，也不可能原谅你，他一定会离婚的。你如果还有点脑子，就别再来这一套战术了，好好看看你的孩子，想想未来该怎么办。”

周舟在一边有些紧张，她很少看到温柔的金果果这么严肃，近距离地看果果的表情，周舟都有点喘不过气来，更担心柳萍的状态。

周舟也想得很清楚，作为朋友可以支援、照顾柳萍母女，但她就算是“圣母”，也不可能帮柳萍劝说杨海回头。

周舟可以对自己不公平，忍受别人的欺辱，但无法对他人不公平。

“离婚？怎么可能离婚！”虽然做好了心理准备，但真的听到这两个字，柳萍还是崩溃了，所有的伪装卸下来，愤怒地嘶吼，“是不是你们劝他的？是不是你们让他跟我离婚？你们怎么可以这样？”

坐在客厅里的月嫂都听到里面凄厉的叫声，吓了一跳，还没睡稳的小婴儿被吵得哇的一声哭了出来，月嫂赶紧抱着婴儿起身，走到更远的餐厅处，轻轻哄着可怜的宝宝。

金果果丝毫没有被她的控诉哭骂影响，语气依然很平静：“你应该庆幸的是，杨海是个善良的人，没有在医院对你和宝宝做出过火的事。”

听到这句话，柳萍像是被针扎了一下，忽然就止住了嘶吼，愣了几秒，想到了自己看过的那些可怕的社会新闻。

不、不会的，她选中杨海，就是因为知道杨海这个㞞包的脾性，是不敢对她做什么的。

“不……不行的，我好不容易有了个家，我不能离婚，孩子不能没有爸爸。他要和我离婚，谁来照顾我们？”柳萍安静了片刻，思前想后，有些神经质地喃喃自语，“我不能让孩子像我小时候那样……杨海是个好人，杨海可以……”

“好人就该为你的错误负责吗？”金果果打断她的自言自语，“不要再羞辱杨海了，每个人都有底线的，孩子的未来，只有你能给。”

“你知道我最想拥有的是一个完整的家庭，你知道我从记事开始，就从来没有过。”柳萍像是听不到金果果的话，眼泪一滴滴往下落，歇斯底里地哭喊，“你知道我的妈妈就跟从没有过一样，她受不了我爸酗酒，逃出了岛，跑到南方去了，那么远……除了寄钱回来，她过年甚至都不愿回来看看我……她是成年人，她不想回到这个噩梦一般的地方，我呢？我怎么跑？你知道我有多想跑，你什么都知道，你就是不帮我！我爸死了……虽然我再也不可能拥有一个完整的原生家庭，但是……我自由了！我想，我一定能找个好男人，有个温暖的家……杨海追的我，他说过对我负责，给我一个稳定的家，你不能拆散这个家……”

柳萍已经语无伦次，失去了最后的倚仗，她想把这一切的错误都推到别人身上，她想责怪果果他们不但不拯救自己，还想破坏她的家庭，可是却那么苍白无力，最后只能哀哀地哭求：“果果、舟舟，求求你们了，帮帮我，帮我最后一次！我以后再也不会这样了！我和他好好说说，以后好好跟他过日子……”

“你清楚这不可能。”金果果不留余地地戳破她的美好幻想，“这不是道歉的问题。”

柳萍同意嫁给杨海，是她真心觉得，或许能与老实的杨海建立一个稳定的家庭，也能够掌控住杨海，或许在未来，也能掌控孩子的命运。

杨海要离婚，这是在毁灭她所有的梦想和人生，尽管这种毁灭是她一手造成的，可她还是想挣扎着抓住渺小的希望。

“只要你愿意提出离婚，杨海会每个月支付你和孩子的抚养费，”周舟怕金果果把柳萍逼疯了，赶紧抢过电话，为她计算着未来，“足够你们生活，我们也会尽可能地帮忙照顾你。”

“笑话！”柳萍听到周舟的声音，又怒气冲冲地反驳，“我凭什么要你们照顾？我不离婚！”

“你根本没爱过杨海！柳萍，不要再这样自私了，我不希望你失去一切。”周舟怒其不争，再这样下去，连最后的朋友们也会离她而去，没人会忍受她的无理。

柳萍愤怒地握紧了拳头，又放松，又再次握紧，忽然沉默下来，像是在斟酌着什么，然后问道：“你刚才说要我提出离婚，为什么？”

周舟没防备，下意识就回答道：“你现在是哺乳期，男方不能提出离婚，法院不会支持，但你应该也想这件事早点结束，所以你来提出，最合适不过。”

周舟以前工作上遇到很多调解婚姻关系的事，她没把柳萍想得多坏，只觉得这对母女很可怜，最后应该能够体谅杨海的离婚要求，毕竟她有错在先。

如果杨海没有把她扫地出门，并且愿意支付部分抚养费，也算为她争取到一点补偿。至少先度过这难熬的哺乳期。

“哺乳期男方不能提出离婚？”柳萍脸上还带着泪痕，但嘴角往上抽了抽，露出一丝哭不像哭、笑不像笑的惊悚表情，她看着窗外的蓝天，忽然问道，“这么说来，杨海是迫不及待想要和我离婚？”

杨海死活都不想再看那孩子一眼，也不想再看柳萍一眼，没错，杨海是迫不及待，一秒钟也不想与这件恶心的事情扯上关系。

他对孩子充满了憎恨，对柳萍也失去了耐心。

“柳萍，如果你是杨海，遇到这种事，你会怎么想？”周舟深呼吸，尽量耐心地劝解，“好聚好散，以后还有机会……”

“哈……哈哈哈……”柳萍笑了，笑声很瘆人，她的嘴角向上弯曲，咧开嘴，露出白森森的牙齿，“那我不会提出离婚的。”

她的语气很认真，仿佛重新占据了上风——不，在得知这个消息之后，她已经占据了上风，一切都得从她的意志出发。

“除非——”柳萍顿了顿，继续说道，“我要的不多，我就只要这套房子，然后就按照你所说的，杨海给我和孩子每个月五千块的抚养费，再承担孩子以后的教育费用，那我就按照他的意思，主动提出离婚。”

周舟没想到她会提出这样的要求，愣住了。

柳萍轻慢地挂断了电话，脸色豁然开朗。

之前她想过最坏的结果，但总觉得自己能拿捏住杨海，不管是二十多年的情分，还是杨海的性格，她都觉得自己可以搞定。现在杨海一心想要离婚，她反倒释然了，过着有房有钱有孩子但没老公的生活，似乎也不错。

“她这是讹诈！”周舟再拨打过去，柳萍不接电话了。她给柳萍发了一堆消息，想要晓之以理，动之以情，人家还是不回复。

金果果也没想到柳萍会变成这个样子，在利益和现实面前，连遮羞布都不要了。

“你先去开会吧，这事还得她自己和杨海谈。”金果果喝完杯子里的茶说，“这几天有投资方过来交流，等我送走了他们，抽个时间，约杨海出来，老友们聚聚再说。”

台湾和香港那边的资方过来，想参观一下实验基地，他们对技术方面十分感兴趣，想和专家团队交流。

第二十三章　不可复制

金果果早就察觉到了大家对茶科技的兴趣,不止这些想要投资茶师的资本,还有许多国外的同行,也陆陆续续来基地参观交流。

叶茗的基因编辑核心技术确实给茶师提供了强有力的科技保障,爱喝茶的和不爱喝茶的,都会奔着茶师的口碑去尝一尝。虽然从经济角度来说,只是一个良好开端,但从社会效益来说,已经掀起了一股茶文化复兴的潮流。

金果果内心极为感恩叶茗能够参与进来,如果没有他的技术支持,很难让茶师保持领先市场的竞争力。否则,以资方的一贯手段,也许现在遍地都是类似茶师的连锁店。

茶师的不可复制,正是因为有西山实验基地。

叶茗把这些琐事交给了张炜。对叶茗来说,和资本方打交道是浪费时间,他只参加一些高端的学术论坛。时间就该"浪费"在美好的事物上,他在后山观察数据,没有在这些人面前露面。

下午,实验基地送走了一批客人,金果果在后山的玻璃房里找到叶茗。

"窦豆刚才给我打电话,普洱那边谈好的几个供应商临时反悔,如果这边拿不出解决方案,恐怕普洱茶饮就要延期上线了。"

供应商渠道上的事原本是窦豆负责,因为迟迟等不到叶茗团队研发的配方,窦豆担心影响冬季饮品的上新,做了备选方案:从张炜提供的几家普洱茶公司的产品中选取口感上等的陈茶,以应对叶茗这边配方的空缺。

叶茗仰着头,专注地看着芽片上的茸毛,伸出食指在唇上做了个"嘘"的动作,似乎怕惊扰到了茶的精灵们。他手里的平板电脑上显示着一堆红红绿绿的线状图和金果果看不懂的各种符号、数字。玻璃房里比外面要温暖湿润,如果不是透过玻璃能看到屋外枫叶红透的秋色,这里的绿意如同初夏。

金果果耐心地等待着。

这是一间普洱茶屋，和其他玻璃房相比，屋顶都挑高了几丈，里面种植了大大小小高矮不一的普洱茶树。

叶茗正在研究的这一棵茶树有三米来高，虽然刚修剪过枝干，但从树身上覆盖着的苍翠的青苔能看出来这是一棵上了年纪的茶树，也不知道是什么时候移栽过来的。

说起来很遗憾，到现在金果果都没能参观完所有的玻璃房。

这山上有大大小小一百多间玻璃房，花费了好几年的时间才建成，每间玻璃房模拟的都是茶种当地的自然生态，有的可以开放参观，有的则管理严格，不允许随意进出。这里搜集了全世界各种各样的茶种，假以时日，茶叶博物馆建成，再配合后山的实地参观，对游客来说将是令人震撼而记忆深刻的沉浸式体验。

金果果的思绪仿佛被玻璃房里那与自然风无二的风吹到了遥远的未来。

那是光明而伟大的未来，却又是未必会成为现实的未来。

就像岛上的小伙伴们幼时在太湖大桥上看着落日所幻想的未来，没有一个不是光明的，可是如今他们被太湖水带去了未知的地方。她甚至记不起来当年最想要的未来是什么样子了，现实的每一天都在改变和修正着她脚下的路，总有一天，她也会被时代的洪流冲去陌生的地方……

这么一想，金果果的内心就充满了畏惧和期待。

“出去说。”叶茗终于好了，他收起平板电脑，转身对金果果说道，仿佛担心在这里说生意上的事会打扰古茶树的清修。

此刻外面的太阳挂在西边的山头，正在用力挥洒最后的明亮和热度。远处的红枫和银杏交相辉映，仿佛谁在山上打翻了最为艳丽的一盘颜料，万山红遍，层林尽染。

“让窦小姐不用着急，再给我点时间。”叶茗的语气里没有对窦豆急性子的不满，但他这句话说过两次了。

窦豆搞那么个备选方案，本身就是不信任他。

人与人之间没有绝对的信任，哪怕是母子、夫妻、至交。

“你也不用着急。”叶茗看了眼金果果，她的另一侧是嫣红的枫树，此刻格外艳丽。

“我不急，只是要做好应对准备。”金果果听出叶茗话里的一丝不悦，借机为窦豆解释，“窦豆以前在大厂工作，习惯多准备几套备用方案。现在线下实体店的生意不太好做，茶师难得能取得这样的成绩，她也希望能够不断推陈出新，保住势头。”

“茶师的口碑好有一部分原因固然是产品好，但还有一部分不要忽略了——”叶茗提醒她，“体验感。实体店想要抓住人心，就需要给客人带来极致的体验感，而茶师在这一点上也做到了，所以，和普洱茶没有任何关系。即使没有普洱茶，只有一款洞庭春茶，只有一杯桂花瓜片，或者陈皮老白茶，也足够撑起一个冬天。”

现在人们的绝大部分社交都可以在网上完成，无论是聊天、游戏，还是点餐、买东西，线下店确实要在体验感上做足文章，毕竟人生就是种种体验叠加出的真实。

茶师店给人的体验感无疑是上乘的，无论是手里那杯茶的口感，还是从服务到包装的用心，抑或是店里别具一格、能和当地文化结合的装修，都可以让客人享受到其他店所不能给予的特殊体验。

叶茗偶尔会去茶师旗舰店坐一坐。

沉淀千年的姑苏文化，从茶师的点点滴滴里透露出来。受欢迎的关键不只是那吓煞人香的洞庭茶，还是借鉴园林布局的装修细节，更是茶杯上的水墨画和各种精巧的小物件。最近大受欢迎的昆曲脸谱，甚至还在文艺青年中掀起了一股收集风，《游园惊梦》《玉簪记》《牡丹亭》《公孙子都》……每个系列都引发他们的追捧。

这些传统的多元素文化与现代流行文化的交融，让茶师兼具古典传承和现代商业的特点。

“而且，你应该对茶师在发展中可能遇到的种种问题早有心理准备。眼下的只是个小小的开端，茶师最大的问题是根基不够，发展太快，积累的时间太短。”

叶茗停下脚步，站在枫树下，静静地看着金果果。他还记得金果果最初和他聊合作时神采飞扬的自信和那双极亮的眼睛，像秋夜高悬的启明星，让他的内心有了方向。

“你和我说过，茶师是从零售端反卷，是整合整个茶产业的利器，从下游反推到上游，改变混乱竞争一盘散沙的现状，从而为国内的茶叶市场制定新秩序。

握紧拳头，才能重新打入国际市场，与那些垄断大鳄竞争。"叶茗重复半年前金果果的话，记忆力惊人，"茶叶是某些人的自有领地，你这么做无异于动了他们的'蛋糕'，他们来添堵、使绊子很正常。但是，你找到了我，不正是做好了应对的准备吗？"

金果果感动于叶茗记得那么清楚，可见他真的觉得茶师有未来，才会和自己这个名不见经传的小人物合作。

"是的，找到你，正是因为茶师想用新颖的模式与产品，建立广阔且更有发展前景的年轻人市场，并建立统一的品位标准，然后用市场反向推动生产与种植环节的发展，并建立自己大面积的产业基地，形成标准化、工业化与品牌化的体系。我现在也在往这个方向努力，只是……"金果果的初心不改，她知道这才是进行高端竞争的关键。

至于原有的茶叶商模式，仍然能够保留，甚至要做到体现高端性与文化性的极致，这样才能够达成一种平衡的双赢局面，但目前未必有人能够看明白。

"只是你被周围的环境逼得着急了。相比之下，我更喜欢你每次面对蜂拥而至的资本时，刻意放慢速度的自信，而不是在一条产品线上焦虑。"叶茗眼神犀利地看着她，语气微微放软，"你太累了，太紧绷了，需要放松。"

"我不是焦虑，最多把这条线换掉，我们还有很多其他选择……"

"但是你不希望使用备用方案，你喜欢一切按照自己的计划进行。"叶茗替她说道，"原本你不是个惧怕变动的人，我还是认为，你最近生活上太累，工作压力也大，心态发生了一些变化。"

金果果不再回答，煎熬地承受着他的打量。

茶师确实还有几套备用方案，以她谨慎的性格，做任何事情都会留一条后路，但普洱在秋冬新品上的呼声很高——她会定期让助手收集网络上客户们对茶师的评价和建议，以了解消费者们真实的想法。

"你和窦豆如果等不及，先把第一批枫露普洱拿去吧。"叶茗看到她沉默了，在心底无声地叹了口气，让步了。

茶师一直希望原材料尽量自产，但由于时间不足，当年的新茶还好，凡是涉及陈茶的部分，不得不依赖采购，这在品质上就需要严格把控，就会给别人可乘之机。

枫露普洱听上去风雅高级，让人想到《红楼梦》第八回贾宝玉品尝枫露茶，但茶完全不一样，没有枫叶的参与，只不过因为颜色明亮润泽，艳如红枫，团队便取了这么雅致的名字。

“不，还是等等吧。”金果果移开目光，看着远处如火的枫林，“我晚上和窦豆再聊聊。”

她没想到叶茗会迁就团队其他人的想法。

叶茗从不会把半成品拿出来糊弄人，他有着科学家的严谨态度，第一批枫露普洱在他的心里不够完美，尽管团队的其他人觉得完全能够拿出手当作秋冬主打茶品，可他还是觉得没有达到他自己的要求。

“我最近确实有些急躁，我会调整好状态的。”金果果深吸了一口气。

茶师的迅猛发展，肯定影响到了许多竞争对手甚至整个行业生态，有人为此欢呼的同时，也必然有人利益受损，对手出点盘外招来对付茶师，完全在意料之中。这段时间，不只是窦豆那边出现了不少情况，金果果从各大平台对茶师的反应中也能嗅到危险。半年时间，足够让对手准备好全力攻击。

“喝杯茶，静静心。”叶茗波澜不惊，茶师和他手里的其他项目比起来，量级太小，不过是他的偏爱，他才会在这上面倾注时间和心血。

金果果又看向他的眼睛，那里面倒映着红枫和她洁白的脸，像是一面镜子，照见她内心深处对未来的不安和期盼。

人在成长过程中，不同阶段会遇到不同层次的朋友，成年后交往的朋友与儿时伙伴之间的差距也越来越大，这不知是该欣喜还是遗憾。从叶茗这里得到了平静力量的金果果，第二天看到杨海时，这种内心的感慨越发强烈。

四个小伙伴在茶师总部金果果的办公室里小聚。金果果料到了杨海一定会情绪崩溃，咖啡店和茶馆实在不适合这么私密的谈话。

果然杨海用力地拍着桌子，将手边的茶杯都震飞出去了。他愤怒地咆哮着：“她哪来的脸?!”

江明川摁住了他，周舟收拾着桌上的茶水叹气。

“不要这么激动，既然开出了条件，总可以谈嘛。”周舟和柳萍又聊了几次，昨晚还跑去园区给她送婴儿用品，顺便劝说到半夜，可是柳萍不但毫无松动，反而咬紧了自己的条件。

“谈什么谈？她有什么脸来跟我要这套房子？她结婚以来，我哪点对她不好？哪里辜负过她一件事？她竟然给我来这套?!”杨海转头看着江明川，眼里除了愤怒还有一丝痛苦的泪光，带着哭腔，“明川，她真的是我们认识的那个柳萍，真的是我们的朋友吗?”

“也许……她实在没有依靠了，想给孩子留一套房子，不然离了婚……孤儿寡母租个房子……你先别激动，喝口水。”江明川低头，也不知道该怎么安慰，只能默默地按着杨海不停颤抖的肩膀，劝他冷静。

金果果给杨海重新泡上一杯茶，放到他的面前：“小心烫。”

“杨海，你也不要这么生气，柳萍现在觉得成竹在胸，你和她也谈不出什么名堂，不如再等一阵子，等大家冷静下来再说。实在不行，等过了哺乳期，你再提出离婚也不迟。”周舟平时都是为哺乳期妇女争取权益，但这次情况太特殊了，她怎么都想不到这么离谱的事会发生在自己朋友身上，这让她左右为难。

“不行!”杨海拼命摇头，脸色铁青，“我一秒钟都不想看见她，我也受不了她带着别人的孩子住在我家里，每次想到这件事，我都觉得自己是个傻子!”

柳萍太了解杨海了，也捏住了他的情绪。她知道杨海是个“单细胞生物”，平时懒得很，但一旦决定了要做什么事，就必须立刻去完成，就像求婚。哺乳期受到法律保护，柳萍觉得捏住了杨海的弱点，拿出平日爱用的“拖”字诀，想要把这件事拖过去。

“柳萍提出这个过分的要求，并不是真的想要房子。”金果果终于参与进来，沉吟着开口，“我倒觉得，柳萍希望时间能带走你的愤怒，相比房子，她更希望你能重新接纳她和孩子。”

这确实是柳萍内心最希望的结果，拖上几个月，让杨海态度转变，两人重修旧好。如果杨海不能接受，那她就咬死这个非分要求，怎么都不能亏待自己和孩子。

“她在做梦！我们之间永远不可能了!”杨海破口大骂，他幸好克制住了自己去见柳萍的冲动，不然愤怒之下也许真的会把柳萍和孩子踹出家门。

“别激动……你如果不想被她狮子大开口，只能耐心地等哺乳期结束。”周舟这次真没帮着柳萍，虽然她很同情无辜的宝宝。

“不可能等，我要立刻离婚。”杨海在家打了几天游戏，越想越糟心，柳萍这个名字都像不共戴天的仇人，让他想立刻甩掉。

“那只有谈谈柳萍的条件，但一套房……绝不可能。杨海家是拆迁还了几套房子，但本来杨海名下就只有两套，之前创业还卖了一套，只剩下这一套他们俩住着。杨海把这房子给她,自己住哪儿?”江明川对杨海家的情况更了解,不像金果果当年只知道杨海家拆迁不愁吃喝了,但具体还了几套房、卖了几套房她从没问过。

“杨海爸妈那边还有两套,杨海住一套小的,他爸妈自己住一套。”周舟也清楚杨海的情况,不禁叹气。

在结婚之前,杨海自己名下有两套房产,吃喝不愁。然而结一次婚,相当于丢掉两套房子,“获赠”了柳萍给的一顶“帽子”。

“叔叔阿姨虽然好说话,但也绝不会同意这种条件。”金果果想到杨海的父母,更是觉得柳萍太荒唐了,伤害了这么多人。

“没错,这也不是小数目。你们一直在外地,或许不清楚当年是怎么还到这些房子的,我知道一些。杨叔叔辛辛苦苦做了十多年包装厂,也没赚到什么钱,唯独这套厂房拆迁还了几套房,是他们养老的后路。”周舟知道杨海与柳萍的新房是杨海家最大的一套商品房,实际上是卖了回迁房之后凑钱买的大套,本来就是两个老人给儿子结婚用的。

这房子给杨海与柳萍结婚住,老人家当然没意见。可要是离婚,没有过错的杨海还得把这套房子“送”出去,那他们绝对不干。但柳萍吃定了杨海软弱,听到他不肯回头,也不愿再和自己见面,在房子的事上更不松口。

金果果第二天就为了工作开启了“空中飞人”模式。现在除了忙分店外,她的工作重心是扩建各地的茶叶基地。因此,她无暇顾及柳萍的事,只能让江明川和周舟多费心。

但是谁都劝不动柳萍,哪怕江明川周末前去探望柳萍母女,当面劝说也一样。换成以前,柳萍对帅哥的态度绝不会这么强硬。她在男性面前会本能地娇嗲和乖巧,将最完美的面具戴上,这是她应对男性的武器。但生完孩子后,柳萍像泄了气的皮球。

这种松懈是由内而外的。以前她永远提着一口气,就像是无论多冷都要穿着丝袜露出完美的腿部线条,无论多累都要化完妆再出门。

现在那口气消失了。她穿着哺乳衣,胸前还有黄色发硬的奶渍,肚皮也松松垮垮,仿佛泄了气的皮球,头发油腻地贴在头皮上,眼底发青,嘴角两边的肉也止不住地往下垂,皮肤上冒出的粉刺扎眼——如同一个陌生人的灵魂住进了她的身体,从精神到身体彻底松垮着。

江明川提了些营养品和婴儿的小衣服——他也不懂怎么买，是昨晚周舟和他一起去商场选购的。江明川现在尽量不在周舟面前提度假村的事，周舟也从不会主动提起陆家那些烦心事，只要避开这两件事，他俩依然是好朋友。这种一起推着车购物的感觉，让江明川昨晚回味了很久，无比珍惜。尤其当看到其他朋友的现状时，江明川更怀念那个大家一起冲进超市为周末电影做准备的少年时代。

月嫂给江明川倒了杯水，就回卧室去看婴儿了。

柳萍面色枯黄，坐在沙发上一动不动，对男人也提不起兴趣来，懒得做出媚态。

江明川完全不想一个人过来，但周舟还有其他事，而且周舟觉得柳萍在江明川面前能听得进去劝——她在单独面对男人时态度总是很好。

现在月嫂抱着宝宝在卧室里，客厅里只有他和柳萍两个人。他艰难地闲扯了几句家常，喝了口水润润喉咙，看着从落地窗洒进来的阳光，终于开口：“我今天起得早，原本想去湖边走走，找些灵感画画，但在路上，看着朦胧的淡青色的雾中的田野，忽然就想到了小时候咱们几个人在秋收后的田野上拾稻穗的样子……你应该回岛上看看，以前湖边最大的那片稻田已经收割了，前段时间金黄金黄的，阡陌整齐，特别美，我画了好几幅稻田的画。哦，唯一变化的是，村与村之间的空隙越来越小了，小到不能称为村了，是一个个小镇，再过几年，这些小镇之间的距离也越来越近，和这里也没什么区别了……”

“你还是和以前一样，是个文艺青年。”柳萍打断他的话，“想说什么直说吧。”

江明川确实还保持了一点点少年心态，这和他的工作分不开，他是个画家，需要对世间万物有着敏感的艺术之心。

但柳萍已经不再对文艺青年心生崇拜。生完孩子之后，她像是进入了一个加速衰老的阶段，对一切都提不起兴趣，每晚被孩子折磨得睡不好觉，等到了白天，看着空荡荡的房间，又觉得空虚和无助。

“我昨天见了杨海……他现在的状况很不好。”江明川本来还想绕个圈子，见柳萍这么说了，也不再铺垫，“你也知道杨海现在没有工作，他原本就是靠房租生活。之前创业已经卖了一套房子，再把这套房子给你，你还要抚养费，你这是逼他走向绝境啊。做人不能这么绝情，我想……再不济，你回岛上总是可以的，周舟、果果都在，大家都能照顾你……”

杨海家只是幸运地赶上了拆迁这一波政策，才算是进了小康，他的父母年纪也大了，也挣不到什么钱，又能给杨海“啃”几年？杨海就算留下了这套房子，也无法回到以前逍遥自在的生活，柳萍如果要抚养费，他估计得出去打工赚钱了。

“实在不行，我可以不要杨海的抚养费，算是我对他表示的一点歉意。但这套房子我非要不可，我不可能回岛上，这是学区房，孩子以后得上学，还有各种辅导班，岛上再过十年也不可能变成我想要的样子。”柳萍堵住了江明川的话，大度地表示可以不要抚养费，“我也得为以后做打算，周舟、果果不可能养我。这边比起岛上，工作的机会和条件都好很多，如果没有房子，我们母女以后怎么办？除非杨海不离婚，这房子还是我们的。”

“你让杨海离婚后住哪儿？”江明川没想到柳萍在这种事上算计得如此精明，利益当头，感情算什么？

江明川的父亲那么多家产，他也没想过要去抢夺一分，所以无法理解柳萍怎么会变成这样的人。他紧紧咬着后槽牙，逼着自己去理解，可还是没法接受这样的精致利己主义者。

看来之前柳萍提出抚养费，是故意给他们讨价还价的机会，她最后的底线就是这套房子。

这套结婚新房，租出去一个月也能有个五六千块钱的进项。别看柳萍遇到感情就糊涂，嘴上整天情啊爱的，挂在男人身上下不来，现在有了孩子，抢房子却不会让半步。

“你忘了，他们杨家不是之前在岛上就翻修了老宅吗？那让他回老宅住，不就省下一个小房子，仍然可以靠租金过日子，无非就是简朴点。他的朋友们都在岛上，住得还舒服，又能和你天天打游戏、喝酒，多好。”

“你这说的还算是人话？”江明川没想到一向在男人面前好面子的柳萍竟会如此不要脸，忍不住怒斥，“你对不起人家，还要白抢人家一套房，你还有良心吗？”

柳萍理了理头发，露出一丝比哭还难看的笑，幽幽地看着江明川：“明川哥哥，我也想和果果那样，白手创业，做个女强人，但你觉得可能吗？我没有那样的本事，也没有那样的命，我也没法再去考个公务员，跟周舟一样为人民服务。”

最后五个字像是带着嘲讽，柳萍甚至笑出了声：“我身边连个可供选择的好男人都没有，最后只能找杨海。现在连他都不要我们母女了，你说我和孩子能去靠谁？我如果真的回岛上，你来照顾我吗？还是住在金叔叔家里，让他们把我当亲女儿照顾？”

江明川此刻头仿佛有千斤重，如果在十年前，二十年前，他一定毫不犹豫地点头，豪气万丈地答应照顾她，至少在物质上照顾母女俩是没有问题，他也相信金果果和周舟不会见死不救。可是现在，他不再是一腔孤勇的少年，他看着茶几上乱七八糟的婴儿玩具，失去了那股勇气。

“我只有要了这套房子，才能在这儿立足。我真的没有地方去了，我实在没有办法……你骂我自私也好，骂我没良心也行，你和我绝交永不往来都可以，我只要这套房。”柳萍嘴角还带着凄凉的笑意，眼泪却无声地掉下来，“我不是个好妻子，也不是个好朋友，但我想当个好妈妈，我不想让这个新身份也被我糟蹋了……”

江明川心情沉重地离开了柳萍家。准确地说，是杨海家。

他去找窝在老家的杨海，不知道该怎么劝，只默默地坐在沙发上，一个劲地抽烟。江明川很少抽烟，因为烟灰会弄脏他的画布，也会让他不怎么健康的肺更难受。抽了两根，江明川就咳嗽起来。

杨海一直缩在沙发上抱着头，眼圈红肿，也不知偷偷哭了几回，颓丧得不像样子。

“行。”许久许久，听着江明川不停的咳嗽声，杨海终于从喉咙里发出人类的声音，他沙哑着嗓子，“她实在要那套房子，就给她！但她必须马上提出离婚，我不想再和她待在一本户口簿上！”

“杨海，你要想清楚，这可是几百万！”江明川皱着眉头，在烟雾后又咳了几声，“我问了律师，如果等到哺乳期之后，你提出离婚诉讼，这都是你的婚前财产。柳萍是过错方，不一定能分到，就算是出于人道主义，最多给她一半。”

这时门口又传来动静，周舟提了点吃的，从敞开的大门里走进来，放到桌上，假装没有听到他们的对话：“新剥的鸡头米，桂花糖藕，还有你最爱吃的东山羊肉。”

东山白切羊肉用荷叶包着，打开来香味四溢，一块块肥瘦相间，酥烂嫩滑。江明川立刻起身把窗户都打开，将里面的烟味散去，装出口水要掉下来的馋样：

“这也是我最爱吃的！舟舟你去哪儿买的？”

“不是我买的，都是果果家阿爹送过来的。鸡头米是果果大姨家的，小时候咱们还去帮忙收过鸡头米，还记得不？”周舟哪有时间去买，是金大群特意送了点时令美食过来。

金大群也知道了杨海家的事，只是作为长辈，没法插嘴别人家小辈的事。他见杨海回来后整天不出门，心里多少有点担心，今天去镇上买菜，路过镇政府，他顺手提了点吃的给周舟。他知道周舟晚上是要去探望杨海的，所以备的分量很足，整整三斤羊肉。

“当然记得，金叔叔总是那么细心，把你当女儿呢。”江明川羡慕地说道。

他忽然想到柳萍的话，更难受了。

“那就是我亲人。”周舟也觉得很幸运。自己小时候就受金家照顾，结婚后也一直都像亲戚般走动，尤其今年，陆亚东刚去世那会儿，金家忙前忙后不知帮了多少。黄玉霞没事就来找她的麻烦，也是金大群他们在旁边劝说和维护。后来更是把她当女儿似的，时不时特意绕去镇政府，给她送些温暖。

“宝宝姐不怎么回来，果果以前在上海工作也忙，现在又飞来飞去，只有你这个‘三女儿’在门口。金叔叔家一直就喜欢女孩，也只能逮着你一个人宠了。”江明川故意岔开话题，希望气氛轻松温暖点。

“是不是可惜自己不是女孩子？”周舟也心照不宣，从厨房里拿出碗筷碟子，“宝宝姐说是周末回来，请大家过去吃顿家常饭，你们又有口福了。”

“宝宝姐最近回来得挺勤呀，是要请叶老板的吧？”江明川打趣，“也不知是给果果找对象，还是给自己找……反正我们都是陪客，沾了叶总的光。”

“别乱说，宝宝姐听到了要把你赶出去的，以后你可吃不着她的手艺了。”周舟心情很沉重，只能和江明川闲扯着，强颜欢笑地劝杨海吃点东西。

金果果飞回来之前，杨海就迫不及待地和柳萍去民政局办离婚手续。

得到杨海承诺的一套房，柳萍没有表现出对这段感情的任何留恋，她像是只有生存本能的母兽，对有过夫妻生活的杨海冷漠无情，心满意足地签了离婚协议书。

周末金宝宝张罗了一桌饭菜，她确实是要请叶茗，只是叶茗临时飞去云南，还要几天才能回来。好在这顿饭没白做，金宝宝也听闻了点杨海家的事，她一直把他们当成弟弟妹妹，当然也得安慰安慰杨海，而且，窦豆跟金果果一起回岛了。

窦豆好几个月没回来，整个人消瘦了一圈，头发剪得更短，看上去也更凌厉干练，像一把出鞘的剑，寒光闪闪，随时准备战斗似的。

看来这段时间，她经历了不少看不见的硝烟，从刀光剑影里走出来，眼睛里写满了强势和精明，能一眼洞穿那些老狐狸的算盘。

张炜更不好意思偷看她了，也摆不出导师架子了，像个学生似的跟在她身后，鞍前马后地殷勤伺候，顺便厚着脸皮蹭饭。

窦豆看到金宝宝，比看到亲人还要激动。虽然她和金宝宝没见过几次，可两个人的气场很合，都是特立独行、英姿飒爽的女性。窦豆甚至觉得她和金宝宝之间的感情，比和金果果还要近。

金果果太温柔克制，不管对谁，总保持着安全距离，哪怕和窦豆在一起吐槽都很理性，不像金宝宝，能吐槽出花来，毫不顾忌别人的感受。

但大家在饭局上都默契地没有提及柳萍，窦豆和金果果聊了几句不痛不痒的工作问题，就忙着和金宝宝交流时尚经。

张炜不喝酒，只不停地偷瞄和金宝宝谈笑风生的窦豆，盘算着晚上怎么开口约她去湖边散步。

周舟和江明川一左一右地坐在杨海身边，交换关心的眼神，不时把杨海的酒杯拿走，给他倒点茶喝。

“你们不知道，去民政局办手续时，民政局工作人员听说她在哺乳期，还一再提醒、建议她慎重考虑，她却一意孤行，坚持要离婚。民政局的工作人员仔细看了财产分割，顿时明白了她为什么这么坚持。”杨海不知道在和谁说，盯着面前的茶杯，喃喃自语，“我都能感觉到他们的同情，对我这个傻瓜的同情。”

“少喝酒，多喝茶。”周舟怕让客人听到这些八卦，压低声音说道。

“以后生活又是新的，回头也去考个计算机证，来给孩子们当老师吧。”江明川也笑着说道。他们也很同情，但生活还得往前走。

“还要等冷静期过后才能正式离婚，我是一天都不想等了。”杨海忽然拍了一下桌子，对面正在聊天的窦豆都吃惊地看了过来。

工作人员备案之后，确定了他们的离婚流程，但是还需要熬过冷静期。

金宝宝见杨海喝多了，主动提到了柳萍，皱了皱眉，不客气地训诫：“你失去的只是一套房子，她失去的是丈夫和朋友。房子还能再赚，家庭和朋友可没法赚回去。你就当花钱买个教训,别受了这点打击就走不出来。这世上不公平的事多了去了,但除了生死,没什么可放在心上的。”

金宝宝没想到自己一语成谶,在几个月后,杨海就遇到了生死大事。受到背叛的痛苦,比起面临死亡的痛苦,显得虚浮和不堪一击。

杨海红着眼睛,借着酒意,在儿时小伙伴们面前痛哭了一场,仿佛要用眼泪冲刷掉所有不堪的屈辱。

江明川也不能每天陪着杨海,他除了学校里的本职工作,还有百行集团的事压在心上。过了几天,江明川见杨海情绪好了点,索性把杨海也拉到湖边,让他帮忙记录生态环境,加入环保大军。

杨海是个懒散的人,只想窝在房间里打游戏,但自从江明川带着他加入了一个环保小分队的群,天天看着群里人发的绿水青山和各种看不懂的数据,他也慢慢感兴趣起来——主要对摄影感兴趣。

环保小分队的大群里不乏各界精英,有的是画家,有的致力于公益事业,有的是私企老板,有的是小有名气的科普博主,还有年轻的大学生和专业的摄影师……

无论从事哪个行业,他们都十分热情,对地球充满了热爱。这些形形色色的人,打破了杨海狭窄的交际圈和狭隘的视野。

杨海对群里喜欢拍摄自然风景的摄影师尤为亲近,他主动加了对方微信,没事的时候聊聊摄影技术很能打发时间,这也让杨海冲动地去买了个无人机。如果不是离婚大伤元气,在经济上不愁吃喝的杨海,肯定还会花个几万块钱买专业的摄影器材。现在房子没了,之前的钱也被败得差不多了,就算对钱没有概念的杨海,也开始学着量入为出。

这段时间因为担心杨海,周舟也经常提着吃的用的去看看他,她和江明川见面的次数也多了。江明川也总是有意避开百行集团的事——不和周舟谈工作——他和周舟因为杨海的不幸,反而走得更近了。只要工作有新的进展,周舟就会将专家的数据与报告主动提供给江明川,光明磊落地让他来监督。

杨海的无人机到货了,他像是买了新玩具的孩子,竟然有一些激动和欢喜,主动喊大家出来玩航拍,从空中俯瞰美丽的西山岛。

周舟和江明川下班后都很配合地来到湖边,唯独金果果因为开产品研讨会耽误了。眼看落日西沉,天空中绚烂的云霞也一点点变暗,金果果还没有出现。

无人机拍下的景色，和平时在湖边漫步常见的风景完全不同。周舟看着杨海拍下的景色，不知怎么就说到了百行集团。

“明川，上次发给你的报告看了吧？”周舟像是在欣赏航拍下的西山时无意间脱口而出。西山可是国内淡水湖中最大的岛屿，它是如此秀丽，在水天一色的湖中，静静地拥抱着天和地，它孕育了无数的生命，这是她永远无法忘记和抛下的家乡。

江明川最怕周舟和他聊工作。聊工作时的周舟就没有少年时期的纯真和可爱了，她总会带着严肃到略显死板的工作态度，眼神里也没有飞扬的青春，只有比山还沉重的责任。

“你看，太湖禁渔令实施后，这周边的生态环境在不断改善。根据预期，即使在西岸建设了度假村，对湖面、岛上的生态环境也都不会有结构性的影响。百行集团也准备了多种措施，以避免污染和损害。”周舟一边欣赏起伏的黛青色山脉，一边说道。

江明川没吭声，他看了那些数据报告，百行集团确实很周密，至少事前的调研与分析没有任何缺失。而且以个人的力量对抗如此庞大的资本，也确如螳臂当车。

江明川充满了无力的愤懑。他虽然没有经历被背叛的婚姻，但不能阻止在这座美丽的岛上开发度假村，就仿佛自己是故事里的穷小子，眼看着心爱的女郎要被财主抢走玷污，他的内心涨满了煎熬和痛苦。

“看来，为了能让你父亲衣锦还乡，百行集团还是相当重视这个项目。你做好准备吧，老人家回来……挺好的，更何况能带动这里的发展。”周舟不是嘲讽，是很认真地分析。

她看到江明川紧紧抿着唇，知道有些事即使他不愿接受，也会发生。

周舟也有内幕消息，目前百行集团的考察地点只剩下西山，可以说只差一张协议就能确定项目落地。

虽然这段时间和江明川的关系缓和了不少，但涉及工作上的事，周舟就能清晰地看到他的不足。也许江明川是艺术家，总喜欢沉湎于那些回忆，试图从厚重的历史和悲苦的过往里翻出几丝灵感。

而周舟的工作手册上第一条就写着要以与时俱进为思想纲领，为人民服务。

“与时俱进”这四个字很多人都听过，但真的能做到的又有几个人？

在变化中求发展、谋福利，这是周舟要为家乡做的事。上次从江明川口中得知江华宇有回西山岛扫墓探亲的意图，周舟也明白了那些工作人员这么卖力的原因——大老板的家乡，大老板要回来，他们怎么可能不尽力做到完美？

这是好事，事业有成的乡绅愿意回乡投资，无论是对当地政府还是当地人民，都是一次发展的契机。

“反正，我不会轻易相信他的……不说这事了，果果怎么还没来？”江明川知道自己说服不了周舟，当地也绝不可能因为他的一席话就放弃这么大的项目，在掌握确凿的证据前，他只能尽量少让这个话题惹周舟不高兴。

“她工作忙，茶师要扩大，还要做新产品线抢占市场，连锁化、产业化带来的压力肯定比我们大。”周舟语气稍微缓和，看着不远处操纵无人机上瘾的杨海，“一会儿天黑了，我们先找个地方坐着等她。”

“果果这么忙，哪有时间解决个人问题啊？”江明川想到了前几天金宝宝请客，大家为了活跃气氛，都在拿“妹夫”打趣，希望金果果能爱情、事业两手抓。

“这个不需要你去关心，人家只是不想，又不是不能。现在茶师蒸蒸日上，她要是再忍上三五年，什么样的对象都不缺。”周舟很了解金果果，她想做的事一定都能做到最好，如果是找对象，也必定如此。

“也是，现在也不缺。”江明川脱下自己的大衣，递给周舟，“冷了，你披上。”

“我不冷，你别冻着了，快穿上。”周舟不接，往杨海身边走去，“天都快黑了，还能拍到好照片吗？”

“你不懂，夜景航拍才最好看！”杨海此刻仿佛完全走出了婚姻失败的阴影，满脸兴奋地摆弄着遥控器，沉浸在拥有新玩具的喜悦中，“下次可以去天平山拍红枫！周末约个时间去爬山吧，再不去，红枫也要没了。”

“行，就是果果不知道有没有空……”周舟话还没说完就被杨海打断。

“把叶总也喊上，咱们要帮朋友创造机会啊！去露营半天，我有帐篷，明川还能去写生，多好啊！”杨海心情越来越好，刚才湖边的风把周舟和江明川的最后几句对话断断续续吹过来，他也觉得每次让金果果帮忙过意不去，应该为她做点事。

“好啊，我和周舟准备好野餐。”江明川也饶有兴趣。

“你们这两个闲人，都不知道人家时间多宝贵，哪有时间去爬山露营？”周舟无奈地摇头，果然男人至死是少年，男人的情绪也是来去如风，杨海最近已经恢复了几分婚前单身生活的样子，不再半死不活地躺在床上。

“要劳逸结合嘛，好好放松才能更好地工作。”杨海这个从不认真工作的人，一脸颇有心得的表情，“要不然要周末有什么意义？不管是老板还是职员，都要有休息的时候。人又不是老黄牛，出去和朋友们玩一玩，说说废话，才能解压。”

周舟还想说什么，手机响了，她看了一眼，苦笑：“估计果果不来了。”

电话是金果果打来的，她开完会看到外面天都黑了，赶紧给周舟打个电话，约他们来茶师总部食堂吃个晚饭。

茶师的食堂大厨班底相当可以，全是本地退休的老师傅，有些还是当年开船菜的大厨，苏邦菜做得比市里品牌连锁店还要正宗。现在他们来这里发挥余热，没半个月，西山实验基地的同学们也慕名而来，几个月吃下来，全都白白胖胖、充满干劲。

茶师食堂不大，金果果做规划时没想到食堂会这么受欢迎，只是按照未来两年的人事招募和发展计划判断，觉得这两层小楼足够用了，一楼打通了，放了十来张桌子，二楼有几个私密的小包间。此刻楼下坐满了人，就显得十分拥挤热闹。

一楼大部分都是实验基地的同学们，连张炜都会没事过来吃几顿。他还一直怂恿叶茗让两家食堂搞个联谊会，主要让实验基地的年轻师傅们跟老厨子学学技术……

叶茗对此一点也不着急，从实验基地走过来也不过十分钟，那些天天搞科研导致运动太少的同学，来回多走走路，对身体也好。反正等新地皮批下来扩建之后，西山实验基地和茶师总部就要连接到一起了，到时候以茶谷为整体，各种细节都要重新安排。

那时候，或许金果果的办公室就在自己隔壁了。只要想象一下近在咫尺的未来，他就心生期待。

金果果虽然约了小伙伴们，但还在和窦豆开着视频会议。现在其他人都退出了会议室，只剩她俩私聊，窦豆说话也没有任何顾忌，正在批评金果果“事必躬亲”。

创业初期确实需要把控全场，很辛苦。但算上筹备时间，从团队架构开始，到金果果辞职卖房，再到投资到位，然后茶师落地，也有一年多时间了，团队也渐渐稳定。窦豆本身就是个很有领导力的人,她觉得培养出优秀团队的任务更重。

“我可是从公认最强的运营团队出来的啊!你知道当初最早做外卖平台的不是我们家,为什么我们能后来居上,抢夺市场第一?因为我们的组织运营能力太强了!你要相信团队,让他们去做自己擅长的事。”窦豆不是自卖自夸,她当初刚进职场时就在小蜜蜂部门实习,这是一个收集行业情报的部门,比如最近下载量最大的平台、下单增速快的热门产品、复购率高毛利也高的产品等,都在她的研究范围内。

“你的意思还是让我别管你那边普洱的采购。”金果果叹了口气。她知道窦豆一意孤行,等不及叶茗的配方完善,在上次受挫之后,立刻又找到了新的普洱渠道,还是坚持要采购普洱陈茶先上市。

“跟进者能够超越开创者,这可不是容易的事情,但我能带着我的团队做到,你要相信我带出的团队。现在我们算是度过了生存期吧?大家都希望茶师发展得更好……”窦豆顿了顿,不知道是批评还是夸赞金果果,“开创者肯定有眼光,能抓住机会,我相信你的眼光,但你也要相信我这个跟进者的能力。我们的普洱陈茶,和叶茗那边不冲突,最多以后多上一款普洱嘛。你也看到我给你发的市场调查了,接下来三个月,都是普洱的主战场,我们不能等了。”

第二十四章　江南胜境

十一月下旬的西山忽然就冷了。江南很少会下雪，但是会有一种强烈的湿冷，骨头像是被冰裹着，冰又被身体的热量滴滴答答地融化，遇到外面的风，再次冻结成冰，让人的骨头关节冷得发痛。

叶茗顶着山风走到茶师的食堂，手指被吹得冰凉。

枝头上固执地不肯凋谢的落叶也被夜风吹落，铺就了一条金色的路，往山林深处蜿蜒。暮色忽然就压住了山，潮湿的水雾让人的心都跟着湿漉漉的，需要煨上一壶老黄酒，吃着羊肉火锅，才能暖暖身。

茶师的食堂里飘着羊肉的热腾腾的香味，还充斥着热闹的笑语声，从外面尾随而来的寒气在人一走进去的瞬间就被赶跑了。

二楼的包间全是以苏州园林的名字命名的，靠东的包间名为"退思"。金果果已经点好了餐，她清楚小伙伴们的口味，点完后就站在窗边打电话，没空和他们闲聊，也没注意到周舟多加了一副碗筷在她旁边。

见她挂断电话，周舟才说道："我今天也约了个朋友过来聊聊工作，大家都认识的。"

"是叶茗？"看到自己和周舟的中间放的那副碗筷，金果果猜得很准。大家都认识，还能坐在一起聊工作的，只有叶茗了。

"多了个人，加个酱鸭吧。"周舟刚看了菜单，食堂可供选择的小炒不多，很多都要提前一天预约，金果果点的也刚好够四个小伙伴吃，没有多余的空间。

"对对对，来个酱鸭。这可是我小时候最喜欢吃的，真没想到兜兜转转二十年，还能请回老师傅来做酱鸭。"江明川也偶尔过来吃食堂，对这里熟悉的儿时滋味念念不忘。

"叶总还没到？"杨海玩着手机，在群里发了几张自己满意的航拍图片，没有江明川文艺青年的怀旧情怀，急吼吼地问道。

“哎，杨海，你还记不记得这家桥头酱鸭店？二十年前开的，后来店家的孩子去市里上学，一路陪读到北京……”

“谁记得这些啊？又不是陪我上学。”杨海不解风情地打断江明川的话。他看着不停振动的手机，兴奋地展示给大家看：“我拍的照片都被专业摄影师夸赞了呢！快看，他们都在说太湖好美。以后可以约他们过来玩！”

周舟和金果果对视一眼，露出无奈的笑容。

果然啊，不该担心杨海，他就像有了新欢，彻底摆脱了旧爱，这会儿神采飞扬，沉迷于新朋友的友情夸赞中。

“你要和叶茗聊什么？是实验基地的事，还是茶师的事？”金果果话音未落，服务员推开了门，端来一盘冷菜，身后还跟着一个身材颀长的男人。

“叶茗，快过来坐。”周舟一转脸看到叶茗，立刻亲切地招呼。

叶茗没想到这里还有其他客人，目光从杨海和江明川的脸上扫过，似乎有点惧怕这热闹，但最终还是脱下了大衣挂在衣架上，坐到金果果身边。他也注意到杨海过于激动的表情，像年轻单身汉想要撮合哥们儿表白似的，和前段时间颓丧的模样完全不同。没心没肺也挺好，很快就会忘记那些痛苦，重新投入生活里。

江明川现在像老朋友似的和叶茗打招呼，颇有点“娘家人”的亲热。

“是项目有什么问题吗？”叶茗接过周舟给他倒的热茶，问道。

“没有什么问题，手续快下来了，只是政府都很重视茶师的发展，想多知道一些细节。”周舟不过是找个借口把他喊出来，主要是为了让杨海邀请人家去爬山赏枫。

“菜都上了，先吃吧，别聊工作了。”杨海见服务员又上了几道菜，立刻打岔。

“也是，先吃点。”周舟瞪了眼杨海，这小子每次都是急吼吼的，没半点耐心，铺垫都不愿意做。

果然杨海没看到周舟的眼神，边夹菜边说道：“叶总，周末有空吗？果果跟我们一起去赏枫，要是没什么事，一起去呗？”

金果果终于知道小伙伴们为什么把叶茗喊出来了，原来是想拉郎配啊。年轻时她没少遇到这种事，上学时，喜欢自己的男孩子如果经过了杨海他们的考验，或者成功拉拢了这些朋友的心，杨海他们就会来这一套，出去玩时带上对方。没想到十多年过去了，杨海他们还是用这套方法，一点也没有与时俱进。

金果果正想替叶茗回绝这过分热情的邀请,却听江明川也说道:“去灵岩山吃一碗素面也可以。我们还在商量到底去哪儿,看叶总喜欢去哪里。”

杨海偷偷瞟了眼叶茗,见他神色冷淡,不疾不徐地喝着茶,没有做出回应,立刻推了一下江明川的肩头,动作夸张地开着玩笑:“别提吃什么素面,你不知道柳萍以前就喜欢搞这套折磨人,天天搁屋里头躺着刷剧,嘴一张就是让我给她买什么头汤面。让去哪儿给她买头汤面?只能凌晨两三点就开车去老城里……现在反而解脱了。所以,就当为我离婚庆祝吧,叶总赏个脸呗。”

这脸也太大了!金果果扶额叹息。所以杨海和柳萍某些时候真是天造一对,无知无畏,厚起脸皮来什么都不怕,也没个社交分寸感。

“果果也去?”叶茗没有理会杨海的卖惨,只是专注地盯着金果果问道。

杨海拽出前妻来转移注意力的做法太像个没长大的孩子了。但叶茗知道,这是为了让自己答应,不惜自剜伤口——看杨海的表情,也不算什么伤口了,愈合得过快。这种男人,确实是不错的朋友,但如果要承担起家庭的责任,需要生活不断去打磨。

“啊……我周六上午要去上海,下午才能回来。周日有空的话,跟他们去爬爬山。”金果果根本不知道杨海的具体安排。

金果果也不指望杨海能做出什么合理的安排,他肯定只想个开头,什么准备都没有就去做了,就跟闪婚似的。以前出游或者聚会这种事,都是靠周舟和陆亚东来安排的,他俩都适合做组织人,一个细心周到,一个能照顾好女孩子。

杨海完全没有意识到叶茗和自己之间的差距,他觉得都能坐一个桌上吃饭的自然是朋友。因此,他觉得哪怕叶茗在生意场上不给商界名流好脸色,也要给他一点面子。

“那你周六下午正好别回岛,直接开车到天平山。我们提前去找个风景最好的地方,布置一下帐篷!”杨海张嘴就来,觉得自己安排得很好。

周舟提醒过于兴奋的杨海:“还是看果果和叶总安排吧,反正周末我们的时间自由,什么时候去都行。”

天平山位于苏州古城西南边,靠着太湖,有“江南胜境”的美誉。山上有并称“三绝”的红枫、奇石、清泉,步步都是景,又因为是范仲淹先祖归葬之地,添了几分厚重悠久的历史感。以前是可以在山中露营过夜的,现在景点管理严格起来,杨海特意去问了可以露营烧烤的地点。

这次出乎所有人的意料，在叶茗答应一起去赏枫后，杨海自告奋勇去安排。他动力十足，第二天一早开车去天平山“踩点”，顺便去大超市置办东西。反正他也没正经事要做，为了让金果果和叶茗有一场完美的周末约会，奔跑了两天。

江明川和周舟从没见他这么积极过，给了他一份购物清单，周舟还制定了一天一夜的详细攻略——他们选择周六下午，就是想着晚上可以在野外过夜。

初冬季节，太湖边露水深重，不适合夜宿。不过大家都有车，烧烤、聊天结束后，夜里如果觉得太冷，可以开车回去，只要半个多小时就到家了。

对杨海来说，这次活动就跟过年似的。他提前去超市采购，带上烤炉和电源，以及挂在帐篷上的小夜灯，还去买了鲜花和水果，比新婚度蜜月还要激动。

杨海能想起去买花，也是柳萍调教出来的。和柳萍在一起这大半年，就像给大小姐当丫鬟似的，别说什么头汤面这种苏州老传统，柳萍身上还有一堆大城市小资的毛病：每天家里要有鲜花，喝手磨咖啡逼着他打奶泡和学拉花，一周至少看一次话剧、歌剧……

这种大都市女性追求生活品位的习惯，在杨海眼里全是娇气的毛病。如果自己赚钱享受倒也无可厚非，偏偏柳萍只躺在家里指挥他，一个不顺心就嫌弃他是土包子，这让杨海心里很不舒服。

大家谁不是农村孩子？大桥还没建的时候，西山就是个闭塞的孤岛，长辈们是踩着泥巴摸着黄土过来的，小伙伴们也都是在稻田里奔跑、上山摘野果、下水摸泥鳅长大的。柳萍偏偏有种优越感，连做大生意的金果果都没这么多矫情的毛病呢！

这些话杨海当时不敢和柳萍说，在柳萍面前千万不能提别的女性优秀，否则家里能闹上三天三夜，最后还得他赔礼道歉。

看着后备厢里放着的百合花，杨海忽然觉得浑身轻松，后背被阳光晒得暖洋洋的，灵魂轻得要飞起来了。自由的滋味战胜了被背叛的痛苦，他俯身深深闻了闻花香味，长长地吐了口气。

以后，他想怎么安排自己的时间和金钱都可以，他想去哪儿就去哪儿，想吃什么就吃什么，想怎么通宵玩游戏都可以，再没有人能指手画脚地干涉和使唤他了！

想到这里，杨海甚至有点感激那个和他没有血缘关系的孩子，是她打开了一扇门，让他从婚姻的牢笼里钻了出来。尽管代价惨重，可杨海觉得，这段婚姻让他看到了一地鸡毛的生活本质，也让他懂得了千金难买自由身。

天平山上的枫叶红透，金黄色的银杏和红枫相映生辉，映着亭榭楼阁，重峦叠嶂，处处是景，也处处都是扛着“长枪短炮”来拍照的人。

在岛上长大的人，对这样的美景已经有了免疫力，但对很多游客来说，大自然和人文的完美结合带来的视觉和心灵冲击还是相当大的。尤其从照湖镜登上山顶，眺望着农田林网，群山绵延，太湖浩瀚，简直是一幅活生生的满载着时代气息的江南山水画卷。

江明川的画架早就支起来了。他们是上午到的，虽然没赶上看日出，但占据了一个视野宽阔又安静的地方，可以欣赏落日和晚霞。

杨海今天特别勤快。他忙前忙后，支起天幕帐篷，拉开折叠桌，挂上灯串，摆好鲜花，又拿出小烤炉，烤上两个柿子和小红薯，最后在满是落叶的地上铺上野餐垫，摆放好精心挑选的食物。

布置好了，杨海心情美滋滋，第一次觉得自己特别有生活品位——不是柳萍逼着做事，是自愿为大家服务，感受完全不一样。

趁着时间还早，金果果他们还没到，杨海私下拍照片发给新交的摄影师朋友萱萱，虚心接受她的指点，再选取好的角度重新拍照片，发到他新加入的摄影群里炫耀，享受一堆好心人的夸赞。

周舟站在江明川身边，看着他描绘的枫树一角，听着坐在野餐垫上的杨海的嘿嘿傻笑，仿佛也回到了少年时代。那是很久没有感受到的轻松和喜悦，可以睡在草地上听着太湖的水浪，看着日头一点点西斜，沉浸在当下的快乐里，不必去紧张明天的到来。

金果果和叶茗过来时已经是下午两点，正是山中最暖和的时候。他们没有立刻去找其他三个小伙伴，叶茗让金果果单独带他爬山，欣赏红枫最后的美丽。过几天寒潮来袭，这满山的金黄翠红都会渐渐凋零。

金果果一路给他介绍历代文人雅士在这里留下的墨宝。远远看到白云泉，金果果笑道：“这儿可是好地方，白居易在这里吟诵过诗句：‘天平山上白云泉，云自无心水自闲。’”

叶茗一直惊叹于她深厚的文化底蕴，诗词歌赋、历史典故都能娓娓道来。那时候去云南，她虽很少喝普洱茶，但对云南的其他历史和风俗很熟悉，什么郑和的故乡和生平事迹，甚至一些野史，从她口中说出来，听起来也特别有趣，让旅途更加愉快。

这里是她的家乡，所以历史典故她更是信手拈来。

“我更喜欢最后两句：‘何必奔冲山下去，更添波浪向人间。’”叶茗很喜欢不像商人的她，如同这首诗，恬淡闲适，悠然自得。

金果果没想到他也知道这首诗，笑得更温柔了：“那你知道这里的水被陆羽评为‘吴中第一水’吗？”

“茶圣陆羽。”叶茗即使不做茶师的项目，也知道这个名字。

“没错，陆羽曾在苏州安度晚年。这里有清泉，也有适合茶叶生长的丘壑，很适合他生活。在这里他深入研究了水质对种茶的影响，他用虎丘泉水栽培苏州散茶，探索出一整套栽培、采制方法。德宗皇帝喝了他烹的茶，赞不绝口，封他为茶圣。”金果果说着已走到白云泉边。此刻游客不断，她只带着叶茗看了一眼白云泉，又往上走去。

“你倒是可以去直播间做做科普。”叶茗知道她未来道路宽广，如果一个商人，既有投资眼光又有情怀，同时还有深厚的传统文化底蕴作为支撑，一定能做好民族企业。

民族的就是世界的。再过几年，茶师的店会全世界开花，而茶师正在投资准备上市的便利茶包，也会铺向全世界。叶茗相信，以它的口感和文化底蕴，一定能够所向披靡。

“还是交给更专业的人吧。和你闲聊还行，真去科普，那就差太远了。”金果果很有自知之明。她少年时期理科和文科成绩都很好，当年文理分科时，语文老师舍不得她，但她自己选择了理科。那时候她酷爱文学，但更想做个实业家。

也许小姐妹中，最现实的人，是自己。金果果常常这么想。她可以冷静、理智地取舍，大学毕业后选择入职金融业，积累了一定的人脉和资金之后，果断地卖房创业。她一直很现实地做着事业，一切耽误她工作的事，都会被放到第二位，比如婚姻。

“上次的事，正式和你道个歉。”叶茗跟在她身后，忽然说道。

“什么事？”金果果最近忙得头晕，工作上千头万绪，一时间没想起来叶茗干了什么对不起自己的事。

“团团直播的事。”

“哦……都过去好久了，你不提，我都忘了。”金果果当然没忘，那天柳萍刚生孩子，她的情绪不好，最后还是被他安慰了。

“我当时推荐她，是因为觉得她在茶文化里算是比较有特色的网红，而且会迎合年轻人的市场。她懂怎么抓热点，怎么制造话题，怎么吸引流量，对刚刚起步的茶师的宣传有一定好处。”叶茗知道主动制造话题和炒作不符合金果果的理念，但窦豆是做运营的，她当时就在着手打造一支宣传和直播的团队，为以后带货做准备。

“自带流量也是一柄双刃剑，用得不好反而会伤了自己。我一直都奉行‘中庸’，做生意也一样，太急功近利只会留下很多隐患。”金果果毫不掩饰自己的想法，她确实不喜欢团团那套话术。

“你不喜欢她，可以解约。”叶茗这么说着，嘴角却有一丝笑意。

在他心里，金果果确实是个“中庸”的人。这可不是贬义，“中庸”是儒家思想推崇的道德标准，待人接物中正平和，慎独自修，至诚尽性，若能做到极致，那可就是圣人了。

金果果当然无法到达圣人的境界，她只是尽量要求自己和企业往“中庸”上靠近。

在这一点上，也有爷爷品行的影响。只不过和舟舟继承的方向不同。“那倒不用，这是窦豆负责的事，我不干涉。”金果果听叶茗这么一说，反而勾起心里另一桩愁闷，窦豆执意采购普洱的事，比一个签约网红更为重要。

叶茗已经拿出了第一批在他心里不够完美的枫露普洱。因为量少，枫露普洱上市三天就被抢购一空，只能暂时下架。网上已经有人带节奏说茶师开始玩“饥饿营销”这一套。窦豆上的新款普洱口感比不上枫露，又惹得一部分人群起攻之，骂茶师忙着在全国开店圈钱，不管质量下滑。

流量就是双刃剑啊，有热点就有讨论度，有人爱就有人骂。更有无数双眼睛在暗中盯着，无数双黑手在背后推着，想找一切机会把茶师这个襁褓中的孩子推下深渊。

金果果是从 kk 投资上海总部过来的。来爬爬山，呼吸一下新鲜空气，也算是散散郁结的情绪，清醒一下头脑再去想下一步该怎么走。

“很难想象这么小的丘壑能如此漂亮。”叶茗看着五彩斑斓的明媚山林，神色放松，似乎封闭的身心被大自然滋养、润泽着，渐渐舒展开来。

此刻，周舟接到了一个电话，眉头却皱了起来。

刘芳的电话。

陆家有了大孙子，这些日子，黄云霞沉浸在香火有继的喜悦中，来镇政府的次数少了，但也没把周舟给忘了。

前段时间黄玉霞觍着脸要办满月酒，还打电话给周舟，让她回来帮忙张罗，办酒宴的钱也不提，摆明了让周舟埋单。

黄玉霞找算命的定办满月酒的日子，她这次嫌木园堂办酒成本太高，想找村里老厨子过来做十来桌菜，命令周舟去买喜糖喜饼。这事让金果果家知道了，金大群气得先把周舟骂了一顿，不准她插手老陆家的事，随后又批评了黄玉霞老夫妻俩恬不知耻，让他们看看孙子，再好好想想能不能这么欺负别人家的孩子。

黄玉霞知道理亏，她有了孙子之后，也有了软肋，以前那股泼辣无赖劲在小孙子面前收敛了很多。她也怕以后真被岛上的人指指点点，连累孙子也被人看不起，以后上学被孤立。于是她就咕哝了几句“周舟自己说的，是人民的公仆，帮助一下孤寡老人是应该的”。

金大群虽然制止了周舟回去，但作为几十年的邻居，最后还是他去帮忙。老金家摆脱不了“好人”的光环了，从爷爷辈就是帮人帮到底的性格，金大群虽不如金爷爷那么热血，但默默无声做了不少好事，哪怕嘴巴厉害的宝宝和行事果决的果果，也是豆腐心的好孩子。周舟以为满月酒都办完了，陆家和自己不会再有什么交集，谁知道黄玉霞不找她了，刘芳开始找她。

刘芳不是第一次找她了。从临产开始，刘芳就把她当成唯一的救命稻草，不管什么问题都会给她留言，连堵奶发烧这样的事都要找她送医院。回陆家后，更是频繁找她，一开始只是吐槽黄玉霞奇葩，“虚心”请教怎么应付婆婆。

周舟的经验就是宽容和忍耐。刘芳当然学不来，没过多久就因为育儿观念不同和黄玉霞吵了几次，每次吵完架，刘芳就要找周舟诉苦。这次也一样，上来就是：“你这个婆婆真是恶心人，你是作了几辈子孽，找到这样的婆婆？我受不了她那破毛病，我要走……”

周舟没有和她计较“你这个婆婆”五个字，黄玉霞现在接纳了给陆家续香火的“新媳妇”，早就不是她婆婆了，周舟担心的是刘芳不停叫嚣的三个字“我要走”。

听上去刘芳真的受不了又抠又奇葩的黄玉霞了，后面全是哭哭啼啼寻死觅活。这次打电话哭泣是为了摆满月酒时收的礼金，开始时黄玉霞和刘芳说好了收的礼金都给刘芳拿着，结果现在黄玉霞又反悔了，说什么也不愿意给外来的“媳妇”一分钱。

涉及金钱的问题，比起什么育儿分歧都要严重，刘芳气得都回奶了，准备断奶从岛上离开。

黄玉霞自己疼儿子，就以为全天下的女人和她一样宝贝孩子，舍不得丢下娃不管。谁知道这次刘芳闹得很凶，收拾好了行李，也不看孩子一眼，让周舟开车来接她。

周舟好不容易过上一个清闲的周末，又被陆家的家事毁了。她刚安慰刘芳冷静点，黄玉霞也打电话过来，哭哭啼啼地喊着“周书记”。黄玉霞一旦喊“周书记”，那肯定是要让周舟出面帮她解决搞不定的事了。

金果果和叶茗到的时候，周舟还在远处打电话。

杨海已经煮好了茶，殷勤地请叶茗坐到折叠椅上，江明川也停下了画笔，陪叶茗坐着聊天。

金果果走到他的画架边欣赏着半成品的画，晚霞的颜色尚未晕染，绚烂的枫树下一个女孩的背影很引人注目，这是在画周舟呢。

“周舟怎么打那么久的电话?”杨海在叶茗面前找不到有趣的话题，两个人也根本没有共同语言，还不如江明川能和叶茗聊聊艺术，他索性跑到金果果身边，说道，“我去喊她。”

“她估计在聊工作，别去打搅了。”金果果阻止杨海，她知道周舟不会没事煲电话粥，除非是工作上的问题。

大家已经很久没提陆家了。

陆家办满月酒，金大群帮了忙，上了礼金还送了宝宝小金饰，被金果果妈妈给骂了一通。挨骂归挨骂，金大群还是觉得一码归一码，虽然他们家对不起周舟，可人家新生儿又没做错什么，总归要看看的。而且黄云霞有了这个宝贝孙子，周舟也能彻底从陆家解脱。那句话怎么说来着，“祸兮，福之所倚”，要用辩证发展的眼光去看问题嘛。

这么一想，金大群帮忙的时候也是开心的。看着那长得白白胖胖的陆家大孙子，他宁愿送上一份重礼，就像为命苦的周舟买来下半生的自由似的，被老婆骂也情愿。

所以，金果果也没有往陆家上面想，她以为是百行集团的事。度假村现在是岛上最大的项目，除了茶师的扩建，周舟花时间最多的就是度假村的计划。

周舟在电话里劝完黄玉霞又劝刘芳，口干舌燥地劝了一个多小时，眼看日薄西山，云霞渐渐变得粉紫金红，晚风也渐渐变凉了，她终于挂断了电话。天幕下几个小伙伴围着烤炉，烤红薯和烤橘子皮的香味随风飘来。周舟深深吐了口气，整理好情绪，往他们面前走去。

不得不说，金果果和叶茗真是般配。不只是相貌上，两个人身上都有种优雅而传统的贵气，用时下流行的词来说是“oldmoney（老钱风）”。当然，在根正苗红的周舟眼中，他们继承的最大财富，是这五千年的传统文化和当下的时代精神。

两个人不知是不是约好的，都穿着深色的羊绒大衣和羊绒毛衣。只是金果果穿的是看起来更为柔软温暖的浅咖色系，而叶茗穿的是黑色，他坐在金果果身边，气定神闲地喝着茶，看起来似乎没有以前那么怕热闹了。周舟注意到他没怎么开口说话，只听着江明川他们聊天，他偶尔看向金果果，眼里满是落日温柔的光。

“抱歉，久等了，刚处理点工作。”周舟冲着叶茗笑，“饿了吗？要不要吃点东西？”

“不饿。”叶茗总是尽快地结束话题。

“果果，你饿吗？”周舟多少也知道一点叶茗的性格，能把他喊出来一起玩，靠的是果果的面子。自己和叶茗顶多工作上有点交集，而且工作对接也不需要他出面，大家算不上朋友。

“我刚吃了不少水果，也不饿。”金果果看了眼野餐垫上几个满满当当的餐盒，“杨海准备的东西，够十个人来野餐了。他把咱们都当成大肚汉了，以后还是别让他来安排，我让人去准备。”

金果果还是不喜欢铺张浪费，不管吃饭还是平时生活，甚至比以前更简约、随性了。以前她在上海工作时，还经常去商场买些撑场面的职业装。现在碰到需要置办新衣服的场合，她索性在岛上的老裁缝店和十全街的一家老店定制——这些老裁缝的手艺一点不比那些国际奢侈品牌的高定差。所以，无论是旗袍还是羊绒外套，总是妥帖、温柔、低调地衬着她，从不喧宾夺主。

“再来点点心，让叶总也吃点。”周舟拿了碟点心，递给金果果，冲她眨眨眼，

“杨海难得张罗这么多,总要替他消灭一点。”

“叶茗要是想吃,会自己拿的,放着吧。”金果果一向不强人所难,况且叶茗虽然“社恐”,但他又不是小婴儿,需要人喂饭。

这些点心都很精致。杨海用了心,怕叶茗嘴刁,跑遍了全城,买的全是本地最有名的点心、小吃。除了点心,还有不少菜肴冷盘,什么得月楼的碧螺虾仁、陆稿荐的酒焖汁肉、万福兴的肉团子等。

“你不拿过去,人家怎么吃?”周舟轻笑着推她,叶公子多矜持啊,可以一个人坐在角落不吃不喝不说话待上一天。周舟性格算是很稳了,但看到金果果慢条斯理的样子也忍不住着急,还想多说几句,她的手机又响了。周舟一看是黄玉霞的电话,立刻掐断了。

“工作? 你先去忙吧,我会照顾好大家的。”金果果夹着小烤炉上的鲜肉月饼翻身,笑着说道。

周舟还没说话,电话又拼命响了起来,她只好走到远处接电话。

以黄玉霞以前的性格,打电话不接,那是要翻天的,搞不好还会投诉到什么民生热线,说书记不管群众死活。

江明川有点忧虑地看着周舟的背影,他以为是百行集团的事。虽然每次和她相处都尽量避免提到百行集团和父亲,但江明川知道,该来的总要来,他总要面对这一切。只希望不是今天。因为今天太美好了。

随着太阳逼近山头,霞光像一块锦缎,铺在山顶和湖上,一半的湖水都被染成珊瑚红,仿佛是无数的枫叶落在了湖面上。

杨海激动地操控着无人机,将最美的落日景色定格下来。

趁着他们都在看其他风景,叶茗才低低开口:“你不拿给我,我怎么吃?”

听见这略带哀怨的话,金果果看向叶茗,以确定他是在和自己说话。叶茗也正看着她,依然端着茶杯,俊秀的脸上满是矜持,好像刚才那句话不是他说出的。

“你想吃什么?”金果果莫名地觉得此刻很可爱,不管是风景还是叶茗。

叶茗不再说话,看了眼她正在翻烤的吱吱响的鲜肉月饼。

“小心烫。”金果果笑了,将鲜肉月饼放到他手边的小托盘上,顺手给他添了些热水。

“大家都看上面,我拍个合影!”杨海激动地喊道,无人机停在空中,连拍了好几张照片。

“快看，最美的晚霞要出现了！”江明川也喊道。他是为了提醒不远处只顾着打电话的周舟，她一直低着头，错过了最好的落日风景。

山的那边仿佛有一只无形的大手，用力将越来越大、越来越红的太阳从西边山头扯了下去。那一瞬间发出的最后一点光，点燃了整个天空，真是夕日红霞，秋景瑰艳，尽寒霜色流丹。

叶茗看着霞光红枫中的金果果，秋风将她鬓角的黑发吹得有些散乱，挡住了她如远山湖水般的眉眼。叶茗知道她的眼睛一定是在笑着呢，盛着晃晃悠悠的光，弯出一点笑纹来。

鲜肉月饼的香味也被这秋风吹散了，他忽然担心有一天，金果果也被秋风吹走了。

叶茗忽然起身伸手，想去抓她的手。不要再等了，总不能到白了头发，才去告诉她想和她在一起。

“不好意思！我有点急事，得先回去。”这时候，周舟挂了电话，匆匆跑过来，满脸的歉意。

“什么事比现在还要紧？”江明川有些不满，但更担心，不知道是不是百行集团的事。

“那就先回吧，我们一起撤，晚上还有产品发布会要忙。”金果果走到周舟面前，把她的脸抬正，对着杨海的无人机，笑道，“合个影再走。”

“对对，半分钟，我要三百六十度全拍一张。”杨海刚拍了一堆照片，周舟离得都很远，他这时对着两姐妹一顿狂拍。

叶茗在金果果身后站了几秒，又默默坐了回去。

大家都有工作要忙，最后只剩下杨海和江明川两个人。

现在天黑得早，五点还没到就看不清景色了。江明川送完周舟，独自坐在被夜雾笼罩的画架前发呆。

杨海却忙着继续拍照，天幕下的小串灯打开后很美，他拍了几张照片，就忙着选照片，精心挑选出来九张，发了朋友圈。这意味着他也全身心地走了出来。

柳萍一边喂奶一边刷手机，看到杨海的朋友圈时，不知是出于愤怒还是嫉妒，最终化成了想给他添堵的不爽，冷飕飕地在下面留言：你日子过得真好啊！

杨海只要不看到她，确实过得越来越开心。看到她的留言，杨海才想起来忘了屏蔽柳萍，他本想删掉朋友圈的，但心中也堵着一口恶气，很想回一句：没你真好。但杨海看着柳萍的头像，又退缩了，他把朋友圈给删了。好男不跟女斗，离婚证拿到手，那就是两个陌路人，杨海不想和她再有任何交集。

金果果和叶茗一起坐车回岛。不过一路上，金果果的手机信息、电话不断，她好不容易处理完重要的事，见身边坐着的叶茗在闭目养神，不知睡着了没有。

她习惯了叶茗在车里补觉的模式，将手机调成静音，安安静静地看着车窗外的路灯和黛色的远山。

"周舟不是因为工作的事回去的。"叶茗忽然说话了。

"那是什么事?"金果果有些诧异地转头看着他。

叶茗没睡着，他心里有事，想等着她忙完，和她说说话。

"亡夫家的事。"

"陆家？你怎么知道?"金果果更诧异了，她没听到周舟的电话内容，叶茗也不是顺风耳，不可能听到周舟在和谁打电话。

"家事和工作上的问题不一样，可以从表情和小动作中分辨出来。"

叶茗曾经见过周舟被黄玉霞纠缠不休时的痛苦表情。那次她来西山实验基地找张炜要一份什么文件，他在二楼看到黄玉霞打语音电话过来骂她，似乎是因为她没有买肉，让她放下工作立刻回家做饭招待亲戚，嗓门大得一边的张炜都听到了。张炜后来还和叶茗八卦过周舟的不容易。那时候她的脸上就是这种隐忍而为难的表情。

工作上的问题，周舟最多皱皱眉头去面对，不会有精神上的折磨和挥之不去的重压。

"我没看出来。陆家现在和周舟没关系了吧?"

黄玉霞大张旗鼓地摆了满月酒，把孙子接回了家，还有什么脸皮在周末把周舟叫回去?

"有没有关系，你可以去问问她。"

"我晚点给她打电话。"金果果想到黄玉霞，心底就升起一股无奈和痛心。

自己小时候遇到的黄阿姨，虽然抠门爱占便宜，但只是个嘴碎和爱抱怨的中年妇女。她也在为自己的小家庭努力，努力抠点钱给陆亚东更舒适的生活，努力过上更好的日子。

那时，黄阿姨虽然爱计较，但逢年过节总会塞给果果一点糖果；刚买了彩电

看到是什么消息,但他猜想是工作上的事。

“你也知道这事?”金果果以为他不会关注这些问题。

叶茗给人的感觉就像个山中高士,闭关不出,从不看报表,从不问盈利。

“张炜说了一点。”

“最近窦豆那边千头万绪,她有点着急。口碑这事不能全怪她,只能怪你那第一批枫露普洱太好喝,导致老顾客心理上有了落差。我让人搜集了没有抢到第一批枫露普洱但买到了窦豆推出的普洱陈茶的客户的反馈,他们基本都给出了四星五星的好评,说明窦豆找的那批普洱没有拖后腿。”金果果半开玩笑地为窦豆解释。

但这次确实是因为窦豆太心急,她一定是被外界的快节奏带偏了脚步,等不及西山实验基地的普洱出货。

金果果之前就说过,宁缺毋滥,没有准备好的产品宁可不上。窦豆这段时间一直在外面跑,也不知道喝了哪方建议的迷魂汤,觉得秋冬没有普洱就少了茶饮的灵魂,为此开会讨论时不惜和她争辩得面红耳赤,最终一意孤行地找了新茶厂,订了大批普洱。

以茶师现在的实力,多投资开发几条产品线没有任何问题,即便亏损也在承受范围内。但现在这种茶饮店是新兴的品类,还没有完全奠定自己的市场基础,一个前期产品失了水准,甚至会拉低整个品牌的口碑。

金果果喜欢去收集、分析外界的声音,但不喜欢被外界的声音推着走,这也是融资者需要的定力。

“张炜也尝过,他说找的老茶厂不错,口感也算是上等了。只是有些顾客不买账,觉得茶师的水准降低了。”叶茗顿了顿,有心想宽慰她,“消费者对企业有要求不是坏事,有期待才会有要求。”

“所以得辛苦你多多加油了,不要让枫露普洱成为绝品。”金果果对茶师的未来还是很乐观的,这种乐观来源于自信,她相信叶茗会拿出更好的产品。

至于被怀疑甚至被对手抹黑,她不会放在心上。在这一点上,金果果和周舟一样,有股“咬定青山不放松”的强韧。

金果果不懂叶茗实验室里的那些技术问题,即便去实验室看那些瓶瓶罐罐和仪器上跳动的数字她也看不明白。但科学的魅力就在于此——没有多年的苦读和钻研,哪能入门?

金果果不明白基因编辑技术上的难度，但是她知道这是一项漫长而艰难的工作。西山实验基地之前研究的是江淮一带的绿茶，最开始是洞庭茶、龙井、瓜片、安吉白茶、猴魁等。即便这样，除去前期筹备的时间，也花费了近三年。

茶师太幸运，在创业初期就遇到了叶茗，直接享用了他的研究成果。茶师未来能走多远，不仅取决于高效的企业管理和企业文化的优质输出，最关键的还是这无可替代的茶饮口感。

叶茗只是点了点头，不再说话。

两个人沉默地看着大桥上的风景，如今车厢内的安静和以前的尴尬不同，他们俩都很享受这份安宁。

金果果想着工作上的问题，而叶茗想着她。

“我朋友做了个5G茶区，覆盖国内各大产茶核心基地，我帮他做过普洱茶的清洁发酵和白茶自动萎凋的技术，也算是很早接触了普洱。只是我一直在调整发酵技术，还需要点时间。我知道你希望原材料自产，不受掣肘，所以我们必须攻克普洱老陈茶的问题。”叶茗沉默了很久，忽然转头看着她。

金果果被他看得升起一种异样的感觉。

“你既然选择了我，我自然不会辜负你的期待。”叶茗定定地看着她黑亮的眼睛，语气笃定，仿佛是另一种表白。

金果果的感觉更异样了，不知是由于他认真的话语还是深邃的目光，她觉得灵魂仿佛被点燃了一簇火，滚烫地燃烧起来。

也许，那是携手共进的热血。无论三十岁还是四十岁，依然能感觉到青春时常有的热烈、奋发和对未来无限的期待。

“我也不会辜负你的期待。”金果果歪着头对他微微一笑，和他默契地握了握手，仿佛重新签订了一份合约似的。

她不敢在叶茗面前说保证科研的资金和资源到位，但如果叶茗有需要，她一定会全力以赴。

叶茗也笑了，垂下含着笑意的眼睛，看着她那一段细细白白的手腕。此刻，她的手就在自己的手中，柔软、温暖。

十二月的西山居然飘雪了。

用环保小群的朋友的话来说，人类的活动导致了极端的天气越来越多。

江南的雪也是温柔缠绵的，小小的白白的，刚落到地上就消失不见了。下了一上午，地上只是湿答答的，也没有积下雪来。

周舟帮黄玉霞哄好了刘芳——用那套镇上的小房子。

原本黄玉霞拿到了赔偿金不肯给周舟，还要霸占镇上的房子。等大孙子被周舟带回来后，黄玉霞也顶不住周围人的指责，在老村主任的调解下，“暂且”将镇上的房子还给周舟。那房子有一半是陆亚东的，所以黄玉霞要等孙子长大，去镇里上初中时住。在上初中之前，让周舟白住十几年，黄玉霞觉得陆家对周舟这个前儿媳“仁至义尽”了。

周舟依然一副钱财都是身外之物的超脱，她常说自己是真正的无产阶级，父母去世之后一无所有，靠着乡邻们的恩情滋养着长大。她觉得房子给谁都无所谓，只要她有手有脚能够工作，想要什么都会有的。

刘芳和黄玉霞闹矛盾，决意离开，再怎么劝说，刘芳也要搬出去住。

现在刘芳早就出了月子，也不需要老人时时刻刻地照顾她了。她心里看上了陆亚东留的那个小房子，觉得以后给儿子陪读也是很好的地方，楼下不远处就是商场和小吃一条街，比起山脚下的老宅方便得多。

金果果知道周舟的决定后果然没做任何阻止，只让她以后回来住自己家。反正楼上有空屋子，金宝宝不经常回来，她自己现在忙得也不怎么回家，周舟就像金大群的三女儿，比两个亲生女儿回来的次数还多点。周舟在镇政府有简易宿舍，平时工作不忙也真的会去金叔叔家，确实像三女儿。

杨海现在住回来了，和黄玉霞也是邻居。他早就上门骂了一通老太婆，觉得她欺人太甚，欺负周舟没有家人保护，得寸进尺地索要。

黄玉霞可不是省油的灯，见杨家的毛头小子也敢上门找骂，当场“问候”了杨海祖宗十八代，顺便把杨海离婚那点破事拿出来反复辱骂，骂他是“接盘侠”。

杨海的战斗力哪比得上黄玉霞？气得要动手。黄玉霞见他敢来推推搡搡，直接躺在地上，呼天抢地要找老杨算账。

杨海是被金大群他们给拽回去的。

金大群这次也被黄玉霞气得半死。枉费他好心帮陆家操办满月酒，以为黄玉霞以后不会再去找周舟麻烦，谁知道这贪得无厌的老蝙蝠还是逮着周舟吸血。

雪还在稀稀拉拉地下着，已经连续几天了，地上依然没有积起半分。缥缈峰顶积下了一些雪，雪景很漂亮。江明川还想着周末去山顶写生，现在他只能安慰着杨海。等雪小了些，他套上羽绒服，走去公交站，准备去镇上找周舟。

周舟不在办公室，去了市政府。今天百行集团的人抵达这里，市里也很看重这个投资项目。

江明川坐在办公室里等着周舟，他怕自己走出去会忍不住找刘芳理论。

周舟办公桌收拾得很整洁，电脑边放了一张照片，不是和陆亚东的结婚照，而是十年前几个小伙伴在太湖大桥下奔跑的背影。

这是让一个路过的游客帮忙拍的。江明川甚至还记得那个背包客的样子，他拍了很多张，有正面的，有侧面的，还有背影。

周舟最喜欢这张背影，面对金色的夕阳，没有一点暮气，反倒充满了太阳初升的朝气。没有人能看到他们脸上的表情，也没有人可以揣测他们的心情，只看到他们勇往直前的勇气和活力。

江明川看着陆亚东和柳萍的背影，眼神黯淡下来。有的小伙伴即使还活着，可感觉越来越遥远，和去了另一个世界没什么区别……

“抱歉，我刚忙完，等一个小时了？”

一股冷气扑面而来，周舟推开门，大步走到办公桌前，发现江明川正拿着相框发呆。她伸手将相框拿了回去，摆放好，又说道：“百行签约了。”

江明川愣住，抬头看着周舟。

周舟的表情坚定肃穆，像缥缈峰顶的老庙。

“确定了西山成为度假村的核心位置。”周舟知道江明川很难接受，但他也无法阻止。

江明川忘了自己来找她的目的，像是喃喃自语：“百行集团的报告都非常漂亮，但真正落到实处难说得很……”

“所有的手续程序全都完整，所有的检测全都过关，镇政府相当地欢迎。”周舟盯着他，“明川，接受吧。”

江明川原本以为回到岛上只是一段短暂的旅程，是他人生中的小插曲。没想到时间越拖越久，他还需要不断地斗争下去。在岛上生活的这一段时间里，江明川越来越喜欢岛上的孩子们。他胸中那片烟雨江南潮湿的湖泊越发清晰，每个月夜仿佛在他脑海中荡漾。只要有一个合适的契机，他拿起画笔，就能画下这传世的佳作。他渐渐不想离开这座岛，这片土地不只承载了他的过去，还有他无法割舍的友情和……周舟。即使与父亲的斗争结束，他也不想再漂泊了。他想留在这里，沉浸在故乡的艺术氛围里面，让自己的心与家乡融为一体，体会创作的心境。

“……我不接受。”江明川过了好久才说道。

“那么，我欢迎你的监督。”周舟真诚坦然地看着他，“这个项目落地后，有任何问题，你可以随时监督和举报。”

“舟舟……”江明川看着她坚毅而坦荡的眼神，心脏一阵绞痛，不知是因为百行集团的签约，还是因为心疼她的独行。

“你为什么要把房子给刘芳？”江明川暂时压下了百行的事，毕竟现在没有证据，官方也认定百行的手续过关，他再怎么反对也只是杞人忧天。

“这是陆亚东的房子，我决定还给他。”周舟说起这个问题，语气很轻松。

镇政府有宿舍，金叔叔家永远为她留了一间房，她要了金爷爷曾住的楼下已经变成了杂物间的东间。对周舟来说，睡觉只要一张小床，根本不在意其他东西。

“你说什么胡话呢？买房的时候不是你凑的钱？又不是他一个人付的！”江明川很生气，他觉得陆家这是在欺负孤家寡人的周舟，“就算要分清，也要拿一半回来，凭什么全给她？”

“浪费时间和精力在这件事上，太不值得了。”周舟从背包里拿出几份文件，锁到柜子里。

“你不要老被他们欺负，我们都是你的娘家人，你不要怕……”

“我从来没怕过。”周舟打断江明川的话，笑了，“不要同情和可怜我。我知道自己不是一个人，我不只有你们，我还有同事们，还有乡亲们，还有国家。你肯定不爱听我说这些，但我说的都是我内心真实的想法。我以前和你说过我的立场，也许你觉得那也是官腔，但我想告诉你，真的有金爷爷那样的人存在，以前有，现在也有。你不愿意承认没关系，你觉得这些人傻，或者不符合时下流行的价值观，也没关系。因为这群人，是不会被外界的目光所动摇，不会因为别人的不理解或者置疑而自我置疑的。”

周舟还想说什么，但觉得江明川只会更不理解，她张张嘴，最后叹了口气：“反正你不用担心我，我不差那一间房，国家也不会让我饿死。我现在住宿舍很好，方便工作。金叔也给我收拾好了房间。反正，我能去的地方很多，别替我担心。”

“是，你哪儿都能去，你想回来，也可以住我家里。可你这么纵容坏人是不对的，只会让他们更加欺负你。”江明川在这件事上也劝说不了她，有点气急败坏。周舟说的道理他都懂，但他也承认，无论怎么标榜自己是特立独行不受约束的艺术家，自己心底终究是个俗人，终究还是在乎个人利益的。

“什么是坏？真正的坏人，会受到法律的制裁。陆家这件事，是我自愿退步，跟好坏没关系。我现在一无所有，他们还能问我要什么？要我这条命吗？放心吧，我不会被逼死的。”

“这事，果果知道吗？”江明川被她气得半天没说话，想来想去，也许只有金果果能劝她了。

“果果很赞成。”说起金果果，周舟的苦笑变得欣慰起来。这世界无论有多少人不理解她，金果果都能站在她这边。

“她赞成?!”江明川抓狂起来，“她怎么可能赞成？她最希望你能好好……不，她已经脱离普通大众了！你不能听她的啊！她现在全国都在开店，当然不纠结这几十万的小钱，但对普通人来说，一个房产证需要奋斗多久？你和亚东买房子的时候，就到处凑钱，省吃俭用，现在怎么能听她的，把自己努力买的房子拱手让人？”

“不是钱的问题。你刚才说到‘奋斗’两个字，我觉得特别好，至少你知道我一直在奋斗，这就够了。往前看吧。”周舟想和他说，中国人民从一无所有到现在的高楼大厦，全是自己奋斗出来的，几十年前、数百年前的先辈们，手里有什么？不过是攥着一把浸透热血的泥土，怀着一个充满勇气的梦想，一步步走向光明。

但是江明川不会理解，他只会觉得她疯了。

周舟习惯了不被理解。从扶贫工作开始，到现在的山乡建设，工作上遇到很多困难，但她从来没有退缩过，现在也不会。

只是不被朋友理解的感觉，在情感上有点痛。

明川他们怎么想，她的内心都很满足。

周舟原本想等忙完这段时间去看看柳萍，算算时间她应该彻底出月子了。柳萍找月嫂还是金果果私下付的钱，周舟和月嫂聊过，她做两个月就走。现在月嫂也差不多该走了，但以柳萍的性格，离了照顾她的人，母女俩的生活不知道会有多悲惨。

周舟这段时间抽不出身，金果果也飞去了北京。她不好意思让江明川这个大男人再去看柳萍，只好盘算着下周等金果果回来了，一起去柳萍那儿看看孩子，主要也想问问柳萍以后怎么安排。总不能坐吃山空啊！

柳萍现在一个人带着孩子，比刚结婚时的挥霍无度精明多了。因为她清楚地知道，自己没有"提款机"了，存在卡里的那些钱全是以后生活的资本，她得精打细算过日子。和杨海离婚，怎么算都是亏本生意。好在现在有套房子，再不济就卖了，换个小套的学区房，也够舒舒服服地生活一段时间。

尽管这么盘算，可看着每日吃喝拉撒的支出，柳萍还是坐不住了。以前一人吃饱全家不饿，现在还有张嘴呢！

刚生下来时皱巴巴的一团肉，渐渐长开了，粉团子一样可爱。柳萍看着女儿一天一个样，大大的眼睛又黑又亮又清澈，视线总是追逐着自己，慢慢会抬头，对她咿呀咿呀地笑，她的心就化了、软了。但她也会在深夜被哭闹找奶的婴儿惹得厌烦不已，她也会憎恨自己的人生被这个小生命改变。特别是在浴室里，看着自己变形的身材、依然松垮肥软的肚子。她不但恨女儿，恨杨海，恨周围比她幸福的朋友，还恨自己。

但这种抑郁的状态，在和杨海谈判得到了房子后渐渐消失。

她甚至推着婴儿车去苏州中心买了个包。也许是"包"治百病，挎着新包包，柳萍的心情渐渐好了起来，她又开始把自己打扮得美美的，控制饮食，想着有一天变成辣妈，身边照样有无数追求者。

购物弥补了月子期的沉闷和痛苦，商场的空气都格外香甜。柳萍喜欢这样的空气，但她卡里的余额却让她的喜好变成了折磨。

柳萍看着那些名牌包，它们既不能变成奶粉，也不能变成尿不湿，它们有的款式过时了，有的刚买回来就不喜欢了，它们像在嘲笑她不自量力。

柳萍狠狠心，把旧包挂在了二手平台上，只留下新买的包。做出了艰难的决定——她得工作。

柳萍悄无声息地回到了岛上，找到了隐藏在山水之间的茶师总部。她径直走向前台：“我要找金果果。”

前台小姑娘正对着电脑专心地整理文档，被突如其来的声音吓了一跳。抬头见一个穿着厚羽绒服、挎着香奈儿包包、戴着墨镜的女人站在面前，她立刻起身问道：“请问您有预约吗？”

柳萍有些恼怒，皱了皱眉头，拔高声音：“我是金果果的好朋友，找她还要预约吗？”

前台小姑娘连忙道歉：“对不起，请问您贵姓？我和金总联系一下，您先在那边稍坐。”

前台小姑娘遇到不少直接来找金果果的乡亲——毕竟这里是她的故乡，总有些七大姑八大姨和儿时玩伴直接过来找她。

“柳。”

柳萍一扭身便走到休息区，见前台小姑娘找人给自己送的茶，立刻烦躁地推开了。她毫不客气地斥道：“我还在喂奶，不能喝茶，你们能不能有点脑子？”

端茶的小姐姐赶紧又上前道歉：“那我给您换一杯果汁，需要加热吗？”

大家腹诽，这个戴墨镜的女人好大的排场，她穿得这么严实，谁能看出来她在哺乳期？金总平时的客人都极为有素质，岛上的乡亲也都操着吴侬软语，轻轻慢慢的，这位小姐就跟来要账似的……

“温的就好。”柳萍大喇喇地坐下，打量着周围，心里越发恼火。

茶师的扩张出乎大家意料，短短几个月，原本没几个人的总部也热闹起来了。金果果真成了金总，见面还得先预约。

金果果听到柳萍过来的消息有点诧异，毕竟柳萍拉黑了她，也说过永不来往断绝关系的话。不知道柳萍是不是遇到了什么困难，才不得不低下头来找她。

“让她稍等几分钟，我接完电话。”金果果看着投资方的来电，让助理转告柳萍。

她刚从北京出差回来，见证了四家新店的开业。茶师的规模一下子扩张了五倍，供应链也有些压力。幸好这些都可以交给叶茗来解决，金果果只要专心打通融资，开出新店，在供货量上就不会有太大的问题，也能够将精力集中于公司未来的战略上。

“哟,金总现在真忙,还得预约才能见着啊。”柳萍端着半温的果汁站在金果果的办公室门口。她拿掉了墨镜,露出底妆也掩盖不住的黑眼圈,略带嘲讽地看着金果果。

“别站风口,刚出月子,小心吹着风头疼。”金果果迎到门口,示意助理可以退下了,语气间仿佛没有发生过芥蒂。

柳萍的气色比刚刚生完孩子时好了不少。她化了气势十足的烈焰红唇,虽然眼底仍然残留着憔悴,回不到结婚前的精致,但和那个穿着睡衣坐在床上一身奶渍酸臭味的新手妈妈比起来已经判若两人。

“金总都是大老板了,还这么温柔体贴。”柳萍站在这么有格调的办公室里,内心越自卑,说话就越尖酸。

“孩子呢?”金果果对她的嘲讽不以为意,依然温柔地问道。

柳萍被金果果平静如往日的态度弄得更是浑身不自在。她这次来,想过也许会被金果果刁难,所以穿着家里最贵的行头,还精心打扮一番,想增加几分气势。但没想到做大生意的人,胸怀也比别人大多了。有句话叫什么来着?柳萍才疏学浅,想了半天才想到那个词:虚怀若谷。

此刻站在她面前的金果果,让柳萍想到了小时候。那时她不会做数学试卷,想借金果果的抄,金果果就是用这样温温柔柔的态度坚持要给她讲题,一边的周舟则是附和着教育她要好好学习,不能走“捷径”。

柳萍最看不起金果果和周舟这副完美上进的模样,不管是学习还是生活,不管是公事还是私事,似乎没有一点自己的脾气和私欲,衬托得别人俗得要命。尤其周舟当了书记之后,一脸为国为民鞠躬尽瘁的大仁大义。仇家打她一巴掌,她能把另外半张脸凑过去,动不动就是“为人民服务”。柳萍才不信世上还有这样的人,认为不过都是为了升官发财的手段罢了。

“在家里,月嫂带着呢。”柳萍心思百转千回,她走到那幅《墨莲》前仔仔细细地看了一番,她不懂画,开始还以为是江明川画的,心里满是嫉妒。她深吸了口气,装作大度地开口:“这画不错,送我当复合礼物吧。”

本来出了月子,应该把月嫂辞退自己来带孩子,可柳萍知道这是周舟他们出钱,就装聋作哑,能多留一天是一天。

“复合?你还当跟以前过家家吵架一样?”金果果也走到那幅画前。这是叶茗送的画,江明川上次来,也是盯着这幅画不放,不过他可不像柳萍无知者无畏，再喜欢也不敢开口要，因为知道这幅画的价值。他给金果果说了个预估价，听到价格后金果果差点没当场把画还回去。

“是不一样了，你已经成了金凤凰……”

“柳萍，你已经是妈妈了，还拿出小女孩的态度，怎么能让别人愿意帮你?”金果果打断她阴阳怪气的话，直接说道。

柳萍又气鼓鼓地咬着牙，看吧，就跟借数学试卷一样，还是那么喜欢教育别人，非得教她学公式。但和金果果对视了几秒，柳萍就移开了视线，气势不觉就低了一头。

瞧啊，金果果还是那么端正、优雅、清澈，除了在陆亚东葬礼上露出了疲态，茶师启动后，她的眼睛里全是明亮的希望和奋进的锐意。

看到果果黑白分明的眼睛里映着自己那张拼命用妆容来掩盖苍老的脸，柳萍内心更是自卑、嫉妒和后悔——她也不知道在后悔什么，如果能再回到过去，她觉得自己会拥有比这儿还大的办公楼，里面挂满了比这幅画还要漂亮的艺术品……

“我今天来，是有事要求你。”柳萍有几秒钟恍惚了，一下陷入了幻想，突然胸口一阵轻微刺痛，乳房发胀，热乎乎的奶水溢了出来，这让她猛然回到了现实，有些狼狈地开口。

这个点是小囡囡要吃奶的时候，她忘了带吸奶器，现在胀得难受，幸好走的时候贴了防溢乳贴，能稍微挡挡。

金果果知道柳萍一直不服她，虽然表面上柳萍很少和她发生冲突，但总是在暗地里别苗头。她现在开了这个口，估计心里别扭、难受得很。

别扭、难受就对了，人只有当逼迫自己加速爬坡，改变贪图安逸的习惯时，才会难受、不舒服。

“如果是要借钱，就不要开口了。”金果果用最温柔的语气，斩钉截铁地说着无情的话。

柳萍的脸一阵红一阵白，气恼得想发火，但一阵阵的胀奶提醒她回到现实。她咬着牙哼了一声：“谁要问你借钱!”

“那是什么事?”金果果心里有些欣慰，看来当了母亲后柳萍也会改变。如果柳萍能够吸取之前的教训，重新审视生活，那么对她自己绝对是一件好事。

“我……”柳萍放下果汁，心里懊恼是不是果汁喝多了，导致奶阵一阵阵地袭来，把她里面穿的毛衣裙都打湿了。空调很暖，柳萍热出了一身汗。但她也不好意思在衣着大方得体的金果果面前脱下外套，怕失去最后的体面。

永远外在的体面。

"你需要什么，我和周舟会帮你想办法。"金果果对柳萍还是有感情的，虽然这感情快被柳萍恶劣的行径消耗完了。

现在拒绝柳萍，也是她咎由自取。但金果果想到柳萍还是一个新手妈妈，如果愿意改变，她不会袖手旁观，而周舟更不会置之不理。

金果果不仅是考虑到柳萍母女的未来，她更想保护周舟不再被牵扯进这些烦心事里。坦白地说，虽然一起长大，但金果果一直更亲近周舟。两个人的感情像亲姐妹，尤其回来后见周舟经历了那么多的苦痛，她不希望柳萍再去麻烦周舟。如果今天她把柳萍拒之门外，以柳萍的性格和她身边的交际圈，最后可依赖的只有周舟。而以周舟的性格，只会尽心尽力地照顾这对母女。虽然周舟心甘情愿，她有她的伟大，但金果果不能看着她无底线地为他人而活。

听到金果果提起周舟，柳萍有点嫌弃地开口："这事不用找周舟，我也不想去镇政府。对你来说是很简单的事，我有孩子要养，我想在你这儿找份工作。"周舟虽然是书记，但两袖清风，又坚持原则，能给她什么？

柳萍倒是很清楚，现在她所拥有的这一切都是靠别人施舍的。房子等于是杨海被逼拿出来的，月嫂是别人在出钱，现在的生活费还是当初结婚时她收的礼金和婚前婚后用"委曲求全"压榨出来的一点积蓄。她去深圳打工这么多年，挥霍的钱比工资还多。如果不是回来前负心人给了一点青春损失费，凭她自己根本养不活孩子。就算能不要脸地蹭一阵子月嫂，到了年底月嫂终究还是得走。坐吃山空的柳萍不但要照顾孩子，还得支出家用，根本坚持不了多久。

柳萍反反复复地后悔没有坚持找杨海要抚养费，现在只能被迫想办法找一份工作。可她的履历不漂亮，也没有一技之长，想找高薪资的工作谈何容易？想了好几个晚上，她偷偷地把金果果从黑名单里拉了出来，"纡尊降贵"地来到茶师，开了这个口。

金果果的事业现在做得这么大，她总是需要一些信得过的人任职关键岗位。而柳萍虽然和金果果闹过几次矛盾，但只有最亲近的闺密才会争吵嘛，再怎么说她们认识了三十年，自己怎么都是金果果极少数能够信得过的人之一。而她有闺密这个老板当靠山，肯定也能轻松地胜任关键岗位。

柳萍成了妈妈之后，脸皮更厚了。这在她心里不是贬义，她甚至有点沾沾自喜，觉得这就是为母则强。

金果果没有立刻回答，而是静静地看着柳萍。

明明是平静温和的眼神，却让柳萍感觉像一把锋利的手术刀，精准地剖开她的胸膛，打开她的头颅，沿着神经游走。她忍不住避开了金果果的眼神，心里更狼狈、生气。她都低头恳求了，金果果怎么还拿腔拿调起来？

金果果沉默时间越长，柳萍就越是慌乱，心里的恼羞成怒渐渐变成了惶恐——这点小请求该不会被拒绝吧？三十年的友情砝码，难道金果果根本不在意？

“你不愿意就算了，就当我今天没来过！”柳萍受不了被她盯着，转身就要走，嘴里咕哝着，“还说什么会帮我……”

“我会通知人事部安排。”金果果终于开口了，“我当然欢迎你能重新步入职场。只是公司有公司的规定，我们得按规矩来。”

柳萍从小就是个没规矩的人。无规矩不成方圆。金果果当然会帮她，只不过要真正帮她，不是开一份工资让她糊口，而是帮助她融入社会，把她打磨成一个优秀的单亲妈妈。否则以柳萍的性格，金果果可以预料，她会拿着工资偷奸耍滑，在同事们中会产生负面影响。如果是这样，把她惯坏了还不如直接拒绝。

“规矩？这不就是一句话的事吗？你是老板啊！”柳萍听到这句话，有点高兴，又有点不高兴，转身看着金果果。

果然红气养人。金果果身上穿的虽然看不出是大牌，但剪裁合身的一套羊绒西装衬得她有种不费力的高级感，仿佛拥有随时能掌控全局、驾驭一切的能力。她的五官没什么变化，依然眉目如画，表情也越发放松和温柔，但少了小时候的娇憨，多了成熟干练的气魄，尤其是眼里的光，让她更有女性的魅力了。

同人不同命，柳萍心底暗暗地想。

她从小就不觉得自己的长相比金果果差，以后不当个大明星，至少也能嫁入豪门。只是不知道为什么，自己总是差了点运气，两个人的境遇却越行越远。之前与杨海结婚，面对金果果的时候，她还可以有一份已婚对未婚的优越感：金果果再怎么厉害，到底不还是“大龄剩女”吗？可离婚之后，她的心气更被打下来了一大半。现在面对这个气质越发高级迷人的“大龄剩女”，柳萍就连引以为傲的外表都自卑了——怎么会有人过了三十却更好看的？

"公司还有窦豆和叶茗加盟,我们是个团队,有不一样的任务。我只是负责资本和战略的,具体的运营模式和组织架构,需要整个团队协商,不是我一言堂。"

金果果一句话,当然可以让柳萍舒舒服服地拿工资,但她不能那样做。

柳萍好不容易有了点责任心,知道要靠自己的双手养孩子。金果果更希望她能历练出来,以后不管是在自己这里,还是跳槽去更好的地方,都有丰富的经验和实力。

"……我还在哺乳期,是不是有额外补贴?"柳萍因为离婚,为了多争些财产,可没少看哺乳期的特权。

柳萍也绝对想不到要靠工作来改变人生,她以前总是想拐着弯儿依靠什么。可这一年来,经历了被渣男抛弃,再被老实人抛弃,她才发现金果果说得对,世界上真正靠得住的唯有自己。

"我先问问人事部还有什么岗位需要人手。"

金果果给人事部打了个电话。

柳萍看着那幅《墨莲》,有点忐忑不安地等着结果。

因为她也知道自己学历和工作履历都乏善可陈,如果闺密不留情面地让外人来审核她的资历,那估计够呛。

她只当过处理行政事务的文员,对其他事务都没什么经验,在金果果的创业团队中很难找到合适的位置。现在就是态度好,柳萍觉得自己的姿态已经放得够低了。只不过在金果果看来,她那点装模作样的傲气,一点也不像是想要谦虚学习、重新走进职场的模样。

短短半分钟通话时间,柳萍心里已经对自己又评估了一遍,没有闺密无条件的力挺,她有点不自信起来。

"门店工作你能做吗?"金果果挂断了电话,问道。

柳萍眼睛一亮,长松了口气,她已经打探到了茶师的待遇优厚,管理职位更有丰润的分红:"要是让我当店长……"

"现在旗舰店的业务繁忙,对店长的要求非常高。"金果果打断了她的幻想,微笑着说道。

店长不但要有眼色会服务,能处理各种意外情况,还要有经营分析能力,能准确掌控需求的变化并做出预测,以此来确定每天的配送量和人手配置,这些都是影响到营业额的关键因素。这么重要的岗位，不可能交给什么都不懂的外行。何况现在的店长是她们高薪招来的优秀人才，金果果没有换人的想法。

柳萍惊喜的表情立刻变得扭曲起来，在她心里，永远完美正确的金果果在涉及利益的问题上可没什么虚怀若谷的胸襟气度，还不如直接表达利己观点的自己真实坦荡呢！

如果不是确实需要一份工作养孩子，柳萍真不想低头来这里！

“你在零售业上毫无经验，如果真的想在我这儿工作，恐怕只能从培训生做起。当然工作会有些辛苦，但培训生收入不错，发展空间也不错，你自己考虑。”金果果语气温柔，实事求是地告诉她放弃不劳而获的幻想。

金果果不是无私奉献的周舟，她是企业家。做慈善可以，但得有意义。

柳萍如果要来茶师工作，唯一能做的就是从第一线的培训生开始，学习如何用茶饮机，如何泡制茶饮，怎么好好服务顾客。在这个过程中学习并提高，之后表现出色才能考虑升职，甚至成为一家店的管理者。

柳萍心里不是没想过这种情况，但她习惯了虚张声势，不懂什么是真正的低头。

要是以前，她不是哭出来骂出来就是拂袖而去。可她一想到在家里嗷嗷待哺的小毛头就又开始胀奶，心理和身体的双重难受让她眼底露出了可怜、服软的神色。

“行吧，我会试试的。不过我要在园区店……希望在园区，离家里近点，不然背着奶上班，来回路上太辛苦，我怕宝宝饿着了。”柳萍还想讨价还价，但声音低如蚊蚋，没有了之前的咋咋呼呼和理所当然。

“你可以对人事部提出工作上的诉求，他们会综合考虑的。”金果果虽然回答得公私分明，但心里松了口气，对柳萍来说这是一个很大的进步。

人不自助，谁也帮不了她。作为多年的朋友，金果果终究不希望柳萍一直这么浑浑噩噩地过下去，希望她在孩子面前脱胎换骨，做个榜样，至少能够独立清醒地继续自己的人生。

“你非得让我去求别人吗？……”柳萍有点哀怨，觉得金果果在故意刁难。

“不是求，是靠自己争取。”金果果注意到柳萍胸口有一点湿湿的水渍，她没生育过，还以为是柳萍喝饮料时不小心弄上的，她拿了面巾纸给柳萍。

柳萍低头一看，溢出的奶就跟她失控的人生一样，那么难看地摆在眼前。

于是乎，茶师的旗舰店增加了一名大龄培训生。这没有引起大家的惊讶，毕竟虽然茶师的薪资水平高，也可看得见未来，但终究还是一家新兴的创业公司，人员流动大也是常事。

培训生大部分是年轻人，柳萍的年纪就凸显出来了。

金果果心目中的企业文化是良性竞争与互助友好，招人的标准也是以善良热情为先。这些年轻人听说柳萍是一名的单亲妈妈，家里还有个嗷嗷待哺的孩子，都明显地给予了同情和热心的帮助。

柳萍一开始还有点别别扭扭的，她本来想着靠金果果的关系快速上升，但真的和年轻人在一起培训，反倒不好意思说茶师的创始人是自己的闺密了——落差太大了。她可是要面子的人，闺密当大老板，自己在底层打工，这事怎么说都有点丢人。

不过年轻人的活力很快也影响了柳萍，她慢慢适应了这种全新的职场生活，每天虽然辛苦，但充实而有趣。每当回家看到宝宝时，她就不由自主地对比以往的人生，微妙地感觉到了不同。

有了稳定工作，柳萍很快也换了保姆——保姆比月嫂便宜多了，实习生的工资不高，但勉强可以维持生活。

和年轻人在一起待上一段时间，柳萍才深刻地感觉到职场的工作机会不是那么多。时间拖得越久，年纪越大，她的机会也就越少，必须得抓紧时间努力了。

金果果虽然工作很忙，但她隔段时间就会亲自去问问培训新人的事，比旗舰店开业前还要上心。只有窦豆知道，她是在关注一个特殊的“新人”呢。

茶师的管理本就很人性化，高层也是女性居多，因此企业风格明快温暖又细致，对女性的关怀和福利很多，尤其对哺乳期女性和单身妈妈格外照顾。

柳萍还是娇气的，偶尔想偷奸耍滑。但她更要面子，眼看着那些刚毕业的小姑娘，年轻漂亮又比自己领悟得快，她就心里不得劲。在这些年轻可爱的小同事面前，她忽然什么资本都没有了。曾经引以为傲的年轻漂亮会撒娇，在这里吃不开了。她只剩下一个嗷嗷待哺的可爱宝宝，无时无刻不在提醒她的新身份。

每天早上，柳萍都会亲亲吃完早奶后熟睡的女儿的脸蛋，抽出被她奶呼呼的小手紧紧攥着的手——她这三十年的荒唐和蹉跎，让她错过了无数机会，只剩下这个日渐可爱的小肉团。

已经到了深冬，江南的天气阴冷。尤其是晚上下过雨之后，第二天早上会起晨雾，绵密的雾气无处不钻，紧紧贴着衣服和皮肤，挥之不去。

柳萍现在不再赶时髦了——她生完孩子，月子坐得糟心，身体也变差了。她现在比不上店里的小姑娘抗寒耐冻，为了美甚至能雪天光着腿。

柳萍自小就很擅长“雌竞”。既然身材、容貌和青春优势没了，她就转型走其他路线，学金果果穿得优雅大方点，像个有品位有阅历的大姐姐。当然主要还是得保养身体，如果自己生病了，宝宝怎么办？柳萍想到那个小家伙，心里又爱又恨。她叹了口气，戴着厚厚的绒线帽和棉布口罩，用围巾裹紧了脖子，步行前往商业中心。要不是因为家离上班的地方近，柳萍都考虑过把房子租出去，与女儿另租一个小一点的地方住，还能有租金差额补贴生活。

真没想到以前花钱如流水的柳萍，重新工作后，这么心疼来之不易的钱。她现在出门买菜都会等到晚上超市打烊前菜和水果打折时，可以省不少钱。

她盘算着存钱，等女儿长大点上了托班，就不用再请保姆。到时候再把大房子租出去，每个月至少又多一两千块钱可以当生活费。

每天走去茶师的路上，柳萍都会计算好一天的花销。也不知是不是由于哺乳期激素的改变，她现在对男人彻底失去兴趣了，也不再想着靠姿色去找个新男人。

她有个女儿，也不能随便找男人，谁知道他会不会虐待小囡囡？

更何况她参加了一段时间培训后，渐渐融入了工作。她第一次感觉生活有盼头，不是靠男人的盼头，是觉得有真实的希望在未来。

杨海在远处默默站着，看着柳萍有些臃肿的背影。

听说柳萍在果果这儿工作，别说杨海，就连周舟都不太相信她能正经上班。

杨海更是觉得这女人祸害完自己又要祸害朋友。没想到果果说在部门经理的汇报里，柳萍每天的表现都很不错，她真的放下身段好好工作了。

只看那个穿得厚厚实实曲线全无的背影，杨海都认不出那是柳萍了，也或许，他从来就没有真正认识过柳萍。

寒风中，他叹了口气，转身离开。

柳萍现在已经很熟练了，到了店里换上工作服，先帮忙清洁消毒。她刚提着一桶水出来，立刻有两个年轻人迎了上来。小林正在和新来的员工聊最近的八卦，看到柳萍，立刻抢过水桶：“萍姐，你放下放下。你刚生孩子没多久，别累着了，让我们来。”

柳萍客气了一下，也就顺理成章地把累活推了出去，自己细致地擦擦桌子消消毒——她是不知不觉在改变，不过偶尔偷懒在所难免。

而且这群女孩子活力热情，工作服都掩盖不了她们的青春靓丽，让柳萍既羡慕又感慨。如果当年她南漂时，对工作和身边的前辈、长辈们这么热情礼貌，或许当年公司的保洁大妈就会把在深圳有十来套房的儿子介绍给她了。

这可不是开玩笑，当年柳萍年轻漂亮，刚进公司被保洁阿姨搭讪，问她有没有男朋友，想把自己儿子介绍给她。柳萍那时候心高气傲，见一个保洁阿姨竟妄想让她当儿媳，恼羞成怒地把阿姨给骂了一顿。结果有一次见阿姨的儿子开着玛莎拉蒂来接妈妈下班，才知道阿姨家的钱多得花不完，人家嫌在家待着太无聊才出来工作的……

“萍姐，一会儿你帮忙看看洗手间的安心箱空了没，记得放满。”小林忽然火急火燎地跑过来，满脸的激动和开心，迫不及待地告诉她，“今天金总要来这边！你还没见过她吧？你上次不是夸我口红颜色好看吗？就是她送我的！哎呀呀，回头我跟你细说，金总可体贴暖心了！”

小林急着把店面收拾得一尘不染，转身就跑到休息室那边，对着里面喊道：“岚岚，你换个衣服太慢了，快点出来干活。今天金总要过来视察！”

柳萍愣了一会儿，她的心里跟打翻了五味瓶似的，但最终变成了一种奇怪的滋味——她想炫耀。

这一刻她很想对那些同事和总是对她要求严格的店长说，金总的体贴和暖心，她可是从小感受到大的！一支口红算什么？她要是开口，金果果可以把身上的衣服、包包全送给她！她女儿一出生，吃的穿的用的都是果果阿姨给买的呢！这么厉害的老板，是她一辈子也分不开的亲爱的闺密！

柳萍忍不住对着擦得光亮的玻璃看了眼自己的形象。她把头发整理了一下，脑中幻想着等她下班时，金果果开着玛莎拉蒂在店门口等她，亲自给她打开车门，请她坐上去，后排还坐着两个事业有成的帅哥……

但柳萍最终忍住了，她又想到了她们之间的落差——一样的起点，有的人还在悬崖下漆黑的深渊里挣扎，有的人已经爬到了山顶，看到了最美的日出。

“小林，”柳萍消完毒，脑中的遐想也终于结束了，她走到小林身边，堆上营业笑脸，装作好奇地问道，“金总以前过来吗？她过来干吗的？来训话，还是开会？”

“经常过来，每个月都有一两次。有时候是带朋友过来喝茶聊事，有时候是跟大家一起待上半天，也不怎么训话。金总不像窦总，她就喜欢找个地方坐着，看着人来人往的……”小林思维跳跃得很，说到窦豆又激动起来，“窦总的训话你没听过，那真是跟‘打鸡血’一样，窦总太能说了！可惜她不怎么过来，好像特别忙。”

“那金总今天过来是干吗的？”柳萍耐着性子又问道。

“我刚问了店长，她也不知道！”小林耸耸肩，“老板的事，哪能让我们知道？有可能是想突然袭击，看看新来的几个同事的培训成果怎么样。”

说到这里，小林又热情地笑着蹭了蹭柳萍的肩膀表示亲昵：“萍姐，你别担心。金总人可好了，特别好说话。我第一次见她，就给她涂口红呢！”

柳萍可不想再听小林说口红的事了，敷衍地应和两句，找了个借口去厕所蹲着刷会儿手机。

不知道是不是大数据知道柳萍的现状，给她推荐的都是有个当老板的闺密的快乐生活。柳萍看久了，也会幻想果果给她买车买房，介绍名流钻石王老五……

金果果下午两点多到的店。她身边还有三个人，一个是周舟，另外两个男士柳萍不认识，但看他们的打扮和举止，可能是哪里的大老板。

她们来店里考察或者谈工作？那周舟怎么会跟着？

柳萍看到周舟也来了，顿时不想出去了。她跟在其他兴奋的员工身后，故意把员工帽的帽檐拉得低低的，不想被认出来。

四个人坐在能看到湖景的窗边。这几天风大湿冷，室外的桌椅上没有人，难得看上去冷清。室内却热闹得很，从上午十点就几乎满座，外面排队的就没断过。

柳萍一开始还偷偷关注着金果果那桌，这会儿忙得也没空偷瞄那边了。

周舟和两个男士谈笑风生，金果果不时走到湖边接电话，看上去很忙。

金果果是陪着周舟过来的，顺便看看柳萍。

今天是冬至，周舟起早买了冬酿酒，特意带过来，想陪柳萍过个节。

老苏州人对冬至很重视，正所谓“冬至大过年”，他们会早早起来买菜买酒。

讲究点的人还会去传承下来的百年老店排队,他们只认准了那几家的冬酿酒和冬至团,哪怕是羊肉,也只买老店的。

往年冬至,周舟都在金果果家里,今年金果果的父母被金宝宝接去海岛玩了。

到了傍晚,店里更忙了。不管是逛街准备吃饭的,还是刚下班的白领们,都喜欢顺手买杯热乎乎的茶消食。

今天桂花瓜片卖得最好,有些不喝冬酿酒的人,顺手买杯桂花茶也算应个景。柳萍忙得手都酸了。眼看外面天空黑了下来,湖边的路灯一盏盏亮起,旁边的商店挂着各种红色节日装扮,迎接节日的到来。

金果果和周舟终于要走了,而柳萍到现在都没和她俩打声招呼。眼看着金果果一行人走了出去,她的心里又是难受又是失落。她把手里的活交给小林,借口要去挤个奶,回到女更衣室。

背奶上班确实很辛苦,可柳萍此刻觉得,比起上班的辛苦,人生的差距更令人痛苦。

挤完奶后,柳萍又磨磨叽叽地在更衣室里休息了两分钟。她现在对偷懒的时间掌握得很好了,不能太久,否则店长下次开会就要点名了。

柳萍整理好衣服,擦了擦眼角,不知怎么就脆弱地落下泪来。她一贯爱哭,以前依仗着有男人喜欢,哭了也有人哄。现在不同了,不但身边没有知冷知热的人,还有个比她更能哭、更不讲理的小"吞金兽"。

柳萍补好妆打开更衣室的门,看见外面的休息室里一坐一站的两个人,正笑吟吟地看着她。这一看不要紧,眼圈还红着的柳萍顿时又哭了:"你们来这儿干吗?看我笑话吗?"她明知不是,但嘴上不知道怎么还是和以前一样刻薄起来。

"当然是接你过节。"周舟最大气,走到柳萍面前,伸手抱住她,笑道,"被其他人看到,还以为果果在批评你呢。可别哭了,我们替你请假提前下班,赶紧换衣服去。"

"接我过节?去哪儿过节?"柳萍心里闪了一下,该不是杨海后悔了吧?也许杨海又想复合,但不好意思说,所以请朋友们出面……

"当然是去你屋里头陪囡囡过节。我带了冬酿酒和团子,还有你最爱吃的黄家酱方。"周舟给她擦着眼泪说道。

柳萍瞥了眼笑而不语的金果果，忍不住问道："就你们俩？"

"你还想有谁？"周舟反问，随后意会到了，"你要喊杨海一起？"

"谁要喊他！"柳萍一听这话，心里很失望，一扭身回更衣室，"行了，等我。"

周舟看着更衣室的门关上，走回金果果身边，摇头感慨："早知如此，何必当初？"

"现在也挺好。能重拾人生，总是好事。"金果果今天近距离地观察了柳萍的工作，发现柳萍已经在很努力地面对自己的人生了，没有像以前那样，什么事都想着投机取巧。

"柳萍这次不一样了，我要不是亲眼所见，也不敢相信她能让人看到希望。"周舟压低声音，"是不是你这儿的培训太'洗脑'了？"

"也许是小囡囡让她找到了责任感。"金果果还没结婚生子，但她可以想象，如果自己是单身母亲带孩子，一定也会想办法赚钱养家，怎么都不可能再躺着坐吃山空。

周舟也觉得柳萍虽然改变得没有那么彻底，但总归不再像以前那么犯糊涂。

柳萍还真梦想成真了，在店员们羡慕的眼光里，大摇大摆地坐上了金果果的车，姐妹三人开车回她屋里。

周舟和柳萍在车里聊着新工作和新生活，好像一瞬间又回到了高中毕业那年的暑假，三个女孩虽然志向不同，但可以亲密地聊着未来。只是大家心里又都清楚，年少的好友们终将随着时光流散，就像陆亚东永远不会再出现，就像江明川甘于平凡，就像杨海或许再也不会相信爱情。

三个人提着大袋小袋的熟菜上了楼。保姆正抱着小囡囡喂奶，见柳萍提前回来了就赶紧迎上去。

金果果这是第二次看到小囡囡，已经和刚出生时皱巴巴的样子完全不同了，像粉白面团子似的，一双葡萄般的大眼睛一眨不眨地看着她。

面对这么可爱的萌娃，金果果的心都要融化了。难怪柳萍变了，行动力这么强，能吃下苦去工作。

"她眼睛是不是很像果果？"

柳萍一路上没主动和金果果说话。一来确实没有共同语言了；二来金果果现在的身份让她觉得很别扭；三来金果果开车，不怎么插嘴。

但和周舟聊了一路，听到周舟熟悉亲切的家乡口音，柳萍渐渐没了那种“不如人”的难受，现在甚至有点过于热情地抱过孩子给两位阿姨看。

“小毛毛头长得真乖。”周舟喜欢孩子，把食物袋递给保姆，伸手就抱过宝宝惊喜地说道，“她居然没哭呀，还对我笑呢。”

小囡囡刚刚吃饱，张着红红的小嘴咿呀了一声，那黑亮清澈的大眼睛，确实和金果果小时候很像。

柳萍又瞄了眼站在一边不声不响看着宝宝的金果果，想到刚生完孩子时两个人在医院的争吵。想到她任性地拉黑了金果果，还心安理得地享受金果果和周舟为自己打理的一切，又想到自己拉下脸皮找金果果帮忙……

金果果还是和以前一样，喜欢静静地旁观，但柳萍总觉得金果果和自己的距离很远，好像变得遥不可及。

不知是出于什么心态，柳萍忽然就伸手把她拉坐到沙发上：“果果，你也别站着了，先坐，要喝什么？今天看你在茶师喝了一下午茶，换个饮料？”

“你又不是不知道果果不爱喝饮料，她现在连咖啡都喝得少了。”周舟抱着宝宝，开心地坐到金果果身边，依然逗着小宝宝，“别忙活了，一会儿喝点冬酿酒。”

“果果要开车，能喝酒吗？”柳萍忽然就对金果果亲热起来，好像这一路无形中跨过了看不见的障碍，她对金果果的肢体接触也极为亲密。

“你歇歇吧，我们想喝什么自己会拿。”金果果见她殷勤的样子反倒不舒服。

柳萍这会儿像是打了兴奋剂，高声使唤着保姆把菜准备好，又拿出果盘和零食，忙前忙后，跟以前确实判若两人。

“果果，我今天一定得跟你喝一杯，你一会儿开车喊个代驾也行。”柳萍也变得越来越善解人意，仿佛此刻的金果果是个让她心仪的帅哥。

周舟在一边抱着宝宝抿嘴笑，她也是佩服柳萍这副来事精的模样。

“我不喝了，晚上可能还有事。”金果果可从来没在柳萍面前享受过这样的公主待遇，她很不自在地挡住柳萍拼命夹菜的手，“行啦，你要撵我直接说，别故意撑坏我。”

“哪有？我看你太瘦了，多吃点。”柳萍嘻嘻笑着，好像曾经的不愉快都消失了，尤其两杯冬酿酒下肚，心里热乎乎的，更是热情似火。

“你也少喝点，晚上要喂奶呢。”金果果轻声叮嘱她。

"这是米酒,没事的,有的地方还当月子酒喝呢。"柳萍看着金果果,放下酒杯,感慨地说道,"你回来也大半年了,我真的没想到,茶师发展到这个规模……"

"这得感谢团队的努力,我一个人可做不到。"金果果最感谢的是提供核心技术的叶茗。

现在茶师这么火,不知被多少竞争对手盯着,他们想方设法复制茶师的配方,却无一成功。因为茶师的茶,不是按配方加添加剂调出来的。基因编辑这一道关口,对手们无法突破,成本和口味都跟不上茶师的脚步。

"你看你看,你又说这种冠冕堂皇的话。我以前啊,最不喜欢你这个调调。承认自己优秀怎么了?张扬一点怎么了?"柳萍话匣子打开了,说话开始不客气起来,"你跟周舟两个,一脸那什么……上善若水?大智若愚?哎呀,反正就是故作低调的样子,让人很不爽,衬得别人特别俗特别傻。"

"我看你是喝多了。"周舟莫名"中枪",无奈地摇摇头,对着小囡囡柔声说道,"你长大了可不要学你妈妈哟。"

"我怎么了?我虽然自私,但我真实!我有欲望,我承认,我不会像你们一样忍着。"柳萍娇嗔地瞪了眼周舟,"我就为自己而活,不管谁有意见,我都不动摇。"

"行啦,你结棍(厉害)。"周舟用方言笑骂了一句,从这点来说,柳萍确实也活出了自我。

"现在陆家还找你吗?"柳萍也是哪壶不开提哪壶,忽然问周舟。

自从陆家把刘芳接回去后,周舟虽然仍会照顾二老的生活,时而也托人带上水果和补品,但她心里明白,她与陆家的亲情联系已经切断了。

"很少找我。"周舟没敢和柳萍说实话。

不过她猜想,如果柳萍知道自己把镇上的小房子给了刘芳,也不会像以前那样生气。因为同样是单亲妈妈,柳萍也知道厚着脸皮给孩子争取一套房子,应该也会理解刘芳的难处。

"那最好了。那个小三有了儿子,她才是那个家庭的儿媳妇,她也有照顾公婆的义务。"柳萍松了口气。

当然,以刘芳不安于室的性格,估计不可能一辈子待在陆家,早晚要改嫁离开,但至少得等孩子大些。这是畸形的家庭结构,但也满足了陆家二老心中所愿，毕竟他们一直追求着传宗接代。

“对啊，我有时候想，这也许是陆亚东给我留下的最好的遗物。”周舟苦笑着摇头，看着柳萍，“是不是我也很自私？这个孩子，让我不需要承担这份不必要的责任与义务。以后陆家二老、刘芳，还有陆亚东的遗腹子，都是和我没有亲情关系的人。我有时候甚至感激他，让我能够全身心地投入工作。”

“你还有点人情味，不像果果，完美得像个假人。”柳萍满意地点点头，把自己的需求放在第一位才像一个正常的社会人嘛。

“又在‘拉踩’。”金果果不满地开口，“要夸就好好夸，不要阴阳。”

“这大半年可是发生了不少事。”周舟看着可爱的宝宝抓着自己的手，笑着说道，“值得开心的是，果果的茶师一切顺利，还有宝宝真可爱。”

乡土有诸多变迁，小伙伴们身上发生了太多故事，有的人永远离开，有的人永远决绝，真是让人感叹现实的发展远超过文学的想象。

“我不是阴阳怪气，我是真羡慕嫉妒恨。”柳萍真情流露，“我经常晚上被果果气得睡不着。都是一起长大的，凭啥她独美？”

她一直觉得金果果给她这个工作的机会就是在报复自己以前的高傲。好在她处于哺乳期，享受到了不少哺乳期的福利，工作时长也不是那么难以承受，只是跟柳萍想象中的工作差太远了。她原本以为闺密的公司，好歹给她一个办公室，最好再给六个月产假，让她白拿半年工资再上班，谁知道一来就这么辛苦。

“我先接个电话。”

茶师不经夸，小伙伴们刚说茶师顺利，窦豆就打电话过来了。

第二十六章　冬至夜

窦豆噼里啪啦地一阵"输出":"果果,这批货又有人搞鬼。我之前签下的冬季主打普洱所需陈茶饼的供货商反悔了。现在两个新店供货不足,可能要暂时下架。"

"还有多少货?"

果果劝说窦豆等等叶茗这边,可窦豆心急,而且普洱熟茶特别适合冬季。普洱茶汤色深红、通透明亮,水性厚,一口就让人浑身暖意融融,因此茶师最近在主推普洱。尽管口碑不如叶茗的第一批枫露普洱,但网上那轮争论导致新客会特意跑来买一杯尝尝,反而销量越来越高。

当然,新品的口味也是不错的。有叶茗团队在,新品结合了叶茗培育制造的新茶茶饼与市场上的高价陈茶,调和出清新而不失回味的味道。

现在由于销量的攀升,对陈茶的供应需求也在进一步加大。为了把控品质,窦豆采取总部统一采购,然后配好分发下去的模式。谁知道原本的供货商到了要交货的时候突然就出了幺蛾子,告知窦豆库存的好茶已经被别人高价定走,他们愿意退回茶师的定金损失,但属实无法供货。

"三天。"窦豆很郁闷,接二连三的打击让她后悔没听金果果的。但没有后悔药,她只能连夜开会想对策:"如果再下架这款普洱……打击太大了。"

为了保证产品口味的一致性与延续性,不可能随便寻找替代品。而且上次枫露普洱的事到现在还在发酵,即使要找替代品,也必须是升级版的,才有可能挽回口碑。

现在除了有库存的总部旗舰店之外,其他几家新店的供应顿时告急,三天后只能暂时下架新品。窦豆知道这肯定会给茶师的发展与销量带来巨大的打击。

"我就知道现在我们发展得这么迅猛,肯定有许多竞争对手,但是谁知道这次签了双保险还会遇到意外……”窦豆忍不住在那边解释。

“因为陈年普洱现在是我们最脆弱的环节。”金果果走到隔壁书房，看着外面万家灯火，遥望着矗立在金鸡湖边的东方之门，“我们根基还浅，积累的时间太短了，所以要慢一点来，不能着急。还有三天时间，再想想办法，你那边先做好公关方案。”

“张炜那边我也问了，叶茗一直培养的什么茶菌说是需要时间。三天时间……我只能启动危机公关了，看看能不能应对舆论。”窦豆有点气急败坏。她觉得现在茶师还是“小本生意”，一线城市还没开满店呢，和她们之前的“千亿”计划相比，只是小小的一步，怎么就有人眼红看不下去了？

“我马上回西山，找叶茗开会商量。”金果果虽然听到窦豆那边还有个手机响个不停，但她心里很平静——这是创业时就想过无数次的意外之一，茶师用新颖的模式与产品，建立有那么广阔的发展前景的年轻人市场，还野心勃勃地试图建立统一的标准去颠覆市场，不知动了多少人的“蛋糕”。

一旦茶师开始反向推动生产与种植环节的发展，建立起来大面积的产业基地，形成标准化、工业化与品牌化的体系，进入高端竞争，将会影响整个茶叶行业的发展。

在各大媒体的采访中，茶师一再声明：原有的茶叶商模式是能够保留的，不仅不会因为茶师的发展而溃败，而且会彼此影响，向高端性与文化性升华，完全是双赢的局面。

可有些人不这么想。

金果果给叶茗打了个电话，问他现在在哪儿。

“对对对，你永远正义永远为国为民，果果永远正确永远不争不抢……”柳萍在和周舟争论什么，见金果果从书房里出来，立刻打住话头，“菜都要冷了，快坐下吃。”

“公司有点事，我得先走了。周舟，我把车给你，回头你开回去。”金果果刚才给叶茗打电话，知道他刚好在东方之门。

“什么事这么急？差这点吃饭的时间吗？”柳萍有点不满，起身就想拉她坐下。

“柳萍，你别耽误人家工作。”周舟赶紧接过金果果的车钥匙，现在金果果的生意动辄千万上亿的，能过来陪柳萍过冬至，已经给足了情面。

“哪有工作这么十万火急的？茶师现在不都挺好的吗？”柳萍没能留住金果果，有点不高兴地沉着脸。

“我们哪知道生意场上的事？也许是去谈大合同呢？”周舟笑道。

“我倒宁可她谈个恋爱。你不觉得果果有时候不像个女人吗？”柳萍终于找到了金果果的缺点，在人走了之后吐槽，“而且，她好像从小到大都对异性没什么感觉，是不是有病啊？”

“我看你才是有病，别拿你那一套去对标别人啊。再说果果大学不是谈过恋爱吗？可能觉得和爱情相比，搞事业更有成就感吧。”

“那就是谈伤了，被男人甩了，心灰意冷。这样可不行，得帮她重拾信心。”柳萍像是找到了自己的优势，她现在各方面不如金果果，但在恋爱经验上可是能当她的导师了。

“人家可不要你帮这个忙。”周舟听出了柳萍语气里的得意，无奈地摇头，“你照顾好自己和孩子就行了。现在果果又不缺恋爱和结婚的对象，人家真不稀罕这事。”

“不稀罕才怪，改天我去问问她。”柳萍找到能够给金果果一点关心的方向，心情变得很好，“你信我的，她这条件，不好找。高不成低不就，以后变成老姑娘还是好的。我担心等她成了富婆，会被男人骗财骗色，那才惨。我得帮她出出主意。”

“你就不会说点好话！果果清醒得很，别替她操心了。”周舟很无语，柳萍那点小心眼还是没全改掉，自我反省得还不够，也不好好想想自己是怎么挑男人的。

金果果是叫了一辆车走的，她的耳朵发热，估计有人在背后念叨她。

金鸡湖畔的东方之门，因为形状酷似一条裤子，又被大家亲切地称呼为“大秋裤”。这里也是园区的商业核心位置，叶茗恰好来这儿会客，准备回去，等着她一道回去。

金果果一路上都在想着原材料自产的事。她和叶茗去云南走了一趟，回来后就和当地政府谈下了茶山的合作方式，叶茗也在山下安排了农学专家团队，但是时间还是来不及……

现在除了危机公关，唯一的希望就是这位在茶叶领域的天才，看他能不能拿出解决办法来。

金果果没有在电话里和叶茗说具体的情况，等坐上叶茗的车，才详细地把窦豆那边的情况说了一遍。“目前面临的困境是，普洱只剩三天的供应量。即使把当前库存分发到各个分店，我们也只能支持三天的供应量。三天之后，可能就得全线下架这款新品。”金果果接完窦豆的电话，在脑中分析过局势，“现在我们有两个选择：第一，是拿原本的替补产品放上去，重新开始一款新品的宣传。这样我们不太受挟制，但缺点在于前期的宣传和铺垫就有些浪费，而且也不能完全确定新品的受欢迎程度是否能赶上之前的普洱。”

茶师当然有几套替代方案，金果果本就做事谨慎，考虑周全，这几个月更是飞速成长，临危不乱。

“还有第二个方案，就是在三天之内找到原材料的替代方案。我们的采购部门已经开始与其他供应商洽谈，但是测试周期恐怕还是来不及。”金果果让窦豆和采购部门连夜开会，但她心里也清楚这个方案几乎不可能。

如果这次窦豆找的合作茶商要点脸，提前告知不供货，那金果果的时间就会宽裕许多。对方在拖延交货之后又突然断供，所以她们才能第一时间就判断为恶意行为。

“还有其他方案吗？”叶茗听完后才问道。

“道歉方案倒是有不少种。你要听听吗？”金果果苦笑，看来三天时间确实太紧张了，就算是叶茗也无能为力。

“替代方案，为什么不能升级一下？”叶茗见她一贯温柔甜美的笑容都变得无奈、苦涩起来，不忍让她再着急下去，“我推荐第三种方案，产品全线升级。”

金果果惊喜地看向叶茗，一贯冷静的表情露出了兴奋，这让她的眼睛更亮了，仿佛聚光灯下的璀璨珠宝。

“你是说新茶饼已经研发好，可以投入市场了？”金果果强忍着激动问道。

“这次是我的错，让你们等太久。”叶茗没有解释新茶饼发酵和口味上的难点，反而先道了歉。新茶饼原本十一月份时就该研发出来的，但第一批不算完美的枫露普洱出来后，他和他的团队一直没有攻克发酵时间和风味的控制点，就拖延到了现在。

“不不不，只要有好产品，我们就等得起。”金果果只关心问题的重点，“你刚才说升级，就是说……”

叶茗微微点头，接过她的话：“我也不喜欢用别人的产品。一来容易被挟制；二来口味未必一直稳定，不同人制作可能会导致品质不一。现在新的茶饼可以不用混合调配就能呈现原本的味道，尽管产量还不高，但应付这个冬天还是足够了！”

“现在实验基地有样茶吗？！”金果果迫不及待了，她想尝尝叶茗口中的升级版到底有多好喝。

“今晚你要去我那儿喝茶？”叶茗忽然对她露出一个笑容，问道。

叶茗一直是干净的，山中高洁雪似的不受凡尘的污染，但此刻他的眼里似乎有种红尘的翻滚，让他沾染了几分猫一般的诱惑和暧昧。

“要。”金果果不尝一口新普洱，今晚肯定睡不着。

窦豆也会睡不着。

叶茗眼里闪动着呼之欲出的情愫，最终什么也没说，带着她回到实验基地，给她取了新茶饼泡茶。

金果果喝了一口，眼里的光比启明星还亮。她激动得立刻给窦豆打电话，分享此刻的喜悦。

这茶味，比大受欢迎的第一批枫露普洱还要醇厚浓郁。叶茗说的升级，的确是全面升级。不只是口感，还有制作流程也升级简化了，缩短了冲泡时间，更便于店内操作。

等金果果和窦豆通完话，叶茗才慢条斯理地给她添茶，问道：“除了谢谢，你没有其他想和我说的了吗？”

这一路听得最多的就是金果果的感谢，尤其是她尝了升级版的枫露普洱之后，连着对他说了好几句感激的话，客气得简直要忘了他们是一条船上的人。

“还有想说的：时间不早了，不该再打搅你休息。”金果果看了眼时间，今天晚上折腾了三个地方，现在快十二点了，叶茗应该累了。

叶茗听她这么说，眼底似乎闪过一点失落。他喝完杯中的普洱，站起身，拿过挂在衣架上的大衣和围巾：“我送你。”

“不用了，外面太冷，你休息吧。”金果果胃里暖烘烘的，一时也没有睡意，只想慢慢走回去，在路上消化一下普洱茶，顺便想想怎么安排宣传。

三天时间，现在就要抓紧时间做好营销策略，今晚她和窦豆注定一夜无眠，得加班加点干活。

“一个人下山不安全。”叶茗不由分说地先走了出去。

"一会儿你不是也要一个人回来?"金果果扑哧一笑,"来回一趟太冷了,你还是休息吧。"

她莫名想到了第一次送叶茗回来,他那副别扭又想逃的样子。那时还是春天,草木初发,谁能想到一起走过四季后,他渐渐热情如夏天。

"茶喝多了,要走走才能睡。"

金果果看着他坚决的背影,无奈地跟了上去。

一楼的玻璃门刚推开,山风便呼啸着灌进来,金果果立刻裹紧羊绒大衣,依然觉得脖子里灌风,冷飕飕的。叶茗将自己的围巾拿下来,挂到她的脖子上。围巾上还残留着他的体温,那点余温像火星般迅速点燃全身,隔绝了所有的寒冷。

金果果没有动,抬起头,含着微微的笑意,说了句:"谢谢。"

门口的灯光照耀着她星星一样亮的眼睛,叶茗觉得空气似乎都变得稀薄了,仿佛离宇宙越来越近,有些喘不过气来。他帮她围住围巾,却不肯松手,紧紧抓着围巾的两端,仿佛怕她跑了。

眼见叶茗忽然离自己越来越近,金果果却惊叫一声:"啊!"

她很少大惊小怪,除非真的被吓到了。

领着一班人刚从后山茶屋实验室下来的张炜,原本正和几个学弟学妹说着最新数据,远远看到门口站着两个人,当即拦住大家:"别吵吵,快看!"

"那是叶总?"

"那位是金总吗?"

离得远,几个戴着高度近视眼镜的学弟只能靠看见的那两个挺拔的身形猜测。

张炜扶着眼镜,激动得镜面上都是雾气。他拿出手机,用手机的镜头放大,再放大,确定那是金果果的脸,他沉醉在现场"吃瓜"的激动中。

叶茗可从来没有把随身的东西给别人过!而且,他竟然帮金果果系围巾,动作那么温柔,而且两人这是……要吻别吗?今年能喝喜酒了?

就在张炜沉浸在"脑补"情节中时,镜头里的叶茗忽然扭过头看向这边,吓得他手一抖。他赶紧把手机收起来,装模作样地和周围人继续说着话:"好了好了,别看了,慢慢走,走慢点。"

金果果清楚自己绝对是坚定的唯物主义者,但当看到半夜十二点山里飘出的一群白色“鬼”影时，她也被吓了一跳。那群“白大褂”在寒风中飘荡着，远远看去，瘆人得慌。

叶茗立刻松开了手，稍微帮她整理了一下围巾，低声说道：“要是冷，让司机送吧。”

“不用，几步路就到了。”金果果也松了口气，看清了那是深夜还在研究茶树的张博士团队。

“你还要去加班？”叶茗想到她家里也没其他人，估计今晚要在公司连夜开会讨论换茶这个事，不由得担心她睡眠不足。

“升级方案得连夜赶出来。”金果果跟他一起往山下走去，半开玩笑地说道，“还好我晚上喝了点茶，精神十足。”

“那我也去茶师。”叶茗顿了顿，“作为合伙人，总要一起开会商讨。”

“你不用……你已经提供了这么好的产品，其他的交给我和窦豆就行……”

“市场营销的好坏，也涉及我的名誉，我当然有权知道和钉着。”叶茗今晚打定主意陪她了。

“我们研究好之后，会把最终方案给你过目的，你还是休息吧。”金果果猜想叶茗也许熬夜通宵做过研究，但肯定很少通宵开过和市场有关的会。

而金果果处于创业初期，经常和窦豆熬夜开会，已经习惯了。

金果果见说服不了叶茗，只好安排在茶师最舒服的一个休息室开会，那里有按摩椅，可以放倒当床，让他累了能小憩。

叶茗确实不是开会的料，一开始还默默听着视频小组讨论，过了凌晨两点，他扶着下巴看着和身边广告部不停修正细节方向的金果果，眼前的人渐渐有了重影，他最终沉入了梦乡。

金果果虽然在和视频里的窦豆他们一起讨论，但一直关注着叶茗的状态，见他睡着了，给他盖了一条小毛毯，关了休息室的灯，带着助理撤离到隔壁继续开会。

第二十七章　枫露普洱

这场在外界看来无声无息的风波让金果果和窦豆顶了好几天的黑眼圈，好在有惊无险地过去了。三天之后，原有的原材料和制作流程被替换，而口感确实如广告词所说的那样得到了提升。茶友们品尝了枫露普洱的升级版后无不夸赞这款产品令人惊艳。连一些抱着怀疑态度的资深品茶人尝后也挑不出毛病，纷纷赞不绝口。

一款产品热销以后，接下来的套路一般都是为了获取更多利润压缩原材料的成本。而茶师反其道行之，为了提高客户体验增加了原材料成本。这或许就是茶师的成功之道。

因为产品升级恰逢元旦，茶师店里最近也很忙。

柳萍经过了一段时间的培训，也开始接触一些简单茶品的泡制工作。简化了的枫露普洱也在其中，她之前接触过老产品的制作流程，试了试新泡法，只觉得省心又省力。

"以前要用两种茶饼，比例要严格遵循标准，然后还得用不同温度的水来控制和调整，现在可简单多了。"店长一边给新上岗的培训生展示一边说道。

新上岗的培训生都接触过老产品的制作流程，面对新产品如此简便的制作流程不免有点疑惑，问道："现在流程简单了不会影响口感吗？"

店长笑着教她操作："厉害就厉害在这里，口感比以前更好了，顾客的反馈也很直观，大家都认为新品确实升级了。我觉得应该是以前的茶饼提供不了双重的体验，为了呈现这种复杂口感，不得不进行调配，所以工序烦琐。现在新产品彻底做出了完美的层次感，简单冲泡就能达到需求，真是了不起！"

"听说我们的研发部门领导是张炜博士，那可是厉害的大科学家，这对他来说肯定是易如反掌。店长，你有没有见过张炜博士？"年轻人七嘴八舌，他们知道店长是跟随创业团队的老员工，没准还有幸见过偶像。

店长果然非常骄傲:“我去总部开会的时候,见过张博士一次,他平时都在山上的基地,很少露面的。我当时真是恨不得上去让他给我签个名,又实在不好意思。”

“嘁!”柳萍一脸不屑地哼了一声,这群人果然没见过幕后大拿,只知道张炜。

张炜是叶茗的小跟班!

冬至那天,金果果提前走后,柳萍问了周舟很多金果果的感情八卦,想打探她现在身边有没有什么优秀的追求者,不可避免地聊到了叶茗。

自从三天前金果果开车接走了柳萍之后,柳萍在这个店里的地位便仅次于店长了,大家对她除了包容、友好外,更增加了三分好奇。

无论同事们怎么打听,柳萍只装模作样地透露自己是金果果小时候唯一的挚友,除此之外,绝不多说。她深知,自己越是神秘,别人心里就越是存些敬畏,不敢轻易得罪老板的闺密。

“萍姐,你是不是也经常看到张博士啊?”小林见柳萍这副高深莫测的样子,立刻凑过来问道。

“张博士算什么呀? 真正厉害的人,你们怕是没见过!”柳萍喜欢所有人的目光都投向自己,让她感觉又站在了舞台的中央,神采飞扬起来。

“谁呀?”这些新来的同事果然十分捧场。

“当然是叶老板。”柳萍虽然知道得不是特别清楚,但也见过叶茗,她从周舟的讲述中也感觉到叶茗与金果果的关系似乎相当不错。在她这个“情场老手”看来,这么优秀的男人愿意留在金果果的团队里尽心尽力地帮忙,恐怕对金果果也有点意思。

可惜柳萍形容起来有点儿词穷且心虚,一时间想不起来更多的形容词了,什么面如春晓之花,色如中秋之月,只在她脑海中隐约浮现了一下就消失了。

“啊,啊,啊——我知道,我在旗舰店时见过!”领班陆大姐平时沉稳得很,这次忽然像打开了什么开关似的,激动地叫了起来,“好像也来过这里,不过那天我休息……他长得太好看了! 我没见过这么好看的生意人,和金总一样,完全不像做生意的,更像是大学者!”

年轻人哄笑起来,他们与领班熟悉之后,也会开开玩笑:“没想到陆姐也开始追星了!”

“确实挺不错。不过,我姐妹未必看得上。”柳萍被人抢了话头,有点不甘心地踩了叶茗一脚。现在她经常不自觉地捧着金果果,毕竟金果果越厉害,她就越跟着沾光。但要拿金果果跟自己比,那又不一样了。

大家又激动地看向柳萍:“他在追求金总?”

“别瞎八卦。我姐妹只想做好茶师,她身边的优质男人太多了,根本不稀罕看。”柳萍想到这是金果果的店,还是谨言慎行,至少别让八卦从自己嘴里传出去。

店长也笑道:“叶总确实非常帅,身材又好。不过他好像和咱们的代言人是一对,我见过他们坐在一起,真是郎才女貌!”

“团团?叶总眼光那么低?代言人可比不上创始人有气质。”柳萍不由得看向店里挂着的团团穿着汉服饮茶的海报。她见过团团真人一次,旗舰店刚开业时,她俩在商场擦肩而过,印象中团团穿得很夸张,妆容也夸张。

对于店里的人来说,团团是个漂亮的网红,也是女神一般的人。在柳萍眼里,团团美则美矣,但没什么气质,与金果果相比差远了。听了店长的话,柳萍忍不住在心里嘀咕:难道叶茗也是个只看女人脸漂不漂亮的普通男人?

“我是金总的铁杆粉丝,她拍宣传照肯定比网红美!”小林真心实意地拥护金果果。

柳萍听到大家又全夸起金果果来,心里酸溜溜的,但更多的是开心。

冬至那晚,周舟和她喝了冬酿酒,这意味着万元初始,一切都是新的。

周舟临走前,鼓励她要怀揣信念,带着孩子奔向未来。虽然柳萍嘴上嘲讽周舟说话太官方,但心里也模模糊糊地燃起了一团火。是啊,自己不能再犯糊涂了,否则,小囡囡的人生也要被自己连累了。

听到团团和叶茗的八卦的柳萍一整天都在想着金果果。她心事重重地下班,想晚上给金果果打电话聊聊,又不知道金果果有没有时间,毕竟升级产品上市,有很多要忙的地方。

柳萍还没有意识到,自己竟然开始站在别人的立场上想问题了。不过也是因为现实很残酷,她现在和金果果的差距太远了,远到她已经没有资格嫉妒或关心对方。她们之间全靠年少时的情谊维系着,可那年少时的感情,在漫长的人生中,也会变得越来越单薄,最终像是一根蛛丝,经不起风雨的侵袭。而她现在和金果果的共同话题也越来越少了——除了茶师工作上的八卦,只剩下金果果的感情。

唯独在恋爱经验上,柳萍可以自信地当金果果的老师。尽管她离婚了,但她的失败教训对于金果果也是经验呀！再说,年轻时她也有过几段美好的感情,只是自己当年不知道珍惜,硬生生把真爱糟蹋没了。

柳萍心里正感慨着,电梯已经到了她家楼层。她走出电梯,忽然看见一团黑影蹲在楼梯口黑暗处,她吓了一跳,高声喊道:“谁?!”

那黑影急急忙忙站起来,走到楼道里。只见他戴着个老头帽,胡子拉碴,满脸憔悴,哑着嗓子对柳萍说:“是我。”

柳萍没想到杨海这么快又出现在她面前,明明办完离婚手续时杨海发誓再也不要看到她的。

她紧张的神态渐渐放松下来,心底甚至浮起了一丝倨傲的得意——杨海是舍不得自己了吧?

可惜啊,她已经步入正常的工作和生活轨道,也感受到了新生活和新朋友的趣味,她现在觉得靠自己也能前途无量。店长说过,以茶师的发展势头,很快就能融资上市。她柳萍跟着金果果,以后不说当个店长,至少也能做个领班,好好努力,也许还能调回总部当个高管,或者未来也能跟着金果果全国各地飞呢！而杨海现在什么也没有,连野心都没有,有什么资格来求复合?

柳萍工作了一段时间,确实更看不上杨海了。只不过她对杨海还有一点愧疚。当时出于对未来的恐惧和保护女儿的本能,她在本性的驱动下抢了杨海的房子,她知道这事说不过去。

尤其是工作后培训和实习的经历让柳萍的人生观得到了梳理和更新,她那长期困在情爱中的眼界也被打开了。在和一群可爱上进的年轻人,以及成熟的店长、领班的朝夕相处中,她渐渐觉得生活是多姿多彩的,自己的人生也是有无限可能的。这更让她对自己夺取杨海房子的行为产生愧疚。她甚至想着三年五年后,或许自己能不断升职,在自己和女儿的生活得到保障后,她能把这套房子还给杨海,作为迟来的道歉。

“回屋坐坐,喝杯茶?”柳萍拿出钥匙准备开门,现在她看见杨海一脸的沧桑与颓废,心里还真有点不是滋味。

“不……不用。”杨海还是不想看到屋子里那个孩子,他后退了一步,看着气色渐渐好起来的柳萍,又陷入沉默。

金果果他们绝对想不到，柳萍每天上班除了增长了见识、拽回了跑偏的人生观之外，居然还有了副作用——她开始迷之自信，总觉得有一天，自己靠双手也能像金果果那样身家过亿，到时候想要什么样的男人没有？看看现在金果果身边的男性，全是叶茗那种顶尖的人才，她为什么不能做到？

“你现在怎么弄成这样？”柳萍也知道杨海肯定不想看见小囡囡，但杨海搞成这副模样蹲在她家楼道里，她总是要问一下的。难道说离婚带给他的打击大到他几个月都走不出来？想到这一点，柳萍心里竟然暗暗有点欢喜。

她确实看不上杨海，但不妨碍她依然希望全世界的男人都围着她转，任她挑选。

杨海嗫嚅着，他似乎听到门里传来孩子奶声奶气的哭声，忽然转过身：“我瞎逛走到这儿了，这就走。”

他最近迷上了摄影，有了新的圈子。摄影圈里的那些美女和浅薄庸俗的柳萍完全不同，她们对这个世界充满了美的审视。尽管有些也会过于文青和矫情，但在杨海眼里，她们既有格调，又神秘迷人，会读书，会旅游，会分享日常的美丽心情，完全是另外一个世界的人。

然而这样的快乐没有持续多久，杨海家里出事了。他的憔悴，不是因为离婚。

柳萍看着杨海充满疲惫的背影，皱起了眉头。

晚上柳萍哄宝宝睡着后，准备打开杨海的朋友圈一探究竟，忽然想到离婚后，他的朋友圈对自己设置了不可见。

她给周舟打了个视频——现在金果果成了她的老板，不管她在同事面前怎么显摆她们的关系，心里其实还是有点忌讳的，而且果果最近那么忙，未必知道杨海的情况。周舟其实已经成了他们这个小团队的中心人物，她联系着所有人，消息也应该最灵通。如果周舟自己不知道，她至少也可以从江明川那儿打听。

“你见到杨海了？”周舟果然不清楚情况，她最近忙着百行集团的度假村计划，千头万绪。

“他莫名其妙在我家楼道待着，问他也什么都不说，脸色难看得很，我觉得他的状况不太对劲。要说是我对不起他，可离婚手续都办完了，不管是他还喜欢我，还是他仍惦记着这套房子，都不至于过了这么久才过来找我。我本来想问问你，没想到你也不知道情况。”柳萍说到这里又自恋起来。最近工作顺利，一切都走上正轨，让她重拾了几分当年的艳光。过一段时间，自己再去健健身、减减肥，绝对是店里一枝花。

周舟听到这句话，认真起来：“我最近工作忙，好多天没聚了。不过杨海前段时间好像迷上了摄影，他本来就天性乐观，找到新爱好之后，听说没事就和明川去爬山拍照，怎么会像你说的那样憔悴？”

周舟没有直接戳破柳萍那点觉得全天下男人都暗恋她的幻想。她心里清楚，杨海虽然被柳萍狠狠伤害了一次，但他差不多走出来了，现在每天过得比之前还要滋润，上上个周末还想约大家去野钓，只是大家都没空。

“行，那你帮我问问明川。”柳萍顿了顿，忽然开始关心江明川，“他和他爸怎么样了？你有没有劝劝他？”

“我劝不了，只能做好我自己的工作。”周舟叹了口气，“行了，我先给明川打个电话问问。”

陆亚东死后，回乡的江明川便成了杨海最好的哥们儿，杨海如果有什么事不肯对女性朋友说，应该不会瞒着江明川。而且杨海也是个守不住秘密的人，有点事全都主动倒出来，根本不会瞒。

江明川这段时间一直关注百行集团的动向，也没怎么关心杨海——因为杨海恢复了结婚前的快乐，根本不需要他担心了。听到这事后江明川给杨海打电话，打了两次都没人接，他才感觉到确实不对劲。

杨海没回老宅。江明川有他家的钥匙，进门一看他的“新欢”无人机还在客厅里放着，就知道他也许在园区父母的那套小房子里。

江明川把第二天上午的美术课调到下午，一早去园区找杨海。

杨海的手机也关机。

幸好江明川和杨海关系好，杨海家的这几套拆迁房他都转过几次，终于找到了杨海父母的家，是杨海爸爸开的门。

杨海爸爸杨江和儿子一样，胡子拉碴，眼里全是血丝，看上去没有睡好。把江明川让进门，杨江苦着脸给他泡了杯茶，叹了一口气道：“杨海他妈病了，杨海在医院陪护，一会儿该回来换班了。”杨江脸上的皱纹横竖写着“苦”字，他家真是福无双至，祸不单行。

原本以为今年儿子双喜临门，结婚生女。结果柳萍那孩子太不是人了，怀着别人的孩子嫁给杨海就算了,结婚半年就怂恿杨海卖房创业,最后闹离婚还要走了杨海的房子。杨家落了个人财两空。

杨江一家忠厚,遇到这事二老气得头发都全白了。可杨海愿意,他们能怎么办?就这一个宝贝儿子,他要把房给柳萍,那就给吧。柳家丫头也可怜,从小有娘生没娘管,空长了一张漂亮脸蛋,长大只会祸害男人。只怪杨海太老实,父母也急着让孩子结婚,没有多考虑……

孩子离婚让杨海妈妈整夜整夜睡不着,虽然不舍得多骂宝贝儿子,但她心里难受啊。杨海妈妈失眠了一段时间后,各种不舒服就都找上门了,这几个月消瘦了很多。原本以为是操心孩子导致的,也没放在心上,直到前段时间吐血,才意识到不对劲,去医院检查,胃癌晚期。

因为发现得晚,癌细胞已经开始扩散。手术和后期治疗费用极其昂贵,考虑到家庭状况,杨海妈妈一开始不让杨江告诉孩子,也坚决不肯接受治疗,自己找了一堆偏方,抓了一堆中药,天天熬中药吃。

杨海前天来这边看爸妈,发现情况不对才知道真相,直接先帮妈妈办了住院手续。但之后该怎么办?杨海听到医生建议的治疗方案,看着预估的治疗费,陷入了痛苦,痛恨自己的无能和软弱。

如果他不沉迷于充值游戏,省着点花钱,现在就有积蓄给妈妈治病。如果他当时不结婚,房子还是自己的,现在卖一套房,就有机会保住妈妈的命了。如果能回到一年前就好了,他会揍醒陆亚东,让他不要出轨,那个雨夜也不要出门;他也会骂醒自己,不要和柳萍结婚……

不,不够,一年的时间他能做什么?如果能回到十年前就好了,他一定好好读书,毕业后好好规划自己的未来,提醒妈妈定期体检,不要太劳累,不要为自己的未来操心。

可是世间最残忍的事,就是时光不能倒流,人生的每一个关口,都不会给第二次选择。

杨海匆匆忙忙去医院,忘了带手机充电线,等他顶着乱蓬蓬的头发回来时,看到江明川坐在家里,不禁微微一愣。

"你家里出事,怎么不和我们说?"江明川痛心疾首。

杨江见儿子回来了,默默地提着保温饭盒去医院接班,把空间留给杨海和江明川。

“我也刚知道不久……之前以为是因为我离婚气得身体不舒服……都怪我，我从来没有关心过我妈……”杨海疲惫地坐到沙发上，手指在无意识地抽动着，他努力忍住了要崩溃的情绪，深吸了一口气，“这事我也不想和你们说，不能拖累你们一起烦心。”

“这怎么叫拖累？”江明川又难过又心酸，忍不住踹了杨海一脚，“小时候阿姨给我们弄了多少好吃的，我妈身体不好，她帮了多少忙，我能不记得吗？她是你妈，也是我们的阿姨，她生病了，我们总不能在一边看着。”

杨海凄然地摇头：“医生也说发现迟了。我妈说了，不想给我添负担，今天还硬要回来，说在家能少遭点罪。明明是我给他们添负担……”

说到这儿，他痛苦得猛捶自己的脑袋，深恨自己这十几年什么正事也没做。如果能够好好经营一份事业，也不至于现在无计可施，让老母亲还要因为钱而放弃治疗。

江明川赶紧拉住了他，用力攥住他的手晃了晃：“现在自责也没用，大家一起想办法，一定能过去的！”

“那怎么可能？我妈一辈子都担心给别人添麻烦。她今天还在叮嘱我，千万不要因为她的病麻烦朋友，她宁可死，也不要给别人的生活添乱。”杨海理解江明川的意思，眼里的泪再也止不住了，“她说……她说……我只有你们这几个朋友了，如果她安安静静地走了，我还有你们，可如果……如果我因为她的病去麻烦大家……大家会嫌弃我，我连最后的朋友都会失去的……”

杨海泣不成声，他知道妈妈的意思，朋友容易因为借钱变成仇人，而他又没有本事确保能够还清，他下半生将面临的压力和痛苦可想而知。

他妈妈是个善良到甚至有点懦弱的老人，和人起了冲突也总是忍让，总是念叨着让人三分就是积德。哪怕和柳萍相处也是这样，任劳任怨地做个免费保姆，即使心里对儿媳妇有不满，她也都忍着。最后柳萍把房子要去，她也没去跟柳萍闹，只是一个人在家闷闷不乐。现在这个病治疗起来不乐观，还这么烧钱，家里剩的这点家底哪够看病的？她连自己的儿子都不愿意拖累，怎么可能去拖累其他晚辈？

杨海心里也很矛盾。他知道如果厚着脸皮去求金果果，现在的金果果应该能拿点钱来帮忙。可妈妈要是知道，一定不肯接受，说不定真的像她威胁杨海那样，杨海要敢去麻烦伙伴们，她就跳楼……

所以杨海才去柳萍那儿看了眼，因为柳萍把他们家的房子抢走这件事成了妈妈心里散不掉的怨气。如果不是因为柳萍抢走了房子，或许现在就能卖一套房给妈妈看病了。

江明川也去探望了杨妈妈，回去后把这个沉重的消息转告了周舟和果果。

金果果去了深圳，看到江明川的留言，只回了一句：让阿姨安心治疗，不管是治疗费还是医院，我都会帮忙。

只是她还在深圳录节目。作为新晋网红店，茶师经历了半年的考验，越发坚挺。随之而来的不仅有资本，还有大量的粉丝流量，很多节目也试图采访茶师的创始人。

平时这个工作都是窦豆负责，最近窦豆实在排不开档期，只能让金果果顶一下。金果果一向对出镜营销不感兴趣，更反对过火营销，她的初心一直是用质量征服消费者的心。这次如果不是茶师千挑万选的联名产品准备上市，她也不想露面宣传。

看到江明川的消息，金果果心里难免有些悲痛。

和陆亚东的妈妈相反，杨妈妈老实敦厚，任人欺负，总是处处让着别人，做生意也经常吃闷亏。可没想到这么纯朴的长辈却要遭受精神和肉体上的折磨，而黄云霞现在却拿着赔偿金、抱着大孙子到处炫耀。

这世界确实不公平。

金果果一下飞机就去了园区茶师店，周舟和江明川约好了在这里和她会合。

柳萍还在店里忙着，但她现在已经不像第一次看到朋友们那样，因为觉得身份有别而不好意思，反倒是因为店里的同事都知道她是老板的闺密而表现得格外勤快。当然，这可能跟江明川来了也有一定的关系。

江明川唯独没有告诉柳萍这件事。周舟也没说，她想等见面了再聊。

江明川见柳萍在店里认真工作的模样，心里十分诧异。虽然听周舟说过柳萍现在变了很多，但他心里总不相信。毕竟江山易改，本性难移，柳萍能踏实到哪去？

金果果的飞机延误了，到茶师时已经是下午四点多。柳萍见她推门进来，眼睛亮了亮，故意放下手里的活，走到她面前亲昵地给她整理头发：“你刚下飞机吗？瞧这风尘仆仆的，要喝点什么？枫露普洱？”

“你先别忙了，过来坐。”金果果废话不多说，直接拉着柳萍去周舟那桌坐下。

柳萍眼里满是掩盖不住的得意，她故作矜持地转头对旁边的小林喊道：“小林，金总让我陪她一会儿，麻烦你帮胡姐搭把手。”

小林只顾着看金果果，听到柳萍的话赶紧点头：“你们聊，我给你们泡杯茶。”

虽然茶师还在投入期，但经济上金果果比他们都要好，她已经做好了要帮杨妈妈的计划。只是周舟认为这件事应该告诉柳萍，虽然杨海、柳萍离婚了，但曾经是朋友，杨海身边也没有几个真朋友。

柳萍坐在金果果身边，看着是比以前沉稳不少，虽然还是一副时时刻刻想出风头的模样，但好歹现在她能控制住炫耀的心态。

“明川，人都到了，你把情况说一遍吧。”周舟脸上没有笑容，凝重的表情让柳萍觉得不对劲。

江明川看了眼柳萍，他对柳萍还是有着偏见，因此说话也不是很客气。他把杨海妈妈现在的情况说了一遍，特意补充了一句：“杨海离婚又没了房子，我觉得啊，她这病硬是给气恶化的。”

柳萍脸色有些难看，呆愣了好久，仿佛在消化这件事。

柳萍心里知道前婆婆是个老实人，和周舟的那个奇葩婆婆相比，不知有多好。虽然有时候柳萍也嫌弃人家土气，但现在回想起来，杨妈妈真是把她当亲生女儿对待。至少在照顾怀孕的她时无微不至，知道她不喜欢和老人住一起，老人家不嫌烦地两头跑给她做饭，生怕杨海不会照顾老婆，天天点外卖，让柳萍吃得不够营养健康。

“小时候阿姨对我们这么好，我们肯定不能不管。我手头上能拿得出来的都会支持杨海。”江明川见柳萍不吭声，又说道。

“我也是。”金果果点头。

“我这几个月也有点积蓄……”周舟的钱本就全贴给了陆家，好在把房子也给了陆家后，黄玉霞不怎么找她麻烦了，她又工作稳定、消费少，攒下来一点。

“现在最大的问题……阿姨的性格你们是知道的。我去看她的时候，表示大家都愿意来支援一点，就当是借给杨海的也行，但阿姨死活不同意，说要是借钱给她看病，她宁可绝食。我怕刺激到她老人家，只能先找你们商量。”江明川无奈地说道。

他看着不作声的柳萍，心里更是生气，这么好的人家，被她欺负成什么样子了？柳萍这种人也只能欺负老实人，换个厉害的人家她敢这么要房子？

“确实，阿姨其实和我奶奶有点像。”金果果苦笑。许多无私的老人就是这样，宁可自己忍受病痛的折磨，也不愿意增加儿女的负担。

普通家庭遇到大病真的是最折磨人心的时候。

“所以，果果你能不能想想办法，或者你去劝劝？”周舟寄希望于金果果。

“给杨海找个工作？”金果果也知道，私下把钱给杨海，让他先带着阿姨去治病是行不通的，杨海瞒不过他妈妈。阿姨也肯定能知道杨海是从外面借的钱，而以杨家人的性格，这钱终归是要还的，阿姨肯定不愿意拖累孩子，让他下半生都在还债中度过。

“对哦，要不就装作给杨海一份工作，让他说是先从公司预支了几个月的工资？”江明川一拍大腿，但很快摇头，实话实说，“以杨海那能力，也不可能给他开高工资，太假了。”

“关键还是在说服杨阿姨这一点上。”周舟叹了口气，“我们只能轮番去看望一下，劝劝她。到底还是活着好，钱总能赚回来，她就不想看着杨海以后还能……”

说到这儿，周舟顿了一下。阿姨见过一回杨海成家了，但也是一块巨大的伤疤，自己这纯属于哪壶不开提哪壶。

杨海与柳萍离婚的事，其中内情杨海对父母讳莫如深。但杨父杨母又不是傻子，柳萍才生完孩子，儿子就不顾一切地要离婚，再一算时间，还能不知道是怎么回事吗？

柳萍也是他们从小看着长大的孩子，他们不忍心对柳萍撒气，只能自己回家憋着。哪怕后来柳萍提出了苛刻的离婚条件，他们还是忍下了这口气。这会儿再说成家生孩子，那可真是生怕气不死她老人家。

江明川又带着责怪的眼神看着低头不语的柳萍，她真是祸水啊！

“我去劝。”柳萍用手指描着茶杯上的水墨山水画，忽然抬起头说道。

周舟愣了愣，好意提醒：“我觉得阿姨可能不想看到你。”

“你别把阿姨气死了。”江明川说话更难听，他从没见过柳萍嘴里能出吐象牙来。

“那你们让我坐在这里干吗?”柳萍理了理头发,“不就是想让我帮着出主意吗? 难道只喊我来凑钱? 我刚上班,有什么钱?”

江明川被她气得说不出话来,果然柳萍还是这个死样子!

“今晚我过去。”柳萍说完,一口气喝光了面前的茶,对金果果说道,“老板,我就请个假先走了。”

“我们送你过去吧。”

“不用了,你时间宝贵,浪费在这事上干吗?”柳萍站起来,扭身就走。

周舟想追上去,却被金果果拦住:“让她去吧。”

“你能放心? 别和明川说的一样,把阿姨气坏了。”周舟怕柳萍任性妄为。

“我和杨海说一声。你听听她刚才说的话,看看她的态度,哪里改变了!”江明川担心地拨通杨海的电话,让他做好迎接狂风暴雨的准备。

“我还是去拦着她……”周舟也不放心,又想追出去。

“你既然相信她能改变,那就让她单独去处理。”金果果把周舟按在位子上,淡淡说道,“如果你们不相信她,为什么要让她参与进来?”

金果果的问题和柳萍一样,让周舟哑然。

周舟冬至那天和柳萍聊到很晚,她相信柳萍确实变了,但周舟不确定柳萍究竟能改变多少,她也不相信柳萍能单独解决这件事。

但是金果果一副胸有成竹的样子:“她已经不是小孩子了,应该让她习惯独立解决问题。”

“果果,你怎么还是这样! 总是袖手旁观! 万一阿姨受到刺激出事怎么办?”江明川刚打完电话,听到金果果的话,忍不住说道。

金果果现在是女强人,商界新秀,完美的外表下唯一的缺点就是,对朋友的事从来不上心,能出钱解决的就不愿出力。

不管是周舟和黄玉霞的矛盾,还是杨海和柳萍要结婚,她总是不着急、不插手,哪怕明知结果可能很糟糕,还是任事态自然发展,还总说要尊重别人的选择!

江明川对金果果的态度很有意见,也不止一次聊过这个问题。

“你这次看到柳萍,是什么感觉?”金果果不慌不忙地问道。

“能有什么感觉? 还不是和以前那样,喜欢吸引别人注意?”江明川没好气地回答,他心里为杨海着急。

“你这是带着主观情绪的评判。周舟,你觉得呢?”金果果转头看向被她按回椅子的周舟。

“我觉得……柳萍确实有责任心了,至少她愿意工作养孩子。而且,我看过她两次工作时的样子,真的和以前不同。”周舟还是很客观的。

“还有一点,明川你今天和她说的那些话夹枪带棒,明里暗里讽刺是她的行为让杨阿姨病情恶化……”

“我怎么夹枪带棒?我说的是事实!你今天怎么护着她了?哦,我知道了,因为柳萍是你的员工,你俩现在又是一伙的了?”江明川不悦地打断金果果的话。

“你先听果果说完。”周舟皱眉,示意过于激动的江明川安静点。

“确实,她成为这里的员工,经历了很多考核,我比你们更清楚她的改变。她今天没有立刻反驳你说的那些话,也没有当场翻脸走人或者和你哭闹,这都说明她在成长。你要给她机会证明她的成长,而不是蛮横地去阻拦,强迫她服从你的意见。”金果果抿了口茶。

“我不觉得她能真的成长起来。都三十岁的人了,如果不是因为养孩子,如果不是因为现在她带着孩子不好找男人,她怎么可能会出来工作?……”

“明川!”周舟有些生气地打断江明川的话,“你要相信朋友。”

“呵,她也算朋友?你看杨海以前多相信她,结果她一次次地欺骗他。她连结婚生子这种事都敢骗,你觉得她还有什么事做不出来?你们都是女人,你们无法理解男人在这种事情上受到的打击!要不是杨海他没心没肺,早就被她坑死了,现在房子都被她骗去了。你还让我相信她?”江明川翻起旧账,越说越生气。

自从知道柳萍生的孩子不是杨海的孩子之后,江明川对她完全没有之前的情谊了,只觉得柳萍卑劣、恶心。当年那个虽然喜欢讨好男生,但还算天真可爱的小妹妹,已经死在记忆里了,和陆亚东一起埋葬在西山。

“江明川,你来这里,不就是想听听她的意见吗?”周舟无奈地摇头,提醒他。

“行,我知道你们要女性互助,连原则和底线都不要了是吧?我去找杨海,我给他想办法去。”江明川拿起外套,不等金果果阻拦就奔出去。

周舟看着他的背影叹了口气:“要不我们也去杨海家吧?我也不确定柳萍能说出什么来。”

“去医院门口等。”金果果沉吟片刻，然后拿起手机给助理发了条消息，“等她从医院出来，找个地方吃个晚饭。不过我不能陪你们了，我还有其他工作。”

“你现在忙得……估计也没时间解决个人问题。”周舟想到冬至那天和柳萍聊的八卦，又叹了口气。

“个人问题算什么问题？”金果果嫣然一笑，“经济问题才是大问题。”

“真看不出来最财迷的人是看上去无欲无求的你。”周舟跟着她往外走，想到小时候的金果果，也是人淡如菊，只爱学习，哪晓得她学习的目的是赚更多的钱。

“我从小就有欲望啊，你们不都知道吗？”金果果见周舟一脸不知道的表情，就点拨她，“对知识的渴求！”

周舟听到最后几个字，忍不住笑了：“你也会开玩笑。不过接触新的东西，让人能永葆青春和活力。我最近一直在跟进百行集团的度假村计划，这种大集团也让我大开眼界，真是处处都有需要学习的地方。”

只是周舟还有一件事没有告诉金果果——她的升职失败了。上面说，她还年轻，工作中需要学习的地方还有许多。加上之前黄玉霞闹了那么久，又不停投诉她，上面综合考虑，希望她能继续努力。

周舟明白，她这样刚正不阿的性格，其实无形中也得罪了不少人。她在人情世故上不肯变通，也不愿同流合污，最坏的结果就是被边缘化，除非做出无可替代的政绩——但这种可能性太小了，她不会遇到这样的机会。她想，也许自己永远只能在基层做一个勤勤恳恳的公务员了。

“我相信柳萍会像个成年人那样处理好问题，因为她这段时间也在接触和以往不同的世界，在不断地学习和成长。”金果果赞同周舟说的，学习能让人永葆青春和活力。

江明川说柳萍已经三十了，金果果却要说，柳萍才刚刚三十岁，还那么年轻。

外面飘着小雨，金果果犹记得那个雨夜，她回来参加儿时伙伴的葬礼，觉得疲惫而沧桑，仿佛自己的青春已逝去了大半。可是创业后，每一天的虫鸣鸟叫，都像是十八岁时的读书声，让她觉得自己拥有飞扬的青春，心里充满了激荡的理想。那些死亡和过往，无法阻止她冲向远方的脚步。

住院部楼下，周舟和金果果有一搭没一搭地八卦着，以缓解焦虑的心情。

过了没多久，柳萍下来了。柳萍的身后没有跟着杨家人，她是一个人走出来的。她脸色有些苍白，显得心事重重，嘴角却又带着奇异的笑容，她甚至都没注意到站在旁边等候的金果果和周舟。

周舟看到柳萍那有些诡异的表情，急忙走过去："柳萍。"

"你们怎么来了？"柳萍回过神，看到两个小姐妹后脸色有些难看，"你们也怕我把阿姨气死了？"

"不是……是我不放心你一个人。而且，果果说一会儿一起去吃饭，我们来接你去吃饭。"周舟赶紧解释。

"不用了，我要先回家喂小囡囡。"柳萍揉了揉发胀的胸，一会儿该挤奶了。

"柳萍，你真的决定了？"突然，杨海气喘吁吁地冲她喊道。

紧跟着，江明川也脸色复杂地出现在杨海身后。

"咱们去饭店聊吧，我订的饭店就在医院对面。"金果果建议大家换一个安静的环境。

柳萍面色苍白却坚定，她转头看着杨海："就当我还你的，以后两不相欠。"

说完，她冒着雨冲了出去。这次金果果跟了上去。

周舟看了眼杨海和江明川，问道："她怎么说的？"

"她要把房子卖了，给我妈看病。"杨海嘴唇有点哆嗦，看上去心情很复杂。

江明川还是半信半疑的表情，毕竟柳萍满嘴跑火车，今天说的话可能明天就不认了。在拿到钱之前，她做什么决定都不能相信。不过有她出面和阿姨说卖房凑钱这个借口，即使明天不卖房，大家也能凑点钱骗阿姨先治疗。

"她现在住的那套房子？"周舟很吃惊，她怎么都没想到柳萍会如此深明大义。这让步太大了，就连她也半信半疑。

杨海点了点头："就是给她的那套婚房，但是……她要是卖了，自己住哪儿啊？"

"你真信她会卖？"江明川无情地打击他，"你想想，前段时间她是怎么把你的房子抢走的？趁着你想离婚，要求拿房子做交换。她那么重视利益的人，你还关心她？"

杨海想想也是，当初柳萍伤他那么深却跟没事人一样，理所当然地住在他父母拼下的房子里，一点愧疚感都没有。他还是先关心自己老娘吧！

"我去问问清楚。"周舟转身也跑了出去。

周舟气喘吁吁地追上走到医院门口的金果果和柳萍。

金果果一脸平静，丝毫不诧异，她正和柳萍闲聊着："……茶师那边我让人安排好了宿舍，公司内部对哺乳期妇女有优待，所以你不用担心……"

"柳萍，你真的要卖房？"周舟喘着气问道。

"对。"柳萍口里哈出了白气，她的表情轻松了不少，像是心中卸下了一块大石头，"这房子本来就是杨海的，如果在他手上，他肯定会毫不犹豫地把房子卖了救他妈。他就是这样的人，蠢，冲动，傻子。"

杨海被父母保护得很好，以前衣食无忧，对钱也没什么概念。虽然在柳萍眼里他是个懒散无能的人，但他孝顺、善良，从小到大，他一直都是那个愿意为大家付出的人。

"我知道，如果我不给，他也不敢来逼我卖房。但他心里头一定会有那么个遗憾，如果不碰到柳萍那个渣女就好了，如果不给她房子就好了。"柳萍自嘲地笑着，眼里闪过一丝泪光，"我不想让他恨我一辈子，也不想让江明川和你们那么看不起我。"

以前江明川对她多温柔啊，可现在呢？看她的眼神就像看着毒蛇猛兽。

而恨意是逐渐累积的。以前受到背叛，杨海或许能想得开。但如果他失去了母亲，这份痛苦会越来越深，会让他不自觉地寻找原因。很明显，柳萍就是那个最让他愤怒的人。

"可是你……"周舟又开始担心柳萍，"你带着孩子怎么办？"

柳萍耸耸肩，亲昵地挽住金果果的胳膊，满脸信任地看着她："放心，卖了房子，我也会留一点存款养孩子。而且我现在有正当工作，店长都说我操作得越来越熟练了。果果也说了，公司有宿舍。我占了大便宜，是我们店第一个哺乳期的员工，各种补贴下来，完全能养活自己和孩子。"

金果果对她笑了笑，用轻松的语气说道："是，你该谢谢小囡囡，她也在努力帮妈妈赚钱呢。"

见周舟还一脸愕然的表情，柳萍也挽着她的胳膊，尽量学着金果果轻松的语气："好啦，别担心我和孩子。万一我真养不起囡囡，还有你们两个干妈呢，能让她饿死？"

"当然不能，咱们已经实现了全面脱贫，没有人会饿死。"周舟满脸正经地回答。

柳萍被她逗笑了,睫毛扑闪着,滚下一滴泪珠,和雨水一起打湿了脸庞。

“那不就是了?不过是套房子,我只要努力,总有一天……也会靠自己买到的。”柳萍仿佛许下了一个新的愿望……终于和男人、爱情无关的愿望。

她也必须成为一棵高大的乔木,因为她要庇佑那个可爱的孩子,那个很快就会张口喊她妈妈的孩子。她不能让女儿重蹈自己的覆辙,更不希望女儿以后因为这个房子被叔叔阿姨们鄙视。

柳萍内心还有个更现实的想法——那天杨海蹲守在楼道里的样子,不时在柳萍脑海中浮现。她怕有一天,杨海揣着恨意,揣着菜刀,蹲在她家门口……

“柳萍,你真的长大了。”周舟紧紧握着她的手,心里无比欣慰,“小囡囡一定会以你为傲的。”

柳萍扯了扯唇角,想露出笑容,泪水却扑簌簌地掉了下来。她知道自己必须成为女儿坚强的依靠。这种依靠,不只是经济上的,更是精神上的。

把房子还给杨海,才是真正的破茧重生,找回自己的本我,也是坚定自己内心的第一步。但是,在这阴雨绵绵的冬夜,想到未来没有了家,只能蜗居在宿舍的日子,柳萍又觉得阴寒难熬。

好在身边的两个好友,一个像星星,一个像火炬,给了她光和温暖。

柳萍回去后,真的立刻把房子挂到了中介那里。

江明川看到杨海给他发的中介卖房截图,还觉得柳萍是在做戏,他已经准备好了一笔钱要打给杨海。

但过了两天,柳萍搬去了茶师的职工宿舍,中介也开始带着买家上门看房,江明川才相信柳萍真的改变了。

这不仅仅是柳萍的成长,也是给阿姨治病的契机。杨妈妈坦荡地接受了用这失而复得的财产治病的建议。现在想来,或许杨海与柳萍离婚的时候给出这套房子是冥冥之中的救赎。如果房子的产权仍然属于杨海,说不定杨妈妈还是会极力反对,舍不得卖出去。

江明川趁着周末,和周舟一起买了礼物去柳萍的宿舍探望母女俩,他也要当面表达自己的歉意。

金果果给柳萍安排的宿舍还挺不错,是个紧凑型的两室一厅,虽然只有六七十平方米,但足够柳萍带着小囡囡和保姆容身了。只是柳萍的东西多,满满当当堆了整个屋子。她现在看着当初买的那些品牌衣服鞋包越发后悔,这段时间一直往二手店里挂。

柳萍倒是没生江明川的气，她知道是自己有错在先。现在她有了工作，又搬出了杨海的房子，感觉腰杆都挺直了，再也不用娇媚地去迎合男性了。她笑嘻嘻地请江明川帮忙在白墙上画点卡通画，既能当作装饰，也可以给宝宝看。

江明川帮她收拾着乱糟糟的东西，一口答应。

“你以后是得买个大别墅，怎么这么多衣服？”周舟帮她收拾了半天，累得在一边逗小推车里躺着晒太阳的娃，说道。

“我看，回岛上也挺好。”江明川顿了顿，“茶师总部最近不是在扩大吗？说不定以后还真要回总部。”

“那我得好好努力，让果果他们都认可才行。”柳萍靠在一边偷懒，乐得使唤两个免费劳动力。

阳光在南窗悄然变幻着光阴，也悄然改变着人们。兜兜转转，有些种子总会发芽。

柳萍站在小小的客厅里，心里却越来越安定。她本以为选择卖房，自己会不甘心，会痛苦得睡不着。可没想到，搬离了那里竟然没有一点留恋。

园区的房子好卖，杨海家这一套房的地段好，柳萍又急着出手救命，要价不是太高，很快就有人来看房子付了定金，过几天就全款过户。

柳萍把卡给了金果果。那还是结婚时杨海给她用的卡，只是婚后没几个月就被她刷空了，一直放在抽屉里。现在也算是物归原主。

杨海这几天都住在父母家里，越发憔悴，满脸胡楂，指甲里的黑泥都顾不上清洗，像是行尸走肉。虽然柳萍说了会卖房，但他心底还是不太相信。哪怕江明川和他说柳萍已经搬出去了，他没见到救命钱，还是焦虑万分，比柳萍不卖房还煎熬。他天天都想着柳萍以前撒的那些谎，想着这次是不是又来骗他，她都能做戏做到孩子生出来，还有什么干不出来的？

也许她卖了房子卷款跑了呢？好几百万啊，柳萍一辈子也没见过那么多的钱吧？也许她带着钱跑去深圳等孩子的亲爹？这样他就算想找她凑钱治病，也找不到人了……

在生死关头，杨海这个“傻白甜”才发现人性的黑暗。至少他每天都在黑暗的深渊里揣测柳萍，脑中全是最坏的想法。万一柳萍跑了，妈妈最后的希望破碎，还不如一开始就不要让柳萍来说什么卖房的事。妈妈因为相信柳萍真的会卖房，竟答应住院等治疗。每到夜里，想到可怜的妈妈和恶毒的柳萍，他就以泪洗面，但又不知道该如何改变。他痛恨这种无能为力的感觉。

金果果敲开门，看到杨海半死不活的样子，微微皱眉。她扫了眼屋子，茶几和餐桌上堆着外卖盒和泡面盒，地上也全是垃圾，估计爷儿俩也没有心情和力气收拾屋子。她叫了个保洁公司过来打扫，然后把杨海拖到小区绿化带的长椅上坐着。

太阳穿过雾蒙蒙的天空，室外没有风，因此那点阳光洒下来还有点暖洋洋的感觉。

"给你。"金果果也不废话，把银行卡拍在他的手上，"拿去给阿姨治病。"

杨海猛地抬头，眼神中闪过一丝神采。他抓着银行卡，惊疑不定："果果，我知道你现在有钱，对我也好，但是你知道我妈那个脾气，她是不可能接受这份施舍的。如果是你给的钱，她是死活不会去医院的。"

杨海也想过很多办法，哪怕是借高利贷，他也愿意借了去给妈妈治病，这可是他这辈子唯一的亲妈。可妈妈不会同意的，不把拿来看病的每一分钱给她掰扯明白了，她都不会答应治疗。她就一句话："我老了，该走就走，不能给你们父子俩留个烂摊子，杨海还年轻，他以后可怎么办？"

杨海每个深夜都抹着眼泪后悔，他知道这都是自己的责任，妈妈即使到了生命的尽头，最担心的也还是他。他没有工作、没有前途，所以老人家想尽可能多留一点东西给他，让他的后半生也能够舒舒服服的，哪怕自己要为此付出生命的代价。

"你仔细看看卡号。"金果果叹了口气，"这不是我的钱，是你自己的钱。"

不可能这么快！也不可能这么爽快！杨海还是不信。

"是柳萍让我转交给你的。里面有三百五十万，你可以让阿姨放心治疗。"

"这么多？"杨海忽然像捧着烫手的山芋，他当然知道那边的房价现在值多少。按理那套房子能卖四百万，当然可能因为着急出手，又要全款，低于市场价一二十万也是正常，扣去中介费杂七杂八……柳萍竟真的给他了！

他对柳萍最善意的猜想就是：她可能会卖房，但最多给他转个一百万，剩下的钱拿去买一套小点的房子。

"她扣下了三十万，无论你原不原谅，她都要拿这个钱给孩子做保障。"金果果看着杨海不可置信的眼神，继续说道，"你也不用那么惊讶。想一想我们认识的柳萍，她是有很多缺点，自私、虚荣、任性，犯了让人无法原谅的错。但她不是真正的坏人，她只是想通过操控身边的人来找到安全感，她更不想因为个人的自私害死阿姨。她还说，等她稳定下来，这三十万也会连本带利还给你。”

“她会这么好心？”杨海激动地攥着那张银行卡，忽然紧张地皱起眉，严肃地说道，“就算是她救了我妈，我也绝不可能接受那个孩子，也不会让她住到我这里来。”

话是这么说，但杨海看着手里真实的银行卡，心里动摇了。他对柳萍的期待值太低，以至于她把这三百多万放到他面前时，他就像看到了天使，甚至忘了那些伤害。

“你想得太多了。柳萍现在只考虑工作，没有这方面的要求。她知道她自己的错，也准备好了重新开始生活。你不用担心她，当务之急，还是给阿姨治病。”金果果见杨海胡思乱想、纠结的样子，摇了摇头。

杨海有些发愣，他捏紧了银行卡，喃喃说道：“我知道她去你那边上班了，真没想到她……居然真的这么做。”

有些人不被逼到绝路就不会死心。他们明明知道只要努力做出改变就能有更好的生活，可就是永远抱着侥幸心理随波逐流，直到凶猛的潮水将他们拍到礁石上，即将粉身碎骨的那一刻，才会鼓起勇气去拼搏一下。

柳萍就是这种人。对她而言，最幸运的是即使人生到了死胡同，她身边还有那么一两个朋友，愿意伸手拉她一把，让她有重新起步的机会。而她尽管嫉妒和羡慕金果果，但依然从金果果身上看到了女性通过自己的努力掌握命运的可能。她开始渴望成为这样的女性，不被外界支配，也不用依靠男人，想去哪里全靠自己的双腿。

“杨海，积极心理学上有种思维叫 Build（建设）……”见杨海一脸听不懂的表情，金果果尽量用简单的语言解释，“就是用积极建设来代替治疗……”

“你是说我妈妈的治疗……”

“不，我是说你和柳萍的问题。当你聚焦于个人成长时，就会生长出新的‘组织’，那些曾经的创伤也会慢慢好起来。柳萍已经在积极地建设自己，我希望有一天，你也能和她一样，让阿姨因为有你在身边而心安和骄傲。”

金果果现在更担心和社会脱离的宅男杨海未来的成长。她希望杨海在帮助他妈妈治疗的同时，也能清晰地看到自己的不足，重新走入社会。

柳萍确实也越来越看不上杨海。一方面因为本性中的自恋;另一方面,房子卖了之后她更觉得不欠杨海任何东西了,以杨海的条件自然配不上她。

卖房时的那点不舍和遗憾,逐渐被内心的轻松代替。相比住在杨家的房子里,她更乐意占金果果的便宜——这个集体宿舍旁的两室一厅,绝对让金果果私下贴了钱。但柳萍对这点便宜占得心安理得,她相信自己的工作会让金果果得到回报。

柳萍虽然只是茶师的一个服务员,但她心里的目标至少是总监。现在"纡尊降贵"地给人端茶送水,老板补贴她住得好点算什么?干得好,以后年终奖说不定还奖励一套房呢!店长不是说,茶师这势头都破千亿产值,马上能上市了吗?柳萍现在唯一的盼头,就是茶师越来越好,她也跟着飞黄腾达。只是金果果年关忙得很,处理完她的私事,几乎不见人影,听说在谈台湾、香港那边的合作,好像还准备往海外发展。

金果果确实是要往海外发展,但她最近忙的是茶谷的扩建和联名产品的事。枫露普洱升级上线后,更多的大品牌主动抛出橄榄枝,想和枫露普洱做一款联名产品。

产品部不断开会讨论,挑选出了几个奢侈品和美妆品牌,但窦豆和金果果都不太满意。经过严密论证,团队得出结论:现在是宣传产品的文化属性最合适的契机。最终他们挑选了当下最火的一本畅销书《月城》,这本以中华传统文化为主题的书中频繁出现中国茶道,写法风趣,知识点精准。根据此书改编的动漫最近也是炙手可热,在二次元的世界无人不知,甚至火到了国外。而《月城》的电影版权早已被好莱坞买去并拍摄制作完成,定档春节上映,无数粉丝翘首以待。

茶师正需要这样一个机会将茶文化一点一滴潜移默化地注入自己的名牌里,有这五千年的厚重文化做靠山,未来走向国际也会更顺畅。

这次联名产品开会,叶茗也在,只不过他一向都是背景板,坐在那里一言不发地看着金果果。窦豆今天回来了,三个人在单独的会议室里和上海广告部召开视频会议。

视频会议结束,窦豆脸色沉郁地说道:"你们俩应该听说了,茶王要开业了。"

竞争对手早晚会出现,尤其是茶师的发展如此顺利,肯定会有对手快速模仿与复制出相同的路线。

这半年不是没有各种店名相似的店铺出现，只是没有形成大气候——茶师的无法复制在于核心产品的品质，这让模仿者很难超越。想模仿就只能提高成本寻找相同品质的茶叶，这么一来，许多竞争者就无声无息地倒闭了。

只有茶王，这段时间它的广告铺天盖地，预备在明年的情人节开业，能看出来茶王资金十分雄厚，还请了一线流量演员代言，自带粉丝流量。

茶王无论是店铺的效果图还是茶的外包装，甚至连放出来的几个产品名都和茶师极为相似。比如茶师有桂花瓜片和枫露普洱，茶王就推出了桂花普洱和兰花瓜片——中国风的包装、极简的山水画，都像极了茶师。

出来赚钱不寒碜，即使违背基本的商业道德，但只要不犯法，也无可厚非。只是现实中看到这种完全模仿的做法，正主难免心里不舒服，而且茶王的第一家旗舰店，也选择在带着古典气息的姑苏城，就在茶师旗舰店的正对面。可见它背后的财力充沛，脸皮也够厚，丝毫不惧面对面硬碰。

无论茶王的口碑能否跟上宣传，都会影响到茶师的销售额——消费者，尤其是首次消费者随机选择的概率较高。而销售额下降是会对员工士气造成影响的。

"嗯，茶王旗舰店正在我们旗舰店的对面装修。"金果果去看过，她很佩服茶王的勇气。

"《月城》的出品人是茶师的粉丝，她想亲自参与这边的产品设计。"叶茗仿佛慢了一拍，还沉浸在联名产品开发的细节里，对茶王的开业毫不关心。

这就是对科技的自信，他不认为有人能随随便便超越茶师。

"欢迎加入。"这是和一个大型文化项目合作，叶茗也许没有看过热播的动漫《月城》，但电影宣传一定见过。现在的联名款就是和《月城》的小说、动漫还有影视方全面合作，大家正在谈一个长期的系列。

"现在合作框架已经有了，具体细节还要打磨一下。不过第一波产品应该一两个月内就会上线，说不定就卡在那个什么茶王开业的时候。"窦豆细长的手指不安地敲着会议桌，她觉得茶王的威胁比较大，因为茶王背后的投资人太厉害了。

"你对我们家的产品不自信？"叶茗冷冷地开口，俊秀的脸上没有任何情绪起伏，但就是让人觉得后背发冷。

"当然不是！我是怕被人阴了。"窦豆赶紧解释，"正是因为自家的产品实力过硬，他们敢这么大张旗鼓地正面硬碰，肯定还有撒手锏。"

商场如战场，这半年来多少资本想模仿他们的店都失败了，都是血淋淋的教训，可茶王毫不在意。这段时间茶王光在宣传上估计就投入了十位数，地铁站、公交站、各大平台、商场广告……还有一线流量演员代言，这些投出的钱，怎么都要赚回来，他们用什么赚？

当初茶师的宣传费才多少？不足百万。广告部只有三个人，办公室还是临时的，窦豆和金果果全参与进去，亲力亲为，也比不上茶王的一条推送广告。

茶师全靠顾客口碑一点点积攒起来，起步艰难，而茶王这大手笔的广告经费，铺天盖地的宣传，让窦豆压力很大。

"与其担心他们，不如把联名产品做好，就当送他们的开业大礼。"叶茗知道茶王背后的投资者，那人确实打过几场漂亮仗，但也不需要忌惮。茶饮的质量才是关键。他相信消费者有了对比之后，会更坚定地选择茶师。

"对，先做好产品再说。这段时间要加紧了。"金果果点头。他们的时间不多，一周内就要拿出完美的策划方案，然后赶紧定制周边和铺广告，时间太紧张了。

《月城》的电影版权虽然被好莱坞拿去，但它的国风科幻反而更加显眼，仅凭放出的花絮就被预言一定会在春节档大爆。而根据它改编的动漫也在热播，可能会成为国内近年最成功的爆款文化产品。

《月城》的出品人之一、电影界泰山北斗刘旭京，是茶师的狂热粉丝。她觉得这次联名合作很值得，想明天亲自过来拜访金果果。她对茶师很感兴趣，听说这里将要造一个茶谷，想要来收集点资料，也许以后拍与茶相关的纪录片时能用到。

叶茗默默看着忙碌接电话的金果果，她总是把自己的努力称为幸运。但哪有人天生幸运？正确方向的前提是眼光和战略正确，也需要日积月累的丰富经验。那些别人看不到的危机，都被她春风化雨地解决了而已。

窦豆也出去接了个电话，没多久推门进来，脸色严肃地直接对着叶茗说道："叶总，我想和团团解约。"

她喊叶茗为"叶总"，显然是有让她很不高兴的事。

叶茗转向窦豆的眼神变得冷漠，一脸和自己无关的淡然表情："签约是你负责的，不用通知我。”

“这不是你介绍的吗？我得给你面子。团团确实业务上很不错，但是她实在太喜欢炒作了。我不知道这是不是她的团队的营销策略，也不知道她和你到底有没有其他关系，反正我和她谈过两次……”窦豆说给叶茗面子，但说的话可一点面子都没给，噼里啪啦地说着团团的不是。

“你解释一下，跟我有什么其他关系？”叶茗皱眉，一脸的无辜。

茶师旗舰店刚开业时，张炜也跟他八卦过团团和神秘豪门公子恋爱的头条新闻。但叶茗对此毫无兴趣，他宁可听听镇上的八卦，哪怕是周舟的，好歹和金果果能沾上边。

团团的花边新闻，只有一次是有价值的——金果果在电话里向他表达过对团团的不满，这让叶茗发现她是有情绪的。

“你没看新闻？我整理这半年来跟你有关的新闻，包括我们公关部处理的新闻，叶总差点就成了‘国民老公’，‘无感出道’了。”窦豆拿起手机，啪啪啪发给他一堆截图和数据。她手上有好多证据，不怕他赖账。

金果果早就知道这些，笑而不语。

团团的高明之处就在于，她都是擦边蹭，也没有真的做违约的事。看上去卖力给茶师带货，实际上夹着私活，然后在评论区引导、暗示粉丝们，或者买点热搜，然后一脸无辜地说跟她没关系，是对家嫉妒，想“拉踩”她……

这次团团在隔壁的 cici 美妆直播间里，主动给茶师打广告。听上去没什么问题，可也不知是不是排演好的，cici 美妆的粉丝当场刷屏吵了起来，认为她到处给茶师打广告。还有人问她是不是茶师夫人，要不然凭什么这么卖力。团团最后是委屈地哭着下了直播，惹得她的粉丝们心疼不已，纷纷谴责……。

原本和茶师无关，却不知怎么就有人趁乱来攻击茶师官网。有的臆测团团和茶师签了霸王条款，必须时时刻刻带货；有的认为团团主动帮茶师宣传这么多次，可茶师一次都没有主动站出来保护自家签约人，只知道“甩锅”，实属无情无义。

随后就有人贴出团团每次主动帮茶师宣传时茶师的冷淡反应，包括但不限于团团在社交平台上经常晒茶师的新品，卖力吆喝主动提到茶师，可茶师从不回应。这些点点滴滴的小事，不知怎么就变成了茶师恃才傲物、欺负代言人的标签。

“这次背后不知多少人帮着买热搜。这时候你要是把人辞了，对家可就乐坏了。”金果果也抽空看了眼团团的最近动态，“不用管她，先把联名产品的设计稿做好，我们时间不多了。”

“或许就是茶王在后面搞的鬼，这一百万的水军里，至少有九十九万是他家的。”窦豆知道这些日子茶师一直四面受敌，全靠真诚和口碑不断突围前进。现在内部出现了小裂缝，让人钻了空子进来，这让她很恼怒。

“随便你处理，但我同意果果说的，先做好联名产品。至于团团，先让她闭嘴。”叶茗看了几眼捕风捉影的八卦，面上波澜不惊地看向金果果。

对有清晰判断力的女性来说，这种花边新闻的攻击力为零。

所有的新闻图片里，都没实质性的证据和照片，全是捕风捉影和那些粉丝的“小作文”。而且叶茗推荐她时，她确实是当时最适合茶师的人选——团团曾在杭州天云阁给他泡过一次龙井，是当时接待团队中的一员，思路清晰，对龙井历史娓娓道来，很专业。那时候，团团还在小众汉服圈里小有名气，汉服结合茶道，为她吸引了不少人的注意。但这几年，她不知怎么渐渐被流量圈荼毒，开始了一套又一套蹭流量和热点的手段。

仔细想想也情有可原，谁都想往高处走，身价更高，代言费也更多。团团是吃青春饭的，总要抓住这几年黄金期。金果果听说她已经签了一部新戏，算是破圈成功，从网红一跃而成演员。估计就算茶师想续约，价格也水涨船高。

窦豆当着叶茗的面抱怨团团，为了什么？为了给金果果提个醒啊！别再岿然不动了，看看叶茗身边有多少年轻漂亮的小美女，金果果再这么“稳如泰山”下去，叶茗的绯闻迟早变真事！结果让窦豆失望了，金果果那个“木头”去钉设计方案了，根本不在意这个团团。

窦豆每天都在做“空中飞人”，回岛上的时间多珍贵啊，好不容易见着这两个人，当然要撮合一下。

张炜那个没用的小子，给的情报全没用。说什么两个人成了，已经好上了，在大门口拥吻呢，还激动地发了照片给她。结果窦豆回来一看，这两个人还是保持一米八的距离，各做各的事，连点电流都没看到。

不过叶茗看金果果的眼神确实是温柔含笑的，只要有她在的地方，他就没有任何“社恐”，甚至还会主动过来开会……

窦豆是新时代女性，什么都要求高效率。这两个人共事大半年，三观和态度都经历过考核,早该水到渠成,怎么还这么磨磨叽叽的?可惜,窦豆他们干着急没用。金果果只知道搞事业,对恋爱和婚姻完全没有向往。

联名产品的小组会开到深夜,金果果最近却不见疲惫,干劲十足。

窦豆常说,千万别被金果果温柔娴雅的外表所迷惑,她其实最喜欢挑战和刺激,否则也不会放弃安稳的工作,卖房创业。

面对茶王的强势宣传,金果果斗志全被激起,但她表面上更放松,仿佛看不到茶王的威胁。

"一天八杯,一点不夸张。"见到金果果的时候,刘旭京就对着她比着八的手势,告诉她自己有多沉迷于茶师的饮品。

"刘老师请坐。这是刚从实验室里拿出来的春季新品样茶,你可以尝尝。"金果果脸上丝毫看不出疲惫,根本不像是早上进行了两场头脑风暴的模样。她神采奕奕地让小助理曹媛给刘旭京捧出茉莉白茶。

"现在就有新茶了?"刘旭京不太相信地闻了闻茶香味,确实是带着春天的清新香味,扫去了冬日的沉闷。

"后山实验室里,您想要什么季节的茶都有。"曹媛在一边笑着说道。

"真没想到啊!"刘旭京坐在金果果对面,仿佛老熟人,一见如故地打开话匣子,"我啊,本来是个咖啡控,每天都是靠十杯八杯咖啡来保持旺盛的精力。后来胃出了问题,医生建议不要再喝刺激性的饮料。可是没有刺激就毫无灵感,最后妥协下来,暂时不喝咖啡,改喝茶。但是你知道,我们有时候忙起来,哪有时间在剧组找个地方慢慢喝茶?"

作为一个繁忙而懒惰的文化人,刘旭京实在是没时间自己选择茶叶冲泡,而且很多茶叶的保存要求和冲泡条件都很严苛。直到有一天一个项目负责人找她在茶师聊项目,仿佛为她打开了新世界的大门。

那是北京茶师分店刚开业不久,很多人慕名而去,成为一个打卡新潮流。刘旭京发现那里有各种新款的茶饮可以尽情挑选,外卖也方便得很,最重要的是,口味绝不输于自己高价买来的茶。比起个人泡茶时可能会因为各种因素影响发挥导致口感欠佳,茶师的茶口味稳定而出色。从这以后她算是彻底戒掉了咖啡,取而代之的是一天八杯茶师。

也正是因此,在叶茗联系到她谈联名的时候,她很愿意与茶师合作,两个人一拍即合。

曹媛给刘旭京泡好了茶，关上办公室的门，在外面等着。她是在等叶茗过来。既然刘旭京是叶茗请来的，那今天叶茗怎么都该过来陪陪吧？

曹媛看过叶茗和团团的绯闻，但还是挡不住她看帅哥的欲望和心里的小期待，期待磕现实中的糖。

最近叶茗来茶师的次数多了，不知不觉中暴露了他对金果果的与众不同。茶事总部的员工发现，"社恐"的叶茗在金果果面前完全是个社牛啊，甚至闹腾得像个七八岁的孩子。倒是平时谈吐大方的金果果，在他面前时常有些压力山大的模样。不过大多时候，都是他在说，她在笑，仿佛少男少女的纯真感情。这两人的 CP（情侣组合），茶师总部上上下下都在偷偷磕，每次叶茗来过，都留一地"糖渣"等着大家打扫。

叶茗过来时，刘旭京正在激情澎湃地聊《月城》电影制作。他示意曹媛不用通报，站在门口听了一会儿，没有进去。他就站在走廊上看着外面错落有致的小园子，默默等着。

《月城》在细节上已经精雕细琢，填充了许多有意思的文化韵味。可惜这部电影筹备三年，马上就要上映了，筹拍的时候茶师还完全没影子，所以主角没有和茶师相关的文化符号。现在有了茶师，刘旭京懊悔不迭，恨不得把影片收回来重拍，把细节修改成茶师的模样。好在后面还来得及，如果只是把主城的饮料店都改成茶饮，甚至可以直接使用茶师的品牌。

金果果一直在旁边微笑聆听，听她这么说，不急不忙地将连夜赶出来的设计图拿给刘旭京过目："没事，还有很多地方来得及。"

"对，对，来得及来得及，这种文化输出老外经常干。"刘旭京点着头，喝了一口茶，看了眼设计图，"你看可乐、烟草还有那些咖啡品牌，经常在大片里搞植入。几十年上百年潜移默化，让人觉得这些就是生活的主流，弱化了我们传统文化在大众心目中的影响力。"

"是啊，我们这一代人，不能光追求商业上的一些东西，要尽可能带着理想。"金果果依然笑吟吟地说道。

刘旭京又仔细地端详了她一眼，眼里有着赞赏："你这个想法是对的。咱们中国的品牌和文化，都得基于国内文化的根，如果离开这基础，那就是空中楼阁，长不了的。"

两位掌舵人有着共识，给时间紧迫、难度又大的合作奠定了顺利的基调。

等两人聊完，刘旭京还想去实验基地的后山茶园看一看。两人走出来，发现走廊上早已站着一位体态端正的男人。

“叶老师！”刘旭京率先一步抢着走到叶茗面前，一把抓住他的手摇晃着，“哎哟，我可算又见着你了。上次在加州没来得及和你说上话，这次你可得给我签个名啊！”

听这话，似乎刘旭京老前辈还是叶茗的粉丝？

叶茗冷不防被老前辈抓住了手躲不开，他用求助的眼神看着金果果。

“我办公室有签字笔，还有我们茶师刚设计出来的新年贺卡，刚好我们也准备赠送刘老师一套新年贺卡和台历。”金果果笑着走上前，拉着热情的刘旭京去看茶师备好的礼物。

第二十八章　温暖的悸动

十二个月的当季主打茶饮，从茉莉香雪到枫露普洱，搭配台历上世界各地不同名茶的介绍和精美的工笔画——茶师的伴手礼简直像昂贵的艺术品。也确实是艺术品，尤其是台历和贺卡上的国画，氤氲着江南灵气，全是出自江明川的手笔。

江明川有时候觉得金果果和大家关系远了，但他内心依然存着感激。茶师创立后，他也被从完全颓丧的黑暗中拉了出来，金果果请他来设计部挂名，很多茶师作为门面担当的设计，都是由他来监督和完成的。在他灵感枯竭的时候，只有金果果等身边的小伙伴依然相信他能创作出有价值的东西。

江明川曾经厌恶用商业化的眼光去衡量艺术。回到小岛之后，他目睹了周舟前婆婆的贪婪、柳萍的自私、刘芳的唯利是图，还有杨海的悲哀，也终于明白这个世界需要精神食粮，但首先得体面地活着。

他准备借给杨海给妈妈看病的钱，大多是在茶师赚的。而当看到网上那么多人对茶师的包装设计和国风细节啧啧惊叹时，他心里也油然而生出自豪感。曾经被老师批评的湿漉漉的画面，淋漓不尽的烟雨水乡，雾蒙蒙的哀愁，渐渐在一杯茶里舒展开，变成了清润真实、甘苦自知的生活。

年底大家忙得没空见面，只能偶尔在群里问候几句——五个人又建了新的小群。杨海定期在里面汇报杨妈妈的治疗情况；柳萍依然很少说话，只是在周舟询问孩子最近怎么样时发一点孩子的可爱照片。柳萍卖了房子之后，再也没有了对杨海的内疚感，他俩之间没有任何关系了，一套房子买断了所有的旧情。

元旦要到了，江明川在群里提议大家一起吃个饭。柳萍这次没有拒绝，但是说元旦当天被抽调去上海支援新店开业，其他时间可以过去。反倒杨海有点犹豫，借口妈妈需要照顾，拒绝了。金果果也没时间，元旦茶师有很多活动，浦东二店又在元旦开业，她和柳萍都在上海。

开业当天，果然又是人山人海，很多媒体提前蹲守，排队买茶的人数不胜数，甚至还有黄牛混进来。金果果预料到了这种情况，之前北京店开业时，就有一些不知是对手还是真黄牛的人，把茶炒到了天价，成功为茶师拉到一波仇恨。

这次茶师做了充足的准备，请了更多的工作人员来维持秩序。刚开始还算正常排队，到了中午，眼看人越来越多，忽然有人因为插队打了起来。

柳萍穿着工作服，第一时间上去拉架，可插队的几个青年蛮不讲理，到处推推搡搡，一看就是故意来惹事的。别看柳萍娇娇弱弱的样子，她可比那些刚毕业的小年轻精明太多了，一见这几个人不好惹的样子就知道来者不善。

金果果也听到了外面吵闹的声音，随后助理急匆匆地跑进来汇报了外面的情况。

听到是柳萍在处理，金果果一点也不着急，继续笑眯眯地看着上海这边投资方接受采访。金果果知道柳萍的性格，要是吵架动手，她可吃不了亏。柳萍最擅长对付男人，如果不是顾忌店面形象，岂止吃不了亏？她能让这几个小伙子吃不了兜着走。

没一会儿，只见柳萍抹着眼泪，娇滴滴地走了进来，冲着站在后面淡定喝茶的金果果眨了眨眼睛，俏皮地做了个鬼脸。金果果忍不住扬起唇角，冲她勾了勾手指，两个人走到员工休息室整理柳萍哭花的妆容。

“果果，外面有人故意惹事呢，你小心点，我觉得是竞争对手搞的鬼。”柳萍这段时间也看到了不少茶王的广告，店长也一副压力很大的样子，每天开会都要求提高服务品质。这让柳萍都跟着紧张起来了，看到有人来捣乱，就觉得是对家派来的。

“你别担心，这三天扛过去就没事了。”金果果做好了准备。开了这么多家分店，每一次都有意外情况发生，她和窦豆早就摸索出一套应对方案了。

“我当然担心啊，明天我不能过来帮忙，这群小妹妹小弟弟哪斗得过那些流氓啊？”柳萍拿着小镜子补着妆，深深觉得自己是茶师的顶梁柱，要是没她在，今天还不得被人闹到关门大吉？

金果果笑了，正想说什么，曹媛敲门进来：“果果姐，叶总派司机过来，说是请你去见个投资人。”

“好的，让他稍等两分钟。”金果果拿起手机看了眼，叶茗没和她说有什么投资人要见。也许又遇到什么“社恐”场面，想让她过去当“镇静剂”。

“哟，本来还想着晚上请你吃个饭，看来是没机会了。”柳萍知道她是大忙人，即使叶茗不喊她，这里的投资方也会请客吃饭，怎么都轮不到自己请。

冬至那天的晚餐，将成为记忆中的历史。在再遥远一点的回忆里，六个小伙伴凑钱去小面馆狼吞虎咽的过往，也越来越淡，最后终将消散。想到这里，柳萍红红的眼睛又有点湿润了。

不过，羡慕的酸意更多，她原本以为自己靠着美貌能嫁入豪门当个不愁吃喝的阔妇人，没想到最终还是要靠自己的双手养活自己和孩子。而被她当成书呆子的金果果，却成了她的老板，出入名流场所，身边全是钻石王老五，偏偏金果果还都看不上，气人不？

“晚上你得早点回去带孩子，就别在外面折腾了。明后天好好休息，等我回来再和你们联系。”

“啊，是约会？”柳萍忽然八卦地问道。

离乡多年，除了周舟，小伙伴们很少会说家乡话，尤其柳萍，总喜欢用台湾腔嗲嗲地装腔作势。这时候忽然冒出乡音，可见心里有多关注叶茗和金果果的事。

“和投资人约会吗？”金果果扑哧一笑，收起手机，“我先走了……”

“那个叶总，我见过的吧？”柳萍拽住金果果，但是也不知道该说什么，毕竟现在金果果和她距离太远。金果果身边有多少优秀的追求者她不知道，唯一知道的就是叶茗和团团的那些绯闻，在店里大家会八卦这些东西。

“你说叶茗吗？”金果果这段时间忙得头昏脑涨，不确定柳萍有没有见过叶茗。

“对啊，我还见过你们去野餐的照片。”柳萍急忙说道，“周舟说你们经常在家里聚餐，宝宝姐很喜欢他。都见过家人了是吧？”

“是，他是产品研发的负责人，准确地说，我们是团队伙伴。”金果果顿了顿，“也是好朋友。”

这大半年一起磨合出来的默契和创业团队千锤百炼的战友情，虽然短暂，但也无法替代。

“他还没女朋友吧？”柳萍又问道。

“应该没有。”金果果看着柳萍欲言又止的样子，惊讶地说道，“你该不会想……”

“我疯了啊我！我一个带着孩子的，哪里敢想？”柳萍意识到闺密误解了。她确实很自恋，如果在年轻时说不准真的会让金果果介绍叶茗给自己当对象，但现在她被现实打击得根本不想和男人扯上关系。

“这个……也不是，带着孩子没什么，只是叶茗和女生说话都费劲，他……”

“但他和你在一起的时候看不出费劲。我的意思是，你该把握住的，别便宜别人了。”柳萍听周舟说过叶茗不喜欢人多，特别爱安静，和周舟见过几次面，话都不超过三句，只喜欢和金果果说话。这不是高中时期男同学的暗恋吗？而且这段时间店员们老说团团和叶茗的绯闻，柳萍听了心里着急，逮着机会赶紧劝小姐妹。

“我先走了，别替我操这个心。”金果果没想到只会和姐妹抢男人的柳萍现在居然还为她担心，忍不住笑着拍了拍柳萍的肩膀。

“哎，我说真的啊，你也老大不小了，都奔四了啊……”柳萍着急地叮嘱。

“放心，我就是奔八，也有自己的安排。”金果果笑出声来。她觉得此刻自己无比年轻，人生充实，充满了奋斗的激情，没有任何的年龄焦虑。

柳萍看着她离开的背影，忍不住咕哝了一句：“别太自信。”

不过她是金果果呀，从小就能自律地按计划表学习的金果果，柳萍知道，她不会像自己那样在男人身上摔跟头。

金果果和店里的人告辞后上了车，司机径直把金果果带到外滩一家正对着东方明珠的咖啡店。赶到时，已经是晚上六点多了，天色全黑了，只有霓虹灯和璀璨的明珠塔闪烁着元旦的气氛。叶茗穿得格外正式，在门口有些不安地等着她。一看就有正事。金果果对叶茗很了解了，心里咯噔一下，他从不会露出如此紧张的表情，难道是茶饮出了问题？那为什么不直接在电话里说？这不像是小叶的作风。

“茶师今天人太多了，不方便说话，所以请你来这边。”叶茗领着她上楼，来到二楼窗边坐下。“有什么重要的事吗？”金果果没看到第三方，心里已隐隐感觉到了什么，因为叶茗心神不宁欲说还休的样子，像极了少年时遇到的那些表白者。“最近茶喝多了，请你喝杯咖啡。”叶茗转移话题，已经帮她点好了咖啡。“我都忘了自己曾依赖过它。”金果果配合地接住话题，端起咖啡笑着说道，“这杯咖啡，让我想到了以前在上海工作时的状态，每天用它续命。”

咖啡厅的温度很高，叶茗看着她袖子卷起露出的一截手臂，想到了去云南找茶时，她的手臂在自己面前晃啊晃，仿佛一段江南的粉莲尖尖。和他这样不擅表达情绪的人在一起，她会觉得无聊吧？叶茗没了自信。只有在她面前，才会失去自信。她如此优秀，如果拒绝他，也是情理之中的事。

金果果见他只沉默地看着自己，仿佛看着试管里溶液的反应，带着一丝对未知化学反应的不安。他不知道是实验成功，还是试管爆炸，所以那句话迟迟没有说出口。

“咖啡不好喝?”金果果故意逗他，看了眼他面前一直放着的咖啡。“晚上少喝点，不然睡不着。”叶茗后悔点咖啡了。“有什么事不好和我开口?”金果果一直在微笑，看他的样子，就算不喝咖啡，如果没说出心里话，也一样睡不着。

“我……”叶茗回过神，发现自己抓住了那“江南粉莲”，他忽地收回手，脸涨红。一个“社恐”选择在这么热闹的咖啡店，是为了掩盖更加令他恐惧的事。“我想申请情感深度合作。当然，你是我的甲方，能不能盖章，完全取决于你的想法。”叶茗深吸了口气，一鼓作气地补充说道，“只要你愿意考虑，任何条件我都答应。”他知道金果果很特别，但没想到她此刻也特别地淡定，仿佛没听懂，或者说，早已预知。

“乙方可不好当。”金果果仿佛自言自语。他们比想象中还要了解对方，无须多做解释，哪怕一个眼神，就确定了“实验”是否成功。

“我把一切都给你，只要你让我爱你。”叶茗从她的眼里看到了前景，激动地再次抓住她的手，这一次没有放开。这句话不是被爱情冲昏头脑的誓言。叶茗不但把自己交给了金果果，多年后也将公司和所有的身家都交给了她——金果果比沉迷于实验室的他更适合做公司管理者。

只是在此刻，他想的是：把此生的一切都交给她。余生，他无条件地跟随，永远地陪伴，让他们的灵魂紧紧交织在每一个清晨和傍晚。

生命就像外面绽放的烟花那般短暂，他明白什么是最重要的——此时此刻，延续着过去连接着未来的此时此刻。

金果果看着他的笑容，绽放得比窗外的烟花还要灿烂。

爱是无法阻挡的，她知道他爱着自己呢。

曾经是隐隐约约地感受到那份深藏的妥帖的爱，直到今天，被他用勇气坦白出来。“不用给我那么多……顺其自然吧。”金果果轻笑着动了动手指，反握住他的手。

这是她除了工作外的一贯的行事风格，顺其自然，顺应本心。

“就这样？”叶茗激动之余却有些委屈，尽管他很了解金果果，知道她这是委婉地同意了交往，但他总觉得不够。

没有斩钉截铁和喜出望外，没有年轻人的激情和迫不及待，像一杯温开水，把他此刻微醺的醉意稀释，让他清醒地看到，金果果就像那座山，无论他是否要离开，都不会刻意挽留。这也正是他为之着迷的一点，金果果永远不会强迫别人的情感，来则安之，去亦不留，但愿意留在她身边的人，一定不会被抛弃。

“就这样。”金果果的眼里倒映着外滩一阵阵的烟花，她轻轻攥了攥他的手，却给了他安定的力量。这一刻好像发生过无数次，在两人相处的点点滴滴中，在那些不言不语的温柔的眼神中，一切都有迹可循，因而没有太多的意外。

唯一预判失误的是，叶茗的告白来得太早了。

她曾想过，或许几年后的庆功宴上，叶茗会和她一起举杯纪念这几年的携手共进，四方征伐。或者，叶茗永远不会说出这份心情，深埋在心。又或者，他中途会遇到更值得他去爱的女人，这份萌芽的感情渐渐消失，两人只是永远的朋友。但无论是什么结果，金果果都不会觉得遗憾。至少曾经他看自己的眼神充满了不可言说的爱意，哪怕只留作回忆也足够动人。

“那……我先单方面宣布你是我的伴侣。”叶茗此刻忘记了周围的喧闹，紧紧攥住她的手，起身过去把她紧搂在怀里，激烈的心跳声出卖了他的激动。

“不可以单方面，要共同宣布。”金果果在他怀里闷笑着说道。说完这句话，她感觉叶茗的手臂箍得更紧了，把她勒得快缺氧了。

“不过，我还有个小小的提议。”金果果此刻依然是冷静的，仿佛看过他们往后余生的每个朝暮。对一个万事有规划的人来说，即便是恋爱，也要稳步推进。

“你尽管要求。”叶茗依然舍不得松手，也不在意周围人的目光。

“这件事，先别告诉家人朋友，尤其是窦豆……”

“你嫌弃我？”叶茗顿时心情沉了下去。

从小他只要看了哪个女生一眼，那个女生就恨不得昭告天下自己被叶茗青眼有加，以至于他谁也不愿意多看一眼。没想到报应来了，现在找个女朋友，竟要求对全世界保密。

“不是，我是怕耽误工作。年底事情太多了，等忙过这一阵，我会正式告诉朋友们。”金果果知道窦豆的性格，她要是知道这事，两三天都会处于极度激动的亢奋中，估计工作也会心不在焉，满脑子只想八卦。

而且联名产品和国外的茶包合作都在推进中，她也许今年都没法儿在家过年。她要是和家人们透露了自己年前“脱单”的消息，爸爸妈妈肯定会要求她带叶茗回家过年……总之，现在宣布“脱单”太耽误工作了，不如等大局稳定后，礼数周到地宣告这个消息。

叶茗沉默了几秒，平缓了复杂的心情。好吧，这理由很有金果果的风格，不急不忙，不惊不慌。叶茗估计就算是新婚之夜，金果果也要先把工作安排好再来陪他。

“可以，听你的。那我们接下来应该做什么？”叶茗觉得自己的大脑不受控制了，大概此刻自己的身体里全是多巴胺，他现在只想带金果果去感受这世上所有美好的事物。

“我觉得应该吃点晚饭，顺便……我先处理一下工作。”金果果忙了一天，现在感觉到饿了。

她的手机一直在闪，不知错过了多少消息。

叶茗倒是没料到，金果果会比自己还忙。以前家里人数落他天天只知道搞实验，研究各种数据，一天到晚在实验室里不出来，怎么找女朋友？现在看来，大家需要担心他女朋友没时间理他……

“联名产品至少要提前一周预热，但是前几个设计方案都被否定了，假期还得加个班。只剩一个月时间，得抓紧了。”金果果对着手机像是自言自语，“还有尾牙宴……你有时间的话，也来参加吧？”

“你在跟我说话？”叶茗忍住委屈，这不是他脑海中幻想的甜蜜恋爱。不过，谁让他只喜欢金果果呢？也许过于甜腻，他也受不了，还是像一杯好茶回味无穷口齿留香吧。而且金果果无论什么时候都给足别人自由的私密空间，让叶茗这个“社恐”觉得自己有很大的发挥空间。

“那几天我要去英国，上次和你说的茶包，在那边脱销了……”

“你的意思是，让我替你带队开年会？”她不知道自己害怕人多吗？

“嗯，那让窦豆抽空去给他们打打‘鸡血’吧。如果你有空的话，陪我去英国。”金果果端起红酒杯，笑眯眯地看着叶茗渴望的眼神，“我顺便请你玩一趟，不要再用这种被欺负了的眼神看着我，好吗？”仿佛她虐待了他似的，让人受不了。

“哪几天？我安排一下行程。”叶茗的眼神蓦然亮了起来。

当然好，必须好！叶茗对欧洲很熟，他可以带金果果去阿尔卑斯山的小镇滑雪！光是想一想就觉得浪漫极了。虽然可能行程匆匆，但只要和她一起旅行，哪怕只是坐在飞机里看着日月交替，叶茗也觉得幸福至极。

年底大家都很忙。周舟有一堆的工作报告，最重要的是，小年夜百行集团的奠基仪式要开始了，她忙得脚不点地；杨海给杨妈妈预约了年后手术，这段时间在家伺候老母亲；柳萍的店里也越来越忙；江明川除了要准备美术考试，还有一堆设计图要画。

茶师这一路虽然偶尔遇到点坎坷，但大体上天时地利人和。就连茶师为老会员们准备的积分兑换的新年礼物，也因为太过精美被一抢而空，甚至有人靠着倒卖茶师的周边都发财了。

这些台历、贺卡、印花布袋之类的周边被抢购，给了江明川极大的信心。他看到茶师的各大官方平台下，所有人都在夸赞礼品用心，画风有格调，就觉得自己回来后，不是一无所获。

现在令他郁郁不乐的是，百行集团度假村计划与市、区、镇各级政府的协议已经正式签署，度假村开始进入规划与筹备动工阶段。

他的父亲就要来了。

周舟依然第一时间告知了江明川：“明川，江叔叔小年那天可能会来参加项目的奠基仪式，同时会整修祖坟和老宅。”

“他如果过来，是不是意味着项目正式启动？”江明川只是没想到父亲年前就要回来。

“协议都签了，前期准备工作也做了很多，项目已经不可能停止，早就在启动状态。在实际执行过程中，如果还有什么意外，我们可以进行修改。”周舟觉得江明川真是不懂世情的艺术家，他回来这大半年，自己从没间断过向他汇报项目进度好不好！

当然，现在各级政府有自己的坚持，不会像以前一样光以短期的经济效益单一指标为目标，会考虑综合可持续发展。如果在规划建设过程中发现了生态问题，也必须优先解决，找出方案，然后再稳步推进。

小年夜的前一天，百行集团董事长江华宇抵达苏州，当天下午就到了岛上，接受地方政府的宴请。在晚饭前，他来到了曾经居住过的老宅前。

江明川在那儿等他。

江华宇与老金和黄玉霞他们都差不多大，可是看上去就像四十多岁的人。他有私人教练和营养师，身材保持得很好，更像是年富力强的中年人。他留着髭须，头发一丝不苟，穿着合体的西服，完全是成功商人的模板。谁能记得三十年前他在这里落魄时的穷书生模样？

“明川，你回来得挺早。”江华宇看到了江明川，只微微点头，神色不变，好像只是偶尔遇见自然而然地打个招呼，之前几次措辞严厉的最后通牒就像是不存在一样。

“你不是最清楚，我大半年前就回来了。”江明川用力压抑着情绪，试图像金果果那样理性。

江家的祖坟就在老宅背后的小山坡上，几代人都不曾迁徙。

江华宇面对着青山绿水与断壁残垣，感慨地说道：“从我当初离开这座岛，这么多年下来，你其实也应该明白了。”

一去三十年不回，如果不是刚好有这么个大项目，这个江姓的后人，这个岛上可怜女人的丈夫，可能永远都不会再回来。这是比言语解释更有力量的答案。

江明川面色惨然，颤抖着嘴唇，最后的期待和希望也破碎了。

“我只想知道，我妈在你生命里，到底算什么？”江明川愤怒地问道，“妈就在这座破屋子里头，等了你十几二十年。你走到这儿，就没有什么想对她说的话吗？”

只要想起母亲佝偻而孤单的背影，江明川就无法压抑自己的情绪，他知道这些问题都毫无意义，可是他依然想替妈妈问出来。

江华宇沉默了。他回头望向早已破败得不成模样的老屋，那里面被江明川改造了一半，还有一半依然破败不堪，仿佛他的少年时代。当年温暖的余烬早已消失，他甚至记不清那个女人的模样了。

“你妈……”江华宇沉吟着，“那时候我很年轻，并不像现在这么理智。或许，在这座岛上，我爱过她。

“可惜，我并不仅仅属于这座岛。”

每个人都有自己的梦想与奋斗的领域，江华宇或许曾经被这岛上的美景与闲暇所困，但他很快就会离开，离开这烟雨迷离的江南。

或许爱过？真是残忍啊，如果江明川不是作为“曾经爱过”的唯一证据出现在他面前，江华宇也许永远不会记得那个痴痴等他那么多年的女人。

“这个老宅，是我妈留给我的，我不会交给你。”这是江明川对父亲说的最后一句话。

总要守住一点什么，无论是记忆的灰烬，还是爱的余温。

江明川赶走了父亲，坐在画架前疯狂地涂抹着什么。那晦暗不明的灰色和黑色，仿佛是一个失去青春和希望的女人，蜷缩在阴影里，一直望着北方的天空。

周舟知道这次谈话不会有好结果，江明川的固执和骄傲让他不会对父亲低头。所以忙完手头工作后，她还是来老宅找到坐在画纸堆里的颓丧男人。

江明川只是颓然地看了眼周舟，默默地靠着她的肩膀，好像失去了所有的力气。他不是周舟这样的圣人，大家都有自己的立场。百行集团要赚钱，地方政府要考虑方方面面的平衡，老百姓想要有更高的收入的同时，也不想自己从小到大的生存环境遭到破坏。种种需求，需要一个烹调高手来进行调和，最后达到人人满意，这就是治大国如烹小鲜。

不知过了多久，江明川看着画里那团晦暗的身影，忽然找到了自己的角色：“我要留在这儿。不管做不做美术老师我都会继续画画，因为在这里，我找到了属于自己的江南。”

如果父亲回来了，他也许就当不了美术老师了——那人要面子，绝对不希望大家知道自己儿子在学校当个小老师。但是江明川不会离开这个老宅，他画卷下那片湿漉漉而清晰的湖景和洞庭山会永远留在这里。

度假村的奠基对岛上的居民来说是一件大事，当天许多村民都赶过去看热闹。江华宇铲了第一铲土，领导剪彩，一片欢呼。

金大群也在现场，远远看着，感慨地说道：“这样子让我想起三十年前大桥刚刚奠基的时候。”

西山大桥到今年刚好建成三十周年。三十年前，这里还是一座孤岛，需要通过摆渡船才能穿过湖面抵达城市，如遇风雨，渡船停摆，那就与外界隔绝。是大桥的成功建设，才让这座岛成了距离市中心不过一小时车程的繁华之地。那一年的奠基仪式也因此让人记忆犹新。

这次度假村的建设或许也会给岛上人的生活带来日新月异的根本性的变

化，不知道三十年后又会是怎样一番景象。

“老头子看着真显年轻。”黄玉霞抱着孙子挤到最前面，嘀咕着江明川母亲的小名，“不过阿珍真的是不值得，等了那么久，没等到荣华富贵就走了……”

他们都和年轻的江华宇打过交道，金大群当年与江华宇还算是好朋友。只是三十年过去，交情也烟消云散，剩下的只有为当年漂亮的小阿珍不值。

阿珍怎么就遇上这样的渣男？这么多年，岛上人只要想到江华宇作的孽就觉得不齿，唯一值得庆幸的就是江明川这孩子健康地长大了。

陆光扯了扯黄玉霞的衣袖，示意她别当着孙子的面嘀咕了。想到黄玉霞还想带着孙子过来讨红包他就觉得丢人，陆光都不想承认小时候曾和江华宇这样无情无义的人一起和着尿玩泥巴。不过想想自家的儿子，陆光心里更闷，陆亚东也就是没江华宇的本事，不然也好不到哪去。

远处，刘芳翻着白眼看着江华宇的人派送红包，心里盘算着等孩子再大点她一定得走，哪怕去工作也比看黄玉霞那张脸好。

金果果出国了，没能参加茶师第一年的年会。

茶师的年会很盛大，各城市的茶师负责人都过来了，还有西山实验基地的同事们。基地同事大多是单身男青年，在茶师工作的又大部分是女孩，正好可以把年会当作联谊会，找找合适的对象。

窦豆遗憾地告诉大家，金果果因为人在国外赶不回来，但红包会翻倍发。听到后面那句话，除了柳萍郁闷金果果没来让她不能炫耀自己的老板闺密之外，所有人都很兴奋。

今年茶师没有安排旅游度假，只带着大家参观了茶师总部和西山实验基地，然后就是实实在在地发红包和礼物。

柳萍倒觉得这样更实惠，真要出去旅游，她还得带着小囡囡，不然全交给保姆她不放心。现在保姆每天白天过来带孩子，等她下班到家了就走，囡囡每晚都和她在一起睡，也不可能要别人带着睡。想到小囡囡，柳萍就满心的暖意。她提着公司发的年货礼盒，羽绒服内里的口袋中装着参加游戏时得到的好几千块现金，微信里有在公司群里抢到的大红包，再想想年终奖，脸上不自觉地露出了笑容。

今年过年，可以奖励自己一个香奈儿包……不，可以给囡囡存一笔教育经费了！孩子占据了柳萍所有的爱，她现在内心满满当当的，翻看着囡囡的大眼睛萌照,她就对未来燃起了不灭的希望。

柳萍是和几个同事拼车回来的。等到了公寓门口,车里有两个男员工互相抢着付钱,柳萍装模作样地争了一番,见他们扫码付了钱就收回了手机,娇滴滴地谢了同事。

等下了车,柳萍却没有和大家一起上楼,而是装作接电话慢慢走到旁边。等大家都嬉笑着回去了,她才看向公寓门口那个蹲着抽烟的邋遢男人。

和柳萍结婚后,杨海为了老婆的大肚子戒了烟,现在也许是生活压力变大,他又找回了这个坏习惯。

柳萍看到他,心情还是有些动荡,说不出是更嫌弃了,还是可怜他。她捏了捏鼻子走过去,看了眼二楼的灯光,皱眉道:"有小孩子在楼上,你抽什么烟?"

杨海刚才看到她在两个男同事面前谈笑风生的,本来心里还有点酸,这会儿听到她这句话,赶紧把还剩半支的烟扔在地上踩灭了,补了句:"对不起。"

柳萍扫了他几眼,看到他身边放了一堆东西,问道:"你怎么知道我住这儿?"

"我问明川的。主要是快过年了,我爸妈让我给你带点年货,怕你没时间置办。另外……我爸也说谢谢你。"杨海今天还特意刮了胡子,但头发依然不听话地乱蓬蓬的。他轻轻在衣服上搓着手掌,指了指提过来的东西。

"叔叔阿姨太客气了。"柳萍从小就认识杨家长辈,结婚后改叫爸爸妈妈反而有点别扭,改回来更加顺口。

"提上来吧。"柳萍一贯的性格就是能占便宜时绝不客气。她估摸着同事们都进屋了,就领着杨海从楼梯走到二楼,开了房门招呼他:"坐一会儿吧。"

柳萍一边说着,一边从保姆手中接过女儿。她稍微问了两句女儿这一天的情况,就让着急下班的保姆先走了,自己在沙发上抱着被惊醒的囡囡,轻声哄着囡囡入睡。今天参加年会回来晚了,孩子也困得翻了个眼皮又睡着了。

杨海把东西都提进来,站在旁边坐立不安。他对这孩子还是带着本能的厌恶,看见她,自己被欺骗的痛苦又隐约浮了上来。但他又很清楚小孩是无辜的,就和陆亚东的儿子一样。

"阿姨现在情况怎么样?"柳萍平时晚上回到家也会看一眼群消息,知道杨妈妈最近在住院治疗,杨海和老爷子轮流陪护,一个疗程下来,情况似乎比想象中要乐观一些。

“第一个疗程刚结束，准备年后手术，然后放疗。医生说我妈的身体体质还不错，只要精神上有求生意志，完全有可能提高术后生存率。我妈也挺受安慰的。”杨海看着柳萍，目光尽量避开那孩子。

他也挺感谢柳萍的，如果没有柳萍给的这笔卖房的钱，他只能眼睁睁地看着妈妈放弃治疗。

“那就好。”柳萍轻轻拍着女儿，竟然有几分金果果才有的淡然和真诚的语气，“不管是以前，还是我们结婚的时候，阿姨都对我挺好。她一定能够吉人天相。”

“但愿吧。”杨海还是搓着手。在杨海眼中，柳萍这小公寓比起他们的婚房要狭窄、朴素了许多，也没什么装饰，那墙上仅有的彩色的涂鸦，就是江明川帮她画的画吧？

杨海又不由得为柳萍感到心疼：“你在这儿住得还习惯吗？”

“还行，没什么习不习惯，我又不是什么小公主大小姐。我在深圳租的房子，还不如这儿呢。”要是以前的柳萍，这话绝不能轻描淡写地说出来，现在经历了那么多，面子早就不重要了。

“那个……要是我妈看好病了，还有点钱……”杨海想着那卡里的三百多万，治疗后应该还剩不少，去偏一点的地方买个小房子也能够住。只是他还能为一个陌生人拿出这么多钱吗？

“怎么，你还想给我？”柳萍察觉到了杨海的意思，忍不住笑了，“杨海，你还真是个傻好人。别心疼别人了，你还是好好心疼你家人吧。那都是你爸妈赚的钱，你拿去好好孝敬他们，实在不行你打赏女主播也比给我这个坏女人强吧？”

“我只是觉得你也不容易……”杨海被她说得面红耳赤。

但话糙理不糙，他也只是看到柳萍现在住的地方局促，被此刻的情绪支配才胡思乱想，就像当初冲动地想卖房为她治所谓的乳腺癌一样。一旦回到家里，看着病中的老母亲，看着那些新认识的文艺女青年，他就会忘了柳萍。

“你妈才不容易。”柳萍见他那副孬样就想替阿姨骂他。也许因为柳萍现在也是母亲了，就很容易和杨海的母亲共鸣，心疼她有这样的儿子。于是她忍不住提醒杨海：“别同情心泛滥了，我现在过得比你好。虽然没房子，但我有工作，有新的生活。杨海，过完年，带阿姨看完病，你也去找份工作吧，别再蹉跎下去了。”

柳萍一向自视甚高，如今工作了这些日子，更觉得自己有资格教育宅男，觉得如果她不点拨杨海，他揣着那些钱，早晚会被其他女人骗走。只要想到这一点，柳萍就会后悔把卖房的钱都给了杨海——被别的女人骗走，还不如放自己这里。万一以后他家出了事，她还能拿出来救济，别的女人可未必会掏出来。

“我也打算年后找个事做。”杨海习惯被她指手画脚地批评，低着头讷讷说道。

“你要找什么事，事先可以问问果果他们。这次要听听人家的意见，别再自己投资当什么老板，你不是那块料。”柳萍无情地打击着他，她现在无比推崇自家老板，“你不是有车吗？注册个司机跑腿也行啊。反正找份正常的工作，别天天在网上泡着，网上那都是虚无的、假的。你要看看现实的生活。你爸妈还能帮你几年啊？别成为他们的遗憾。”

“嗯，那你早点休息吧，我就不打搅了。你要是有什么要帮忙的，给我留个言就行。”杨海没想到柳萍工作了一段时间，竟然会说人话了，虽然不那么好听，但也说出了事实。

“路上小心点。”柳萍一点也没挽留，甚至整晚都没给他倒杯水。她抱着孩子走到门口，忍不住又叮嘱：“那钱是给你妈看病的，别真去打赏女主播。”

“我怎么可能！”杨海以前偶尔会看女主播讲解游戏，也会刷点鲜花，但一共也没超过两百块。他有钱了，宁可请朋友吃饭，或者买游戏装备，也不会再花在女人身上。

他对爱情、婚姻，没什么兴趣了，虽然新加了一些爱好摄影的朋友，但也没有往发展更深层的关系上想。他不想再让人生窒息一次。

大年三十那天，金宝宝把周舟还有她当年最不喜欢的柳萍，都喊回家吃年夜饭。江明川则是在杨海家过年，他父亲和他彻底决裂了，过年也没有和他通过电话。

金家依然像小时候一样是小朋友们的庇护所，唯独金果果还在国外出差，没有回来。

面对老人家抱怨金果果工作忙到回不来吃年夜饭，柳萍第一次在朋友们面前维护金果果。她给大家说了自己在店里道听途说的茶师发展，说金果果是要在欧洲争夺茶叶市场，那可是巾帼英雄。

金宝宝只神秘地笑，她知道妹妹不只是去拓展市场，还拓展了自己的恋爱人生呢。她为什么知道？还是叶茗忍不住偷偷和她说的。

今年是茶师创业第一年，工作上琐碎的事太多，许多地方都在赶进度。因此，金果果不希望自己的私人感情影响到其他合作人，尤其是窦豆的状态，她要是知道自己和叶茗好上了，绝对会兴奋得好几天睡不好觉。

答应和叶茗谈恋爱时，金果果的唯一要求就是：联名产品上市前，暂且不要暴露恋情。爱情先放一边，大家集中精力搞事业，反正就个把月时间。

但没想到，恋爱真是神奇的事，居然能改变人的心性。叶茗本来以为自己是个“社恐”，惧怕聊天，更何况是聊私人感情。然而和金果果在一起后，他恨不得将这段关系昭告天下。现在金果果不允许私人感情给年前繁忙的工作添乱，他快憋坏了。

恰好金宝宝问他要不要来家里过年——这可是来自娘家人的邀请。叶茗就半推半就地告诉她，今年恐怕要在欧洲陪金果果过年，当然主要是忙工作，茶包一不小心打开了欧洲市场，那边的人尝过茶师的速泡袋茶后都倍感惊艳……他和金果果确实很忙……

金宝宝一听就明白是怎么回事，她吃下了这颗定心丸，安心等着年后他俩飞回来给金大群拜年喊爹。

而窦豆操心的事太多了：今年三十家分店的任务，联名产品大年初八情人节那天和电影同步面市，以及她最关心的茶王开业！

冬天其实没有影响茶饮的销售，尤其是枫露普洱一路高歌猛进。大家渐渐喜欢上了这种暖心而又热气腾腾的饮品，茶香正在潜移默化地改变年轻人的饮料消费习惯。

从秋天开始，饮品行业的竞争对手就浮现出了不少，咖啡、奶茶、果茶层出不穷，但是模仿茶师的新型茶饮店的大多是小型的茶饮店。

和窦豆的担心相反，金果果一直认为出现这些竞争对手并不是坏事，可以让更多的年轻人接触到悠久的茶文化与丰富的茶的口味，可以促进良性竞争。

真正模仿茶师这种模式而进行连锁经营的竞争对手中，最高调的依然是茶王。窦豆也愤怒地发过律师函，因为茶王宣传广告上的标志、装修与茶师高度类似。

现在对方虽然稍微修正了些细节，试图与茶师有所区别，但还是很像。

铺天盖地的广告似乎为茶王引入了不少投资，旗舰店还没正式开业呢，就开放了全国性的连锁加盟经营，几个一线城市都有门面店在同时装修。

开放加盟有一个最大的问题——品质控制难以保证。

加盟店遍地开花，很快就能形成片区和宣传优势，形成一种席卷的局面。但是也正是这种高速发展，使总部无法有效制约各地加盟商，即使统一配货，在终端也很容易因为有些加盟商缺斤短两而造成产品质量参差不齐。最后消费者体验无法保持同一，会影响到整个品牌的口碑。

窦豆一开始是不屑的，因为茶师一直坚持精品战略，不接受加盟。茶师前期只有直营店，总部进行统一的采购、配送与人员培训，这样才能够保证产品口味的尽可能一致。目前来看，效果斐然，茶师在各地的分店口碑都不错。即使饮品会因为地方口味习惯不同而受欢迎情况不同，但至少消费者们都承认，茶师是在用心做一杯茶。

但窦豆现在担心茶王这上来就开放加盟的势头，后期品控跟不上，早晚会拉低同行的形象。现在茶师这种茶饮店还是新兴的品类，没有完全奠定自己的市场基础。一个同类品牌的拉胯，可能会拉低整个品类的评价——这是除了直面竞争外，窦豆最担心的地方。

大年初二，几乎没什么预热，茶师就发了一则预告——《月城》联名茶饮新产品一周后上市。

时间恰好卡在茶王开业这一天！这不能怪茶师挑的正月初八，因为当天《月城》电影上线，全国同步。只能怪茶王挑的日子太吉利了。

“欺人太甚！”肖平气得直拍桌子，恨得咬牙切齿。

他特地赶来江南，特地在茶师旗舰店对面找到了商铺，以盛大的方式开业，想要狙击市场上最主要的竞争对手。在此之前，他原本以为茶师并没有什么具体的应对措施。因为茶师不是以营销为主体的企业，他看得出来，茶师更重视产品线与品牌建设。

肖平认为君子可欺之以方，于是茶王硬蹭热度，硬占便宜。没想到茶师的管理团队不声不响，却是咬人的狼，赶在这个时间点上给他来了一闷棍。

《月城》现在的热度，肖平当然清楚得很，如果能蹭上合作，那他肯定求之不得。但他自己也清楚，以茶王的品牌，只靠前期这唬人的宣传，人家根本看不上。

但凭什么茶师就行？

他消息灵通，知道《月城》曾经拒绝了好几个国际饮料巨头的广告合作，包括可口、星派咖啡在内的一系列品牌。茶师何德何能，能与这些老牌子相提并论，还独占鳌头？

肖平想不通这个道理，只能想办法应对。

如果不闻不问，那新店开业的热度肯定会被压下去。到时候如果新店开张冷冷清清，反而是对面的茶师门口大排其队，对品牌形象、员工士气和信心都是巨大打击。肖平最害怕的是影响到投资人的信心，如果投资人觉得茶王不可能挑战茶师的市场地位，那后面的资金链就会是巨大的问题。

必须想办法解决！

肖平心烦意乱，指着会议室里的高管们一通输出："我给了你们时间，让你们找出更好的策略，找到茶师的产品配方，结果你们不但什么成果都没有，还给我来这么一出！难道内部一点消息都没有吗？"

如果早知道茶师和《月城》在联系，那他们至少可以充当搅屎棍的角色。无论是抬高价格还是找人说项，总之先把水搅浑，自己才有机会。哪能任由金果果一个小年轻悄无声息地就达成了合作？

大家愁眉苦脸："这件事我们已经打听了。和《月城》那边的合作，一直是金果果和那个窦豆直接联系，茶师企划部的员工也是在最后才得知消息。茶师团队一直深度保密，而且速度太快，我们打听不到也不奇怪……"

兵贵神速啊！

不过金果果也确实大胆，提前不到两个月就敢接下这么大的活。赶时间、赶进度，肯定会有漏洞！

肖平神色凝重，皱着眉头："他们怀疑我们在派人打探？"

打听商业竞争对手的机密，是大家都在干的事儿，无非是巧妙和拙劣的区别。茶王当然安排人一直盯着茶师团队的动向，基本上算了如指掌，可这件事居然一点风声都没露。

"未必是茶师那边的反应。"高管也只能苦笑，"可能是《月城》提出的保密要求。"

茶师团队行事一向光明磊落，说他们傻也好，一根筋也罢，总之没什么保密意识。说好听点他们就是堂堂正正的"阳谋"，一步步脚踏实地，没什么隐私。所以肖平总能找人打听到茶师的具体动向，先下手为强，再进行针对性的布置。

不过，这次的联名合作考虑到《月城》的需求，保密制度比较严格，倒是打了茶王一个措手不及。

“先不说这个，我们有没有什么应对手段？”

肖平烦躁地挥手，事已至此，懊悔也没用，只能看怎么应对。还有一周时间，总不能在开业那天吃亏。

“我们也谈过一些联名……”

“不行！”肖平想都没想就挥手否决，“除非能够找到国际大品牌或者爆款文化产品的联名合作，否则和《月城》、茶师一对比，搞得我们像山寨小店，更加寒碜。短期内不用考虑联名这条路了。”

“要不然看能不能想办法中止或影响他们的合作。”

“他们都官宣了！还想个屁！”

肖平讨厌这种废话，他脸色阴沉地查看茶师官网发布的公告。对应《月城》的三位主角，茶师已经公布了三款联名茶饮，形象设计与茶饮茶品配合，显然不是一朝一夕的工夫。

茶王的职业经理人们绞尽脑汁，却想不出一个好的办法，这让肖平大发脾气。

“等一下。”他眯着眼睛看手中的海报。

联名款产品的设计，初级的是只进行形象合作，譬如只是在原有的产品外包装上添加联名产品的形象、标志。这样的合作本质和内核没有发生改变。这其实是最常见的合作，许多友商都这么做，只要再印一批相关的纸杯，就算是一次热销的联名合作。

他以为茶师这么赶进度，肯定会选择最省时间的合作方式，但茶师并非如此。茶师这一次与《月城》的联名合作，不但用了《月城》的形象元素，还根据其剧情、人物性格设计了新产品。肖平甚至可以认为，这就是茶师新一季的主打产品，借着联名，茶师推出了新菜单与新茶饮。

“这倒是像他们团队会干出来的事。”肖平心里是挺佩服那几个年轻人的创意和行动力的。他们不怕麻烦，也不会偷懒，在品质上永远尊重顾客，行事稳如泰山。

产品很平均，一款绿茶、一款红茶、一款青茶，代表这三位主角的不同性格。从产品命名上，大致也能猜出口味的偏向。

不过……如果能够更清楚地掌握产品配方……

肖平用手指点着桌面:“我记得你们说过,茶师这边对配方的保密度不高。那么我们有没有可能在他们的联名产品推出之前获取配方,并在开业的时候拿出仿制品?”

高管们一惊,议论纷纷。

“这会不会针对性太强,两败俱伤?”

“对啊!如果我们能几乎同步拿出仿制品,那显而易见会打击到茶师联名产品的评价,甚至影响《月城》与他们的合作,导致这次联名推广全面失败也不是不可能。”

“但是对于我们来说,就坐实了茶王作为茶师模仿者的竞争者身份,同样也不会收到什么好的口碑。”

大家你一言我一语地议论着。

这不是肖平一贯的风格——他应该更喜欢蹭别人成功的热度,而不是打伤敌一千自损八百的硬仗。

高管们摸不清老板的意图,没人敢轻易表态。

肖平叹气,这些家伙总是模棱两可,在关键时刻还是得他这个团队的领导者来拍板。这一次的行动是不得已而为之,不是他的本意。但他绝不能让正面的竞争对手远远甩开自己,必须不择手段地咬住对方!

“安排下去吧。”肖平做了决定。

最近一段时间,旗舰店的员工们都在议论这事。

开业大半年来,茶师旗舰店的销售业绩一直亮眼,得到充分锻炼和培养的早期员工都获得了非常好的福利与晋升。

但年关时,许多人都回家过年了,苏州又是外来人口流动性很大的城市,销量自然有所下降。这时候正面竞争对手出现,在不了解情况的普通员工看来,总是令人担忧。

茶师总部忙得不可开交。作为产品线总监的张炜几乎是基地和总部两头跑,没有一点儿空闲的时间。没办法,叶茗这大牛只管研发,做完了就撒手不管,收尾的杂事就都落在了张炜身上。目前茶师的产品线越来越多,又面临着换季和联名的考验,张炜只能打起十二万分的精神,不敢有丝毫怠情。

“差不多了。”深夜时分,他把最后调整的配方锁进保险箱,并在后台进行提交。

从今天开始,这份配方会发到各个分店,而总部采购也会根据配方需求购入材料,再进行配送。与其他的产品流程一样,并不因为是联名产品就会有什么特殊待遇。

后台的配方表有两种:一种是材料配方,只有采购部门的主管才能查询;另一种是制作配方,可以直接发到店内,但店内获取的只有混合材料代号,必须进行反向解析之后才能完全确定配方比。对于只看到成品的人来说,试图通过产品推导茶师的配方,几乎是不可能完成的任务。

这会儿其他人都下班了,张炜也终于能起来给自己倒杯水喝了,他准备休息会儿就回家。

这时候办公室的门响了。

“谁啊?”

张炜没怎么诧异,毕竟创业型公司,管理没那么严谨。而员工和创业团队同样都充满了激情,经常有人因为半夜想到个什么点子就来加班,还有半夜拿着课题过来找他研究的,不奇怪。

像窦豆大人,经常半夜两三点还会冒出来发邮件,导致张炜有时候怀疑双方处于不同时区的国家。

张炜每次都关心地请她早点休息,不要熬夜,小心秃……最后三个字他没敢和窦豆说。可惜的是,窦豆最多上火长痘痘,发际线却牢牢焊死在额头上,坚决不后退一步,这让张炜又羡慕又嫉妒。

不过来人出乎张炜的意料,来的不是企划部那几个加班狂人。她身形窈窕、容貌姣好,竟然是茶师的代言人团团。

说是代言人,其实团团也是隶属于茶师总部的员工,负责品牌、茶艺的展示与培训工作。她经常去各地分店露脸做活动,不怎么在总部出现,张炜也难得碰到她。

“团团你怎么来了? 刚下飞机?”

张炜猜测可能是这样,毕竟马上就是联名产品发布的时候,团团作为代言人肯定得在旗舰店现场,也就趁着这几天有空赶回来。苏州没有机场,她航班时间不巧的话,过来是深夜也正常,顺便到公司来处理些事务也就顺理成章。

“张总你还没走?”团团好像也吃了一惊,没料到总部还有人。

“我在做配方的最后调整，学弟又想到些新花样，反正他不烦，烦的是我。”张炜嘴上抱怨，其实言语中是对学弟的炫耀。

叶茗是个精益求精的人，即使是已经完成的配方，还有可能在上市前进行修改，张炜当然是听之任之，任劳任怨。

“这不是就几天了，配方刚定下来？”团团撇嘴，“又要辛苦你和采购了，叶茗哥哥总是有点任性……”

张炜不太喜欢团团这种做派，也许是受到窦豆直爽作风的影响，他只能应付两句：“就这样吧，采购我们这边早就搞定了，学弟也不会强人所难。”

“那就好。”团团似乎意识不到别人对她的意见，还笑靥如花，“我来公司准备这两天联名产品的材料，张总你忙完了先回去也行，我会锁好门的。”

她一直是热情有礼的态度。

张炜没觉得有什么不对的地方，他以为这就是团团平时的习惯，工作上努力就还不错。他看了看表，两点多了，点头打了个哈欠：“那行，我先走了。一会儿别忘了关灯啊。”

他提着包走出总部，看了看半山腰的基地，觉得晚风有点冷，可惜这边不太好叫车……

不过一转头，张炜看见一辆蓝色保时捷斜着插进了公司前的停车位。

张炜认得，这是窦豆的车。

天哪，她也回来了？难道是联名产品太重要，或者是压力太大，窦豆也从外地赶回来，大半夜直奔公司加班了？

张炜立刻嬉皮笑脸地走过去敲了敲车窗，摸了摸锃亮的脑门：“窦总，你也回来了啊？”

窦豆白了他一眼，开门下来：“不是说最后的配方今天搞定吗？进系统了？我得对一下流程，确保没错。公司还有人吗？”

窦豆一向关注产品部的进度，叶大牛她搞不定，只能一直钉着张炜。两人已经熟稔，今天的配方进度，她也了如指掌。

“进系统了。”张炜呼了口气，“好不容易啊，希望学弟别再精益求精了，我都担心时间来不及，他真是爱做刺激的事。”

窦豆摇摇头，叶茗还真像金果果，别看外表平静稳妥，但私下喜欢顶着压力玩心跳。

配方不仅要品控部门确认，还得采购确认能够实现，能够卡在时间点前完成，算是运气不错，不然就只能回到上一个版本。

张炜回头瞥了一眼楼上，办公室里的灯还亮着："这会儿团团还在，你不用拿钥匙。"

"团团？"窦豆皱眉，"她这会儿不应该在深圳？"

团团今天刚刚出席了深圳的春节嘉年华活动。

张炜一愣："我以为她赶回来参加联名发布。"

"她是要来，不过提前一天下午到就行，果果特意让她休息一天，别太辛苦。这会儿还来加班？"

按道理来说，团团今天可以在深圳休息，明天有充裕的时间飞回来做准备，然后参加后天的活动。就算她急着回家，那也没必要今天半夜来加班。

窦豆抬头看着公司亮着的灯，皱眉不已。

张炜在她身边感应到什么，不敢喘气。

"走，上去看看。"窦豆大踏步往公司里走去，张炜也赶紧跟上。

但他们刚一推门就看到团团温柔的笑脸："窦总，你怎么也回来了？"

"我正想问你呢，这么晚还来加班？产品宣传册在楼下会议室。"窦豆眼神犀利，微笑着说道。

"对，我就是没找到……"团团拿着手机，里面是部分产品资料，"而且说是产品又有调整，不知道这边有没有更新资料……"

"会有人发给你最新资料，不用担心。"窦豆扫视了眼屋内，又见团团表情镇定，侧过身，让出一条道，"早点休息吧。"

窦豆站在窗边皱着眉看着团团离开的身影，越想越不安，决定给金果果打个电话。

金果果这段时间也是忙得焦头烂额，她确实签了几笔大单子，但也压力倍增。好在叶茗陪在身边，一直帮她出谋划策，给她信心。

这会儿正是身处欧洲中部的金果果难得的休息时间，她刚回到酒店，正想洗个澡放松，就接到了窦豆的电话。

金果果不认为这是窦豆对团团的个人成见。虽然窦豆现在讨厌团团，但以团团的性格，也不可能半夜两三点回来加班。而柳萍刚和她说茶王的人来店里转悠过。金果果知道，这不声不响突然袭击的联名产品，一定会让茶王紧张失措，也许会采用一些极端手段。

她也不泡澡了，匆匆擦干，拿起睡衣套上，敲了敲隔壁房间的门。

叶茗正站在阳台上，看着隔壁阳台飘起的纱幔，沉浸在浪漫的晚餐回忆中。

两人本来就是慢热的性格，叶茗在这方面也很尊重金果果，所以即便一起旅游，能牵牵手他便十分满足，至于其他的，他是万万不敢提要求。

金果果这段时间累得回去泡完澡倒头就睡。今天终于结束了漫长的工作，明天就要回国了，这会儿她忽然来敲门，叶茗慌得手忙脚乱。而且一开门，她还穿着睡衣，头发都没吹干，像朵娇滴滴的带着露珠的白玫瑰。

叶茗赶紧先把她拉进来，心跳都乱了，又拿毛巾包住她的头发："别吹风着凉了，我帮你擦擦。"

说着，叶茗还把空调温度往上调，担心她穿得单薄会着凉。可这温度上来了，穿着羊绒衣的他热得想脱衣服，又怕会吓着金果果……只片刻工夫叶茗就急出了一后背的汗，额角都渗出了汗珠，和往常的高冷沉默完全不同，像个面对女神手足无措的小男孩。

"公司有点情况。"金果果本来想给他打电话说的，但想想他就在隔壁，也想看着他聊聊天，这才过来的。

"公司……怎么了？"听到金果果这句话，叶茗的心顿时凉了，果然她只知道工作。看来那些电影里，女朋友穿着睡衣敲门的香艳情节，他是无缘碰到了。

金果果简单地把团团深夜进基地"加班"的事说了一遍。叶茗微微皱眉，但此刻心里对团团充满了感激，要不是她半夜"加班"，果果可不会过来敲门。

叶茗帮她吹干了头发，又趁机摸了摸那柔滑的长发，心里盘算着要不要趁机提出一点要求……

但和金果果这种女人提要求，以她的性格，可能会笑眯眯地拒绝。即使不拒绝也不好吧，他是个绅士，金果果不发话，他不能乱提要求……叶茗内心挣扎了很久，最终只低下头在她头发上贴了贴。

"确实挺反常，不过也不用担心，兵不厌诈嘛。"叶茗打开电脑，修长的手指在上面敲着，嘴里说出了让张炜听到会胆战心惊的一句话，"我考虑过这个问题，所以本就准备在产品上线前三天再给最后的配方。"

张炜绝对想不到，学弟居然是这样的人！他以为的单纯无辜只知道搞学术的学弟，背后比老狐狸还老狐狸。

不过本身就不用担心，因为每一种配方里都有实验室基因改编调配出的王炸，一样的配方，别人拿去也配不出相同的口感。

肖平也绝对不会知道，他连夜确定的配方做出的仿制品，完全无法在开业当天获得和茶师两败俱伤的资格。

金果果看不懂那一行行的代码和符号，她看着叶茗脸上被电脑照亮的光，心底一阵悸动。认真工作的男人，这该死的魅力，都让她的心湖泛起了涟漪。

叶茗很快就处理好了，但没有立刻发过去，他决定等明天回国后，自己亲自处理。

合上电脑，叶茗抬头一看，金果果的眼神格外温柔，正痴痴地盯着他。

叶茗很少见她这么直勾勾赤裸裸地盯着人看，他的脸蓦然红了，半晌才说道："你想和我谈点私人工作吗？"

窗外夜色正浓，对即将回国的叶茗和金果果，以及正在国内总部焦虑的窦豆和张炜来说，今晚注定是个无眠之夜。

尾声 春山长青

金果果和叶茗回国了,联名产品的预热也在《月城》的首映日达到了高峰。

茶王开业当天,推出了和茶师联名活动相似的三款茶饮。肖平找来记者,嘲讽茶师的联名不用心,用通用款做联名,导致产品撞车。

但不需要茶师亲自解释,试饮之后,消费者与记者都发现双方的茶饮虽然名字近似,但口味完全不同,可见配方有巨大差异。更别提茶师的三款茶饮得到《月城》制作团队的一致认可,认为口味体现了主角的性格差异与文化价值。

顾客自发地为口碑埋单和宣传,效果完全压过了茶王的水军通稿,茶王这次是赔了夫人又折兵。

窦豆在享受胜利的同时,也没忘记和一个人秋后算账。茶王推出的三款茶饮,毫无疑问是用了团团偷的配方。这样明显的过失让窦豆终于不用主动找团团解约,在证据面前团团也无法卖惨,哭诉"店大欺客"了。但不得不说,团团这演技还是一流的,那晚镇定又爱岗的模样,差点骗过了窦豆。

《月城》当天票房破亿,联名产品也一样供不应求,窦豆唯一的苦恼就是,总有人骂他们"饥饿营销"。

真不是"饥饿营销",实在是供不应求。

金果果相信,假以时日,茶师的所有采购都能控制在自己手里,再也不会出现一杯难求的场面。

"我警告你啊,我给团团发了法院传票,她要是来求你,你可不能心软。"窦豆端着酒杯,对金果果说道。

这一个月大家忙得人仰马翻,等到电影下映,所有人都喘了口气,庆功宴也摆起来了。

"已经求过了。"金果果笑着说道。

"你心软了?"窦豆皱起眉。

“我让她先道歉再说。”金果果看了眼一边正襟危坐的叶茗，他虽然坐在那儿和往日一样高冷，但一直在瞪她，似乎在等待什么。

“道歉了也不能原谅。”窦豆很有原则，最重要的是，她讨厌团团。

“不说那些了，我今天是想向大家宣布一件事。”金果果觉得自己如果再不说，叶茗真的要生气了。

这段时间大家都忙得睡眠不足，加上金果果和叶茗都是藏得住事的人，竟然没有人察觉到他俩有什么不对劲。

“你要结婚了？”窦豆随口开玩笑。

没想到金果果竟没有否认：“有这个想法。”

窦豆顿时眼珠子都快掉下来了，伸手就去捏金果果的脸：“你搞什么鬼？”

她还没捏到呢，就见叶茗站起来把金果果扯到自己身后去了。

窦豆更是一脸见鬼又见到神仙的表情，表情精彩得很，不敢置信地看向最了解学弟的张炜。

张炜也一脸惊掉下巴的表情：这两人果然是干大事的啊！怎么就不声不响地在一起了？

“对，这位是我男朋友。”金果果笑着指了指叶茗。

“这是我的准太太，请你以后不要对她动手动脚。”叶茗不太满意男朋友的说法，如果不是为了照顾金果果的慢性子，他甚至想原地结婚。

“我……我……”窦豆伸出的手收回来拍在自己脸上，确实有点痛。

张炜赶紧跑过来：“别打自己啊，要打就打我。”

“你俩啥时候确定的？”

“跟你有什么关系？”叶茗不高兴地反问窦豆。

“好吧，是跟我没关系，但结婚随礼，我要掏钱的呀！”窦豆激动地问金果果，“什么时候结婚？”

这次叶茗也转头看着金果果，诚心诚意地问：“你说什么时候？”

得，看出来了，叶茗以后还是个老婆奴。

叶茗和金果果确定关系的事，很快传遍了所有的亲朋好友。

又是一年春天。

洞庭山上，草木再次萌发，嫩绿的枸杞冒出了尖头，被佝偻着身子、挎着竹篮的老太太采走。天空中也飞起了各种各样的风筝，儿童的嬉笑声传到工地上。

周舟扭头看着青绿的山水,那儿有一座小小的坟,埋葬着她的过往。

江明川停下了画笔,烟雨江南在他的画布上流淌下来,仿佛是无尽的春愁。

他忽然很怀念去年秋天,朋友们在天平山赏枫的场景。那片枫叶被他画了下来,变成最受欢迎的枫露普洱。如今这片潮湿的春愁,也应该变成什么,被大家传阅。

小伙伴们收到了江明川邀请踏青的消息,纷纷回应。

柳萍的孩子已经会咿咿呀呀喊妈妈了,长得越发可爱,她逗着孩子,回复了一个字:好。

杨海带着做完手术的妈妈回到了小岛养病,他看到柳萍的回复,半天也回了个“好”字。

周舟自然是捧场的。

只有还在茶师总部忙碌的金果果很晚才回复:好,不过我要多带一个人。

带谁呀?周舟明知故问。

叶茗拿着金果果的手机,回复:我老公。

“叶茗,你脸皮可真厚。”金果果看完手里的文件,一抬头,见叶茗靠在窗边拿着她的手机笑。她凑过去一看,嗬,他现在可真不见外,和小伙伴们聊得那么开心。

窗外的玉兰花又在轰轰烈烈地绽放,像是一盏盏白玉灯,照得天空无比澄澈。

春风又绿江南岸。